KB161801

《데이비드 코퍼필드》 연재본 표지 해블롯 K. 브라운. 1849.

▲디킨스의 별장 영국, 브로드스테어스. 찰스 디킨스는 이곳에서 《데이비드 코퍼필드》 대부분을 집필했다.

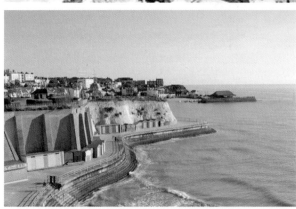

◀브로드스테어스 잉글랜드의 정원이라고도 불리는 영국의 대표적인 휴양지이다.

▼별장 내부의 서재 디킨스에 대한 자료들이 전시되어 있다.

▲《데이비드 코퍼필드》연재본 전권 총18권으로 나뉘어 연재 출판되었다.

▶초판 하드커버 합본

▼찰스 디킨스 기념우표 가운데 《데이비드 코퍼필드》삽화 분

▲〈아니라고 말하게 해!〉 프레데릭 버나드. 1973. 《데이비드 코퍼필드》의 하우스홀드 판 삽화.

◀〈어린 에이미〉 제시 윌콕스 스미스. 1912.

▼〈딩글리 델로 가는 길〉 알버트 루도비치 주니어. 1880년 무렵. 찰스 디킨스는 셰익스피어에 버금가는 영국의 대표 작가로 칭송받고 있으며, 여러 시대에 걸쳐 최고의 예술가들이 그의 작품에 삽화를 그렸다.

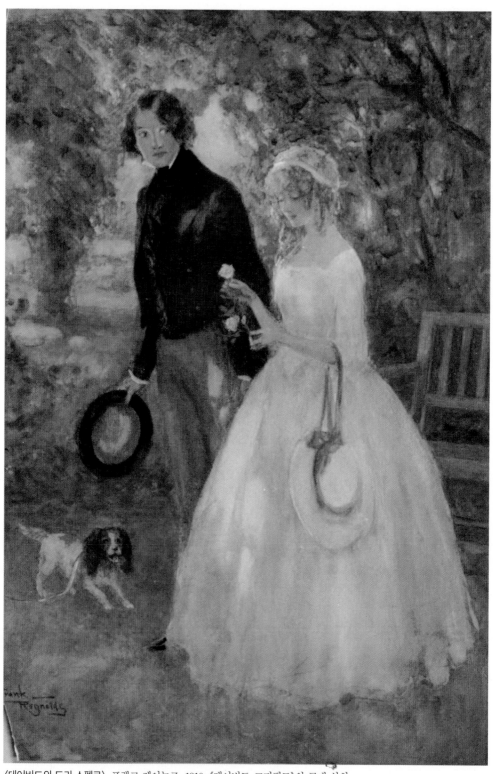

〈데이비드와 도라 스펜로〉 프랭크 레이놀즈. 1910. 《데이비드 코퍼필드》의 근대 삽화.

런던 거리 1800년대 기록 사진. 찰스 디킨스의 작품 전반에 걸쳐 시대적 배경을 이루는 19세기 중반 런던 시가지 모습.

런던, 템즈 강변 거리 1800년대 기록 사진

청과물 시장 1800년대 기록 사진

1935년 영화 〈데이비드 코퍼필드〉의 한 장면 《데이비드 코퍼필드》는 찰스 디킨스의 자전적 소설로, 그가 자신의 소설 가운데 가장 아끼는 작품이기도 했다. 그의 최고 대표작으로 꼽을 수 있는 이 소설은 1911년대부터 오늘날까지 영화, 드라마, 뮤지컬로 재탄생해 많은 이들의 사랑을 받고 있다.

1969년 영화, 1999년 드라마 포스터(오른쪽)

세계문학전집019
Charles John Huffam Dickens
DAVID COPPERFIELD

데이비드 코퍼필드 II

찰스 디킨스/신상웅 옮김

동서문화사

디자인 : 동서랑 미술팀

데이비드 코퍼필드 I II
차례

데이비드 코퍼필드 II

데이비드 코퍼필드Ⅰ

34장
대고모, 런던에 오다

도라와의 약혼을 나는 가장 먼저 아그네스에게 알렸다. 내가 얼마나 행복하며 도라가 얼마나 사랑스러운 소녀인가를 설명하려고 긴 편지를 써서 보냈다. 그리고 이번 일은 우리가 이전에 곧잘 농담을 하던 철없는 충동이나, 금세 식을 일시적 사랑으로 여기지 말아달라고 부탁했다. 우리 사랑은 헤아릴 수 없으리만큼 깊으며, 그 같은 사랑은 지금까지 어디에도 없었을 것이라고 굳게 믿었다.

이 편지를, 아름다운 밤에 활짝 열어젖힌 창가에서 쓰고 있을 때 아그네스의 맑고 고요한 눈동자와 상냥한 얼굴이 머릿속에 떠오르자 이제까지 어수선하고 들떠 있던 기분이(물론 그것이 어떤 의미로는 기뻤다) 그제야 가라앉으며, 무심코 눈물이 흘렀다.

지금도 기억한다. 나는 그 편지를 반쯤 쓰고는 한손으로 머리를 받치고 멍하니 공상에 사로잡혀 앉아 있었다. 그러자 아그네스가 내 가정을 꾸리는 데 필수불가결한 사람으로 여겨졌다. 그녀가 있음으로써 신성하다고 생각되는 이 고요한 집에서, 도라와 나는 다른 어떤 곳보다도 한층 더 행복할 것에 틀림없다는 믿음이 생겼다. 내가 사랑할 때, 기쁠 때, 슬플 때, 희망에 부풀 때, 절망에 빠져 있을 때, 나의 마음은 자연히 그 집으로 향했다. 거기서 마음의 피난처와 마음의 친구를 발견했던 것이다.

스티어포스에 대해서는 한마디도 쓰지 않았다. 다만, 야머스에서는 에밀리가 가출을 했으므로 모두 슬픔에 젖어 있다는 것과 그로 인해 일어나는 여러 가지 사태 때문에 내가 이중으로 고통을 당하고 있다고만 썼다. 아그네스는 머지않아 진상을 꿰뚫어볼 테지만, 그녀가 결코 스티어포스의 이름을 먼저 입 밖에 내지는 않으리라는 것도 잘 알고 있었기 때문이다.

답장은 곧바로 도착했다. 답장을 읽고 있으니 귓가에 아그네스의 음성이 들리는 것 같았다. 진심이 담긴 목소리였다. 그러니 무슨 말이 더 필요하겠는가!

최근에 내가 집을 비우고 없을 때 트래들스가 두세 번 나를 찾아왔었다. 마침 페거티가 집에 있었는데, 페거티가 나의 옛날 유모라는 이야기를 듣자(페거티는 들어주는 사람만 있으면 누구를 막론하고 이 사실을 반드시 이야기해주었다) 서로 죽이 맞아서 나에 대해서 이런저런 이야기를 나누다 갔다고 했다. 페거티는 이렇게 말했지만 사실 말을 한 것은 주로 그녀였으며 엄청 긴 이야기였을 것이라고 생각했다. 왜냐하면 페거티는 내 이야기를 한번 시작하면 도저히 끝낼 기미를 보이지 않았기 때문이다.

그러고 보니 한번은 이런 일이 있었다. 어느 날 오후 트래들스가 오기로 한 시간에 맞춰 그의 방문을 기다리고 있었다. 그런데 그 바로 전에 크럽 부인이, 페거티가 나타나지 않을 때까지 나를 시중드는 모든 일(급료만은 제외하고)을 사퇴한다고 알려 왔다. 크럽 부인은 계단에서 아주 우렁찬 목소리로 페거티에 관한 여러 가지 이야기를 한 뒤—마치 보이지 않는 아주 친한 혼령과 이야기하는 것 같았는데, 그 당시 그녀는 어디까지나 혼자 있었던 것이다—나에게 편지로 자기 의견을 다시 한 번 밝히는 것이었다. 그녀의 편지는, 그녀의 일생에 일어났던 어떠한 사건에도 두루 적용되는 보편적인 이야기로 시작되었다. 즉 그녀도 한때 어머니였었고, 지금까지 여러 일을 겪어왔지만, 자기가 살아온 평생 동안 침입자나 참견꾼, 밀고자는 선천적으로 싫어한다고 했다. 누구라고 이름은 밝히지 않겠지만 떠오르는 사람이 있을 것이라고 했다. 특히 미망인의 상복을 입은(이 구절에는 밑줄이 쳐져 있었다) 침입자나 밀고자는 반드시 경멸해왔다고 그녀는 말했다. 물론 본인이 침입자나 밀고자(여전히 이름은 언급하지 않았다)의 희생이 되어도 좋다고 한다면, 그것은 그분의 자유이며 그분에게는 자기 마음대로 할 권리가 있으니까 뜻대로 하면 된다. 그러나 자신은 그런 사람들과는 접촉을 하지 않겠다는 것이었다.

그러므로 앞으로 모든 일이 전과 같이 되고, 원하는 대로 이루어질 때까지는 2층 일을 돌보지 않겠다고 했다. 그리고 매주 토요일 아침마다 아침식탁 위에 계산서를 가져다놓겠으니 수고를 덜고 서로에게 '불편'한 일이 없도록 빨리 지급해 주기를 바란다고 덧붙였다.

그 뒤로도 크럽 부인은 물주전자를 써서 계단에 함정을 만들어서 페거티의 다리를 부러뜨리려고 온갖 노력을 다했다. 이와 같은 비상사태 속에서 사는 것은 매우 괴로운 일이었지만, 나는 크럽 부인이 두려워서 이러지도 저러지도 못했다.

트래들스는 이러한 장애물에도 불구하고 내 방문 앞에 정각에 나타나서 소리쳤다.

"코퍼필드, 잘 있었어?"

"오, 트래들스. 이제야 만나는구나. 지난번에는 내가 집에 없어서 진심으로 사과한다. 계속 바빴었거든—"

"그래그래, 알고 있어, 물론. 코퍼필드, 네 것은 런던에 살고 있겠지?"

"무슨 말이야?"

"네 여자—아차, 미안하다—미스 디(D) 말야." 마음씨가 약한 트래들스는 곧바로 얼굴을 붉히며 말했다. "런던에 살고 있지?"

"아, 그래, 런던 근처야."

"내 것은 너도 기억하고 있겠지?"

트래들스는 진지한 표정으로 말했다. "데본셔에 살고 있어—열 자매 가운데 한 사람이야. 그래서 자네와 같은 뜻으로는— 그렇게 바쁘지 않다고."

"잘도 참는군. 그렇게 뜸하게 만나는데도."

"하! 그야 이상하게 느껴지겠지만,"

트래들스는 의미심장하게 말했다. "그럴 수밖에 없지. 내게는 달리 방도가 없으니까."

"그야 그렇겠지." 나는 싱긋 웃고는 얼굴을 붉히면서 말했다. "그리고 자네는 견실하고 참을성이 많으니까, 트래들스."

"오! 나를 그렇게 보는 거야, 코퍼필드?"

트래들스는 조금 신기하다는 듯이 말했다. "내게 그런 점이 있는지는 스스로도 몰랐는걸. 아무튼 그녀는 매우 귀여운 아가씨니까, 그러한 미덕을 나에게 나누어준 것이겠지. 그렇게 생각하면 별로 이상할 것도 없군, 코퍼필드. 분명히 말하건대, 그 아가씨는 언제나 자신을 돌보지 않아도 나머지 아홉 자매는 빠짐없이 돌보는 착한 아가씨거든."

"그럼 그녀는 맏딸인가?"

"그렇지 않아. 맏이는 정말 미인이야." 대답하는 투가 너무 솔직하고 단순해서 나는 웃지 않을 수 없었다. 그러자 트래들스도 그의 순진한 얼굴에 미소를 띠고 덧붙였다.

"물론 그렇지 않아. 그러나 나의 소피는—이름이 예쁘지, 코퍼필드? 나는 늘 그렇게 생각해."

"응, 아주 예뻐!"

"물론 미인은 아니야. 그렇지만 내 눈에는 정말 예쁘게 보여. 아니, 그 누구의 눈에도 흔치 않은 미인으로 보일 것이라고 생각해. 그런데 맏이가 미인이라고 말한 것은, 그녀는 정말로—"

그는 두 손으로 자기의 둘레에 구름을 그리는 시늉을 하며, 힘주어 말했다.

"아주 근사하단 말이야!"

"과연 그렇겠군!"

"아, 정말이야! 어딜 가도 그만한 미인은 없다고 생각해. 사교계에서 이목을 끌고 찬사를 받을 만한 여자로 태어났으면서도, 집안 형편이 넉넉하지 못해서 그런 기쁨을 즐길 수 없으므로 자연히 신경질도 부리고 가끔 투정을 하기도 한다네. 그래서 소피가 큰언니의 기분을 맞춰주고 있어."

"그럼 소피는 맨 막내인가?"

"그렇지 않아! 맨 아래로 두 딸이 있는데 하나는 아홉 살이고 다른 하나는 열 살이야. 소피가 그들을 교육하고 있어." 트래들스는 턱을 쓰다듬으며 말했다.

"그럼 둘째 딸이군." 나는 어림짐작으로 말해 보았다.

"아니, 둘째는 사라라고 해. 사라는 불행하게도 척추에 이상이 있어. 병세는 시간이 지나면 자연히 낫는다고 의사들은 말하지만, 그때까지 꼬박 열두 달을 누워 있어야 한대. 그래서 소피가 그녀를 간호해주고 있어. 소피는 넷째 딸이야."

"어머니는 살아 계셔?"

나는 물었다.

"그래. 아주 훌륭한 부인이야. 그런데 데본셔는 습기가 많아서 체질에 맞지가 않아. 그래서 손발을 못 쓰게 되었지."

"저런!"

내가 말했다.

"정말 딱한 일이지. 그러나 집안 살림은 그렇게 어려울 게 없어. 소피가 어머니를 대신해 잘 처리하고 있으니. 소피는 나머지 아홉 자매들뿐만 아니라 어머니에게도 어머니 노릇을 하고 있어."

나는 그 젊은 숙녀의 착한 마음씨에 진심으로 찬사를 보냈다. 그래서 마음씨 좋은 트래들스가 속임을 당해서 그들 두 사람의 앞날을 그르치는 일이 없도록 최선을 다해야겠다고 생각하고 미코버 씨의 안부를 물었다.

"그분은 잘 계셔, 코퍼필드. 지금은 그분과 함께 살고 있지는 않아."

"정말?"

"그래. 사실은 말이야." 트래들스는 속삭이듯이 말했다. "미코버 씨는 한때 아주 어려움에 처하여 이름을 모티머라고 바꿔서 쓰고 있어. 어두워지기 전에는 외출을 하지 않아. 그리고 외출할 때는 안경을 쓰지. 왜냐하면 집세를 내지 못해서 집이 차압되었거든. 미코버 부인의 처지가 너무 비참하다 보니 언젠가 여기서 이야기했던 그 두 번째 어음에다 도저히 내 이름을 빌려주지 않을 수 없었어. 그것으로 일이 해결되고, 미코버 부인이 기운을 차린 것을 보았을 때의 기쁨이 얼마나 큰지. 너는 알 거야, 코퍼필드."

"음!"

"하지만 부인의 행복은 오래가지 않았어. 불행히도 한 주일이 채 못 돼 또 다른 압류가 들어왔거든. 그래서 결국 파산했어. 그 뒤 나는 아파트에서 생활하고 있어. 모티머 가족은 남의 눈을 피해 아주 숨어버렸지. 코퍼필드, 이런 말을 하더라도 이기적이라고는 생각하지 않겠지? 전당업자가 대리석판이 붙은 내 둥근 테이블과 소피의 꽃병과 받침을 가져가버렸어."

"정말 지독한 이야기로군!"

나는 분개해서 소리쳤다.

"그래, 정말 뼈아픈 일이었어." 트래들스는 언제나처럼 낙담한 표정으로 말했다. "원망하는 건 아니지만 여기에는 이유가 있어. 그러니까 말이야, 코퍼필드. 내 물건을 빼앗아 갔을 때 나는 그것들을 다시 사들일 수 없었어. 그 전당업자는 내가 그것들을 다시 사들이고 싶어한다는 것을 알고는 터무니없이 값을 올려 불렀고, 나는 돈이 한 푼도 없었거든. 그래서 그 뒤로 나는 그 전당업자의 가게를 늘 지켜보고 있어." 그는 그 비밀이 자못 즐거운 듯이 말했다. "그 가게는 토트넘 코트 가의 위쪽에 있는데, 드디어 오늘 그 물건들을 팔려고 내놓은 것을 보았어. 나는 길 건너편에서 슬쩍 보기만 했지. 왜냐하면 만약 그자가 나를 보기만 하면 비싼 값을 부를 테니 말이야. 그래서 말인데 지금은 돈이 있으니, 너의 유모에게 나와 같이 그 점포로 가 달라고 부탁해도 반대하지 않겠지? 내가 거리 모퉁이에서 네 유모에게 물건을 일러주면 네 유모는 자기가 사는 것같이 하여 싼값으로 흥정을 할 수 있잖겠어?"

이 계획을 이야기하는 기쁨에 찬 그의 얼굴과 그것이 실로 훌륭한 계획이라고 생각하고 있는 그 의기양양한 표정을, 나는 지금도 또렷하게 그릴 수 있다. 나는 대답했다.

"페거티는 기꺼이 너를 도와줄 거야. 또한 그러려면 우리 셋이서 같이 나서는 게 좋을 거야. 그러나 조건이 하나 있어. 앞으로는 그 어떤 것도 미코버 씨에게 빌려주지 않겠다고 단단히 결심해야 해. 나와 약속할 수 있지?"

"이봐, 코퍼필드. 그 문제라면 이미 나는 그렇게 하기로 결심했어. 내가 생각이 짧았었고, 또 소피에게도 아주 못할 짓을 했다고 깨달았거든. 이제는 스스로 맹세했으니 조금도 걱정할 필요 없어. 못 믿겠으면 자네에게도 맹세하지. 첫 번째의 그 불행한 채무는 내가 갚았네. 미코버 씨가 돈만 있었더라면 그것도 자기가 갚고 싶었을 테지만 사정이 그러지 못했지. 코퍼필드, 내가 여기서 내가 가장 좋아하는 미코버 씨의 장점을 한 가지 말해 두어야겠네. 즉 그 두 번째 부채 말인데, 아직 기한이 남았고 돈도 준비되었다고는 볼 수 없지만, 그는 무슨 일이 있어도 돈을 마련하겠다고 말했네. 참으로 공평하고 정직한 사람이 아닌가!"

나는 트래들스의 믿음에 찬물을 끼얹을 수는 없다고 생각했으므로, 그렇다고 동의했다. 좀더 이야기를 한 뒤 우리 두 사람은 페거티의 도움을 얻기 위해서 잡화점으로 갔다. 트래들스는 그날 저녁을 나와 함께 지내기를 거절했는데, 그것은 자기가 소유물을 되사들이기 전에 다른 사람이 사갈지도 모른다는 걱정과, 마침 그날 저녁은 그가 매주 이 세상에서 가장 사랑하는 사람에게 편지를 쓰는 날이었기 때문이었다.

페거티가 그 소중한 물건을 흥정하는 동안 토트넘 코트 가 모퉁이에서 바라보고 있던 트래들스의 표정—그녀가 부른 값으로 거래가 성사되지 않자 터덜터덜 돌아서는 등 뒤로 결국 전당업자가 고집을 꺾고 그녀를 다시 부르는 모습을 바라보는 동안의 그의 일희일비하는 표정은 지금도 잊지 않는다. 결국 페거티가 아주 싼값으로 물건들을 되사들여, 트래들스는 기쁨에 넘쳐 어찌

할 줄 몰랐다.

"참으로 고맙네, 코퍼필드." 그날 밤 물건들이 그가 사는 곳으로 배달된다는 이야기를 듣고 트래들스는 말했다. "한 번 더 신세를 져야겠는데, 얼빠진 소리라고 말하지는 말아줘, 코퍼필드."

나는 그러지 않겠다고 미리 대답해주었다.

"그렇다면, 대단히 죄송합니다만," 트래들스는 페거티에게 말했다. "그 꽃병을 지금 가져와주실 수 있겠습니까? 그것은(소피의 물건이니까, 코퍼필드) 내가 직접 집으로 가지고 가고 싶어서 그래요."

페거티는 흔쾌히 부탁을 들어주었다. 그는 그녀에게 연거푸 고맙다고 인사를 하며, 기쁨에 찬 얼굴로 꽃병을 두 팔로 껴안고 토트넘 코트 거리를 걸어 올라갔다.

이윽고 페거티와 나는 내 숙소로 향했다. 그곳에 있는 상점들에 페거티가 큰 매력을 느낀다는 것을 알고, 나는 그녀가 진열창을 하나하나 들여다보며 즐기도록 기다리면서 천천히 걸었다. 그래서 우리가 아델피에 닿는 데는 꽤 오랜 시간이 걸렸다.

2층으로 올라가면서 크럽 부인이 만든 함정이 갑자기 없어졌다는 점과 새 발자국이 나 있는 것을 알았다. 우리는 위로 올라갈수록 분명히 닫아 두었던 내 방의 바깥문이 활짝 열려 있고 방 안에서 사람 소리까지 들렸으므로 더더욱 놀랐다.

우리 두 사람은 영문을 몰라 서로 얼굴을 바라보며 거실로 들어섰다. 그런데 다름 아닌 대고모와 딕 씨가 와 있는 것이 아닌가! 대고모는 앞에 두 마리의 새와 무릎에 고양이 한 마리를 올려놓고 영락없는 여자 로빈슨 크루소처럼 산더미 같은 짐 위에 앉아서 느긋하게 차를 마시고 있었다. 딕 씨도 역시 짐을 잔뜩 끌어안고서, 우리가 그 전에 가끔 함께 날렸던 것과 같은 큰 연에 몸을 기대고 생각에 잠겨 있었다.

"대고모님!" 나는 소리쳤다. "말씀도 없이 어쩐 일이세요?"

우리는 반가워서 서로 껴안았고, 딕 씨와 나는 성심어린 악수를 나누었다. 크럽 부인은 바삐 차를 끓여왔다. 아무리 시중을 들어도 모자란다는 듯이 호들갑을 떨며, '친척을 만나셔서 무척 반가우시지요'라고 나에게 친절하게 말했다.

아주 무서운 사람 앞에서 몹시 겁에 질려 있는 페거티를 보고 대고모가 말을 걸었다.

"이봐, 잘 지냈나?"

"페거티, 대고모님을 기억하지요?"

내가 말했다.

"어머나, 트롯. 그런 야만인의 이름일랑 부르지 마라! 저 사람은 결혼해서 그 흉한 이름을 버렸으니 새로 얻은 이름으로 불러주렴. 그게 이 사람을 위해서도 좋은 일이니까. 지금 이름은 뭐지, 피(P)?" 대고모는 그 불쾌한 이름에 대한 타협조로 말했다.

"바키스입니다, 부인." 페거티는 공손히 무릎을 굽혀 절을 하며 대답했다.

"아, 그래! 그쪽이 훨씬 더 사람답네. 그럼 이제 선교사도 필요 없겠군.*¹ 바키스, 그래 어떤가? 별고 없겠지?"

부드럽게 말을 걸면서 대고모가 악수까지 청했으므로 용기를 얻은 바키스는 앞으로 나와 대고모의 손을 잡고 몸을 숙여 정중하게 인사를 했다.

"우리 둘 다 꽤나 나이를 먹었구먼. 자네와는 전에 꼭 한 번 만났었지만 그때는 서로 불편해했었지! 트롯, 한 잔 더 다오."

나는 여느 때나 다름없이 꼿꼿하게 앉아 있는 대고모에게 공손히 차를 드렸다. 그리고 궤짝 위에 앉아 있는 것이 힘들어 보인다고 말했다.

"대고모님, 소파나 안락의자를 이리로 가져올까요? 왜 그렇게 불편하게 앉아 계십니까?"

"고맙다, 트롯. 나는 내 짐 위에 앉아 있는 것이 더 편하단다"라고 말하면서 대고모는 크럽 부인을 뚫어지게 바라보며 말했다.

"부인, 고맙지만 공연히 수고스럽게 우리의 시중을 들 것까지는 없어요."

"그럼 제가 물러가기 전에 차 주전자에 차를 좀더 넣어놓을까요?" 크럽 부인이 말했다.

"아니, 됐어요, 고맙습니다, 부인."

대고모는 대답했다.

"부인, 버터라도 한 덩이 더 갖다 놓을까요? 아니면 갓 나온 달걀이나 햄은

---

*¹ 미개인이 아니라 기독교도처럼 들리므로.

어떠세요? 코퍼플 씨, 제가 도련님의 대고모님을 위해 해드릴 수 있는 일이 없을까요?"

"부인, 이것으로 충분합니다. 고마워요." 대고모가 말했다.

크럽 부인은 환영한다는 뜻을 나타내 보이려고 계속 미소를 지으며 지체 높은 분들에게 봉사를 아끼지 않겠다는 듯이 끊임없이 손을 비벼대다가 방에서 나가버렸다.

"딕 씨!" 대고모는 말했다. "언젠가 기회주의자들과 황금 숭배자들에 대해서 내가 말한 것을 기억하고 있지요?"

딕 씨는 그것을 모두 잊어버렸다는 듯한 놀란 표정으로, 기억하고 있다고 황급하게 대답했다.

"크럽 부인이 바로 그런 족속이에요. 바키스, 차 시중은 자네가 들어주게나. 한 잔 더 따라주게, 아까 그 여자는 따르는 법부터 틀려먹었어!"

대고모가 어떤 사람인가를 잘 알고 있는 나는, 그녀가 마음속에 어떤 중요한 일을 생각하고 있으며, 이렇게 멀리 나를 찾아온 것에도 다른 사람은 떠올릴 수 없는 의미가 있다는 것을 바로 눈치챘다. 나의 관심이 다른 데로 향할 것 같으면 나를 바라보는 대고모의 눈매가 빛났다. 또한 겉으로는 강경하고 태연한 모습을 꾸미고 있지만, 마음속으로는 묘하게 망설이고 있는 모습이 훤히 보였다. 그래서 내가 대고모를 화나게 하는 몹쓸 짓이라도 한 것이나 아닌지 걱정하기 시작했다. 그러고 보니 아직 도라에 관해서 아무 말도 하지 않은 것이 양심에 찔렸다. 절대로 그 일 때문은 아닐 텐데, 참으로 이상했다.

하지만 대고모는 언제나 자기 자신이 이야기하고 싶을 때만 입을 연다는 사실을 이미 알고 있으므로 나는 그녀 옆에 앉아서 새에게 말을 걸기도 하고, 고양이와 장난을 치며 되도록 편안한 척했다. 그러나 속으로는 조금도 편안치 못했다. 게다가 대고모 뒤에서 딕 씨가 연에 몸을 기댄 채 틈이 있을 때마다 의미심장하게 내 쪽으로 고개를 돌리고는 끊임없이 나를 손가락으로 가리켰으므로 더욱 그러했다.

"트롯," 대고모는 차를 다 마시고 옷을 조심스럽게 매만져서 주름을 펴더니, 입술까지 닦은 다음 드디어 입을 열었다.

"가지 않아도 괜찮아, 바키스! 트롯. 너는 마음을 단단히 먹고 독립할 수 있겠니?" 대고모는 자리를 피하려는 페거티에게 그대로 있으라는 손짓을 하면서 내게 말했다.

"대고모님, 저도 그러고 싶습니다."

"어떻게 생각하니?"

"대고모님의 말씀이 옳습니다."

"그럼 얘야, 어째서 내가 오늘 밤 이 물건 위에 걸터앉아 있는지 알겠니?"

나는 짐작이 가지 않아서 고개를 저었다.

"그 이유는, 내가 가진 것이 이것뿐이기 때문이란다. 나는 파산했단다, 얘야."

이 집과 우리가 모두 함께 강물 속으로 내동댕이쳐졌다 해도 나는 이보다 더 크게 충격을 받지는 않았을 것이다.

"딕 씨가 모든 사정을 잘 알고 있다." 대고모는 내 어깨에 한 손을 가만히 올려놓으며 말했다. "나는 망했어, 트롯! 내가 이 세상에서 가진 것이라고는 저 오두막집과 이 방에 있는 이것뿐이야. 그 집은 세를 놓도록 자넷에게 부탁해놓았다. 바키스, 이 신사가 오늘 밤 잘 침대를 하나 마련해주겠어? 나는 비용도 절약할 겸 여기서 지내도록 해주면 좋겠는데 좀 불편해도 좋아요. 오늘 밤만 지내면 되니까. 이 일에 대해서는 내일 더 이야기하자."

그때 갑자기 대고모가 내 목에 매달려서 네가 불쌍하다고 소리치며 울음을 터뜨렸으므로, 나는 대고모에 대한 걱정에 잠겨 있다가(틀림없이 그녀에 대한 걱정이었다) 깜짝 놀라 정신을 차렸다. 대고모도 이내 그런 슬픔을 억누르고, 기운을 잃고 풀죽어 있다기보다는 오히려 가슴을 펴고 말했다.

"우리는 용기를 내 역경과 맞서서 이겨야지. 그 정도로 겁을 먹어서는 안 된다, 애야. 우리는 이 싸움에서 이겨야 해. 불행에 져서는 안 된다, 트롯!"

35장
우울한 날들

대고모의 말을 듣고 처음에는 몹시 놀랐지만 이윽고 마음의 안정을 되찾기 바쁘게, 나는 딕 씨를 재촉하여 잡화점에 가서 전에 페거티 씨가 쓰던 침대에서 자도록 일렀다. 그 잡화점은 헝거포드 시장 안에 있었다. 그 무렵 헝거포드 시장은 지금과 달리, 문앞마다 나지막한 나무기둥이 줄지어 서 있었는데(옛날의 청우계(晴雨計)에서 흔히 보이던 남자와 여자의 인형이 사는 집과 아주 비슷했다)*1 그것이 딕 씨의 마음에 들었던 것이다. 그런 건물에 투숙한다는 것은 영광이어서 그는 어떤 불편도 감수할 수 있었을 것이다. 들어가 보니, 전에도 말했던 온갖 악취가 뒤섞여 있는 것과 손발을 뻗을 수 있는 여유가 조금 아쉬운 점을 제외하면, 딱히 참아야 할 점이 없었으므로 딕 씨는 아주 만족했다. 크럽 부인은 그곳이 고양이 꼬리를 잡고 한 바퀴 내두를 만한 여유도 없이 비좁은 곳이라고 성이 나서 그에게 말했지만, 딕 씨는 침대 끝 쪽에 앉아서 한쪽 다리를 어루만지며 이렇게 말했다.

"하지만 말이야, 트롯우드. 나는 고양이를 빙빙 휘두를 생각은 털끝만큼도 없어. 그러니 비좁은 것은 아무렇지도 않아!"

나는 대고모의 형편이 이처럼 갑자기 크게 변하게 된 원인을 딕 씨가 알고 있는지 확인해 보고 싶었다. 내가 짐작했던 대로 전혀 모르고 있었다. 그가 해 줄 수 있는 설명은 오직 이것뿐이었다. 그저께 대고모가 자기에게 "이봐요, 딕 씨. 당신은 정말로 내가 생각하고 있는 것 같은 철학자인가요?"라고 물은 것과, 그가 "네, 그렇게 생각하고 있습니다"라고 대답했다는 것이었다. 그러자 대고모가 "딕 씨, 나는 망했어요"라고 말을 해서 그도 "아, 그래요!"라고 말하자 대고모가 칭찬해주어서 몹시 기뻤다는 것이다. 그리고 두 사람은 내게로 왔으며,

---

*1 청우 여하에 따라 남녀 인형이 문밖으로 얼굴을 내미는 집 모양의 청우계가 있었다.

오는 도중 병 흑맥주를 마시고 샌드위치를 먹었다는 것이었다.

딕 씨가 침대 끝에 앉아서 다리를 어루만지며, 눈을 동그랗게 뜨고 놀란 듯한 미소까지 지으며 이런 이야기를 꺼냈기에, 나는 망한다는 것은 고뇌와 가난과 굶주림을 뜻하는 것이라고 설명해주었다. 그러나 그것이 잔인한 설명이었음을 이내 깨달았다. 그의 얼굴이 고통으로 일그러지고 늘어진 양 볼에 눈물을 흘리며, 비통한 표정으로 나를 바라보았던 것이다. 나는 곧 내가 너무 가혹했다고 스스로를 꾸짖었다. 결국 다시 그의 용기를 북돋아주는 데는 그를 침울하게 만든 것의 몇 배가 되는 노력이 필요했다.

그리고 나는 다음과 같은 사실을 곧 알게 되었다(실은 훨씬 더 일찍 알았어야 했다). 딕 씨는 여성 가운데서도 가장 현명하고 훌륭한 미스 트롯우드를 철두철미하게 믿었고, 나의 지적 재능도 절대적으로 믿으므로 안심하고 있을 수 있었던 것이다. 특히 후자는 죽음을 제외한 어떠한 불행과 어려움에도 대처해 나갈 수 있다고 믿었던 것 같다.

"트롯우드, 우리는 어떻게 해야 하지?" 딕 씨는 말했다. "회고록도 써야 하는데—"

"그렇군요, 딕 씨. 그러나 지금 우리가 할 수 있는 일은 슬픈 생각을 하는 얼굴을 대고모님께 보이지 않고 즐거운 얼굴을 보이는 것입니다."

그는 아주 진지한 태도로 내 말에 찬성했다. 그리고 너는 언제나 좋은 방법을 알고 있으니까 자기가 조금이라도 실수를 할 것 같으면 바로 지적해 달라고, 나에게 부탁했다. 그러나 유감스럽게도 내가 준 충격은, 그가 아무리 감추려고 애를 써도 감출 수 없다는 것을 알게 되었다. 저녁 내내 그의 눈길은 대고모에게 쏠려 있었다. 대고모가 순식간에 여위어버린 것을 보는 듯한 침울하고 걱정스러운 표정이었다. 그 점은 본인도 알고 있었다. 딕 씨는 어떻게든 고개를 돌리지 않으려고 애썼지만, 고개가 정면을 향해 있어도 눈은 끊임없이 옆으로 돌아갔으므로 상황은 조금도 나아지지 않았다. 저녁 식사 시간이 되자 그는, 이것이 우리의 마지막 만찬이라도 되는 것처럼 빵 조각(확실히 작긴 했다)을 바라보고만 있었다. 대고모가 그에게 평소처럼 식사를 하라고 말하자, 그는 자기 빵과 치즈 조각을 주머니에 몰래 집어넣는 것이었다. 그로서는, 우리가 먹을 것이 없어 곤란할 때 그것을 꺼내어 우리를 기쁘게 해 줄 생각이었을 것이다.

이와는 반대로 대고모는 매우 침착했으며, 이러한 대고모의 태도는 우리에게—특히 나에게—좋은 교훈이 되었다. 내가 무심결에 페거티라는 이름으로 부를 때를 제외하고는, 대고모는 페거티에게도 매우 친절했다. 또한 런던에서는 마음이 편치 않았을 텐데, 그러면서도 아주 편안한 것 같이 보였다. 밤에는 대고모가 내 침대를 쓰기로 했고, 나는 대고모를 보호하기 위해서 거실에서 자기로 결정했다. 큰 불이 날 때를 대비해서 강 바로 곁에 있는 것이 아주 중요하다고 대고모는 늘 주장했었으므로, 그 점에서 이곳에 어느 정도 만족하고 있다고 생각했다.

"얘, 트롯아." 내가, 대고모가 밤마다 마시는 술을 준비하는 것을 보고 대고모는 말했다. "나는 마시지 않겠다!"

"대고모님, 아무것도 마시지 않으시겠다고요?"

"아무튼 포도주는 싫다. 차라리 맥주가 좋겠구나."

"그렇지만 여기 포도주가 있는걸요. 대고모님께서는 언제나 포도주로 배합한 것을 드셨잖아요."

"그것은 병이 날 경우를 대비해서 남겨두어라." 대고모는 말했다. "무턱대고 써버려서는 안 돼, 트롯. 그러니 나는 맥주를 반 파인트만 마시겠어."

딕 씨가 이 말을 들으면 놀라서 기절할지도 모르겠다고 생각했다. 그러나 대고모의 결의가 확고했으므로 나는 맥주를 사러 나갔다. 이미 시간도 많이 늦어서 페거티와 딕 씨는 나와 함께 잡화점으로 돌아가기로 했다. 나는 모퉁이에서 그들과 헤어졌는데, 그 커다란 연을 등에 짊어지고 가는 모습은, 말 그대로 인간 불행의 상징이었다.

내가 돌아왔을 때, 대고모는 나이트캡 가장자리에 손가락으로 주름을 잡으면서 방 안을 서성거리고 있었다. 나는 언제나 하던 대로 맥주를 데우고 토스트를 만들었다. 음식이 다 준비되자 대고모도 나이트캡을 쓰고 치맛자락을 무릎까지 걷어 올리고서 먹을 준비를 했다.

"애야," 대고모는 음식을 한 숟가락 먹은 뒤에 말했다. "포도주보다 훨씬 낫구나. 쓴 맛도 거의 없고."

아마 이때 내가 믿을 수 없다는 표정을 했던 것 같다. 대고모는 덧붙였다.

"쯧쯧, 애야. 우리가 맥주라도 마실 수 있는 건 다행이란다."

"그야 그렇지요, 대고모님. 정말입니다." 나는 말했다.

"그래, 그렇다면 너는 어째서 그렇게 생각하지 않지?" 대고모가 말했다.

"왜냐하면 대고모님과 저는 아주 다르니까요."

"말도 안 되는 소리야, 트롯!" 대고모가 말했다.

그리고 따뜻한 맥주를 찻숟가락으로 떠 마시기도 하고 토스트 조각을 맥주에다 적셔 먹기도 하면서 고요하고 진심으로 편안해하는 모습을 보니, 아주 거짓은 아닌 것 같았다.

"트롯, 나는 대체로 낯선 사람은 좋아하지 않는데, 너의 그 바키스는 좋은 사람 같더구나."

"대고모님께서 그렇게 말씀하시다니 저는 1백 파운드를 받은 것보다 더 기쁩니다!"

"별 희한한 일도 다 있지." 대고모는 코를 만지작거리며 말했다. "어떻게 그 여자가 그런 이름을 받고 이 세상에 태어났는지 까닭을 알 수 없단 말이야. 잭슨이라든가 다른 이름으로 태어났더라면 훨씬 더 편했을 텐데."

"아마 본인도 그렇게 생각하고 있을 겁니다. 하지만 그건 그녀의 잘못이 아니니까요."

"그야 그렇지." 대고모는 인정하기를 싫어하는 기색으로 대답했다. "그러나 역시 아주 기분 나쁜 이름이야. 어쨌든 지금은 바키스라는 이름이니까 좀 낫지. 바키스는 너를 무척 좋아하더구나."

"그 증거를 보이기 위해서라면 그녀는 무슨 짓이든 할 겁니다."

"무슨 짓이든 다하겠지. 아까도 자기 돈을 꾸어주겠다고 했어. 자기에게는 돈이 너무 많다면서 부탁하는 기세였지! 참 바보 같은 여자야!"

대고모의 눈물이 따뜻한 맥주 속으로 방울방울 떨어졌다.

"참 이상한 여자야! 그 여자는 네 어머니—아직 아기 같던 네 어머니와 함께 있을 때 처음 보았는데, 그때부터 아주 이상한 여자라고 생각했었지. 그렇지만 바키스에게도 좋은 점은 있구나."

대고모는 웃는 체하면서 손을 눈으로 가져갔다. 그러고는 토스트를 먹으며 하던 이야기로 되돌아왔다.

"아, 그건 그렇고, 다 들었단다!" 대고모는 한숨을 내쉬었다. "참 끔찍한 일이야! 트롯아! 너와 딕 씨가 없을 때 바키스가 다 말해주었어. 그래서 나도 다 알고 있단다. 그런 철딱서니 없는 계집애들은 도대체 무슨 생각으로 사는지 모르겠다. 벽난로 선반에 머리라도 박을 생각인지, 원!" 아마도 나를 생각해서 한 말일 것이다.

"불쌍한 에밀리!" 나는 말했다.

"저런, 불쌍하다는 말은 하지 마라. 그런 것은 그 애 자신이 어리석은 짓을 저지르기 전에 스스로 생각했어야 하는 거야! 트롯, 내게 키스해 다오! 불쌍한 것. 너도 어릴 때부터 고생만 해왔지."

내가 몸을 앞으로 구부리자, 대고모는 내 무릎 위에 큰 컵을 놓고서 나를 꽉 붙잡았다. "아, 트롯! 너는 지금 사랑을 하고 있다고 생각하는구나, 그렇지?"

"생각하느냐고요, 대고모님?" 나는 얼굴을 붉히며 말했다. "저는 진심으로 그녀를 사모하고 있습니다!"

"도라를 사모한단 말이지! 그렇게 그 아이가 좋으니?"

"대고모님, 도라에 대한 마음은 그 누구도 전혀 떠올리지 못할 겁니다!"

"그래, 바보 같은 짓이 아니란 말이지?"

"바보 같은 짓이라고요, 대고모님!"

바보 같은 짓인가 아닌가—솔직히 한 번도 생각해 본 적이 없는 문제였다. 생각하기조차 싫었던 것이다. 그러나 듣고 보니, 역시 새삼스러운 문제로 다가오면서 정신이 퍼뜩 들었다.

"경솔한 행동은 아니겠지?" 대고모는 다시금 물었다.

"경솔한 행동이라고요, 대고모님!" 나는 앞선 물음에서 받은 충격을 다시 느끼며 이번에도 앵무새처럼 똑같이 따라서 되물었다.

"괜찮다. 물어보았을 뿐이야. 비난하는 게 아니란다. 불쌍한 귀여운 것들! 그래서 너희는 서로 한 몸이 되어 소꿉장난 같은 생활을 해나갈 생각이란 말이지, 트롯아?"

대고모가 아주 친절하게 배려하면서, 반은 농담조로 반은 슬픈 듯이 물었기 때문에 나는 아주 감격해버렸다.

"저희는 나이도 어리고 경험도 없습니다, 대고모님. 그래서 어리석은 말을 하거나 어리석은 생각도 많이 할 것입니다. 그렇지만 우린 진실로 서로 사랑하고 있습니다. 도라가 다른 사람을 사랑하거나 나를 더 이상 사랑하지 않는 일은, 그리고 내가 다른 사람을 사랑하거나 더 이상 도라를 사랑하지 않는 일은 절대 없습니다. 그런 생각만으로도 어찌할 바를 모르겠고, 마치 머릿속이 텅 비어버리는 느낌입니다."

"아, 트롯!" 대고모는 머리를 가로저으며 미소를 지으면서도 진지하게 말했다. "사랑에 눈이 멀었구나, 눈이 멀었어!"

"트롯아, 내가 알고 있는 어떤 사람은," 대고모는 잠시 말을 멈추었다가 계속했다. "아주 유순한 성격이었지만, 애정문제에 관해서는 가엾은 어린아이처럼 외골수였단다. 그런 진지함은 자신을 버티어나가고 향상시키기 위해서 절대 버릴 수 없다고 주장했지. 헤아릴 수 없이 깊고 솔직하고 성실한 진지함 말이다!"

"대고모님께서 도라의 진지함을 아신다면 얼마나 좋겠습니까!" 나는 큰 소리로 말했다.

"아아, 트롯! 그것이 바로 맹목이란다!"

이유는 알 수 없지만, 나는 무언가가 손에서 빠져나가는 듯한 가슴 아픈 불안이 구름처럼 막연히 피어오르는 것을 느꼈다.

"트롯아, 나는 너희 두 젊은이에게 상처를 주거나 불행하게 만들고 싶지는 않아. 비록 그것이 아이들끼리의 철없는 사랑이라 해도 말이다. 그리고 그 철없는 사랑이란 곧잘―알겠니! 늘 그렇다는 게 아니라 자주야!―실패로 끝나곤 하지만. 그래도 너희 문제는 진지하게 생각해서 장차 언젠가는 좋은 열매를 맺기를 바라자꾸나. 아직 시간은 충분히 있으니까 말이다."

이것은 사랑에 빠져 있는 사람에게는 위안이 되지 않았다. 그래도 대고모에게 털어놓을 수 있어서 기뻤고, 또 슬슬 대고모가 피곤할까 봐 걱정이 되었다. 나는 대고모의 애정 어린 충고와 친절에 깊은 감사를 나타냈다. 대고모도 상냥하게 잘 자라는 말을 남기고 나이트캡을 들고 내 침실로 들어갔다.

그러나 나는 잠자리에 눕자 비참한 생각으로 괴로웠다. 스펜로 씨의 눈에 내가 가난하다는 것이 어떻게 비칠 것인지 생각하고 또 생각했다. 지금 내 신분은, 도라에게 청혼했던 무렵에 생각했던 그런 신분이 아니었다. 이렇게 되었으니 지금 내 형편이 어떻다는 것과, 바란다면 약혼을 취소해도 좋다고 도라에게 얘기해야 했다. 또한 그보다도 나의 기나긴 수습 기간 중에는 한 푼의 수입도 없는데 어떻게 살아갈 것이며, 어떻게 해서든지 대고모를 도와드려야 하는데 어떻게 해 볼 방법이 없었다. 주머니에 돈 한 푼 없이 남루한 옷을 걸치고, 도라에게 선물 하나 해줄 수도 없고, 멋진 회색 말도 탈 수 없다. 남에게 인정받을 부분이 전혀 없는 것이다!

　나는 그런 생각만 끝없이 계속했다. 자기 불행만 생각하는 것이 얼마나 졸렬하고 이기적인 일인 줄 알면서도, 그리고 그로 인해 스스로 괴로워하면서도, 도라에 대한 사랑이 너무 깊어 나도 어쩔 수가 없었다. 나 자신에게만 급급하여 대고모의 불행을 생각하지 못하는 것이 비열한 줄 알지만, 도라를 생각하면 이기적이 될 수밖에 없었다. 나는 어느 누구를 위해서라도 도라를 한쪽으로 밀쳐놓을 수는 없었던 것이다. 아아, 그날 밤 나는 얼마나 비참했는지 모른다.

　잠이 든 뒤에는 갖가지 종류의 가난에 관한 꿈을 꾸었는데, 그러한 꿈은 잠들었다고 느끼기도 전에 느닷없이 찾아왔다. 나는 남루한 옷을 걸치고 도라에게 여섯 다발의 성냥을 단돈 반 페니에 사 달라고 애원도 했다. 잠옷 차림에 장화를 신고 사무실에 출근했다가 그런 망측한 옷차림으로 의뢰인 앞에 나섰다고 해서 스펜로 씨에게 야단맞기도 했다. 세인트폴 성당의 종이 한 시를 알리면 늙은 티피는 매일 그 시간에 비스킷을 먹는데 그 떨어진 부스러기를 허겁지겁 주워 먹기도 했다. 도라와의 결혼 허가증을 얻어내려고 필사적으로 노력하지만 결혼 예물로는 우라이아 힙의 장갑 한 짝뿐이었으며, 민법박사회관 전체가 안 된다고 거절을 하여 끝내 승인을 얻지 못하는 것이었다. 게다가 나는 내 방에서 자고 있다는 생각이 흐릿하게 떠올라서, 침구라는 바다에 조난당한 배처럼 줄곧 엎치락뒤치락했다.

　대고모도 잠을 이루지 못했다. 이따금씩 방 안을 왔다 갔다 하는 발소리가 들렸고, 두서너 번이나 긴 플란넬 잠옷 차림으로(그것을 입으면 키가 7피트나 되어 보였다) 유령처럼 내 방에 들어와서 내가 누워 있는 소파 곁으로 왔던 것이었다. 처음에는 나도 깜짝 놀라서 일어났는데, 이야기를 들어보니, 한곳만 유난히 밝은 밤하늘을 보고 웨스트민스터 사원에 불이 난 줄 알았다고 했다. 그리고 만약 바람이 바뀌면 버킹엄 거리까지 불이 옮겨 붙진 않느냐며 진지하게 묻는 것이다. 그 뒤에도 한참 자고 있는 내 곁에 앉아서, "가엾은 녀석!" 하고 혼잣말로 속삭였다. 대고모가 자신은 돌보지 않고 내 생각을 하는 데 반해 나는 나 자신만을 위한 이기적인 생각을 했다는 것을 깨닫자 스무 배나 더 나 자신이 한심하게 느껴졌다.

　내게는 이토록 긴 밤이 다른 사람들에게는 짧다는 것은 도무지 믿어지지가 않았다. 이런 생각을 하면서 사람들이 몇 시간씩 춤을 추면서 보내는 무도회를 떠올리다 보니, 이러한 생각이 꿈이 되고 말았다. 한 곡조의 음악이 끊임없이 들려왔다. 도라는 나를 거들떠보지도 않고 줄곧 춤만 추고 있었다. 밤새도록 하프를 타던 사나이가 평범한 나이트캡으로 하프를 덮으려다 실패하는 장면에서 나는 잠을 깼다. 아니, 그보다는 내가 잠을 청하려는 생각을 포기하자 어느새 햇빛이 창문을 통해 비치고 있었다는 것이 옳은 말일 것이다.

스트랜드를 막 벗어난 거리의 막다른 곳에 옛날 로마식의 목욕탕이 하나 있었다(어쩌면 지금도 있을지도 모른다). 나는 곧잘 그 목욕탕에 가서 냉수욕을 했다. 나는 조용히 옷을 갈아입고 대고모를 페거티에게 맡기고, 곧장 목욕탕으로 달려가서 목욕을 하고는 햄스테드까지 산책했다. 이러한 방법으로 어느 정도 정신이 들기를 바랐던 것이다. 그리고 실제로 효과가 있었다.

나는 제일 먼저 수습 계약을 취소하고 보증금을 되찾아야 한다는 결론에 이르렀다. 햄스테드 히스*²에서 서둘러 아침을 먹고 물을 뿌린 거리를 따라, 정원에서 자라고 있는 여름 꽃들과 꽃장수들이 머리에 이고 시내로 팔러 가는 꽃들의 향기로운 냄새를 맡으며, 민법박사회관으로 걸어갔다. 바뀐 처지에 어울리는 이 첫 번째 노력이 어떤 결과를 가져올까를 생각하느라 정신이 하나도 없었다.

그러나 사무실에 너무 일찍 닿아서 언제나 제일 먼저 출근하는 늙은 티피가 열쇠를 가지고 올 때까지 반 시간 동안 민법박사회관 주변을 서성거렸다. 이윽고 문이 열리자 나는 그늘진 한쪽 구석에 앉아 맞은편 굴뚝 꼭대기에 비치는 햇살을 바라보며 도라를 생각했다. 이윽고 스펜로 씨가 힘차고 활발하게 들어왔다.

"코퍼필드, 잘 있었나? 참으로 기분 좋은 아침이구먼."

"아름다운 아침입니다, 선생님. 법정에 가시기 전에 한 가지 말씀드릴 게 있는데 괜찮습니까?"

"좋아, 내 방으로 들어오게."

나는 그를 따라 방으로 들어갔다. 그는 곧장 법복을 입고 벽장 문 안에 걸려 있는 조그마한 거울 앞에 서서 몸단장을 시작했다.

─────────────

*2 런던 북서부에 있는 자연 공원지.

"말씀드리기 죄송합니다만, 대고모님으로부터 좋지 않은 이야기를 들었습니다."

"저런! 설마 중풍은 아니겠지?"

"건강상의 문제는 아닙니다, 선생님. 대고모님께서 큰 손실을 입으신 모양입니다. 사실은 거의 무일푼이나 마찬가지라고 합니다."

"그것 참 놀라운 일이군, 코퍼필드." 스펜로 씨가 소리쳤다.

나는 고개를 가로저었다.

"정말입니다. 대고모님의 형편이 딱하게 되었으므로, 그것이 가능한가를 알아보고 싶습니다. 물론 보증금 가운데 얼마의 손실을 각오하고 있습니다." 그의 얼굴 표정이 멍해지는 것을 눈치채고서 순간적으로 이렇게 덧붙였다. 그리고 본론을 꺼냈다. "저의 연기계약을 취소하고 싶습니다."

이 제의로 내가 얼마나 큰 대가를 치러야 하는지 아무도 모른다. 이것은 도라로부터 멀리 유배되도록 선고를 내려 달라고 저자세로 부탁하는 것과 같기 때문이다.

"자네의 연기계약을 취소하겠다고, 코퍼필드? 정말 계약 취소를 원하는가?"

내가 나서서 생활비를 벌 수 없다면 곧바로 어디서 그것을 구할지 막막하다는 것을 나는 강경하게 설명했다. 그러나 장래에 대해서는 걱정하지 않는다고 더 한층 큰 소리로 덧붙였다. 앞으로 언젠가는 사위가 될 자격을 충분히 갖추리라는 것을 넌지시 암시하고 싶었던 것이다.

"그 말을 들으니 참으로 딱하구먼, 코퍼필드." 스펜로 씨는 말했다. "그러나 그런 이유로 연기계약을 취소한 전례가 없고, 직업상 그런 수속 절차도 없어. 또 그게 문제가 아니라도, 다만 동시에—" 그가 이렇게 말했으므로 나도 양보를 예상하고, "선생님은 정말로 친절하십니다" 하고 말했다.

그런데 스펜로 씨는, "천만에, 그렇게 말하지 말게. 내가 말하려는 것은, 내가 재량껏 처리할 수 있는 입장이라면—다시 말해서 동업자 책임이라는 것만—그러니까 조킨스 씨만 없어도—"

내 희망은 좌절되었지만, 그래도 한 번 더 억지 노력을 해 보았다.

"그럼 조킨스 씨에게 이러한 사정을 말씀드려 보면 어떻겠습니까—"

스펜로 씨는 고개를 저었다. "그럴 수는 없네! 내가 누군가에게 부당한 짓을 하다니! 하물며 조킨스 씨에게는 더더구나 안 되지. 그리고 나는 내 동업자를 잘 알고 있다네, 코퍼필드. 조킨스 씨는 이런 제의에 응할 사람이 아니라네. 융통성이라고는 조금도 없이 꽉 막힌 인간이거든. 그의 성격은 자네도 잘 알고 있잖은가!"

그러나 조킨스 씨에 대해서 나는 아무것도 아는 게 없었다. 알고 있는 것은, 원래는 그 사람 혼자 이 사무소를 꾸려가고 있었다는 것, 지금은 몬터규 광장 근처에 있는, 페인트칠이 벗겨진 낡은 집에 혼자 살고 있다는 것, 매일 아주 늦게 출근했다가 일찍 돌아간다는 것, 일을 의뢰받는 모습은 한 번도 본 적이 없으며, 2층에 작고 더러운 창고 같은 방을 갖고 있지만 그곳에서 집무를 보는 일은 없다는 것, 책상 위에는 언제나 낡고 누렇게 변색된 갱지 편지지가 한 다발 놓여 있으나 잉크 자국 하나 없으며, 들리는 말에 의하면 20년 전부터 그 상태라는 것 정도였다.

"그럼 그분께 사정 이야기를 하는 것을 반대하신다는 뜻입니까?" 나는 물었다.

"그런 것은 아니야." 스펜로 씨는 말했다. "그러나 나는 그동안의 경험을 통해 조킨스 씨를 알고 있네, 코퍼필드. 나는 자네 일이 잘되기를 바라네. 그러니 자네가 그러고 싶다면 조킨스 씨에게 이야기하는 것을 조금도 반대할 이유가 없다네."

다정한 악수로써 허락해주었으므로 나도 어느 정도 기운이 났다. 도라를 생각하며 햇볕이 맞은편 집 굴뚝 꼭대기에서 벽 쪽으로 점점 내려오는 것을 보면서 앉아 있는데 조킨스 씨가 들어왔다. 나는 곧장 조킨스 씨의 방으로 갔다. 나를 본 그는 매우 놀라는 것이었다.

"들어오게, 코퍼필드 군." 조킨스 씨는 말했다.

나는 안으로 들어가 앉았다. 나는 스펜로 씨에게 이야기한 그대로 조킨스 씨에게 내 사정을 말했다. 조킨스 씨는 생각했던 것과는 달리 전혀 무서운 사람이 아니었고, 몸집은 커도 온후하고 호감이 가는 예순 줄의 신사였다. 쉬지 않고 담배를 씹고 있었으므로 어느새 민법박사회관에서는, 그의 몸은 다른 음식을 받아들일 여유가 전혀 없으며 오직 그 흥분제만으로 살아간다는 이야기까지 나돌았다.

"그 사정을 스펜로 씨에게도 이야기했겠지?" 차분하지 못한 태도로 내 이야기를 끝까지 듣고 난 조킨스 씨는 말했다.

나는 그렇다고 대답한 뒤, 스펜로 씨가 선생님 이름을 언급했다고 말했다.

"그는 내가 반대할 것이라고 말했지? 그럼 미안하지만, 코퍼필드, 나도 자네 목적을 이루어 줄 수 없네." 조킨스 씨는 이상하게 흠칫거리면서 말했다. "그 이유는—아차, 사실은 지금 잉글랜드 은행에 약속이 있어. 실례를 용서하게."

조킨스 씨는 이렇게 말하고 허둥지둥 일어나 방에서 나가는 것이었다. 그래서 나는 "그럼 이 문제를 달리 조정할 방법은 없습니까?"라고 다시 한 번 확실하게 물어보았다.

"없어!" 조킨스 씨는 문가에서 고개를 저으며 이 말만을 남기고는 재빨리 나가버렸다. "코퍼필드군, 나는 반대야." 조킨스 씨는 다시 문 안으로 고개를 들이밀고 안절부절못하면서 말했다. "만약 스펜로 씨가 반대한다면—"

"개인적으로 반대하진 않는다고 말씀하셨습니다, 선생님."

"아! 개인적으로는!" 조킨스 씨는 말했다. "자네에게 분명히 말하지만 역시 안 되겠네, 코퍼필드 군. 가망 없어! 자네가 바라는 소망은 이루어질 수가 없네. 그럼 은행에 볼일이 있어서 이만." 그는 이 말을 남기고 거의 뛰다시피 하며 가 버렸다. 그가 다시 민법박사회관에 모습을 나타낸 것은 그로부터 사흘 뒤였다.

온갖 수단을 다해 보겠다고 다짐하고 나는 스펜로 씨가 들어올 때까지 기다렸다가 지금까지 일어났던 일들을 그에게 이야기했다. 만약 선생님만 허락해준다면 완고한 조킨스 씨의 고집도 누그러뜨릴 희망이 보인다고 그를 이해시켰다.

"코퍼필드," 스펜로 씨는 친절하게 미소를 지으며 대답했다. "자네는 내 동업자인 조킨스 씨를 내가 아는 것만큼 알지 못하고 있어. 조킨스 씨는 타협을 모르는 사람이야. 어딘지 왕왕 사람들이 속아 넘어가게끔 자신의 생각과는 반대로 말하는 버릇이 있다네. 틀렸어, 코퍼필드. 조킨스 씨의 마음을 움직일 수는 없네!"

두 사람 말을 다 들어보았지만 누가 과연 정말로 반대를 하는지 나는 알 수 없었다. 다만 이 사무소에는 어딘가 냉혹한 데가 있으며, 대고모의 1천 파운드를 돌려받기란 도저히 불가능하다는 것만은 아주 분명히 알았다. 나는 풀죽은 얼굴을 하고 집으로 돌아왔다. 그날의 우울함은, 지금 생각해도 부아가 치밀어서 참을 수가 없다. 왜냐하면 비록 그것이 줄곧 도라와 관계가 있기는 했지만, 역시 결국은 나 자신에 대한 실망과 낙담이었기 때문이다.

나는 최악의 사태를 각오하고, 앞으로 해야 할 여러 일들을 마음속으로 준비하려고 애쓰고 있는데, 전세 마차 하나가 뒤에서 달려오더니 바로 내 옆에서 딱 멈추었다. 나는 무심결에 쳐다보았다. 창문에서 예쁜 손 하나가 내게로 뻗쳐 나왔다. 굵직한 난간이 달린 계단 위에 있는 모습을 처음 보았던 그 순간부터, 그 온화하고 아름다운 얼굴을 보면 교회의 색유리창이 떠오르던 그 순간부터, 고요와 행복감을 느끼지 않을 수 없었던 그 얼굴이 내게 미소를 보내고 있었다.

"아그네스!" 나는 기쁨에 넘쳐 외쳤다. "아, 아그네스, 다른 사람도 아닌 당신을 만나다니 이 얼마나 기쁜 일이오!"

"어머, 정말 그래요?" 아그네스도 진심어린 목소리로 말했다.

"당신과 이야기하고 싶었어요. 아, 당신을 보기만 해도 한결 마음이 편해지는군요! 만약 내가 마법사의 모자를 가지고 있다면 제일 먼저 당신을 불러냈을 거예요!"

"뭐라고요?"

"글쎄! 어쩌면 도라를 불러냈겠지요." 나는 얼굴을 붉히면서 솔직히 인정했다.

"틀림없이 도라일 거예요." 아그네스는 웃으면서 말했다.

"그렇지만 그 다음 차례는 단연코 당신이지요! 그런데 어디 가는 길입니까?"

아그네스는 대고모를 만나기 위해 내 방으로 오는 길이었다. 날씨가 매우 맑았으므로, 그녀는 기꺼이 마차에서 내렸다. 마차 안은(나도 계속 머리를 들이민 채로 있었지만), 마치 오이를 재배하는 온실에 마구간이라도 집어넣은 것처럼 후텁지근했기 때문이다. 내가 마부를 돌려보내자 아그네스는 내 팔을 잡고 걸었다. 영락없이 '희망'의 여신이 강림한 것 같았다. 아그네스가 온 것만으로 순식간에 내 기분이 되살아난 것이다.

대고모가 편지를 써서―은행 지폐 길이만큼도 안 되는 용건만 적은 편지―그녀에게 보냈던 것이다. 그 편지에다 자기는 불우한 처지에 놓이게 되어 영원히 도버를 떠나지만, 이미 결심도 확고하고 몸도 건강하니 자기 걱정을 할 필요는 없다고 적었던 것이다. 그래서 아그네스는 대고모를 만나기 위해 런던까지 왔다. 이들 두 사람은 여러 해 동안 서로 아주 친했던 것이다. 그들의 관계는 내가 위크필드 씨 집에 살던 그때부터 시작된 것이었다. 게다가 아그네스는 혼자 온 것이 아니라 아버지와 같이 왔다고 했다.— 그리고 우라이아 힙도 함께였다.

"그럼 이제 두 사람은 동업자군요." 나는 말했다. "제기랄, 망할 작자 같으니!"

"그래요." 아그네스가 말했다. "아버지와 그가 여기에 볼일이 있었어요, 그래서 나도 그들을 따라 온 거예요. 하지만 오해는 하지 말아요. 내가 온 것은, 아버지 혼자서 그와 동행하도록 내버려두고 싶지가 않았기 때문입니다."

"아그네스, 그 사람은 여전히 아버님께 영향력을 행사하고 있나요?"

아그네스는 고개를 저었다. "저희 집은 많이 변했어요." 그녀가 말했다. "옛날의 그 다정했던 집은 이제는 생각도 할 수 없어요. 지금은 그들이 우리와 같이 살고 있거든요."

"그들이라니요?"

"힙 씨와 그의 어머니 말이에요. 옛날 당신이 자던 방에 이제는 그 인간이 살고 있어요." 아그네스는 내 얼굴을 빤히 들여다보며 말했다.

"내가 그자의 꿈을 마음대로 다룰 수 있으면 좋을 텐데." 나는 말했다. "그러면 그를 곧바로 거기서 내쫓을 수 있을 테니까요."

"그리고 나는 여전히 그 작은 방에 있어요." 아그네스가 말했다. "내가 공부했었던 그 방 말이에요. 세월이 얼마나 빨리 흘러가는지! 기억해요? 응접실로 통하는 조그마한 장식판자가 있는 방 말이에요."

"아그네스, 기억하느냐고요? 내가 당신을 처음 보았을 때 당신은 이상하게 생긴 조그마한 열쇠광주리를 허리에 매달고 그 문에서 나왔지요?"

"지금도 꼭 그래요." 아그네스는 웃으면서 말했다. "당신이 그때 일을 그렇게 즐겁게 기억하고 있다니, 나는 매우 기뻐요. 그때는 정말 즐거웠지요."

"그랬지요."

"나는 지금도 그 방을 쓰고 있어요. 하지만 힙 부인을 언제까지나 못 본 체할 수는 없어요. 그래서 혼자 있고 싶을 때에도 부인의 말동무가 되어주어야 한답니다. 그렇지만 부인은 달리 거슬리는 점이 없어요. 때때로 아들 자랑을 해서 나를 피곤하게 만들지만, 어머니로서는 당연한 일이지요. 그 사람도 어머니에게는 효자니까요."

아그네스가 말을 하는 동안 나는 그녀를 살폈다. 우라이아의 꿍꿍이를 눈치챈 것 같지는 않았다. 온화하지만 한결같은 그녀의 눈과 마주쳤지만, 그 눈은 어디까지나 아름답고 순수했으며 상냥한 얼굴도 그대로였다.

"그들이 집에 있어서 제일 싫은 것은," 아그네스는 숨을 내쉬고 나서 말했다. "내 마음대로 아버지 곁에 있을 수 없게 된 것이에요—우라이아 힙이 우리 부녀 사이에 끊임없이 끼어들어요—너무나 지나친 말인지는 몰라도, 내가 마음껏 아버지를 보살펴드릴 수가 없게 되었어요. 그러나 아버지께 어떠한 사기행위를 하거나 배반을 꾀한다 해도 결국에는 순수한 사랑과 진실이 이긴다고 나는 생각해요."

아그네스가 아닌 다른 어떤 사람에게서도 결코 보지 못했던 그 환한 미소를 보며, 그 아름다운 미소를 한때는 매일 보았었다며 감회에 젖어 있었다. 그런데 그녀가 갑자기 표정을 바꾸며(그때 우리는 내가 살고 있는 거리 근처까지 왔다), 대고모의 처지가 어쩌다가 그처럼 달라졌느냐고 물었다. 대고모가 이야기를 하지 않아서 모른다고 대답했더니, 아그네스는 갑자기 우울해졌다. 내 팔을 잡은 그녀의 팔까지 떨리고 있는 것 같았다.

대고모는 혼자 있었는데 약간 흥분해 있었다. 왜냐하면 대고모와 크럽 부인 사이에 추상적인 문제(독신자용 셋방에 여자가 들어와 있는 것이 합당한가 그렇지 못한가 하는 것)로 의견 충돌이 있었던 것이다. 대고모는 크럽 부인의 경련 증상 따위는 전혀 아랑곳없으므로, 당신한테서 조카의 브랜디 냄새가 난다며 당장 나가라고 쫓아냄으로써 이야기를 끊었다고 한다. 그런데 크럽 부인은 그 말이 명예훼손에 해당한다면서 나라의 주디—즉 국민 권리의 보장자 주디에게 고소하겠다고 말해버린 것이다.[3]

그러나 대고모는 페거티가 근위기병대를 구경시키기 위해 딕 씨를 데리고 밖으로 나간 사이에 겨우 흥분을 가라앉혔고, 게다가 아그네스를 보자 몹시 반가웠으므로, 기분 좋게 우리를 맞이해주었다.

아그네스가 모자를 벗고 대고모 곁에 앉았을 때, 나는 그녀의 유순한 눈과 밝게 빛나는 이마를 바라보고, 그녀가 그 자리에 있는 것이 얼마나 자연스러우며 당연해 보였는지 모른다. 아그네스는 젊고 경험이 모자라지만 대고모는 그녀를 믿고 있으며, 그녀의 순수한 사랑과 진실이 특히 깊은 인상을 준다는

---

[3] 주디는 영국의 전통 인형극 〈펀치와 주디〉의 여주인공으로, 어설픈 지식밖에 없는 크럽 부인이 저지, 곧 재판관을 잘못 말한 것이다.

것을 나는 생각하지 않을 수 없었다.

우리는 대고모의 손실에 관해 이야기했고, 나도 오늘 아침에 한 일들을 들려주었다.

"그것은 분별없는 짓이었어, 트롯." 대고모가 말했다. "그러나 마음은 고맙구나. 너는 정말 착한 아이야. 아니, 이제는 청년이라고 불러야 하겠지. 나는 너를 아주 자랑스럽게 여기고 있단다, 애야. 그러니 이 이야기는 이쯤 해두자. 자, 트롯과 아그네스, 이 벳시 트롯우드의 경우를 진지하게 살펴보고 사정이 어떻게 되어 있는지 보기로 하자꾸나."

아그네스는 매우 주의 깊게 대고모를 바라보고 있었는데, 그녀의 얼굴빛이 창백하게 변하는 것을 보았다. 대고모는 고양이를 부드럽게 쓰다듬고 있었다. 고양이도 깜짝 놀라 아그네스를 바라보았다.

"이 벳시 트롯우드는," 돈 문제에 대해서는 언제나 침묵을 지키던 대고모가 오늘은 스스로 입을 열었다. "죽은 네 누이가 아니라 나 자신을 말한단다, 트롯. 아무튼 벳시는 약간의 재산을 가지고 있었지. 그 재산이 얼마나 되는가는 문제가 안 돼. 살아가는 데는 충분한 정도였고, 어쩌면 그보다 더 많았는지도 모르지. 약간의 저금도 있어서 나는 그것을 늘려 갔단다. 얼마 동안 그것을 공채에 투자했고, 다음에는 고문 변호사의 충고에 따라 토지를 담보로 하고 투자했단다. 이 일이 뜻대로 잘 되어서, 많은 이자와 함께 원금을 도로 찾고 그만두었지. 그런데 그 뒤 벳시는 새로 투자할 곳을 찾아야만 했어. 그런데 이제는 고문 변호사보다 자기가 더 똑똑하다고 생각하기 시작했어. 아그네스, 네 아버지 이야기를 하고 있는데, 더 이상 전처럼 고문 변호사로서 유능하다고 믿을 수 없었단다. 그래서 벳시는 자기 생각대로 투자할 마음을 가지게 되었단다. 그게 큰 오산이었지. 결국 손실로 끝나버렸어. 먼저 광산에서 실패하고, 그다음은 잠수업으로 손해를 보았지. 바닷속에 묻힌 보물을 끌어올리는 일이었지. 일확천금을 노리다가 오히려 손실을 본 거야." 그녀는 코끝을 문지르며 설명을 이었다. "그다음에도 또 손해를 보았고, 마지막으로 그동안의 손해를 한번에 되찾을 셈으로 은행에 투자했다가 모든 것을 날리고 말았어. 그 은행의 배당금이 처음에는 얼마였는지 모르지만, 아마 최소 10퍼센트는 주었을 거야. 그런데 그 은행이 머나먼 지구 반대편인 미국에 있었단다. 내가 알기로는, 순식간에 몰락했다는구나. 파산지경이 돼서 다만 얼마라도 내려 하지도 않았고,

낼 수도 없게 되어버렸지. 벳시의 그나마도 얼마 되지 않은 돈은 모두 거기에 들어 있었으니, 만사는 끝장이 나고 말았단다. 불평하느니 포기하는 게 좋아!"

대고모는 기세부리는 눈빛으로 아그네스를 바라보며 이야기를 끝냈다. 아그네스의 얼굴빛은 차츰 되살아났다.

"미스 트롯우드, 그것이 그간의 사연 전부입니까?" 아그네스가 물었다.

"이만하면 충분하잖니? 잃을 돈이 더 있었더라면 아마 그것으로 끝나지 않았을 거야. 돈이 있었더라면 그 돈까지 투자하여, 이야깃거리를 하나 더 만들어냈겠지. 그러나 돈이 없었기에 이야기도 여기서 끝난 것이란다."

처음에 아그네스는 숨을 죽이고 듣고만 있었다. 지금도 얼굴색은 빨개졌다가 하얘지기도 했지만, 숨결은 고요해졌다. 그 까닭은 나도 알 것 같았다. 곧 자기의 불행한 아버지도 이번 일에 책임이 있지 않나 해서 걱정하고 있었던 것이다. 대고모는 그녀의 손을 잡으며 웃었다.

"그것이 전부냐고?" 대고모가 말했다. "그래, 그게 다야. 단 한 가지, '그 뒤로 그녀는 행복하게 살았답니다'가 빠졌지만, 아마 언젠가는 그런 말을 덧붙일 수 있을 거란다. 그런데 아그네스, 너는 머리가 좋은 아이고, 트롯, 너도 때와 장소에 따라서는 제법 똑똑하단다. 언제나 그렇다고는 빈말로도 말할 수 없지만."

대고모는 그녀 특유의 힘 있는 몸짓으로 나를 향해 고개를 돌렸다.

"어떻게 해야 하겠니? 우선 그 시골 집 말인데, 그 집에서 평균 1년에 70파운드 정도는 집세가 나올 거야. 그 정도는 충분히 기대할 수 있지. 그런데 우리 손에 들어오는 것은 그것밖에 없단다." 대고모에게는, 어떤 종류의 말처럼 아직 한참 뛸 수 있다고 생각하는 순간 갑자기 딱 멈춰 서 버리는 이상한 버릇이 있었다. 대고모는 잠시 쉬었다가 말을 이었다.

"그리고 딕 씨 말이다. 그는 1년에 1백 파운드의 수입이 있지만 물론 그것은 딕 씨 본인을 위해 쓰지 않으면 안 돼. 그의 가치를 알아보는 사람은 오직 나 혼자라고 생각하지만, 그렇다고 해서 언제까지 그를 여기에 붙잡아두고 자기 돈도 마음대로 쓰지 못하게 할 수는 없단다. 나는 되도록 빨리 그를 내보내려고 하고 있어. 그러니 지금 가진 돈으로 트롯과 나는 어떻게 하는 것이 가장 좋을까? 아그네스의 생각은 어떠니?"

"대고모님, 역시 제가 뭔가를 해야 합니다!" 내가 옆에서 나섰다.

"군인이라도 되겠다는 말이냐? 아니면 뱃사람?" 대고모는 놀라며 말했다.

"그건 안 된다. 너는 소송대리인이 되어야 해. 우리 가문에서 살인자가 나오다니, 절대 안 되지."

나도 그와 같은 직업을 우리 가문에 들이고 싶지는 않다고 설명하려는데, "이 방은 장기로 빌린 것이 아닌가요?"라고 아그네스가 물었다.

"너 말 잘했다. 바로 그거야." 대고모가 말했다. "적어도 여섯 달은 여기서 빠져나갈 수 없는 모양이야. 다시 세를 놓는다면 모르지만 그럴 상황도 아니고. 우리 앞에 세들었던 사람도 여기서 죽었어. 여섯 사람 가운데 다섯 사람은 죽을 거야. 물론 그 크럽 부인 때문이지. 내게는 약간의 현금이 있어. 그러니 너도 그렇게 생각하겠지만, 기한이 끝날 때까지 여기서 살고, 딕 씨에게는 바로 근처에 침실을 하나 얻어주는 게 제일 좋을 것 같다."

대고모는 크럽 부인과 늘 게릴라전을 벌이며 살게 될 것이므로 불쾌하실 것입니다, 라고 말씀을 드리는 것이 내 의무였다. 그러나 대고모는 이미 크럽 부인과 전투를 개시한 이상, 부인의 생명이 다할 때까지 그녀를 놀라게 해줄 각오가 되어 있다고 선언함으로써 나의 우려를 간단하게 처리해버렸다.

"트롯우드, 나에게 생각이 있어요." 아그네스는 조심스럽게 말했다. "만약 시간이 있다면—"

"시간이야 충분히 있지요, 아그네스. 나는 네 시나 다섯 시 이후에는 늘 자유입니다. 오전에도 이른 시간은 비어 있어요." 몇 시간씩 시내를 어슬렁거리거나 노우드 거리를 떠돌던 시간을 생각하며 얼굴을 붉히고 말했다. "이렁저렁 시간은 얼마든지 있어요."

"그렇다면 비서 일이 싫지 않으시겠죠?" 아그네스는 내 곁으로 다가서며 나지막한 목소리로 속삭였다. 그 달콤하고 기대에 찬 목소리는 지금도 귓가에 남아 있다.

"싫지 않냐고요, 아그네스?"

"왜냐하면," 아그네스는 말을 계속했다. "스트롱 박사께서 은퇴를 하시고 지금 런던에 와서 살고 계세요. 그분께서 아버지께 누구 한 사람 추천해 달라고 부탁을 하셨어요. 박사님도 다른 사람보다는 그가 사랑하는 옛 제자를 곁에 두고 싶어하시지 않겠어요?"

"아그네스!" 나는 말했다. "당신이 없으면 나는 아무것도 못해요! 당신은 언제나 나의 좋은 천사요."

아그네스는 명랑하게 웃으며, "좋은 천사는 한 사람(도라를 두고 하는 말)으로 족해요"라고 말했다. 그리고 그녀는 계속해서, 박사님은 이른 아침과 저녁에 서재에서 일을 하므로, 내 한가한 시간과 박사님이 필요로 하는 시간이 잘 들어맞는다고 말했다.

이제 스스로 생활비를 벌 수 있다는 사실도 기뻤지만, 그보다는 옛 스승 밑에서 일을 하게 되어 더욱 기뻤다. 나는 서둘러 아그네스의 충고대로 책상에 앉아 박사님께 편지를 썼다. 편지에 나의 목적을 말하고서 내일 오전 10시에 찾아뵙겠다고 시간 약속을 정했다. 하이게이트라고 수신인의 주소를 적어서 (도저히 잊을 수 없는 그곳에 그가 살고 있었다) 곧바로 나가서 직접 편지를 부쳤다.

아그네스는 아무 소리도 내지 않지만 어디에 있든 간에 그녀가 있던 곳에는 기분 좋은 흔적이 반드시 나타났다. 집으로 돌아와 보니 대고모의 새들이, 시골 집 거실 창가에 언제나 걸려 있던 것과 똑같이 걸려 있었다. 내 안락의자는, 훨씬 더 안락한 대고모의 의자와 똑같은 모양새로 창가에 놓여 있었으며, 대고모가 가져온 둥근 녹색의 부채까지 창턱에 나사못으로 고정되어 있었다. 마치 그것들이 저절로 움직여서 자기 자리를 찾은 듯한 모습을 보고, 이 모든 일을 누가 했는가를 이내 알 수 있었다. 그뿐만 아니라 내가 아무렇게나 흩트려 놓은 책들도 옛날에 내가 학교 다닐 때처럼 깨끗이 정돈되어 있었다. 아그네스가 책들을 바쁘게 정돈하며, 너절하게 흩어져 있는 것을 보고 미소 짓던 모습을 직접 보았으니 문제될 것 없지만, 설령 아그네스가 멀리 수마일 거리에 떨어져 있다고 하더라도 나는 누가 정리했는지 한눈에 알아볼 것이다.

대고모께서는 템스 강에 대해서는 아주 너그러웠다(대고모네 집 앞의 바다와 비교할 수는 없지만, 햇빛이 비친 템스 강은 매우 아름다웠다). 그러나 런던의 연기만큼은 도저히 참을 수 없는 듯, "온통 후춧가루를 뿌려 놓은 것 같구나"라고 말했다. 이 후춧가루를 없애기 위해 페거티가 내 방 구석구석에까지 이른바 철저한 혁명을 일으키고 있었다. 그러나 페거티는 야단스럽게 설쳐대기만 하고 성과를 내지는 못했다. 아그네스는 조금도 부산하게 떠들썩대지 않고도 집안 정리를 거침없이 해나간다고 생각하고 있는데, 누군가 문을 두드렸다.

"아마 아빠일 거예요." 아그네스는 얼굴이 창백해지며 말했다. "들르겠다고 약속했거든요."

나는 문을 열었다. 위크필드 씨뿐만 아니라 우라이아 힙도 함께 들어왔다. 위크필드 씨와는 오랫동안 만나지 못했고 아그네스로부터 들은 이야기도 있으므로 몹시 변했으리라고 생각은 했지만, 실제로 보고 깜짝 놀랐다.

그분은 여전히 예나 다름없이 깔끔하게 차리고는 있었지만 몰라보게 늙어 있었다. 그뿐만이 아니다. 얼굴이 건강하지 못한 붉은색을 띠었고 눈은 부어올라 핏줄이 서 있었다. 또한, 손도 움찔움찔 떨리고 있었다─물론 그것은 원인도 알고 있고, 실제로 몇 년 동안 보아온 것이지만. 그러나 그것만으로 놀란 것은 결코 아니다. 다시 말하면 쇠약해진 용모, 신사다움의 상실 같은 것이 아니라(신사다움은 처음부터 없었다), 내가 놀란 까닭은, 그분의 타고난 위엄은 여전히 우수성이 여러 모로 나타나 있었지만, 비굴한 인간의 대명사인 우라이아 힙에게 굽신거리고 있다는 사실이었다. 본디 성격이 서로 바뀌어, 마치 우라이아가 권력을 쥐고 있고 위크필드 씨는 그 밑에서 신세를 지고 있는 것 같은 광경은 무어라 나타낼 수 없을 만큼 가슴이 아팠다. 원숭이가 사람에게 명령하는 것을 보더라도, 이보다 더 모욕적인 장면으로 받아들이지는 않았을 것이다.

위크필드 씨 자신도 그 점을 신경쓰고 있는 것 같았다. 방에 들어 와서도 그는 고개를 숙이고 가만히 서 있었다. 아그네스가 그에게 나직이 말했다.

"아빠! 여기 미스 트롯우드가 계세요. 그리고 오랫동안 만나지 못했던 트롯우드도 있어요." 그때야 비로소 다가와서, 대고모에게 어색하게 손을 내밀고, 나와도 진심 어린 악수를 했다. 우라이아의 얼굴이 순식간에 혐오스러운 미소를 지었다. 아그네스도 눈치챘는지, 움찔하며 뒷걸음질쳤다.

그런데 대고모가 그것을 보았는지 보지 못했는지의 여부는, 그녀의 동의가 없으면 아무리 골상학을 대입해본들 도저히 추측할 수 없을 것이다. 왜냐하면 대고모는 마음만 먹으면 시치미 뗀 얼굴을 완벽하게 지어낼 수 있었기 때문이다. 대고모의 마음속에 있는 생각의 실마리를 얼굴에서 찾으려고 하다가는 높은 벽에 부딪치고 말 것이다. 마침내 그녀가 특유의 무뚝뚝한 태도로 침묵을 깨뜨렸다.

"그런데 위크필드 씨!" 대고모가 말했다. 그러자 그는 처음으로 대고모를 바라보았다.

"내 돈을 스스로 얼마나 잘 처분했는가를 따님에게 이야기해주던 참입니다. 당신은 일을 처리하는 데 점점 둔해지고 있어서 당신에게 맡길 수도 없었으니

까요. 그래서 지금도 우리끼리 의논하고 있었는데, 모든 것을 참작해서 잘 해 나가고 있어요. 정말 유능한 아가씨예요. 내 생각으로는 아그네스가 당신 사무실에 있는 사람을 모두 합친 것보다 더 가치가 있어요.”

“저 같은 것이 끼어들어서 대단히 죄송합니다만,” 우라이아 힙이 몸을 비틀며 말했다. “저는 미스 벳시 트롯우드의 말씀에 전적으로 동의합니다. 그래서 아그네스 양도 사무실 경영에 참여해 주신다면 정말로 기쁘겠습니다.”

“이봐요, 당신은 이미 어엿한 경영자죠? 그것으로 충분하다고 생각하는데, 요즘 재미는 어떻소?”

대고모의 무뚝뚝한 질문에, 힙은 주눅이 들어서 푸른색 가방을 움켜잡은 채로, ‘덕분에 저는 아주 재미가 좋습니다. 감사합니다’라고 대답했다.

“그리고 도련님도, 아니, 코퍼필드 씨라고 말해야 하겠지요.” 우라이아는 말을 이었다. “당신도 건강해 보이니 다행입니다! 비록 지금과 같은 형편이기는 해도 이렇게 만나 뵙게 되니 기쁩니다, 코퍼필드 씨.” 나는 그럴 것이라고 대답했다. 그는 지금의 내 형편을 매우 기뻐하고 있는 것 같았기 때문이다. “지금의 형편을 당신 친구분들께서는 못마땅하게 생각하시겠죠, 코퍼필드 씨. 하지만 인간성은 돈으로 살 수 없지요. 저 같은 초라한 인간은 무엇이라고 말씀드릴 수가 없습니다만," 우라이아는 개가 꼬리를 흔드는 것처럼 몸을 움찔거리면서 말했다. "아무렴요. 돈이 인간을 만드는 것은 아닙죠!"

그러고는 내 손을 잡았는데, 보통 하는 식의 악수가 아니고, 내게서 꽤 떨어져서 약간 겁을 먹은 듯이 두려운 태도로 내 손을 잡고 펌프 손잡이처럼 위아래로 흔들어대는 것이었다.

"그런데 저희가 어떻게 보이시나요, 코퍼필드 도련님, 아니 코퍼필드 씨라고 해야지요." 여전히 간살스러운 목소리였다. "위크필드 씨가 한창때라고 생각하지 않으세요? 저의 사무실에서는 나이를 크게 문제 삼지 않는답니다, 코퍼필드 도련님. 비천한 제 어머니와 저를 이끌어 올려 주시는 것과," 그는 뒤에 생각난 듯이 말을 덧붙였다. "또 그 아름다우신 분, 즉 아그네스 양이 더욱더 아름다워지는 것은 별개의 이야기입니다만."

그가 입에 발린 찬사를 늘어놓은 뒤에 정말 눈뜨고는 보지 못할 태도로 몸을 비틀어대자 앉아서 보고만 있던 대고모가 끝내 참지 못하고 폭발했다.

"이 사람은 정말 참을 수가 없군!" 대고모는 준엄하게 꾸짖었다. "당신 뭘 하는 거요? 그런 감전된 듯한 시늉은 당장 그만둬요!"

"용서하십시오, 미스 트롯우드." 우라이아는 대답했다. "부인께서 기분 나빠 하실 줄은 알고 있었습니다만."

"썩 나가요!" 대고모는 화가 조금도 누그러지지 않았다. "무엇보다 그 말투가 건방져요! 나는 절대로 그런 사람이 아니오. 당신도 뱀장어라면 뱀장어답게 행동하시오. 사람이라면 자기 팔다리 정도는 똑바로 관리하란 말이에요. 오, 괘씸해!" 대고모는 화가 나서 말했다. "나는 그렇게 뱀이나 나사돌리개처럼 비비 꼬는 것은 딱 질색이에요. 내 머리가 다 이상해지는 것 같아요!"

대고모의 울화통이 폭발하면 대부분의 사람들이 그렇듯이 어지간한 힙도 잔뜩 주눅이 들었다. 그리고 대고모가 의자에 앉은 채로 몸을 내밀어 그에게 덤벼들어 물어뜯을 기세로 고개를 흔들며 성난 태도를 보였으므로 그는 더욱 당황했던 것이다. 그러나 그는 작은 목소리로 내게 말을 걸었다.

"코퍼필드 도련님, 미스 트롯우드는 훌륭한 분이시지만 성미가 급하다는 걸 저는 잘 알고 있습니다. 저는 코퍼필드 도련님보다 훨씬 일찍 비천한 서기였을 때부터 부인을 알고 있습니다. 그리고 지금 사정이 사정인 만큼 더 짜증이 나는 것도 당연하다고 생각합니다. 오늘 이렇게 찾아온 것은, 지금 형편이 이러하니 저희들, 즉 어머니와 저, 혹은 위크필드와 힙이 도와드릴 일이 있다면 기꺼이 도와드리고 싶기 때문입니다. 이렇게 말해도 괜찮을까요?" 우라이아는 동업자를 향해 미소를 보내며 말했다.

"트롯우드, 우라이아 힙은," 위크필드 씨는 마지못한 태도로 말했다. "일을 아주 능숙하게 처리한다네. 이 사람이 하는 말에 나도 전적으로 동의해. 자네도 아는 바와 같이, 나는 자네 일에는 그 전부터 관심을 가져왔으니까. 아무튼 우라이아의 말에는 전적으로 찬성이야."

"그렇게까지 믿어주시니 몸 둘 바를 모르겠습니다!" 우라이아 힙은 대고모로부터 또 한 차례 야단을 맞을 위험을 무릅쓰고, 한쪽 다리를 이상하게 들어올리면서 말했다. "그러나 저로서는 위크필드 씨의 고된 업무를 조금이라도 덜어드리고 싶은 생각밖에 없답니다, 코퍼필드 도련님!"

"우라이아 힙은 내게 많은 도움이 된다네." 위크필드 씨는 앞서와 똑같이 떨떠름한 투로 말했다. "이런 유능한 동업자 덕분에 나는 무거운 짐을 던 기분이라네."

교활한 붉은 여우가 그로 하여금 이러한 말을 하게끔 만들어놓은 것을 나는 잘 알고 있었다. 언젠가 끝내 나를 잠 못 이루게 했던 그날 밤 넌지시 얘기했던 그 역할, 그것을 위해 위크필드 씨를 쪼아대고 있는 것이었다. 나는 그 기분 나쁜 웃음이 그의 얼굴에 또다시 떠오르는 것을 보았다. 그리고 문득 정신을 차릴 때마다, 그도 나를 가만히 살피고 있다는 것을 알 수 있었다.

"아빠, 이제 가셔야지요?" 아그네스가 걱정스러운 듯이 말했다. "트롯우드와 저와 함께 걸어서 가시지 않겠어요?"

우라이아 힙이 선수를 치지 않았더라면 딸에게 대답하기 전에 위크필드 씨는 틀림없이 우라이아의 눈치를 살폈을 것이다.

"저는 선약이 있어요." 우라이아는 말했다. "사업 관계지요. 그것만 아니면 기꺼이 여러분과 동행할 텐데 아그네스 양, 잘 부탁합니다. 코퍼필드 도련님도 안녕히 계십시오. 그리고 미스 벳시 트롯우드도 부디 몸조심하십시오."

그는 이러한 말을 하고 위크필드 씨의 큰 손에 작별의 키스를 하고는 우리를 가면 같은 얼굴로 흘겨보면서 물러갔다.

우리는 한두 시간 동안 유쾌한 캔터베리 시대의 이야기를 하면서 앉아 있었다. 위크필드 씨는 아그네스와 둘이 남게 되자 옛날의 그로 돌아갔다. 몸에 밴 우울증은 도저히 떨쳐버릴 수 없었지만, 그럼에도 그는 명랑해졌다. 옛 시절의 일들을 떠올려 이야기하는 것을 듣고 아주 기뻐했으며, 그 자신도 자잘한 일들까지 다 기억하고 있었다. 그는 아그네스와 나와 함께 있으니 옛날로 돌아간 것 같다며, 그대로 변하지 않았더라면 좋았다고 말했다. 틀림없이, 평온한 아그네스의 얼굴과 그의 팔을 잡고 있는 손의 감촉이 이런 기적을 일으켰을 것이다.

대고모는(그녀는 그동안 안방에서 페거티와 분주히 일하고 있었다) 모두가 머물고 있는 숙소에 같이 가려 하지 않고, 한사코 나만 가라고 했다. 어쩔 수 없이 나 혼자 집을 나섰다.

우리는 함께 식사를 했다. 식사가 끝나자 옛날처럼 아그네스가 아버지 곁에 앉아서 포도주를 따랐다. 그는 딸이 따라주는 것만을 마시고, 그 이상은 한 방울도 마시지 않았다. 꼭 어린애 같았다. 어둠이 다가오자 우리 세 사람은 창가에 모여 앉았다. 이윽고 해가 저물자, 그는 아그네스의 무릎을 베고 소파 위에 누웠다. 아그네스는 한동안 아버지의 얼굴을 가만히 들여다보고 있었다. 이윽고 창가로 돌아왔을 때는 이미 날이 꽤 어두워져 있었음에도, 나는 아그네스의 두 눈에 눈물이 글썽이는 것을 볼 수 있었다.

아아, 나는 그때 그 시절의 그리운 아그네스, 사랑과 진실 위에 서 있던 아그네스를 절대로 잊지 않을 것이다! 만약 내가 잊어버리기라도 한다면, 나의 종말이 가까워지고 있음이 틀림없으며, 그때야말로 나는 제일 먼저 그녀를 떠올리고 싶기 때문이다! 그녀는 스스로 모범을 보임으로써, 나의 약한 마음을 강하게 하여 옳은 길로 이끌고—그녀는 너무나 얌전하고 온순해서 시끄럽게 잔소리하며 충고하는 성격이 아니었으므로 어떻게 해서 나를 감화시켰는지는 모르지만—확고하지 않은 목적을 적절하게 지도했던 것이다. 그러므로 내가 행한 모든 하찮은 선행이나 피할 수 있었던 온갖 해로운 일들도 모두 그녀의 덕택이라고 나는 진심으로 믿고 있다.

또한 그녀는, 캄캄해진 창가에 앉아서 도라 이야기를 얼마나 열심히 해주었던가! 내가 도라를 칭찬하는 말을 조용히 들어주고, 그녀 또한 도라 칭찬을 얼마나 했던가. 그때 그 작은 요정과도 같은 그녀 주위에 그녀 속에서 뿜어져 나오는 특유의 청순한 빛이 눈부시게 쏟아지면서, 내게는 그녀의 모습이 한층 더 숭고하고 거룩하게 보였던 것이다! 아, 아그네스, 내 소년 시절의 누이여, 오랜 뒤에서야 안 사실을, 그 무렵 내가 알았더라면—

　이윽고 밖으로 나오자 거리에는 거지 하나가 있었다. 그녀의 천사 같은 맑은 눈동자를 생각하며 창가를 올려다보자, 그 사나이가 오늘 아침에 대고모가 한 말의 메아리인 양 똑같은 말로 구걸하는 데에 놀라지 않을 수가 없었다—

　"장님입니다! 앞 못 보는 장님입니다!"

36장
열정

다음 날 나는 먼저 로마식 목욕탕에 가서 목욕을 한 다음에 하이게이트로 출발했다. 나는 이제 풀이 죽지 않았다. 초라한 옷도 마음에 걸리지 않았고, 회색 말을 바라지도 않았다. 이번 불행에 대한 나의 생각이 근본적으로 달라진 것이다.

내가 해야 할 첫 번째 일은, 대고모의 호의가, 무분별하고 배은망덕한 자에게 베풀어진 것이 아니었다는 사실을 대고모께 증명해 보이는 일이었다. 두 번째는, 어린 시절의 역경을 유용하게 살려 열심히 일하는 것이었다. 세 번째는, 큰 도끼를 들고 나무를 자르고 고난의 숲을 헤쳐나가 자신의 길을 개척하는 것이었다. 마지막은 도라에게로 가는 것이었다. 나는 무척 빠른 속도로 걸었다 —걷기만 하면 목적을 이룰 수 있는 것처럼.

낯익은 하이게이트 가에 나오자, 떠올리지 않을 수 없는 옛날의 그 즐거웠던 방문과는 전혀 다른 용무로 와 있다는 것을 생각하니, 내 생활 전체가 모조리 변해버린 느낌이었다. 그러나 나는 낙담하지 않았다. 새로운 생활과 더불어 새로운 목적, 새로운 계획이 생겼기 때문이다. 고생스럽겠지만, 보수도 크다. 도라가 그 보수이다. 도라만큼은 무슨 일이 있어도 내 손에 넣어야 했다.

나는 아주 흥분해 있었으므로, 지금은 옷이 말끔한 것이 오히려 유감스럽게 느껴졌다. 지금이야말로 내 힘을 증명할 절호의 기회이다. 어서 빨리 고난의 숲에 가서 속의 나무들을 하나씩 하나씩 잘라가고 싶었다. 마침 철사로 안경다리를 만들어 쓴 노인이 길가에서 돌을 깨고 있었다. 나는 그 망치를 잠깐 빌려서, 화강암을 깨뜨리고 도라에게로 향하는 길을 개척하고 싶다고 생각했다. 생각만으로도 나는 무척 흥분해서 열이 치솟고 숨이 차서 엄청나게 많은 돈을 벌기라도 한 것처럼 느껴졌다.

이런 상태로 나는 지나가는 길에 셋집으로 내놓은 집이 보이면 무작정 들어가 자세히 살펴보았다. 사람은 자고로 현실적이어야 한다. 그 집은 나와 도라에게 아주 알맞을 것 같았다. 도라의 애견(집)이 뛰어다니고 철책 너머로 장사꾼들을 보고 짖을 수도 있는 조그마한 앞뜰이 있고, 2층에는 대고모가 쓰기에 알맞을 훌륭한 방도 있었다. 나는 아까보다도 더 열이 올라서 그 집에서 나와, 점점 더 발걸음을 재촉했다. 하이게이트 가에는 약속 시간보다 한 시간이나 일찍 닿았다. 이르게 닿지 않았더라도, 이 상태로는 다른 사람 앞에 나서기 전에 주변을 거닐면서 몸과 마음을 식힐 필요가 있었다.

이런 준비행동을 하고 나서 가장 먼저 할 일은 박사님 집을 찾는 것이었다. 박사님 집은 같은 하이게이트라도, 스티어포스 부인이 살고 있는 구역과는 정반대 쪽에 있었다. 이러한 사실을 알고서도 그 집을 보자 나는 도저히 억누를 수 없는 유혹에 끌려 스티어포스 부인 댁 옆의 골목길로 되돌아가서, 뜰의 벽 구석 너머로 집 안을 들여다보았다. 스티어포스의 방문은 굳게 닫혀 있었지만, 온실 문들은 모두 열려 있고, 로사 다틀이 모자도 쓰지 않고 무서운 기세로 잔디밭 한쪽의 자갈길을 빙글빙글 돌고 있었다.

나는 이 관찰 장소로부터 살며시 빠져나왔다. 오지 않는 쪽이 좋았다고 생각하며, 두 번 다시 다가가지 않기 위해 그 주위를 어슬렁어슬렁 걸어다녔다. 이윽고 10시가 되었다. 지금 그 언덕 위에는 호리호리한 탑이 있는 교회가 서 있는데, 그때는 그것이 없어서 시간을 알 방법이 없었다. 그 무렵에는 그 자리에 붉은 벽돌로 지어진 오래된 집이 있었는데, 학교로 쓰이고 있었다. 지금 생각해도 공부하기 딱 좋아 보이는 고풍스럽고 아름다운 건물이었다.

박사님 댁에 갔더니, 박사님은 옛날 내가 학생으로 있던 때부터 산책을 그만둔 적이 없는 것처럼 각반과 모든 준비를 갖추고서 뜰 안을 거닐고 있었다. 박사님 댁은 아름답고 오래된 집이었다. 그리고 방금 완성된 것처럼 보이는 여러 가지 장식들과 수리한 흔적으로 보아 제법 돈을 들인 것 같았다. 또한 그의 곁에는 옛 동료들도 있었다. 주변에는 키가 큰 나무들이 우거져 있고, 떼까마귀 두세 마리가 잔디밭 위를 걸어다니며 가만히 박사의 뒷모습을 보고 있었던 것이다. 마치 캔터베리의 떼까마귀들로부터 연락을 받고서 박사를 뚫어지게 살피고 있는 것처럼 보였다.

멀리서 박사님의 주의를 끌기는 어렵다고 판단하고, 나는 문을 열고 그의 등을 향해 안으로 들어갔다. 오른쪽으로 몸을 돌린 순간 얼굴이 마주칠 것이라고 생각했던 것이다. 이윽고 박사님은 방향을 돌려 다가오면서 나를 보았지만, 여전히 나를 알아보지 못하고 생각에 잠겨 있었다. 한참 뒤에야 이루 말할 수 없는 즐거움이 박사님의 인자한 얼굴에 퍼지며 나의 두 손을 덥석 잡았다.

"아, 코퍼필드." 박사님은 말했다. "어른이 다 됐군! 그동안 잘 있었나? 참으로 반갑네. 잘 왔어. 그건 그렇고, 자네 정말 몰라보게 변했군! 자네는 아주— 그래—아, 참!"

나도 박사님께 안부를 묻고, 사모님께서도 평안하시냐고 물었다.

"암. 나는 잘 있다네!" 박사님은 말했다. "애니도 아주 잘 있어. 자네를 만나면 기뻐할 거야. 애니는 자네를 좋아했으니까. 어젯밤에 애니에게 자네 편지를 보였더니 그렇게 말하더군. 그리고—옳지, 자네 잭 맬던을 기억하고 있나, 코퍼필드?"

"기억하고 있습니다, 선생님."

"물론 그렇겠지. 그도 잘 있네."

"그가 돌아왔습니까?"

"인도에서 말인가? 그래, 인도의 기후를 도저히 견딜 수 없었다더군. 마클람 부인—자네 마클람 부인도 기억하겠지?"

그 '노병(老兵)'을 잊고 있었다니! 이 짧은 동안에!

"마클람 부인이, 잭 때문에 몹시 걱정을 했었다네. 그래서 우리가 그를 불러들여 적당한 특허사무소에 자리를 마련해주었지. 그 자리는 그에게 잘 맞는 모양이야."

나는 잭 맬던 씨에 관해서는 잘 알고 있었고, 그 특허사무소의 일자리라는 것이 할 일은 거의 없으면서도 보수는 좋다는 것을 짐작할 수 있었다. 박사님은 내 한쪽 어깨에 손을 얹고 왔다 갔다 하면서 친절한 얼굴로 나를 격려하듯이 말을 이었다.

"그런데 코퍼필드, 자네가 이번에 부탁한 것 말이야. 내게는 고맙고 유쾌한 일이지만 자네는 좀더 좋은 일을 할 수 있지 않겠나? 자네는 성적이 우수한 학생이었지. 자네는 무엇이든 할 수 있는 능력이 있어. 큰 건물을 지을 토대는 이미 완성되어 있다네. 그러니까 내 비서 같은 보잘것없는 일에 자네의 청춘을 바치는 것은 애석한 일이 아닐까?"

나는 또다시 몸이 달아서 열성적으로 나의 요구를 촉구했다. 이미 법률 쪽에 직업을 가지고 있다는 것도 말했다.

"그래그래. 제대로 된 직업을 골라서 이미 공부를 하고 있다는 것은, 확실히 중요한 일이지. 그런데 연봉 70파운드라면 어떤가?"

"그렇게만 된다면 저희의 수입은 두 배로 늘어납니다, 스트롱 박사님."

"이것 참 놀랍구먼! 물론 1년에 딱 70파운드만 준다는 뜻으로 말한 것은 아니야. 상대가 젊은이이니, 얼마간의 보너스는 언제나 생각하고 있네. 정말이야." 박사님은 여전히 내 어깨에 손을 얹고 거닐면서 말했다. "연례 선물이란 것을 늘 계산에 넣고 있지."

"존경하는 선생님, 이미 신세를 진 것만으로도 뭐라 감사의 말씀을 드려야 할지 모르겠습니다만—"

"아니야, 아니야. 무슨 말을 그렇게 하나!"

"저에게 시간이 있는 아침과 저녁에만 시키는 일이 연봉 70파운드만큼의 가치가 있다고 생각해주신다면 저로서는 더 바랄 수 없는 영광입니다."

"뭘 그렇게." 박사는 어린애처럼 말했다. "그까짓 걸 그렇게 도움이 된다고 말하다니! 그리고 더 좋은 일자리가 생기면 그리로 가게. 어때, 약속할 수 있겠나?" 이것은 언제나 박사님이, 우리 학생들에게 명예를 걸고 다짐하게 하던 방법이었다.

"약속하겠습니다, 선생님!" 나도 옛날 학생시절에 하던 식으로 대답했다.

"그럼, 그렇게 하게나." 박사님은 내 어깨를 가볍게 두드렸다. 여전히 한손을 내 어깨에 얹고 왔다 갔다 하면서 말했다.

"그리고 제 일이 사전에 관한 일이라면, 저는 스무 배나 기쁘겠습니다, 선생님." 나는 약간 아첨하는(나쁜 뜻은 없었다) 투로 말했다.

박사님은 걸음을 멈추고 미소를 지으면서 내 어깨를 툭툭 치더니, 마치 내가 인간 지혜의 아주 깊은 의미라도 규명하고 있는 것처럼 아주 즐거운 태도로 외쳤다. "그래, 맞아, 바로 사전 일이라네!"

어찌 다른 일이 있을 수 있겠는가! 박사의 주머니는 그의 머리와 마찬가지로 사전에 관한 것으로 가득 차 있었던 것이다. 마치 온몸에서 그것이 사방으로 튀어나오는 느낌이었다. 교장직에서 은퇴한 뒤부터 놀라울 정도로 일이 진척되었다고 박사님은 말했다. 그리고 박사님은, 낮에는 깊이 생각을 하면서 산책하는 것이 습관이니까, 아침과 저녁때만 일하겠다는 것은 자신에게는 더없이 좋은 일이라고 말했다. 최근에는 잭 맬던이 임시 필경사로 와 있는데, 일에 익숙하지 않다 보니 원고가 약간 뒤섞여 있으나 우리가 잘못된 곳을 고쳐가면서 일사천리로 해나가자고 했다. 나중에 일을 한참 하다 보니, 맬던이 해 놓은 일은 상상을 넘어설 만큼 지독했다. 단순히 실수가 많을 뿐만 아니라, 원고 위에 온통 군인이나 여자 얼굴을 그려 놓았는데, 그쯤 되자 나도 더 이상 말이 나오지 않았다.

둘이서 이 엄청난 일을 함께 하기로 결론이 나자, 박사님은 매우 기뻐하며 곧바로 내일 아침 7시부터 일을 시작하기로 결정했다. 우리는 매일 아침 두 시간, 밤에는 두세 시간씩 일을 하고 토요일은 쉬기로 했다. 물론 일요일도 쉬기로 했으므로 나로서는 정말 좋은 조건이었다.

서로 만족할 정도로 합의가 되자 박사님은 나를 집으로 데리고 가서 그의 부인에게 소개했다. 부인은 새 서재에서 책의 먼지를 털고 있었다. 그 신성한 책에 대해서 박사님의 귀중품을 다루는 일을, 그는 부인이 아닌 다른 누구에게도 절대 허용하지 않았다.

박사님 부부는 나를 위해 아침 식사를 뒤로 미루고 있었으므로 우리는 모두 함께 식탁에 앉았다. 우리가 식탁에 앉은 지 얼마 지나지 않아 아무 소리도 들리지 않았지만 부인의 얼굴에 누가 온 듯한 낌새가 나타났다. 말을 탄 한 신사가 대문까지 오더니, 한 팔에다 고삐를 걸고 아주 자연스럽게 말을 안뜰로 끌고 들어왔다. 그러고는 자기 집인 양 빈 마구간 벽의 쇠에다 말을 매고 나서 한손에 채찍을 들고 아침 식사를 하고 있는 방으로 들어왔다. 그 사람이 잭 맬던 씨였다. 인도에 가 있었는데도 조금도 나아진 것 같지가 않았다. 하기야, 그때 나는 고난의 숲에서 벌채도 못하는 젊은이들에게 매우 엄격한 잣대를 들이대고 있었으므로, 이 인상은 많이 부풀려져 있었는지도 모르지만.

"잭군!" 박사님이 말했다. "이쪽은 코퍼필드일세!"

잭 맬던은 손을 내밀어 나와 악수를 했으나 이상하게 쌀쌀맞을 뿐 아니라 귀찮은 듯이 은혜를 베푸는 듯한 태도였으므로, 나는 속으로 매우 불쾌했다. 그러나 그의 사촌누이인 애니와 말할 때만은 무기력하지 않아서 깜짝 놀랐다.

"아침 식사는 했나 잭?" 박사님은 물었다.

"저는 아침 식사는 거의 안 합니다." 그는 안락의자 속에서 고개를 뒤로 젖히며 대답했다. "귀찮아서요."

"무슨 새로운 소식은 없나?"

"없어요. 북부에서는 사람들이 굶주림 때문에 불만이 많다는 이야기가 있습니다만, 언제나 어느 한 곳에는 굶주리고, 불만에 차 있는 사람들이 있으니까요."

박사의 얼굴이 조금 어두워졌다. 그리고 화제를 바꿀 생각으로 말했다. "새로운 소식은 없군."

"신문에는 살인사건 기사가 크게 실린 모양입니다. 그러나 매일 누구든 한 사람은 늘 살해당하게 되어 있으니, 내용은 읽지 않았습니다." 맬던 씨가 말했다.

나중에 나도 그런 소리를 들어서 알게 되었는데, 인간의 모든 행동과 정열에 대해 냉담한 태도를 보이는 것이, 그 무렵에는 유별난 풍조가 아니었다. 그것이 대단한 유행이라는 것은 나도 알고 있었다. 어엿한 신사 숙녀지만 무감각한 모충으로 태어났더라면 좋았을 것 같은 사람을 만난 적도 있다. 그러나 그때의 나에게는 아주 새로운 것이었기에 더욱 깊은 인상을 받았다. 그러나 그로 인해 잭 맬던에 대한 평가가 높아지거나 믿음이 깊어지는 일은 절대 없었다.

"애니가 오늘 밤 오페라 구경을 갈는지 어떨는지를 알고자 왔습니다." 맬던 씨는 그녀를 돌아보며 말했다. "오늘이 이번 시즌 마지막 밤인데, 애니한테 꼭 보여주고 싶은 가수가 나오거든요. 목소리는 정말 감미로운데 얼굴은 이루 말할 수 없이 못생겼다고 합니다." 그러고는 또다시 축 늘어졌다.

박사님은 자기의 젊은 아내를 즐겁게 해줄 일은 무엇이든 좋아했으므로, 부인을 돌아보며 말했다.

"꼭 가서 봐야겠소, 애니."

"가고 싶지 않은데요. 저는 집에 있는 것이 훨씬 더 좋아요."

사촌은 보지도 않고 부인은 나에게 말을 걸어 아그네스의 안부를 묻고, 아그네스가 자기를 만나줄 것인지 따위의 질문을 했다. 그런데 묻는 투가 어쩐지 매우 침착하지 못했으므로, 아무리 토스트에 버터를 바르고 있었다고는 하지만 이토록 분명한 태도를 박사님이 왜 눈치채지 못하는지, 나는 오히려 그쪽이 이상했다.

"당신은 아직 젊으니까 인생을 즐기면서 재미있게 살아야 해. 따분한 늙은

이 때문에 당신까지 답답하게 살아서는 안 돼요." 박사님은 아무것도 눈치채지 못하고 인자하게 말했다. "게다가 나는 그 가수의 새로운 노래를 당신이 듣고 와서 불러주면 좋겠는데, 가지 않으면 그럴 수도 없지 않소?" 이렇게 박사님은 부인이 오페라에 가도록 계속 졸라 끝내 약속을 받아냈으므로, 잭 맬던 씨가 저녁때 다시 데리러 오기로 했다. 결정이 나자 잭 맬던 씨는 말을 타고 내키지 않는 모습으로 특허사무실로 가버렸다.

다음 날 아침 나는 부인이 오페라에 갔는지 안 갔는지 매우 궁금했다. 그러나 결국 부인은 오페라에 가지 않았고, 런던에 사람을 보내어 사촌에게 사정이 생겨 갈 수 없다고 전했다. 그리고 오후에 아그네스를 만나러 갔다. 박사님까지 설득하여 함께 갔다고 한다. 박사님의 말에 의하면, 그날 밤은 참으로 즐거웠기에 두 사람은 들길을 걸어서 집으로 돌아왔다고 한다. 그러나 나는, 만약 아그네스가 런던으로 오지 않았다면 과연 부인은 그녀를 만나러 갔을까. 그리고 만난 뒤에는 아그네스가 부인에게도 좋은 영향을 끼쳤을까 하는 두 가지 의문이 들었다.

보아하니 부인의 얼굴은 별로 즐거워 보이지 않았다. 하지만 좋은 얼굴을 하고 있었으므로, 정말 기분이 좋지 않은 거라면 대단한 가면이라고 생각했다. 우리가 일하는 동안 부인은 줄곧 창가에 있었으므로 나는 자주 부인의 얼굴을 훔쳐보았다. 우리 두 사람의 아침밥도 만들어 주어서 우리는 일을 하면서 그것을 먹었다.

내가 아홉 시에 박사님 댁에서 나올 때, 부인은 박사님의 발밑에 무릎을 꿇고서 박사님에게 구두를 신기고 각반을 감아주고 있었다. 부인의 얼굴에는, 열려 있는 나지막한 방 창문 위로 늘어져 있는 싱싱한 푸른 잎들이 아렴풋이 그림자를 드리우고 있었다. 나는 민법박사회관으로 가는 내내, 박사님이 책을 읽고 있을 때 부인이 옆에서 유심히 바라보고 있던 지난 어느 날의 밤을 떠올렸다.

나는 아침 5시에 일어나서 밤 9시나 10시가 되어서야 집으로 돌아가게 되는, 매우 바쁜 몸이 되었다. 그러나 이렇게 바쁜 생활도 말할 수 없이 즐거웠다. 걸음걸이 하나도 결코 느릿느릿 걷는 일이 없었고, 몸이 피곤하면 피곤할수록 도라라는 목표에 더욱 가까이 다가섰다는 생각뿐이었다.

도라가 며칠 안으로 미스 밀스를 만나러 오기로 되어 있었으므로 나는 아직 달라진 생활에 대해서는 그녀에게 알리지 않았다. 그래서 자세한 설명은 모두 그때까지 미루기로 하고, 우선 이야기할 것이 많다는 것만을 편지로 알렸다(우리는 미스 밀스를 통해 비밀리에 연락을 주고받았다).

나는 머리 기름을 절약해서 바르기로 했고, 향수 비누와 향수는 일체 쓰지 않기로 했으며, 아까웠지만 앞으로 해나갈 검소한 생활에는 맞지 않는 세 벌의 조끼도 팔아버렸다.

그러나 그것만으로는 여전히 만족하지 못하고, 무엇인가를 더 해야 한다는 생각에 사로잡혀 있었으므로 트래들스를 만나러 갔다. 그는 홀본의 캐슬 가에 있는 어느 집의 난간 뒷방에서 하숙을 하고 있었다. 나와 함께 벌써 두 번이나 하이게이트에 갔었으므로 박사님과의 우정을 새롭게 쌓은 딕 씨와 이번에도 함께 갔다.

내가 딕 씨를 데리고 간 데에는 이유가 있었다. 그는 대고모의 이번 불행을 매우 걱정하고 있었고, 또 갤리선의 노예나 죄수보다도 내가 더 혹독하게 일한다고 진심으로 믿었다. 그런데도 자기는 아무런 쓸모가 없다는 생각에 점점 안달하고 고통스러워하며 결국 식욕까지 잃고 말았던 것이다. 그러자 회상록도 전혀 진전을 이루지 못했다. 애를 쓰면 쓸수록 그 불행한 찰스 1세의 목이 또다시 튀어나오는 것이었다. 어떻게든 잘 구슬려서 그가 제법 도움을 주고 있다고 믿게 하거나, 다른 진짜 일이라도 시키지 않으면 상태는 더욱 나빠질 것이 틀림없다. 그 점이 매우 걱정스러웠으므로, 트래들스에게 힘을 빌려줄 수 있는지 부탁해 볼 생각이었다. 그래서 가기 전에 미리 편지를 써서 모든 사정을 얘기하니, 그도 동정과 우애로 넘치는 반가운 답변을 주었다.

트래들스는 잉크병과 서류를 앞에 두고 열심히 일하고 있었다. 작은 방 한쪽 구석에 꽃병받침과 작은 원탁을 두니 기분이 아주 좋은 것 같았다. 그는 우리를 진심으로 반갑게 맞아주었으며, 딕 씨와도 금방 친해졌다. 딕 씨와는 전에 한 번 만난 적이 있다고 말했고, 우리도 어쩌면 그랬을 거라고 대답했다.

내가 트래들스와 상담한 첫째 문제는 이런 것이다. 여러 면에서 잘 알려진 많은 사람들 가운데, 의회의 토론을 보조함으로써 출세의 실마리를 잡은 사람이 많다는 이야기를 들은 적이 있다. 언젠가 트래들스도 그의 여러 가지 희망 가운데 하나로서 신문사에 들어가고 싶다는 이야기를 내게 한 적이 있었으므로, 나는 그 방면에 내가 알맞은지를 알고 싶다고 트래들스에게 편지로 물어

보았던 것이다. 그랬더니 그는 여러 가지를 조사한 결과, 몇몇 특별한 경우를 제외하고 그 방면에서 두각을 나타내려면 먼저 필요한 기계적인 기술, 즉 속기술 해독의 비결을 모조리 터득해야 하는데, 그것만으로도 6개 국어에 정통하는 것과 맞먹을 정도로 어려우므로, 참을성 있게 해나간다 하더라도 몇 년은 걸릴 것이라고 알려주었다.

그는 이만큼 말하면 내가 포기할 것이라고 생각했겠지만, 나는 이 정도의 나무는 곧바로 잘라버리겠다는 기세로 도끼를 들고 나가 지금이야말로 도라에게로 향하는 길을 개척하겠다고 결심했던 것이다.

"정말 고맙다, 트래들스! 내일부터 시작할 거야."

내 말에, 트래들스는 깜짝 놀랐다. 그는 내가 왜 그렇게 기뻐하는지 아직 몰랐던 것이다.

"일단 책부터 사야겠어." 나는 말했다. "속기술에 관한 개요가 적혀 있는 책. 공부는 민법박사회관에서 하겠어. 어차피 일도 없으니까. 연습 삼아서 법정에서의 연설을 필기해 보는 거야. 트래들스, 나는 꼭 해낼 거야!"

"네가 그렇게 단호한 성격인 줄 몰랐어, 코퍼필드!" 그는 눈을 똥그랗게 뜨고 말했다.

물론 그럴 것이다. 나로서도 처음 있는 일이니까. 그러나 이 문제는 여기서 끊고, 이번에는 딕 씨의 용건을 꺼냈다.

"그런데 말이오," 딕 씨는 서글프게 말했다. "내가 할 수 있는 일은 없을까, 트래들스 군? 북을 친다든가, 무엇을 분다든가!"

"선생님께서는 글씨를 아주 잘 쓰시지요? 틀림없이 네가 그렇게 말했지, 코퍼필드?"

"아주 뛰어나시지!"

정말로 그는 잘 썼다. 놀랍도록 멋지게 글씨를 썼다.

"그럼," 트래들스는 말했다. "제가 일거리를 얻어드리면 베끼실 수 있으시겠습니까?"

나는 고개를 저었다. 딕 씨도 나를 따라 한숨을 쉬었다. "회상록에 관한 이야기를 트래들스 군에게 해주게." 딕 씨가 말했다.

할 수 없이 나는, 딕 씨가 글을 쓰면 반드시 찰스 1세가 튀어나온다는 것을 트래들스에게 설명했다. 그동안 딕 씨는 아주 겸손하고 진지한 태도로, 트래들스를 바라보며 엄지손가락을 빨았다. 불쌍한 딕 씨! 그도 사실은 그런 쪽의 일이 훨씬 더 마음에 들었을 것이다! 그러나 진지한 얼굴을 한 트래들스의 대답은 참으로 침착했다.

"제가 말한 필기거리란 이미 다 써서 완성되어 있습니다." 트래들스는 잠깐 생각하다가 말했다. "그러니 딕 씨는 아무 관계가 없어. 이야기가 다르지 않은가, 코퍼필드? 아무튼 해 보는 게 좋지 않을까?"

딕 씨는 의아해하며 내 얼굴을 보았다.

"뭐라고, 트롯우드?"

이것은 우리에게 새로운 희망을 주었다. 딕 씨가 의자에 앉아서 걱정스러운 듯이 우리를 지켜보고 있는 동안, 조금 떨어진 곳에서 트래들스와 나는 머리를 맞대고 의논을 하여 계획을 짜냈다. 그 결과, 그는 다음 날부터 일을 시작했고, 크게 성공을 거두었다.

버킹엄 가로 향한 창가에 책상을 놓고, 우리는 트래들스가 구해 온 일거리를 늘어놓았다. 그것은 남의 땅을 지날 수 있는 권리에 대한 법률서류를 만드는 일이었다. 그리고 또 다른 책상 위에는 그 방대한 회상록의, 마지막 미완성 부분을 펴놓았다. 우리가 딕 씨에게 부탁한 것은, 눈앞에 있는 서류를 원문 그대로 정확하게 옮겨 써야 한다는 것과, 찰스 1세에 대해 약간이라도 언급할 필요를 느낄 때는 회상록 쪽으로 곧장 달려가야 한다는 것이었다. 우리는 그에게 이것만은 꼭 지켜 달라고 엄중하게 다짐했고, 대고모로 하여금 그를 지켜보게 했다.

나중에 대고모는 우리에게 다음과 같은 사실을 알려주었다. 처음에는 마치 드럼이라도 두드리는 것처럼 끊임없이 두 책상으로 주의가 분산되었지만, 나중에 지쳐서 머리가 혼란스러워지자 눈앞에 사본이 분명히 있었으므로 자연스럽게 그쪽에 앉아 일에 임할 수 있었으며, 회상록은 나중에 여유가 생길 때까지 미루었다는 것이었다.

일의 분량이 너무 지나치지 않도록 우리가 신경도 많이 썼고, 또 그가 주초부터 일을 시작하지도 않았지만, 그는 토요일 밤까지 10실링 9펜스를 벌어들였다.

그는 제일 먼저 근처의 상점을 돌아다니며 그 돈을 6펜스짜리 은화로 바꿔서, 쟁반 위에 하트형으로 가지런히 차려놓고, 자랑스러운 기쁨의 눈물을 흘리면서 대고모에게 바쳤다. 그 모습을 나는 죽는 날까지 잊을 수 없을 것이다. 그가 유용한 일에 종사하게 된 뒤부터, 그는 마법에 걸린 것처럼 사람이 달라졌다. 그 토요일 밤만 보아도, 만약 이 세상에 행복한 사람이 있다면 그 사람은 바로, 대고모가 모든 살아 있는 인간 가운데 가장 위대한 여자요, 또 나까지도 세상에서 가장 훌륭한 청년으로 믿으며 감사하는 마음에 차 있던 딕 씨였다.

"이제 굶진 않겠네, 트롯우드." 딕 씨는 한구석에서 나와 악수를 하며 말했다. "대고모의 생활비는 이제 내가 책임지겠네!"

그리고 그는 자기의 열 손가락이 모두 은행이라도 되는 것처럼 머리 위로 높이 치켜들고 자랑스럽게 흔들어 보였다.

트래들스와 나 가운데 누가 더 기뻐했는지는 잘 모르겠다. 왜냐하면 트래들스가 느닷없이 주머니에서 편지를 꺼내어 나에게 건넸기 때문이다.

"이것 참, 미코버 씨를 내가 깜박 잊고 있었군!"

그 편지는(미코버 씨는 기회가 되면 편지를 써서 보내는 일만은 결코 잊지 않았다) '법학원, 티(T) 트래들스 씨 앞'이라고 주소를 써서 나에게 보낸 것이었다. 편지의 사연은 다음과 같았다.

친애하는 코퍼필드

뜻밖의 편지에 놀랐는지 모르지만 이번에 신상에 변화가 있어서 알리는 바이네. 물론 이 일은 미리 예측하고 있다는 것을 지난번 편지에 이야기했는지도 모르겠네.

우리의 이 영광된 섬나라의 한 지방 도시에서 학구적 직업과 긴밀한 연관이 있는 일을 얻어 정착하려고 하네. 아내와 아이들도 나와 함께 갈 거야. 이곳은 예로부터 이름 높은 성당의 소재지로, 중국에서 페루에 이르기까지 세계 곳곳에 알려진 곳이라네. 앞으로 우리의 유골은 아마도 유서 깊은 그 성당의 부속 묘지에 매장될 테지.

우리가 많은 희로애락을 겪은 현대의 바빌론에게 이별을 고하게 될 때, 아내나 나는 우리의 신성한 가정과 두터운 친분 관계로 맺어진 자네와 여러 해 동안 또는 영원히 헤어질 것을 생각하니 섭섭한 마음 감출 길이 없네. 출발하기 전에 우리 서로에게 친구인 토머스 트래들스 씨와 함께 하룻밤을 누추한 우리 집에서 보내지 않겠나? 이별의 아쉬움을 나눌 수 있는 영광을 준다면 더없이 기쁘겠네.

영원히

자네의 친구인

윌킨스 미코버

미코버 씨가 굴욕과 후회의 구렁텅이에서 빠져나와, 마침내 그에게도 좋은 일이 일어났다는 것을 알고 나는 매우 기뻤다. 그런데 그가 초대한 날이 다름 아닌 오늘이었고, 게다가 이미 저녁시간이었으므로 나는 서둘러 그 초대를 받아들이겠다고 알렸다. 그리고 우리는, 그레이스 인 로드 외곽에 위치한 미코버 씨가 모티머라는 가명으로 세들어 살고 있는 하숙집으로 황급히 달려갔다.

하숙집의 살림살이는 아주 빈약해서, 이제 8, 9세쯤 된 쌍둥이는 거실에 있는 간이침대에서 잠들어 있었다. 그 거실 한쪽에서 미코버 씨가 세면대의 물주전자를 써서, 그의 특기인 펀치술을 만들고 있었다. 오랜만에 장남과도 만났는데, 그는 12, 13세쯤으로 한창 클 때인지, 같은 또래의 아이들이 다 그렇듯 말할 수 없는 장난꾸러기여서 잠시도 가만히 있지 않았다. 누이인 미스 미코버도 있었다. 그녀는 미코버 씨가 말한 것처럼, '영락없는 불사조와도 같이 그녀의 어머니가 다시 젊어진 것' 같았다.

"코퍼필드," 미코버 씨가 말했다. "한창 이삿짐을 싸는 중이다 보니 다소의 실례는 어쩔 수 없네. 부디 두 사람이 이해해 주게."

적당히 대답을 하고 주위를 둘러보았다. 이삿짐은 다 꾸려져 있었지만 양은 얼마 되지 않았다. 나는 미코버 부인에게도 "드디어 이사를 하시게 되어 축하드립니다"라고 인사를 했다.

"코퍼필드 씨," 미코버 부인은 말했다. "당신은 언제나 우리 집 일에 관심을 가지고 친절을 베풀어주셨습니다. 친정에서는 이번 일로 쫓겨나는 것으로 생각하고 있으나 아내이자 어미인 나는 결코 남편을 버리지 않을 것입니다."

미코버 부인이 눈으로 호소하는 바람에 트래들스도 묵묵히 동의하고 말았다.

"내 생각은," 미코버 부인은 말했다. "내 생각은 그렇습니다, 코퍼필드 씨와 트래들스 씨. '나 에마는 당신, 윌킨스를 남편으로 섬기겠나이다*¹라는 돌이킬 수 없는 말을 선언한 뒤로, 그것이 아내의 의무라고 생각합니다. 나는 어젯밤에도 침실용의 촛불을 켜놓고 그 기도서를 되풀이하여 읽었습니다. 역시 결코 남편을 버릴 수 없다는 결론을 얻었습니다." 미코버 부인은 계속했다. "결혼식에 관한 내 생각이 틀릴 수도 있지만, 그래도 나는 죽을 때까지 남편을 버리지 않을 거예요!"

"알았어요. 알았어. 당신이 그런 짓을 하리라고는 나도 생각지도 않아요." 미코버 씨가 이제 충분하다는 듯이 말했다.

"나도 알고 있어요, 코퍼필드 씨." 부인은 그만두지 않았다. "나는 지금 한 번도 본 적 없는 낯선 사람들 사이에 내 운명을 던지려 하고 있다는 것을. 또 남편은 이번 일을 아주 점잖은 투로 내 친정 식구들에게 편지로 써서 보냈지만, 그분들은 남편에게 답장조차 쓰지 않았다는 것도 잘 알고 있습니다. 내가 너무 미신적인지는 모르겠습니다만, 이런 생각까지 든답니다." 미코버 부인은 숨을 들이마셨다 내쉬고는 말했다. "남편이 아무리 많은 편지를 써도 답장을 받지 못하는 것이, 태어나기 전부터 정해진 운명이 아닐까 하고요. 이번에도 친정에서 침묵을 지키고 있는 것을 보면, 나의 결심에 대해 모두 반대하고 있지 않나 생각합니다. 그러나 나는 아내의 본분을 어기는 일은 절대 할 수 없습니다. 부모님이 살아 계셔서 반대한다 해도."

나는 그것이 정도라고, 이번에는 틀림없이 잘 풀릴 것이라고 말했다.

"그런 성당 마을 속에 평생 틀어박힌다는 것은 큰 희생인지도 모릅니다. 그렇지만 코퍼필드 씨, 그것이 나에게 희생이라면 남편같이 재능이 있는 사람에게는 더 큰 희생이 될 것입니다."

"당신들은 큰 성당이 있는 도시로 가는 겁니까?" 내가 물었다.

세수용 물주전자로 우리에게 혼합주를 따라 주고 있던 미코버 씨가 대답했다. "실은 말이야, 코퍼필드, 캔터베리로 간다네. 우리 친구인 힙과 상담을 하여 그의 개인비서가 되어, 그를 위해 일하기로 계약을 했다네."

나는 깜짝 놀라서 미코버 씨를 바라보았다. 그는 내가 놀라는 것을 재미있어하다가 갑자기 정색을 하고 말했다.

---

*1 결혼식 선서.

"이것은 꼭 말해두어야겠네만, 아내의 사무적 재능과 사려 깊은 의견이 큰 힘이 되었다네. 아내가 전에 말했던, 신문광고로 낸 도전장을 다행히 힙이 받아들여서 서로가 인정하게 된 것이라네. 힙은 머리가 아주 좋은 사람이라, 나는 모든 존경을 아끼지 않아. 보수를 그다지 높게 책정해주지는 않았지만, 나를 믿고 있고, 긴박한 재정상의 어려움에서 벗어나도록 충분히 애써 주었어. 그러니 얼마 안 되지만 내가 가지고 있는 솜씨와 지식을, 내 친구 힙을 위하여 바칠 생각이야. 나는 이미 법률에 대해서는 조금 알고 있고—민사소송의 피고로서 말이야—앞으로는 하루라도 빨리 국민법학의 으뜸 권위자—당연히 그 블랙스톤 판사를 가리키는 말일세—의 주석서라도 읽으면서 공부할 걸세."

여담이지만, 그날 밤 이야기는 사실 계속 끊어지기 일쑤였다. 왜냐하면 부인이, 장남의 장난을 계속 지적했기 때문이다. 신발 위에 앉는가 싶으면, 목이 꺾일 정도로 두 팔로 머리를 끌어안았다. 우연인지는 모르지만 식탁 밑에서 트래들스의 발을 걷어찼다. 두 발을 질질 끌면서 뛰어다니고, 무례하게 두 다리를 불쑥 내미는가 싶으면, 술잔 사이로 머리카락을 흐트러뜨리고 잠이 들었다. 그 밖에도 공공 이익과는 양립할 수 없는 행동으로 끊임없이 손발을 이용했다. 게다가 어머니가 혼내면 아들은 더더욱 약이 올라 반항했다. 나는 놀라고 어이가 없었지만, 이게 대체 무슨 일인지 의아해하며 그들의 이야기를 듣고 있었다. 이윽고 부인은 이야기의 끄트머리를 더듬더니, 이 말만은 반드시 해야겠다며 입을 열었다.

"트래들스 씨, 그래서 말이에요. 나는 남편에게 반드시 명심하라고 말하고 있어요. 이이가 그런 법률의 허드렛일만 하다가 정작 중요한 출셋길을 잊으면 안 되니까요. 이이의 타고난 재능과 유창한 언변에 알맞은 직업이니까, 열심히만 하면 틀림없이 두각을 나타내게 될 테니까요." 미코버 부인은 매우 진지한 태도로 말했다. "재판관이나 대법관까지도 될 수 있다고 믿습니다. 그런데 남편이 이번에 승낙한 그런 일을 시작해서는 도저히 그와 같은 높은 지위에 올라갈 수는 없겠지요?"

"여보, 그런 문제들을 생각할 시간은 앞으로 얼마든지 있어요." 미코버 씨가 부인을 제지하면서도, 역시 궁금한지 트래들스의 얼굴을 살폈다.

"그렇지 않아요! 당신은 그래서 안 돼요! 당신의 나쁜 습관은, 먼 미래를 살피지 않는 점이에요. 당신 혼자라면 모르지만 가족 전체를 생각한다면, 좀 더 큰 눈으로 세상을 봐야 해요. 즉 당신의 재능으로 얻을 수 있는 목표의 상한선을 볼 수 있어야 해요."

미코버 씨는 헛기침을 하고 매우 만족해하며 혼합주를 마셨다. 그러곤 또다시 트래들스의 의견을 듣고 싶다는 듯이 그를 바라보았다.

"부인, 솔직한 사실을 말씀드리자면—" 아무리 사실이긴 했지만, 트래들스는 조심스럽게 말을 꺼냈다.

"그래야지요, 트래들스 씨." 부인이 맞장구쳤다. "이런 중요한 일에 대해서는 나도 되도록 솔직한 말이 듣고 싶어요."

"이 분야의 법률사무란 것은 이를테면 미코버 씨가 정식 변호사라 할지라도 그러한 출셋길과는 아무런 상관이 없습니다. 고등법원 변호사만이 그런 높은 지위에 오를 수 있는 자격을 얻습니다. 그러려면 미코버 씨도 5년 동안 학생으로서 법률학교에 들어가 공부를 해야 고등법원 변호사가 될 수 있습니다." 트래들스가 말했다.

"이렇게 해석하면 될까요? 트래들스 씨, 즉 그 기간을 거치면 미코버 씨도 재판관이나 대법관이 될 수 있는 자격을 갖게 된다고 말이에요." 미코버 부인이 물었다.

"그렇습니다. '자격'은 얻게 됩니다." 트래들스는 '자격'이라는 낱말을 힘주어 말했다.

"고맙습니다. 그만하면 아주 충분합니다. 사정이 그러하고, 미코버 씨가 이번 일을 맡음으로써 자격을 잃지만 않는다면 걱정할 것은 없습니다." 미코버 부인은 말했다. "여자의 좁은 소견에 불과하지만, 내가 친정에 있던 때 아버지가 재판관의 올바른 정신에 대해 자주 이야기하시는 것을 들은 적이 있어요. 그 정신을 내 남편이 가지고 있다고 나는 늘 생각해 왔습니다. 이번에야말로 미코버 씨의 그런 재능을 키울 수 있는 일을 하게 되었으니, 언젠가는 정점에 오를 수 있다고 생각해요."

미코버 씨는 이미 재판관이 된 자신의 모습을 떠올리고 있는 것 같았다. 만족스러운 듯이 벗겨진 머리를 손으로 쓰다듬으면서 어쩔 수 없다는 기색을 보이며 말했다.

"인간은 운명의 여신의 뜻을 예측할 수 없지만, 만약 내가 가발*²을 쓸 수 있다면, 적어도 겉모습만은 이미 그럴 듯하게 다듬어져 있지. 벗겨진 머리칼도 아깝지 않아. 특별한 목적이 있어서 머리털을 없애버렸는지도 모르니까. 코퍼필드, 나는 아들을 성직자로 키울 작정이네. 이 애를 위해서도 내가 높은 자리에 있는 게 좋겠지."

"성직자로 만든다고요?" 나는 속으로 우라이아 힙을 생각하면서 말했다.

"그래. 이 애는 놀랄 정도로 높은 음정을 낼 수 있으니까, 우선 교회의 소년 합창단원으로부터 시작할 거야. 캔터베리에 살면서 그 고장과 깊은 관계를 맺게 되면, 성가대에 빈자리가 생기는 즉시 기회가 있을 거야."

그 말을 듣고 아들을 다시 살펴보니, 과연 노래를 잘할 것처럼 생긴 얼굴이었다. 실제로 〈딱따구리 노래〉를 부르는 것을 들어 보니 정말로 말 그대로였다. 우리는 미코버 2세의 노래솜씨에 많은 찬사를 보낸 다음, 다시 평범한 잡담을 나누었다.

나는 하고 싶은 일이 너무 많아 가슴이 잔뜩 부풀어 있었으므로, 나의 달라진 환경을 감추지 못하고 미코버 씨 부부에게 모든 것을 털어놓았다. 그런데 나의 대고모가 곤경에 처했다는 소식이 그들을 한없이 기쁘게 만들었고, 또 그들을 얼마나 기분 좋고 다정하게 만들었는지 모른다.

혼합주도 마지막 잔이 될 무렵, 나는, 헤어지기 전에 부부의 건강과 행복과 새로운 생활의 성공을 기원하며 건배하자고 트래들스에게 말했다. 미코버 씨에게 잔을 가득히 채워 달라고 부탁한 다음, 정식으로 건배를 했다. 그리고 중대한 이 순간을 축하하기 위해, 테이블 너머로 미코버 씨와 악수를 하고 미코버 부인과는 키스를 했다. 트래들스도 나를 따라 악수를 했으나, 아직 그렇게 친한 사이는 아니었으므로 부인에게 키스는 하지 않았다.

"여보게, 코퍼필드." 미코버 씨는 양쪽 조끼주머니에 엄지손가락을 집어넣고 일어서며 말했다. "이렇게 말해도 좋을지 모르겠네만 내 젊은 날의 친구여. 그리고 존경하는 나의 친구 트래들스 씨. 내가 아내와 아이들을 대표하여 각별한 두 사람의 호의에 가장 따뜻하고 자신 있는 말로써 감사인사를 드리는 것을 허락해 주게. 우리가 완전히 새로운 생활을 시작하기 위해 떠나는 전날 밤

---

*2 영국의 판사는 법정에서 가발을 씀.

이니만큼, 두 친구에게 몇 마디 고별의 인사말을 해야겠지요." 마치 50마일이나 넘는 먼 길을 떠나는 듯한 말투였다. "그러나 고별의 인사말로써 해야 할 이야기는 이미 다 말해버렸습니다. 이제부터는 말단이나마 학문의 길로 들어섰으니, 앞으로 어떠한 사회적 지위를 차지하든 간에 나는 결코 그 자리를 욕되게 하지 않도록 노력할 것이며, 내 아내도 반드시 그 자리를 빛내줄 것입니다. 즉시 청산할 생각이었지만 여러 사정이 겹쳐서, 끝내 청산하지 못하고, 본의 아니게 변장을 하고—이 안경을 말하는 것입니다—법적으로는 아무런 권리도 주장할 수 없는 가명까지 쓰게 되었습니다. 그러나 내가 이야기하고 싶은 것은, 이제 그런 먹구름은 사라지고 태양이 다시 한 번 빛나고 있다는 것입니다. 다음 월요일 오후 4시, 역마차가 캔터베리에 닿으면 내 발은 고향 땅을 밟게 되고, 내 이름도 다시 미코버로 되돌아갈 것입니다!"

미코버 씨는 이렇게 말하고는 다시 자기 자리로 돌아가더니 혼합주를 연거푸 두 잔 마셨다. 그리고 다시 매우 엄숙하게 말했다. "작별을 하기 전에 한 가지 더 말해 둘 것이 있는데, 그것은 정당한 의무를 다하는 것입니다. 나의 친구, 토머스 트래들스 씨는 두 번이나 나의 대부를 위해 환어음에 '이서(裏書)'를 해주었습니다. 첫 번째 것 때문에 토머스 트래들스 씨는 궁지에 몰렸고, 두 번째 것은 아직 지불할 기한이 차지 않았습니다. 첫 번째 채무의 총액은, 23파운드 4실링 9펜스 반이었으며, 두 번째 경우는, 내 거래장부에 의하면 18파운드 6실링 2펜스입니다. 그래서 내 계산이 맞는다면, 둘을 합하면 41파운드 10실링 11펜스 반이 될 것입니다. 코퍼필드, 미안하지만 합산을 좀 해주지 않겠나?"

나는 재빨리 합산을 해 보고 틀림이 없다고 말했다.

"이러한 금전상의 의무를 다하지 않고 이 수도를 떠나 내 친구 토머스 트래들스 씨와 헤어진다는 것은, 앞으로 마음의 무거운 짐이 될 것입니다. 그래서 나는 토머스 트래들스 씨를 위해 그 목적을 이루는 데에 필요한 모든 서류를 준비해서 지금 이 손에 가지고 있습니다. 나는 실례를 무릅쓰고 41파운드 10실링 11펜스 반에 대한 차용증을 토머스 트래들스 씨에게 전달하고자 합니다. 이로써 나는 정신적 위신을 되찾고, 다시 한 번 사람들 사이를 떳떳하게 걸어 다닐 수 있게 되어 더없이 기쁘게 생각합니다!"

이렇게 말하며(자기의 말에 스스로 감동해 있었다) 미코버 씨는 트래들스의 손에 차용증서를 넘겨주고 나서, 어떤 인생을 살아가든지 꼭 성공하기를 바란다고 말했다. 이것이 미코버 씨에게는 실제로 돈을 지불하는 것과 똑같다고 생각되었을 뿐만 아니라, 트래들스 자신도 나중에 충분히 생각해보기 전에는 그 차이를 눈치채지 못했다.

미코버 씨는 이러한 도덕적 행위에 힘을 얻어 가슴을 펴고 활보하게 되었다. 그가 등불을 켜고 계단 아래까지 우리를 배웅해 주었을 때는, 그의 가슴이 두 배는 더 넓어 보였다. 우리는 깊은 감동을 느끼며 헤어졌다.

나는 트래들스를 그의 집 현관까지 배웅하고 혼자 집으로 돌아가면서, 여러 가지 기묘하고 모순된 일들을 생각했다. 미코버 씨는 칠칠치 못한 사람이지만, 나에게는 끝까지 돈을 꿔 달라고 하지 않았다. 내가 어린 나이로 그의 집에 하숙하던 기억이 있어, 나를 동정한 때문인지도 모른다. 만일 그가 내게 매달렸더라면 틀림없이 내게는 그의 요구를 거절할 만한 단호한 용기가 없었을 것이다. (그래서 더더욱 그것을 그의 좋은 점이라고 적어두는 바이지만) 아마 내가 알고 있는 것만큼이나 그도 내 약점을 잘 알고 있었던 것이 틀림없다.

37장
싸늘히 식은 물

나의 새로운 생활은 한 주일 이상 이어졌다. 그리고 이러한 위기를 헤쳐나가 겠다는 나의 예사롭지 않은 결의는 전보다 한층 더 굳건해졌다. 나는 여전히 매우 빠른 걸음으로 걸었으며, 걷고 있는 동안은 일이 뜻대로 잘 되어간다고 생각했다. 한번 시작한 일은, 무조건 온 힘을 기울여서 달려들기로 했다. 나 자신을 모두 희생시켰던 것이다. 한때는 내가 채식주의자가 된다면, 도라를 위해서 희생하는 것이라고 막연히 생각하고 채식만 하겠다고 생각했을 정도였다.

그러나 도라는 내가 편지로 어렴풋이 비추었던 것 말고는, 나의 이 단호한 결의에 대해 전혀 모르고 있었다. 이윽고 토요일이 다가왔다. 그날 밤에 도라는 미스 밀스의 집에 오기로 되어 있었던 것이다. 아버지 밀스 씨가 휘스트[*1] 클럽에 가면(응접실 가운데 창에 새장을 걸어 밖에 있는 나에게 신호하기로 했고), 나도 다과회에 참여하기로 했다.

그 무렵 우리의 생활은 버킹엄 가에 완전히 자리잡고 있었다. 딕 씨는 매우 행복한 상태로 복사 일을 계속하고 있었다. 대고모는 크럽 부인을 휘어잡아 버렸다. 크럽 부인이 계단 위에 물주전자를 갖다놓으면 느닷없이 창밖으로 던져 버리고, 대고모가 고용한 임시 고용인을 시켜 크럽 부인의 흉계를 막게 했다. 결국 크럽 부인은 끽소리도 못했다. 잇단 강경수단에는 어지간한 크럽 부인도 바짝 움츠러들었고, 상대는 미치광이가 틀림없다며 부엌으로 숨어 버렸다. 그러나 대고모는 크럽 부인이든 누구든, 남의 의견에 무관심하여, 오히려 그것을 기뻐했으므로, 크럽 부인은 단 며칠 만에 완전히 기가 죽어 계단에서 대고모와 마주칠 것 같으면 맞서기는커녕 뚱뚱한 몸을 문 뒤에 감추려고 애를 썼고 (아무리 그래도 커다란 플란넬 치맛자락이 훤히 보였다), 컴컴한 구석에 숨어 숨

---

*1 카드놀이의 일종.

을 죽이곤 했다. 그 모습을 보고 대고모는 매우 만족스러워하며, 크럽 부인이 나타날 것 같은 시간대를 노렸다가, 모자를 높이 쓰고 계단을 끊임없이 오르락내리락하는 것이었다.

대고모는 깨끗한 것을 좋아하고 재주가 있었으므로 집 안은 매우 말끔해졌다. 나는 전보다 가난해졌다기보다는 더 부자가 된 것처럼 보였다. 제일 먼저 대고모는 나를 위해 식료품실을 화장실로 바꾸어 주었다. 그리고 내가 잘 침대를 사서 장식까지 달아주었다. 그래서 낮에는 마치 책장처럼 보였다. 사실 대고모는 하루 종일 나를 염려해 주었다. 나의 불쌍한 어머니가 살아 있었어도 이보다 더 나를 사랑해주지는 못했을 것이며, 내 행복을 위해 마음을 써주는 일도 없었을 것이다.

페거티는 이와 같은 일들에 자기도 참여할 수 있게 된 것을 엄청난 특권으로 생각하고 있었다. 대고모를 두려워하는 옛 감정이 조금은 남아 있었지만 대고모로부터 많은 격려와 믿음을 받았기에, 두 사람은 곧 좋은 친구가 되었다.

그러나 이윽고 때가 되어서(미스 밀스의 다과회에 가기로 한 토요일을 말하는 것이다), 페거티는 집으로 돌아가기로 했다. 집에 가서 햄을 돌보아야 했던 것이다.

"그럼, 잘 가게, 바키스." 대고모는 말했다. "몸조심하게나! 자네와 헤어지는 것이 이렇게 섭섭하리라고는 생각해 본 적도 없었다네!"

나는 페거티를 역마차 매표소까지 데리고 가서 배웅했다. 헤어지는 순간에는 눈물을 왈칵 쏟으며, 언젠가 햄이 그랬던 것처럼, 오라버니를 잘 부탁한다고 말했다. 페거티 씨가 햇빛이 빛나던 날 오후 떠나버린 뒤로, 우리는 그의 소식을 전혀 듣지 못하고 있었다.

"그리고 데이비 도련님, 만약 도련님께서 수습 중에 돈이 필요하거나, 수습기간을 마치고 사무실을 차리는 데 돈이 필요하면—둘 가운데 하나, 아니, 두 경우 모두 돈이 필요하니까요—나는 비록 무식한 할멈이지만 도련님의 어머니께 그토록 깊은 사랑을 받아왔으니, 누구보다도 먼저 기쁜 마음으로 도련님께 돈을 빌려드리겠어요! 아셨죠?"

나는 이런 말까지 듣고도 단호하게 거절할 정도로 비뚤어진 사람은 아니었으므로, 만약 누구에게 돈을 빌리게 되면 당신한테서 빌리겠다고 말해주었다.

곧바로 빌려 달라고 말하면 제일 기뻐하겠지만, 그렇지 않다면 이렇게 말해야 그녀가 가장 만족스러울 것이라고 생각했기 때문이다.

"그런데 도련님! 잠깐만이라도 내가 그 아름다운 천사를 뵙고 싶어했다고 도라 아가씨에게 전해주세요! 그리고 그 천사님이 우리 도련님과 결혼하실 때에는, 허락해주신다면 내가 가서 도련님 댁을 아름답게 꾸며드릴 거라고도 전해주세요!" 페거티가 속삭였다.

페거티가 아니면 그 누구도 내 집에 손을 대지 못하도록 하겠다고 말하자, 페거티는 크게 기뻐하면서 아주 좋은 기분으로 떠났다.

그날 나는 여러 가지로 일을 만들어 내어 온종일 민법박사회관에서 녹초가 되도록 일하고는, 날이 저물자 정해진 시간에 밀스 씨가 살고 있는 거리로 갔다. 그런데 밀스 씨는 저녁 식사 뒤에는 한잠 푹 자버리는 이상한 버릇이 있는 만큼, 아직 외출하지 않은 모양이었다. 가운데 창에는 새장이 아직 보이지 않았다.

밀스 씨가 나를 너무 오래 기다리게 했으므로, 나는 휘스트 클럽에서 그의 지각에 대해서 벌금을 물리면 좋겠다고 진심으로 바랐다. 마침내 그가 집에서 나왔다. 그러자 도라가 재빨리 새장을 걸고 나를 찾기 위해 발코니에서 내다보다가 내가 있는 것을 발견하고는 또다시 뛰어들어가는 것이 보였다. 그러나 뒤에 남은 애견 집은, 자기쯤은 한입에 꿀떡 삼켜버릴 것 같은 정육점의 커다란 개를 보고 사납게 짖어대고 있었다.

도라는 응접실 문 있는 데까지 나와서 나를 맞아주었다. 그러자 집이 나를 침입자라고 생각했는지, 순식간에 달려오더니 무시무시하게 으르렁거리며 뛰어다녔다. 우리 세 사람은 행복한 마음으로 안으로 들어갔다. 그러나 곧이어 나는 아무런 예고도 없이 도라에게, 거지를 사랑할 수 있겠느냐고 뜬금없이 물음으로써 기쁨으로 가득 찼던 마음에 찬물을 끼얹었다. 그럴 생각은 없었지만, 내 머릿속은 그 문제로 꽉 차 있었으므로 무심코 튀어나온 것이었다.

깜짝 놀라는 불쌍한 도라! '거지'라는 말에 대해 그녀가 떠올리는 것은 단지 나이트캡을 쓴 누런 얼굴이라든가, 목발이라든가, 의족이라든가 하는 그런 종류였을 것이다. 그래서 그녀는 매우 재미있다는 듯이 놀라는 표정으로 나를 바라보고 있었다.

"어째서 그런 바보 같은 걸 물으시죠?" 도라는 입을 삐죽 내밀며 말했다. "거지를 사랑하느냐고요?"

"도라! 내가 지금 거지요."

"어떻게 당신이 그런 사람이 되실 수 있단 말이에요?" 도라는 나의 손을 가볍게 치며 말했다. "그런 이상한 말씀을 하시다니! 짚에게 물어버리라고 시킬 거예요!"

그녀의 어린애 같은 태도가 나에게는 이 세상에서 가장 귀여웠지만, 분명히 밝혀둘 필요가 있었으므로 나는 엄숙한 얼굴로 말했다.

"도라, 나의 생명, 나는 망해버린 당신의 데이비드예요!"

"정말 짚에게 물어버리라고 시키겠어요! 자꾸 그런 이상한 말만 하시면." 도라는 곱슬머리를 흔들며 말했다.

그러나 내가 너무도 진지했으므로 도라는 머리를 흔드는 것을 멈추고 떨면서 한 손을 내 어깨에다 올리고, 놀라고 걱정스러운 얼굴을 하더니 끝내 울음을 터뜨렸다. 나는 소파 앞에 무릎을 꿇고, 그녀를 어루만지며, 제발 내 가슴을 찢지 말아 달라고 애원했다. 그러나 가엾은 도라는 다만 울부짖을 뿐이었다.

"오! 맙소사! 오, 맙소사! 나는 이제 어쩌면 좋아! 줄리와 밀스는 어디 갔죠? 줄리와 밀스를 데려와 주세요! 그리고 당신은 이만 돌아가요!"

나는 그녀의 말을 듣자 거의 미칠 지경이었다.

이윽고 간청하고 항의하면서 한참 애를 먹은 뒤에야 나는 도라에게 나를 바라보게 했다. 나는 겁에 질린 그녀를 달래서 겨우 사랑스러운 모습으로 되돌아오게 했다. 그녀의 예쁜 뺨이 내 뺨에 꼭 닿았다. 나는 두 팔로 그녀를 힘껏 껴안고 말했다.

나는 진심으로 그녀를 사랑하고 있으므로 가난뱅이가 되었기 때문에 약혼을 철회하는 것이 당연한 일이라고 생각한다는 것, 그녀를 잃는다면 도저히 견딜 수 없고 다시는 일어설 수도 없지만, 가난은 무섭지 않다는 것, 그녀만 있으면 내 팔엔 힘이 생기고 가슴에선 용기가 솟아나므로, 그녀만 괜찮다면 나는 조금도 두렵지 않다는 것, 이미 지금도 사랑하는 사람이 아니고는 있을 수 없는 용기를 가지고 열심히 일하고 있으며, 이제야 현실을 바라보고 장래도 생각할 수 있게 되었다는 것, 내 힘으로 얻은 한 조각의 빵은 부모가 차려준 진수성찬보다도 더 맛있다는 것을 이야기했다. 내가 생각해도 놀랄 정도로 말이 술술 나왔다. 하기야 대고모가 그 놀라운 소식을 들려준 뒤로 밤낮없이 생각하던 것이었지만.

"당신의 마음은 아직도 내 것인가요?" 도라가 내게 바싹 매달려 있었으므로 나는 그럴 것이라고 믿고 정신없이 물었다.

"오, 그래요! 당신 것이에요!" 도라가 말했다. "그런 끔찍한 말씀은 이제 하지 마세요!"

내가 끔찍한 짓을 저지르다니! 더더군다나 도라에게!

"가난하다느니, 열심히 일한다느니, 그런 말은 그만해요. 부탁이에요!" 도라가 몸을 더욱 가까이 붙이며 말했다.

"하지만 도라, 아무리 딱딱해도 자기 힘으로 산 빵은—"

"그야 그렇겠죠. 하지만 이제 빵 이야긴 하고 싶지 않아요! 그리고 집도 매일 12시에는 양고기를 먹어야 해요. 안 그러면 죽어버릴 거예요!"

그녀의 아이 같은 천진한 모습이 나는 참을 수 없이 좋았다. 그야 애견 집은 그것이 매일의 습관이니까 양고기를 주겠어요, 하고 나는 도라에게 설명했다. 그리고 일단 하이게이트에서 본 그 집의 약도를 그리고, 2층에 살 대고모 이야기를 하며, 내 힘으로 독립하여 이룩할 검소한 가정을 그려 보였다.

"이만하면 싫지 않겠죠, 도라?" 나는 다정하게 말했다.

"오, 그럼요. 조금도 싫지 않아요! 하지만 당신의 대고모님은 언제나 방에만 계셨으면 좋겠어요. 대고모님께서 잔소리를 잘하는 할머니가 아니기를 바라요!"

지금까지도 도라를 사랑해 왔지만, 지금처럼 그녀가 사랑스럽다고 여긴 적은 일찍이 없었다. 그러나 동시에 조금 버거운 느낌도 있었다. 새로 솟아나온 나의 열성은 그녀에게 전달하기가 너무나 힘들다는 것을 알자 그만 꺾여버렸다. 나는 다시 한 번 용기를 내어 보았다. 그녀가 겨우 냉정을 되찾고 무릎 위에 올린 집의 귀를 만지작거리는 것을 보고 나는 진지한 얼굴로 말했다.

"도라, 한 가지 더 이야기를 해도 좋겠어요?"

"제발 현실적인 이야기는 하지 마세요. 이미 충분히 놀랐으니까요!" 도라가 애교 있게 말했다.

"내 사랑! 이제부터 할 말에 도라를 놀라게 하는 것은 아무것도 없어요. 그렇게 생각하지 말아요. 나는 당신에게 용기를 주고, 격려해주고 싶은 거예요,

도라."

"오, 그렇지만 그것은 정말 충격적인 이야기인걸요!"

"도라, 그렇지 않아요. 끝까지 참고 힘 있게 밀고 나가기만 하면 더 나쁜 일도 견딜 수 있어요."

"제겐 그런 힘이 없는 걸요." 도라는 고개를 저으면서 말했다. "그렇지, 집? 우리, 집에게 뽀뽀해주고 더 즐거운 이야기를 해요, 네?"

그러고는 하는 방법을 가르쳐주는 것처럼, 동그랗게 오므린 빨간 입술을 내밀면서 집을 내 앞에 들이댔다. 코 가운데에 확실하게 해야 한다는 뜻이었다. 나는 곤란했다. 이제 와서 싫다고 할 수는 없었으므로, 결국 시키는 대로 했다(그에 대한 답례로 나중에 도라가 키스해 주었지만). 그리고 실제로 한동안은 너무 기쁜 나머지 진지한 이야기는 새까맣게 잊고 있었다. 그러다가 겨우 본디 하던 이야기로 돌아왔다. "이봐요, 도라. 아까 하던 얘기 말인데—"

그러나 도라는 곧바로 두 손을 모으고, '제발 부탁이에요, 그런 이야기는 싫어요'라는 뜻으로 애원해 보였다. 이 모습에는 유언 재판소의 판사라도 넘어갔을 것이 틀림없다.

"그런 말 하지 말아요." 나는 딱 잘라 말했다. "하지만 도라, 때로는 당신도—뉘우친다는 뜻이 아니에요. 아무렴요. 그래도 역시 때로는—그렇지, 스스로를 격려하기 위해서 말이오—당신의 약혼자가 무일푼이라는 사실을 생각해준다면—"

"그만, 제발 그만해요! 무서워요!" 도라가 소리쳤다.

"절대로 그렇지 않아요!" 나는 일부러 명랑하게 말했다. "때때로 이 사실을 생각하고, 아버지의 가사 처리법을 눈여겨보고 그것을 몸에 익히도록 노력한다면—이를테면 가계부 같은 것을—어떻겠소?"

도라는 반은 흐느끼고, 반은 비명을 지르며 이 제안을 받아들였다.

"—이것은 뒷날 우리 두 사람에게 크게 도움이 될 거요. 내가 보내드릴 요리책 같은 것도 조금 읽겠다고 약속해준다면 큰 도움이 될 겁니다. 왜냐하면 도라, 우리가 걸어갈 길이 지금은 돌이 많고 울퉁불퉁하지만, 그 길을 평탄하게 하는 건 우리 두 사람의 몫이오. 우리는 싸워서 헤치고 나아가야 해요. 용기를 내야 합니다. 많은 장애물이 앞을 가로막겠지만 우리는 싸워서 이겨야 해요."

나는 주먹을 꽉 쥐고 열을 올리며 속사포처럼 빠르게 말했다. 그러나 곧, 더 이상 말해도 소용없음을 알았다. 도라는 계속 "이제 지긋지긋해요. 또 그 얘기예요? 아, 나는 정말 놀랐어요! 줄리아 밀스는 어디로 갔죠? 나를 줄리아에게 데려다 주세요! 그리고 당신은 이만 돌아가요!" 하고 소리칠 뿐이었다.

나는 마음이 몹시 산란해져서 응접실을 미친 사람처럼 소리치며 돌아다녔던 것이다.

나도 이번에는 도라가 죽을지도 모른다고 생각했다. 나는 그녀의 얼굴에 물을 뿌렸다. 무릎을 꿇고 머리칼을 쥐어뜯었다. 나는 나 자신을 무자비한 야수요, 무정한 짐승이라고 비난했다.

나는 도라에게 용서를 빌면서 하다못해 얼굴이라도 들어 달라고 애원했다. 나는 진정제가 들어 있는 약병을 찾기 위해서 미스 밀스의 바느질 상자를 미친 듯이 뒤졌다. 그러나 너무도 정신이 없어서, 나는 약병 대신 상아로 만들어진 바늘통을 집어 들고, 바늘을 전부 도라의 얼굴 위에 쏟아부어버렸다. 나와 마찬가지로 미쳐 날뛰고 있는 집에게도 주먹질을 했다.

내가 온갖 미친 짓을 다하고 나서 어찌할 바를 몰라 당황하고 있을 때 미스 밀스가 방 안으로 들어왔다.

"누가 이렇게 했어요?" 미스 밀스는 곧바로 친구를 도우면서 소리쳤다.

"납니다. 미스 밀스! 내가 했습니다! 이 파괴자를 보십시오!"

이와 비슷한 내용의 말을 하면서 나는 소파의 방석에 얼굴을 파묻었다.

미스 밀스는 처음에는 우리가 싸운 줄로 알고, 이렇게 사하라 사막으로 가는 건가 하고 생각했다. 그러나 미스 밀스는 곧 진상을 알게 되었다. 왜냐하면 도라가 그녀를 끌어안고, 내가 가난한 날품팔이 노동자로 전락했다고 외치기 시작했기 때문이다. 그러고는 울며 나를 껴안으며, 자기 돈 모두를 내게 줄 터이니 가지라고 애원한 다음, 미스 밀스의 목에 매달려 흐느껴 울었던 것이다.

미스 밀스는 하늘이 우리에게 내리신 은총이 틀림없다고 생각했다. 미스 밀스는 나에게서 사태의 전반에 관한 이야기를 간단하게 듣고, 도라를 위로하면서 내가 날품팔이 노동자가 아니라는 것을 그녀에게 이해시켰다. 내 설명이 부족하기도 했지만, 도라는 내가 뱃사람처럼 매일 아침부터 밤까지 손수레를 밀면서 판자 위를 오르락내리락한다고 생각했던 것이다. 사정을 이해하자 우리 둘은 화해했다.

둘 다 마음이 완전히 가라앉고, 도라가 장미 향수를 눈에 바르기 위해 2층으로 올라간 사이에, 미스 밀스는 벨을 눌러 차를 가져오도록 일렀다.

나는 미스 밀스에게 "당신은 나의 영원한 친구이며, 나의 심장 고동이 멈출 때까지 그 호의를 잊을 수가 없다"고 말했다.

이어서 나는 도라에게 잘 설명하려고 애썼지만 뜻대로 되지 않고 실패로 끝난 내 본심을, 미스 밀스에게 설명해주었다. 그러자 미스 밀스는, "일반적으로 오두막집에서 만족하게 사는 것이 호화로운 궁전에서 우울하게 사는 것보다 더 좋으며, 사랑이 있는 곳엔 아쉬운 것이 없는 법"이라고 말했다.

나는 미스 밀스에게 그것은 과연 옳은 말이며, 인간이 여태껏 겪은 일이 없을 정도의 애정으로 도라를 사랑하는 나 말고는 아무도 그 말 뜻을 옳게 이해하지 못할 것이라고 말했다. 그러나 미스 밀스는 실망한 얼굴로, 그렇다고 하더라도 그건 몇몇 연인들에게만 좋은 일이라고 말했다. 나는 지금 내가 한 말은 남성들에게만 한한 것으로 생각해 달라고 황급히 덧붙였다.

그리고 나는 미스 밀스에게, 가계부라든지 집안 살림살이라든지 요리책에 관한 제안을 어떻게 생각하느냐고 물었다.

미스 밀스는 한참 생각하더니 천천히 말했다.

"코퍼필드 씨, 솔직히 말하겠습니다. 정신적 고통과 시련은, 어떤 사람에게는 수년간의 공적과도 맞먹는 것입니다. 그러니 나도 수도원장이라도 된 것처럼 코퍼필드 씨께 분명히 말하겠습니다. 안 됩니다. 도라는 태어난 그대로의 어린애입니다. 밝고 쾌활하고 명랑함만으로 살아가는 여자입니다. 분명히 말씀드립니다만, 만약 이루어진다면야 좋은 일이겠지요. 그러나—" 그리고 미스 밀스는 고개를 저었다.

미스 밀스의 마지막 말에 힘을 얻은 나는, 어차피 도라를 위한 일이니까, 혹시 앞으로 기회가 있으면 진지한 생활을 위한 준비를 하는 데 도라가 주의를 기울이도록 잘 말해줄 수 있겠는지를 그녀에게 물어 보았다. 미스 밀스는 흔쾌하게 그 부탁을 들어주었다.

그래서 나는 더 나아가 그 요리책을 그녀가 보관해 두었다가, 도라가 놀라지 않고 받아들일 수 있도록 잘 타일러달라고도 부탁했다. 이 부탁도 미스 밀스는 두말없이 승낙해주었다. 그러나 그녀는 그다지 낙관적이진 않았다.

도라가 되돌아왔다. 그녀는 너무도 사랑스럽고 아름다웠으므로 나는 이런 시시한 일상 일을 가지고 도라를 괴롭히는 것이 과연 옳은 일인지 다시 생각하게 되었다. 도라가 나를 진심으로 사랑하는 것은 틀림없었고, 특히 집에게 토스트를 주겠다며 앞발 들어올리기를 시키다가 말을 안 듣는다며 그 벌로 집의 코를 뜨거운 찻주전자에 문지르는 시늉을 했을 때에는 내 마음을 모조리 사로잡았으므로, 내가 도라를 놀라게 하고 울게 만들었던 일을 생각하니 스스로가 선녀의 침실에 뛰어든 괴물같이 느껴졌다.

차를 마신 뒤 우리는 기타를 연주했다. 도라는 어떤 일이 있어도 춤추지 않을 수 없다는 내용의 프랑스 옛노래를 경쾌하게 불렀다. 나는 점점 더 내가 괴물같이 느껴졌다.

이런 즐거움을 내가 망치고 말았다. 떠나기 직전에 미스 밀스가 문득 내일 아침 이야기를 꺼냈으므로, 나는 지금은 일을 해야 해서 아침 5시에 일어난다고 말해버린 것이다. 도라는 내가 어느 집의 야간 경비원 일이라도 하고 있다고 생각했는지, 충격을 받고 더 이상 기타를 치지도 않았고 노래를 부르지도 않았다.

작별인사를 할 때도 내가 한 그 말은 여전히 그녀의 마음에 남아 있었다. 그녀는 부드럽고 어리광부리는 태도로—마치 인형한테 말하듯이 말했다.

"이 장난꾸러기 도련님, 이제는 5시에 일어나지 말아요, 말도 안 되는 소리예요!"

"나는 일을 해야 해요."

"그만두면 되잖아요! 왜 일을 해야 하죠?" 도라가 말했다.

그 깜짝 놀란 귀여운 얼굴을 보자, 사람은 살기 위해 일하지 않으면 안 된다고, 도저히 정색을 하고 말할 수 없었다.

"아! 재미없어! 시시해요!"

"도라, 일하지 않고 어떻게 살아가지?"

"어떻게 살아가느냐고요! 어떻게든 살 수 있죠!"

그녀는 그것으로 그 문제를 모두 해결한 것 같았다. 그러고는 그 순진한 가슴속에서 우러나오는 득의에 찬 키스를 내게 해주었다. 나는 백만금을 준다 해도 그녀의 깜찍한 꿈을 깨뜨릴 수는 없으리라고 생각했다.

그렇다, 나는 그녀를 사랑하고 또 사랑했다. 열광적으로 모든 것을 바치고도 조금도 아깝지 않았다.—그리고 열심히 일도 했다. 마음먹은 일을 반드시 해

내기 위해 열을 올렸고, 밤이면 대고모와 마주앉아 이런 생각을 하기도 했다. 그때 도라를 몹시 놀라게 했던 일이며, 기타를 끌어안은 채로 고난의 숲을 헤쳐나가려면 어떻게 해야 좋을까를 생각했다. 이대로는 힘들어 내 머리가 백발이 되지나 않을까, 하는 걱정이 들었다.

38장
예기치 않은 죽음

의회 토론의 속기를 하겠다는 결심을 이도 저도 아니게 그냥 내버려두지도 않았다. 그것은 내가 곧바로 아궁이에 넣고, 스스로도 감탄스러울 정도로 참을성 있게 계속 달구고 망치로 계속 두들긴 쇠붙이들 가운데 하나였다. 나는 먼저 정평이 나 있는 고등속기술의 비결이라는 제목의 책을 사서(10실링 6펜스였다) 곤혹스러운 망망대해에 곧장 뛰어들었다.

그러나 2, 3주일이 지나자 머릿속이 뒤죽박죽 엉키면서 정신착란을 일으킬 것 같았다. 단순히 점의 위치를 바꾸는 것만으로 온갖 소리가 나타나는데, 여기에 있으면 이런 뜻이 되고, 위치를 저기로 바꾸면 전혀 다른 뜻이 된다. 또한 온갖 동그라미가 연주하는 정신없는 변덕, 마치 파리처럼 생긴 기호로 인한 알 수 없는 결과, 곡선 하나만 위치를 바꾸어도 일어나는 엄청난 오해—아무튼 이런 것들이 낮에도 나를 괴롭힐 뿐만 아니라 잠자리에 들면 꿈속에까지 나타나는 것이었다.

그래도 어떻게든 무턱대고 헤쳐나가 겨우 불가사의한 알파벳(그것은 꼭 이집트 신전의 미로 같았다)에 정통하게 되자, 이번에는 부정(不定) 문자라고 불리는 새로운 공포가 나타났다. 이것은 내가 지금까지 알고 있던 것 가운데에서 가장 폭군 같은 존재였다.

예컨대 거미줄의 시작 부분 같이 생긴 문자는 기대한다는 뜻이고, 펜으로 그린 유성의 꼬리 같은 것은 불이익을 나타내는 말이었다. 그런데 이 폭군들이 내 머릿속을 차지하자, 이번에는 다른 모든 것들이 남김없이 쫓겨나 버린 것을 깨달았다. 그래서 그것들을 다시 하나씩 주워 담으면 또 다른 것들이 떨어져나간다. 정말 도저히 참을 수 없는 공부였다.

폭풍우에 시달리는 내 배의 버팀줄이요, 닻인 도라가 없었더라면 나는 완전히 주저앉아 버렸을 것이다. 실제로 그 한 획 한 획이 고난의 숲을 채운 울통불통한 옹이투성이 떡갈나무라고 생각하고 필사적으로 베서 넘겼으므로, 3, 4개월이 지나자 민법박사회관에서 가장 우수한 변론인을 상대로 실험을 해 보기로 했다.

그런데 막상 해 보니 이 유명한 변론인은 내가 아직 시작하기도 전에 거침 없이 앞으로 나아가 버렸고, 내 보잘것없는 연필은 무슨 발작이라도 일으킨 것처럼 종이 위를 비틀거렸다. 그 추태는 한평생 잊을 수 없을 것이다.

이래서는 안 된다는 것은 너무도 분명했다. 너무 자만하고 있었다. 이대로라면 절대로 해낼 수 없을 것이다. 트래들스에게 도와 달라고 부탁했더니, 그가 직접 내 미숙한 실력에 맞추어 천천히 구술해 주고, 때로는 잠시 숨을 돌리며 받아쓸 시간을 주겠다고 했다. 그리하여 내가 박사님 댁에서 집으로 돌아오면 밤마다 우리 두 사람은 버킹엄 가에서 사설판 국회(私設版國會)를 개최했다.

이런 의회가 다른 곳에도 있다면 꼭 한 번 보고 싶다! 대고모와 딕 씨는(그 때의 형편에 따라) 정부나 야당을 대표했고, 트래들스는 엔필드의 《명연설집》이나 국회 연설집 한 권을 빌려서 그들에게 불꽃같은 탄핵 연설을 퍼부었다. 트래들스는 책상 곁에 서서 손가락으로 짚어가며, 페이지를 그리고 오른팔을 머리 위로 휘두르면서 영락없이 피트, 폭스, 셰리던, 버크, 카슬레이 경, 시드머스 자작, 캐닝 등등 대정치가처럼 열변을 토하면서, 대고모와 딕 씨의 타락과 부패를 통렬하게 탄핵했다. 나는 조금 떨어진 곳에 앉아 무릎에 노트를 올려놓고 있는 힘을 다해 트래들스의 열변을 속기했다. 그건 그렇고 트래들스의 모순과 난폭함은 진짜 어느 정치가에게도 뒤지지 않았다. 그는 한 주일 내에 모든 정책을 찬성하는 연설을 했고, 모든 정당의 주장을 그대로 지지했던 것이다.

대고모는 어떤 일이 있어도 흔들리지 않는 대영 제국의 수상을 방불케 하는 표정으로, 연설문 가운데 필요하다고 생각되는 대목에는 "옳소!" "틀렸소!" 때로는 "오!" 같은 야유를 보냈다.

그런데 이와 같은 소리를 신호로, 시골신사 딕 씨는, 똑같은 말을 큰 소리로 외치며 대고모를 흉내냈다. 게다가 딕 씨는 이런 의원 생활 중에 비난을 받고 생긴 터무니없는 결과까지 모두 자기 책임이라고 생각하고 가끔 불쾌함을 느끼기도 했다. 그는 그로 말미암아 영국 헌법을 파괴하고 나라의 멸망을 가져오는 짓을 저지르고 있는 것이 아닌가 싶어서, 오히려 그쪽이 걱정스러웠던 것이다.

우리는 시계가 자정을 가리키고 촛불이 다 타버릴 때까지 이러한 토론을 이어 갔다. 이렇게 많은 연습을 한 결과, 나는 점차 트래들스의 연설을 따라 갈수 있게 되었다. 그러나 필기한 내용을 읽어내지 못하면 의미가 없단다. 내가 필기한 것을 나중에 다시 살펴보면, 차 상자 위에 적혀 있는 중국 글자나, 약국에 있는 빨갛고 초록빛 나는 여러 가지 약병 위에 새겨진 금색 글자를 베끼는 쪽이 훨씬 나을 것 같았다!

그러니 또다시 처음부터 모두 다시 시작하는 수밖에는 별 도리가 없었다. 매우 힘든 일이었다. 그러나 무거운 심정으로 처음으로 되돌아가서, 똑같은 지루한 길을 이번에는 달팽이같이 느린 속도로 차근차근 열심히 꼼꼼히 걷기 시작했다. 전후좌우, 아무리 하찮은 문제라도 눈에 띄면 발걸음을 멈추고 꼼꼼히 살펴보고, 헷갈리기 쉬운 글자는 언제 어디서나 한눈에 알아볼 수 있도록 온힘을 다해 공부했다. 그리고 사무실과, 박사 댁에도 어김없이 출근했다. 아무튼 한눈팔지 않고 정말 열심히 일했다.

어느 날 여느 때처럼 박사회관에 가니, 스펜로 씨가 문턱에서 심각한 얼굴을 하고는 혼잣말로 중얼거리고 있었다. 평소에도 곧잘 두통을 호소했으므로

—본디 목이 짧은데 풀을 너무 세게 먹인 빳빳한 깃을 달고 있기 때문이다—처음에는 두통이 난 것이 아닌가 하는 생각이 들어 깜짝 놀랐다. 그러나 그러한 불안은 이제 사라졌다.

내가 "안녕하십니까"라고 인사를 하는데도, 그는 평소처럼 상냥하게 대답하지 않고 딱딱한 태도로 나를 바라보며 커피숍에 같이 가자고 쌀쌀맞게 말했다. 그 커피숍은 세인트폴 성당 경내의 골목 안에 있으며, 입구 하나가 회관과 바로 이어져 있었다. 이상하게 기분이 나쁘고, 걱정이 싹을 틔운 것처럼 온몸이 화끈 달아올랐지만, 얌전히 그의 청을 받아들였다.

길이 좁아서 그가 조금 앞서 가도록 해주었는데, 그는 눈에 띄게 거만한 태도로 걸어갔다. 나는 아무래도 그가 도라와 나의 관계를 눈치채고 있는 것 같아서 마음이 불안해졌다. 그러나 가는 도중에는 몰랐다 하더라도, 그를 따라 2층 방으로 들어가, 찬장 앞에 서 있는 미스 머드스톤을 본 순간 어찌된 상황이라는 것을 깨닫지 않을 수가 없었다. 찬장 위에는 커다란 컵을 몇 개 뒤집어서 레몬이 떨어지지 않도록 눌러 놓았다. 그리고 이것은 지금은 사라졌지만 오히려 인류를 위해 잘 된 일이라고 생각하는 그 기묘한 상자 두 개—전체가 모서리와 홈으로 된 이상한 상자로, 나이프와 포크를 꽂아 두는 용도이다—가 놓여 있었다.

미스 머드스톤은 나와 손끝으로만 쌀쌀맞게 악수를 하고서 몹시 못마땅한 표정으로 자리에 앉았다. 스펜로 씨는 문을 닫고 나서, 나에게 의자에 앉으라고 몸짓을 하고, 자기는 벽난로 앞에 가서 섰다.

"그 손가방 안에 든 것을 코퍼필드 군에게 보여주세요, 미스 머드스톤." 스펜로 씨가 말했다.

그것은 내가 유년 시절에 보았던, 강철 걸쇠가 달려 있어 커다란 소리로 철컥 하고 닫히는 손가방이었다. 미스 머드스톤은 가방을 열어서—그와 동시에 자기 입도 약간 벌렸다—내가 얼마 전에 도라에게 보낸 열렬한 사랑의 표현으로 넘쳐흐르는 편지를 꺼내는 것이었다.

"이것은 자네가 쓴 것이라고 생각하는데, 코퍼필드 군?" 스펜로 씨는 말했다.

나는 새빨갛게 달아올라서, "그렇습니다, 선생님!"이라고 대답은 했는데, 그것은 평소의 내 목소리와는 너무도 달랐다.

이어서 미스 머드스톤은 또다시 한 다발의 편지(게다가 그 정겨운 푸른 리본으로 묶여 있는 것이 아닌가!)를 손가방에서 꺼냈다.

"틀림없이 이것도 자네가 쓴 것이겠지, 코퍼필드?" 스펜로 씨가 말했다.

그것을 받아든 내 심정보다 처참하고 딱한 것이 또 있으랴. '사랑스러운 나의 도라'라든가, '내 사랑하는 천사여'라든가, '영원히 행복하길 기도하오, 사랑스런 그대여' 같은 첫머리 문구를 한 번 보고, 나는 얼굴을 붉히며 고개를 숙였다.

내가 기계적으로 그것들을 돌려주려고 하자 상대는 냉담하게 말했다.

"아니, 됐네! 자네 것을 빼앗을 생각은 없어. 미스 머드스톤, 말씀을 마저 하시지요!"

그 점잖은 여인은 깊은 생각에 잠긴 듯, 먼저 바닥의 깔개를 한번 내려다보고서 천천히 입을 열었다. 아주 쌀쌀한 투로, 그러나 겉으로는 감동적인 태도로 다음과 같이 말했다.

"따님과 데이비드 코퍼필드와의 관계를 얼마 전부터 의심해왔다는 것을 솔직하게 털어놓겠습니다. 저는 두 사람이 처음 만났을 때부터 그들을 지켜보았지만, 제가 받았던 인상은 그리 좋은 것이 아니었습니다. 인간 마음의 타락이 이처럼—"

"아, 선생, 죄송합니다만, 사실만을 이야기해 주십시오."

스펜로 씨가 말을 가로막으며 말했다. 미스 머드스톤은 불만스러운 듯이 눈을 내리깔고 고개를 젓더니, 또다시 얼굴을 찌푸리고 점잔을 빼면서 말을 이었다.

"알겠습니다, 원하시는 대로 사실만을 솔직하게 설명하겠습니다. 이미 말씀드린 바와 같이, 따님과 데이비드 코퍼필드와의 관계에 대해서 얼마 전부터 저는 의심을 가져왔습니다. 저는 그런 의심에 대해 결정적인 확증을 잡으려고 여러 번 시도해 보았지만 헛일이었습니다. 그래서 여기 계신 아버님께 말씀을 드리는 것도 삼가해 왔었지요. 이러한 문제에는 아무리 양심적으로 의무를 수행한다 해도 좀처럼 정당하게 인정해주려 하지 않는다는 것을 잘 알고 있기 때문입니다." 미스 머드스톤은 스펜로 씨를 한 번 흘겨보고 말했다.

스펜로 씨는 미스 머드스톤의 이런 태도에 완전히 겁을 먹은 것 같았다. 미스 머드스톤의 말투는 위압적이었다.

"제가 동생의 결혼식에 참석하느라 얼마 동안 자리를 비웠다가 노우드로 돌아왔을 때, 미스 스펜로도 친구인 미스 밀스를 방문하고 돌아왔지요. 그런데 따님의 태도에 전보다도 더욱 의심스러운 점이 많아졌다는 생각을 하게 되었습니다. 그래서 미스 스펜로를 주의 깊게 지켜봤던 것입니다."

아아, 가엾은 도라! 이 악당의 눈길을 조금도 눈치채지 못했다니!

미스 머드스톤은 말을 계속했다. "하지만 어젯밤까지는 아무런 증거도 발견하지 못했습니다. 미스 스펜로 앞으로 친구인 미스 밀스로부터 편지가 너무 자주 오는 것은 알고 있었습니다만, 미스 밀스는 선생님도 인정하신 따님의 친구이므로 제가 간섭하는 것은 좋지 않다고 생각했으니까요." 미스 머드스톤은 스펜로 씨의 아픈 곳을 찔렀다. "인간의 타고난 타락과 사악함에 대해서는 말씀드리지 않는 쪽이 좋겠지만, 만약 이 잘못된 믿음에 대해서 한 말씀 올리도록 허락해 주신다면, —아니, 이것만은 꼭 말씀드려야겠습니다."

스펜로 씨는 입속말을 웅얼거리며 동의를 표시했다.

"그러니까 어젯밤, 차를 마신 뒤의 일입니다. 문득 보니, 조그마한 개가 무언가를 물고 응접실에서 으르렁거리고 짖어대며 뒹굴고 있었습니다. 저는 따님에게 '도라, 저 개가 무엇을 물고 있지요? 종이 아닌가요?' 하고 말했습니다. 따님은 곧바로 윗옷에 손을 대고 갑자기 큰소리를 내며 개에게 달려갔지요. 제가 재빨리 끼어들어 '도라, 나에게 맡겨요' 하고 말했습니다."

아아, 집, 이런 한심한 놈! 모두 네가 저지른 실수 때문이로구나!

"따님은 갖은 수단을 다 썼습니다. 저에게 키스도 해 주고, 바느질 상자와 보석으로 저를 매수하려 하기도 했습니다. 한편 개는 제가 다가가자 소파 밑으로 달아나 버렸으므로, 난로 부지깽이로 겨우 쫓아냈는데, 그래도 물고 있는 편지를 내놓지 않았습니다. 저는 물릴 뻔하면서도 어떻게든 그것을 빼앗으려 했습니다. 제가 편지를 잡고 공중으로 들어 올려도 개는 악바리같이 물고 늘어지며 절대 놓지 않았습니다. 그러다가 드디어 편지를 빼앗아 읽어본 뒤, 똑같은 편지를 더 가지고 있습니까, 하고 따님에게 물어보았습니다. 이렇게 하여 마침내, 지금 데이비드 코퍼필드가 손에 들고 있는 편지 뭉치를 찾아내게 된 것입니다."

이윽고 그녀가 입을 닫았다. 손가방도 입술과 동시에 철컥 하고 닫더니, 지더라도 굴복하지는 않겠다는 표정으로 단호한 태도를 보였다.

"미스 머드스톤의 이야기를 들었지?" 나를 돌아보며 스펜로 씨는 말했다.

"코퍼필드 군, 하고 싶은 말이 있으면 해 보게나."

아아, 밤새도록 흐느껴 울었을 내 아름다운 마음의 보석 도라!—기겁을 하고서 혼자 비참한 생각에 빠져 있을 도라—돌같이 차가운 이 여자에게 제발 용서해 달라고 애처롭게 빌고 간청했단 말인가!—키스와 바느질 그릇과 보석까지 주겠다고 했지만 덧없이 거절당한 도라—이같이 쓰라린 고통을 모두 나 때문에 당하고 있는 도라—이러한 모습이 눈앞에 떠오르자 애당초 얼마 되지 않는 위엄을 갖출 여유조차 사라지고 말았다.

나는 내색을 하지 않으려고 애를 썼지만 잠깐 몸의 떨림이 멈추지 않았다.

"드릴 말씀이 없습니다, 선생님. 모든 잘못은 제게 있습니다. 도라는—"

"미스 스펜로라고 말하게, 코퍼필드." 스펜로 씨가 위엄 있게 말했다.

"—단지 제가 시키는 대로 따라서 숨겼을 뿐입니다. 정말 죄송합니다." 나는 차갑게 느껴지는 미스 스펜로라는 이름은 빼버리고 말했다.

"물론 자네 잘못이야." 스펜로 씨는 난로 앞의 깔개 위를 이리저리 거닐면서, 힘주어 말했다. "코퍼필드, 자네는 비겁하고 사내답지 못한 행동을 했어. 내가 한 신사를 우리 집에 초대할 때는, 그 사람이 열아홉 살이든 스물아홉 살이든 아흔 살 노인이든 간에 믿는 마음에서 안내하는 걸세. 그 신임을 배반한다는 것은, 참으로 비열한 행동이라고 생각하네."

"저도 그렇게 생각합니다, 선생님. 그렇지만 저도 처음부터 그럴 생각은 결코 없었습니다. 믿어주십시오. 이것이 거짓 없는 제 본심입니다. 저는 말로는 나타낼 수 없을 정도로 미스 스펜로를 사랑하고 있습니다!"

"어림없는 소리! 내 앞에서 내 딸을 사랑한다는 말은 하지 말게." 스펜로 씨는 시뻘겋게 성을 냈다.

"제가 따님을 사랑하고 있다는 말씀을 드리지 않는다면, 어떻게 제가 한 행위를 설명할 수 있겠습니까, 선생님?"

나는 아주 겸손한 태도로 대답했다.

"허허, 그럼 말한다고 해서 자네가 한 행위가 정당화될 수 있단 말인가? 자네는 자네 나이와 내 딸의 나이를 한 번이라도 생각해 본 일이 있는가? 그리고 우리 부녀 사이의 믿음을 손상시키는 것이 어떤 일이라는 것을 생각해 본 일이 있는가? 내 딸의 사회적인 지위와 앞날을 위해서 내가 생각하고 있는 계획이라든가, 그 아이를 위해 내가 남겨주려고 하는 유언의 내용 따위를 생각해 본 일이 있는가? 무엇이든 자네가 깊이 생각해 본 적이 있는가?"

"거의 없습니다, 선생님." 나는 느낀 대로 송구스러워하며, 서글프게 대답했다. "그러나 저 자신의 사회적 지위에 대해서는 깊이 생각해 보았다는 것만은 제발 믿어주십시오. 그러나 그 문제에 대해서 선생님께 말씀드렸던 때는 우리는 이미 약혼한 상태였습니다."

순간 그는 두 손을 세차게 때렸다. 그것은 이제까지 본 적이 없는 주먹질과 똑같이 보였다―궁지에 바짝 몰려 있었음에도 이것만은 깨닫지 않을 수 없었다. 그리고 그는 말했다.

"제발, 약혼이란 말은 내게 하지 말게."

다른 일에는 아주 쌀쌀맞은 미스 머드스톤도 이 말에는 '흥' 하고 비웃었다.

"저의 사회적 지위가 달라졌다는 것을 선생님께 설명 드렸을 때에는 말입니다, 선생님." 그에게 불쾌한 말 대신 새로운 형식의 표현을 써서 다시 말을 시작했다.

"불행하게도 제가 미스 스펜로를 유인하여 비밀로 하기로 한 일은 벌써 시작되었습니다. 제 처지가 바뀐 뒤로는 다시 상황을 호전시키기 위해 모든 노력을 다해왔으며, 혼신의 정력을 기울여왔습니다. 그러니 머지않아서 원상으로 회복될 것입니다. 제게 시간을 조금만 주십시오, 아주 조금이라도 좋습니다. 저희는 둘 다 아주 젊으니까요, 선생님."

"자네 말이 옳아." 스펜로 씨는 찌푸린 얼굴로 말을 가로막았다. "둘 다 아주 어리지. 그러니 그런 당치 않은 짓은 그만두는 게 좋아. 저 편지들은 가지고 가서 난로 속에 처넣어 버리게. 그리고 딸애의 편지들은 내가 태울 테니 돌려주게. 우리의 앞으로의 교제는, 자네도 알다시피 여기 민법박사회관에 관한 것으로 한정되어야겠고, 지난 일은 절대 거론하지 않기로 약속하세. 이보게, 코퍼필드 군. 자네도 분별없는 사람은 아니니 이렇게 하는 것이 현명한 처사인 줄 알걸세."

안 될 일이었다. 생각할 수도 없는 일이었다. 대단히 죄송한 일이지만, 이것은 분별보다 더 차원이 높은 문제였다. 이 세상에 사랑보다 중대한 문제가 어디 있겠는가. 그리고 나는 도라를 숭배하듯이 사랑했고, 도라 역시 나를 사랑했다.

나는 직선적으로 그렇게 말하지는 않았다. 말은 부드럽게 돌려 나타냈지만 뜻은 그러했고, 또한 내 마음도 확고했다. 한심한 추태를 보이진 않았으며, 태도는 단호했다고 생각한다. 되도록 부드럽게 말했다.

"좋아, 코퍼필드 군, 그럼 딸애부터 타일러 봐야겠네."

미스 머드스톤은 한숨과 신음을 겸한 것 같은 긴 숨을 푸욱 내쉬며, 처음부터 그렇게 했어야 했다고 의견을 말했다. 이에 힘을 얻은 스펜로 씨가 말했다.

"그래, 내가 설득해 봐야겠네! 자네는 이 편지들을 받지 않겠다는 건가, 코퍼필드 군?" 나는 탁자 위에 놓인 편지를 집어 들지 않았던 것이다.

"그렇습니다. 이러한 행동을 나쁘게 생각하지 말아주시기 바랍니다. 미스 머드스톤으로부터는 절대로 그 편지 뭉치를 받을 수 없습니다."

"내게서도 받을 수 없는가?" 스펜로 씨는 말했다.

"네, 받을 수 없습니다." 나는 매우 공손한 태도로 또렷하게 대답했다.

"그런가!" 스펜로 씨가 말했다.

그리고 이야기가 잠깐 멈추었다. 나는 이대로 남아 있어야 할지, 돌아가야 할지 알 수 없어 당황스러웠다. 결국 지금은 물러나는 쪽이 선생님께도 좋으리라고 생각합니다, 하고 말하고 입구로 걸음을 옮기는데, 그가 다시 불렀다. 두 손을 상의 주머니에 깊이 찔러 넣고 아주 차분한 태도로 말했다.

"코퍼필드, 자네도 알겠지? 나는 재산이 전혀 없는 사람이 아니라는 것, 그리고 내 딸은 내가 가장 사랑하는 혈육이라는 것을?"

"사랑에 미쳐서 저지르게 된 철없는 잘못을 돈만 아는 놈이라고 결부시켜 생각하지 말아주십시오." 나는 황급히 대답했다.

"나는 그런 뜻에서 말한 것은 아닐세." 스펜로 씨는 말했다. "자네가 타산적이라면—즉, 자네가 좀더 분별을 지니고, 이런 젊은 혈기에서 비롯되는 철없는 행동에 좌우되지 않는 쪽이 자네에게나 우리 모두에게 두루 좋을 테니까 말이야. 내가 지금 하는 얘기는 전혀 다른 뜻이네. 자네도 알겠지만, 내가 단지 딸에게 유산으로 남겨 줄 약간의 재산을 가지고 있다는 말이야."

"그야 그러시겠지요."

"그리고 자네도, 사람들이 유언장을 작성할 때 이해할 수 없고 매우 초보적인 잘못을 저지른다는 것을, 이 민법박사회관에서 수없이 보아 왔으리라고 생각하네. 말하자면 인간성의 야릇한 모순이 가장 잘 나타나는 분야지. 그렇다면 자네도 내 유언장이 아직 완성되지 않았다고는 생각하지 않겠지?"

나는 잠자코 받아들이는 뜻으로 고개를 끄덕였다.

"나는 허락할 수 없네." 더욱 차분한 자세로 스펜로 씨는 천천히 고개를 저었다. "이렇게 젊은 혈기에 이끌린 어리석은 행위 때문에 내 자식을 위한 몫을 바꿀 생각은 없네. 아무튼 일시적인 방황일 뿐이야. 시간이 지나면 깃털보다도 가벼워질 게 뻔해. 그러나 이 어리석은 사랑을 도저히 끝낼 수 없다면, 나는 결혼이라는 말도 안 되는 상황까지 고려하여, 그 결과로부터 내 딸을 완전하게 보호하고 최악의 경우에 대비하여 보안책을 마련할 것이네. 자, 그럼, 코퍼필드 군, 나로 하여금 유언서를 다시 열 필요가 없도록 해 주게. 오랫동안 조용히 잠들어 있는 중대 사건들을 흔들지 말도록 부탁하네."

그에게는 나를 감동시키는 잔잔한 석양과 같은 평화스런 태도가 있었다. 그는 평화롭고 체념하고 있는 듯했다.—그는 자신의 일들을 아주 질서정연하게 간직하고 있고, 조직적으로 처리하고 있었다. 그것만 생각해도 충분히 감탄스러운 사람이었다. 그러나 그래서 이번 일에는 더욱 가슴이 북받쳐서 저도 모르게 눈물이 나는 것 같았다.

하지만 그렇다고 해서 내가 어쩔 수 있겠는가? 이제 와서 도라를 단념할 수는, 아니, 무엇보다 나 자신의 감정을 잘라낼 수는 없었다. 스펜로 씨는 일주일 정도 여유를 줄 테니 자기 말을 잘 생각해 보라고 말했다. 거기에다 대고 일주일까지 필요도 없다고 말할 수는 없었지만, 몇 주일이 지나도 내 사랑이 달라지지 않을 거라는 점도 잘 알고 있었다.

"그동안 대고모님이든 누구든, 인생 경험이 많은 사람들과 의논해 보게." 스펜로 씨는 두 손으로 옷깃을 여미며 말했다. "아무튼 한 주일 동안 생각해 보게, 코퍼필드."

나는 그의 말에 따랐다. 그리고 나는 슬프고 실망했다는 기색을 노골적으로 나타내면서도 마음은 변함없다는 결의를 보이며 방을 나왔다.

미스 머드스톤의 짙은 눈썹이 문턱까지 나를 배웅했다. 그녀의 눈이 아니라 그녀의 눈썹이라고 말한 것은 그녀의 얼굴에서는 눈썹이 더 중요한 역할을 했기 때문이었다. 블룬더스톤의 우리 집 거실에서 아침마다 바라보던 바로 그 사나운 눈초리로 나를 바라보고 있었으므로, 나는 무심코 공부를 다 하지 못했나, 하고 생각하고 깜짝 놀랐다. 내 마음에 걸려 있던 무거운 짐이, 계란형의 목판화가 수없이 들어 있고, 그것이 어린 마음에는 마치 안경테에서 빠진 안경

알 같다고 생각했던 그 무시무시한 철자책 때문이라고 순간 착각했을 정도였던 것이다.

사무소로 돌아가자, 나는 늙은 티피나 다른 사람들의 눈에 띄지 않도록 두 손으로 가리고, 구석진 내 자리에 앉아서 아주 뜻밖에 일어난 이 큰 변동을 생각해 보았다. 쾌씸한 집을 원망하다가, 도라를 생각하자 미칠 것 같았다. 지금 생각해도, 그때 곧바로 모자를 집어 들고 노우드로 달려가지 않은 것이 오히려 신기했을 정도였다. 모두들 도라를 놀라게 하고, 도라를 울리고 있는데도 내가 그녀를 위로해줄 수 없다는 것을 생각하니 너무 괴로워서, 스펜로 씨에게, 내가 아무리 무서운 운명에 처하더라도, 그 결과로써 따님을 고통스럽게 하지 않도록 해 달라고 애원하는 무례한 편지를 쓰지 않을 수 없었다. 그 상냥한 따님은 용서해 달라―가련한 꽃을 짓밟는 짓은 하지 말아 달라―그리고 내 기억이 확실하다면, 당신은 아버지가 아니라 악마다, 원틀리의 사악한 용이다,*1 라고 써서 보냈다고 생각한다. 나는 편지를 봉하여 그가 돌아오기 전에 그의 책상에 놓아두었다. 곧이어 그가 돌아와서 그 편지를 집어들고 읽고 있는 것을 나는 반쯤 열린 방문 틈으로 보았다.

그는 오전 중에는 그것에 대해서 아무 말도 하지 않았다. 그러나 오후가 되어 퇴근하기 전에 나를 부르더니, 딸의 행복에 대해서 자네가 걱정할 필요는 전혀 없다고 말했다. 이번 일은 당치도 않은 일이라고 확실히 말해 두었으니까 더 이상 할 말은 없다고도 했다. 그리고 스스로도 자식을 사랑하는 너그러운 아버지라고 생각할 정도이니(사실 그렇지만) 내 딸을 위해서 자네가 걱정할 필요는 조금도 없다고 말했다.

"코퍼필드, 자네가 끝까지 고집을 부리며 어리석은 짓을 포기하지 않으면, 그 애를 한 학기쯤 더 유학 보내는 수도 있을 걸세. 하지만 나는 자네를 좋게 보고 있네, 며칠 내로 현명한 결론을 내릴 수 있을 거야. 행동을 해주기 바라네. 그리고 미스 머드스톤 말인데," 나는 편지에 그녀에 대해서도 썼던 것이다. "나는 그 사람이 걱정해 주는 것을 매우 감사하게 생각한다네. 또한 이 문제에 대해서는 앞으로 절대 언급하지 않도록 엄중히 부탁해 두었어. 내가 바라는 것은 빨리 잊는 것뿐이야, 코퍼필드 군, 그러니 자네도 이번 일은 잊어야 하네."

---

*1 영국 고대 가요에서, 어느 집의 아이들을 속여 달걀을 빼앗은 변호사를 말함.

'잊는 것뿐이라네!' 나는 미스 밀스에게 보낸 편지에다 쓰라린 심정으로 이 말을 인용했다. 내가 해야 할 일은 도라를 잊어버리는 것뿐이라고 하십니다! 어째서 그것뿐이란 말입니까!' 나는 비참한 심정에서 빈정거리는 투로 편지를 썼다. 그리고 미스 밀스에게 오늘 밤 나를 좀 만나 달라고 부탁했다. 밀스 씨가 허락해주지 않는다면, 다림판이 있는 뒷부엌에서 비밀리에 만나자고 간곡히 부탁을 했다. 이대로는 내 이성이 왕좌에서 추락할 것이며, 그대 미스 밀스만이 그것을 막을 수 있다는 사연을 적었다. 그리고 나는 '미칠 듯이 괴로워하고 있는 당신의 친구'라고 서명을 했다. 편지를 보내기 전에 문장을 다시 읽어보니 문체가 어쩐지 미코버 씨의 문체와 비슷한 데가 있어 놀라지 않을 수 없었다.

그러나 나는 그 편지를 보냈다. 밤이 되어 미스 밀스가 사는 거리를 서성거리고 있자, 그녀의 하녀가 나타나 나를 몰래 뒷부엌으로 데리고 갔다. 지금 생각하면, 그때 내가 현관으로 당당하게 들어가 응접실로 안내받지 못할 이유는 전혀 없었다. 그러나 그러지 않았던 것은 단지 미스 밀스가 로맨틱하고 신비스러운 것을 좋아했기 때문이었다.

뒷부엌에서 나는 실연한 사람처럼 그녀에게 마구잡이로 지껄여댔다. 나는 어쩐지 스스로를 바보로 만들기 위해 왔다는 생각이 들었는데, 사실이 그러했다. 미스 밀스는 도라로부터 급히 갈겨쓴 쪽지를 받았다. 모든 것이 발각되었다는 말과 함께 '줄리아, 어서, 지금 바로, 내게 와줘요'라고 적혀 있었다고 한다. 그러나 미스 밀스는 지금 자기가 가면 어른들의 체면이 구겨질 것이라고 생각해서 아직 가지 않았다는 것이었다. 우리는 모두 사하라 사막 한가운데서 밤을 맞이하게 되었다.

미스 밀스는 청산유수와 같이 말을 잘했고, 또 말하기를 좋아했다. 그녀는 나와 함께 눈물을 흘려주었지만, 우리의 고통에 대해선 매우 좋아하고 있다는 것도 느끼지 않을 수 없었다. 그녀는 우리의 고통을 애무해주면서 그것을 이용했다고 말할 수 있다. 예를 들어 그녀는 말했다. 도라와 나 사이에는 깊은 틈이 생겼는데, 사랑의 무지개만이 거기에 다리를 놓을 수 있다고 했다. 사랑은, 이 험한 세상에서는 언제나 괴로움을 당하게 되어 있습니다, 지금까지도 그러했고, 앞으로도 그럴 것입니다, 그러나 그런 것쯤은 문제가 안 됩니다! 거미줄에 걸린 사랑도 언젠가는 거미줄을 찢을 것입니다. 그때야말로 사랑의 복수가 완성되는 것이지요!

이것은 작은 위안이 되었다. 그러나 미스 밀스는 거짓 희망을 불러일으켜 주려고 하지 않았다. 그녀는 나를 그전보다 한층 더 비참하게 만들었지만, 나는 그녀야말로 과연 진정한 친구라고 느꼈다(그래서 나는 더없이 감사한 마음으로 그녀에게 그렇게 말했던 것이다). 내일 아침 일찍 그녀가 도라에게 가서, 나의 변함없는 사랑과 비통한 마음을, 얼굴 표정으로 나타내든지 말로써 나타내든지 간에 그녀에게 잘 납득시킬 수 있는 수단을 강구하기로, 우리는 결론을 내렸다. 나는 깊은 슬픔에 싸인 채 그녀와 헤어졌다. 미스 밀스는 그것을 속으로 즐기고 있었던 것 같았다.

나는 집으로 돌아와 대고모에게 모든 것을 털어놓았다. 대고모는 온갖 말로 위로해주었으나 나는 절망하며 잠자리에 들었고, 다음날 절망적인 상태로 일어나, 절망적인 마음으로 집을 나섰다. 그날은 마침 토요일 아침이어서, 나는 곧장 민법박사회관으로 갔다.

사무소 문이 보이는 곳까지 왔을 때, 공인 화물 운반인 몇 사람이 밖에 서서 이야기하고 있고, 대여섯 명의 부랑자들이 굳게 닫힌 창문을 지켜보고 있는 것을 보고 나는 깜짝 놀랐다. 나는 걸음을 재촉하여 그들의 표정을 의아하게 생각하며 그들 사이를 지나 서둘러 안으로 들어갔다.

서기들이 안에 있었으나 아무도 일하고 있지 않았다. 늙은 티피는 모자를 쓴 채 남의 의자에 앉아 있었는데, 그런 일은 아마도 생전 처음이었을 것이다.

"크나큰 재난입니다, 코퍼필드 씨." 내가 들어서자 그가 말했다.

"뭐가요? 무슨 일입니까?"

"아직 모릅니까?" 티피뿐만 아니라 나머지 사람들도 모두 내 주위로 모여들어 큰 소리로 외쳤다.

"모르는데요!" 나는 그들의 얼굴을 차례로 바라보면서 대답했다.

"스펜로 씨가," 티피가 말했다.

"그분이 어쨌다는 말입니까?"

"돌아가셨어요!"

서기 가운데 한 사람이 나를 붙들어주었을 때 솔직히 나는 비틀거리고 있는 것은 내가 아니라 사무실이라고 생각했다. 그들은 나를 의자에 앉히고, 내 넥타이를 풀고 물을 가져다주었다. 그동안 시간이 얼마나 흘렀는지는 기억나지 않는다.

"돌아가셨다고요?" 나는 물었다.

"어제 시내에서 저녁 식사를 하시고 직접 마차를 몰고 갔답니다."

티피가 말했다. "마부는 역마차 편으로 돌려보내셨는데, 그분은 가끔 그렇게 하셨지요—"

"그래서요?"

"그런데 마차가 빈 마차로 집으로 돌아왔어요. 마구간 문 앞에서 말이 멈춰서는 소리를 듣고 하인이 등잔불을 들고 나갔는데, 마차 안에는 아무도 없었다고 합니다."

"말들이 난폭하게 달아난 게 아닐까요?"

"말들은 흥분해 있지도 않았습니다." 티피는 안경을 쓰면서 말했다. "평소 걸음으로 돌아왔다고 나는 알고 있습니다. 그런데 고삐가 끊어져서, 땅에 질질 끌려왔습니다. 바로 온 집안 사람들을 깨웠습니다. 그 가운데 세 사람이 길을 따라 수색을 나갔는데, 1마일쯤 떨어진 곳에서 그분을 찾아냈지요."

"1마일보다 더 떨어진 곳이었습니다, 티피 씨." 젊은 서기가 끼어들었다.

"그랬던가? 자네 말이 맞겠군." 티피는 말했다. "1마일도 더 떨어진 곳—성당에서 조금 더 떨어진 곳—에서 반은 길가에 반은 길 위에다 몸을 걸친 채 엎드린 채로 쓰러져 있었습니다. 발작이 나서 마차에서 굴러떨어진 것인지, 발작이 나기 전에 기분이 나빠서 내린 것인지—전혀 의식이 없는 것만은 틀림없지만, 그때 이미 숨이 끊어졌었는지 어쨌는지까지도—아무도 알지 못하는 것 같았습니다. 숨이 붙어 있었다 하더라도 물론 말은 못했습니다. 의사가 곧바로 달려왔지만 전혀 소용이 없었습니다."

이 소식을 듣고 내가 얼마나 놀랐는지는 이루 말로 나타낼 수 없다. 이런 충격적인 사건이 느닷없이, 더구나 나와 의견 충돌을 일으켰던 분에게 일어나다니! 얼마 전까지만 해도 그가 있던 방인데, 지금은 방 전체가 섬뜩하게 느껴지는 공허감, 의자며 테이블은 그를 기다리고 있는 듯했고, 어제 그가 쓴 필적은 유령같이 보였다! 그를 이 방과 떼어놓고 생각하기란 도저히 불가능하며 지금도 방문이 열리며 꼭 그가 들어오는 것처럼 느껴졌다. 사무실 안은 침묵과 정적에 싸여 있었고, 사무실 사람들은 이번 사건에 관해 지칠 줄 모르는 흥미를 가지고 이야기를 했다. 다른 사람들도 온종일 들락날락하며 이번 사건에 대해서 떠들어 댔다. 이런 광경은 누구나 쉽게 떠올릴 수 있을 것이다.

그러나 내가 도저히 설명할 수 없는 것은, 그때 내 마음의 가장 깊숙한 곳에서 죽음에 대해 어떤 질투를 느꼈던 것이다. 필시 그 죽음의 위력이 도라의 마음속에서 나를 몰아내기라도 하는 것 같은 느낌이었다. 말하기 힘들지만 시기하는 마음으로 나는 그녀의 슬픔을 공연히 미워하고 싫어했다. 그녀가 다른 사람에게 안겨 울고, 다른 사람들에게 위안을 받는다고 생각하니 마음이 불안하여 어쩔 줄을 몰랐다. 상황이 이런데도, 나는 나 자신을 제외한 모든 사람들을 그녀 곁에서 쫓아버리고 나만이 그녀의 전부가 되겠다는 탐욕스러운 소원을 가졌던 것이다.

이런 어지러운 마음—내 안에만 비밀로 해 두면 몰라도, 다른 사람이 보아도 한눈에 알 수 있는 그런 마음을 품고, 나는 그날 밤 노우드로 떠났다. 현관에서 하인 한 사람을 붙들고 물어 보았더니, 미스 밀스도 거기에 와 있다는 것을 알았다. 나는 돌아가서 곧바로 대고모의 이름으로 그녀에게 편지를 썼다. 먼저 스펜로 씨의 뜻하지 않은 죽음을 진심으로 슬퍼한다고 쓰자, 쓰는 도중에도 눈물이 솟구쳐올랐다. 그리고 만약 도라가 내 이야기를 들어줄 수 있는 마음 상태라면, 이렇게 전해 달라고 미스 밀스에게 부탁했다. '스펜로 씨는 살아생전에 나에게 더없이 친절하고 사려 깊게 대해주셨고, 도라에 대해서도 아주 다정한 말씀 이외에는 단 한 마디도 하시지 않으셨다는 것을.' 내가 이렇게 쓴 것은 그녀의 이름 앞에 내 이름을 갖다놓기 위한 이기적인 행동이라는 것을 잘 알고 있었다. 그러나 동시에 그것이 고인을 추모하기 위한 정당한 행동이라고 믿고 싶었다. 그리고 정말로 그렇게 믿었다고 생각한다.

다음날, 대고모는 간단한 답장을 받았다. 겉봉에는 대고모의 이름이 씌어 있었으나 내용은 내게 온 것이었다. 도라는 예상대로 슬픔의 구렁텅이에 빠져 있어서 미스 밀스가, "너의 변함없는 사랑을 코퍼필드 씨에게 내가 대신해서 전해줄까?" 하고 물어 보았을 때에도 그녀는 계속 "아, 아빠! 불쌍한 아빠!" 하며 울부짖고만 있다는 것이다. 그러나 그녀가 필요 없다고 거절하지는 않았으므로, 나는 그 점을 소중하게 여겼다.

이 사건 이래 줄곧 노우드에 가 있던 조킨스 씨가 며칠 뒤 사무실에 나타났다. 티피와 몇 분 동안 밀담을 하고 나더니 티피가 문에서 얼굴을 내밀고 내게 들어오라고 손짓을 했다.

"오!" 조킨스 씨는 말했다. "코퍼필드 군, 티피와 나는 고인의 책상이나 서랍, 그 밖에 물건을 넣어둘 만한 곳을 찾아볼 작정이네. 개인 서류를 밀봉하고, 유언장을 찾아내기 위해서라네. 다른 곳에는 있을 것 같은 흔적이 없으니, 미안하네만 자네도 우리를 도와주었으면 좋겠네."

그렇지 않아도 나는, 도라가 앞으로 처하게 될 환경— 누가 후견인이 되느냐 따위—을 알고자 고민하던 차였는데, 이것이 다소나마 그와 같은 소식을 아는 데 도움이 될 것이다. 우리는 곧 뒤지기 시작했다. 조킨스 씨가 서랍과 책상을 열쇠로 열면, 우리가 서류를 꺼냈다. 우리는 공용서류를 한쪽에다 놓고, 개인서류(많지는 않았다)는 다른 한쪽에다 모았다. 다들 매우 비통했다. 잘못 섞여 들어온 도장이나 필통이라든가 반지라든가 우리가 고인을 떠올릴 수 있는 물건이 나올 때마다 우리는 나지막하게 말을 하곤 했다.

몇 개의 서류 뭉치를 밀봉한 뒤에도 말없이 일을 계속하고 있는데 갑자기 조킨스 씨가 입을 열었다. 게다가 고인이 그에 대해 했던 것과 똑같은 말로 고인을 평가하는 것이었다.

"스펜로 씨는 남들이 밟고 간 관례에서 벗어나기가 아주 어려웠던 사람이었어. 그 점은 자네들도 잘 알고 있지! 허허, 아무래도 유언장을 만들어놓지 않은 것 같군."

"아닙니다, 유언장은 만들어놓으신 것으로 알고 있습니다!"

내가 말했다.

두 사람은 하던 일을 멈추고 나를 바라보았다.

"내가 마지막으로 그분을 뵈었던 그날, 유언장을 만들어 놓았으며, 집안 문제는 오래전에 결정해 두었다고 말씀하셨습니다."

조킨스 씨와 늙은 티피는 똑같이 고개를 저었다.

"그런 것 같지는 않습니다." 티피가 말했다.

"그래, 아주 가망 없는 이야기야." 조킨스 씨가 맞장구를 쳤다.

"설마 나를 의심하시는 것은 아니겠지요?" 나도 뒤로 물러설 수는 없었다.

"코퍼필드 씨!" 티피는 내 팔에다 한 손을 올려놓고, 눈을 감고 고개를 저으면서 말했다.

"당신도 나만큼 오래 민법박사회관에 있어 보면, 사람의 마음이 얼마나 변하기 쉬우며 얼마나 믿을 수 없는 것인지를 알게 될 것입니다."

"놀랍습니다. 고인께서도 그와 똑같은 말씀을 하셨어요!" 나도 지지 않았다.

"나는 거의 확정적이라고 해도 좋을 것 같네. 내 의견으로는—유언장은 없습니다."

나에겐 잘 이해가 되지 않았지만 유언장은 결국 없는 것으로 결정이 되었다. 그분의 서류를 증거로 하는 한, 유언장을 만들어두려는 생각조차 하지 않았다고 볼 수 있었다. 유언을 남기겠다는 하등의 암시나 대략적인 윤곽이나 메모가 전혀 되어 있지 않았기 때문이다.

나를 더욱 놀라게 한 것은, 가계 상태가 매우 복잡해서 갈피를 잡을 수가 없는 점이었다. 빚이 얼마나 되며, 얼마만큼의 재산을 지니고 있었는지를 밝히기가 매우 어려웠다. 이 문제에 관해서는 최근 몇 년 동안 그 자신도 잘 몰랐던 것 같았다. 그 무렵 민법박사회관에서는 외모와 체면을 중시하며 경쟁하는 것이 크게 유행했는데, 그도 거기에 수입 이상의 돈을 써버렸다고 한다. 게다가 수입 자체도 결코 많지 않았으므로, 애당초 그가 가지고 있던 사유 재산이 얼마나 되는지는 모르지만(이것도 대단하진 않았던 것 같다) 모조리 탕진해버려 빈털터리가 되었다는 것이 차츰 알려지게 되었다.

노우드에서도 가구와 차용증서에 대한 경매처분이 있었다. 내가 자기의 이야기에 어느 정도의 흥미를 가지고 있는지 전혀 모르는 티피는 다음과 같이 내게 말했다.

즉 고인의 부채를 모두 지급하고, 회수 가능성이 거의 없는 사무소의 부채 가운데에서 그의 책임분을 제하면, 나머지 재산은 모두 합쳐서 1천 파운드도 못 될 것이라고.

이것이 약 6주일 동안의 상황이었다. 그동안 나는 지옥의 고통을 맛보았다. 게다가 미스 밀스가, 비탄에 잠긴 도라는 내 이야기를 들려주어도, 다만 "아, 불쌍한 아빠! 오, 그리운 아빠!" 하고 외칠 뿐 그 밖엔 아무 말도 하지 않는다고 편지를 썼을 때는, 나는 정말로 죽고 싶은 느낌이었다.

이것도 미스 밀스의 편지로 알게 된 사실이다. 도라에게는 퍼트니에 살고 있는 두 명의 노처녀 고모가 있을 뿐, 다른 친척이라고는 없었다. 이들은 여러 해 동안을 오라버니에게 어쩌다가 편지로 안부를 전하는 것밖엔 거의 접촉이 없었다는 것이었다.

싸운 것은 아니지만(역시 미스 밀스에게서 얻은 정보이다) 옛날 도라의 세례식 때, 고모들은 자기네들이 만찬에 초대될 자격이 있다고 생각했는데 티 파티에만 초대되자, 곧바로, 자기네들이 참석하지 않는 쪽이 '모든 분들의 행복을 위해 더 좋을 것'이라는 뜻의 편지를 보내왔던 것이다. 그리고 그 뒤부터는 그들은 그들의 길을 가고, 오라버니는 오라버니의 길을 갔다는 것이다.

그런데 일이 이렇게 되자 그 두 숙녀가 그들의 은거지에서 갑자기 나타나서, 도라에게 퍼트니에서 함께 살자고 제의했다.

도라는 두 고모에게 매달려 울면서 소리쳤다. "오, 가겠어요, 고모님! 줄리아 밀스와 집과 저를 퍼트니로 데려가 주세요!" 그래서 그들은 장례식이 끝나자 바로 그곳으로 떠나버렸다.

나에게 어떻게 그렇게 자주 퍼트니에 갈 시간 여유가 있었는지 지금 생각해도 놀랍지만, 나는 모든 수단을 다 동원하여 곧잘 퍼트니로 달려갔다. 미스 밀스는 친구로서의 의무를 다하기 위하여 일기를 써 두었다가, 내가 갈 때마다 광장에 나와서 읽어주거나, 그럴 시간이 없으면 그대로 나에게 빌려주곤 했다. 나는 그 기록을 참으로 귀중하게 여겼다! 여기에 그 견본을 조금 보이겠다.

'월요일. 디(D.도라)는 아직도 몹시 우울해하고 있다. 두통. 제이(J.애견인 집)의 털이 특히 아름답고 말쑥하게 보인다. 디는 제이를 귀여워한다. 그러다가 생각이 나는지 수문이 터진 것처럼 매우 슬피 운다. 밀어닥치는 슬픔을 막을 수가 없다(눈물이란 마음의 이슬방울인가? 제이 엠(J. M줄리아 밀스).'

'화요일. 디는 기운이 없고 신경이 곤두서 있다. 안색이 창백하여 아주 아름답다(저 달의 아름다움과 같다고 할 수 있을까? 제이 엠). 디와 제이 엠과 제이는 마차를 타고 산책. 제이가 창밖을 내다보고 청소부를 향해 맹렬히 짖어대자 마침내 디의 얼굴 가득 미소가 떠오르다(인생의 사슬도 결국 이런 하찮은 고리로 만들어진다! 제이 엠).'

'수요일. 디는 비교적 쾌활하다. 좋아하는 곡이라기에 〈저녁 종〉이란 노래를 불러주었다. 결과는 마음을 위로해주기는커녕 그 반대였다. 디는 매우 흥분했다. 나중에 그녀의 방에서 울고 있는 것을 발견했다. 왕녀와 새끼 영양에 관한 시*2를 인용하여 들려주다. 효과 없음. 또한 무덤 위의 '인고(忍苦)

---

*2 19세기 영국 시인 토마스 무어의 장편담시 〈랄라 루크〉 1편 '배화교도' 중의 한 일화.

상^{*3} 이야기도 들려주었음(왜 하필 무덤 위에 있는 것일까? 제이 엠.).'

'목요일. 디의 기분이 한결 좋아졌다. 밤에도 편안히 잠들었다. 연분홍 색깔이 그녀 뺨에 되살아났다. 디 시(D.C.데이비드 코퍼필드)의 이름을 언급해봐야겠다고 결심하고, 산책하다가 조심스럽게 그 이름 꺼낸다. 디는 곧바로 흥분하면서 외치다. "오, 줄리아! 오, 나는 버릇없고 무책임한 딸이었어!" 달래고 진정시키다. 디 시는 죽기 직전이라고 조금 부풀려 얘기함. 디는 다시 발버둥쳤다. "오, 난 어떻게 하지? 나는 어떻게 해야 해? 제발 나를 어디론가 데려다 줘!" 그리고 또 눈물을 쏟았다. 몹시 놀랐다. 끝내 디가 기절하여 주막에서 물 한 잔 얻어 와서 마시게 하다(마치 시를 읽는 것 같다! 문기둥에 바둑판무늬의 간판. 그것은 곧 인생의 무늬이다. 아! 제이 엠.).'

'금요일. 사건의 날. 푸른 가방을 든 사나이가 부엌에 나타나서, "수선할 부인의 구두는 없습니까?"라고 외치다. "그런 것 없습니다"라고 요리사가 대답. 구두장이는 집요하게 매달렸다. 요리사가 그 사나이와 제이만을 남겨놓고 물어보기 위하여 안으로 들어가다. 요리사가 돌아왔을 때에도 구두장이는 여러 말을 늘어놓다가 드디어 가버렸다.

제이가 없어졌다. 디는 미칠 듯이 괴로워했다. 경찰에 신고했다. 사나이는 넓적코와 교량의 난간 같은 다리를 하고 있었다. 사방팔방으로 수색했지만 제이는 없었다. 디는 울음을 터뜨렸다. 또다시 새끼 영양의 이야기를 꺼내보았다. 적절하다고 생각했지만 효과는 없었다. 저녁때쯤 낯선 소년이 찾아와서, 거실로 안내되었다. 1파운드 준다면 개의 행방을 알려주겠다고 말했다. 디가 1파운드 주니, 소년은 요리사를 어떤 작은 집으로 데리고 갔다. 제이는 홀로 테이블 다리에 매여 있었다. 디의 기쁨은 말할 수 없었다. 저녁을 주고, 그것을 먹고 있는 제이 주위를 춤추며 돌았다. 이 즐거운 변화에 힘을 얻어 나는 2층에서 디 시의 이야기를 다시 꺼냈다. 디는 또다시 울며 애처롭게, "오, 그만, 그만해! 불쌍하신 아빠 이외의 딴 사람은 생각할 수 없어!"라고 외치다(디 시는 커다란 '시간'의 날개에 의지할 수밖에 없단 말인가? 제이 엠.).'

이렇듯 미스 밀스와 그녀의 일기가 나의 유일한 위안이었다. 조금 전 도라와

---

*3 셰익스피어작 《십이야》 제2막 제4장에 나오는 말로 바이올러가 자기 여동생을 두고 '마치 인내의 상처럼 슬픔을 악물고 울고 있었어요'라는 대목을 인용.

함께 있던 그녀와 만나—호의로 가득 찬 그녀의 일기를 통해서 도라의 머리글자를 추적해나가고—그로 인해 더욱더 비참해지는 것이 나의 유일한 위안이었다.

　나는 마분지로 만든 궁전 속에 살고 있다가 그것이 넘어지는 바람에 미스밀스와 나만이 그 폐허 위에 서 있는 느낌이었다. 어떤 잔인한 마법사가 내 순진한 여신 주위에다 마법의 원을 그려놓고, 많은 사람들을 태우고 하늘 높이 날 수 있는 강한 '시간'의 날개에 올라타지 않는 한, 나를 절대 그 원 속으로 들어가지 못하게 막는 것처럼 느껴졌다.

39장
위크필드 씨와 우라이아

내가 너무 오랫동안 의기소침해 있자, 대고모는 마음이 불안했는지 도버에 가서 세 준 집에 이상이 없는지 알아보고, 지금 세들어 사는 사람과 장기 임대계약을 맺고 오라고 말했다.

자넷은, 스트롱 박사 부인에게 고용되었으므로 나는 거기서 매일 그녀를 만났다. 그녀가 도버를 떠날 때에는, 수로 안내자와 결혼해서, 대고모에게서 교육받아왔던, 사람을 멀리하는 수행에 마침내 종지부를 찍을 것인가 말 것인가로 아직 고민하고 있었다. 그녀는 결국 그러한 모험을 하지 않는 쪽으로 결정했는데, 그것은 근본 방침을 지키기 위해서가 아니라, 단지 상대가 마음에 들지 않았기 때문이었을 것이라고, 나는 생각했다.

미스 밀스와 헤어지는 것은 힘들었지만, 아그네스와 조용히 몇 시간을 보낼 수 있다는 생각에서 나는 대고모의 요청을 기꺼이 받아들였다. 사흘 동안 휴가를 얻기 위해서 박사님과 의논했더니, 박사는 흔쾌히 허락해주었다. 박사님은 휴가를 더 가지도록 권했으나 내가 해야 할 일 때문에 그렇게 할 수는 없었다. 그리하여 가기로 결심했다.

민법박사회관에서는 내가 반드시 해야 할 일은 없었다. 사실은, 사무소 자체가 일류 소송대리인들 사이에서 평판이 좋지 않아, 미덥지 못한 위치로 급격히 떨어져버린 것이다. 애당초 스펜로 씨가 들어오기 전에 조킨스 씨가 혼자 꾸려나가고 있었을 때부터 사업은 기세를 떨치지 못했다. 스펜로 씨라는 새로운 피가 주입되고, 그가 활력을 불어넣음으로써 어느 정도 숨을 되찾았지만, 앞날이 걱정 없을 정도로 탄탄한 상태는 아니었다. 그런데 이번에 그 적극적인 지배인의 불시의 죽음과 같은 타격을 맞고 보니, 느닷없이 무너져내리기 시작했다. 조합 내의 평판이 썩 나쁘지 않았음에도, 조킨스 씨는 게으르고 무능한 인물이었다. 그에 대한 외부의 평판 역시 사무소를 유지해나갈 수 있을 정도는 아니었다.

나도 이번에는 그 사람 밑에서 일하게 되었는데, 그가 코담배만 피우며 일은 되는 대로 내버려두고 있는 것을 보자 대고모가 보증금으로 건 1천 파운드의 돈이 아깝게 생각되었다.

문제는 그것만이 아니었다. 민법박사회관 주위에는 기생충과 같은 많은 중개업자가 있었다. 그들은 자기네들이 소송대리인도 아니면서 일반적인 법률사무에는 곧바로 달려들었다. 그리고 실제적인 일은 진짜 소송대리인에게 맡겼으므로, 소송대리인들 가운데는 이름을 빌려주는 사람도 꽤 많았다.

요즘에는 우리 사무소에서도 어떠한 조건으로든지 사건을 맡고자 했으므로, 우리도 이 고상한 패들과 결탁하게 되었다. 이런 추종자나 기생충들에게 먹이를 던져주고 일거리를 가져오도록 했다. 우리가 주로 찾고 있는 일은 결혼허가 및 간단한 유언 검증을 하는 것으로써 수입이 제일 좋았다. 그래서 그만큼 경쟁도 치열했다.

민법박사회관으로 들어가는 입구마다 호객꾼이 늘 배치되어, 상복을 입은 사람, 조금이라도 망설이는 듯한 사람이 보이면 무조건 붙들어서는, 자기들이 고용된 사무소로 데리고 오도록 엄중히 지시받고 있었다. 그런데 이러한 지시는 정말 잘 지켜져서, 나 자신도 얼굴이 알려지기 전에는 두 번이나 우리의 중요한 경쟁 상대자의 사무소로 끌려갔던 일이 있다.

이렇게 손님을 끄는 이들의 이해 경쟁은 매우 치열했으므로, 자연히 감정이 상하는 개인 간의 충돌도 일어났다. 우리의 손님호리꾼의 우두머리격인 사내는(이 사나이는 전에는 술장사를 했었고, 나중에는 공인의 주식중개인을 했다) 맞아서 멍든 눈으로 여러 날 돌아다니는 바람에, 민법박사회관 전체의 체면을 구긴 일도 있었다. 이러한 탐색꾼들은 하나같이, 검은 상복을 입은 노부인이 마차에서 내리면 공손하게 도와주고는, 그 부인이 찾는 소송대리인은 죽은 사람으로 만들고 그 대신 자기 고용주가 그의 정당한 후계자라고 내세워(때로는 아주 그럴 듯하게 가장을 해서) 손님을 자기 고용주의 사무실로 데려가는 것을 아무렇지 않게 생각했다. 이런 수법으로 해서 나에게도 많은 포로들이 끌려왔다. 결혼허가에 관한 사무는 그 경쟁이 아주 치열해서, 허가증을 받고자 하는 수줍은 신사는 제일 먼저 만나는 손님호리꾼에게 끌려가거나 그렇지 않으면 한바탕 싸움이 벌어진 뒤에 제일 힘센 이에게 끌려가는 것 외엔 딴 도리가 없었다.

우리 사무소의 서기 가운데 한 사람은 동시에 이러한 손님호리꾼이었는데, 그는 쟁탈전이 벌어지면 모자를 쓴 채 가만히 보고 있다가, 틈이 생기면 곧바로 달려가서 데려온 손님을 감독대리 앞에 세워 기습적으로 선서시키는 것이었다. 이와 같은 손님호리꾼 제도는 오늘날까지 이어지고 있는 것으로 나는 알고 있다. 얼마 전에 내가 민법박사회관에 들렀을 때, 흰 앞치마를 걸친 체격이 건장한 사내 하나가 입구에서 내게 갑자기 덤벼들어서는 귀엣말로 '결혼 허가증을 받으러 오셨죠, 나리'라고 속삭이더니 다짜고짜 나를 두 팔로 껴안고서 소송대리인 사무소로 데려가려고 하는 바람에 거기서 빠져나오느라 혼이 난 일이 있었다.

아무튼 내가 도버에 갔더니, 세놓은 집은 모든 것이 만족스러운 상태였다. 세입자도 대고모의 뒤를 이어 당나귀와 쉴 새 없이 전쟁을 하고 있다고 보고하자 대고모는 크게 기뻐했다. 나는 그곳에서 간단한 일들을 해결하고 하룻밤을 지낸 다음, 아침 일찍 캔터베리로 떠났다. 또다시 겨울이 찾아와 있었다. 온몸이 죄어드는 듯한 매서운 겨울바람과 멀리 보이는 드넓은 대지가 조금이나마 내 마음을 새롭게 해 주었다.

캔터베리에 들어서자 나는 차분하고 즐거운 기분으로 옛날 거리를 거닐었다. 마음이 가라앉고 즐거웠다. 낡은 간판과 가게 이름도 옛날 그대로였으며, 옛날 사람들이 그대로 가게에서 일하고 있었다. 내가 여기서 학교를 다녔던 시절이 까마득히 먼 옛날처럼 느껴졌으므로, 나는 이곳이 조금도 변하지 않은 것이 오히려 이상하게 생각되었다. 그러나 이번에는 나 자신도 거의 변한 데가 없다는 생각이 들었다. 생각해보면 이상한 이야기지만, 잊을 수 없는 아그네스의 차분함이 그녀가 사는 마을에까지 어려 있는 것 같았다. 고색창연한 대성당의 탑. 예부터 작은 새들과 떼까마귀의 울음소리는 완전한 정적보다도 오히려 주변을 고요하게 만든다. 옛날에는 다양한 조각상으로 가득 꾸며져 있었을 것이나, 지금은 그것들을 숭배하던 경건한 순례자들과 마찬가지로 완전히 쇠퇴하여 허무하게 무너져 내린 수많은 출입구. 박공 끝과 허물어진 벽을 불문하고 몇 백 년 동안 담쟁이덩굴이 뒤덮고 있는 고요한 구석구석. 시대를 느낄 수 있는 집들. 밭과 과수원, 정원이 이어지는 목가적인 풍경. 보이는 곳 어디에나 —그리고 모든 것에도— 옛날과 변함없는 조용한 분위기, 마음이 평온해지는 부드럽고 침착한 기분이 새록새록 피어올랐다.

위크필드 씨 집에 도착해 보니, 우라이아 힙이 옛날에 늘 앉아 있던 1층의 조그마한 방에서 미코버 씨가 열심히 펜을 움직이고 있었다. 그는 법률가처럼 검은 옷을 입고 있었고, 조그마한 사무실 안이라서 그런지는 몰라도 몸집이 더욱 커 보였다.

미코버 씨는 나를 보자 매우 기뻐했지만, 약간 당황하기도 했다. 그는 바로 우라이아 힙이 있는 곳으로 나를 안내하려 했으나 나는 거절했다.

"옛날에 내가 살던 집이에요. 그러니 혼자서 2층으로 올라갈 수 있어요. 그런데 법률사무소는 마음에 드는지요, 미코버 씨?"

"코퍼필드," 그는 대답했다. "법률 공부는 상상력이 풍부한 사람에게는 적합하지 않아 무엇보다 자질구레한 것들이 너무 많거든."

미코버 씨는 자기가 쓰고 있는 몇 장의 편지를 슬쩍 바라보며 말했다. "이 법률상의 편지만 해도, 마음을 자유롭게 날게 하여 높은 차원의 상상력을 나타낼 수는 없으니까 말일세. 그래도 이것은 근사한 일이야. 참으로 근사한 일이지!"

그리고 그는 나에게, 자기는 우라이아 힙의 옛날 집을 빌려서 살고 있는데, 한 번 들러주면 아내가 매우 기뻐할 것이라고 말했다. "집은 참으로 보잘것없는 오두막이네." 미코버 씨는 말했다. "나의 친구 힙이 즐겨 쓰는 표현을 빌린다면 말일세. 그렇지만 그 집은 좀더 야심적인 주택을 마련하기 위한 하나의 발판이 될 걸세."

나는 그에게, 그에 대한 힙의 대우가 만족할 만한지 물어 보았다. 그는 대답하기 전에 일어나더니 문이 꼭 닫혀 있는가 확인한 다음 나지막하게 대답했다.

"코퍼필드, 재정 곤란의 시달림을 받으며 일하는 사람은 대부분의 경우에는 불리하다네. 재정적으로 시달리면 사람은 어떻게 해서든 급여를 제날짜보다 앞당겨서 가불할 수밖에 없네. 그러면 어떻게 해도 불리함을 피할 수 없지. 따라서 내가 여기서 말할 수 있는 것은, 나의 친구 힙은 내가 호소하면, 그 내용에 대해서는 더 자세히 설명할 필요도 없겠지만, 아무튼 이성적인 면에서나 감정적인 면에서 그의 명예에 합당할 정도로만 응해주었다는 것뿐일세."

"그가 돈에 너그럽다고는 생각하지 않는데요." 내가 말했다.

"나는 겪은 대로 내 친구 힙에 대해서 이야기하고 있는 것뿐이야."

"당신의 경험이 그렇다면 매우 기쁩니다."

"고맙네, 코퍼필드." 미코버 씨는 이렇게 말하고 콧노래를 불렀다.

"위크필드 씨는 자주 보나요?" 나는 화제를 바꾸기 위해 물었다.

"자주 만나지 못하네." 미코버 씨는 조금 깔보는 투로 말했다. "위크필드 씨의 취지는 아주 훌륭해. 그러나 그분은 세태에 뒤진 사람이야."

"그의 동업자 힙이 그렇게 만들고 있지요."

내가 말했다.

"코퍼필드!" 미코버 씨는 의자에 앉은 채로 불안하게 몇 바퀴 돌리더니 정색하고 말했다. "내 말을 용서하기 바라네! 나는 지금 여기서 신임을 받는 지위에 있어. 그러므로 화제에 따라서는, 평생 고락을 같이한 동반자며 명석한 두뇌와 지식을 가지고 있는 아내와도 의논할 수 없는 것이 있어. 현재 내게 지워진 여러 역할로 봐서 용납될 수 없는 일이라고 생각하네. 그러니 미안하네만 자네에게도 이 말만은 해야겠어. 자네와는 오랜 친구이고, 물론 그 관계가 달라질 것이라고는 조금도 생각하지 않지만, 어느 정도의 선은 그어야 한다고 말일세. 그 선의 한쪽에는, 직업이나 기타 실리와는 관계없는 순수한 학문과 예술과 지성의 영역이 있고, 다른 한쪽에는 그 예외의 것, 즉 위크필드와 힙 사무소의 업무와 거기에 관련되는 모든 것이 있네. 나는 내 젊은 날의 친구에게 그의 냉철한 판단에 호소하여 이런 제안을 하더라도 노하지는 않을 줄로 믿네만?"

미코버 씨의 태도에 불안스러운 변화가 보이고, 이 새로운 일이 그에게 맞지 않으며 그의 마음을 무겁게 짓누르고 있다는 인상을 받았지만 내가 화를 낼 권리는 없었다. 이러한 나의 느낌을 말해주자 그도 안심이 되는 듯 나의 손을 잡고 악수를 했다.

"그런데 코퍼필드, 미스 위크필드는 정말 훌륭한 아가씨야. 그녀는 뛰어난 매력과 품위와 덕망을 갖추었어. 나는 맹세할 수 있네." 자기 손에 마구 입을 맞추면서 공손하게 절을 하고 말했다. "나는 미스 위크필드에게 최대의 경의를 표하네."

"그래요. 저로서도 매우 기쁜 일입니다."

나는 말했다.

"언젠가 자네가 우리가 함께 행복하게 지냈던 그 유쾌했던 어느 날 오후에,

디(D.도라)란 글자를 가장 좋아한다고 말하지 않았더라면, 에이(A.아그네스)야말로 자네가 가장 좋아하는 글자라고 생각했을 걸세."

우리는 누구나 지금 말하고 행동하는 것이 옛날에 말하고 행동한 적이 있다고 느낀다든가, 몇 년 전의 일이었는지는 모르지만 같은 얼굴, 같은 물건, 같은 생활에 둘러싸였던 일이 있었다는 느낌 등, 그것이 갑자기 기억난 것처럼 다음에는 무슨 말이 나오리라는 것을 다 알고 있는 것 같은 경험을 가지고 있을 것이다! 사실 나도 이때 그가 위와 같은 말을 하기 직전에 그 신비로운 느낌을 가졌다.

여러분들께 안부를 전해 달라고 부탁한 다음, 나는 미코버 씨와 헤어졌다. 헤어질 때 그가 다시 의자에 앉아 펜을 들고, 옷깃 채 목을 빙글빙글 돌리며 천천히 집무에 임하는 것을 보면서, 나는 분명히 깨닫지 않을 수 없었다. 그가 새로운 일에 종사하고부터는 그와 나 사이에 깊은 도랑이 생겼고, 그로 인해 앞으로는 우리가 전처럼 어울려 잘 지내지를 못하고, 교제의 성격도 모두 변해버렸다는 것을 깨달았다.

예의 그 고풍스러운 응접실에는 힙 부인이 있는 기척이 났지만 모습은 보이지 않았다. 나는 아직도 아그네스가 쓰고 있는 방을 들여다보았다. 그녀가 난로 곁에 있는 구석 책상에 앉아서 글을 쓰고 있는 것이 보였다.

내가 빛을 가로막자 그녀가 고개를 들었다. 심각하던 얼굴이 나를 보자 순식간에 밝은 표정으로 바뀌며 상냥하게 빛났다. 내가 그녀의 관심과 환영의 대상이 된다고 생각하니 참으로 기뻤다.

"아, 아그네스!" 나란히 함께 앉은 뒤 내가 말했다. "정말 만나고 싶었어요!"

"정말이에요? 이렇게 일찍?"

나는 고개를 저었다.

"아그네스, 잘은 모르겠지만 내가 마땅히 가지고 있어야 할 어떤 소중한 마음의 능력이 내게는 모자라는 것 같습니다. 전에 여기서 살던 때에는 무엇이든 당신이 내 대신 생각해 주었지요. 그래서 일이 있을 때마다 당연한 듯이 당신의 지혜와 도움을 빌려 왔는데, 그러다보니 결국 그런 능력을 스스로 익히지 못한 것 같습니다."

"그 능력이란 것이 무엇이죠?"

아그네스는 유쾌하게 물었다.

"그걸 뭐라고 해야 좋을지, 나도 잘 모르겠습니다. 아그네스, 나는 내가 성실하고 끈기가 있다고 생각해요."

"저도 그렇게 생각하고 있어요."

"인내심도 있지요, 아그네스?"

나는 약간 망설이며 물었다.

"그래요, 아주 잘 참지요." 아그네스는 여전히 웃으며 대답했다.

"그런데도 나는 매우 비참하고 괴롭습니다. 발밑이 휘청거리고 모든 것에 확신을 가질 수 없습니다. 그래서 뭐랄까, 자신감 같은 것이 전혀 없어요."

"그런 마음을 뭐라 부르건 그건 아무래도 좋아요."

"그러니까, 아그네스! 당신이 런던에 오면, 나는 당신을 의지하여 곧바로 목적과 진로를 결정하게 됩니다. 또한 내가 런던에서 쫓겨나 여기에 오면 그 순간에 나는 전혀 다른 나로 바뀌어 버릴 겁니다. 내가 이 방에 들어온 뒤부터 나를 괴롭히고 있던 사정들이 바뀐 것도 아닌데, 잠깐 사이에 어떤 영향력이 나를 지배 아래여 나를 바꿔 놓았습니다. 그것도 좋은 방향으로 말입니다! 그것이 무엇입니까? 이렇게 한 당신의 비결은 도대체 무엇입니까, 아그네스?"

그녀는 난롯불을 바라보며 고개를 숙이고 있었다.

"또 같은 얘기만 꺼낸다고 비웃지 마세요. 중대한 문제든 시시한 문제든, 이야기는 결국 같으니까요. 언젠가의 내 고민은 정말로 대수롭지 않았지만 이번에는 심각합니다. 아주 중대한 일이에요. 그런데 나란 사람은 당신과, 피를 나누진 않았지만 친누이처럼 존경하는 당신과 헤어지면—"

아그네스는 고개를 들고—아아, 그 성스러운 천사와 같은 얼굴!—한 손을 내게 내밀었다. 나는 그 손에 입을 맞추었다.

"언제라도 내게 충고해주고 찬성해주는 당신이 없으면, 아그네스, 난 미쳐버리거나 말썽만 일으키고 맙니다. 그러다가도 당신한테 오면(지금도 그렇듯이), 내 마음은 평화롭고 행복해집니다. 나는 지금 지칠 대로 지쳐버린 나그네처럼 돌아와서 이처럼 행복한 휴식을 얻고 있는 것입니다!"

나는 거짓도 과장도 없이, 진심에서 우러나오는 대로 말했다. 그리고 내가 한 말에 스스로도 너무나 감동하여 목소리가 제대로 나오지 않았다. 나는 한 손으로 얼굴을 가리고 눈물을 쏟았다. 나는 사실만을 쓰고 있는 것이다. 누구나 그렇겠지만, 내 안에 어떤 모순과 당착이 있었는가? 무엇이 그렇게 다르고,

좋지 않았는가? 그리고 대체 무슨 짓을 저지르고, 옹고집처럼 내 마음의 소리에서 귀를 닫았단 말인가? 그것은 나도 모르지만, 한 가지 분명한 것은, 아무튼 아그네스의 곁에 있으면 말할 수 없는 안식과 평화를 느꼈으며, 그때 내가 지독히 진지했다는 것이다.

조용한 그녀의 태도, 빛나는 눈동자, 다정한 목소리, 그리고 그녀가 살고 있는 집까지 나에게 아주 신성한 곳으로 만들어준 그녀의 침착성, 이런 것들은 곧 나로 하여금 약한 마음을 이겨내고, 지난번 마지막 본 이래로 일어난 모든 일들을 남김없이 털어놓게 했다.

"할 말은 이게 다입니다, 아그네스. 나는 아그네스만 의지할 뿐입니다." 나는 고백을 마치고 말했다.

"그렇지만 나는 그런 사람이 못 돼요, 트롯우드. 다른 사람을 믿어야 돼요."

"도라 말입니까?"

"물론이죠."

"아, 그 부분은 말하지 않았는데요, 아그네스." 나는 약간 당황해하면서 말했다. "도라에게 의지하기는 좀 곤란합니다―이런 말을 하고 싶진 않지만, 그녀는 순결과 진실의 화신이니까요. 정말 어떻게 나타내야 좋을지 모르겠어요, 아그네스. 그녀는 겁이 많고 몸집이 작으며 쉽게 불안해하고 놀라지요. 그녀의 아버지가 돌아가시기 얼마 전이었는데, 나는 그녀에게 말해주는 것이 옳다고 생각하고―당신이 내 이야기를 참고 들어준다면 그때 이야기도 모조리 하겠어요."

나는, 내가 가난뱅이라고 선언했다는 것과 요리책과 가계부와 다른 여러 가지에 대해 아그네스에게 이야기해주었다.

"어머나, 트롯우드!" 그녀는 미소를 지으며 항의했다. "여전히 앞뒤를 가리지 않는군요! 마음 약하고 세상 경험 없는 아가씨에게 느닷없이 그렇게 말하지 않아도 당신이 열심히 노력하면 충분히 살아갈 수 있잖아요? 가엾은 도라!"

그녀는 나무라고 있었지만 그렇게 다정하고도 너그럽고, 친절로 가득 찬 꾸짖음을 나는 여태까지 들어 본 적이 없었다. 포근하게 도라를 껴안고 보호해주며, 그 어린 가슴을 두려움에 떨게 한 나의 경솔함을 꾸짖는 아그네스를 눈앞에서 보는 듯했다. 게다가 도라는 그 참을 수 없는 천진함을 보이면서 기쁜 듯이 아그네스를 끌어안고 감사하면서, 한편 응석부리면서 나를 고자질하면서도 아이처럼 순진하게 나를 사랑하고 있는, 그런 광경까지 눈앞에 떠오르는 것이었다.

나는 진심으로 감사하고 탄복했다. 두 사람이 이렇게 사이좋게 서로를 끌어안고 있는 모습을, 밝은 미래에 대한 희망 속에서 바라본 것 같았다. 나는 난롯불을 잠깐 바라보다가 말했다.

"그럼 나는 어떻게 해야 되나요, 아그네스?"

"제 생각으로는요, 가장 올바른 길은, 그 두 분에게 편지를 써서 알리는 거예요. 비밀스럽게 일을 진행해 나가는 것은 비겁하다고 생각하지 않으세요?"

"비겁합니다. 당신이 그렇게 생각하신다면."

"아니에요. 나에게는 이런 일을 판단할 자격이 없습니다." 그녀는 망설이면서 말했다. "하지만 저는 이렇게 생각해요. 그러니까 당신이 그렇게 비밀스럽게 처리하는 것은, 당신답지 않아요."

"나답다니, 아그네스가 과대평가하는 게 아닐까요?"

"무슨 일에나 솔직하고 올곧은 것이 당신다워요. 그러므로 나 같으면 그 두 고모에게 편지를 쓰겠어요. 지금까지 일어났던 일을 솔직히 털어놓고 가끔 그들의 집을 방문해도 좋다는 허락을 얻도록 하겠어요. 당신은 아직 젊고, 출세하려고 열심히 노력하고 있으니, 그들이 당신에게 어떠한 조건을 제시하든 간에 당신은 쾌히 따르는 게 좋아요. 도라와 한 마디 의논도 없이 당신의 청을 거절하지 말고, 적절한 시기라고 판단이 서면 도라와 의논해 달라고 내가 간곡히 부탁하겠어요. 나라면 지나치게 격렬한 말투를 쓰지 않고, 무턱대고 너무 많이 요구하지도 않을 거예요. 내가 기대는 것은 나의 성실과 인내—그리고 도라예요."

"그러나 그들이 그런 이야기를 도라에게 함으로써 또다시 그녀를 놀라게 한다면, 그리고 도라가 또다시 울면서 나에 관한 얘기를 전혀 하지 않으려 든다면 어쩌죠?"

"그럴 것 같으세요?" 아그네스는 여전히 부드럽고 배려하는 표정을 띠우며 말했다.

"도라는 참새처럼 금방 겁에 질려버립니다! 게다가 그 두 미스 스펜로가—나이든 숙녀들 가운데는 가끔 이상한 사람들도 있으니까요—그런 이야기를 하기에 알맞은 사람이 아닐 수도 있잖아요!"

"그런 것은 생각하지 않는 것이 좋아요, 트롯우드." 아그네스는 정다운 눈길을 들어서 내 눈을 바라보았다. "지금은 그렇게 하는 것이 옳은 일인지 아닌지만 생각하도록 해요. 그것이 옳다면 그렇게 하는 것이 좋아요."

이제는 그 문제에 대해서 나는 조금도 의심이 남아 있지 않았다. 일의 중대성을 생각하면 책임은 무거웠지만, 나는 가벼운 마음으로 그날 오후를 편지 초안을 작성하는 데에 썼다. 아그네스가 자기 책상을 비워주었다.

나는 그 전에 먼저 위크필드 씨와 우라이아 힙을 만나보러 아래층으로 내려갔다.

우라이아는 마당 안에 새로 지은, 아직도 건축 재료 냄새가 나는 사무실에서 책과 서류더미에 파묻혀 있었지만, 얼굴은 여전히 천박해 보였다. 그는 언제나처럼 아첨하는 태도로 나를 맞이했으며 내가 왔다는 것을 미코버 씨로부터 못 들은 체했다. 그러나 그것은 사실이 아닐 것이다. 그는 위크필드 씨의 방으로 나를 데리고 갔다. 그 방은 옛 모습을 거의 찾아볼 수가 없었다. 우라이아의 새 사무실을 꾸미느라 가구며 장식품을 모조리 빼앗겼기 때문이었다. 나와 위크필드 씨가 인사를 나누는 동안 그는 난로 앞에 서서 등을 녹이며 그 뼈대가 앙상한 손으로 턱을 매만지고 있었다.

"캔터베리에 있는 동안에는 여기서 머물게, 트롯우드." 위크필드 씨는 우라이아의 동의를 얻기 위해 그가 있는 쪽을 바라보면서 말했다.

"제가 묵을 만한 방이 있는지요?"

나는 말했다.

"있고말고요, 도련님—아니, 코퍼필드 씨. 아무리 해도 도련님이란 말이 자연스럽게 튀어나온다니까요." 우라이아가 말했다. "좋으시다면 전에 쓰시던 방을 비워드리겠습니다."

"아니야, 아니야." 위크필드 씨가 말했다. "자네가 그렇게 불편을 당해서야 되겠는가? 다른 방이 있으니까. 그 방을 쓰면 되네."

"아, 그렇지만," 우라이아는 히죽히죽 웃으며 말했다. "정말로 저는 아무렇지도 않아요!"

나는 이야기를 매듭짓기 위해서, '다른 방을 주십시오. 아니면 돌아가겠습니다'라고 말했다. 이리하여 나는 다른 방을 쓰기로 결정되었으므로, 저녁 식사 시간에 다시 만나기로 하고 사무소를 나와 2층으로 올라갔다.

아그네스 외엔 다른 말동무가 없기를 나는 바랐다. 그러나 힙 부인이 뜨개질거리를 그 방의 난롯가로 가져 와서 일해도 좋으냐고 물어왔다. 바람이 세서 응접실이나 식당보다도 그 방이 자기 류머티즘에 좋다는 것이었다. 속으로는, 대성당 탑 꼭대기에 칼바람을 맞으며 세워 두고 싶었지만, 어쩔 수 없다고 체념하고 친절하게 인사를 하며 건강이 어떠냐고 물었다.

"참으로 감사합니다, 도련님. 그럭저럭 지낼 만합니다. 아주 건강하다고는 할 수 없지만요. 저는 우라이아가 잘되기만 하면 더 바랄 것이 없습니다. 그런데 도련님께선 내 우라이아를 어떻게 생각하십니까?"

나는 그가 더더욱 악당처럼 보인다고 생각했지만 그렇게 말할 수는 없으므로, 아드님은 조금도 달라진 데가 없다고 대답했다.

"오, 우라이아가 달라진 것 같지 않으세요? 말대꾸하는 것 같아 죄송스럽지만, 그 애가 여위었다고는 보지 않으시는지요?"

"여전한 것 같은데요."

"정말인가요? 하기야 도련님께서는 어미의 눈으로 그 애를 바라보지 않으니까 그렇겠군요!"

힙 부인과 눈이 마주쳤을 때, 그 어미의 눈이라는 것은 우라이아에게는 애정이 넘치는 것이겠지만, 다른 사람들에겐 어쩐지 기분 나쁘고 으스스한 눈이라고 나는 생각했다. 그리고 실제로 이 모자는 서로 끔찍하게 사랑하고 있었다. 부인의 눈은 나를 지나 아그네스에게로 향했다.

"미스 위크필드, 그 애가 점점 쇠약해지고 있다는 것을 알지 못하세요?" 힙 부인은 물었다.

"아뇨." 하던 일을 조용히 이어가면서 아그네스는 말했다. "아드님 걱정을 너무 지나치게 하십니다. 그는 매우 건강하답니다."

힙 부인은 코를 크게 한 번 훌쩍이고 다시 뜨개질을 시작했다. 부인은 잠깐이라도 일손을 멈추지 않았고, 우리 곁을 떠나지도 않았다. 일찍 도착했으므로 저녁 먹을 때까지 아직 서너 시간은 남아 있었다. 그러나 그녀는 꼼짝 않고 앉아서, 마치 모래시계의 모래알이 떨어지는 것처럼 지독히 단조롭게 뜨개질을 이어갔다. 그녀가 난로 한쪽에 앉고, 나는 그 앞의 책상에 앉아 있었다. 아그네스는 그 반대편, 나와 조금 떨어진 곳에 있었다. 내가 편지에 쓸 내용을 생각하며 천천히 눈을 들면 깊은 생각에 잠긴 아그네스의 얼굴과 마주쳤다.

그녀의 눈동자를 들여다보고, 천사와도 같은 그 표정에서 든든한 격려의 빛을 발견했다. 그럴 때마다 부인의 기분 나쁜 눈길이 나와 아그네스를 훑어보고 다시 내게로 되돌아왔다가 마지막으로 자기의 뜨개질감 위에 살며시 떨어지는 것을 나는 알아차렸다. 뜨개질에 대해서 잘 모르니 무엇을 뜨고 있는지는 몰랐지만, 무슨 그물 같은 것이 아닌가 싶었다. 불빛을 받은 힙 부인은 영락없이 흉악한 마녀 같았다. 아직까지는 맞은편에 있는 빛나는 착한 요정에게 억눌려 있지만, 금방이라도 올가미를 던질 만반의 준비를 하고 있는 것처럼 보였다.

저녁 식사 때에도 부인은 여전히 눈 한번 깜박거리지 않고 감시를 계속했다. 식사가 끝나자 이번에는 아들이 감시하는 일을 이어받았다. 위크필드 씨와 나, 이렇게 셋이 남자 끊임없이 곁눈질을 하면서 이상하게 몸을 꼬아댔다. 어지간한 나도 더 이상 참을 수 없었다. 그러나 응접실에서는 그의 어머니가 여전히 뜨개질을 하며 감시를 하고 있었다. 아그네스가 노래를 부르며 피아노를 치는 동안에도 부인은 바로 옆에 앉아 있었다. 한번은 우라이아가 좋아하는 노래라며, 소곡을 하나 부탁했다(정작 우라이아 본인은 커다란 의자에 기대어 하품을 하고 있었지만). 때때로 아들 쪽을 바라보고는 그 애는 음악에 푹 빠져 있다고 아그네스에게 보고하기도 했다. 부인은 아들 이야기가 아니면 거의 말을 하지 않았다. 그렇지 않은 경우는 한 번도 없었다. 마치 그것이 부인의 의무인 것처럼.

이런 일이 잘 때까지 이어졌다. 두 모자가 마치 커다란 박쥐처럼 집 전체를 날개로 뒤덮으며, 그 추한 모습으로 집 안에 어둠을 만드는 것을 보자, 말할 수 없이 불쾌했다. 자는 것보다 차라리 아래층에서 뜨개질을 계속하는 쪽이 오히려 낫다고 생각했다. 그날 밤 나는 거의 잠을 이루지 못했다. 그 다음날에도 뜨개질과 감시가 시작되어 하루 종일 이어졌다.

나는 단 10분간도 아그네스와 이야기할 기회를 갖지 못했다. 내 편지를 그녀에게 보일 수도 없었다. 한번은 밖으로 나가자고 말해 보았지만, 그러자 곧바로 힙 부인이, 몸이 불편하다고 호소하는 바람에, 불쌍하게 여긴 아그네스는 집에 남아 부인 옆에 붙어 있었다. 해질 무렵, 나는 결국 혼자 밖으로 나가 내가 해야 할 일을 곰곰이 생각해 보았다. 런던에서 우라이아 힙이 내게 말한 것을 아그네스에게 계속 숨기는 것이 옳은 일일까? 왜냐하면 이 일이 또다시 나를 몹시 괴롭히기 시작했기 때문이었다.

멋진 산책로가 있는 람스게이트 거리를 거닐고 있을 때 내 뒤 어둑어둑한 곳에서 누군가가 나를 불렀다. 호리호리한 체구와 초라한 외투로 보아 틀림없이 우라이아 힙이었다. 내가 걸음을 멈추자 그가 곧바로 쫓아왔다.

"무슨 일이오?"

내가 말했다.

"어찌나 빨리 걸으시는지!" 그가 말했다. "난 다리가 제법 긴 편인데도 아주 혼이 났습니다."

"어디로 가는 길이오?" 나는 물었다.

"아닙니다. 그냥 같이 좀 걷고 싶어서요, 코퍼필드 도련님. 오래 알고 지낸 사이인데, 한번쯤 산책 정도는 같이 해도 좋겠다 싶어서요." 아첨하는 건지 깔보는 것인지는 알 수 없지만, 그는 이렇게 말하고 몸을 비비꼬며 나와 나란히 걷기 시작했다.

"우라이아!"

나는 잠시 뜸을 들였다가 되도록 친절하게 말했다.

"왜 그러십니까, 코퍼필드 도련님?"

"실은 말이오, 이렇게 말한다고 화를 내지는 않겠지요, 나는 오랜 시간 상대하다 보니 혼자 있고 싶어서 산책하러 나온 거요."

그는 곁눈질을 하고 히죽히죽 웃으며 말했다. "제 어머니 말씀이지요?"

"아, 그래요."

"그러시군요. 그런데 도련님, 아시다시피 우리는 태생부터 자란 환경까지 정말 천합니다. 그 점을 뼈저리게 알고 있으므로 어떻게 해서든 귀하신 분들로부터 밀려나지 않도록 노심초사하는 것입니다. 사랑을 위해서는 수단과 방법을 가리지 않는다고 하지 않습니까."

그는 큼직한 두 손으로 턱을 쓸면서 희미하게 웃었다. 사람이라기보다는 심술궂은 비비처럼 보였다.

"게다가 도련님은 위험한 연적이니까요. 옛날부터 그랬죠." 여전히 그 불쾌하기 짝이 없는 기쁨에 들떠서, 고개를 저으며 말했다.

"그럼 미스 워크필드를 감시하고 숨통을 조이는 것이 모두 나 때문이라는 거요?" 나는 따지고 대들었다.

"오! 코퍼필드 도련님! 그건 지나치신 말씀입니다." 그는 응수했다.

"맘대로 지껄이시오, 그러나 내 말뜻은 당신도 잘 알고 있을 거요, 우라이아."

"아니오! 전 모릅니다! 도련님이 말씀해 주셔야죠."

"우라이아." 나는 아그네스를 위해 마음을 억누르고 조용하게 말했다. "나는 미스 위크필드를 소중한 친누이처럼 생각하고 있을 뿐이오. 당신은 그렇지 않다고 보오?"

"그렇군요. 그런데 코퍼필드 도련님. 그 질문에 대답할 의무가 저에게 없다는 것을 당신도 아시죠?"

그의 천박하고 교활한 얼굴과 속눈썹이라고는 흔적도 없는 민숭민숭한 눈보다 역겨운 것을 나는 여태껏 한 번도 본 적이 없었다.

"자, 그렇다면 좋소! 미스 위크필드를 위해서라도—"

"나의 아그네스!" 그는 말라빠진 몸을 비비꼬며 말했다. "아무쪼록 그녀를 아그네스라고 불러주십시오, 코퍼필드 도련님!"

"아그네스 위크필드를 위해서라도—아, 그녀는 반드시 행복해야 하오."

"그렇게 말씀해 주시니 감사합니다, 코퍼필드 도련님!" 그가 말허리를 자르며 끼어들었다.

"그녀를 위해서라도 당신에게 말해 두는 게 좋겠소. 그것만 아니라면 말하고 싶지 않지만—말한다면, 그렇지, 잭 케치*1에게 말하는 게 나을 거요."

"누구라고요?" 우라이아는 목을 길게 빼고 귀에 손을 가져다대면서 되물었다.

"사형집행인이오. 떠올릴 수도 없는 인물이지만." 그러나 그의 얼굴을 보고 있으면 무엇보다 먼저 그런 사형집행인의 얼굴이 자연스럽게 떠올랐다. "아무튼 본론을 말하자면, 나는 다른 처녀와 이미 약혼했소. 이만하면 만족하겠소?"

"정말입니까?" 우라이아가 말했다.

나는 화를 참으며 그에게 다시 한 번 확인시켜주려고 하는데 그가 내 손을 잡고서 꽉 쥐었다.

"오, 코퍼필드 도련님!" 우라이아가 말했다. "그러시다면 언젠가 도련님 집에 찾아가서 제 마음을 속속들이 내보였던 밤, 도련님이 제 이야기에 제대로 응

---

*1 17세기에 실존했던 유명한 사형집행인.

수해주셨더라면 좋았을 것입니다. 그러면 지금처럼 이렇게 의심하는 일도 없었을 테니까요. 지금 바로 저의 어머니에게, 손을 떼라고 하겠습니다. 아주 기쁘게 말입니다. 모든 것이 아그네스를 너무 사랑한 나머지, 조심성이 지나쳐서 벌어진 일이니 도련님이 용서하시리라고 믿습니다. 그건 그렇고, 정말 애석한 일입니다, 코퍼필드 도련님. 저는 도련님을 믿고 모든 비밀을 남김없이 털어놓았건만, 이야기에 당신은 조금도 응해주시지 않으셨지요! 저로서는 얼마든지 기회를 드렸습니다만, 제가 바라는 대로 부응해 주시지 않았습니다. 저는 도련님을 정말 좋아하지만, 도련님은 저를 싫어하시니까요."

그러면서도 그는 줄곧 그 축축한 손가락으로 내 손을 꼭 잡고 있었다. 나는 실례가 되지 않는 범위에서 그 손을 뿌리치려고 했지만 그럴 수 없었다. 그가 내 손을 잡고 자기 손을 외투 소매 속에다 넣었으므로, 나는 거의 강제로 그와 팔짱을 끼고 걸어갔던 것이다.

"이쪽으로 갈까요?" 잠시 뒤 우라이아는 시내 쪽으로 나를 이끌며 말했다. 시내 쪽에는 초저녁달이 멀리 떨어진 창문들을 은빛으로 물들이고 있었다.

"당신이 알아두어야 할 것이 있소." 오랜 침묵을 깨고서 내가 말했다. "아그네스 위크필드는 당신보다는 까마득히 높이 있어서, 저 달처럼 당신이 아무리 갖고자 열망해 보았자 도저히 손에 넣을 수 없다는 사실을 말이오!"

"아그네스는 평화롭죠, 그렇죠!" 우라이아는 말했다. "아주 평화롭죠! 자, 이제는 고백하시지요, 코퍼필드 도련님. 도련님은 처음부터 제가 싫으셨지요? 저는 이렇게나 좋아하는데! 맞아요. 도련님은 줄곧 나를 천한 놈이라고 생각해 왔어요! 암요! 그렇고말고요!"

"나는 스스로를 비하하는 것은 좋아하지 않아요. 그것을 큰소리치며 떠들어대는 것은 딱 질색이오."

"그렇죠! 처음부터 알고 있었어요." 우라이아가 몸을 앞으로 내밀었다. 달빛을 받은 얼굴은 지저분한 납빛으로 보였다. "그러나 저 같은 처지에 있게 되면, 천해지는 것이 당연하다는 것을 도련님은 전혀 생각하지 못하고 있습니다, 코퍼필드 도련님. 제 아버지와 저는 둘 다 급비 학교를 나왔고, 어머니 역시 일종의 자선학교*² 같은 기관에서 자라났습니다. 거기서는 아침부터 밤까지 저희

---

*2 빈민을 위한 학교.

에게 겸손이란 것만을 가르쳐주었습니다. 제가 아는 한 다른 것은 가르쳐주지 않았습니다. 저희는 이 사람에게도 저 사람에게도 굽실거려야 했습니다. 여기서는 모자를 벗어야 했고 저기서는 절을 해야 했습니다. 분수를 알고, 높으신 분들에게는 고개를 숙이라는 것만을 배웠습니다. 저희 아버지는 겸손했으므로 급장 상패를 받았습니다. 저도 받았습니다. 아버지는 겸손하게 처신하여 교회지기가 되었습니다. 아버지는 높으신 분들 앞에서는 매우 예의바르고 겸손했으므로 일자리도 구할 수 있었던 겁니다. 아버지는, '우라이아, 겸손하여라, 그래야만 출세한다'고 내게 말했습니다. '학교에서 언제나 귀가 따갑도록 타이르던 것도 바로 그것이란다. 그래야만 남들에게 인정을 받을 수 있다. 머리를 숙여라. 그래야 네가 잘되는 거야!'라고 말씀하셨어요! 정말 그렇게 했더니, 나쁘진 않았습니다!"

우라이아의 위선적인 겸손이 힙 가문의 전통이라는 것은 나도 이번에 처음 알았다. 나는 지금까지 결과만 보고, 원인은 조금도 생각해보지 않았던 것이다.

"저는 아주 어렸을 때부터 머리를 조아리는 것이 어떠한 결과를 가져온다는 것을 알고 있었고, 계속 그렇게 살아온 것입니다. 맛없는 빵도 기쁜 듯이 받았습니다. 저는 배우는 것도 적당히 멈추고 말았지요. 학문은 시시한 것이니 '치워버리자!'고 스스로 다짐했습니다. 그래서 언젠가 도련님이 라틴어를 배워 보라고 말씀하셨을 때에도, 저는 그런 한심한 짓은 하지 않았습니다. 저의 아버지께서는, '세상 사람들은 모두 네 위에 서는 것을 좋아한다. 그러니 너는 몸을 낮추어 처신해야 한다'고 말씀하셨습니다. 그래서 저는 지금 이 순간까지도 지극히 겸손하게 살아 왔습니다, 코퍼필드 도련님. 그러나 이제는 약간의 권력을 얻게 되었죠!"

우라이아가 이러한 이야기를 자세히 해준 것은 자기의 권력을 이용, 지금까지 자기가 당한 것을 되갚으려 결심하고 있다는 것을 내게 알리기 위한 수법이라는 것을 나는 달빛에 비친 그의 얼굴을 보고 알았다. 우라이아의 비굴함과 교활함과 악의를 나는 처음부터 한 번도 의심한 적이 없었다.

그러나 지금 알고 보니, 우라이아의 비열하고 무정하고 복수심에 불타는 정신은, 어린 시절의 오랜 억압에서 생긴 것이었다.

우라이아의 신상 이야기가 한 가지 좋은 결과도 가져왔다. 그가 기쁨에 겨워서 턱을 만지느라 내 손을 풀어주었던 것이다. 나는 일단 그의 손에서 벗어났으니 계속해서 떨어져 걸어야겠다고 마음먹었다. 그래서 그때부터 우리는 거의 이야기도 하지 않고 나란히 걸어 돌아왔다.

내가 그에게 해준 이야기 때문인지 아니면 그가 자기 회고담에 도취된 때문인지는 알 수가 없지만 어쨌거나 그는 매우 명랑해졌다. 우라이아는 식사 때도 여느 때보다 말이 많았고, 그의 어머니(우리가 집 안에 들어선 순간부터 감시하는 일에서 벗어난)에게, 자신이 총각으로서는 너무 늦지 않았느냐고 뻔뻔스럽게 묻기도 했다. 그러고는 아그네스를 물끄러미 바라보았기에 내가 이 녀석을 때려눕혀도 좋다는 허가만 받을 수 있다면 나는 가지고 있는 모든 재산을 버려도 좋다고 생각했다.

식사 뒤 남자 세 사람만이 남게 되자, 우라이아는 한층 더 대담해졌다. 그는 포도주는 거의 마시지 않았다. 따라서 이런 행동은 나에게 승리를 과시하기 위한 오만한 마음에서 온 것이었다.

어제도 눈치챘지만, 우라이아는 위크필드 씨에게 자꾸만 술을 마시게 하려고 했다. 아그네스가 방에서 나가며 나에게 눈짓으로 신호를 보냈기에 나는 한 잔만 마시고 아그네스를 따라 가자고 제안했던 것이다. 오늘도 그 수를 쓰려고 했으나 우라이아가 선수를 치고 말았다.

"오늘은 참으로 뵙기 어려운 귀한 손님이 찾아오셨습니다." 그는 식탁 끝에 자리잡고 앉아 있는 위크필드 씨에게 말했다. "선생님만 좋으시다면 한두 잔 더 건배를 하여 이 손님을 환영하는 뜻을 나타내고 싶습니다만, 선생님 뜻은 어떠신지요? 자, 그럼 코퍼필드 도련님, 당신의 건강과 행복을 빕니다!"

나는 그가 내미는 손을 잡는 시늉을 하지 않을 수 없었다. 그리고 전혀 다른 기분으로 그의 동업자인 실의에 빠진 불쌍한 신사의 손을 마음을 담아 잡았다.

"자아, 동업자 선생님," 우라이아는 말했다. "실례지만, 코퍼필드 씨를 위해 건배에 대한 축하의 말씀을 해주시겠습니까?"

위크필드 씨는 먼저 나의 대고모의 건강을 위하여 잔을 들었고, 딕 씨의 건강을 기원했고, 민법박사회관과 우라이아의 건강을 위해 잔을 들었는데, 그때마다 두 잔씩 마셨다. 그는 자신의 약점을 잘 알고 있었다. 버티려고 애써도 소용이 없었다. 우라이아의 태도에서 느끼는 참을 수 없는 수치심과 그의 환심을 사려하는 욕망 사이에서 몹시 괴로워하고 있었다. 그러나 우라이아는 아주 만족해했다. 몸을 비비 꼬며, 고양이가 쥐를 굴리고 놀 듯 여봐란 듯이 기뻐하는 것이었다. 보는 것만으로도 욕지기가 치밀어 올랐고, 여기서 다시금 돌이키고 싶지도 않으니 자세한 묘사는 생략하도록 하겠다.

"자아, 동업자 선생님!"

이번에도 우라이아는 말했다.

"저는 또 한 사람을 위해 건배를 부탁드리고 싶은데요. 여성 가운데 가장 신성한 여성을 위해 건배하고 싶으니 잔을 가득 채워주십시오."

위크필드 씨는 빈 잔을 들고 있었다. 그는 잔을 내려놓고, 아그네스와 꼭 닮은 그 어머니 초상화를 바라보더니, 이마에다 손을 대고는 안락의자에 털썩 주저앉아버렸다.

"제가 따님의 건강을 위해 축배를 들기에는 너무도 비천한 놈이지만, 그래도 저는 따님을 존경합니다. 아니, 숭배하고 있습니다."

늙은 위크필드 씨의 하얗게 샌 머리는, 지금까지 참을 수 없는 온갖 고통에도 견뎌왔지만, 지금 불끈 움켜쥔 그의 두 주먹에 담겨 있는 극심한 마음의 통증에 비하면 그것은 아무것도 아니었다.

"아그네스 위크필드는 성녀와 다름없으며, 이 세상에 내려온 천사라 해도 과언이 아닙니다. 우리는 다 같은 친구 사이니까 솔직히 이야기해도 괜찮겠죠? 그녀의 아버지라는 것도 자랑할 만한 명예입니다만, 그녀의 남편이 된다는 것은—" 우라이아의 눈에 그 아버지는 보이지도 않았고, 또한 자기가 무슨 짓을 하고 있는지 전혀 알지 못했다.

위크필드 씨가, 두 번 다시 그런 소리를 하지 말라고 소리치며 벌떡 일어났다. 마치 신음 소리 같은 외침이었다.

"왜 그러십니까?" 우라이아는 안색이 창백해지며 말했다. "화를 내시는 것은 아니시겠지요, 위크필드 씨? 그야, 저는 따님을 제 아내로 삼고 싶다고 생각하고 있습니다. 그렇게 말씀드리는 것이 어째서 잘못입니까? 다른 사람들과 마찬가지로, 아니, 다른 사람 이상으로 제게도 그럴 자격이 있습니다."

나는 두 팔로 위크필드 씨를 껴안고서 내가 할 수 있는 모든 생각을 동원하여, 특히 따님에 대한 사랑으로 마음을 진정시키도록 노여움을 달랬다.

그는 한때는 아주 미쳐버렸다. 머리칼을 쥐어뜯고, 나를 떠다밀려 했고, 내게서 빠져나가려고 했으며, 미치광이처럼 날뛰며 한 마디 답도 없었고, 아무것도 보려 하지 않았다. 얼굴을 찡그리고 허공을 응시하며 이유 없이 몸부림을 쳤다. 아무튼 처참한 광경이었다.

정신을 놓지 말고 내 말에 귀를 기울여 달라고, 조리가 서지 않았지만 나는 필사적으로 위크필드 씨를 달랬다. 일단 아그네스를 떠올리도록, 아그네스와 내가 함께 자란 시절의 일, 내가 얼마나 그녀를 존경하고 사랑하고 있는가, 또 그녀가 얼마나 당신의 자랑이요 기쁨인가를 생각해 보라고 간청했다. 어떻게든 딸의 이상적인 모습이 그의 눈앞에 떠오르게 하려고 애썼다. 이런 모습을 아그네스에게 보여서는 안 되는데, 참지 못한 그의 인내심 부족을 비판하기도 했다. 이러한 말이 효력을 나타냈던 것인지, 아니면 광란이 자연히 가라앉은 것인지는 모르겠지만, 차츰 나를 바라보기 시작했다. 처음에는 이상하다는 듯이 바라보았지만, 이윽고 분명히 알아보고 겨우 소리를 냈다.

"나는 알고 있네, 트롯우드! 내 딸과 자네는—아아, 다 알고 있어! 그러나 저자를 보게!"

그는 우라이아를 가리켰다. 우라이아는 자기 예상이 너무도 빗나간 데 놀라서 한쪽 구석에서 창백해진 얼굴로 노려보고 있었다.

"나를 못살게 구는 저 무시무시한 녀석을 보게. 나는 저 녀석 때문에, 내 이름과 명예, 평화와 안정, 그리고 집과 가정까지 차례차례 잃어왔네."

"아닙니다. 저는 선생님을 위해서 선생님의 이름과 명예, 평화와 안정, 가정적 즐거움까지 지켜왔습니다." 형세가 불리하다고 판단한 우라이아는 골을 내면서도 황급히 한 걸음 물러섰다. "위크필드 씨, 어리석은 말씀 마세요. 제가 선생님이 생각하지도 않은 곳까지 갔다면, 다시 되돌아올 수도 있는 것 아닙니까? 무슨 해를 끼치는 일을 한 것도 아니니 말입니다."

"아니, 나는 한 사람에게서는 하나의 동기만을 추구해 왔어. 따라서 이익이라는 동기에서 저 사람과 인연을 맺게 된 것을 만족하게 생각했었지. 그러나 저자를 보게. 오, 저자의 정체를 좀 보란 말이야!"

"코퍼필드 씨, 할 수 있다면 저 사람이 말을 못하게 하는 것이 좋을 것입니다." 우라이아가 길쭉한 손가락으로 나를 가리키며 말했다. "두고 보십시오! 분명 쓸데없는 말—선생님도, 도련님도 나중에 뉘우치게 될 말을 꺼낼 것이 틀림없습니다!"

"그래, 모조리 얘기하겠어!" 위크필드 씨는 자포자기한 것 같았다. "내가 너의 지배 아래에 있다면, 이 세상 전체의 지배 아래에 놓인들 뭐가 더 나쁘겠어?"

"잘 들으십시오, 도련님! 분명히 말해둡니다!" 우라이아는 나를 위협하듯 경고했다. "빨리 그의 입을 막지 않는다면, 당신은 그의 친구가 아닙니다! 선생님, 이 세상 전체의 지배 아래에 놓이는 것이 왜 나쁘냐고요? 그야 당연히 선생님에게는 따님이 계시기 때문입니다. 선생님이나 저나 다 알고 있지 않습니까? 공연히 문제를 만들지 마십시오. 제가 이토록 겸손하게 행동하고 있는 것을 모르시겠어요? 제게 지나친 점이 있었다면 사과드리겠습니다. 선생님은 제가 어떻게 하시길 바라십니까?"

"오, 트롯우드!" 위크필드 씨는 두 주먹을 불끈 쥐며 외쳤다. "이 집에서 자네를 처음 만난 그날부터 나는 몰락의 길을 걸었었지! 그때도 이미 몰락하고 있었지만, 그 뒤의 세월은 얼마나 끔찍했는지 모르네! 나는 마음이 약해서 한번 빠지자 헤어나지 못하고 몰락한 걸세. 추억에 빠지고, 망각에 빠졌던 거야. 아그네스의 죽은 어미를 그리워하는 당연한 슬픔도 나에게는 화가 되었고, 딸애에 대한 사랑 또한 그러했네. 나는 내 손에 닿는 모든 것에 그 독을 옮겼지. 사랑하는 이에게까지 일없이 불행을 안겨주었어. 나는 알고 있어—그렇지, 자네도 알지? 나는 이 세상에서 단 한 사람만을 진정으로 사랑하고, 다른 사람은 아무도 사랑할 수 없다고 생각했어. 한 사람의 죽음만을 슬퍼하고, 그 죽음을 애도하는 모든 사람의 슬픔을 같이 나눌 수는 없다고 생각했다네. 이렇게 해서 내 일생의 교훈은 비뚤어지고 말았다네! 나는 병들고 겁 많은 이 마음을 양식 삼아 살아왔는데, 반대로 그것의 먹이가 되어버린 거야. 꽉 막힌 슬픔, 꽉 막힌 사랑, 삶의 어두운 면에서 벗어나고자 한 시도 또한 참으로 꼴사납고 응어리진 것이었어. 그리고 지금은 보다시피 패배자가 되었지! 트롯우드, 나를 경멸하게나! 그리고 외면하게나!"

위크필드 씨는 의자에 털썩 주저앉아 흐느껴 울었다. 일시적인 흥분도 이제야 겨우 가라앉고 있었다. 우라이아가 구석에서 나왔다.

"나는 부끄러울 정도로 어리석어서 내가 무슨 짓을 저질러왔는지 전혀 몰라." 위크필드 씨는 나의 비난을 피하려는 듯이 두 손을 내밀며 말했다. "그는 다 알고 있어."

우라이아 힙을 두고 한 말이다.

"그는 언제나 내 옆에 붙어서 속삭여왔으니까. 그는 내 목덜미에 매달려 있는 무거운 돌덩이야. 내 집에서도, 사무소에서도 그림자처럼 따라다니며 무슨 소리를 지껄여대는지. 자네도 방금 들었지? 더 얘기할 필요도 없네!"

"옳습니다. 선생님은 전혀 말할 필요가 없습니다." 우라이아는 반은 싸움 투로, 반은 아첨하는 투로 말했다. "술만 드시지 않았다면 이러한 행동을 취하지도 않았을 테니까요. 내일이면 분명 마음이 달라지실 것입니다. 선생님, 설령 제가 지나친 말씀을 드렸거나, 마음에도 없는 것을 말씀드렸다 해도, 저는 그것을 고집스럽게 내세우지는 않습니다!"

문이 열렸다. 아그네스가 창백한 얼굴로 조용히 들어와서 한 쪽 팔로 아버지의 목을 껴안고 차분히 말했다.

"아빠, 몸이 편치 않으셔요. 저와 같이 가셔요!"

위크필드 씨는 무거운 수치심 때문에 괴로운 듯이 딸의 어깨에 머리를 기대고 같이 나가버렸다. 그녀와 아주 잠깐 눈길이 마주쳤을 때, 나는 그녀가 지금까지 일어난 일을 소상히 알고 있다는 것을 한눈에 알 수 있었다.

"저분이 저토록 노발대발할 줄은 몰랐어요, 코퍼필드 도련님." 우라이아가 말했다. "하지만 그런 것쯤은 아무렇지도 않습니다. 내일이면 또 화해할 테니까요. 그렇게 하는 것이 저분을 위한 길이니까요. 도련님, 이래 봬도 저는 선생님을 진심으로 걱정하고 있답니다."

나는 그에게 대답하지 않고 조용한 2층 방으로 올라와버렸다. 옛날에, 내가 책을 읽고 있으면 언제나 아그네스가 옆에 와서 앉았던 그 방이었다. 밤늦도록 있었으나 아무도 들어오지 않았다. 나는 책 한 권을 꺼내 읽었다. 시계가 자정을 알렸지만, 나는 여전히 책을 읽고 있었다. 뭐가 뭔지 내용을 알지도 못하고 그냥 읽고만 있는데, 아그네스가 나를 어루만졌다.

"내일 아침 일찍 떠나죠, 트롯우드! 그러니 우리 작별인사나 나눠요!"

아그네스는 계속 울고 있었을 텐데, 이때는 이미 침착함을 되찾은 뒤였고, 정말 아름다웠다.

"하느님의 가호가 있기를 빕니다!" 그녀는 악수를 청하며 말했다.

"아그네스! 오늘 밤 일은 얘기하지 말라는 거죠? 알고 있어요.—하지만, 이제 정말로 방법이 없나요?"

"하느님의 뜻에 맡기겠어요!" 그녀는 대답했다.

"내가 할 수 있는 일은 아무것도 없을까요? 나도 내 나름의 슬픔을 지니고 당신에게 오기는 했습니다만."

"그래서 내 슬픔을 한층 가볍게 해주셨어요. 트롯우드, 당신이 하실 일은 없어요!"

"아그네스, 나 같은 인간—당신이 넘치도록 가지고 있는 착함, 결단력, 모든 고상한 성품을 갖추지 못한—그런 인간이 당신의 결정을 의심하고 당신에게 지시한다는 것은 건방진 일입니다. 그러나 내가 당신을 정말 사랑하고, 당신에게 깊은 은혜를 입고 있다는 것은 잘 알 겁니다. 아그네스, 당신은 잘못된 효심 때문에 자신을 희생시키지는 않겠지요?"

순간 그녀는 깜짝 놀라 잡았던 손을 놓고 한 걸음 뒤로 물러섰다.

"아그네스, 그럴 생각은 분명히 없다고 말해줘요! 나는 당신을 친누이 이상으로 생각합니다! 당신의 따뜻한 마음과 아름다운 사랑이 얼마나 귀중한 선물인가를 생각해야 합니다!"

그러고 보니, 그때 그녀의 순간적인 얼굴, 놀라는 것도 아니고 나무라는 것도 아니고, 그렇다고 뉘우치는 것도 아닌 그 얼굴이 머지않아 또다시 내 눈앞에 느닷없이 나타나게 되지만, 물론 그것은 훨씬 나중의 일이다. 그녀는 웃으며, 자기 자신에 대해서는 두렵지 않으니 걱정할 필요가 없다고 했다. 그리고 나를 귀여운 동생이라고 부르는 내 곁을 떠나가버렸다.

다음 날 아침, 여인숙 문 앞에서 나는 마차에 올랐다. 사방은 아직 캄캄했다. 마차가 출발하려고 할 때에야 비로소 먼동이 트기 시작했다. 아그네스를 생각하며 앉아 있는데, 어둑어둑한 곳에서 우라이아의 머리가 마차 옆으로 불쑥 나타났다.

"코퍼필드 씨!" 그는 지붕 위의 쇠줄에 매달려서 숨을 헐떡이며 속삭였다. "떠나기 전에 들어 두시는 게 좋을 것 같아서 왔습니다. 기뻐해 주십시오. 우리들 사이에는 화낼 일이 없습니다. 제가 선생님 방으로 찾아가서 모든 일을 원만하게 처리했습니다. 제가 미천한 몸이지만, 그분에게는 쓸모 있다는 것을 당신도 알고 있지요? 그분도 취하지만 않으시면 자신의 손익이 어떠하다는 걸 충분히 따져보실 수 있으니까요. 아무튼 참으로 호감이 가는 분입니다!"

나는, 자네가 사과했다는 말을 들으니 기쁘다는 말밖에 할 수가 없었다.

"과연, 그렇습니다! 저같이 비천한 인간에게 사과 따위가 무슨 대수겠습니까? 누워서 떡 먹기죠! 그럼요." 그는 몸을 비비 꼬았다. "도련님도 이따금씩 배가 익기도 전에 따버린 경험이 있지요?"

"그, 그야, 있지요."

"어젯밤에 제가 그런 실수를 했습니다. 그러나 배는 언젠가는 익을 겁니다. 그때까지는 신경 써서 잘 보살펴줘야겠지요. 저는 기다릴 수 있어요!"

그는 수다스럽게 작별인사를 늘어놓다가 마부가 올라온 뒤에야 마차에서 내려갔다. 그는 쌀쌀한 아침 공기를 물리치려고 무엇인가를 먹고 있었다. 입을 움직이는 모습이 영락없이, 배가 다 익어서 입맛을 다시는 것처럼 보였다.

40장
유랑자

앞 장에서 자세히 설명한 집안 사정에 대해, 그날 밤 버킹엄 가의 집에서 다시금 진지하게 이야기를 나누었다. 대고모는 그 이야기에 깊은 관심을 갖고 있었으므로, 그 뒤 두 시간이 넘도록 팔짱을 끼고 방 안을 왔다 갔다 했다. 대고모는 특히 마음이 뒤숭숭할 때는 늘 이렇게 서성거리는 습관이 있었다. 그리고 그 서성대는 길이에 따라 걱정의 정도를 거의 추측할 수 있었다. 오늘 밤에는 너무나 마음이 뒤숭숭해서 침실문을 열어놓고 이쪽 방에서 저쪽 방 끝까지 걸어다닐 길을 만들었을 정도였다. 딕 씨와 내가 말없이 난롯가에 앉아 있는 동안에도 대고모는 이 정해진 길을 시계추처럼 일정하게 계속 오가고 있었다.

딕 씨가 잠자리에 들기 위해서 나가버리자, 대고모와 나, 둘만 남게 되었다. 나는 앉아서 두 노부인(도라의 두 고모)에게 편지를 쓰기 시작했다. 이윽고 대고모도 서성거리는 데 지쳐서 여느 때처럼 치맛자락을 걷어 올리고 난롯가에 앉아 있었다. 그러나 평소에는 술잔을 무릎 위에 올려놓고 앉아 있는데, 난로 선반에다 아무렇게나 놓아두고서 왼쪽 팔꿈치를 오른팔 위에 올려놓고 왼손으로 턱을 받친 자세로 나를 뚫어지게 바라보았다. 편지를 쓰다가 고개를 들면, 그때마다 대고모와 눈이 마주쳤다.

"오늘 밤은 기분이 아주 그만이야. 그런데 어쩐지 불안하고 슬프구나!" 대고모는 고개를 끄덕이며 말했다.

나도 바쁘다 보니, 대고모가 잠자리에 든 뒤에야 대고모가 혼합주를 입도 대지 않은 채 난로 선반에 그대로 놓아둔 것을 보았다. 이 사실을 알리려고 대고모의 침실문을 두드렸더니, 대고모는 여느 때보다 더 호의적으로 문까지 나왔다. 그러나 대고모는 나직이, "오늘 밤엔 마시고 싶은 마음이 없구나"라고 말하고는 고개를 가로로 저으며 다시 들어가버렸다.

다음날 아침, 대고모는 두 노부인에게 보낼 내 편지를 읽고 나서, 좋다고 했다. 곧바로 편지를 부쳤으니, 이제는 답장이 올 때까지 참고 기다리는 수밖에 도리가 없었다. 약 1주일이 지났지만 답장은 오지 않았다. 여전히 편지를 기다리던 어느 눈 내리는 밤에, 나는 박사님 댁을 나와서 집으로 걸어가고 있었다.

그날은 유난히 추웠다. 살을 에는 북동풍이 온종일 불었다. 그러나 해가 지자 바람이 잦아들고, 눈이 내렸다. 탐스런 함박눈이 펄펄 내리면서 두껍게 쌓였다. 마치 깃털로 감싼 것처럼, 마차소리와 발소리도 조용해졌다. 눈이 많이 쌓였다.

집으로 가는 가장 가까운 지름길—날씨가 날씨니만큼 나는 가장 가까운 길을 택했다—은 세인트 마틴 골목길을 통과하는 것이다. 길 이름과 같은 세인트 마틴 교회 주변은, 그 무렵에는 지금보다도 훨씬 황량했고, 지금과 같은 광장도 없었으며, 골목길은 꼬불꼬불하게 스트랜드까지 이어져 있었다. 교회 현관의 계단을 내려갈 때, 모퉁이에서 나는 문득 어떤 여인과 마주쳤다. 그 여인은 내 얼굴을 힐끗 들여다보더니, 좁은 골목을 건너서 어둠 속으로 사라져 버렸다. 나는 그 얼굴을 어디선가 본 적이 있었다. 그러나 어디서 보았는지, 도무지 생각이 나지 않았다. 무언가 그 얼굴과 연상된 기억이 남아있어서 순간적으로 퍼뜩 떠올랐으나, 그 순간 다른 생각을 하고 있었던 탓에 알 수 없었던 것이다.

교회 계단에 한 사나이가 웅크리고 있었다. 그 사나이는 짐을 눈 위에다 내려놓고 고쳐 매고 있었다. 얼굴을 보는 순간 나는 그가 누군지 금방 알 수 있었다. 순간 놀라서 걸음을 멈추었는지 어쨌는지는 잘 기억나지 않지만, 아무튼 내가 계속 걸어가자, 사내는 일어서서 느닷없이 내 쪽으로 다가왔다. 나와 정면으로 마주보고 서 있는 사람은 다름 아닌 페거티 씨였다!

그제야 아까 본 그 여인이 누군지 생각이 났다. 언젠가 에밀리가 부엌에서 돈을 준 마사였다. 햄이 내게 말하기를, 페거티 씨는 바닷속에 잠긴 보물을 모조리 준다 해도 자기의 귀여운 조카딸이 그런 여자와 사귀는 것은 싫다고 했다던 바로 그 마사 엔델이었다.

우리는 악수를 했다. 처음에는 우리 둘 다 말을 잇지 못했다.

"데이비 도련님!" 페거티는 나를 꽉 껴안으며 말했다. "도련님을 만나니 매우 기쁩니다. 정말 잘 만났습니다!"

"잘 만났어요, 다정한 옛 친구!" 나도 말했다.

"실은 오늘 밤 도련님을 찾아뵐까 생각했지만, 지금은 대고모님과 함께 사신다는 이야기를 들은지라—야머스에 갔다 오는 길이거든요—시간도 너무 늦었고 해서 내일 아침 떠나기 전에 찾아뵈려 했습니다."

"또 떠날 건가요?"

"네, 도련님. 내일 떠납니다." 페거티는 끊임없이 고개를 저으며 말했다.

"이번에는 어디로 갈 건가요?"

"글쎄요! 딱히 정해진 곳은 없습니다." 페거티는 길게 자란 수염에서 눈을 털어내며 말했다.

그의 불행과 끊으려야 끊을 수 없는 관계가 있는 곳이라 나도 도저히 잊을 수 없는 골든 크로스라는 여인숙의 마구간 뜰로 이어지는 출입문이 우리가 서 있는 맞은편에 있었다. 나는 그 출입구를 가리켰다. 재빨리 그와 팔짱을 끼고 길을 건너갔다. 두서너 군데의 술집 문이 마구간 뜰 쪽으로 열려 있었다. 한 집을 들여다보니 손님은 없고, 난롯불만 기분 좋게 타오르고 있었다. 나는 페거티를 데리고 그곳으로 들어갔다.

밝은 곳에서 그의 모습을 보니 머리털이 텁수룩하게 제멋대로 자랐을 뿐만 아니라, 얼굴은 햇볕에 그을려 있었다. 흰머리가 많아졌고 이마의 주름도 더 깊어졌다. 추위와 더위 속에서 비바람을 헤치고 고생하면서 방랑생활을 한 흔적이 뚜렷했다. 그러나 여전히 건강해 보였고, 이른바 피로를 모르는 강인한 의지 하나로 버티고 있다는 느낌이었다. 페거티는 들어온 문 쪽으로 등을 돌리고 나와 마주 앉더니, 또다시 거친 손을 내밀어 다정하게 내 손을 잡았다.

"어디에 가서 무슨 얘길 들었는지 모두 말하겠어요, 데이비 도련님. 제법 멀리까지 다녔지만 알게 된 것은 아주 조금밖에 없어요. 그래도 모두 말씀드릴게요." 페거티는 말했다.

나는 벨을 눌러 따뜻한 마실 것을 부탁했다. 페거티는 맥주보다 독한 것은 마시지 않는다고 말했다. 마실 것이 나오고, 난롯불에 몸을 데우는 동안, 페거티는 가만히 생각에 잠겨 있었다. 표정이 너무도 침통해서, 나는 감히 말을 걸 수 없었다.

"그 애가 어렸을 때," 우리 둘만 남게 되자, 페거티는 곧 고개를 들고 말했다. "제게 바다 이야기를 곧잘 했답니다. 검푸른 바다가 햇빛을 받아 반짝인다는 얘기였어요. 저는 그 애의 아버지가 바다에서 익사했으므로 그 애가 바다를 잊지 못한다고 생각했습니다. 저는 잘 모릅니다만, 그 애는 이렇게 믿고 있는 것 같았어요—자기 아버지는 언제나 꽃들이 활짝 피어 있고 햇볕이 찬란하게 내리쬐는 나라로 떠내려간 것이라고 말입니다. 어쩌면 그러기를 바랐는지도 모르죠."

"그럴지도 모르지만 어린애의 환상일 뿐이에요." 나는 나직이 대답했다.

"그 애가 사라졌을 때도," 페거티 씨는 말했다. "저는 그자가 그 애를 그런 나라로 데려가는 게 아닐까 하고 생각했습니다. 그 나라의 신비한 것들을 이야기해주고, 그곳에 가면 귀부인으로 만들어주겠다는 등 그런 식으로 그 애를 설득시킨 게 틀림없다고 말이에요. 그자의 어머니를 만났을 때에도 제 생각이 옳았다는 것을 저는 명백히 알았습니다. 그래서 저는 일단 프랑스로 갔습니다. 마치 하늘에서 뚝 떨어진 것처럼 무작정 가 보았습니다."

그때 문이 열리며 눈송이가 휘날려 들어왔다. 조금 더 열리더니 손이 하나 나타나서 가만히 문을 열린 채로 잡고 있었다.

"그곳에서 공무원이라는 영국 신사 한 분을 만났습니다. 그 신사에게 조카딸을 찾아다닌다고 이야기를 하자 여행하는 데에 필요하다는 서류—무슨 서류인지는 잊어버렸지만—를 주셨어요. 필요할 것이라며 돈까지 주셨는데, 그것은 정중하게 거절했습니다. 그분께서 여러모로 베풀어 주신 친절에는 정말 감사하고 있습니다! 또 그분께서는, '자네가 가는 곳으로 미리 편지를 보내어 그곳 사람들에게 얘기를 해두겠네. 그러면 혼자서 먼 길을 여행하더라도, 그쪽에서 자네를 미리 알아볼 테니까 말이야'라고 말해주셨습니다. 너무나 감사한 말씀인지라, 저도 거듭 감사 인사를 드리고 마침내 프랑스 여행에 나선 것입니다."

"혼자, 걸어서 다녔나요?"

"주로 걸어다녔지만, 때로는 시장에 가는 사람들의 짐마차를 타거나, 빈 역마차를 얻어타기도 했습니다. 대체로는 매일 몇 마일씩 걸었습니다. 그리고 친구를 만나러 간다는 병사와 곧잘 길을 함께 걷기도 했지요. 서로 말은 통하지 않지만, 먼지 날리는 길 위에서는 제법 좋은 길동무가 된다오."

그의 다정한 말투에서, 그때 상황을 짐작할 수가 있었다.

"어느 도시에 닿으면, 일단 여인숙에 찾아가서는, 영어를 아는 사람이 나타날 때까지(대개는 누군가가 나타나죠) 안마당에서 기다립니다. 내가 이러이러한 까닭으로 해서 조카딸을 찾고 있다고 말하면, 저쪽에서도 이러이러한 인상착의의 손님이 묵고 있다는 이야기를 해주었죠. 그러면 저는 드나드는 사람들 가운데 그 애와 닮은 사람이 없나 하고 기다립니다. 그러나 그것이 에밀리가 아니면 저는 또 다른 곳을 향해 길을 떠나곤 했지요. 차츰차츰 이곳저곳의 새 마을에 닿으면 가난한 사람들 가운데 저에 관해서 알고 있는 사람이 있다는 것을 알았습니다. 그들은 자기네 집 문간에다 저를 앉혀놓고, 여러 가지 먹을 것과 마실 것을 주었으며, 잠자리까지도 마련해주었습니다. 에밀리 또래의 딸을 가지고 있는 많은 부인들은 마을 밖 십자가가 있는 곳에서 저를 기다리고 있다가, 제게 그와 같은 친절을 베풀어주셨지요. 그 가운데에는 딸이 이미 죽었다는 분도 있었습니다. 정말이지, 그런 어머니들이 제게 얼마나 친절하게 대해주셨는지는 하느님만이 알고 계실 겁니다."

문가에 있는 사람은 마사였다. 귀를 기울이고 있는 그녀의 수척한 얼굴이 분명히 보였다. 나는 페거티 씨가 고개를 돌려 그녀를 볼까 봐 두려웠다.

"그 어머니들은," 페거티 씨는 말을 이었다. "아이들―특히 어린 딸내미들을 내 무릎 위에 앉혀 주었어요. 그래서 저녁이면 곧잘 그런 사람들 집 앞에 앉아서, 꼬마 에밀리를 안고 있는 기분으로 아이들을 안아 주었습니다. 아아, 에밀리!"

말하다 말고 슬픔에 못 이겨 페거티는 큰 소리를 내며 흐느껴 울었다. 나는 얼굴을 가린 그의 손 위에 떨리는 나의 손을 얹었다.

"고맙습니다. 하지만 그냥 내버려 둬 주세요." 그가 말했다.

잠시 뒤 페거티는 얼굴에서 손을 떼서 가슴에 대고 이야기를 이었다.

"그리고 아침에 내가 떠날 때에는 모두 함께 2, 3마일씩 굳이 나와서 배웅해 주었습니다. 헤어질 때 제가, 고맙습니다! 안녕히 계십시오! 하고 말하면, 그쪽에서도 잘 알아들었는지 기분 좋게 인사해 주었습니다. 그리하여 저는 바다로 나왔습니다. 저 같은 뱃사람 집안 출신에게는 이탈리아로 건너는 것쯤은 일도 아니지요. 그곳에 닿아서도 똑같은 여행을 계속했습니다. 그곳 사람들도 친절히 대해 주었지요. 마을에서 마을로 다니며 온 나라를 뒤질 생각이었는데, 스위스의 산 끝에서 그 애를 보았다는 소식을 들었습니다. 스티어포스의 하인을 알고 있다는 사람이, 세 사람이 함께 있는 것을 보았다면서, 그들이 어떻게 여

행하고 있으며, 어디에 있는가를 말해주었습니다. 저는 곧바로 밤낮을 가리지
않고 찾아갔습니다. 그러나 그곳은 아주 먼 길이었죠. 가면 갈수록 산이 점점
멀어지는 것 같았으니까요. 겨우 도착해서 산을 넘고, 목적지가 코앞에 다가
왔을 때 문득 만나서 어쩔 셈인가 하는 생각이 들었어요."

　몹시 추운 밤인데도 귀를 기울이고 있는 여인은 아직도 문간에서 얼굴을
숙이고 있었다. 그리고 두 손을 모아 나에게 부탁했다—아니, 애걸했다—제발
쫓아내지 말아 달라고.

　"제가 그 애를 의심한 적은 한 번도 없었습니다. 그럼요! 전혀 없었습니다!
그 애에게 내 얼굴을 보여주기만 한다면—, 그 애에게 내 목소리를 들려주기

만 한다면—, 그 애 앞에 가만히 서서 그 애가 버리고 달아난 집과 그 애의 어린 시절을 떠올리게만 한다면—, 비록 그 애가 여왕이 되어 있다 하더라도 내 발 밑에 엎드렸을 것입니다! 그렇게 하리라는 것을 저는 잘 알고 있었습니다! 여러 차례, 꿈속에서 그 애가 '아저씨!'라고 소리치며 달려와 제 앞에 쓰러지는 것도 보았습니다. 그리고 이것도 꿈이지만, 저는 그 애를 일으켜주면서, '에밀리야, 걱정 마라. 나는 널 용서하고 집으로 데려가려고 여기까지 왔단다'라고 속삭이지요."

페거티 씨는 말을 멈추고 고개를 저었다. 한숨을 내쉬고 다시 말을 이었다.

"그자는 어찌 되든 상관없습니다. 에밀리가 저의 전부입니다. 저는 그 애에게 입히기 위해 옷 한 벌을 샀습니다. 일단 찾기만 한다면, 그 애는 어디든 저를 따라 그 돌길을 함께 걸을 것이며, 앞으로 절대로 저를 버리고 떠나지 않으리라는 것을 잘 알고 있었습니다. 그 애에게 새 옷을 입히고, 입고 있던 옷을 벗기는 것—그 애를 이 팔로 단단히 안고 고향으로 돌아오는 것—가끔 걸음을 멈추고 쉬면서 아픈 다리와 그보다 더 아픈 마음을 치료해 주는 것, 그것만을 생각했습니다. 그자는 어찌되건 누가 신경이나 쓰겠습니까. 그런데 도련님, 그것도 다 꿈이었어요—다 부질없었습니다! 한발 늦었던 겁니다. 제가 다다랐을 때는 그들이 이미 어디론가 떠나버린 뒤였어요. 어디로 갔는지도 알 수 없었습니다. 이런저런 이야기를 해준 사람은 있었고, 저도 여기저기 가 보았지만 에밀리는 찾을 수 없었습니다. 그래서 결국 돌아왔지요."

"돌아온 지가 얼마나 되었어요?" 나는 물었다.

"나흘 전이었습니다. 이미 어두워진 뒤였는데, 오랜만에 그리운 뱃집 창가에 등불이 켜져 있는 것을 보았어요. 다가가서 창문 너머로 들여다보니, 그 성실한 거미지 부인이 정말 약속한 대로 혼자 난로 앞에 앉아 있지 뭡니까. 저는, 놀라지 마세요, 접니다! 하고 말을 하면서 안으로 들어갔어요. 그런데 그 낡고 정겨운 옛집이 이렇게 서먹하고 마치 남의 집처럼 보일 줄은 생각도 못했어요!"

말하면서 그는 두서너 장의 편지 묶음 같은 종이 꾸러미 하나를 조심스럽게 가슴주머니에서 꺼내어 식탁 위에 놓았다.

"이 첫 번째 것은, 제가 떠난 지 한 주일도 되기 전에 온 것입니다. 50파운드짜리 지폐가 종이에 싸여 있지요. 제 앞으로 해서, 한밤중에 문 밑에 살짝 밀어 넣고 간 모양이더군요. 필적을 감추려고 했지만 제 눈을 속일 수는 없었지요!"

그는 그 지폐를 조심스럽게, 먼저 모양과 똑같이 조심스레 접어서 한쪽에다 놓았다.

"이것은 거미지 부인에게 온 것입니다." 그는 다른 하나를 펴 보이며 말했다. "두서너 달 전에 왔지요." 그는 그것을 잠깐 보다가 내게로 넘겨주며 낮은 목소리로, 읽어 달라고 말했다.

다음과 같은 사연이었다.

이 편지를 보시고 아주머니께서 제 부정한 손으로 썼다는 것을 아시면 어떻게 생각하실는지요! 그러나 저 자신을 위해서가 아니라 아저씨를 위해서 잠깐 동안이라도 마음을 누그러뜨리세요! 그리고 부디 부탁드리오니, 한 불쌍한 계집애를 가엾게 여기시어 쪽지에다가 아저씨가 잘 계신지 몇 자 적어 보내주세요! 여러분들은 이제 제 이름을 입에 올리지도 않으실 줄 알지만, 그 전에 아저씨가 저에 관해 뭐라고 말씀하셨는지요?―그리고 제가 밤에 집에 돌아올 시간이 되면 아저씨가 그토록 사랑하셨던 저를 지금도 떠올리고 있는 것처럼 보이는지 어떤지, 그것만이라도 제발 적어 보내주세요. 아, 그런 생각을 하면 제 가슴은 찢어지는 듯합니다! 아주머니, 저는 아주머니 앞에 이렇게 무릎을 꿇고 애원합니다. 물론 천벌을 받아야 마땅합니다. 저도 잘 알고 있어요. 하지만 제발 부탁이니 너무 노여워하지 말아주십시오. 부탁하고 기도드립니다. 제발 아저씨의 소식을 몇 자라도 적어 보내주십시오. 귀엽다느니 하는 말씀을 하실 필요는 없습니다. 또한 제가 스스로 더럽힌 그 이름을 불러주시지 않아도 상관없습니다. 다만 저의 상처 입은 가슴에 귀를 기울여 주시고 불쌍하다고 여겨 주신다면, 부디 저의 고민을 들어 자비를 베풀어 주세요. 앞으로 두 번 다시 살아서는 뵐 수 없는 아저씨의 근황을 한 마디라도 좋으니 알려주십시오.

아주머니, 저에 대한 마음은 단호하시겠지요? 하지만 부디 제 청을 들어주십시오. 도저히 마음이 풀리지 않으신다면, 제 부탁을 내치시기 전에 하다못해 햄에게―제가 가장 큰 모욕을 주었고, 그의 아내가 되기로 정해졌던 그에게 물어봐 주세요. 만약 햄이 저를 동정하여, 저에게 편지를 주어도 좋다고 말을 하거든—그는 분명 그렇게 말할 거예요. 그는 언제나 용감하고 너그러우니까요. 아주머니께서 물어 보시기만 한다면, 그렇게 말하리라고 생각해요. 그러니까 만약 그렇게 된다면 부디 그에게 전해 주세요(그렇지 않다면 전하지 않으셔도 돼요). 제가, 밤에 바람소리를 들을 때면, 마치 그 바람이 불쌍한 햄과 아저씨를 보다 못해 화가 나서 불어대고 있으며, 저의 죄를 하느님께 고해바치기 위해 하늘로 올라가는 것처럼 느끼고 있다고요. 만약 제가 내일 죽는다면(그래야 마땅하다면, 기꺼이 죽겠어요!) 제 마지막 말은 그 사람과 아저씨의 행복을 진심으로 비는 말일 것이며, 그의 행복한 가정을, 숨이 멈추기 전까지 기도할 것이라고도 전해 주세요.

이 편지에도 얼마간의 돈이 함께 들어 있었다. 5파운드였다. 이 돈도 아까 것과 마찬가지로 손대지 않은 채로, 처음과 똑같은 식으로 접었다.

답장을 보낼 주소는 상세하게 덧붙여져 있었다. 이로 보아 몇 사람의 손을 거쳐 왔다는 것이 확실했으므로 그녀가 어디에 숨어 있는지는 짐작도 가지 않았지만, 적어도 그녀가 있는 것을 봤다고 하는 장소에서 보낸 것만은 틀림없었다.

"그래 어떤 답장을 보냈어요?"

"거지미 부인은 글을 쓸 줄 모르므로, 햄이 초안을 잡아준 것을 그녀가 다시 베꼈습니다. 제가 그 애를 찾아나섰다는 것과, 제가 집을 떠날 때 한 말을 그 애에게 적어 보냈던 것 같습니다."

"손에 들고 있는 것도 역시 편지입니까?" 나는 물었다.

"이것은 돈입니다." 페거티 씨는 그것을 조금 열어 보였다. "10파운드입니다. 첫 번째 것과 마찬가지로 '진정한 벗으로부터'라고 안에 씌어 있습니다. 그런데 처음 것은 문밖에 놓여 있었는데, 이것은 우편으로 배달되었습니다. 그래서 소인을 근거로 하여 그 애를 찾아갈 작정입니다."

소인은, 라인 강 상류에 있는 어떤 도시였다. 페거티 씨는 야머스에서, 그 지방을 잘 알고 있는 몇몇 무역상을 찾아다녔는데, 그들이 종이에다 그가 잘 알아보도록 약도를 그려주었다고 했다. 페거티 씨는 지도를 식탁 위에 올리고, 한 손으로는 턱을 괴고 또 다른 손으로는 순서대로 길을 따라갔다.

"햄은 잘 있나요?"

"그는 기운차게 일하고 있습니다. 어딜 가든 평판이 아주 좋아요. 무엇이 필요하다고 하면 다들 바로 달려와서 거들어 주고, 그 녀석도 남을 도와주러 곧바로 달려 나가지요. 아무튼 불평할 줄 모르는 녀석이니까요. 하지만 여동생 말을 들어 보면, 살짝 말씀드리면, 역시 마음의 상처는 큰 모양이더군요."

"불쌍한 햄. 역시 그렇겠지요."

"그래도 그 녀석은 조금도 신경 쓰지 않아요." 페거티 씨는 갑자기 진지한 얼굴로 나지막하게 속삭였다. "마치 목숨 아까운 줄도 모른다니까요! 폭풍우 치는 때면 위험한 일이 있을 때마다 그 녀석이 제일 먼저 달려 나가지요. 아무튼 뭐든 위험한 일이 있다고 하면 그 누구보다도 먼저 뛰어나가는 건 그 녀석이에요. 그런데도 마치 어린애처럼 얌전해요. 아무튼 야머스에서 그 녀석을 모르는 꼬마는 한 놈도 없지요."

페거티 씨는 생각에 잠긴 듯이 편지들을 한데 모아 손으로 조심스럽게 주름을 편 다음 조그맣게 한 다발로 뭉쳐서, 다시 가슴에 고이 집어넣었다. 문간에 있던 여인은 어느새 사라지고 없었다. 아직도 눈이 날아들어오고 있었지만 다른 것은 아무것도 보이지 않았다.

"오늘 밤 도련님을 만나서 정말 다행이에요!" 페거티 씨는 가방을 내려다보면서 말했다. "정말로 운이 좋았죠! 이제 내일 아침 일찍 떠날 수 있으니까요. 제가 가지고 있는 것은 도련님께서 모두 보셨습니다!" 페거티 씨는 편지 다발을 넣은 가슴께를 가만히 누르면서 말했다. "이제 남은 걱정은 이 돈을 돌려주기 전에 재난이라도 일어나서 엉뚱한 일이나 당하지 않을까 하는 것뿐입니다. 만약 제가 죽어서 이 돈이 없어진다든지, 도난당했다든지 해서 제가 이 돈을 받아들인 것으로 그자가 알게 된다면, 저는 죽어서도 눈을 감지 못할 것입니다. 기필코 다시 이승으로 돌아올 것입니다!"

페거티 씨가 일어섰다. 나도 따라 일어섰다. 우리는 헤어지기 전에 다시 굳게 손을 잡았다.

"저는 1만 마일이라도 갈 것입니다. 이 돈을 그자의 눈앞에다 내던지기 전에는 쓰러져 죽더라도 계속 걸어갈 것입니다. 갖다 놓겠습니다. 제가 그렇게 해서 에밀리를 찾을 수 있다면 저는 그것으로 만족합니다. 만약 제가 그 애를 찾아내지 못한다 하더라도, 아마 언젠가는 자기를 사랑하던 아저씨가 자기를 찾다가 죽었다는 소문을 그 애가 듣게 될 겁니다. 제 눈이 틀림없다면, 소문을 들자마자 반드시 집으로 돌아올 것입니다!" 페거티 씨가 말했다.

그가 살을 에는 듯한 추운 밤거리로 다시 나갔을 때 나는 그 외로운 사람의 그림자가 우리 앞을 서둘러 지나가는 것을 보았다. 나는 얼른 핑계를 만들어 그를 반대쪽으로 돌아서게 한 다음, 그 모습이 사라질 때까지 말을 이었다.

페거티 씨는 도버 가에 있는 여인숙 이야기를 했다. 거기에 가면 오늘 밤을 지낼 깨끗하고 검소한 숙소를 얻을 수 있다고 말했다. 나는 그와 함께 웨스트민스터 다리 너머까지 가서 서리 강변에서 헤어졌다. 눈 속을 뚫고 외롭게 다시 여로에 오르는 그의 뒷모습을 보면서, 나는 모든 것들이, 그에 대한 존경심으로 조용하게 숨죽이고 있는 것처럼 생각되었다.

나는 다시 여인숙 마당으로 돌아왔다. 그 얼굴이 너무도 또렷하게 떠올라서, 나는 두려운 마음으로 주위를 둘러보았다. 그러나 그 그림자는 보이지 않았다. 눈이 아까의 발자국을 덮어버렸으므로 지금은 내가 낸 새 발자국밖에 보이지 않았다. 어깨 너머로 고개를 돌려보니 그나마도 벌써 사라져가고 있었다. 그 정도로 눈이 내리퍼붓고 있었다.

41장
도라의 두 고모

드디어 노부인들에게서 회신이 왔다. 그들은 '코퍼필드 씨'에게 경의를 표한 다음, 편지의 취지에 대해서는 '서로의 행복을 생각하여' 최선의 고려를 했다고 전해왔다. 실로, 나는 이 한 구절을 읽고 놀라운 표현이라고 생각했다. 그 까닭은 가정불화에 대해서 이런 표현을 쓸 뿐만 아니라, 애당초 이런 상투적인 문구라는 것은 말하자면 하나의 폭죽과도 같아서 쏘아올리기는 쉽지만, 한번 쏘아올리면 그 원형을 보아서는 전혀 짐작조차 할 수 없는 여러 가지 모양과 색깔을 나타내기 마련이라는 것을 나는 알고 있었기 때문이다(지금까지도 나는 그렇게 생각하고 있다). 미스 스펜로 고모들은, 말씀하신 그 문제에 대한 의견을 '서신으로' 말씀드리는 것은 피하겠습니다만, 만약 '코퍼필드 씨께서' 언젠가 방문해주신다면(누구든 친구 한 분과 함께 오셔도 괜찮습니다) 그 문제에 관해서 기꺼이 말씀드리고자 한다고 덧붙여 있었다.

이 호의에 대해서 '코퍼필드 씨'는 곧바로 정중한 인사와 더불어 말씀하신 날짜에 찾아뵙겠다고 하고, 두 분의 친절하신 말씀을 고맙게 받아들여 법학원에 다니는 친구 트래들스와 함께 가겠노라고 회답을 보냈다. 이 편지를 보낸 뒤로 나는 극도의 흥분 상태에 빠져, 약속한 날이 올 때까지 그 상태가 이어졌다.

이런 중대한 시기에 미스 밀스의 귀중한 도움을 빌릴 수 없다는 점 때문에 내 불안은 더욱 커졌다. 그러나 마지막으로 결정타를 날린 사람은 밀스 씨였다. 그렇지 않아도 밀스 씨는 전부터 사사건건 나를 방해하더니—사실은 그렇지 않았을 수도 있지만 아무튼 내가 그렇게 생각했으니 결국 같은 것이다—이번에는 끝내 식구들을 데리고 인도로 가겠다고 했다. 나를 괴롭히기 위해서라면 모르지만, 그게 아니라면 왜 하필 지금 인도에 갈 필요가 있겠는가? 하기야 생각해 보면, 세계에서 그와 관계가 있는 곳은 인도뿐이었다. 인도와는 꽤 관련이 깊었다. 자세한 내용은 몰라도(적어도 나에게는 캐시미어 양털 숄과 상아 정도가 아련한 꿈처럼 머릿속에 있었을 뿐이다), 그가 하고 있는 무역은 오직 인도무역이었다. 또한 젊은 시절에 콜카타에 있었던 적도 있어서 이번에 주재 조합원의 자격으로 또다시 그곳으로 떠나려는 계획이었다.

이것은 나에게는 아무것도 아니었다. 하지만 그에게는 자기가 인도로 떠나려 하는 것과 줄리아도 함께 간다는 사실은 역시 엄청난 일이었다. 따라서 줄리아는 친척들에게 작별인사를 하려고 시골에 가버렸고, 집은 세를 놓거나 팔고, 가구(그 다림판을 포함한 모든 것)도 가격표를 달고 매물로 나와 있었다. 따라서 나에게는, 이른바 지진이 일어난 뒤 그 영향에서 아직 벗어나기도 전에 다음 지진이 찾아온 것과 다름없었다.

그 중대한 날에 어떤 옷차림으로 갈 것인지 나는 이모저모로 생각해 보았다. 돋보이도록 차려입고 싶은 마음과, 그랬다가는 두 미스 스펜로의 눈에, 내가 낭비벽이 있는 사람으로 보이지 않을까 하는 걱정에 마음이 헷갈렸다. 그래서 나는 이 양 극단에서 적절한 중용을 찾아내도록 애써 보았는데, 대고모도 그 생각에 찬성했다. 마침내 트래들스와 함께 떠나기로 한 날에는, 딕 씨가 행운을 빌며 계단 위에서 신발까지 던져 주었다.

트래들스는 아주 좋은 사람이며, 나는 그에게 깊은 경애를 느끼고 있었지만, 그래도 이런 미묘한 방문을 하면서 머리카락을 위로 꼿꼿이 세우는 버릇만큼은 어떻게 하면 좋겠다고 간절히 바라지 않을 수 없었다. 왜냐하면 머리를 세우면 그의 얼굴이, 난로용 빗자루만큼은 아니더라도 깜짝 놀랄 만큼 우스꽝스럽게 보이므로, 그것이 우리에게 치명적인 결점으로 작용하진 않을까 하고 걱정이 되었기 때문이다.

퍼트니까지 걸어가면서, 나는 트래들스에게 머리를 좀더 자연스럽게 빗으면 좋겠다고 부탁했다.

트래들스는 모자를 들고 머리털을 이리저리 비벼대며 말했다. "그렇게만 할 수 있다면 그보다 더 즐거운 일이 어디 있겠느냐만, 아무래도 그게 안 된단 말이야."

"머리카락이 옆으로 눕지 않는단 말이지?" 나는 말했다.

"코퍼필드, 너는 내 머리털이 얼마나 고집이 센지 모를 거야. 퍼트니에 닿을 때까지 50파운드 무게의 누름돌로 눌러 놓아도, 돌을 떼는 순간 다시 꼿꼿하게 일어설 게 틀림없어. 이게 바로 성난 고슴도치라고."

솔직히 말해서 나는 약간 실망했지만, 한편 그의 착한 성품에 완전히 감명받기도 했다. 그래서 그의 착한 성품을 높이 평가하며, 머리카락이 고집을 다 흡수해 버려서 그렇게 착한 것이라고 그에게 말해주었다.

"어제오늘 일이 아니야. 우리 숙모님께서도 내 머리에는 손을 드셨지. 내 머리만 봐도 신경질이 난다고 말씀하셨어. 내가 처음 소피를 사랑하게 되었을 때도 이 머리털이 역시 대단히 방해가 되었어!" 트래들스는 웃으면서 말했다.

"그녀가 네 머리털을 싫어하던가?"

"그녀는 그렇지 않았지만, 첫째 언니―미인이라고 말했던―가 아주 심하게 놀렸거든. 사실 그녀의 자매들 모두 내 머리털을 보고 웃었어."

"재미있는데!" 나는 말했다.

"내 머리는 모든 사람의 웃음거리야." 트래들스는 악의라고는 전혀 없었다. "이런 말까지 했었지. 소피가 책상 속에 내 머리털을 한줌 보관하고 있는데, 그것을 가지런히 눕혀 놓으려면 걸쇠가 달린 책 속에 끼워 두어야 할 것이라고 말이야. 그러면서 다 같이 웃었어."

"트래들스, 네 경험이 나에게 참고가 될 수도 있을 것 같아서 말인데, 네가 지금 얘기한 그 젊은 여인과 약혼하게 되었을 때 그녀 가족들에게 정식으로 구혼을 했었나? 예를 들자면 오늘 우리가 하려고 하는 것 같은 이런 절차를 밟은 건가?" 나는 조금 걱정스럽게 물었다.

"글쎄," 그때 굳어진 트래들스의 얼굴에 순간 우울한 그림자가 드리워졌다. "내 경우, 매우 고통스러운 교섭이었지. 소피의 집에서 그녀는 아주 쓸모가 있었으므로, 집안사람 누구도 그녀의 결혼에 대해서는 염두에도 두지 않았지. 실제로 소피가 평생 독신으로 늙을 것으로 정해놓고 그녀를 '노처녀'라고 불렀거든. 그래서 나도 매우 조심스럽게 크룰러 부인에게 그 얘기를 꺼냈는데―"

"그녀의 어머니인가?"

"어머니야―호러스 크룰러 목사 말야―될 수 있는 한 조심스럽게 크룰러 부인에게 그 얘기를 했더니, 부인은 비명을 지르면서 그대로 기절해버리는 바람에 아주 난리가 났었지. 그래서 나는 몇 달 동안 그 문제를 다시 꺼내지도 못했어."

"그래도 너는 말했잖아?"

"호러스 목사님이 해주셨어." 트래들스가 말했다. "그분은 정말 훌륭한 분이야. 모든 면에서 더없이 모범적이시지. 그분은, 크리스천으로서 그런 희생(딱히 희생이라고 확실히 정해진 것은 아니지만)을 달게 받아들여서 나에게 나쁜 감정을 갖지 않도록 해야 한다는 점을 부인에게 지적하셨어. 나로 말할 것 같으면, 코퍼필드, 난 그 집 가족들 앞에서는 완전히 육식동물이 된 듯한 느낌이었어."

"그래도 자매들은 네 편이었겠지, 트래들스?"

"글쎄, 내 편을 들었다고는 말할 수 없어." 트래들스는 대답했다. "크룰러 부인을 어느 정도 회유시켜놓고 나자 이번에는 사라에게 그것을 털어놓아야 했다고. 내가 언젠가, 사라는 척추에 이상이 있는 사람이라고 자네에게 얘기했었지?"

"그래, 기억하고 있어!"

"그녀가 두 손을 불끈 쥐고," 트래들스는 낙담한 얼굴로 나를 바라보며 말했다. "두 눈을 감고 얼굴이 납덩이처럼 변하더니 빳빳하게 몸이 굳어버려서, 찻숟가락으로 떠 먹여준 토스트와 냉수 말고는 이틀 동안 아무것도 먹지를 않았다고."

"어쩌면 그렇게 불쾌한 여자일 수가 있나, 트래들스?"

"아, 미안하네, 코퍼필드!" 트래들스는 말했다. "그 여자는 아주 매력 있는 아가씨지만, 무척 감정이 강해. 사실상 자매 모두가 그렇지만. 소피는 자기가 사라를 간호하는 동안 느낀 자책감이란 이루 말로 나타낼 수도 없었다고 나중에 내게 말했어. 스스로도 내가 죄인처럼 느껴졌으니, 소피의 기분이 어땠으리라는 것은 충분히 짐작할 수 있었지만 말이야, 코퍼필드. 사라가 회복된 뒤 우리는 다른 여덟 사람에게 그 일을 털어놓아야만 했는데 그것이 저마다 반응은 달라도 공통적으로 말할 수 없이 비장한 결과를 낳았지. 소피가 가르치는 두 꼬마는 겨우 그제야 날 싫어하지 않게 되었으니까."

"어쨌든 이제는 모두들 이해해 주겠지?"

"그, 그래. 대체로 모두 체념했다고 말할 수 있을 거야." 트래들스는 자신 없이 말했다. "사실 우리는 그 문제에 대한 언급을 피하고 있어. 그래서 내 불투명한 앞날과 가난한 현재의 처지가 그들에게 큰 위안이 되었어. 그러니 우리가 정말로 결혼을 하는 날에는 개탄할 광경이 벌어질 거야. 결혼식이라기보다 장례식 같겠지. 그리고 모두 내가 소피를 빼앗아갔다며 나를 미워할 거야!"

진지하면서도 우스꽝스럽게 고개를 흔들며 나를 바라보던 그 정직한 얼굴은, 그때 보았던 어떤 얼굴보다도 지금의 기억 속에 한층 더 또렷한 인상으로 남아 있다. 왜냐하면, 그 무렵의 내 마음은 너무도 산란하고 흥분해 있는 상태여서 주의를 집중하려고 애써도 도저히 그럴 수 없었기 때문이다.

두 미스 스펜로 집 가까이에 이르자 내 표정과 심경이 평소보다 더욱 불안해졌으므로, 트래들스는 맥주라도 한 잔 마시고 기운을 차리는 것이 좋겠다고 제의했다. 근처 술집에서 한 잔 한 다음, 그는 휘청거리는 나를 이끌고 미스 스펜로 집으로 갔다.

따라서 그 뒤로는 막연한 기억밖에 없는데, 하녀가 문을 열었을 때, 나는 이상하게 무슨 구경거리라도 된 듯했다. 기압계가 있는 현관홀을 지나 아름다운 정원이 바라보이는 조용하고 작은 응접실로 들어간 것 같았다. 소파에 앉아 트래들스가 모자를 벗었다. 그러자 깜짝상자에서 용수철 달린 인형이 튀어나오듯 그의 머리가 별안간 일어섰다. 나는 난로 선반 위에서 재깍재깍 소리를 내고 있는 구식 시계에 심장 고동을 맞추려 하고 있었다—물론 불가능했지만. 이어서 도라의 흔적을 찾아서 방 안을 휘둘러보았지만 어떤 흔적도 볼 수 없었다. 멀리서 집이 짖은 것 같았는데, 누군가가 금방 그 입을 막은 모양이다. 마지막으로 정신을 차려보니, 내가 난로 속으로 트래들스를 밀어 넣듯이 하며, 상복을 입은 작고 바싹 마른 두 중년 부인에게 허둥지둥 허리를 굽혀 인사하고 있었다. 두 부인은 죽은 스펜로 씨와 똑 닮아서, 마치 나무 조각으로 만든 인물견본 같았다.

"자, 앉으세요." 한 부인이 말했다.

나는 트래들스 위로 쓰러질 듯이 하며 겨우 고양이가 아닌 것—처음에는 고양이였던 것이다—위에 앉았다. 이때에는 시력도 어느 정도 회복되어, 고인이 남매 가운데 가장 어리다는 것을 알았다. 자매 사이에는 아무리 보아도 서로 대여섯 정도의 나이 차가 있었다. 손에 내 편지—내 눈에는 익은 것인데도 이상하게 낯설게 보인—를 들고 안경 너머로 읽고 있는 것으로 보아, 이번 면담은 동생 쪽이 주관한다는 것을 알았다. 자매는 똑같은 옷을 입고 있었으나 동생이 언니보다는 젊은 차림새였다. 주름장식, 깃, 브로치, 팔찌 따위의 장신구를 잔뜩 달고 있었는데, 그 때문에 훨씬 젊어 보였다. 자매는 다 같이 자세가 곧고, 태도는 빈틈없었으며, 침착하고 차분했다. 편지를 가지고 있지 않은 언니 쪽은 마치 불상처럼 가슴 위에 팔짱을 끼고 있었다.

"코퍼필드 씨죠?" 편지를 들고 있던 동생이 트래들스에게 물었다.

느닷없는 이 말에 깜짝 놀랐다. 트래들스는 내가 코퍼필드 씨라고 설명해야 했고, 나는 내가 장본인이라고 주장해야 했다. 그것으로 그들 자매도 트래들스가 코퍼필드라는 선입견을 버려야 했고, 아무튼 모두 어쩔 줄을 몰라 쩔쩔 맸다. 게다가 집이 또다시 두 번 정도 짖어서 이번에도 누군가가 제지했다.

"코퍼필드 씨!" 편지를 든 동생이 말했다.

나는 무언가—아마도 절이었겠지만—를 하고 나서 바짝 긴장하면서 귀를 기울이고 있는데, 언니가 불쑥 말을 꺼냈다.

"제 동생 라비니아는 이런 종류의 일에는 아주 정통하니까, 양쪽의 행복을 위하여 가장 옳다고 생각하고 있는 내용을 말씀드릴 것입니다."

나중에 알게 된 일인데, 아주 옛날에 쇼트 휘스트(카드놀이의 일종)를 하고 난 뒤로 그녀를 사모하게 된 피저 씨라는 사람 때문에 라비니아는, 애정 문제에 있어서 권위자가 되었다고 한다. 그러나 내 생각에 이것이 근거 없는 억측이며 피저 씨는 그런 감정을 가졌던 일도 전혀 없었고, 그가 그런 감정을 보인 일이 있었다는 것을 들어본 적도 없었다. 그러나 만약 피저가 과음을 하여 몸을 망치고는 그것을 고쳐보겠다고 바스 온천장의 물을 들이켜는 어리석은 행동을 해서 요절(약 60세쯤이었다)만 하지 않았더라도 그가 언젠가는 사랑을 고백했을 것이라는 이상한 미신을 미스 라비니아와 클라리사는 가지고 있었다. 게다가 자매는 그가 남모르는 사랑 때문에 상사병으로 죽은 것이라는 의심까지도 가지고 있었다. 그러나 지금도 이 집에 걸려 있는 불그레한 주먹코를 가진 피저의 그림을 보면, 남모를 사랑 때문에 애태우는 사람으로는 도저히 보이지 않았다.

"우리는," 미스 라비니아가 말했다. "이번 일에 관한 지난 얘기는 하지 않겠습니다. 불쌍한 동생 프란시스(스펜로 씨)도 죽었으니, 모두 없었던 일로 하십시다."

"우리는," 언니 클라리사가 말했다. "동생 프란시스와 왕래는 거의 없었지만, 그렇다고 해서 우리 사이에 어떤 불화가 있었던 것도 아닙니다. 프란시스는 자기 길을 갔고 우리도 우리의 길을 갔을 뿐입니다. 그것이 서로를 온전한 행복의 길로 인도하는 것이라고 생각했으니까요."

자매는 둘 다, 말할 때에는 몸을 약간 앞으로 기울이고, 말이 끝나면 고개를 한 번 끄덕이고, 다시 꼿꼿한 자세로 되돌아갔다. 미스 클라리사는 여전히 팔짱을 낀 채로 꼼짝도 하지 않았다. 때때로 손가락 끝으로 가볍게 팔을 두드리며 어떤—춤곡이나 행진곡 같았다—박자를 맞추기도 했으나, 아무튼 결코 팔을 풀지 않았다.

"저희 조카딸의 지위라는 것도 동생의 죽음과 함께 많이 변했습니다." 미스 라비니아가 말했다. "따라서 그 애에 대한 동생의 의견도 많이 달라졌으리라고 생각합니다. 코퍼필드 씨, 당신은 훌륭한 자질과 존경받는 인격을 가지신 젊은 신사이시고, 또 저희 조카딸에 대해서 애정을 가지고 계시다는 것—아니, 적어도 스스로 그렇게 믿고 있다는 것—을 저희는 조금도 의심하지 않습니다."

나는 말틈새를 놓치지 않고 내가 도라를 사랑하는 마음은 이 세상 어느 누구에게도 지지 않는다고 대답했다. 트래들스도 입 안에서 웅얼거리는 투였지만 내 편을 들어주었다.

미스 라비니아가 뭐라고 대꾸를 하려는데, 아까부터 동생 애기를 하고 싶어서 입이 근질거리는 미스 클라리사가 불쑥 끼어들었다.

"만약 도라의 어머니가, 프란시스와 결혼하던 무렵, 만찬 식탁에 식구들이 앉을 자리는 없다고 말하지만 않았더라면 우리는 지금보다 훨씬 더 행복하게 살았을 것입니다."

"언니, 지금 그런 애기를 할 필요는 없잖아요?"

"아니란다, 라비니아. 그건 이 문제와 크게 관계가 있어. 네 분야에 대해서는 네가 잘 말할 테니까 내가 끼어들 생각은 전혀 없다. 그러나 이 부분에 관해서는 나도 발언권이 있고 의견이 있지. 만약 도라의 어미가 프란시스와 결혼했을 때, 자기 의향은 이렇다고 좀더 확실하게 애기를 했더라면 모두의 행복을 위해서 얼마나 좋았겠느냐는 거야. 그랬더라면 우리도 각오해 두었을 것 아니겠니? 우리는 초대하지 않아도 된다고 분명하게 말했을 테고, 그러면 오해가 생길 까닭도 없었을 거야."

미스 클라리사가 고개를 젓자 미스 라비니아는 또다시 안경 너머로 내 편지를 들여다보면서 말을 이었다. 잠깐 다른 애기를 하자면, 이 자매는 마치 새처

럼 작고 둥글며 깜빡거리는 눈을 갖고 있었으며, 전체적인 인상도 어딘가 새와
닮아 있었다. 부산스럽고 파드닥거리는 느낌, 끊임없이 바지런을 떨며 솜씨 좋
게 몸치장을 바로잡는 모습 따위는 카나리아를 떠올리게 했다.

　다시 돌아가서, 미스 라비니아가 말을 이었다.

　"코퍼필드 씨, 당신은 우리 조카딸의 정식 구혼자로서 우리 집을 방문할 수
있도록 허락해달라고 하셨지요?"

　"동생 프란시스가," 미스 클라리사가 또 끼어들었다(말투는 여전히 차분했으
므로 과연 '끼어들었다'고 말하는 것이 적당한가는 잘 모르겠지만). "자기 주위를

민법박사회관 일색으로 채우고 싶다고 하면 우리로서는 반대할 권리와 이유도 없습니다. 우리는 남에게 참견하려는 생각은 결코 해본 적이 없으니까요. 하지만 그렇다면 왜 그렇다고 말을 하지 않는 거죠? 동생 부부가 자기들은 자기 친구들하고만 어울리겠다고 말해도 전혀 상관없다고요. 우리도 우리 친구들끼리 잘 지내면 되니까요. 우리도 친구들은 얼마든지 있답니다."

들자하니 이것은 트래들스와 나 두 사람에게 하는 말인 것 같아서, 우리도 뭐라고 대답했다. 트래들스의 대답은 들리지 않았지만, 나는 그럼요, 그게 모두에게 가장 좋지요, 같은 식의 대답을 했던 것 같다. 무슨 뜻으로 한 말인지는 스스로도 도저히 알 수 없었지만.

"라비니아, 이야기를 계속하렴" 하고 싶은 말을 다 해서 개운한 듯, 미스 클라리사는 동생을 재촉했다.

미스 라비니아가 말을 이었다.

"코퍼필드 씨, 언니와 나는 이 편지에 대해서 정말로 신중하게 생각해 보았습니다. 둘이서만 살펴본 게 아니라, 마지막으로는 조카딸에게 보여주고 함께 의논했습니다. 코퍼필드 씨가 그 애를 무척 좋아한다고 생각하고 계신 것을 저희는 아무도 의심하지 않아요."

"생각한다니요!" 나는 정신없이 소리쳤다. "아아, 그런—"

"원숙한 애정이라든가 존경과 헌신은 그리 쉽사리 밖으로 나타나는 것이 아닙니다. 그 목소리는 낮고 신중하고 겸손한 것이어서 숨어서 참을성 있게 기다립니다. 무르익은 과일이 그러하지요. 때로는 일생이 그대로 끝나버려도 여전히 그늘에서 때가 익기를 기다리는 것입니다."

미스 라비니아는 응원해주길 바라며 언니 쪽을 돌아보았다. 그러자 언니는 한마디마다 작게 끄덕이며 찬성의 뜻을 표시했다.

그때는 이 말이 피저를 가리킨다는 것은 아직 몰랐다. 그러나 그 말을 듣고 미스 클라리사가 심각하게 고개를 끄덕이는 것으로 보아서 그 말에 중대한 뜻이 깃들어 있다는 것을 알 수 있었다.

"그에 비해 젊은이들의 가벼운 마음은—가볍다고 말하면 안 될지도 모르지만, 그래도 지금 말한 애정과 비교하면 달리 나타낼 바가 없지요—바위에 비교한다면 먼지 같은 것이지요. 언니와 제가 어떻게 할지 결정을 내리지 못한 것, 그것이 과연 오래 이어질 것인지, 확실한 근거를 가지고 있는지를 판단하기 어렵기 때문입니다. 코퍼필드 씨, 그리고 저어—"

"트래들스입니다." 트래들스는 눈길이 자기에게 오는 것을 보고 당황하여 말했다.

"실례했습니다. 법학원에 계시지요?" 미스 라비니아는 편지를 보면서 말했다.

"네, 그렇습니다." 트래들스가 대답하며 얼굴을 붉혔다.

나는 아직 어떤 긍정적인 답도 듣지 못했지만, 두 자매에게서, 특히 동생에게서, 새로운 가정 문제에 대해서 열성적인 흥미를 가지고 있고, 그것을 애지중지하려는 마음을 봤기에 밝은 희망이 있다고 생각했다. 보아하니, 미스 라비니아는 도라와 나의 경우와 같은 젊은 연인들을 감독하는 데에 큰 만족감을 갖고 있는 것 같았고, 미스 클라리사 역시 라비니아에게 감독을 맡기고 자기는 속에서 끓어오르는 울분을 언제나 함께 터뜨릴 수 있다는 점에서 동생 못지않게 만족감을 느끼는 것 같았다. 그래서 나도 용기를 내어, 나는 말로는 나타낼 수 없을 만큼 또 아무도 믿지 못할 만큼 도라를 사랑하고 있고, 나를 알고 있는 사람이면 누구나 다 내가 그녀를 얼마나 사랑하고 있으며, 그 사랑 때문에 내가 얼마나 열심히 살고 있는지를 잘 알고 있다, 못 믿겠다면 여기 있는 트래들스에게 물어보라고 열렬하게 변호해나갔다. 트래들스는 마치 국회에서 토론이라도 하는 것처럼 의욕적으로 아주 잘 말해 주었다. 매우 솔직하고 간결하게, 또 빈틈없이 나를 위해 변호해 주었으므로, 그것이 분명히 좋은 인상을 남겼으리라고 생각한다.

"외람된 말씀이오나 이런 일에 약간의 경험을 갖고 있는 사람으로서 한 말씀 드리겠습니다." 트래들스가 말했다. "저 자신, 한 젊은 아가씨—데본셔에 사는 열 자매 가운데 한 명입니다—와 약혼 중에 있습니다만, 현재로서는 언제 결혼할 수 있을지 끝이 보이지 않고 있습니다."

"그럼 댁은 제가 드린 말씀을 이해할 수 있으시겠지요, 트래들스 씨?" 미스 라비니아는 그에게 새로운 흥미를 느끼면서 말했다. "사려 깊고 겸손한 애정, 기다리고 또 기다리는 애정에 대한 것 말씀입니다."

"잘 알고 있습니다, 부인." 트래들스는 말했다.

미스 클라리사가 동생을 대신해서 자못 그렇다는 듯이 고개를 끄덕였다. 이번에는 반대로 동생이 언니를 힐끔 보고 가볍게 한숨을 쉬었다.

"라비니아, 내 정신 들게 하는 약 냄새를 좀 맡으렴."

미스 라비니아는 두세 번 약 냄새를 맡고 정신을 차리자—그동안 우리 두 사람은 마음을 졸이며 바라보고 있었다—힘없는 목소리로 말을 이었다.

"트래들스 씨, 코퍼필드 씨와 도라와 같은 새파랗게 젊은 사람들이 서로 좋아하고 있는 문제—서로 좋아한다고 생각하는 문제—에 대해서, 어떠한 방침을 택해야 좋을지 언니와 저는 아주 망설여 왔습니다."

"우리 동생 프란시스의 딸 말씀인데요," 미스 클라리사가 말했다. "올케가 생전에 우리 같은 집안 식구를 만찬에 초대할 생각을 했더라면(물론 그녀에게는 자기가 하고 싶은 대로 행동할 권리가 있지만) 저희는 지금 도라를 좀더 잘 알고 있었을 겁니다. 얘, 라비니아, 다음 이야기는 네가 해라."

미스 라비니아는 서명이 자기 쪽으로 오도록 내 편지를 고쳐 들고, 거기 쓰여 있는 메모를 안경 너머로 가만히 바라보았다.

"트래들스 씨, 이러한 감정은 우리가 직접 관찰한 뒤에 판단을 내리는 것이 가장 현명한 방법인 것 같습니다. 현재로서는 이들의 감정에 대해서 아무것도 모르고 있고, 또 그 감정 속에 얼마만큼의 진실성이 들어 있는지도 판단할 처지가 아닙니다. 그러니까 지금은 코퍼필드 씨가 여기에 오시는 것을 허락하는 선에서만, 코퍼필드 씨의 제안을 받아들이도록 하겠습니다."

"부인, 저는 결코 두 분의 친절을 잊지 않을 것입니다!" 커다란 마음의 짐을 내려놓자 기쁜 마음에 내가 소리쳤다.

"하지만," 미스 라비니아는 서둘러 말을 이었다. "하지만, 트래들스 씨, 현재로서는 그 방문이, 저희를 찾아오신 것으로 생각하겠습니다. 코퍼필드 씨와 저희 조카딸 사이의 약혼을 인정한다는 뜻은 아니므로, 그 문제는 앞으로 기회가 있으면—."

"네가 그 기회를 충분히 가진 뒤에 말이지, 라비니아?" 미스 클라리사가 말했다.

"그래요, 그러는 게 좋아요." 미스 라비니아가 한숨을 쉬며 끄덕였다. "내가 충분히 살핀 뒤에 말이에요."

"코퍼필드," 트래들스는 나를 돌아다보면서 말했다. "참으로 합리적이고 사려 깊은 결론이 아닌가."

"그럼, 그렇고말고!" 나는 크게 말했다.

"그러한 이해를 전제로 한 방문이므로, 코퍼필드 씨께서는 우리가 알지 못하는 사이에 어떤 종류의 서신왕래도 조카딸과 하지 않겠다고 뚜렷하게 다짐을 해주셔야겠습니다. 또한 조카딸에 대해서 어떠한 계획을 세우더라도 먼저 우리와 의논을—"

"애, 라비니아. 너에게 약속하면 돼." 미스 클라리사가 끼어들었다.

"그래요, 좋아요, 언니." 미스 라비니아도 반쯤 포기한 듯이 끄덕였다. "저와, 그리고 언니의 동의를 얻고 시작하셔야 해요. 이 점만은 어떤 일이 있어도 깨뜨리지 않는다고 굳게 약속해 주십시오. 오늘 코퍼필드 씨가 믿을 만한 친구 한 분과 함께 오시기를 청한 것도, 이 문제에 대해서 의혹이나 오해가 없도록 하기 위해서입니다. 만약 코퍼필드 씨나 트래들스 씨께서 이 약속을 하시는 데 조금이라도 망설이신다면 시간을 드릴 테니, 천천히 생각해 보십시오."

나는 너무나 기쁜 마음에 조금도 생각해 볼 필요가 없다고 소리쳤다. 나는 건성으로 약속을 지킬 것을 맹세하고, 트래들스에게 증인이 되어 달라고 부탁했다. 그리고 조금이라도 이 약속을 어기면 나는 사람도 아니라고 말했다.

"잠깐만!" 미스 라비니아가 한 손을 쳐들며 말했다. "저희는 두 분을 맞이하기 전에, 그 점을 잘 고려하시도록 10분이나 20분 정도 두 분만이 계시도록 시간을 드리기로 정했습니다. 그러니까 저희는 저쪽에 가 있어도 되겠지요?"

아무것도 고려할 필요가 없다고 말했지만 소용이 없었다. 정해놓은 시간 동안은 물러가 있겠다고 우기며, 이 작은 새들은 크게 위엄을 부리면서 깡충깡충 뛰는 듯이 나갔고, 나는 트래들스의 축복을 받으면서 마치 천국에 온 기분이었다. 15분이 지나자, 자매는 물러갔을 때와 같은 위엄을 갖추고 다시 나타났다. 가을 낙엽 바스락거리는 소리를 내면서 물러가더니, 이번에도 똑같이 바스락거리면서 되돌아왔다.

나는 정해진 조건에 대해서 또 한 번 서약을 했다.

"자, 언니. 이제 언니 차례예요." 미스 라비니아가 말했다.

미스 클라리사는 처음으로 팔짱을 풀더니 메모를 집어서 한번 들여다보고 말했다.

"코퍼필드 씨, 불편하지 않으시다면 일요일마다 식사하러 와주시지 않겠습니까? 식사 시간은 세 시입니다."

나는 꾸벅 절을 했다.

"가능하시면 평일에도 오셔서 차라도 들어주셨으면 고맙겠습니다. 시간은 여섯 시 반입니다."

나는 또 꾸벅 인사를 했다.

"원칙적으로 매주 두 번입니다." 미스 클라리사는 말했다. "그 이상은 삼가 주시기 바랍니다."

나는 또다시 꾸벅 인사를 했다.

"편지에 말씀하신 미스 트롯우드도, 저희를 한 번 방문해주시면 감사하겠습니다. 서로 방문하는 것이 모두의 행복을 위해 좋다면, 우리는 기꺼이 맞이하고 또 답례의 방문도 하겠습니다. 그러나 서로 방문을 하지 않는 것이 모든 분들의 행복을 위한 길이라면(동생 프란시스 경우같이) 사정은 전혀 다릅니다만."

나는 대고모께서도 두 분과 사귀는 것을 자랑스럽게 여기시고 또 기뻐하실 것으로 믿는다고 넌지시 비추었다. 솔직히 그들이 서로 잘 지낼지는 크게 의문이었지만. 이제 이야기가 마무리되었으므로 나는 진심으로 감사의 뜻을 표시하고, 먼저 미스 클라리사의 손을, 이어 미스 라비니아의 손을 잡고 차례로 입술을 갖다댔다.

미스 라비니아가 일어서더니 실례한다고 트래들스에게 말하고서는 나에게 따라오라고 했다. 나는 벌벌 떨면서 시키는 대로 따라갔더니, 그대로 다른 방으로 들어갔다. 그 방에 가 보았더니, 아, 도라! 내 귀여운 도라가 그 사랑스러운 작은 얼굴을 벽에다 대고 문 뒤에서 귀를 막고 서 있었다. 그리고 식기예열기 안에는 집이 수건으로 목이 묶인 채 들어가 있었다.

아! 상복을 입은 그녀의 아름다움! 그러나 처음에는 그녀가 흐느끼면서 문 뒤에서 나오려 하지 않았다. 마침내 그녀가 문 뒤에서 나오자 우리는 지난날의 그리움과 재회의 기쁨을 나누었다. 우리는 둘이 함께 식기예열기에서 집을 꺼내 주고, 콩콩대며 자꾸만 재채기를 하기에 다시 햇볕 속으로 내보내 주었다. 이렇게 다함께 다시 만나게 되다니 뭐라 말할 수 없이 행복했다.

"내 사랑 도라! 이젠 정말 영원한 내 사랑이오!"

"아니, 그런 말 하지 말아요!" 도라가 애원했다. "제발—"

"이제 내 사랑이 아니라는 말이오, 도라?"

"아니에요, 그야 물론 영원히 당신 것이죠!" 도라가 말했다. "하지만 저는 놀랐어요!"

"놀랐다고, 나의 사랑?"

"그래요! 저는 그 사람이 싫어요. 왜 어서 돌아가지 않죠?" 도라가 말했다.

"누구 말이오?"

"당신 친구 말이에요." 도라가 말했다. "그 사람이 나설 자리가 아니에요. 어쩌면 그렇게도 눈치가 없을까!"

"오, 내 사랑! (그래도 그녀의 어린애 같은 말투는 정말 고민스러운 것이었다) 그 사람은 훌륭한 인물이오!"

"하지만 저는 훌륭한 인물은 싫어요!" 도라는 입술을 내밀었다.

"도라, 당신도 곧 그를 잘 알게 될 거고 누구보다도 그를 좋아하게 될 거요. 그리고 내 대고모께서도 이곳에 오실 거요. 대고모도 만나면 분명 좋아하게 될 거고."

"안 돼요, 제발 그분을 데려오지 말아요!" 도라는 겁에 질린 얼굴로 나에게 살짝 키스를 한 다음 두 손을 모으고 말했다. "대고모라는 분은 심술궂은 늙은이란 것을 저는 잘 알고 있어요! 도디, 부탁이에요. 그분을 여기 못 오게 하세요!" 도디는 당연히 데이비드의 애칭이었다.

이럴 때는 타일러 보았자 소용이 없으므로, 나는 그저 웃고 감탄하고, 얼간이처럼 행복해하기만 했다. 도라는 집이 새로운 재주를 익혔다며, 구석에서 뒷발로 서 있는 재주를 보여주었다—아주 짧은 순간이었지만. 미스 라비니아가 나를 데리러 오지만 않았다면 나는 트래들스도 잊고 하염없이 거기에 있었을 것이다. 미스 라비니아는 도라를 정말 좋아했다(미스 라비니아의 말에 따르면, 도라는 그녀가 젊었을 때와 똑같다고 한다—그런 것치고는 무척 변해 있었지만!) 그리고 마치 장난감처럼 귀여워했다. 나는 도라에게 트래들스를 만나보지 않겠느냐고 권했는데, 그러자 그녀는 자기 방으로 달려가 그대로 문을 잠가버렸다. 할 수 없이 나는 혼자 트래들스에게로 와서 그와 함께 구름 위를 걸으며 집으로 돌아왔다.

"정말 잘 되었어. 이보다 일이 잘 풀릴 수는 없을 걸세." 트래들스가 말했다. "그리고 두 분 다 아주 좋으신 분 같아. 이러다간 자네가 나보다 훨씬 빨리 결혼하겠군."

"이보게, 트래들스. 자네의 소피는 악기를 다룰 줄 아나?" 나는 조금 으스대며 물었다.

"응, 피아노를 조금 친다네. 동생들한테 가르칠 수 있을 정도는 해."

"노래는?"

"발라드는 부를 줄 알아. 모두가 우울해 있을 때 기운을 북돋워주려고 부르지. 정식으로 배우진 않았어."

"그럼 기타를 치면서 부르진 않나?"

"아냐, 그런 건 못해."

"그림은 그리나?"

"전혀 못 그려."

그럼 언제 도라의 노래를 들려주겠네, 그리고 꽃그림도 보여 주지, 하고 나는 약속했다. 그도 꼭 보여 달라고 말했다.

우리는 즐거운 기분으로 서로 팔짱을 끼고 집으로 돌아왔다. 오면서 소피 얘기를 꺼내도록 그의 마음을 부채질했더니 그는 애정 넘치는 신뢰감을 가지고 그녀 이야기를 했다. 나는 크게 감탄했다. 나는 마음속으로 그녀와 도라를 비교해 보고 내심 아주 흐뭇했지만, 트래들스에게는 아주 훌륭한 아가씨라고 생각했다.

이번 만남이 성공했다는 것과, 면담 도중에 이야기한 내용을 곧바로 대고모에게 보고했다. 대고모는 내가 기뻐하는 것을 보고 기뻐해주었으며, 바로 도라의 고모들을 방문하겠다고 약속했다. 그러나 그날 밤 내가 아그네스에게 편지를 쓰고 있는 동안 대고모는 방 안을 끝없이 빙글빙글 걸어 다녔다. 이대로는 아침까지 서성거리는 게 아닐까 하는 생각까지 들 정도였다.

아그네스에게 쓴 편지에는, 내가 그녀의 충고를 따른 덕분에 이런 좋은 결과를 얻었다고 상세히 쓰고 감사인사를 성심껏 적었다. 곧바로 답장이 왔다. 그녀의 편지는 희망에 차 있고 열성적이며 명랑한 것이었다. 그런 일이 있었지만 이제는 그녀도 아주 행복해 보였다.

나는 이제 그 어느 때보다도 바빠지게 됐다. 매일 하이게이트까지 가던 것을 생각하면 퍼트니는 꽤 멀었지만 나는 조금이라도 더 자주 그곳에 가고 싶었다. 그러나 저녁 다과회에 가기란 도저히 무리였다. 그래서 미스 라비니아와 상의하여, 매주 토요일 오후에 방문하기로 하고, 일요일의 특권은 그대로 유지하기로 합의를 했다. 그래서 주말은 내게 특별히 즐거운 시간이 되었고, 나는 이 주말을 몹시 기다리면서 나머지 평일을 보냈다.

대고모와 도라의 고모들과의 교제도 전반적으로 예상했던 것보다 훨씬 더 원만하게 이루어지는 것 같았으므로 크게 안심이 되었다. 대고모는 내가 그곳을 처음 방문한 지 2, 3일 안에 약속대로 찾아갔고, 다시 며칠이 지난 뒤에는 도라의 고모들이 정중하게 예의를 갖추어서 대고모를 방문했다. 그 뒤에도 대체로 서너 주일의 간격을 두고 그와 같은, 그러나 전보다 한층 더 다정한 왕래가 이루어졌다.

도라의 고모들을 골치 아프게 한 한 가지는, 대고모가 마차라는 숙녀의 당연한 이동수단을 철저히 무시하고, 아침식사가 끝난 바로 뒤라든가 차를 마시고 난 직후 같은 터무니없는 시간대에 퍼트니까지 훌쩍 걸어오는 것, 또 하나는 문명사회가 요구하는 작법은 조금도 개의치 않고 단지 자기가 좋아하는 방식대로 모자를 쓰고 외출하는 것이었다. 그러나 도라의 두 고모는 이해심이 깊어서, 머지않아 대고모가 유별나며 다소 남성적인 부인이라고 여기게 되었다. 또한 대고모는 예의범절에 대해서 아주 독특한 의견을 내놓아 가끔 두 사람의 비위를 건드렸지만, 그래도 나를 사랑했으므로, 전체의 조화를 위해서 별난 버릇을 희생하기도 했다.

그러나 유일하게 집은, 우리를 위해 끝까지 협력하지 않았다. 집은 대고모의 모습을 보면 곧바로 이를 드러내고 의자 밑에 숨어서 으르렁거리고, 때로는 더 이상 참을 수 없다는 듯이 구슬프게 짖어댔다. 밥을 굶기고 혼내고 때려가며, 가끔은 버킹엄 거리로 데려오기까지 하면서(그러나 느닷없이 고양이 두 마리에게 덤벼드는 바람에 보는 사람의 간담을 서늘하게 했다) 어떻게든 잘 지내게 해 보려고 애썼지만, 이것만큼은 아무리 해도 잘 되지 않았다. 이따금 감정을 억누르는 것처럼 잠깐이나마 얌전해지는 때도 있었으나, 이내 콧구멍을 벌렁거리며 왈왈대는 것이었다. 그러면 무언가에 묶어서 식기예열기 안에 넣어두는 수밖에 달리 남은 방법이 없었다. 결국 대고모가 왔다는 전갈을 받자마자, 언제나 도라가 잽싸게 수건으로 감싸서 그 안에 가둬두게 되었다.

집에 관한 문제가 이렇게 일단락된 다음에도 나를 곤혹스럽게 만드는 것이 하나 있었다. 그것은 모두가 한결같이 도라를 예쁜 장난감처럼 여기고 있는 점이었다. 차츰 그녀와 친숙해진 뒤에는 대고모까지 그녀를 '귀여운 꽃송이'라고 불렀다. 미스 라비니아의 가장 큰 즐거움은, 도라의 시중을 들면서 머리를 말아주고 장식품을 만들어 주고, 그녀를 쓰다듬어주는 것이었다. 그리고 미스 라비니아가 하는 일은 언니인 미스 클라리사도 당연한 듯이 따라 했다. 나한테는 지독히 이상한 광경이었지만, 아무튼 두 사람 다, 마치 도라가 집을 다루는 것처럼 도라를 다루었다.

나는 이 점을 도라에게 한 번 말해보자고 결심했다. 그래서 어느 날 우리가 외출했을 때(얼마 뒤 우리끼리 외출해도 좋다고 미스 라비니아가 허락해주었다), 나는 모든 사람들이 그녀를 좀 다른 식으로 대해주었으면 좋겠다는 이야기를 큰맘 먹고 꺼냈다.

"내 사랑, 당신은 이제 어린애가 아니잖아요?" 나는 조금 불만스럽다는 듯이 말했다.

"이젠 성미가 까다로워지는군요!"

"아니, 내 사랑. 내가 까다롭다고?"

"그래요. 모두들 제게 매우 친절히 대해주셔서 저는 아주 즐겁단 말이에요."

"그래요! 즐겁다니 다행이지만, 그래도 좀더 어른다운 대접을 받아도 좋지 않을까요?"

도라는 화난 얼굴로(그 모습이 또 아주 사랑스럽다!), 자기가 싫으면 무엇 때문에 그토록 약혼하고 싶어했느냐고 물으며, 자기가 밉다면 곧바로 가버리라고 말하고 흐느끼기 시작했다.

그러면 키스로 그녀의 눈물을 닦아주고 내가 얼마나 그녀를 열렬히 사랑하고 있는가를 말해주는 것밖에 내가 무엇을 할 수 있겠는가?

"저는 이렇게나 당신을 사랑하고 있는데 그런 가혹한 말씀을 하시다니, 너무해요!"

"가혹하다니, 그건 당치도 않은 말이오! 어떻게 그런!"

"그럼 저를 나무라지 마세요." 도라는 장미 봉오리처럼 입을 오므리면서 말했다. "그러시면 저도 얌전하게 행동할게요."

도라는 자진하여, 내가 전에 말했던 요리책을 달라고 하고, 내가 약속했던 가계부 쓰는 법을 가르쳐 달라고 부탁했다. 내 마음은 한없이 기뻤다.

다음번 방문 때 나는 요리책을 가져갔다(나는 그 책이 조금이라도 재미있고 흥미롭게 보이도록 예쁘게 다시 제본했다). 그리고 광장을 거닐면서 대고모의 낡은 가계부를 도라에게 보여주고 직접 연습을 해 보라고 공책과 작고 예쁜 필통과 연필심이 들어 있는 통을 주었다.

그러나 요리책은 도라의 머리를 아프게 했고 숫자는 그녀의 눈물을 뽑았다.

덧셈 따위는 할 줄 모른다며 숫자를 모조리 지워버리고 아름다운 꽃다발이며, 나와 집의 얼굴을 공책 가득히 그려 놓았다.

그래서 이번에는 토요일 오후에 산책을 하면서 장난하는 것처럼 살림살이하는 법을 가르쳐 보았다. 예를 들어, 우리가 푸줏간 앞을 지날 때는 이렇게 물었다.

"도라, 우리가 결혼해서 저녁 반찬거리로 양 앞다리를 산다고 합시다. 어떻게 사면 되는지 알고 있소?"

그러면 도라는 곧바로 고개를 푹 수그리고, 키스로 내 입을 막아버리고 싶다는 듯이 입을 장미 봉오리처럼 작게 오므렸다.

"어떻게 사는지 알고 있소, 내 사랑?" 나도 물러설 수 없다고 생각할 때는 이렇게 한 번 더 물었다.

도라는 잠깐 생각하다가 이내 당당하게 대답했다.

"그런 건 푸줏간 주인이 잘 알고 있으니까 나까지 알 필요는 조금도 없어요! 당신은 참 바보예요!"

한번은 요리책을 보면서, 우리가 결혼한 다음에 내가 맛있는 아일랜드 식 스튜를 먹고 싶다고 하면 어떻게 하겠느냐고 물었더니, 그녀는 단번에 식모를 시켜서 만들도록 하겠다고 대답했다. 그리고 내 팔을 끌어안고 그 조그마한 두 손으로 손뼉을 치며 매력 넘치게 웃었다. 그녀는 여느 때보다도 더 즐거워 보였다.

결국 요리책의 주된 용도는, 방구석에 놓인 채 집의 발받침으로 전락했다. 도라는 집에게, 그 위에 얌전히 서서 필통까지 물고 있게 하는 재주를 가르치며 아주 만족스러워했다. 그 모습을 보고, 나도 사주길 잘했다며 혼자 흐뭇해했다.

그리하여 우리는 기타 이야기와 꽃 그림 이야기, '다라라 춤을 추지 않으면 견딜 수 없어'라는 노래 이야기만 하게 되었지만, 그래도 주말이 기다려지고 즐거웠다.

때때로 너무 장난감으로 취급하지 말라는 뜻을, 미스 라비니아에게 큰맘 먹고 넌지시 비추어볼까도 생각했다. 그런데 생각해 보니, 나 역시 다른 사람들과 같은 과오에 빠져 이따금 그녀를 장난감 다루듯 할 때가 있구나 하는 것을 깨닫고 깜짝 놀라지 않을 수 없었다.

42장
나쁜 계략

　도라와 두 고모들에 대한 책임감 때문에 내가 얼마나 그 끔찍한 속기술을 열심히 공부했고, 그로 말미암아 얼마나 실력이 나아졌는가를 내가 직접 설명하는 것은, 설령 이 원고를 나 말고는 아무도 읽지 않는다고 하더라도 그다지 바람직한 일이 아니라고 생각한다. 그러므로 그 무렵의 내 노력이나, 그 무렵 겨우 다듬어져서 사실상 내 장점이 된 끈기 있고 정력적인 성격에 대해서는 앞에서 언급한 것으로 그치겠다. 다만 지금 돌아보면 그것이 내 성공의 원동력이었다는 점만을 덧붙이고자 한다. 나는 세속적인 일에는 운이 있었다. 많은 사람이 나보다 훨씬 더 열심히 노력했지만 나의 절반도 성공하지 못했다. 그러나 나 역시 시간을 지키고, 질서를 존중하고, 근면한 습관이 없었다면, 온갖 일이 차례차례 일어나더라도, 한 번에 한 문제에 대해서만 정신을 집중하겠다는 결심이 없었다면, 내가 이루어놓은 것을 절대 이룩하지 못했으리라고 확신한다.

　맹세컨대, 나는 절대로 자화자찬하기 위해서 이 글을 쓰는 것이 아니다. 누구든 지금 나처럼 삶의 한 페이지 한 페이지를 떠올리면서, 허무하게 낭비한 수많은 재능, 어이없이 흘려보내 버린 기회, 가슴속에서 끊임없이 다투어대는 변덕, 그릇된 유혹에 패배한 모습 따위를 돌아보고 나중에 땅을 치면서 뉘우치고 싶지 않다면, 무조건 평생을 훌륭하게 사는 수밖에 방법이 없을 것이다. 나는 타고난 재능이란 재능은 남김없이 혹사했다. 쉽게 말하면 이런 것이다. 나는 평생 동안, 한번 시작한 일은 무엇이든 온 힘을 기울였고, 잘하기 위해 노력했다. 한번 헌신한 일은 정말로 모든 것을 다 바쳐 헌신했고, 한번 목표로 정한 것은 그것이 크고 작음을 가리지 않고 철저하게 열성을 다했다. 선천적 재능이든 후천적 능력이든, 건실함과 소박과 근면을 수반하지 않고 그 목적을 이루는 것이 가능하다고 믿어 본 적은 결코 없다. 이 세상에서 그런 염치없는 성공이 이루어지는 일은 없다. 천부적인 복된 재능과 행운이 성공으로 이어진 사다리의 양쪽을 구성하더라도, 사다리의 계단은 무게에 견디는 튼튼한 재료로 만든 것이어야 한다. 다시 말하면, 철저하고 열성적이고 진지함을 대신하는 것은 아무것도 없다. 마음만 먹으면 온 힘을 기울일 수 있는 데도 가볍게 한 손만 걸치는 것, 그것이 무엇이건 자신의 직업을 업신여기는 것—이 두 가지 만큼은 절대 해서는 안 된다는 것이 나의 금과옥조(金科玉條)였다.

내가 신조로까지 삼게 된 이러한 습성의 대부분은 모두 아그네스 덕분이었다. 깊은 감사와 사랑하는 마음을 가득 담아, 이제부터 아그네스의 이야기를 하고자 한다.

아그네스는 두 주일간 머물 예정으로 박사 댁을 찾아왔다. 위크필드 씨는 박사의 오랜 친구이며, 박사는 한 번 그와 이야기하여 이런저런 충고를 해주어야겠다고 생각하고 있었던 것이다. 전에 아그네스가 런던에 왔을 때 그런 이야기가 나왔고, 이번 방문은 그 결과였다. 그래서 그녀는 아버지와 함께 왔다. 그런데 아그네스의 말에 의하면, 힙 부인의 류머티즘이 악화되어 전지 요양이 필요하게 되었는데, 부인이 아그네스 부녀와 함께 지낼 수 있으면 그보다 좋은 약이 없다고 하여, 이웃에 숙소를 잡아주겠다고 약속까지 했다는 것이었다. 그 말을 듣고도 나는 전혀 놀라지 않았고, 바로 다음 날, 우라이아가 효자인 척하며 어머니를 모시고 숙소로 들어갔다는 소식에도 전혀 흔들리지 않았다.

"코퍼필드 도련님," 우라이아는 내가 박사님 댁 뜰을 거닐고 있을 때 억지로 따라오더니 말했다. "사람이란 사랑을 하게 되면 질투가 생긴답니다. 적어도 사랑하는 사람에게서는 눈을 뗄 수 없죠."

"그럼, 지금 누구한테 질투하고 있단 말인가?" 내가 물었다.

"도련님 덕분에 지금 당장은 없습니다. 적어도 남자는."

"그럼 여자에 대해 질투를 느낀다는 말인가?"

그 기분 나쁜 새빨간 눈이 나를 흘겨보며 웃었다.

"바로 그래요, 도련님—어이쿠, 죄송합니다. 이제는 도련님이 아닌데 그만 입버릇이 되어 놔서요. 게다가 도련님이라고 부르면 말이 술술 나오면서, 속마음이 있는 그대로 콸콸 쏟아져 나온다니까요! 아무튼 도련님께는 말씀드려도 괜찮을 줄로 압니다." 물고기처럼 축축한 손을 내 손에 얹으면서 계속했다. "저는 대체로 여자에게는 인기가 없습니다. 특히 스트롱 부인에게는 말할 것도 없지요."

둘도 없는 악당처럼 교활하게 내 눈을 가만히 들여다보았는데, 그 눈이 갑자기 뱀처럼 퍼렇게 빛났다.

"그게 무슨 말인가?" 나는 물었다.

"저도 나름 법률가이니까요, 코퍼필드 도련님," 우라이아는 비꼬듯 냉소를 지으며 대답했다. "지금으로선 말씀드린 것이 전부입니다."

"그럼 그 얼굴은 무슨 뜻인가?" 나도 물러서지 않았다.

"얼굴이라고요? 이것 참, 도련님도 만만치가 않으시네요! 이 얼굴이 어떻다는 말씀이십니까?"

"그래, 바로 그 얼굴이야."

우라이아는 아주 마음에 들었는지, 평소와 다르게 큰 소리로 웃었다. 그는 한 손으로 턱을 문지르면서 눈을 아래로 내리깔고는 말을 이었다.

"제가 비천한 서기에 불과했던 시절에는, 그 부인이 언제나 저를 깔보았지요. 자기 집에서 저의 아그네스를 이리저리 끌고 다니던 무렵에도, 도련님께는 늘 정답게 대했지만 저는 신분이 낮아서 주목조차 받지 못했지요."

"그래서 어떻다는 말인가? 그것이 사실이라고 하더라도 말이야."

"—게다가 그 사내보다도 천하게 보았지요." 여전히 턱을 문지르고 있었는데, 무언가 생각하는 바가 있다는 모습이 확연하게 드러났다.

"자네는 박사님을 잘 모르고 있군." 나는 말했다. "눈앞에 있지도 않은 자네의 존재를 의식하라고 말하다니."

우라이아는 곁눈질로 나를 바라보며 말했다.

"저는 박사님 얘길 하는 것이 아닙니다! 맬던 씨 얘기를 하고 있어요."

순간 나는 맥이 풀렸다. 그 점에 대해서는 나도 진작부터 의문과 불안을 품고 있었지만, 박사님 가정의 온 행복이 달린 문제인만큼, 그것이 사실인지 아닌지 정확히 판단하지 못하고 있었다. 그 비밀을 이 뱀 같은 사내가 쥐고 있다고 생각하고, 무심코 기운이 빠진 것이다.

"그 사람은 사무실에 오면 반드시 저에게 거만하게 명령을 하면서 들들 볶지요. 그야 그 사람도 여러분들이 말하는 훌륭한 신사 가운데 한 사람이지요. 저는 매우 천하고 소심한 인간이고요. 지금도 그렇습니다만, 저는 그러한 사람은 좋아하지 않았습니다. 아주 싫어하죠!"

우라이아는 턱을 문지르던 손을 멈추고, 양쪽 볼이 입안에서 서로 맞닿을 정도로 빨아들이더니 줄곧 곁눈질로 나를 바라보았다.

"그리고 부인도 여러분들이 말씀하시는 사랑스러운 부인 가운데 한 사람입니다." 우라이아는 얼굴을 천천히 본디 모습으로 되돌렸다. "그래서 저 같은 미천한 놈에게는 얼음장처럼 차가우세요. 저의 아그네스도 그 부인에게서 좀더 차원 높은 술수를 배운답니다. 말씀드렸다시피 저는 여자들에게 인기가 없습니다. 그렇지만 제 머리엔 눈이 있습니다. 오래전부터 줄곧 지켜봐왔죠. 우리 같은 비천한 사람들에게도 눈은 있습니다. 그 눈으로 세상을 보아온걸요."

나는 모르는 척하고 마음의 동요를 보이지 않으려고 애쓰면서 그의 얼굴을 보았다.

"하지만 저도 언제까지나 짓밟히고만 있지는 않을 겁니다, 코퍼필드 도련님. 이런 관계를 끝내기 위해 제가 할 수 있는 일은 다할 작정입니다. 마음에 안 들어요. 도련님 앞이니까 말씀드리는데, 저란 놈은 확실히 집요한 면이 있어서, 방해자들은 모조리 내쫓고 싶은 심정입니다. 음모를 꾸미고 있는 것을 그대로 보고만 있을 수는 없지요." 악의에 찬 승리감을 띤 얼굴을 하고 말했다.

"자기가 늘 음모를 꾸미고 있으니까 다른 사람들도 모두 그런 짓을 하고 있다고 착각하는 거겠지."

"그럴 수도 있겠죠. 하지만 위크필드 씨도 말씀하시듯이, 저는 한 가지 동기를 가지고 있어요. 그것을 위해 제 온 힘을 기울일 겁니다. 비천한 인간이라도 짓밟히고 있을 수만은 없지요. 저를 방해하는 자는 가만두지 않을 겁니다. 어서 빨리 옆으로 치워버려야지요!"

"이해하지 못하겠군."

"이해 못하세요? 거 참 놀랐는데요, 코퍼필드 도련님. 그렇게도 머리가 좋으신 분이! 다음번에 좀더 분명하게 설명드리겠습니다. 지금 말을 타고 대문에서 초인종을 울리고 있는 분이 맬던 씨입니까?"

"그런 것 같군." 나는 되도록 태연하게 대답했다.

우라이아는 갑자기 말을 멈추더니, 무릎 사이에 두 손을 끼우고 몸을 반으로 접으며 웃어댔다. 소리는 전혀 내지 않았다. 그의 이 밉살스런 행동에 화가 나서, 나는 인사도 하지 않고 몸을 돌려 나와버렸다. 우라이아는 뜰 한가운데에 서서, 막대기를 뽑은 허수아비처럼 허리를 반으로 접고 웃고 있었다.

내가 아그네스를 데리고 도라를 만나러 간 것은, 그 이튿날 저녁, 그러니까 토요일이었다. 나는 이 방문에 대해서 미리 라비니아와 의논해두었으므로 그쪽에서도 아그네스가 오기를 기다리고 있었다.

나는 자랑스러운 마음과 걱정으로 조마조마했다. 약혼녀 도라가 자랑스러운 한편, 아그네스가 도라를 좋아해야 할 텐데 하는 걱정스러운 마음이 엇갈렸다. 퍼트니로 가는 도중 아그네스는 줄곧 역마차 안에 있었고 나는 밖에 있었다. 가는 내내 나는 도라의 아름다운 온갖 표정들을 떠올렸다. 그러면서 '그래, 지금 이 얼굴이 가장 좋아. 이만한 게 없지' 하는 생각이 들었다가 이내 '아니야, 그것은 아니야. 그것만큼은 못하게 해야 해' 하면서 다른 때의 얼굴을 떠올리고 걱정에 시달렸다. 아무튼 나는 열병에 걸린 것처럼 몹시 괴로웠다.

그러나 어느 것이나 아름답다는 사실만큼은 의심할 여지가 없었다. 게다가 실제로 만나고 나니, 이토록 아름다운 도라는 나도 아직 본 적이 없을 정도로 아름다웠다. 내가 아그네스를 도라의 고모들에게 소개했을 때 도라는 응접실에 있지 않고 그 우중충하고 낡은 문 뒤에서 귀를 막고 숨어 있었다.

처음에 그녀는 절대 나오지 않겠다고 버티다가 마침내 5분만 더 기다려달라고 호소해왔다. 이윽고 내 팔을 잡고 응접실로 가기로 결심하자, 그 귀여운 얼굴이 붉게 확 달아올랐다. 그것이 또 얼마나 아름답던지, 이루 나타낼 방법이 없었다. 응접실에 들어서자 얼굴은 오히려 창백해졌는데, 그러자 이번에도 역시 천 배는 아름다웠다.

도라는 아그네스를 두려워했다. 언젠가 아그네스는 '너무 영리하다'고 내게 말한 적이 있었다. 그러나 지금 아그네스의 쾌활하고, 진지하고, 착한 모습을 보자 도라는 기쁘고 놀라워서 가볍게 탄성을 올리고 두 팔로 아그네스의 목을 껴안고 얼굴에 가볍게 뺨을 댔다.

나로서는 이보다 기쁜 일이 없었다. 두 사람이 나란히 앉아서, 사랑하는 나의 도라가 아그네스의 따뜻한 눈동자를 올려다보면, 아그네스도 온화하게 사랑을 담아 바라보는, 그런 가슴 벅찬 광경은 어디에도 없었다.

미스 라비니아와 미스 클라리사도 그들 나름대로 나와 기쁨을 함께 했다. 그것은 세상에서 가장 즐거운 다과회였다. 미스 클라리사가 다과회를 주재했고, 나는 씨앗이 든 케이크를 잘라서 모두에게 나누어 주었다—두 고모는 마치 새가 그러는 것처럼, 즐거운 듯이 씨앗을 골라 먹거나 설탕을 한 조각씩 입에 넣는 것이었다. 미스 라비니아는 우리의 행복한 사랑이 모두 자기의 공적인 것처럼 자애롭고 편안한 얼굴로 미소 지으며 바라보고 있었고, 우리는 모두 만족스러워했다.

조용하면서도 명랑한 아그네스의 태도는 모두의 마음을 사로잡았다. 도라가 흥미를 보이는 것에는 무엇이건 조용히 동감을 표시해 주었고, 집과도 이내 친구가 되었다(집도 곧바로 기뻐하며 맞아 주었다). 도라가 평소처럼 나와 나란히 앉는 것을 부끄러워했을 때에도, 그 부드럽게 달래는 모습—조심스러우면서도 다정한 정숙함에는 도라도 완전히 매료되어 신뢰의 표정을 보여주었다. 그녀의 존재만으로 그날의 다과회는 대성공이었다.

"저는 정말 너무나 기뻐요." 도라가 차를 다 마시고 나서 말했다. "당신이 날 좋아해주니까요. 이런 일은 생각지도 못했어요. 줄리아 밀스가 가버려서 쓸쓸했는데, 앞으로는 더욱더 귀여움을 받고 싶어요." 도라가 아그네스에게 말했다.

쓰는 것을 빠뜨렸는데, 그때 미스 밀스는 이미 배를 타고 떠난 뒤였다. 도라와 나는 그녀를 전송하러 그레이브젠드에 머물고 있는 거대한 동인도 무역선까지 갔었다. 그리고 우리는, 설탕에 절인 생강이나 구아바*¹ 같은 진귀한 것들을 대접받고, 마지막에는 후갑판의 의자에서 홀쩍훌쩍 우는 그녀를 남겨 두고 돌아왔다. 미스 밀스는 커다란 새 일기장을 끌어안고, 거기에 항해 중의 사색으로 얻은 감상을 소중하게 기록할 것이라고 말했다.

아그네스는 내가 도라에게 자기를 형편없는 인물로 소개하지나 않았을까 두려웠다고 말했다. 도라는 이 말을 듣고 바로 부정했다.

"아이, 그렇지 않아요!" 도라는 그 곱슬머리를 흔들면서 나를 바라보며 말했다. "모두 칭찬의 말뿐이었어요. 당신의 의견을 얼마나 존중하는지 난 두려울 지경이랍니다."

"하지만 내가 아무리 좋게 말해도, 이분이 알고 계시는 어떤 분에 대한 애정이 더 커지진 않아요." 아그네스는 생긋 웃으며 말했다. "그러니까 들어도 소용없답니다."

"하지만, 괜찮으시다면 꼭 듣고 싶어요." 도라가 어리광부리듯 말했다.

우리가, 좀더 귀여움을 받고 싶어하는 도라의 욕심을 놀리며 흥겨워하자, 도

---

*1 열대과일.

라도 내가 바보라서 조금도 마음에 들지 않는다고 농담을 하는 사이에, 짧은 저녁은 가벼운 아지랑이처럼 날개를 달고 날아가버렸다.

역마차가 우리를 찾아올 시간이 다가왔다. 내가 혼자 난로 앞에 서 있으려 니까, 도라가 살며시 다가와 내가 떠나기 전이면 언제나 해주는 가벼운 키스를 해주었다.

"만약 제가 오래전에 아그네스와 친구가 되었더라면, 아마도 제가 좀더 영리 해졌을 거라고 생각하지 않으세요?" 도라는 그 눈을 맑게 빛내면서 오른손으 로 내 코트의 단추를 만지작거렸다.

"그 무슨 터무니없는 소릴 하는 거요!"

"터무니없는 소리라고 생각하세요? 정말로요?" 도라는 여전히 아래쪽을 내 려다보고 말했다.

"물론이죠!"

"아차, 깜빡 잊고 있었어요." 도라는 여전히 단추를 뱅글뱅글 돌리면서 말했 다. "당신과 아그네스는 어떤 관계예요?"

"혈연관계는 아니에요. 그렇지만 친남매처럼 함께 자랐어요."

"그런데 어째서 당신은 저를 사랑하게 됐어요?" 도라는 다른 단추를 만지작 거리기 시작했다.

"그건, 아마 당신을 만나자마자 사랑하지 않을 수 없었기 때문이겠죠."

"그럼 당신이 저를 만나지 않았더라면 어떻게 되었을까요?" 또 다른 단추로 옮겨갔다.

"그렇다면 만약 우리 둘 다 이 세상에 태어나지 않았다면 어떻게 되었을 까요?" 나는 유쾌하게 말했다.

그러나 무슨 생각을 하고 있는지 조금 궁금하기도 했다. 나는 내 코트의 단 추를 하나씩 하나씩 타고 올라가는 작고 부드러운 손, 내 가슴에 기댄 풍성한 머리카락, 움직이는 손가락을 따라가면서 약간 위로 올라갔다가 다시 아래로 향해 있는 긴 속눈썹을 넋을 잃고 바라보았다. 이윽고 그녀는 내 눈을 바라보 더니 발돋움을 하고 여느 때보다도 더 차분하게 이별의 키스를—한 번, 두 번, 세 번—하더니 방에서 나갔다.

그러나 5분도 지나기 전에 다 함께 돌아왔다. 드물게 생각에 잠겨 있던 모습 은 이미 사라지고 없었다. 도라는 웃으며 마차가 올 때까지 집의 묘기를 모조리 보여주겠다고 말했다. 그러나 그것은 시간이 제법 걸려서(재주의 종류가 많았다기보다는 집이 하기 싫다며 거부했기 때문이다), 현관 밖에서 마차 소리가 들릴 때까지도 여전히 끝나지 않았다. 도라와 아그네스는 황급히, 그러나 다정하게 작별인사를 했다. 도라가 편지를 쓰고(어떤 바보 같은 내용을 쓸지 모르지만 비웃지 말아 달라고 부탁했다), 아그네스도 답신을 하기로 약속했다. 그리고 마차를 타는 곳에서 또다시 작별인사를 했고, 마지막에는 미스 라비니아가 말리는 것도 듣지 않고 마차와 함께 뛰면서 다시 한 번 창문 너머로 아그네스에게 편지를 쓰라고 다짐했다. 마부석에 앉은 나에게는 머리카락을 휘날리는 것으로 인사를 대신했다.

우리는 코벤트가든 가까이에서 내려서, 거기서 하이게이트로 가는 다른 마차를 갈아타기로 되어 있었다. 나는 마차를 갈아타는 시간이 어서 오기를 기쁜 마음으로 기다렸다. 아주 짧은 거리지만, 걷는 동안 아그네스가 내게 도라의 칭찬을 할 것이었기 때문이다. 그런데 막상 그때가 되니, 아! 세상 어디에 또 그런 칭찬이 있을까! 그것은, 솔직하고 꾸밈없는 아그네스의 장점이 가장 두드러지게 나타나는 말이었다. 내가 쟁취한 그 예쁜 사람을 성심성의껏 소중하게 돌봐 달라고 열렬하게 부탁하고, 불쌍한 고아가 된 도라를 내가 행복하게 해주어야 하는 책임에 대해서 사려 깊게 타일러주었던 것이다.

사실 나는 그날 저녁만큼 깊고 진실하게 도라를 사랑했던 적이 없다. 두 번째 마차에서 내려, 박사 댁으로 이어진 조용한 길을 따라 별빛 속을 걸어가면서, 나는 모든 것이 아그네스의 덕택이라고 말했다.

"당신이 도라 곁에 앉아 있을 때, 당신은 나의 수호천사일 뿐만 아니라, 그녀의 천사로도 보였어요. 그리고 지금도 그렇게 보여요, 아그네스."

"신통치 않지만 충실한 천사죠."

그녀의 맑은 목소리가 바로 내 가슴에 와 닿았다. "아그네스, 당신의 타고난 쾌활함이(그것은 당신이 아닌 다른 사람에게서는 한 번도 본 적이 없어요) 아주 완전히 회복된 것을 보고 생각했는데, 지금은 집이 전보다 더 행복하지 않으세요?"

"아뇨, 나 자신이 전보다 행복한 거예요. 아주 유쾌하고 마음이 가벼워요."

나는 하늘을 바라보는 그 조용한 얼굴을 살짝 훔쳐보았다. 아그네스의 얼굴이 이토록 고상하게 보이는 것은 저 별들 때문일까?

"집에는 아무런 변화도 없어요." 아그네스는 잠깐 뜸을 들이고 말했다.

"아그네스, 이런 말을 하고 싶지 않지만, 그래도 지난번 우리가 헤어질 때 나왔던 말에 관해서 물어 보지 않을 수 없군요. 그 뒤로 아무 언급도 없나요?"

"아무것도 없어요."

"그 문제 때문에 걱정이 많았어요."

"걱정하지 않아도 돼요. 나는 오직 사랑과 진실만을 믿고 살아가는 사람이니까요. 내 걱정은 조금도 하지 말아요, 트롯우드. 나는 당신이 염려하는 그런 길은 절대 밟지 않을 테니까요."

냉정하게 생각했을 때에는 나도 그런 일이 생길 것이라고 진심으로 우려하지는 않았지만, 그래도 아그네스에게서 직접 그 말을 들으니 역시 마음이 놓였다. 나는 그런 내 마음을 솔직하게 전하고, 말을 이었다.

"이제 앞으로는 단둘이 만날 수 없을 것 같으니 말인데, 다음번에는 언제쯤 런던에 오게 될까요, 아그네스?"

"아마도 당분간은 오지 못할 거예요. 아빠를 위해서는 내가 집에 있는 것이 가장 좋을 테니까요. 그러니 한동안은 못 보겠지만, 도라에게는 가끔 편지를 쓸 생각이니까, 서로 소식은 자주 듣게 될 거예요."

어느새 우리는 박사 댁 안뜰에 와 있었다. 날은 저물어가고 있었다. 스트롱 부인의 침실 창문에서 불빛이 보였다. 아그네스는 그 불빛을 가리키며 작별인사를 했다.

"우리의 불행 때문에 괴로워하지 마세요." 아그네스는 내게 한 손을 내밀며 말했다. "나는 당신이 행복하다면 그 이상 더 행복할 수가 없어요. 당신의 도움이 필요할 때에는 곧바로 도움을 청하겠어요. 그럼, 언제나 평안하시기를 빌겠어요!"

아그네스의 밝은 미소와 그 쾌활한 목소리의 마지막 말 속에서 나는 또다시 그녀와 함께 있을 때의 도라를 눈앞에 떠올리고, 그 목소리를 또렷하게 듣는 것 같았다. 나는 사랑과 감사에 가득 찬 마음으로 한동안 현관 앞에 서서 하늘의 별을 바라보다가 천천히 앞으로 걸음을 옮겼다. 나는 바로 근처의 술집에 잠자리를 예약해두어서 대문을 나서다가 우연히 고개를 돌렸더니 박사님 서재에서 불빛이 보였다.

나도 없이 혼자서 사전 편찬작업을 하고 있다고 생각하니 죄송한 마음이

들었다. 그래서 정말로 박사님이 아직까지 일을 하고 있는가를 확인하려, 그렇지 않더라도 아직 깨어 계시다면 안녕히 주무시라는 인사라도 드릴 생각으로, 나는 되돌아서서 조용히 현관 복도를 지나 살며시 문을 열고 안을 들여다보았다.

놀랍게도 맨 처음 눈에 띈 사람은 어둑한 등잔 불빛에 비친 우라이아였다. 그는 그 앙상한 한 손으로 입가를 가리고, 나머지 한 손은 박사의 테이블 위에 얹고 등불 바로 옆에 서 있었다. 박사는 두 손으로 얼굴을 가리고 의자에 앉아 있었다. 위크필드 씨는 괴로운 표정으로, 몸을 앞으로 숙이고 어떻게 해야 할 바를 모르겠다는 듯이 박사의 한쪽 팔을 잡고 있었다.

나는 순간 박사님이 편찮으시다고 생각했다. 재빨리 한발을 내딛었을 때 우라이아와 눈이 마주치자, 어떤 상황인지 깨달았다. 나는 그 자리에서 물러가려 했으나 박사님이 말리는 몸짓을 하기에 그대로 머물렀다.

"어쨌든," 우라이아가 그 꼴사나운 몸을 꼬면서 말했다. "문은 닫아두는 것이 좋겠습니다. 온 시내에 광고할 일이 아니니까요."

이렇게 말하며 그는 내가 열어놓은 문쪽으로 조용히 걸어가서, 조심스럽게 문을 닫았다. 그리고 제자리로 되돌아왔다. 그 목소리며 태도에 자못 동정이 가득 담긴 듯한 고의적인 열성을 드러내고 있어서, 그것이—적어도 나에게는—전보다도 더욱 참을 수 없었다.

"이건 아무래도 제 책임인 듯합니다, 코퍼필드 도련님." 우라이아는 말했다. "전에 도련님과 이야기했던 일을 스트롱 박사님께도 말씀드려야 한다고 생각했거든요. 하지만 도련님께선 제 말을 정확하게 알아듣지 못하셨지요?"

나는 그를 한번 바라보았으나 대답은 하지 않고, 박사님께로 가서 위안과 격려의 뜻으로 몇 마디 이야길 했다. 박사님께선 내가 학생일 때 하시던 버릇대로 내 어깨에 손을 얹었으나, 그 백발의 머리는 끝내 들지 않았다.

"도련님은 잘 모른다고 말씀하셨지만," 우라이아는 주제넘은 태도로 말을 이었다. "어차피 친구들만 모인 자리니까, 제가 큰맘 먹고 스트롱 부인의 행위에 대해서 박사님의 주의를 환기시켜 드렸던 것입니다. 이런 불쾌한 일에 끼어드는 것은 저도 아주 질색이지만, 사정이 사정인 만큼, 바람직하진 않지만 다 같이 관여하고 있는 것입니다. 제가 말씀드린 것은 바로 그런 뜻이었는데, 도련님께서는 제 말씀을 이해 못 하시더군요."

그의 곁눈질을 되새겨보면, 내가 그때 그놈의 목을 졸라서 숨통을 끊어놓지 않았던 것이 이상했다.

"저도 그때는 아주 분명히 말한 것은 아니었습니다만," 우라이아는 말을 이었다. "도련님도 그러셨지요. 우린 둘 다 그런 문제는 멀리 피하고 싶었던 것이니까요. 그러나 마침내 저는 분명히 말씀드리기로 결심하고 스트롱 박사님께 그 이야기를 해 드렸던 것입니다―. 무슨 말씀을 하셨습니까, 선생님?"

이것은 신음하는 박사를 보고 한 말이었다. 나는 그 신음이 어떤 사람의 가슴도 울릴 수 있다고 생각했으나, 우라이아의 가슴에서는 아무런 반향도 일으키지 않았다.

"―그래서 스트롱 박사님께 말씀드렸어요." 우라이아는 다시 말을 이어 갔다. "맬던 씨와 박사님의 아름다우신 부인이 지나치게 사이가 좋다는 것은 누구나 다 아는 일이라고요. 어차피 이제는 우리 모두가, 해서는 안 될 일에 깊이 관여하고 있으니, 이번 기회에 분명히 말씀드리는 것이 옳은 일이라고 생각합니다. 이것은 맬던 씨가 인도에 가기 전부터 공공연히 알려져 있던 사실이며, 그가 돌아온 이유와 돌아온 뒤에 늘 여기 와 있는 이유도 그것밖에는 다른 까닭이 없습니다. 방금 도련님께서 들어오셨을 때에도 저는 제 동업자에게 얘기를 막 하던 중이었습니다." 그는 동업자를 보고 말을 이었다. "선생님도 오래전부터 그런 생각을 갖고 있었는지 아닌지를 솔직하게 박사님께 말씀드리라고 말입니다. 자아, 위크필드 선생님! 그런지 아닌지, 저희에게 확실하게 말씀해 주시겠습니까? 어서요, 동업자님!"

"부디, 박사," 위크필드 씨는 난처한 듯이 또다시 박사의 팔에 손을 얹으면서 말했다. "내가 그러한 의혹을 품고 있다 해도 그것을 너무 중요시하지 말게."

"보십시오!" 우라이아는 고개를 저으며 외쳤다. "이렇게 서글픈 확증이 있을 수가 있나, 안 그래요? 바로 이분까지! 이 오랜 친구까지도 인정하셨습니다! 도련님, 제가 이분 사무실의 한낱 서기에 불과했을 때부터, 저는 이분께서 미스 아그네스가 사귀어서는 안 될 사람과 어울려 다닌다고 말씀하시며 걱정을 하고 계시는 것을 여러 번 보았습니다. 정말 곤란해하셨어요(아버지 된 사람으로서는 당연한 일이니, 저는 이분을 나무랄 수 없다고 굳게 믿습니다)."

"여보게, 스트롱," 위크필드 씨는 떨리는 목소리로 말했다. "여보게, 고백하자면, 나는 모든 사람에게서 어떤 하나의 중요한 동기만을 찾아내어 그 좁은 기준으로 모든 행동을 판단하려는 나쁜 버릇이 있다네. 이러한 나의 잘못 때문에 그런 의혹에 빠져 있었는지도 몰라."

"자네도 의심을 품어왔다는 말이군, 위크필드?" 박사는 고개를 들지도 않고 말했다. "그래, 자네도 의심을 품고 있었구먼."

"다 말씀하세요, 동업자 선생님." 우라이아가 재촉했다.

"확실히 한때는 그런 적도 있었지." 위크필드 씨는 말했다. "그리고—미안하지만, 난 자네도 의심하고 있는 줄로만 생각했었네."

"아니, 아니야!" 박사는 더없이 비통한 투로 말했다.

"자네가 두 사람을 갈라놓고 싶어서 맬던 씨를 외국에 보내려 하는 줄 알았지."

"아니야, 아니야! 애니의 어린 시절 친구에게 생활방도를 강구해줌으로써 애니를 즐겁게 해주려는 것이었어. 오직 그뿐이었네."

"나도 그렇게 알고 있었어." 위크필드 씨는 말했다. "박사 자네가 내게 그렇게 말했을 때 나도 의심을 할 수는 없었네, 그러나 한편으로는—좁은 소견이라는 나쁜 버릇을 기억해주기 바라네—박사의 경우처럼 나이 차이가 아주 많을 경우에는—"

"바로 그 점이지요, 코퍼필드 도련님." 그 나름의 동정일 수도 있으나, 아첨을 하면서도 무례하기 짝이 없는 투로 우라이아가 맞장구쳤다.

"—그렇게 젊고 매력적인 부인이면, 아무리 자네를 진실로 존경한다 해도, 결혼함에 있어서는 세속적인 여러 가지 생각만으로도 영향을 받을 수 있다는 말일세. 하지만 나는 편파적인 면이 있어서, 다양한 방향에서 감정과 사정을 고려하지 않는 나쁜 버릇이 있으니, 부디 그 점을 명심해주게!"

"참으로 고마우신 말씀입니다!" 우라이아가 고개를 저으며 말했다.

"언제나 부인을 한 가지 관점에서 보고 있지만," 위크필드 씨는 말했다. "하지만 여보게 친구, 냉정하게 생각해 보도록 간곡히 부탁하네. 나도 어쩔 수 없이 고백하긴 했지만—"

"그렇고말고요. 일이 여기까지 왔으니 어쩔 수 없지요." 우라이아가 말했다.

"—그래, 의심했네." 위크필드 씨는 곤란하기 그지없다는 듯이 우라이아를 곁눈질하면서 말했다. "분명히 의심했어. 자네에 대한 의무감이 모자란 게 아닐까도 생각했네. 그리고 이 말도 해야겠네만, 아그네스가 부인과 친해지면, 내가 본 것—어쩌면 내 병적인 편견으로 단지 그렇게 믿었을 뿐인지도 모르나—
을 그 애도 볼 수 있다고 생각하자, 이대로는 안 될 것 같았네. 물론 아무에게
도 말하진 않았어. 말할 생각도 없었네. 자네로선 아주 불쾌한 이야기겠지만,"
그는 정말로 난처한 듯이, "아무튼 이런 이야기를 하는 것이 나한테 얼마나 괴
로운가를 안다면 내 처지도 이해할 수 있을 걸세."

타고난 천성이 착한 박사는 한 손을 내밀었다. 위크필드 씨는 고개를 숙인
채 한동안 그 손을 잡고 있었다.

우라이아가 뱀장어처럼 몸을 꼬면서 침묵을 깨뜨렸다.

"틀림없이 이것은 누구에게나 불쾌하기 짝이 없는 문제지요. 하지만 일이 이
렇게 되었으니 죄송하지만, 실은 코퍼필드 씨도 그것을 눈치채고 계셨습니다."

나는 그에게 몸을 돌려, 어찌 감히 나까지 끌고 들어가느냐고 나무랐다.

"아! 참 친절하시기도 합니다, 코퍼필드." 우라이아는 온몸을 꿈틀거리면서
말했다. "도련님이 태어날 때부터 착하신 분이라는 것은 누구나 다 알지요. 하
지만 지난 저녁에 도련님께선 제 말 뜻을 곧바로 아셨잖습니까? 그 사실을 이
제 와서 모른 척하시다니요! 도련님은 선의로 부인하지만, 그러지 마십시오,
코퍼필드."

나는 박사의 온화한 눈이 잠시 나를 바라보는 것을 보고, 오랜 나의 염려와
회상들이 내 얼굴에 나타나 있어 그것을 못 알아볼 리가 없다고 느꼈다. 허둥
거려 보았자 소용없는 일이었다. 이제 와서 없던 일로 돌리기에는 너무 늦었다.

모두들 다시 침묵을 지켰다. 박사는 방 안을 조금 서성거리다가 다시 그의
의자가 있는 곳으로 되돌아가서 의자 등받이에 기대고 앉아, 이따금씩 손수건
을 눈에 갖다대었다. 거짓 없는 그의 솔직함이 고스란히 드러나는 동작을 보
고, 적어도 나는 다른 어떤 속임수보다도 참으로 훌륭한 태도라고 생각했다.

"내 잘못이야. 내가 잘못했어. 누구보다 사랑하는 사람을 내가 그런 모진 시
련과 비방 앞으로 내몰았어—그래, 비방이야. 설사 마음 깊은 곳에 감춰 두고
있었다고 해도 말이야—나만 아니었다면 결코 그런 비방의 표적이 되진 않았
을 테니 말일세."

우라이아 힙은 코를 훌쩍이는 시늉을 했다. 동정을 표시할 생각이었을 것
이다.

"애니는," 박사는 말했다. "나만 아니었어도, 결코 비방의 대상이 되지 않았

을 거야. 보다시피 나는 이제 늙었어. 앞으로도 엄청난 삶의 보람이 있으리라고는 생각지 않아. 그러나 오늘 밤 이야기한 부인의 진실과 명예에 대해서는 내가 이 목숨, 내 목숨을 걸고 보증하네!"

온 세상 화가들이 상상력을 발휘하여 그린 그 어떤 낭만적이고 우아한 기사상도, 이 소박하고 단순한 늙은 박사님만큼 인상적이고 감동적인 위엄을 지니며 기사도의 상징이라고 말할 수는 없을 것이다.

"그러나 나도 모르는 사이에 부인을 불행한 결혼이라는 덫으로 끌어들였는지도 몰라, 그것까지 아니라고 말할 용기는 없네—아니, 어쩌면 무의식적으로 어느 정도 인정할 생각은 있었는지도 모르지. 나라는 사람은 사물을 조금도 살피지 않네. 그러니 나이도 다르고, 처지도 다르고, 몇몇 사람들이 살핀 결과 이것들이 분명하게 한쪽으로 일치할 뿐 아니라 아주 자연스럽게 일치한다면, 역시 그것이 내 생각보다 옳다는 뜻이겠지."

젊은 아내에 대한 박사의 자애로운 태도에는 언제나 탄복했지만, 특히 오늘 밤, 자기 아내에 대한 한 마디 한 마디에 담겨 있는 존경어린 애정과 아내의 순결에 대한 추호의 의혹까지도 모조리 떨쳐버리려는 그 숭고한 태도에, 이루 다 나타낼 수 없을 정도로 감동했다.

"나는 그 사람이 아주 어렸을 때 결혼했어." 박사는 말했다. "그 사람의 인격이 미처 형성되기도 전에 아내로 데려왔지. 그 사람이 자라는 동안 그것을 이끌어주고 형성해주는 것이 내 기쁨이었어. 나는 그 사람의 아버지도 잘 알고 있었지. 나는 그 사람의 아름답고 덕성스러운 성격을 사랑했으므로 내가 가르칠 수 있는 모든 것을 가르쳐 주었어. 만약 내가 그 사람의 감사하는 마음과 애정을 이용해서(나는 그럴 작정은 아니었지만!), 그 사람에게 잘못을 저질렀다면—정말 그랬을까 두렵네만—나는 진심으로 그 사람에게 용서를 빌어야 하네!"

박사는 방을 가로질러 먼저 있던 자리로 되돌아갔다. 진지한 분위기 속에 차분히 가라앉은 그의 음성이 이어졌다. 부들부들 떨리는 손은 의자를 꽉 잡고 있었다.

"나는 나 자신이 그 사람에게 있어서는 세상의 여러 위험과 풍파를 피할 수 있는 피난처가 될 생각이었네. 나이는 다르지만 그 사람은 나와 함께 조용하고 만족스럽게 살아갈 것으로 생각했지. 이윽고 그 사람이 아직 젊고 아름답

지만 판단력만큼은 어엿한 어른으로 자란 때를 고려하지 않은 것은 아니었어
—아무렴, 절대로 아니었다네."

박사의 소박한 모습이 그 성실함과 너그러움으로 더한층 빛나는 것 같았다. 그가 말하는 한 마디 한 마디에는, 다른 어떠한 덕행도 더 보태줄 수 없는 힘이 있었다.

"지금까지 우리의 생활은 아주 행복했어. 오늘 밤까지도 나는 내가 그 사람에게 지독한 짓을 한 그날을 하루도 빠짐없이 축복해왔네."

박사는 잠깐 멈췄다가 말을 이었다.

"나는 평생토록 여러모로 가엾은 몽상가였네만 이제 꿈에서 깨어나 보니, 그 사람이 옛 이야기 상대이자 지금은 남편인 나에 대해 어느 정도 뉘우치는 것은 매우 당연한 일이라고 생각하고, 내가 없었더라면 어땠을까를 생각하면, 역시 나무랄 수 없는 순수한 후회를 느끼며 그 남자를 보리라는 것 또한 사실일 걸세. 알고는 있었지만 지금껏 각별히 주목해 본 적도 없는 일들이, 아까부터 느닷없이 새로운 의미를 띠고 되살아나고 있네. 그러나 여보게들, 문제는 그것뿐이야. 앞으로는 사랑하는 그 사람의 이름이 의혹을 사는 어떠한 말과도 함께 나와서는 절대로 안 되네."

박사의 눈은 형형하게 빛나고 목소리는 단호했다. 그는 짧게 뜸을 들였다가 말을 이었다.

"내가 불러일으킨 이 불행을 마음에 간직해서 할 수 있는 데까지 참고 견디어나가는 것만이 내게 남은 일이네. 꾸짖을 자격이 있는 사람은 그녀이지, 결코 내가 아닐세. 내 친구들까지도 피할 수 없었던 오해, 그 가혹한 오해에서 그 사람을 구하는 것이 내 의무라네. 우리가 이 세상과 떨어져 살면 살수록 나는 그 의무를 더욱 잘 수행하는 것이 되겠지. 나의 죽음으로 그 사람이 속박에서 풀려날 때가 오면—자비로우신 하느님, 그날이 빨리 오게 하소서—! 나는 무한한 믿음과 사랑으로써 그 사람의 영예로운 얼굴을 보며 눈을 감을 생각이야. 슬픔이 없는, 보다 행복하고 밝은 날에 그 사람을 두고 갈 걸세."

그 성실함과 진지함은 어디까지나 소박한 그의 태도로 인해 더욱더 빛을 얻고, 또 반대로 빛을 주고 있었지만, 나는 눈물이 앞을 가려 그의 모습이 보이지 않았다. 박사님은 문으로 가면서 말을 덧붙였다.

"여보게들, 나는 내 속을 다 내어보였네. 자네들이라면 내 진심을 존중해주

리라고 확신하네. 오늘 밤 여기서 한 애기는 앞으로 절대 입에 올려서는 안 되네. 위크필드, 친구의 팔로 나를 2층까지 부축해주게!"

위크필드 씨는 재빨리 그에게로 갔다. 두 사람은 아무 말도 나누지 않고 천천히 방에서 나갔다.

우라이아는 그 모습을 가만히 지켜보다가, 이윽고 이상하게 얌전히 나를 돌아보고 말했다.

"코퍼필드 도련님! 아무래도 일이 예상했던 것과는 딴판이 되어버렸습니다. 저 노학자님께서는—훌륭하다면 훌륭하지만!—벽돌만큼이나 눈이 어두운 분이시군요. 아무튼 박사님 가정은 곤경을 벗어난 것 같습니다."

그의 목소리만 들어도 나는 앞뒤 가리지 않고 분노가 치밀어 올랐다.

"나쁜 놈! 나까지 네놈의 계략에 끌어들여서 어쩔 셈이지? 이 거짓말쟁이 불량배! 우리가 함께 의논한 적이라도 있는 것처럼 어찌 감히 내게 호소할 수 있느냐 말이야!"

둘이 얼굴을 맞대고 있으면서 나는, 회심의 미소를 짓고 있는 그 표정 속에서 이미 내가 잘 알고 있었던 것을 다시금 확인했다. 그는 나를 비참하게 만들기 위해 그 비밀 이야기를 억지로 꺼내 나를 계획적으로 함정에 빠뜨린 것이다. 나는 그 점을 도저히 참을 수 없었다. 우라이아의 여윈 뺨이 마치 때려달라는 듯이 내 앞에 있는 것을 보고 나는 손가락이 저릿저릿하고 화상을 입은 것처럼 뜨거워질 정도로 온 힘을 다해 그의 따귀를 갈겼다.

우라이아가 내 손을 잡았다. 우리는 서로를 노려보며 오랫동안 서 있었다. 그의 뺨에 남아 있던 하얀 내 손가락 자국이 사라지고 그 부분이 새빨개지는 것이 보였다.

"코퍼필드," 마침내 우라이아가 숨을 헐떡이며 말했다. "정신 나갔소?"

"정신이 나간 건 네놈이야!" 나는 손을 틀어서 뿌리치며 말했다. "이 짐승만도 못한 놈! 이제 네놈과는 절교다."

"그래요?" 우라이아는 뺨이 아픈지 손을 갖다대고 말했다. "하지만 바라는 대로 되지 않을 거요. 그럼 당신도 배은망덕한 사람이 아니겠소?"

"내가 너를 멸시하고 있다는 것을, 이미 충분히 네게 보여주었다. 그것을 지금 더욱 확실하게 가르쳐준 거야. 네가 네 주위의 모든 사람들에게 나쁜 짓 말고 무슨 다른 짓을 한 적이 있었느냐?"

이 말이, 이때까지 내가 말해야겠다고 생각하면서도 참아왔던 문제를 간접적으로 언급하고 있다는 것을 그도 알아들었다. 사실 그날 밤 내가 아그네스로부터 확실한 대답을 듣지 않았던들 나는 그를 때리지도 않았을 것이고 저런 말도 하지 않았을 것이다. 그러나 그런 것은 아무래도 좋았다.

또다시 서로 한동안 노려보았다. 나를 노려보는 그의 눈은 이보다 추악한 것이 있을까 싶을 정도로 온갖 색을 띠고 있었다.

"샌님도령," 우라이아는 뺨에서 손을 떼며 말했다. "당신은 처음부터 나를 싫어했소. 나는 당신이 위크필드 씨 댁에 있을 때부터 늘 나를 미워해온 것을 잘 알고 있소."

"멋대로 생각해." 나는 여전히 불타오르는 분노에 싸여 말했다. "하지만 그게 사실이지. 네 가치는 결국 그 정도야."

"그러나 난 처음부터 당신을 좋아했소, 샌님도령!"

나는 대꾸할 마음도 들지 않았다. 자러 가려고 모자를 집어 들고 그곳을 나오려 하는데 그가 나와 문 사이를 가로막았다.

"샌님도령, 싸움에는 상대가 있어야 하죠. 그런데 나는 그 상대가 될 생각은 없습니다."

"쳇! 악마밥이나 돼라!"

"그런 말 하지 마시오! 뉘우치실 겁니다. 그런 상스러운 말을 입에 담다니, 어찌 그리 나보다도 천한 짓을 하는 거요? 그렇지만 난 당신을 용서합니다."

"네가 나를 용서한다고?" 나는 멸시에 찬 투로 말했다.

"용서합니다. 그러니까 당신은 어찌할 도리가 없게 된 거요." 우라이아가 대꾸했다. "언제나 당신의 친구였던 나에게 따귀를 때린 것을 생각하면! 그러나 아까 말씀드렸듯이 상대가 없이는 싸움이 안 되는 법이고, 나는 상대하지 않을 거요. 당신이야 어찌하든 나는 당신의 친구요. 자아, 이제 당신이 내게 기대할 것이 무엇인가를 잘 알았겠지요?"

늦은 밤에 집안 사람들을 깨우지 않도록(상대는 아주 느리게, 나는 아주 빠르게) 아주 낮은 목소리로 논쟁해야 했지만, 내 기분은 조금도 나아지지 않았다(흥분은 점점 가라앉았지만).

나는 늘 기대해왔고 아직 한 번도 실망한 적이 없는 것을 그에게 기대하겠다는 말만 남기고 문을 벌컥 열고 밖으로 나왔다. 그러나 그도 자기 어머니의 숙소에 머물고 있었으므로 그곳을 나왔다.

"이봐요, 코퍼필드." 내가 돌아보지 않자 그는 내 귓전에 입을 들이밀며 말했다. "당신 입장이 매우 난처하지요." 생각해보니 그의 말이 맞았으므로, 점점 더 약이 올랐다. "이번 일은 당신에게 공적이 되기는커녕 싫어도 나에게 용서를 빌어야 할 일입니다. 나는 이번 일을 우리 어머니에게도, 어느 누구에게도 말하지 않을 생각입니다. 나는 당신을 용서하기로 작정했습니다. 그렇지만 당신이 이런 비천한 인간에게 손을 대다니 나로선 정말 알 수 없군요!"

듣고 보니 확실히 비열함은 그와 큰 차이가 없었다. 이 녀석은 나 자신보다도 나를 더 잘 알고 있었다. 만약에 그가 말대꾸를 했다던가, 솔직하게 화냈더라면 차라리 내 마음이 편하고 명분도 섰겠지만, 그가 나를 미지근한 불 위에다 올려놓은 격이어서 나는 아침까지 괴로워하며 누워 있었다.

아침이 되어 밖으로 나오니 우라이아도 자기 어머니와 거닐고 있었다. 그가 아무 일도 없었다는 듯이 다가와 말을 걸었으므로 나도 대답 정도는 해주어야 했다. 치통이 생길 만큼 힘껏 때렸었나보다. 검은 비단손수건으로 얼굴을 감싸고 그 위에 모자를 쓰고 있는 모습이 제법 볼만했다. 그가 월요일 아침에 런던의 한 치과의한테서 이 하나를 뽑았다는 소문을 나중에 들었다. 나는 그 이가 덧니였기를 바랐다.

박사는 몸이 불편하다는 이유로 아직 아그네스 부녀가 머물러 있는 동안에도, 날마다 대부분 혼자서 지냈다. 우리가 평소처럼 일을 시작한 것은 아그네스 부녀가 떠난 1주일 뒤부터였다. 일을 다시 시작하던 전날, 박사는 봉하지 않은 편지를 내게 직접 건네주었다. 그것은 나에게 온 것이었는데, 온정이 담긴 몇 마디 말로, 그날 저녁에 있었던 일을 절대 입 밖에 내지 말라는 엄명이었다. 나는 그 이야기를 대고모에게만 하고 다른 누구에게도 하지 않았다. 이 문제만큼은 아그네스에게도 이야기하지 못했으므로, 아마도 그녀는 끝까지 눈치채지 못했을 것이다.

그때는 스트롱 부인도 전혀 모르고 있었다고 생각한다. 그러나 몇 주일이 지나자 부인에게 변화가 보였다. 바람 없는 날의 구름처럼 서서히 변화가 왔다. 처음에는, 요즘 들어 박사의 말투가 특히 부드러워진 것과, 매일이 지루하고 단조로운 것 같으니 어머니를 모셔오는 것이 좋겠다는 말에 이상한 점을 느낀 것 같았다. 박사와 내가 일을 하고 있고 그 곁에 부인이 앉아 있었을 때, 부인이 문득 손을 멈추고 말없이 남편을 바라보고 있는 것을 나는 자주 보았다. 그 얼굴은 지금도 잊히지 않는다. 그 뒤에는 부인이 눈물을 가득 머금고 일어나서 방을 나가버리기도 했다. 부인의 아름다운 얼굴에 어두운 그림자가 서서히 드리워지더니 날이 갈수록 짙어져갔다. 그 무렵에는 마클람 부인이 같이 살고 있었으나, 그녀는 수다만 떨 뿐 아무것도 눈치채지 못했다.

한때는 박사님 댁의 햇빛 같은 존재였던 애니에게 이러한 변화가 슬그머니 기어들자 박사님의 모습은 더욱 늙고 침울해져 갔다. 그러나 박사의 다정한 마음씨며 온화하고 친절한 태도, 부인에 대한 자애로운 배려 같은 것은 이제까지보다도 더욱 깊어졌다. 한번은 이런 일이 있었다. 부인의 생일날 아침 일찍, 여느 때처럼 우리가 일을 하고 있을 때 부인도 창가로 와서 앉았다(그것은 평소와 조금도 다를 바 없는 일인데도, 요즘에는 조금 주뼛주뼛하면서 와서 앉았다. 그 모습이 나는 참을 수 없이 안쓰러웠다). 그러자 박사님이 갑자기 부인의 머리를 양손으로 감싸며 입을 맞추고 더 이상 그 자리에 있을 수 없다는 듯이 허둥지둥 나가버린 것이다. 부인은 혼자 남겨져서 조각상처럼 멀뚱하게 서 있었다. 그러나 이윽고 고개를 숙이고, 두 손을 꼭 쥐고 숨이 끊어질 듯이 울기 시작했다.

그 뒤 가끔, 부인과 나만 남게 될 때면 부인은 나에게 무엇인가 이야기를 하고 싶어하는 것 같았다. 그러나 부인은 단 한마디도 하지 않았다. 박사님은 언제나 부인이 어머니와 함께 외출해서 즐길 수 있는 어떤 새로운 계획을 마련했다. 마클람 부인은 다른 것은 몰라도 노는 일에는 절대 빠지지 않는 사람이었으므로 크게 기뻐하며 그 계획에 끼어들었고 목청을 돋우어 딸까지 끌어들였다. 그러나 애니는 마음이 없어 보였다. 데려가는 대로 끌려다니기는 했지만 기운도 없고 즐겁지도 않아 보였다.

나는 어떻게 생각해야 할지 몰랐다. 대고모도 마찬가지여서, 때로는 끝없이 방 안을 빙글빙글 돌고만 있었다. 무엇보다도 이상했던 것은, 이 가정의 어두운 비밀지대 속으로 발을 들여놓은 유일한 인물이 딕 씨라는 점이다.

이 문제에 대해 그가 어떻게 생각하고 있었으며, 무엇을 보고 있었는가는 나도 도저히 설명할 수 없다. 그가 우리 일을 돕지 못하는 것과 마찬가지이다. 그러나 전에 내가 학교에 다니고 있을 때에도 말했듯이, 박사에 대한 딕 씨의 숭배는 절대적이었다. 그리고 진실한 애정 속에는, 설령 그것이 하등동물이라고 할지라도, 최고의 지성조차 따라오지 못하는 날카로운 직관이 작용한다. 따라서 말하자면 딕 씨의 이 마음의 지각에 느닷없이 진실의 빛이 비친 것이다.

그는 캔터베리에서 박사의 산책로를 거닐었던 것과 마찬가지로 여기서도 한가할 때면 곧잘 박사와 함께 뜰을 산책하는, 이른바 자랑스러운 특권을 되찾았다. 그렇게 되자 그는 곧바로 한가한 시간을 모두 내어(짬을 만들기 위해 일부러 아침 일찍 일어났다) 이런 산책에 쓰는 것이었다. 그는 박사님이 그의 훌륭한 노작인 대사전의 초고를 읽어 줄 때가 더없이 행복했고, 박사님이 그것을 주머니에서 꺼내어 읽지 않으면 정말로 우울했다. 그래서 박사와 내가 일을 하고 있으면 그는 스트롱 부인과 산책도 하고, 부인이 좋아하는 꽃을 손질하거나 꽃밭의 잡초 뽑기를 돕는 것이 습관이 되었다. 아마 그는 한 시간에 열두 마디도 말을 하지 않았을 것이다. 그러나 그의 차분한 관심과 생각에 잠긴 얼굴 표정은 박사님 부부의 가슴에 즉각적인 반향을 불러일으켜서 박사님 부부는 그를 좋아했고, 그 또한 두 내외를 좋아하고 있다는 것을 서로가 잘 알고 있었다. 그리하여 그는 다른 사람은 대신할 수 없는 존재—박사 부부를 잇는 하나의 연줄—가 되었던 것이다.

불가해한 현자의 얼굴을 하고 박사와 산책하고, 사전 속의 어려운 말에 부닥치고 기뻐하던 그, 커다란 물뿌리개를 끌어안고 부인 뒤를 따라가며, 곰발바닥 같은 장갑을 끼고 쭈그리고 앉아 조그마한 잎사귀를 가르며 돋보기가 있어야 할 듯한 지루한 일에 열중해 있는 그, 어떻게든 부인에게 정신적으로 도움이 되고 싶다는 애처로운 마음을 마치 철학자 같은 태도로 온몸에 두르고 있는 그, 물뿌리개로 물을 줄 때도 그 한 줄기 한 줄기에 동정과 성실과 애정을 담아 따르는 그, 또한 그 자신도 불행에 빠져 있지만 그 상냥한 마음은 조금도 변함없고, 예의 불운한 찰스 1세도 이 뜰 안으로는 끌어들이지 않으며, 언제나 감사한 마음으로 일을 하고, 어딘가 자신에게 좋지 않은 곳이 있는데 어떻게든 그것을 고치고 싶다고 한마음으로 열심히 노력하던 그—그런 그를 떠올릴 때면, 나는 그를 단지 이상한 사람, 기인으로만 보았던 것을 정말로 부끄럽게 여겼고, 특히 제정신인 내가 무엇을 할 수 있었나를 생각하고는 더욱 그러했다.

이 점에 대해 얘기하면 대고모님은 언제나 의기양양하게 말했다. "애야, 트롯, 그 사람의 진가를 아는 사람은 나뿐이란다! 머지않아 딕 씨는 위대한 사람이 될 거야!"

이 장을 마치기 전에 한 가지 더 말해 두어야 할 것이 있다. 아직 위크필드 부녀가 머물고 있을 때, 매일 아침마다 우체국 집배원이 우라이아 힙에게 편지를 두서너 통씩 갖고 오는 것을 알았다. (그 무렵 우라이아는 할 일이 별로 없었으므로 위크필드 부녀가 돌아갈 때까지 그도 하이게이트에 머물러 있었다.) 그리고 나는 그 편지들이, 이젠 제법 법률가다운 원숙한 필적을 익힌 미코버 씨가 늘 사무적으로 보내오는 것임을 알았다. 나는 이같이 하찮은 점만으로도 미코버 씨가 잘 지내고 있다는 것을 알고 기뻤다. 그래서 그 무렵에 그의 부인한테서 다음과 같은 편지를 받고 크게 놀랐던 것이다.

캔터베리에서, 월요일 저녁.
코퍼필드 씨, 이 편지를 받으면 틀림없이 놀랄 것입니다. 그리고 내용을 읽게 되면 더욱 놀랄 것입니다. 제가 이 일을 절대 비밀로 해 달라는 약속을 부탁드리면 더욱더 놀랄 줄 압니다. 하지만 한 사람의 아내이자 어미로서 제 마음은 위로를 필요로 하고 있습니다. 이제 와서 제 가족들(남편은 제 친정 식구를 아주 싫어합니다)과는 의논하고 싶지 않으므로, 한때는 같이 살았고 지금도 언제나 제 편이 되어주시는 도련님 말고는 상의할 사람이 없습니다.

코퍼필드 씨, 아시는 바와 같이 저와 남편(전 그이를 버릴 생각은 절대 없습니다) 사이에는 언제나 서로 믿음의 정신이 유지되어 왔습니다. 하기야, 남편이 때로는 저와 의논 없이 어음을 발행한 적도 있고, 지불 기간에 대해서 말도 안 되는 거짓말로 저를 속인 적도 실제로 있었습니다. 그러나 대체로 남편은 자기가 사랑하는 사람—곧, 저를 말합니다—에게는 어떤 비밀도 갖지 않았고, 밤마다 잠자리에 누워서는 어김없이 그날에 있었던 일들을 되새겨보곤 했습니다.

코퍼필드 씨, 그렇던 남편이 완전히 변해버렸다는 사실을 말씀드리는 지금의 제 기분이 얼마나 비통한가는 상상하실 것입니다. 그이는 말을 하지 않고, 모든 것을 비밀에 부치게 되었습니다. 그이의 생활은, 기쁨과 슬픔을 같이 나누어야 할 반려자—역시 저를 가리키는 것입니다—에게 하나의 수

수께끼가 되었습니다. 저는 그이가 아침부터 저녁까지 사무소에 나간다는 것 말고는, 철없는 아이들의 우스갯소리 가운데에 자두가 든 오트밀 맛밖에 모른다는 그 남국 사람보다도 아는 것이 없습니다. 하기야 이렇게 말씀드리면, 틀림없는 사실을 고하는 데는 전혀 도움이 되지 않는 속설을 끌어들이는 셈이지만 말이에요.*2

게다가 남편은 침울하고 아주 엄해졌습니다. 맏아들, 큰딸과도 서먹하고, 쌍둥이도 자랑스럽게 여기지 않으며, 최근에 우리 가족의 일원이 된 죄 없는 갓난아기까지도 차가운 눈으로 보고 있습니다. 최소액으로 줄여버린 생활비조차 그이에게서 얻어내는 것이 쉽지 않습니다. 그런 말을 하면 죽어버리겠다고 무서운 위협까지 하는 것입니다. 그러면서도 사람을 미치게 하는 그런 처사에 대해서는 아무리 물어도 해명을 완강히 거부하고 있습니다.

이제는 저도 더 이상 참을 수 없고 가슴이 찢어지는 것 같습니다. 저의 나약함을 잘 알고 계시니만큼, 제가 이같이 앞도 뒤도 보이지 않는 궁지에서 어찌해야 좋을지 조언해 주신다면, 이미 베풀어주신 많은 은혜에 또 하나의 두터운 은혜를 더하게 될 것입니다. 제 자식들의 사랑과, 아무것도 모르고 좋아하는 갓난아기의 미소를 함께 보내면서 이만 줄입니다.

괴로운
에마 미코버 올림

미코버 부인과 같은 경험이 많은 부인에게는 인내와 친절로써 남편의 마음을 되찾도록 해야 한다고(그녀라면 틀림없이 할 수 있다고 생각했기 때문이다) 조언하는 것밖에는 다른 도리가 없다고 생각했다. 그러나 이 편지를 보고 나니 나는 미코버 씨가 크게 염려되었다.

---

*2 * 오트밀 맛밖에 모른다는 남국 사람에 대해서는 여러 해석이 있지만 정확한 것은 알 수 없다. 남국 사람은 얼음을 알지 못한다는 정도로 해석하면 될 것이다.

43장
결혼식의 추억

내 일생 가운데서 인상 깊었던 시기에 대해 이쯤에서 다시 한 번 돌아보고자 한다. 그러려면 잠시 한 걸음 비켜서서 내 그림자에 달라붙어 아련하게 지나가는 하루하루의 환상을 다시금 바라보아야 할 것이다.

한 주일이, 한 달이, 사계절이 소리도 없이 지나간다. 그것들은 무더운 여름날 대낮, 추운 한겨울 밤처럼 느껴진다. 내가 도라와 산책하던 광장은 꽃이 활짝 피어 눈부신 황금빛 들판인가 싶다가도, 어느새 눈으로 덮여 그 밑에 히스*1덤불이 언덕을 이루고 있다. 일요일 산책하는 동안 흐르는 강물은 여름 햇빛에 반짝거리다가도 이내 겨울바람에 세차게 출렁이고 얼음덩이가 떠내려가다가 쌓이기도 한다. 강물은 빠른 속도로 번쩍이다가 어두워지고, 거침없이 바다로 흘러간다.

작은 새 같은 도라의 고모들 집에는 아무런 변화도 없다. 난로 위에는 여전히 시계가 째깍거리고 있고, 현관홀에는 청우계(晴雨計)가 걸려 있다. 시계도 청우계도 정확한 적은 한 번도 없지만 우리는 모두 그 두 가지를 진심으로 믿고 있다.

법적으로 나는 성년이 되었다. 스물한 살의 권위를 획득한 것이다. 그러나 이것은 누구에게나 주어지는 위엄이다. 그럼, 나 스스로는 과연 무엇을 했는지부터 생각해 보자.

나는 그 어려운 속기술의 비결을 터득했다. 그것으로 나는 꽤 높은 수입을 올린다. 속기술이 관련된 각 분야에서 나는 평판이 매우 좋아졌으므로 다른 11명과 공동으로 의회 토론 기사를 어느 조간신문에 보내는 일을 하고 있다. 나는 매일 밤, 한 번도 적중한 적이 없는 예언과 결코 실행되지 않는 선언문과

---

*1 진달랫과 에리카에 속하는 상록 소관목.

사람들을 어리둥절하게 만드는 설명문을 열심히 기록한다. 불행한 미녀 브리타니아[2]는 통닭구이처럼, 사무소의 펜이라는 꼬챙이에 찔리고, 관료주의라는 빨간 끈으로 발과 날개가 묶인 채 언제나 내 앞에 누워 있다. 나는 정치의 의미를 잘 알 만큼 정계 이면에도 아주 정통하다. 나는 정치에 대해서는 완전한 이단자이며, 결코 개종되지 않을 것이다.

트래들스도 속기에 손을 대보았지만, 그에게는 맞지 않았다. 하지만 그 실패에 대해서는 더없이 태평하여, 자기 입으로 미련한 놈이라고 말할 정도였다. 그도 때로는 같은 신문사 일을 하기도 했으나, 단지 사실을 그대로 전하기만 할 뿐, 그것을 기사로 쓰거나 문장을 다듬는 일은 전부 상상력이 풍부한 다른 기자의 역할이었다. 그는 변호사 자격을 얻었다. 그러자 탄복할 만한 근면성과 극기심을 발휘하여 따로 1백 파운드를 더 모아, 그가 일하고 있는 사무소의 부동산 양도 전문 변호사에게 사례금으로 지급했다. 마침내 변호사로서 등록한 날에는 어지간히 센 포트와인을 잔뜩 가져와 마셨던 모양인데, 그 금액을 생각해 보면 법학원 쪽이 제법 이득이었던 것 같다.

나는 다른 길로도 진출했다. 조심스럽게 창작에 손을 댄 것이다. 아무에게도 말하지 않고 짧은 글을 써서 잡지사에 보냈더니 그것이 그 잡지에 실렸다. 그 뒤로 짧아도 글쓰는 일에 온 힘을 기울였고, 이제 나는 정기적으로 원고료를 받고 있다. 대체로 내 생활은 윤택하다. 수입을 왼손 손가락으로 셈한다면 지금은 중지를 지나서 약지의 중간 마디까지 간다.[3]

사는 곳도 버킹엄 거리에서 나와, 예전에 감탄하며 보았던 그 아늑하고 아담한 집으로 이사를 했다. 대고모는 도버의 집을 많은 이문을 남기고 팔았다. 평생 함께 살 생각은 없으며 어딘가 근처에 있는 좀더 작은 집으로 이사해서 혼자 살고 싶다고 했다. 이것은 무슨 뜻일까? 내 결혼을 위해서일까? 그렇다, 틀림없다!

그렇다! 나는 마침내 도라와 결혼하기로 했다! 미스 라비니아와 미스 클라리사가 동의한 것이다. 지금 두 사람의 모습은, 카나리아 두 마리가 푸드덕거리며 소란부리는 모습과 똑같았다. 미스 라비니아는 자기가 도라의 옷장을 책임지겠다고 나서서, 아침부터 저녁까지 내내 옷본을 뜨고 있다. 그녀와, 언제나

---

[2] 영국의 옛 이름. 의인화된 명칭.
[3] 연수 350파운드를 말함.

길쭉한 꾸러미와 줄자를 옆구리에 차고 젊은 신사인 체하는 옷감장수와는 아무래도 서로 뜻이 맞지 않았다. 언제나 가슴에 실을 끼운 바늘을 꽂고 있는 여자 재봉사 한 사람이 계속 집에 머물고 있었는데, 먹거나 마시거나 잠잘 때에도 절대 골무를 빼지 않을 것 같았다. 마치 도라의 인체모형이라도 뜨고 있는 듯이, 수없이 도라를 부르러 와서는 무엇인가를 입혀 보았다. 그래서 도라와 나는 저녁때에는 단 몇 분도 즐거운 시간을 가질 수가 없었다. 이내 누군가 훼방꾼이 나타나서 문을 두드리고, "미스 도라, 2층으로 좀 올라오시겠요?"라고 말하는 것이었다.

미스 클라리사와 나의 대고모는 런던 시내를 샅샅이 돌아다니며 가구를 찾아내어 도라와 나에게 보여주었다. 직접 보여주는 성가신 일은 건너뛰고 둘이서 마음대로 사버리면 좋을 텐데. 왜냐하면 우리가 부엌 아궁이망이나 고기 굽는 그릇을 보러 가도, 도라는 뜬금없이 개집—지붕에 방울이 달려 있는 중국풍으로 된 집을 발견하고는 그것을 사버리기 때문이다. 그러나 사 와도 집이 그 새로운 환경에 익숙해지기까지는 꽤 오랜 시간이 걸렸다. 드나들 때마다 방울이 일제히 울려대는 통에 소스라치게 놀랐기 때문이다.

페거티도 도움이 되고자 찾아와서 곧 일을 시작했다. 그녀가 맡은 일은 모든 것들을 몇 번이고 되풀이해서 깨끗하게 닦아 놓는 것 같았다. 무엇이든 닦고 또 닦아서 결국에는 자기 이마처럼 반들반들하게 만들어 놓았다. 그러고 보니 그녀의 오빠가, 밤에 어두운 거리를 돌아다니며 어슬렁거리는 사람들의 얼굴을 들여다보고 가는 것을 처음 보게 된 것도 이때의 일이다. 나는 늦은 시각이었으므로 한 번도 그에게 말을 걸지 않았다. 그의 침울한 모습이 지나갈 때, 그가 무엇을 찾고 있으며 무엇을 두려워하고 있는가를 너무도 잘 알고 있었기 때문이다.

그날 오후 트래들스가 민법박사회관으로 나를 찾아왔을 때, 어째서 그토록 비장한 얼굴을 하고 있었을까? (나는 아직도 형식적으로 이따금씩 민법박사회관에 나가고 있었다.) 소년티를 벗어나지 못한 나의 백일몽이 이제 눈앞에서 현실이 되려 하고 있었다. 나는 결혼허가증을 받기 직전이었다.

결혼허가증은 서류에 불과하지만 그 효력은 엄청난 것이다. 그 증서가 내 책상 위에 놓여 있는 걸 보고 트래들스는, 반은 감탄하고 반은 경외하는 마음으로 자세히 들여다보았다. 한때는 꿈에서까지 그리던 관계 아래 데이비드 코퍼필드와 도라 스펜로의 이름이 적혀 있다. 증서 한구석에는 부모를 대신하는 기관인 인지국(印紙局)의 이름이 우리의 결합을 내려다보고 있다. 인사와 관련된 온갖 관계에 개입하는 기관으로, 우리의 결혼도 빠짐없이 위에서 내려다보고 있다. 또 캔터베리의 대주교라는 글자가 인쇄되어 있는데, 가장 싼값으로 우리에게 축복을 보내주고 있는 것이다.

말은 이렇게 하지만, 나는 기쁘면서도 흥분되고 경황없는 꿈같은 황홀경을 맛보고 있었다. 현실인 것 같지 않았다. 그러나 한편으로는 길에서 만나는 모든 사람이 모레는 내가 결혼한다는 사실을 다 알고 있는 것만 같았다. 선서를 하러 가자 감독 대리가 나를 알아보고, 손쉽게 일을 처리해준다. 마치 우리 사이에는 비밀결사 못지않은 이해가 있는 것 같았다. 트래들스는 나의 일반후원자로서 참석했다.

"다음번에 자네가 여기 올 땐 지금의 나와 똑같은 일로 왔으면 좋겠다. 그날이 빨리 오기를 바라네."

"고마워, 코퍼필드, 나도 그럴 생각이야. 언제까지나 기다려주겠다고 하니 정말로 기쁜데다가, 아주 훌륭한 아가씨니까 말이야."

"역마차 역에서 몇 시에 그녀를 만나기로 했지?"

"7시야." 트래들스는 촌스럽고 낡은 은시계—학창시절에 물레방아를 만든다며 그가 톱니바퀴를 하나 떼 냈던 그 시계—를 보고 말했다. "미스 위크필드도 그즈음에 도착하지 않아?"

"아니, 조금 일러. 미스 아그네스는 8시 반에 도착할 예정이야."

"자네가 이렇게 반가운 결과를 얻게 되어 정말 기쁘네. 마치 내가 결혼하는 것 같아. 그리고 그 경사스러운 자리에 굳이 소피까지 미스 위크필드와 함께 들러리를 서도록 초청해준 그 큰 우정과 배려에 대해 뭐라고 감사해야 할지 모르겠네."

나는 그의 말을 듣고 악수를 한다. 그리고 우리는 온갖 이야기를 나누고, 산책하고, 식사를 했다. 그러나 그래도 도저히 실감이 나지 않았다. 여전히 꿈을 꾸고 있는 느낌이었다.

이윽고 소피가 시간에 맞춰 도라의 고모 댁에 도착했다. 아주 인상이 좋은 얼굴로—결코 미인이라고는 할 수 없었으나 말할 수 없이 기분 좋은 인상이었다—내가 본 가운데 가장 겸손하고 상냥하고 느낌이 좋은 아가씨였다. 트래들스는 자랑스럽게 그녀를 우리에게 소개했다. 온 머리털을 거꾸로 곤두세우고, 기쁜 듯이 10분 동안이나 문질러대고 있었다. 나는 한쪽으로 그를 불러내어 아가씨를 잘 선택했다고 진심으로 축복해 주었다.

내가 캔터베리행 역마차에서 아그네스를 데리고 옴으로써, 다시 그 밝고 아름다운 얼굴이 우리와 함께 있게 되었다. 그녀는 트래들스를 매우 좋아했으므로, 지금 그 두 사람이 만나, 그가 자랑스러운 얼굴로 세계 제일의 아가씨를 그녀에게 소개하는 모습은 더없이 보기 좋았다.

그래도 여전히 내 결혼이 믿어지지 않았다. 모두 즐거운 저녁을 보내고 행복에 취해 있는 것 같았으나, 그래도 여전히 꿈만 같았다. 마음을 가다듬을 수가 없었다. 정말로 그 행복이 찾아온 것인지 실감이 나지 않았다. 안개 속을 걷고 있는 느낌이었다. 마치 2, 3주 전에 아침 일찍 일어나, 그 뒤로 한 잠도 자지 않은 기분이었다. 언제가 어제였는지조차 확실하지 않았다. 주머니에 든 허가증도, 이미 몇 달 동안 그 안에 넣고 돌아다닌 느낌이었다.

다음 날도 다함께 집—우리 집, 곧 도라와 나의 집—을 보러 갔지만 내가 주인이라는 생각은 전혀 들지 않았다. 누군가의 초대를 받고 거기에 있는 것 같았다. 금방이라도 진짜 주인이 돌아와, 잘 왔다고 인사를 할 것 같았다. 참 아담하고 아름다운 집이었다. 모든 것이 새롭고 깨끗했다. 카펫의 꽃무늬는 방금 꺾어온 꽃송이 같고, 벽지의 초록 잎은 이제 막 새싹이 돋은 것처럼 보였다. 얼룩 하나 없는 모슬린 커튼, 어렴풋하게 장미 향기를 풍기는 가구, 그리고 그 푸른 리본이 달린 도라의 모자—그러고 보니 처음 만났을 때도 그 모자를 쓰고 있었는데, 그 모습이 얼마나 귀여웠던가!—도 모자걸이에 곱게 걸려 있고, 기타케이스도 구석에 세워져 있다. 불탑처럼 생긴 집의 새집은 이 집에 비하면 너무 커서 다들 지나갈 때마다 반드시 부딪쳤다.

또다시 즐거운 저녁이 오고, 여전히 마음은 꿈같았다. 돌아가기 전에 늘 있던 방에 살짝 가보았다. 도라는 없었다. 아직도 옷 입는 연습이 끝나지 않은 모양이다. 미스 라비니아가 얼굴을 내밀고 금방 올 거라는 애매한 말을 남기고 갔다. 그러나 좀처럼 나타나지 않았다. 마침내 입구에서 옷자락 스치는 소리가 나면서 누군가가 문을 똑똑 두드렸다. "들어와요!" 대답했지만 또다시 두드렸다.

누군가 싶어서 가보니 환한 눈동자와 발그레한 얼굴—도라의 눈과 얼굴이 있었다. 모자며 모든 장신구까지, 미스 라비니아가 내일 선보일 그대로 꾸며서 나에게 보여준 것이었다. 나는 귀여운 내 신부를 꼭 끌어안았다. 모자가 망가질까 봐 미스 라비니아가 괴성을 질렀다. 내가 기뻐하는 것을 보고 도라는 웃는지 우는지 모를 얼굴을 했다. 그래도 나는 여전히 꿈결 속을 헤매고 있었다.

"어때요, 예뻐요?" 도라가 물었다.

당연히 예쁘지! 예쁘고말고!

"정말로 나를 사랑해 줄 거예요?"

애기할 때마다 모자가 점점 더 위태로워졌으므로 또다시 미스 라비니아가 큰소리를 냈다. 그러면서 오늘은 보기만 하고, 절대 손을 대서는 안 된다고 말했다. 도라는 기쁜 듯이 조금 우물쭈물하다가 일어서서 가만히 내 시선을 받고 있었다. 그리고 모자를 벗더니—그쪽이 훨씬 자연스러웠다!—그대로 손에 들고 달려가 버렸다. 하지만 곧바로 평상복으로 갈아입고 종종걸음으로 달려와서, 이번에는 집을 향해, 어때, 아주 아름다운 신부지? 하고 말했다. 그러고는 남의 신부가 되도 용서해 줄래? 물으면서 무릎을 꿇고 예의 요리책 위에서 이른바 독신생활의 마지막 두 발로 서기를 시키는 것이었다.

나는 더욱더 꿈속을 헤매는 마음으로 바로 옆에 있는 숙소로 돌아왔다. 그리고 이튿날 아침 일찍 일어나 하이게이트까지 마차로 대고모를 모시러 갔다.

나는 정장을 한 대고모를 본 적이 없었다. 대고모가 연보라색 비단옷에 하얀 보닛을 쓰고 있는 모습은 정말로 놀라웠다. 자네트는 대고모의 옷을 입혀드리고 나를 보려고 기다리고 있었다. 페거티는 2층에서 결혼식을 구경할 작정으로 벌써 교회에 갈 준비를 마치고 있다. 제단에서 도라를 내게 건네주기로 되어 있는 딕 씨는 머리를 곱슬곱슬하게 말고 있었다. 약속한 대로 유료 도로에서 트래들스를 마차에 태웠다. 트래들스도 크림색과 연한 푸른색이 배합된 단벌옷을 차려입었으며, 딕 씨와 마찬가지로 온몸이 장갑으로 되어 있는 것처럼 보일 정도로 새하얀 장갑이 두드러져 보였다.

이러한 사실들을 알고는 있으니 틀림없이 보고 있었는데도, 그것이 아련하게 비친 탓인지 조금도 눈에 들어오지 않는 것 같았다. 모든 것이 거짓말 같았다. 그래도 무개마차를 타고 달려가고 있으니 이 동화 같은 결혼도 조금은 실감할 수 있었다. 아무 관계없이 가게를 청소하거나 하루 일과를 시작하러 나서는 불쌍한 사람들을 보고 있으니 어쩐지 이상한 동정심까지 솟아올랐다.

대고모는 오는 길 내내 가만히 내 손을 잡은 채 앉아 있었다. 교회 바로 앞에서 마부석에 앉아 있던 페거티가 내리자, 대고모는 내 손을 꼭 쥐고 키스해 주었다.

"신의 은총이 깃들기를, 트롯! 내 친자식인들 이보다 귀엽진 않을 거다. 그런 만큼 오늘은 그 가엾은 네 어미가 생각나는구나."

"저도 그래요. 그리고 대고모님께 신세를 진 모든 일들도 생각납니다."

"별소릴 다 하는구나!" 대고모는 말하고 나서, 벅차오르는 감동과 함께 한 손을 트래들스에게 내밀었다. 그러자 트래들스도 딕 씨에게 손을 내밀었다. 이어서 딕 씨가 나에게, 나는 또 트래들스에게 내밀면서 교회에 닿았다.

교회는 조용했다. 그러나 나는 증기기관차가 돌진하는 것처럼, 이미 교회의 고요만으로는 가라앉을 수 없을 정도로 흥분해 있다.

모두 앞뒤가 맞지 않는 꿈만 같았다.

도라를 데리고 사람들이 들어왔다. 자리 안내원이, 신병훈련소의 조교처럼 우리를 제단 칸막이 앞에 나란히 세웠다. 그러나 그때까지도 나는 정신을 차리지 못하고, 자리 안내원은 골라도 왜 이렇게 무뚝뚝한 여자만을 고르는 걸까? 교회에서의 의식에는 들뜬 기분으로 있으면 안 되므로 그렇게 벌레 씹은 듯한 얼굴들만 일부러 골라서 천국으로의 길목에 두는 것일까? 하는 생각에만 빠져 있었다.

이윽고 목사와 서기가 나타나고, 뱃사람처럼 보이는 몇몇 사람들과 그 밖의 다양한 사람들이 어슬렁어슬렁 들어왔다. 내 뒤에 있던 늙은 선원이 독한 럼주 냄새를 끊임없이 교회 안에 퍼뜨리고 있었다. 장중한 목소리로 예배가 시작되고, 우리는 일제히 귀를 기울인다. 하지만 그것도 다 꿈결 속이었다.

들러리 보조를 하겠다고 나선 미스 라비니아가 제일 먼저 울음을 터뜨리며 훌쩍거렸다. 아마도 죽은 피저를 그리워하는 것 같았다. 미스 클라리사는 각성제 병을 코에 갖다대고 있다. 아그네스는 도라를 보살피고 있고, 대고모는 눈물이 얼굴을 타고 흘러내리는데도 근엄한 얼굴로 꼿꼿하게 등을 펴고 있었다. 도라가 온몸을 부들부들 떨며 개미만 한 목소리로 목사의 말에 응답을 하고 있었다.

우리는 나란히 무릎을 꿇었다. 도라는 차츰 몸의 떨림이 가라앉았지만 여전히 아그네스의 손을 꼭 잡고 있었다. 예식은 조용하고 엄숙하게 진행되었다. 식이 끝나자 우리는 모두 웃었다 울었다 하면서 변덕스런 얼굴로 서로를 바라보고, 나의 어린 아내는 법의실에서 히스테리를 일으켜 아버지를 부르며 울부짖었다.

신부는 곧 기운을 되찾았고, 모두가 돌아가며 서명했다. 페거티에게도 서명시키려고 2층으로 데리러 가니, 그녀는 한구석으로 나를 데려가서 꼭 끌어안으며 내 어머니의 결혼식도 보았다고 말했다. 서명이 끝나고 모두 집으로 돌아왔다.

나의 사랑스러운 아내를 받치듯 한 팔을 내어주고 자랑스럽고 정답게 복도를 빠져나왔다. 사람들, 제단, 기념비, 신도석, 세례단, 오르간, 그리고 교회의 창문도 안개 속에 있는 것처럼 어렴풋하여 잘 보이지 않았다. 단지 먼 소리가 들릴 뿐이었다. 옛날 어린 시절 고향의 교회가 아련하게 떠올랐다.

우리 두 사람이 지나가자, 참으로 어린 부부이며 참으로 예쁘고 귀여운 신부라고 속삭이는 소리가 들렸다. 돌아오는 마차 안에서는 다함께 아주 유쾌하게 재잘거렸다. 결혼허가증은 트래들스에게 맡겨 두었다가 돌려달라고 하자 소피가 놀라며 기절할 뻔했다고 했다. 이 사람이라면 분명 잃어버리든가 소매치기에게 도둑맞을 게 틀림없다고 생각했기 때문이었다. 아그네스는 명랑하게 웃었고, 도라는 아그네스를 좋아하여, 그녀에게서 떨어지려 하지 않고 여전히 손을 잡고 있었다.

아침이 나왔다. 먹을 것도 마실 것도 정갈하고 몸에도 좋은 것이 잔뜩 나왔다. 나도 같이 먹었다. 그러나 다른 꿈과 마찬가지로 맛은 전혀 느낄 수 없었다. 말하자면 사랑과 결혼만을 먹고 마시고 있었던 것으로, 먹고 있는 것조차 진짜 음식이라고 생각되지 않았다.

나도 뭐라고 말은 했지만, 역시 꿈처럼 뭐라고 말했는지는 전혀 기억나지 않는다. 다만 하지 않은 말에 대한 확신은 있었다. 아무튼 기분은 날아갈 것 같았고, 행복에 흠뻑 취해 있었다(물론 그것도 꿈 같았지만). 집도 웨딩케이크를 먹었으나, 속이 안 좋았던지 나중에 모두 토해버렸다.

세 낸 두 대의 역마차가 오자, 도라는 옷을 갈아입으러 갔다. 대고모와 미스 클라리사는 남아서 우리와 함께 산책했다. 대고모는 아침 식사 때 도라의 고모들을 감동시킨 연설을 하고 나서 약간 자랑스러워했다.

도라가 준비를 마치자, 미스 라비니아는 그토록 즐거움을 안겨 준 이 예쁜

장난감을 잃는 것이 싫어서 그녀 주위를 맴돌았다. 도라가 깜빡 잊은 온갖 자잘한 물건들을 차례차례 떠올리며 놀라고 당황한다. 모두들 허둥거리며 사방으로 뛰어가 그것들을 가지고 온다.

마침내 마지막 작별인사를 하자, 모두들 도라 주위로 모여든다. 가지각색의 화려한 옷과 리본들이 모여서 꼭 꽃밭 같다. 도라는 숨도 못 쉴 정도로 꽃 속에 파묻혔으나, 이윽고 꽃밭 속에서 웃음과 울음이 뒤범벅이 된 채 빠져나와 이제나저제나 하고 기다리고 있는 나의 팔에 안긴다.

집도 함께 갈 것이므로 내가 안고 갈까 하고 물으니 도라는 자기가 안겠다고 말했다. 결혼하면 더 이상 사랑해 주지 않을 거라고 생각하고 낙담하면 안 되기 때문이라고 했다.

우리는 팔짱을 끼고 떠났다. 도라가 걸음을 멈추고 돌아보면서 "만약 제가 지금까지 여러분께 불쾌하거나 배은망덕한 짓을 했더라도, 모두 잊어주세요!" 라고 말하면서 울음을 터뜨렸다.

도라가 한 번 더 손을 흔들고 우리는 다시금 떠났다. 도라가 이번에도 걸음을 멈추고 뒤를 돌아보더니, 아그네스에게로 달려가 그녀에게만 마지막 작별의 키스와 함께 작별인사를 했다.

마차가 움직이기 시작하자, 나는 비로소 꿈에서 깨어난다. 역시 사실이었던 것이다! 내 옆에는 사랑하고 사랑하는 아내가 있다!

"행복해요? 후회해요? 바보 같은 사람!" 도라가 작은 소리로 속삭였다.

지금까지 나는 한 걸음 비켜서서, 이 행복한 나날의 환상을 따라가 보았다. 그것은 이미 모두 사라진 환상들이다. 이제 다시 내 이야기의 여정으로 되돌아가겠다.

44장
신접살림

　신혼의 달콤한 기간이 지나고, 신부 들러리들도 돌아가서 아담한 집에 도라와 단둘이 앉아 있으니 정말 이상했다. 이를테면 사랑을 속삭이던 지난날의 달콤한 작업이 모두 사라졌기 때문이다.

　온종일 도라와 함께 있다는 사실이 아주 색다른 일처럼 느껴졌다. 그녀를 만나러 굳이 나갈 필요도 없고, 그녀 일로 골머리를 앓을 이유도 없다. 편지를 써야 할 필요도 없고, 단둘이 있을 기회를 만들려고 계획하고 궁리할 까닭도 없다는 것이 참으로 이상했다. 이따금 저녁에 글을 쓰다가 얼굴을 들면 맞은편에 도라가 앉아 있다. 나는 의자에 몸을 뒤로 젖히고 앉아서—더 이상 다른 사람이 참견할 일이 아닌—우리 두 사람이 여기에 함께 있다는 아주 당연한 사실이 참으로 신기하기 그지없다고 생각했다. 이른바 약혼이라는 달콤한 로맨스는 모조리 선반 위에 올려놓고 녹슬도록 내버려둔 채—누구의 눈치를 볼 필요도 없이—오직 서로가 즐겁기만 하면 그만인 것이다.

　의회토론이 있어 밤늦게 퇴근하고 돌아오는 길에, 도라가 집에서 기다리고 있다고 생각하자 너무도 어색했다. 내가 저녁을 먹고 있으면 그녀가 살며시 내려와 말을 거는 것이 처음엔 신기했다. 도라가 종이로 머리를 싸고 있는 것을 보자 말할 수 없이 이상했고, 눈앞에서 머리를 싸는 모습을 직접 볼 때는 큰 충격을 받았다!

　아무리 어린 새라도 나와 도라만큼 살림살이를 모르지는 않았을 것이다. 우리는 물론 하녀를 두었고, 집안일은 모두 그녀가 했다. 나는 그 하녀가 변장한 크럽 부인의 딸일 것이라고 생각했다. 우리는 메리 앤 때문에 힘든 나날을 보냈다.

　성은 패러건이었다. 그녀를 처음 고용했을 때, 이름에 성질이 조금 나타나 있다고 생각했다. [1]그녀는 성명서만큼이나 큰 인물 증명서를 가지고 있었다.

그 서류에 의하면, 그녀는 내가 알고 있는 가사에 관한 모든 일과 한 번도 들어 본 적이 없는 일들까지 모조리 할 줄 안다는 것이었다. 그녀는 한창 일할 나이의 여자로서 용모가 매서웠으며, 늘 일종의 풍진이나 부스럼 같은 것이(특히 두 팔에) 나 있었다. 그녀에게는 근위병으로 있는 사촌이 하나 있었다. 그 사나이는 다리가 어쩌나 긴지 평범한 사람의 오후 그림자 같은 모습이었다. 게다가, 이 집에 비하면 그의 몸이 너무 큰 것과 반대로, 군복은 그에게는 아주 작았다. 아무튼 유난히 키가 컸으므로 그가 우리 집에 오면 집이 매우 작아 보였다. 게다가 여기서 자고 갈 때는 밤새도록 부엌에서 엄청난 신음 소리가 끊임없이 들려오는 바람에, 우리 집 벽이 얇다는 것을 알았다.

그 보배 같은 하녀는, 술을 마시지 않고 정직하다는 보증이 붙어 있었다. 그래서 그녀가 보일러 밑에 쓰러져 있는 것을 발견해도, 우리는 그녀가 발작을 일으킨 것이라고 말하면 그렇다고 생각했으며, 찻숟가락이 모자라면 청소부 탓이라고 말하는 대로 믿었다.

그러나 그래도 우리는 그녀 때문에 몹시 괴로웠다. 우리 부부는 우리가 세상 물정을 모른다는 사실을 잘 알고 있었고, 실제로 우리만으로는 아무것도 할 줄 몰랐다. 따라서 그녀가 조금이라도 인정이 있었으면 우리는 그녀의 뜻대로 되었을 것이나, 그녀는 몰인정하고 무자비한 여자였으며, 동정은 약에 쓰려고 해도 없었다. 우리 부부가 처음으로 싸움을 한 것도 그녀 때문이었다.

"도라," 어느 날 나는 아내에게 말했다. "당신은 메리 앤에게 시간관념이 조금이라도 있다고 생각해요?"

"왜 그러세요?" 도라는 그림을 그리다가 천진난만하게 얼굴을 들고 물었다.

"벌써 5시요. 우리는 4시에 식사하기로 되어 있는데 말이오."

도라는 생각에 잠긴 듯이 시계를 한 번 보더니, 시계가 빨리 가는 줄 알았다고 말했다.

"그렇지 않소, 도라." 나는 내 시계를 보며 말했다. "오히려 몇 분 느리다오."

내 귀여운 아내는, 나를 달래서 마음을 가라앉히려고 내 무릎 위에 와 앉더니 내 코 한가운데다 연필로 선을 하나 긋는 것이었다. 나는 기분이 매우 좋았지만 그래도 그냥 넘길 수는 없었다.

---

*1 패러건에는 모범(模範)이라는 뜻이 있음.

"여보, 당신이 한 번 단단히 일러두는 것이 좋지 않겠소?"

"어머, 안 돼요, 나는 할 수 없어요!" 도라가 말했다.

"안 된다니, 어째서요?" 나는 부드럽게 말했다.

"왜냐하면 저는 아주 바보니까요. 그리고 그녀도 제가 그렇다는 것을 알고 있어요!"

그런 마음으로는 도저히 메리 앤을 단속할 수 없다는 생각이 들어서, 나는 눈썹을 약간 찌푸렸다.

"어머나, 우리 말썽꾸러기 남편의 이마에 이 무슨 보기 흉한 주름살이람!" 도라는 여전히 내 무릎에 앉은 채 연필로 이마의 주름들을 따라가며 덧그렸다. 더 진하게 칠하려고 장밋빛 입술로 연필 끝을 적시고는 심혈을 기울여 내 이마를 화폭 삼아 그리는 바람에 나도 모르게 기분이 매우 좋아졌다.

"착한 아기지, 이렇게 해 두면 웃을 때 더 예뻐진답니다."

"그렇지만, 도라."

"싫어요, 싫어요! 제발!" 도라는 가볍게 키스를 하면서 외쳤다. "푸른 수염 같은 무서운 얼굴은 하지 말아요! 그렇게 심각한 표정 지을 것 없어요!"

"여보, 때로는 심각할 줄도 알아야 하오. 자아, 이 의자에 앉아요! 연필도 이리 줘요! 자아! 우리 진지하게 얘기해 봅시다. 생각해 봐요, 도라, 저녁도 못 먹고 외출해야 하다니 조금도 유쾌한 일이 못 되잖소! 그렇지 않소?"

"그야—그것은—좀—그렇죠!" 도라는 모기 소리만 하게 대답했다.

"그런데 도라, 왜 그렇게 떨고 있소?"

"저를 꾸중하시려고 하는 걸 알고 있으니까요!" 도라는 슬픈 목소리로 외쳤다.

"나는 다만 이치를 따지자는 것뿐이오."

"이치를 따지는 것이 꾸중하시는 것보다 더 나빠요!" 도라는 절망하여 외쳤다. "나는 이치를 따지자고 결혼하지 않았어요. 나같이 이렇게 가엾고 조그마한 사람에게 이치를 따질 생각이셨다면 진작 그렇게 말씀을 하셨어야죠, 무정한 사람!"

나는 도라를 진정시키려 했으나 그녀는 얼굴을 돌리고 곱슬머리를 좌우로 흔들며 끊임없이 "정말 무정한 사람이에요!"라는 말만 되풀이했다. 나는 어떻게 해야 좋을지 몰랐다. 나는 불안한 마음으로 방 안을 이리저리 돌아다니다가 다시 제자리로 돌아왔다.

"도라, 내 사랑!"

"아뇨, 난 당신이 사랑하는 사람이 아니에요. 당신은 나와 결혼한 것을 뉘우치시는 것이 틀림없어요. 그렇지 않고서는 내게 이치를 따지려 들진 않을 거예요!"

나는 부당한 문책을 받자 기분이 무척 상해서 덕분에 강하게 밀고 나갈 용기가 솟았다.

"그런 가당치 않은 말을 하다니, 도라, 당신은 정말 어린애 같구려. 분명히 당신도 기억하고 있을 거요만, 어제도 나는 저녁을 반도 못 먹고 나가야 했고, 그저께는 설구운 송아지고기를 급히 먹다가 체했고, 오늘은 아예 저녁을 먹지도 못하고 있소. 그리고 아침 식사는 또 얼마나 오래 기다려야 했소! 게다가 물도 끓이지 않았소. 당신을 나무랄 생각은 없지만, 이 상황은 조금도 유쾌하지 않소!"

"오, 비정한 사람, 내가 마음에 들지 않는 아내라니요!" 도라가 소리쳤다.

"이봐요, 도라, 나는 그런 말을 한 적이 없소!"

"말씀하셨어요, 내가 불쾌하다고!"

"그렇지 않소! 나는 집안 살림살이가 불쾌하다고 말한 거요."

"그게 바로 그 말씀이죠!" 도라는 외쳤다. 그녀는 정말로 그렇게 생각했던 것이다. 결국 서글프게 울음을 터뜨렸다.

나는 철없는 아내가 사랑스러워 어쩔 줄 모르며 방 안을 다시 한 바퀴 돌았다. 자책감으로 마음이 무거워 문에 머리를 부딪고 싶었다. 나는 다시 앉아 말했다.

"나는 당신을 꾸짖는 것이 아니오, 도라. 우리 두 사람은 배워야 할 것이 많소. 내 말뜻은, 도라, 당신이 메리 앤을 감독하는 일에 있어서만큼은 꼭 익숙해져야 한다는 거요(나는 이 문제만큼은 반드시 말해둘 생각이었다). 당신 자신과 나를 위해서 무슨 수를 써야 해요."

"이상해요, 정말 이상해요, 그런 고마움을 모르는 말씀을 하시다니." 도라는 훌쩍거렸다. "당신도 알잖아요, 저번에 당신이 생선이 먹고 싶다고 하기에, 당신을 놀라게 하려고 제 발로 몇 마일이나 먼 곳까지 직접 가서 주문해 왔었잖아요."

"그건 정말 고마웠소, 도라." 나는 말했다. "너무도 고마워서, 나도 당신이 연어 한 마리를 통째로 사 온 것에 대해서는 아무 말도 하지 않았던 거요. 우리 두 사람에게는 양도 너무 많았고, 1파운드 6실링은 큰돈이오. 우리로서는 그럴 만한 여유가 없지만 그때는 말하지 않았소."

"당신은 그 생선을 아주 맛있게 잡수셨고," 도라는 훌쩍거렸다. "나를 사랑스럽다고 하셨잖아요!"

"여보, 당신이 사랑스럽다는 말은 지금도 할 수 있소. 천 번이라도 하겠소!"

나는 도라의 상냥하고 어린 마음을 상하게 해놓고, 달래줄 길이 없었다. 그녀가 어찌나 비통하게 우는지 내가 그녀의 마음을 상하게 하는 말이란 말은 죄다 한 것 같은 기분이 들었다. 나는 서둘러 나가서, 밤늦게까지 돌아올 수 없었다. 그리고 밤새도록 후회의 고통을 겪었다. 이른바 자객의 양심과 같은 것으로, 이미 죽여 놓고 끊임없이 아주 몹쓸 짓이라도 한 것 같은 막연한 불안에 시달리는 것이었다.

나는 새벽 2, 3시쯤에 집에 돌아왔다. 와 보니, 대고모가 앉아서 나를 기다리고 있었다.

"무슨 일이세요, 대고모님?"

나는 놀라서 물었다.

"아무 일도 없었다, 트롯." 대고모가 말했다. "앉아라. 새아기가 풀이 죽어 있어서 내가 상대를 해 준 것뿐이란다."

나는 턱을 괴고 난롯불을 가만히 바라보고 있었다. 그러자 아주 나쁜 짓을 한 것 같아 미안한 마음이 들었다. 찬란한 희망을 성취한 지 얼마 되지도 않아서 이게 무슨 일이란 말인가! 생각에 잠겨 있는데 문득 대고모와 눈이 마주쳤다. 대고모도 나를 지그시 바라보고 있었던 것이다. 대고모의 눈에는 근심스러운 표정이 엿보였으나 곧 사라져버렸다.

"대고모님, 저도 도라가 슬퍼서 내내 괴로워하던 참이었어요. 하지만 저는 그 사람에게 가사에 관한 것을 부드럽고도 다정하게 일러주고자 한 것뿐입니다."

대고모는 기운을 차리라는 듯이 끄덕였다.

"꼭 참아야 한다, 트롯."

"사리에 맞지 않는 말을 했다고는 생각하지 않습니다, 대고모님!"

"그야 그렇겠지. 하지만 그 아이는 아주 연약한 꽃송이란다. 그러니까 바람도 부드러워야지."

아내에 대한 대고모의 사랑에 나는 말은 하지 않았지만 진심으로 감사했다. 그 마음은 대고모에게도 전해졌다고 생각한다. 나는 또다시 난롯불을 바라보다가 말했다.

"그래서 부탁드립니다만, 이따금 대고모님께서 조금씩 지적해주시지 않으시겠습니까? 우리 두 사람을 위해서요."

"그럴 순 없단다, 트롯!" 대고모는 깜짝 놀라 말했다. "그런 부탁은 들어줄 수 없구나."

너무나도 진지해서 나도 깜짝 놀라 고개를 들었다.

"트롯, 옛날을 돌이켜 보면 말이다, 애야," 대고모는 말했다. "이미 세상을 떠난 사람들 가운데, 생전에 좀더 사이좋게 지냈더라면 좋았다고 생각되는 사람들이 몇몇 있단다. 다른 사람들의 잘못된 결혼생활에 대해서 나도 심한 말을 한 적은 있지만, 그건 아마도 내 결혼생활도 엄격하게 바라보아야 한다는 쓰라린 경험을 했기 때문인 거야. 이런 이야기는 그만하자꾸나. 아무튼 나는 오랫동안 까다롭고 성미 고약한 할멈이었어. 그야 지금도 그렇고 앞으로도 다르지 않겠지만, 너하고는 서로 잘 맞춰가며 살아왔다고 생각한다—아니, 적어도 너는 아주 잘해 주었어. 그러니 지금에 와서 사이가 틀어지는 것은 바라지 않는단다."

"사이가 틀어지다니요!" 나는 소리쳤다.

"애야, 만약 내가 여기서 잔소리를 하면 언제 사이가 틀어질지, 또 그 아이가 얼마나 불행해질지 아무도 모를 일이야. 나는 그 귀여운 새아기에게 사랑받고 싶단다. 나비처럼 밝게 찾아와 주면 좋겠어. 네 어미가 재혼한 뒤를 생각해 보려무나. 그때와 같은 상처를 그 아이나 나에게 주어서는 안 된다."

대고모님의 말씀이 옳다는 것을 나는 바로 이해했다. 그리고 도라에 대한 사랑도 충분히 알 수 있었다.

대고모는 말을 이었다. "지금이 신혼기간임을 생각해야지. 로마는 하루아침에 이루어진 것도 1년 만에 이루어진 것도 아니다. 너 스스로 도라를 선택하지 않았느냐." 그때 대고모의 얼굴에 어두운 그림자가 살짝 스쳤다. "너는 정말로 사랑스럽고 상냥한 여자를 선택했다고 생각한다. 그러니 그 아이가 가지고 있는 좋은 점을 평가해 주는 것이 네 의무이자 즐거움이기도 하지. 설교할 생각은 없지만, 아내가 가지고 있지 않은 것만을 찾아내어 비난해선 안 된다. 그 아이가 갖고 있지 않은 성품은 네가 직접 잘 길러주어야 해. 그래도 안 된다면," 대고모는 코를 문질렀다. "그것 없이도 지낼 수 있도록 익숙해져야 한다. 아무튼 애야, 너희의 앞날은 너희 두 사람 손에 달려 있단다. 남이 어떻게 해 줄 수 있는 문제가 아니야. 너희 힘으로 헤쳐나가야 한다. 그것이 결혼생활이야, 트롯. 숲의 아이들[2] 같은 두 사람에게 신의 은총이 있기를."

대고모는 기운차게 말하고 나서 내게 키스를 해주었다.

"그럼, 트롯," 대고모는 말했다. "내 등에 불을 켜서, 정원길을 따라 성냥갑 같은 내 집까지 바래다 다오. (정원을 따라 우리 두 집 사이에 길이 하나 이어져 있었다) 그리고 돌아오거든 도라에게도 벳시 트롯우드의 사랑을 전해주렴. 무슨 일이 있어도 도라를 위협하는 도구로 나를 끌어들이면 안 된다. 왜냐하면 혼자 있을 때 거울을 보면 나 스스로도 흉하고 무서운 얼굴이라고 생각하거든!"

그리고 대고모는 평소에 늘 하듯이 손수건으로 머리를 둥글게 감쌌다. 나는 대고모를 집까지 모셔다 드렸다. 대고모는 정원에 서서 등을 높이 들고 돌아가는 나를 배웅해 주었다. 문득 얼굴을 보니, 불안한 표정이 슬쩍 떠오른 것 같았다. 그러나 나는 대고모가 한 말을 되새기느라 바빴고, 우리의 앞날은 우리 힘으로 개척해야 했다. 어느 누구도 대신해 줄 수 없다는 말에—사실 이것이 첫 번째 이유이다—깊은 감동을 받은 뒤였으므로 대수롭지 않게 넘겼다.

돌아와서 혼자 있자, 도라가 앙증맞은 슬리퍼를 신고 살며시 내려와, 내 어깨에 매달려 울면서, 자기도 잘못했지만 나도 너무했다고 말했다. 나도 결국 그녀와 같은 말을 했다. 덕분에 화해하고, 이런 충돌은 이것이 처음이자 마지막이며, 백 년을 산다 해도 두 번 다시 이런 싸움은 하지 말자고 서로 다짐했다.

우리에게 닥친 시련은 하녀 문제로 인한 것이었다. 메리 앤의 사촌이 우리 집 석탄창고로 도망쳐 들어왔다. 놀랍게도 무장을 한 보초병들이 그를 끌어내어 수갑을 채우고 모여든 구경꾼들을 헤치고 끌고 가는 바람에 우리 집 앞뜰

---

[2] 동요 〈숲의 아이들〉에 나오는 고아들.

이 온통 치욕으로 뒤덮였던 것이다. 이 일로 나는 마음을 단단히 먹고 메리 앤을 내보내기로 했다. 그런데 그녀가 급료를 받고 순순히 나가는 데 놀랐다. 알고 보니 찻숟가락을 훔쳐간 것은 물론이고, 나의 허락도 없이 내 이름으로 장사꾼들에게 얼마간의 돈도 빌려 쓴 것이었다. 그 뒤 얼마 동안 키저베리 부인(부인은 켄티시 타운에서 가장 오래 산 주민으로, 날품을 팔러 다녔지만, 몸이 너무 허약해서 마음먹은 대로 일을 해낼 수가 없었다)이 와 있었고, 그 다음에 또 하나의 보배라고 할 수 있는 여자를 구했다. 이 여자는 마음씨는 아주 고왔지만, 쟁반을 들고 부엌 계단을 오르내릴 때면 넘어지기 일쑤였고, 차도구를 들고 응접실에 들어오는 꼴은 꼭 목욕탕에 뛰어들어가는 듯했다. 딱하기는 하지만 이 여자가 입힌 손해가 너무 커서 해고하지 않을 수 없었다. 그 뒤에도 무능한 인간들만이 줄을 이어 들어왔다(키저베리 부인도 몇 번 더 왔었다). 보기에는 얌전한 젊은 여자가 마지막으로 들어왔지만, 그 여자는 그리니치 시장에 가면서 도라의 모자를 쓰고 갈 정도였다. 이들은 한결같이 실패작이었다.

우리와 조금이라도 관계가 있는 사람은 모두 작정하고 우리를 속이는 것 같았다. 우리 부부가 가게에 나타나면, 그것은 곧 나쁜 물건을 내오는 신호가 되었다. 새우를 사면 물만 가득 차 있었고, 고기는 모두 질겼고, 빵도 맛있는 껍질은 거의 없었다. 고기 굽는 법, 곧 너무 익지 않도록 적당하게 굽는 원칙을 요리책에서 찾아보았다. 책에 따르면 고기 1파운드는 15분, 많이 구워도 15분이라고 나와 있었다. 그런데 어째선지 우리에게는 결코 그렇지 않았다. 덜 익어서 새빨간 것과, 숯처럼 타서 새카만 것만 나오고, 그 중간이 없었던 것이다.

그런데 이러한 실패를 되풀이하다 보니, 모든 일이 잘 풀린 경우와 비교하여 경비가 매우 많이 드는 것을 알았다. 상인들의 장부를 보면 마치 우리는 지하실 한 면에 버터를 가득 채워놓는다고 보일 정도였다. 그만큼 버터 소비가 많았다. 또한 그 무렵의 국내소비세가 후추의 수요에 따라서 과연 얼마나 더 걷혔는지는 몰라도, 우리가 소비한 것이 시장에 영향을 미치지 않았다면, 그것은 분명 몇몇 집에서 후추를 절대 쓰지 않았기 때문일 것이다. 게다가 가장 이상한 것은, 그런데도 집에는 그러한 것들이 한 번도 끊이지 않았다는 사실이다.

세탁부가, 맡긴 옷을 전당포에 잡히고는 사과를 한답시고 술에 취한 상태로 찾아오는 것은 누구에게나 몇 번씩은 있는 일이라고 생각했다. 또 굴뚝에서 불이 나서 교구 주민들이 출동하고, 나중에 교구 임원이 위증하는 일도 흔히 있는 일이다. 그러나 우리는 정말 불행하게도 술을 아주 좋아하는 하녀를 고용한 적이 있다. 이 여자는 정말 이해할 수 없었다. '과즙이 든 럼 1쿼튼(C 부인)', '정향이 든 진 반 쿼튼(C 부인)', '박하가 든 럼 한 잔(C 부인)'이라는 내용을 추가하여 계산을 부풀리고 있었던 것이다. 괄호 안의 C 부인은 물론 코퍼필드 부인, 즉 도라를 뜻한다. 설명을 들어보면 저것을 모두 도라 혼자서 마셨다는 것이다.

살림을 해가면서 우리가 처음으로 이룩한 업적의 하나는 트래들스에게 간단한 식사를 대접한 일이었다. 나는 시내에서 그를 만나, 오후에 우리 집에 가자고 청했다. 그가 쾌히 승낙했으므로 나는 곧바로 그를 집으로 데리고 가겠다고 도라에게 쪽지를 써보냈다. 집으로 가는 길에 우리 집의 행복이 끊임없이 화제로 올랐다. 트래들스는 그 화제에 열중해서 그러한 가정을 가진 자기 모습을 떠올리고, 소피가 집에서 식사를 준비하고 기다리고 있는 모습을 생각하면, 그보다 더한 행복이 없다고 말했다.

나는 식탁 맞은편에 그보다 더 예쁘고 귀여운 아내가 있어 주기를 바랄 수는 없었지만, 우리가 식탁에 앉을 때면 언제나 자리가 조금 더 넓었으면 했다. 어떻게 된 까닭인지는 몰라도, 우리 부부밖에 없는데도 언제나 비좁다는 생각이 들었다. 그런데 이상하게도 그 방에는 늘 물건을 잃어버리기에는 충분한 여지가 있었다. 그것은 언제나 길목을 막고 있는 집의 방울 달린 집을 제외하고는 제자리에 놓여 있는 물건이 하나도 없기 때문이라고 생각했다.

지금의 경우만 하더라도 트래들스는, 개집과 기타 케이스와 도라의 꽃그림과 내 책상 같은 것들의 틈에 끼여서 나이프와 포크질도 못하는 것이 아닐까 하고 진심으로 걱정되었지만 트래들스는 더없이 명랑하게 말했다. "바다같이 넓은 방일세, 코퍼필드, 정말 바다 같아!"

내게는 또 하나의 소망이 있었다. 그것은 식사 도중에는 집이 식탁보 위를 걸어다니지 않았으면 하는 것이었다. 소금이나 녹인 버터에 발을 집어넣는 버릇은 없다 하더라도, 나는 놈이 식탁 위에 올라앉아 있는 것만으로도 칠칠하지 못하다고 생각했다. 그리고 이때는 트래들스를 가까이 오지 못하게 하려고 자기를 일부러 데리고 나왔다고 생각하고, 내 친구 트래들스에게 짖어대는 것은 물론, 그의 접시 바로 옆에까지 무서운 기세로 돌진하면서 혼자서 화제를

차지해 버렸다.

그러나 나의 사랑하는 도라는 마음이 너무나도 예민하고, 자기가 좋아하는 것을 조금이라도 트집잡으면 예민해지는 것을 잘 알고 있었으므로 나는 한마디도 하지 않았다. 이와 비슷한 이유로, 접시들이 마룻바닥에서 부딪혀 요란한 소리를 내거나, 양념병이 한꺼번에 뒤죽박죽이 되어 술에 취한 사람처럼 흔들거려도, 야채 접시나 주전자 때문에 트래들스가 꼼짝 못하고 갇혀 있어도, 나는 아무 말도 하지 않았다. 내 앞에 아직 썰지 않은 삶은 양다리가 놓여 있었는데, 자세히 들여다보면서 나는 우리 집에 오는 고기는 왜 언제나 이처럼 괴상한 꼴을 하고 있는 것일까, 우리가 다니는 푸줏간은 병신 양만 골라서 들여오는 것일까, 하고 생각하지 않을 수 없지만, 이런 생각은 마음속에만 간직해 두었다.

"도라," 나는 도라에게 말했다. "그 접시에 담아놓은 게 뭐요?"

어째서 도라가 키스를 바라는 듯한 귀여운 얼굴로 나를 바라보고 있었는지 나는 알 수가 없었다.

"굴이에요." 도라는 머뭇거리며 말했다.

"그건 당신 생각이었소?" 나는 기쁜 마음으로 물었다.

"그—, 그래요." 도라는 대답했다.

"정말 잘했소!" 나는 나이프와 포크를 내려놓으며 외쳤다. "트래들스가 가장 좋아하는 것이라오!"

"그—, 그래요! 그래서 예쁘고 조그마한 통으로 하나 샀어요. 장사꾼이 아주 좋은 물건이라고 했거든요. 그런데 내가 볼 때는 좀 문제가 있는 것 같아요. 아무래도 이상해요." 도라는 머리를 저었다. 두 눈에서 구슬이 반짝 빛났다.

"굴은 양쪽 껍질을 열기만 하면 돼요." 내가 말했다. "위쪽을 하나 따 봐요."

"따지지 않아요." 도라는 열심히 따려고 해 보았으나 되지 않아 몹시 난처한 표정이었다.

"그건 말이야, 코퍼필드," 트래들스가 매우 유쾌한 얼굴로 접시 위의 굴을 자세히 살펴보며 말했다. "이건 정말 좋은 굴이지만 아마 이제까지 한 번도 열었던 적이 없기 때문일 거야."

그 굴들은 열린 적이 없는 것이었다. 게다가 우리에게는 굴까는 나이프도 없었고, 있었다 하더라도 아무도 쓰는 방법을 몰랐으므로, 굴은 그냥 바라보기만 하고 양고기를 먹었다. 양고기도 구워진 곳만 골라 먹고, 나머지는 케이퍼*³로 채웠다. 내가 가만히 있었더라면 트래들스는 식사를 맛있게 했다는 표현을 하기 위해서, 야만인처럼 날고기 한 접시를 몽땅 먹어치웠을 것이 틀림없지만, 아무리 친구라도 그런 희생을 요구하고 싶지 않았다. 그래서 대신 베이컨 한 접시를 내놓았다. 다행히도 마침 찬장에 찬 베이컨이 있었던 것이다.

가엾고 귀여운 도라는 내가 화낼 줄로 알고 몹시 괴로워하다가 그렇지 않은 것을 보고는 어찌나 기뻐하는지, 내가 참고 있던 이 낭패도 이내 사라져버리고, 우리는 모두 즐거운 저녁시간을 보냈다. 트래들스와 내가 포도주를 마시고 있는 동안에, 도라는 한쪽 팔을 내 의자에 올려놓고 앉아서, 내가 화를 내지도 않고 싫은 소리도 안 해서 정말 고마웠다고 툭하면 내 귀에다 대고 속삭였다. 도라는 우리에게 차를 만들어주었다. 마치 장난감 차도구를 만지는 듯한 모습이 예쁘고 사랑스러워서, 나는 그 차 맛이 좋은지 나쁜지도 모르고 마셨

---

*³ 케이퍼 꽃봉오리를 식초에 절인 것.

다. 그리고 나서 트래들스와 나는 카드놀이를 한두 판 벌였고, 도라는 기타를 치며 노래를 불렀다. 그러자 또다시 구애와 결혼이 아직 행복한 꿈만 같던 무렵, 그리고 처음으로 그녀의 노래를 들었던 그날 밤이 아직 끝나지 않은 것만 같았다.

트래들스를 배웅하고 거실로 돌아오니, 아내는 자기 의자를 내 의자 곁에 나란히 갖다놓고 앉아 있었다.

"정말 미안해요. 앞으로도 계속 가르쳐주시겠어요?"

"그전에 나부터 먼저 공부해야겠어요. 아무것도 모르는 건 나도 마찬가지니까요."

"어머! 하지만 당신은 금방 배울 거예요. 똑똑한 사람이니까!"

"말도 안 되는 소리요."

"저는 말이에요," 아내는 잠깐 묵묵히 있다가 말했다. "1년쯤 시골에 가서 아그네스와 함께 지냈더라면 좋았을 걸 그랬어요!"

도라는 두 손을 내 어깨 위에서 맞잡고 그 손에 턱을 얹고서, 조용히 내 눈을 들여다보았다.

"왜 그러오?" 나는 물었다.

"그랬더라면 아그네스한테서 많이 배워서 저도 조금은 나아졌을 테니까요."

"언젠가는 좋은 기회가 있을 거요, 도라. 아그네스는 지난 여러 해 동안 아버님을 보살펴 왔다는 것을 잊지 말아야 하오. 즉 아그네스는 어릴 때부터 지금과 같은 아그네스였어요."

"제가 원하는 이름으로 저를 불러주시겠어요?" 도라는 움직이지도 않고 물었다.

"그게 어떤 이름이오?" 나는 빙그레 웃으며 물었다.

"아주 바보 같은 이름이에요." 그녀는 가볍게 머리를 흔들며 말했다. "베이비 와이프*4라고 불러주세요."

왜 그렇게 불러주기를 바라느냐고, 나는 웃으며 나의 베이비 와이프에게 물었다. 그녀를 안고 있던 팔에 힘을 주어, 그녀의 눈이 조금 더 내게 가까이 다가왔지만, 그것 말고는 여전히 꼼짝도 않고 대답했다.

---

*4 철없는 아내라는 뜻.

"아이참, 바보 같기는! 도라란 이름으로 불러달라는 뜻은 아니에요. 다만 그런 식으로 저를 생각해달라는 뜻이에요. 예를 들어 제게 화가 날 때는 이렇게 생각해주세요. '정말 철없는 아내구나!' 그리고 제게 실망할 땐 '나는 진작부터 저 사람이 베이비 와이프밖에 못 되리라는 것을 알고 있었어!'라고 말해주세요. 저도 훌륭한 아내가 되고 싶지만, 결코 그렇게 될 수 없어서 당신이 아쉬울 때는 '여전히 바보 같은 베이비 와이프지만, 나를 사랑하거든!' 해주세요. 저는 정말로 당신을 사랑하고 있으니까요."

사실 그때까지는 나도 진심으로 상대한 것은 아니었다. 그녀가 진지하다고는 생각도 못했기 때문이다. 그런데 애당초 천성이 고운 아내는 내가 그때 진정으로 한 말이 매우 기뻐서 아직도 반짝이고 있는 눈물이 마르기도 전에 환하게 웃는 얼굴이 되었다. 그리고 곧바로 베이비 와이프가 되고 말았다. 그 중국풍 개집 앞에 찰싹 붙어 앉아서, 오늘저녁에 집이 한 버릇없는 행동을 벌주겠다며, 개집에 달려 있는 방울을 하나씩하나씩 울리는 것이었다. 게다가 집은 도라가 귀찮게 하는 것이 싫어서, 입구에서 머리를 내밀고 눈만 끔벅거릴 뿐이었다.

그러나 도라의 이러한 호소는 내게 강한 인상을 주었다. 그 시기를 돌아보면, 지금도 그 사랑스러운 도라의 얼굴이 과거의 안개 속에서 떠오르듯 나타나서, 조용히 내 쪽을 돌아본다. 그때의 이 말은, 그 뒤로도 언제나 가슴에 남아 있었다. 물론 그것을 얼마나 살릴 수 있었는가는 다소 의문이지만. 왜냐하면 나 역시 젊고 경험이 없었기 때문이다. 그러나 나는 그 꾸밈없는 솔직한 호소에, 귀를 기울이지 않은 적은 한 번도 없었다.

그 뒤 얼마 지나지 않아 도라는 훌륭한 살림꾼이 되겠다고 말했다. 그녀는 칠판을 닦기도 하고, 연필을 깎기도 하고, 엄청나게 큰 가계부를 사고, 요리책의 책장을 실과 바늘로 꼼꼼하게 꿰매기도 하며 이른바 그녀가 말하는 '훌륭한 주부'가 되려고 그야말로 필사적인 노력은 하고 있었다. 그러나 숫자에 대해서는 옛날부터 고집스러운 면이 있어서—도저히 덧셈이 되지 않았다. 게다가 모처럼 그녀가 끙끙거리며 골치 아픈 몇몇 항목을 적어 넣고 있으면 집이 곧장 장부 위로 올라와 꼬리를 저으며 글자를 지워버리는 것이었다. 도라의 오른손 가운뎃손가락은 속까지 잉크가 배어들었지만, 그것이 그녀가 얻은 유일한 성과였다.

가끔씩 저녁에 집에서 글을 쓰다가—여담이지만, 요즘 나는 글을 제법 많이 썼고, 작가로서도 조금씩 알려지기 시작했다—펜을 놓고 나의 베이비 와이프가 훌륭한 주부가 되려고 애쓰는 모습을 지켜보았다. 먼저 도라는 커다란 가계부를 가져와서 무거운 한숨을 쉬면서 탁상 위에 올려놓는다. 그리고는 어젯밤 집이 망쳐놓은 곳을 펼치고, 집을 불러 잘못을 꾸짖는다. 아마도 그 벌로 콧등에 잉크를 살짝 찍어 주었는데, 집은 그것이 재미있어 죽겠는 모양이다. 도라는 '사자처럼' 탁상 위에 앉으라고 명령한다—그것은 집의 묘기 가운데 하나이기도 했다(내가 볼 땐 조금도 비슷하지 않지만). 집은 기분이 조금이라도 좋을 때는 시키는 대로 했다. 그러면 그녀는 펜을 든다. 그런데 털이 한 올 끼어 있다. 도라는 다른 펜을 든다. 이번에는 이상하게 서걱서걱하는 소리를 낸다. 또다시 펜을 바꾸어 쓰기 시작하더니, 작은 소리로 중얼거린다.

"아이참, 정말로 마음에 안 드는 펜이에요. 이래선 당신에게 방해만 되잖아요!" 결국 안 되겠다고 포기하고는, 가계부를 덮고 사자라도 때려잡을 기세로 제자리에 돌려놓았다.

도라의 마음이 조금 더 안정되고 진지한 상태에 있을 때는, 그녀는 장부와, 그녀가 가지고 다니면 마치 컬 페이퍼*5처럼 보이는 청구서와 다른 서류들이 담긴 작은 광주리를 가지고 나와서, 어떻게든 가계부를 정리해 보려고 애쓰는 것이었다. 하나하나 자세히 비교해 보고 장부에 적어 넣거나 지워버리기도 하고, 왼손 손가락을 모두 동원하여 왼쪽 오른쪽 번갈아가면서 몇 번이고 계산해 보기도 했다. 그러나 결국에는 짜증나고 풀이 죽어 보기에도 처량한 얼굴이 된다. 그 귀여운 얼굴이 이런 일로 어두워지는 것은—그것도 나를 위해서!—보고 있는 내가 더 괴로워서, 옆으로 살짝 다가가서 "무슨 일이오, 도라?"하고 묻는다.

도라는 불쌍한 표정으로 나를 올려다보고 대답했다. "아무리 해도 계산이 맞지 않아요. 머리가 아파요. 왜 생각대로 되지 않는 걸까요?"

내가 계산을 도와주면, 도라는 5분 정도는 관심 있게 보다가도 이내 기진맥진해져서 내 머리털을 돌돌 말기도 하고, 내 셔츠 깃을 내려서 내 얼굴에 어울리는지를 보기도 하는 것이었다. 만약 내가 장난을 못하게 하고 계산을 계속

---

*5 머리를 말아서 고정시키는 데 쓰는 종이.

해나가기라도 하면, 그녀는 당황하여 겁을 먹고 우울해한다. 그러면 나는 처음 그녀에게 사랑을 느꼈던 그때의 타고난 명랑성과, 그녀가 나의 베이비 와이프라는 기억이 떠올라 오히려 내가 잘못한 것처럼 느껴진다. 결국 나는 펜을 놓고 기타를 치자고 청했다.

나는 할 일도 많고 걱정거리도 많았지만, 이러한 이유로 자연히 그런 것들을 내 안에만 간직해두었다. 지금 생각하면 과연 그것이 잘한 일인지 크게 의심스럽지만, 아무튼 나는 베이비 와이프를 위해 그렇게 했다. 지금도 나는 마음속을 돌이켜보며 그런 비밀을 내가 기억하는 한 있는 그대로 여기에 적고 있다. 무언가 소중한 것을 잃었다거나, 어떤 소중한 것이 모자란다는 불행한 느낌이 마음속에 분명히 있었다. 그러나 그것이 내 생활을 괴롭히는 정도는 아니었다. 화창한 날씨에 혼자 산책하면서 한때는 주위의 공기까지 온통 나의 소년다운 꿈으로 가득 차 있던 그 여름날을 생각하면, 그 꿈을 허무하게 잃었다는 느낌을 지울 수 없었다. 그러나 동시에, 생각하기에 따라서는, 다른 어떤 것으로도 붙잡을 수 없는 아련한 과거의 영광이었다. 이따금씩 나는 아내가 좋은 의논 상대가 되어주었으면 좋았을 것을, 나를 받쳐주고 향상시켜줄 수 있는 단호한 성격과 의지를 가졌더라면 좋았을 것을, 내 주위에 있는 공허를 채워주는 힘을 타고났더라면 좋았을 것을, 하고 느끼는 때가 있었다. 그러나 이러한 것은 나에게는 처음부터 있지도 않았고 또 있을 수도 없는 그림의 떡 같은 행복이었다.

게다가 나도 나이로 보면 어린애 같은 남편이었다. 나는 지금 여기에 적은 슬픔이나 경험 말고는 고생을 몰랐다. 내가 어떤 잘못을 저질렀다면, 그것은 나의 그릇된 사랑과 분별의 부족으로 인한 것이 틀림없다.

따라서 나는 우리 생활의 고생과 근심을 결국 나 혼자 떠맡았다. 함께 맡아줄 사람은 아무도 없었다. 살림살이는 여전히 뒤죽박죽이었지만 익숙해졌고, 반갑게도 도라가 좀처럼 성가시게 구는 일이 없게 되었다. 도라는 여전히 옛날의 어린애 같은 태도로 활달하고 명랑했으며, 나를 무척 사랑하고, 자질구레한 일에도 기뻐하고 있었다.

국회 논쟁이 심해져서—논쟁의 길이를 말하는 것이지 질을 말하는 것이 아니다. 질적인 면에서는 그런 경우가 좀처럼 없었기 때문이다—내가 늦게 집에 돌아가는 때면, 도라는 자지 않고 기다렸다가 내 발소리를 듣고 꼭 아래층까지 내려와서 나를 맞이해주었다. 그리고 밤에, 속기 일이 없어서 집에서 글을 쓰고 있을 때면, 아무리 늦은 시각까지라도 그녀는 말없이 내 곁에 조용히 앉아 기다렸다. 곧잘 그녀가 잠들었다고 생각될 정도였다. 그러나 내가 고개를 들어 보면, 대체로 그녀의 푸른 눈이 앞에서 내가 얘기한 바 있는 그 차분한 주의력을 가지고 나를 바라보고 있었다.

"아, 많이 피곤하시지요?" 어느 날 밤 내가 책상을 치울 때 눈이 서로 마주치자, 도라가 말했다.

"당신이야말로 피곤할 거요! 내 말이 맞지요? 도라, 더 일찍 자도록 해요. 너무 늦었어요."

"싫어요, 자라고 하지 마세요!" 도라는 내 곁으로 다가와서 애원했다. "제발 그러지 말아요."

"도라!"

놀랍게도 도라는 내 목에 매달려 훌쩍훌쩍 우는 것이었다.

"몸이 불편하오, 도라? 기분이 언짢소?"

"아니에요! 아무렇지도 않아요, 아주 행복해요! 그렇지만 제가 여기서 당신이 글 쓰는 것을 보고 있어도 괜찮겠죠?"

"이봐요, 한밤중에 이렇게 맑은 당신의 눈동자로 보기에는 너무 시시한 광경 아니오?"

"맑은 눈동자라니요?" 도라는 웃으면서 대답했다. "하지만 맑은 눈동자라고 해주시니 정말 기뻐요."

"이 귀여운 허영꾼!"

그러나 그것은 허영이 아니었다. 도라는 내가 칭찬을 하자 순진하게 기쁨을 표시했을 뿐이었다. 그것은 아내가 말하지 않아도 잘 알고 있었다.

"제 눈을 예쁘다고 생각한다면, 제가 계속 여기 남아 당신이 글 쓰는 모습을 봐도 좋다고 말해주세요! 그런데 정말로 제 눈이 정말 예쁘다고 생각하세요?"

"아주 예뻐."

"그럼 언제까지나 당신 글 쓰는 것을 보겠어요."

"그런다고 해서 당신의 눈이 더 아름다워지진 않을 텐데, 도라."

"아니에요, 더 예뻐질 거예요! 그러면 당신이 말없이 공상에 잠겨 있을 때도 저를 잊지 않을 테니까요. 제가 그야말로 바보 같은—평소보다 더 바보 같은 소리를 해도 괜찮겠어요?" 도라는 어깨 너머로 내 얼굴을 들여다보며 물었다.

"무슨 일이오?"

"제가 펜을 건네드려도 될까요? 당신이 몇 시간이고 일에 열중해 있는 동안 저도 뭔가 하고 싶어요. 제가 펜을 가지고 있어도 좋겠어요?"

내가 좋다고 말했을 때 기뻐하던 그녀의 모습을 떠올리면 지금도 눈물이 난다. 그 뒤로는 언제나, 내가 앉아서 글을 쓰기 시작하면, 그녀도 여분의 펜 무더기를 옆에 놓고 늘 앉던 그 자리에 앉았다. 나의 일에 이와 같이 한몫하고 있다는 그녀의 만족감과 기쁨과 내가 새 펜을 원할 때의 기쁨은—나는 일부러 새 펜을 자주 청했다—말할 수 없이 컸다! 그 모습을 보고 있으면 베이비 와이프를 즐겁게 해주는 새로운 방법이 저절로 떠오르곤 했다.

때때로 나는, 일부러 원고의 한두 페이지를 정서해달라고 부탁했다. 그럴 때면 도라의 기쁨은 절정으로 치달았다. 마치 중대한 사업이라도 시작하는 사람처럼 단단히 채비를 했다. 먼저 앞치마를 두르고, 잉크가 묻지 않도록 부엌에서 턱받이까지 가져왔다. 그리고 천천히 시간을 들여서 일을 한다. 몇 번씩 손을 멈추고 집을 보며 웃고, 마치 개도 내용을 읽을 수 있는 것처럼 법석을 떤다. 그리고 마지막으로 자기 서명을 하지 않으면 일이 끝나지 않는다고 생각하는 듯했다. 마침내 완성되어 가지고 오는 모습은 꼭 초등학생 같았다. 잘했다고 칭찬해 주면 내 목을 껴안고 기뻐했는데, 남들에게는 한심해 보일 수도 있지만 나에게는 더없이 소중한 기억이다.

얼마 지나지 않아 그녀는 모든 열쇠들을 스스로 관리하게 되었다. 작은 바구니에 넣은 열쇠다발을 그 가느다란 허리에 차고는 집 안을 짤랑거리며 돌아다녔다. 그러나 제대로 자물쇠를 채운 적은 거의 없었다. 그것들이 활용되는 때는 집과 놀 때뿐이었다. 그러나 그래도 도라는 즐거워했고, 그녀는 이렇게 살림살이 흉내만 내면 크게 도움이 된다고 믿었고, 인형의 집을 가지고 소꿉놀이하듯 즐거워했다.

우리의 결혼생활은 이렇게 흘러갔다. 도라는 내게 대하는 것 이상으로 대고모에게 다정하게 대했으며, 처음에는 대고모를 '성미 고약한 노파'라고 생각했던 일까지 스스럼없이 대고모에게 이야기했다. 대고모도, 다른 누구에게 그보다 더 자상하게 대하는 것을 나는 본 일이 없다. 집은 여전히 따르지 않았지만 대고모는 집의 비위까지 맞추었다. 또한 음악에는 취미가 없는 줄로 알았는데 날마다 기타에 귀를 기울였다. 무능한 하녀를 호되게 야단치고 싶었을 텐데 절대 그러지 않았다. 도라가 원하는 것이면 아무리 하찮은 것이라도, 그것을 사러 아주 먼 곳까지도 걸어갔다. 그 물건을 사가지고 돌아올 때엔 절대로 정원으로 들어오지 않고, 도라가 방에 없으면 계단 아래서 온 집안에 울려 퍼지는 큰 소리로, "우리 새아기, 어디 있느냐?"라고 외쳤다.

45장
딕, 대고모의 예언을 실현하다

박사님 일에서 손을 뗀 지도 제법 세월이 흘렀다. 그러나 근처에 살고 있으므로 자주 만났고, 둘이 함께 두서너 번 정도 식사나 다과에 초대를 받기도 했다. 그 노병(老兵)*¹은 변함없이 박사님 댁에 눌러앉아 있었다. 마클람 부인은 옛날과 조금도 변함없었고, 그 불멸의 나비가 여전히 모자 위를 떠다니고 있었다.

내가 알고 있는 다른 어머니들과 마찬가지로 마클람 부인도, 애니보다 더 놀기를 좋아했다. 그 부인에게는 꽤 많은 오락이 필요했는데 엉큼한 노병처럼, 실제로는 자기 하고 싶은 대로 하면서도 겉으로는 오직 자기 딸만을 생각하는 척했다. 그래서 애니를 즐겁게 해달라는 박사의 부탁은, 이 어머니에게는 바라지도 않던 행운이었다. 부인은 박사의 깊은 배려에 전적으로 찬의를 표했다.

부인은 박사의 상처 입은 마음에 자기도 모르게 칼을 들이대고 있었다. 중년 여자라 무뎌서 그런 것이 아니라 단지 타고난 경솔함과 방자함이 심해져서 그런 것인데, 부인은 애니의 짐을 조금이라도 덜어주고 싶다는 박사의 생각을 쓸데없이 치켜세움으로써 결국 박사의 불안—곧, 젊은 아내의 행복을 방해하고 있는 것은 자신이며, 두 사람 사이에는 마음이 통하는 길이 없다는 불안—을 더욱 강하게 부채질한 것이다.

"여보게," 어느 날 나도 있는 자리에서 그녀는 박사에게 말했다. "애니가 늘 여기에 갇혀 있는 것은 틀림없이 갑갑한 일이겠지?"

박사는 머리를 끄덕였다.

"그 애도 이 어미 나이쯤 되면," 마클람 부인은 부채질을 하며 말했다. "그때는 문제가 달라지겠지만 말일세. 나는 점잖은 사람들과 트럼프만 있으면 감옥

---

*1 스트롱 부인의 친정어머니 마클람 부인을 말함.

안에 있다 해도 절대로 밖에 나가고 싶어하지 않을 걸세. 하지만 나는 애니가 아니고, 애니 또한 내가 아니잖는가."

"그럼요, 그렇고말고요." 박사가 말했다.

"나는 뒤에서 말한 것처럼 자네 앞에서도 말해야겠네. 자네는 참으로 훌륭한 사람이야, 그렇지만, 애니와 똑같은 짓을 하거나 생각하는 일은 도저히 못하지 않겠나, 안 그런가?"

"못하지요." 박사는 슬픈 투로 말했다.

"그렇지. 물론 안 되겠지." 노병이 말했다. "자네의 사전을 예로 들어 보세. 사전편찬이란 참으로 유익한 일이지! 얼마나 필요한 일인가! 낱말의 의미 말일세! 존슨*² 박사 같은 분들이 없었던들, 우리는 오늘까지도 이탈리아 다리미를 침대라고 불렀을지도 모르지. 하지만 사전이 애니에게—특히 편찬 중에 있는 사전이—애니에게 어떤 흥미를 주리라 기대할 수는 없지 않은가, 안 그런가?"

박사는 고개를 저었다.

"그래서 내가 자네 생각에 찬성한다는 걸세."

마클람 부인은 접은 부채로 박사의 어깨를 툭 치면서 말했다. "자네는 다른 늙은이들처럼, 젊은이의 어깨 위에 늙은이의 머리가 얹혀 있기를 바라는 어리석은 생각은 하지 않는다는 것을 알고 있네. 자네는 애니의 성격을 잘 연구해서 잘 이해하고 있어. 그것이 자네의 좋은 점이야."

입발린 찬사를 받자, 차분하고 참을성 많은 스트롱 박사도 약간 고통스러운 빛을 띠었다.

"그러니까, 박사," '노병'은 정답게 사위의 어깨를 툭툭 치며 말했다. "필요하면 언제 어느 때든 내게 말해주게. 언제든지 나는 애니와 함께, 오페라든 음악회든 전시회든, 어디든지 기꺼이 가겠네. 지겨워도 싫은 기색을 보이는 일은 결코 없을 걸세. 그것이 무엇보다도 중요한 어미의 의무니까."

그녀는 약속을 지켰다. 그녀는 노는 것은 얼마든지 감당해낼 수 있는 사람 가운데 하나였으며, 그 방면으로는 한 걸음도 물러서지 않았다. 먼저 신문을 펼치고(매일 집에서 가장 푹신한 의자에 앉아 두 시간 정도 안경을 쓰고 본다) 반드시 애니가 보고 싶어할 만한 것을 찾아낸다. 아무리 애니가 보고 싶지 않다

---

*2 사무엘 존슨. 18세기의 영국 시인. 영어사전 편찬으로 유명함.

고 말해도 듣지 않았다. 노병은 언제나 이렇게 말했다. "얘, 애니, 그야 너도 잘 알겠지만, 네가 그러면 모처럼의 박사님의 호의가 뭐가 되겠니?"

게다가 그것을 박사님 앞에서 말하는 것이었다. 그것은 언제나 애니가 반대 의견을(그런 것이 있다면) 거두는 유력한 동기가 되었다. 대체로 그녀는 어머니가 시키는 대로 어디든 따라갔다.

이 무렵에는 맬던 씨가 모녀와 함께 가는 일이 거의 없었다. 때때로 대고모와 도라가 초청을 받고 함께 가기도 했고, 때로는 도라만 초청받기도 했다. 그녀가 가는 것에 대해서 나도 다소 불안을 느끼던 때도 있었으나, 언젠가 박사님 서재에서 있었던 일을 생각하면, 그런 걱정도 날아가고, 역시 박사님 말씀이 옳다고 믿으며 더 이상 의심하지 않았다.

나와 단둘이 있게 되면 대고모는 가끔 코를 문지르면서, 자기는 도저히 알 수가 없다고 말했다. 대고모는 박사 부부가 좀더 행복하기를 바라고 있었다. 대고모는 그 '군인'(대고모는 '노병'을 그렇게 불렀다)이 옆에 붙어 있으면 절대 상황이 나아지지 않을 거라고 생각했다. 대고모는 이런 말도 했다. "만약 '군인' 이 그 나비를 잘라내어 노동절에 굴뚝청소부에게라도 줘버리면 조금은 분별이 생겼다는 증거가 될 텐데."

대고모는 변함없이 딕 씨를 믿고 있었다. 그 사람이 분명히 머릿속에 한 가지 아이디어를 갖고 있다는 것이었다. 그러니까 그 사람이 그 아이디어를 한쪽 구석에 몰아넣기만 하면, 크게 이름을 떨치게 될 거라고 말했다.

이러한 예언도 모르는 채, 딕 씨는 계속해서 박사와 스트롱 부인에 대해서 여전히 똑같은 입장을 유지하고 있었다. 건물과 마찬가지로 처음의 토대에서 한 걸음도 움직이지 않는 것이다. 사실 나도 그가 움직인다는 것은, 건물이 그렇듯 도저히 믿을 수 없었다.

그런데 내가 결혼한 지 몇 달이 지난 어느 날 밤, 혼자 글을 쓰고 있는데(도라는 대고모와 함께, 도라의 두 고모 집에 차를 마시러 갔다) 갑자기 딕 씨가 응접실로 머리를 들이밀고 의미심장한 기침을 하며 말하는 것이었다.

"할 말이 좀 있는데, 방해하는 것 아니냐, 트롯우드?"

"괜찮아요, 딕 씨. 들어오세요!"

"트롯우드," 딕 씨는 나와 악수를 하고 나서, 손가락으로 코를 누르고 말했다. "앉기 전에 한마디 하고 싶은 말이 있네. 자네는 자네 대고모를 잘 알고 있는가?"

"조금은요." 나는 대답했다.

"자네 대고모는 이 세상에서 가장 훌륭한 부인일세!"

그는 가슴에 가득 차 있는 것을 쏟아내듯 말하고 나서, 아주 심각한 태도로 앉아서 나를 바라보았다.

"그런데 자네한테 한 가지 물어볼 게 있네."

"무엇이든지 물어보세요." 나는 말했다.

"자네는 나를 어떻게 생각하는가?" 딕 씨는 팔짱을 끼며 물었다.

"다정한 오랜 친구라고 생각하고 있습니다."

"고맙네, 트롯우드." 딕 씨는 기쁜 듯이 웃으면서 손을 내밀어 악수를 청했다. "그런데 내 말은, 이 점에 대해서 나를 어떻게 생각하느냐는 말일세." 그는 자기 이마를 만지며 말했다.

내가 대답을 못하자 딕 씨가 거들었다.

"약하지?"

"글쎄요. 그런 편이죠." 나는 딱 잘라 말할 수 없었다.

"바로 그래!" 그는 내 대답이 아주 마음에 드는지, 큰 소리로 외쳤다. "그러니까 트롯우드, 자네도 잘 아는 그 남자의 머리에서*³ 고민을 조금 덜어준 것은 좋았는데, 이번에는 그것을 대신 다른 누군가의 머리에 집어넣어 버렸어. 그래서—" 딕 씨는 혼란스러워서, 두 손을 조급하게 돌리다가 손뼉을 쳤다가 몇 번씩 주물러댔다. "그러니까 나는 그런 상황에 처해 있어. 알겠나?"

내가 고개를 끄덕여 보이니까 그도 따라서 끄덕였다.

"말하자면," 그는 목소리를 낮추었다. "난 어리석어! 대고모는 그렇지 않다고 말하면서 내 말을 들어주지 않아. 그러나 나는 어리석어. 잘 알고 있네. 만약 대고모가 내 편에 서주지 않았던들, 나는 이미 오래전부터 감금되어 우울한 생활을 했을 걸세. 나는 대고모를 보살펴줄 걸세. 나는 정서대금으로 번 돈은 절대 함부로 쓰지 않을 것이네. 난 그 돈을 상자 속에 넣어두고 유언장도 만들어두었어. 모두 자네 대고모에게 드릴 거야. 그러면 대고모는 부자가 되어서— 어딜 가도 남부럽지 않은—"

---

*³ 망상에 나오는 찰스 1세의 목.

딕 씨는 손수건을 꺼내 눈물을 닦았다. 그리고 다시 곱게 접어서 두 손으로 눌러 주름을 펴고 원래대로 주머니에 넣었다. 대고모 이야기도 그와 함께 끝난 것 같았다.

"자넨 이제 학자야, 트롯우드." 딕 씨는 말했다. "그것도 훌륭한 학자야. 그러니 박사가 얼마나 훌륭한 학자이며 얼마나 훌륭한 사람인가를 잘 알고 있을 거야. 알다시피 그분은 언제나 나에게 아주 잘 해 주셨어. 자신의 지혜를 자만하지 않고 어리석고, 아무것도 모르는 이 한심한 딕에게까지도 겸손하게 대해 준다네. 그래서 나는 그 연을 종달새가 우는 하늘 높이 날릴 때에는 그 사람의 이름을 종잇조각에 적어서 실에 매어 날렸네. 연도 기꺼이 날아올랐고, 덕분에 하늘까지 평소보다 더욱 아름다워 보였네."

박사는 최고의 경의와 존경을 받을 만한 사람이라고 내가 진심으로 말하자 딕 씨는 기뻐했다.

"그리고 박사의 아름다운 부인은 하나의 별이야." 딕 씨는 말했다. "빛나는 별이지. 그 부인이 빛나는 것을 난 봤네. 그런데," 그는 의자를 더 가까이 끌어다 붙이고 한 손을 내 무릎에 얹었다. "구름이 끼었어, 구름이 말일세."

그의 얼굴에 나타난 근심스런 표정에, 나도 같은 표정을 짓고 고개를 좌우로 저으며 동감을 표시했다.

"그 구름은 무엇인가?" 딕 씨는 말했다.

그가 생각에 잠겨 내 얼굴을 들여다보고 까닭을 알려고 했으므로, 나는 어린아이에게 하듯 천천히 또박또박 대답했다.

"불행하게도 두 분 사이에는 틈이 있어요. 어떤 불화의 원인이 있어요. 비밀이지만, 두 분의 나이 차이에서 오는 것일 수도 있고, 어쩌면 아주 하찮은 문제에서 온 것일지도 모릅니다."

그는 골똘히 생각하며 말 한 마디 한 마디마다 끄덕이다가, 이윽고 내 이야기가 끝나자 나를 물끄러미 바라보며 손을 내 무릎 위에 올린 채 생각에 잠겼다.

"박사님은 부인에게 화를 내지 않나, 트롯우드?" 그는 얼마 있다가 불쑥 말했다.

"아니오, 부인에게는 헌신적입니다."

"그렇다면 알겠네!"

그는 느닷없이 기뻐하며 내 무릎을 탁 치더니 의자에서 몸을 뒤로 젖히고, 눈썹을 위로 한껏 끌어올렸다. 나는 그가 어느 때보다도 제정신이 아니라고 생각했다. 그런데 별안간 그가 또다시 침통한 표정을 지으며 아까처럼 몸을 앞으로 내밀고, 마치 그것이 대고모인 것처럼 손수건을 공손하게 꺼내고 말했다. "그런데 왜 세상 누구보다도 훌륭한 여성은 일을 바로잡도록 조치를 취하지 않을까?"

"문제가 너무도 미묘하고 어려워서 끼어들기 힘든 게 아닐까요?"

"훌륭한 학자" 그는 손가락으로 나를 가리켰다. "왜 손을 쓰지 않는 걸까?"

"같은 이유 때문이지요."

"그렇군, 알았네!" 마침내 그는 내 앞을 가로막고 서서, 마치 온몸의 숨이란 숨을 모조리 뽑아내듯이 몇 번씩 고개를 끄덕이며 가슴을 두드렸다.

"그렇다면 정신이 좀 나갔고 어리석고 무식한 내가, 그런 훌륭한 사람들도 할 수 없는 일을 한번 해 보이겠네. 내가 그 두 분을 화해시키겠어. 그들이 나를 탓하지는 않을 거야. 반대도 하지 않겠지. 설사 내가 하는 일이 잘못된다 해도 그들은 개의치 않을 거야. 나는 딕에 불과하니까, 누가 고작 딕을 문제 삼겠는가? 딕은 아무것도 아닌데!" 그는 자기 몸을 불어서 날려보내기라도 하려는 것처럼 자조적인 숨을 내쉬었다.

다행히 이야기가 여기까지 진행되었을 때 대고모와 도라를 태운 마차가 정원 앞에서 멈추는 소리가 들려왔다.

"아무 말도 하지 말게!" 그는 귀엣말로 계속했다. "모든 책망은 이 딕에게 맡기게나—어리석은 딕—미친 딕에게. 나도 어렴풋이 알 것 같았지만, 지금 자네 말을 듣고 나서 모두 다 알았네, 이제 됐어!"

이 문제에 대해서 딕 씨는 더 이상 한마디도 이야기하지 않았다. 그러나 그 뒤로 30분 정도는 끊임없이 나에게 눈짓을 하면서(대고모는 그것이 몹시 마음에 걸리는 것 같았다) 절대로 말하지 말라는 신호를 보내는 것이었다.

그가 말한 결론에는—그가 늘 보여주는 호감과는 별개로—좋은 의미의 한 줄기 신비로운 빛이 보였으므로 그의 노력이 어떤 성과를 낼 것인지에 대해 나는 깊은 관심을 가지고 있었다. 그런데 놀랍게도 그 뒤 2, 3주일이 지났지만 아무 소식도 들려오지 않았다. 나는 딕 씨가 들뜨고 불안정한 심리상태에서 자신의 의도를 잊어버렸거나 포기해버린 것이라고 생각하기 시작했다.

그런데 어느 화창한 날 저녁, 도라는 외출할 생각이 없었기에 나는 대고모와 둘이서 박사님 댁까지 천천히 걸어갔다. 가을이라서 저녁 공기를 어수선하게 하는 국회 토론도 없었다. 우리가 밟고 걸어가는 낙엽은 블룬더스톤의 우리 집 뜰과 같은 냄새를 풍겼고, 한숨짓는 바람을 타고 옛날의 불행했던 감정이 몰려오는 것 같았다.

박사님 댁에 닿으니 이미 해질녘이었다. 스트롱 부인이 마침 뜰로 나오고 있었고, 딕 씨는 정원사를 도와 칼을 바삐 놀리며 말뚝을 뾰족하게 깎고 있었다. 박사님은 서재에서 어떤 사람과 이야기를 나누고 있었다. 스트롱 부인은 손님이 곧 돌아갈 터이니 기다렸다가 만나 보고 가라고 했다. 우리는 스트롱 부인과 함께 응접실로 들어가 저물어가는 창가에 앉아 기다렸다. 우리는 오랜 친구이자 이웃사촌이므로 새삼스럽게 인사치레를 할 필요는 전혀 없었다.

우리가 응접실에 앉아 있은 지 몇 분도 되지 않았을 때, 언제나 일을 만들어서 소란을 피울 궁리만 하는 마클람 부인이 한 손에 신문을 들고 헐레벌떡 들어오면서 말했다. "하느님, 맙소사, 애니, 왜 서재에 손님이 계시다고 말하지 않았니?"

애니는 조용히 대답했다. "어머니께서 그것을 알고 싶어하시는지 제가 어떻게 알 수 있었겠어요?"

마클람 부인은 소파에 털썩 주저앉으며 말했다. "내 평생 이렇게 놀란 적은 없었다!"

"그럼 서재에 가셨었나요, 어머니?"

"갔었지! 사랑스러운 내 사위가—그는 정말 좋은 사람이에요! 미스 트롯우드, 그리고 데이비드, 내 마음을 아시겠어요?—유언장을 만들고 있는 자리에 내가 들어간 겁니다."

애니가 창가에서 돌아보았다.

"그렇단다, 마침 유언장을 쓰고 계시는 중이야."

마클람 부인은 신문을 식탁보처럼 무릎 위에 펴고 두 손으로 가볍게 토닥거리며 말했다. "어쩌면, 앞날까지 세심하게 생각해 주시는구나. 그 장면을 꼭 네게 이야기해야겠다. 착한 사위—이보다 더 착할 수가 없지!—를 위해서라도 꼭 얘기해야겠어. 미스 트롯우드, 이 집에서는 신문 하나를 읽을 때도 말 그대로 머리에서 눈알이 튀어나올 지경이 될 때까지는 촛불을 켜는 법이 없답니다. 그리고 이 집에는, 서재에 하나 있는 것 말고는 앉아서 느긋하게 신문을 읽을 수 있는 의자다운 의자도 없어요. 그래서 서재로 갔더니 불빛이 보이더군요. 문을 열었지요. 박사하고 척 봐도 변호사 같은 두 사람이 있었는데, 세 사람 모두가 책상 앞에 서 있었어요. 박사는 펜을 들고 말입니다. '그러면 여러분, 이것으로 ─애니, 이 대목을 잘 들으렴─아내에 대한 나의 신뢰를 나타내고, 재산을 아내에게 무조건 넘겨주는 것이 되겠지요?'라고 박사가 말하더군요. 그러자 변호사 한 사람이 대답했어요. '그렇습니다. 무조건 양도하는 것입니다'라고. 그 말을 듣는 순간, 어미로서 기쁜 마음에, '실례했습니다' 하고 말하고 문턱에 걸려 넘어지면서 찬장이 있는 뒷복도로 해서 이리로 달려온 것이랍니다."

스트롱 부인은 창문을 열고 베란다로 나가서 기둥에 기대고 서 있었다.

"미스 트롯우드, 그리고 데이비드, 정말 든든한 얘기 아닙니까?" 마클람 부인은 기계적으로 애니를 눈으로 좇으며 말했다. "그 나이가 되도록 여전히 이만한 일을 할 수 있는 기력이 있으니까요. 이 점만 보아도 내 생각이 얼마나 옳았는지 알 수 있어요. 박사가 직접 나를 찾아와서 애니를 사랑한다고 말하고 결혼을 허락해 달라고 했을 때에 나는 애니에게 이렇게 말했지요. '저분은 분명 네 미래를 확실하게 책임져 주실 것이고, 그뿐만 아니라 단순한 의무보다 더한 것까지 해 주실 거란다'라고 말이에요."

그때 벨소리가 나고 손님이 나가는 발소리가 들려왔다.

"일이 모두 끝났군, 틀림없어요." '노병'은 귀를 기울이고 있다가 말했다. "서명하고, 밀봉해서 넘겨주었으니까 박사도 이제는 안심이 될 거야. 얼마나 훌륭한 사위인지! 애니, 얘야, 나는 신문을 들고 서재로 가겠다. 세상 소식을 모르고는 견딜 수 없으니까 말이야. 미스 트롯우드, 데이비드, 함께 가서 박사를 만나시겠어요?"

우리가 부인과 함께 서재로 들어가니 딕 씨가 나이프를 접으며 그늘진 곳에 서 있었다. 대고모는 더 이상 노병을 참고 볼 수 없어서, 살짝 감정을 터뜨리며 코끝을 세차게 문질렀다. 그리고 누가 제일 먼저 서재에 들어갔고, 마클람 부인이 어떻게 안락의자에 털썩 주저앉았으며, 어째서 내가 대고모와 둘이서 문 앞에 남아 있었는지도(그것은 아마도 나보다 눈이 좋은 대고모가 재빨리 나를 제지했기 때문일 것이다) 눈치챘을 테지만, 지금은 모두 잊어버렸다. 그러나 이것은 기억하고 있다. 박사님이 눈치채기 전에 우리가 먼저 알아챘는데, 박사님은 책더미에 싸여 책상에 앉아 조용히 한 손으로 머리를 괴고 있었다. 동시에 스트롱 부인이 파랗게 질려 몸을 떨면서 서재로 들어왔다. 딕 씨가 뒤에서 한 팔로 부인을 부축하고 있었다. 그리고 또 다른 손을 박사의 어깨에 올리니, 박사가 깜짝 놀라 고개를 들었다. 박사의 머리가 움직이자 애니는 느닷없이 그의 발치에 무릎을 꿇고 애원하듯이 두 손을 치켜들었다. 그리고 이루 표현할 수 없는 눈빛으로 박사를 올려다보았다. 마클람 부인은 신문을 떨어뜨리고, 제일 먼저 '경악'호의 선수상(船首像 : 뱃선 앞머리를 꾸미는 사람이나 동물 모양의 조각상) 같은 얼굴로 화들짝 놀라 그 모습을 바라보았다.

놀란 와중에도 상냥한 박사의 태도, 애원하면서도 위엄을 잃지 않는 애니, 안쓰럽기 그지없는 딕 씨의 걱정스러운 얼굴, 그리고 '저 사람을 보고 미쳤다니!' 하고 무심코 중얼거린 대고모의 심각한 표정(그것은 대고모가 그를 구해낸 불행에 대해 여봐란 듯이 말한 것이라고 생각하면 된다)—그러한 장면이, 지금 이 글을 쓰고 있는 동안에도 눈앞에 또렷하게 펼쳐져 있다.

"박사님!" 딕 씨는 말했다. "무엇이 잘못됐어요? 여길 보세요!"

"애니!" 박사가 외쳤다. "꿇어앉아서 무얼 하는 거요!"

"제발 부탁드립니다. 아무도 이 방에서 나가지 말아주세요! 아, 저의 남편이자 아버지와도 같은 당신, 이제 그 긴 침묵을 깨고 말씀해 주세요. 우리 사이에 무슨 일이 있었는지 제게도 가르쳐 주세요!"

마클람 부인이 겨우 입을 열 수 있게 되자, 가문의 명예 때문인지 어미로서의 분노 때문인지 불같이 화를 내며 소리쳤다. "애니, 일어서. 그렇게 비굴하게 우리 집안을 욕되게 하지 마라! 여기서 내가 미치는 모습을 봐야겠니?"

"어머니!" 애니가 대답했다. "저에게 쓸데없는 말씀 하지 마세요. 제 호소는 남편에게 하는 것이니까요."

"쓸데없다고? 지금 나한테 쓸데없다고 말했니? 애가 정신이 나갔구나! 아아, 누가 물 좀 줘요!"

나는 박사님 부부에게만 정신이 쏠려 있었으므로 그 목소리가 들리지 않았다. 다른 사람들도 마찬가지였던 모양이다. 그래서 부인은 단지 눈을 내리뜨고 씩씩거리며 험악하게 부채질만 하고 있었다.

"애니!" 박사는 두 손으로 다정하게 아내를 일으켜세우며 말했다. "여보, 세

월의 흐름에 따라 우리의 결혼생활에도 불가피한 변화가 있을 수 있지만 그것은 당신이 책망받을 일이 아니오. 잘못은 모두 내게 있소. 그러나 당신을 향한 내 사랑과 존경은 조금도 변함이 없소. 나는 당신을 행복하게 해주고 싶은 생각밖에 없소. 정말로 당신을 사랑하고 존경하고 있소이다. 일어서요, 애니, 제발!"

애니는 일어서지 않았다. 잠시 남편을 바라보고 있다가 한 팔로 남편의 무릎을 끌어안고 그 위에 머리를 얹으며 말했다.

"이번 일에 있어서 저와 제가 사랑하는 남편을 위해서 한마디라도 해주실 수 있는 분이 계십니까? 이따금 내 마음을 스치고 지나가는 의문을 확실히 설명해 주실 분은 안 계시는지요? 이이를 존경하시는 분, 그리고 저를 생각해 주시는 분이 계시면, 어떤 말씀이라도 좋아요. 조금이라도 우리 사이가 나아지는 방법을 아시는 분이 계시다면, 꼭 좀 말씀해 주시기를 간청드립니다."

한참 동안 무거운 침묵이 흘렀다. 망설임 끝에 내가 침묵을 깨뜨렸다.

"스트롱 부인, 실은 제가 알고 있는 것이 있습니다. 그러나 박사님께서, 그것을 입 밖에 내지 않도록 간곡히 부탁하셨으므로, 오늘 밤까지 그것을 감춰두 었던 것입니다. 하지만 이 이상 그것을 감추는 것은 옳지 못한 신념이고 그릇 된 배려이며, 부인의 호소를 들으니 박사님의 명령도 더는 소용이 없다고 생각 하므로 이만 말씀드리고자 합니다."

순간 스트롱 부인이 내게 얼굴을 돌리는 것을 보고 나는 내 행동이 옳다는 것을 알았다. 설령 그 확신에 근거가 모자란다고 하더라도, 애원하는 부인의 얼굴을 보고는 차마 말하지 않을 수 없었다.

"저희 앞날의 평화는," 부인은 말했다. "당신의 손에 달려 있는지도 몰라요. 그러니 어떤 것이라도 숨김없이 모두 말해주리라 믿습니다. 당신도, 그리고 다 른 분들도, 말씀하시는 것이 이이의 훌륭한 마음에 상처가 된다고는 생각하지 않아요. 그러니 그것이 내 마음을 울려놓을 것 같이 생각된다 하더라도 구애 받지 마세요. 언젠가 나중에, 내 스스로 남편과 하느님 앞에서 모조리 말씀드 릴 생각이니까요."

이같이 간곡한 부탁을 받자, 새삼스럽게 박사님의 허락을 받을 필요도 없었 다. 나는 우라이아 힙 같은 막된 표현은 쓰지 않았지만 나머지는 조금도 사실 과 다름없이 그날 밤 이 방에서 있었던 일을 다 말했다. 그동안 마클람 부인 이 눈을 동그랗게 뜨고 놀라면서 이따금씩 새된 소리를 지르는 모습은 여기에 다 설명할 수 없을 정도로 엄청났다.

내가 이야기를 끝내자 애니는 고개를 숙이고 얼마간 말없이 있더니, 이윽고 박사님의 한 손을 잡고 (박사는 우리가 들어왔을 때와 똑같은 자세로 앉아 있었 다) 자기 가슴에 갖다 대고 꼭 누르면서 그 손에 입을 맞추었다. 딕 씨가 조심 스럽게 그녀를 일으켜주었다. 그녀는 일어서서 딕 씨에게 몸을 기대고 박사님 을 살짝 내려다보며—그러나 눈길은 조금도 떼지 않았다—말을 시작했다.

"제가 당신과 결혼한 뒤부터 제 마음속에 있던 모든 것을, 사실 그대로 말씀 드리겠습니다. 이런 이야기까지 들었으니 하나라도 숨겨두고는 살아갈 수 없 으니까요." 그녀는 숨이 끊어질 듯이 낮은 목소리로 말했다.

"아니오, 애니. 나는 당신을 의심한 적이 한 번도 없소. 여보, 그럴 필요는 없 소—정말이오." 박사님이 부드럽게 말했다.

"아니에요, 있어요." 그녀는 여전히 조용하게 대답했다. "이토록 너그럽게 성 의를 다해 주셨으니, 이 기회에 모조리 말씀드려야 한다고 생각해요. 하느님도 알고 계세요. 덕분에 해가 갈수록, 아니 날이 갈수록 점점 더 깊이 사랑하고 존경하고 있는 걸요!"

"아, 내가 조금만 더 분별이 있었더라면—" 마클람 부인이 끼어들었다.

("당신한테 그런 것이 있을 리가 있나! 이 참견쟁이 여자야!" 대고모가 작은 소리로 부루퉁하게 말했다.)

"—역시 한마디 해야겠구나. 그런 하찮은 이야기는 하지 않아도 된단다."

"어머니, 그건 이분이 판단하실 문제예요." 애니는 박사님에게서 눈을 떼지 않고 대답했다. "그리고 이분은 잘 들어주실 거예요. 어머니께서 듣기 힘드시다면 죄송해요. 하지만 저는 이미 오랫동안, 그것도 자주 괴로움에 시달려왔어요."

"이것 참, 놀랍구나!" 마클람 부인은 신음 소리를 냈다.

"제가 어렸을 때, 제가 알던 모든 것에 첫째로 떠오르는 것은 바로 이분이세요. 스승이자 친구로서 정말로 끈기 있게 가르쳐주셨고—돌아가신 아버지의 친구시기도 하죠—언제나 저에게 친절하셨어요. 돌아가신 아버지의 친구분이었지요. 지금 제가 알고 있는 것은 이분을 떼어놓고는 떠올릴 수가 없답니다. 이분은 가장 중요한 보물로 제 마음을 채워주셨고, 그러한 지식 위에 인격까지 또렷하게 새겨주셨습니다. 만약 제가 그 지식을 다른 사람으로부터 받았다면, 그것들이 지금처럼 소중한 것이 될 수는 없었을 것입니다." 애니가 말했다.

"제 어미를 업신여기다니!" 마클람 부인이 외쳤다.

"그렇지 않아요, 어머니. 저는 진실을 말하고 있을 뿐이에요. 그렇게 해야 한다고 생각해요. 그리고 성장한 뒤에도 역시 친구이자 스승이셨어요. 저는 이분이 관심을 가져주시는 것을 자랑스럽게 생각했고, 깊이 사랑하고 사모하였습니다. 뭐라고 말해야 좋을지 모르겠지만—이른바 아버지로서, 인도자로서 진심으로 존경했습니다. 다른 누구에게 아무리 칭찬을 들어도 박사님이 칭찬해주시는 것이 가장 기뻤고, 설령 세상 사람을 아무도 못 믿게 되더라도 박사님만은 절대적으로 믿었을 것이라고 생각해요. 어머니께서 느닷없이 그분을 애인으로 제게 소개하셨을 때 저는 어리고 세상을 모르는 철부지였지요."

"그 일이라면 내가 이미 여기 있는 사람 모두에게 적어도 쉰 번은 말했다!" 마클람 부인이 말했다.

("그럼 이제 좀 가만히 있으면 좋으련만! 더 이상 듣고 싶지 않아!" 또다시 대고

모가 중얼거렸다.)

"저에게는 엄청난 변화이고, 엄청난 손실이었어요. 제일 처음에는 그렇게 생각했습니다." 애니는 얼굴빛과 말투를 조금도 바꾸지 않고 말했다. "아주 놀라고 당황했습니다. 아무튼 아직 어렸으니까요. 그토록 오랫동안 존경해오던 분이 갑자기 변하자 정말 슬펐어요. 하지만 이제는 원래대로 돌이킬 수도 없고, 또 생각해보니, 그토록 나를 높이 평가해 주시는 것도 기분 좋았어요. 그래서 결혼까지 하게 된 거죠."

"─그래, 캔터베리의 세인트 올페지 교회였지." 마클람 부인이 말했다.

("흥, 또 저 여자야! 잠시도 조용히 있지 못하는군!" 대고모가 말했다.)

"저는 생각해 본 적이 없었습니다." 애니가 살짝 상기된 얼굴로 말을 이었다. "제 남편이 가져다줄 세속적인 이익 같은 것 말입니다. 저의 어린 가슴에는 그에 대한 존경 때문에 그따위 보잘것없는 생각이 들어설 자리가 없었던 것입니다. 어머니, 이렇게 말씀드려서 죄송해요, 하지만 그같이 무자비한 의혹으로 저를 그르치고 그이를 그르칠 수도 있다는 생각을 맨 처음 가르쳐주신 분은 바로 어머니세요!"

"나라고!" 마클람 부인은 외쳤다.

("그래, 당신이야!" 대고모가 말했다. "아무리 부채질을 해도 이 사실만은 날아가지 않을 거야!")

"결국 그것이 제 인생의 첫 번째 불행이었습니다." 애니는 말했다. "그것이 제 불행의 시작이었어요. 그리고 그런 것이 요즘에는 셀 수 없을 정도로 늘어났어요. 하지만─여보, 결코 당신이 생각하는 이유는 아니에요. 저는 어떤 생각도 추억도 희망도, 당신 없이는 도저히 떠올릴 수 없어요."

그녀는 고개를 들고 두 손을 맞잡고, 마치 요정처럼 청초한 모습으로 박사님을 바라보았다. 박사님도 똑같이 그녀를 바라보고 있었다.

"어머니가 자신을 위해 당신을 다그친 건 아니에요." 그녀는 말을 이었다. "어머니에게 나쁜 뜻이 있었다고는 생각지 않아요. 하지만 너무도 성가신 요구들이 제 이름으로 당신에게 강요되었고, 제 이름으로 당신이 얼마나 이용당했는지 몰라요! 그런데도 당신은 참으로 너그러우셨고, 당신의 행복을 진정으로 바라시는 위크필드 씨가 그 탓에 얼마나 화를 내셨는가를 생각하면, 자연스레 제 애정은 돈에 팔린 것이다, 다시 말하면 다른 사람도 아닌 당신에게 돈으로 팔린 여자라는 야비한 세상의 의혹에 끊임없이 드러나 있는 것만 같아서, 그런 마음을 당신에게까지 밀어붙인 셈이 되었어요. 하지만 그런 불안과 피로를 끊임없이 마음에 품고 있다는 것이 어떤 것인지 도저히 말로 다 설명할 수 없어요. 어머니도 상상도 못하실 거예요. 하지만 이것만은 분명히 말씀드릴 수 있어요. 제 결혼식날에 저는 일생의 사랑과 영광을 훌륭하게 획득했습니다!"

"오랫동안 길러준 데에 대한 보답이 겨우 이것이라니!" 마클람 부인이 눈물을 흘리며 말했다. "아아, 차라리 터키 사람이었더라면 좋았을 것을!"

("그럼, 정말 그렇지. 그리고 터키로 돌아가 버리면 더 좋을 텐데!" 또다시 대고모가 내뱉듯이 말했다.)

"어머니가 맬던에 대해서 걱정하시던 것이 바로 그때였습니다. 저도 그를 아주 좋아했어요." 그녀는 조용히 그러나 조금도 망설이지 않고 말했다. "어렸을 때는 진심으로 사랑했어요. 만약 여러 가지 사정들만 아니었더라면, 저도 그것이 진정한 사랑이라고 착각하고 그와 결혼해서, 가장 비참한 꼴이 되었을지도 몰라요. 마음과 목적이 어울리지 않는 결혼만큼 부부 사이를 갈라놓는 것은 없으니까요."

그 뒤의 말에도 나는 열심히 귀를 기울이고 있었지만, 지금 이 말에는 조금 생각해보지 않을 수 없었다. 나로서는 추측할 수 없는 어떤 특별한 의미나 뜻밖의 관련이 있는 것처럼. '마음과 목적의 불일치만큼 부부 사이를 갈라놓는 것은 없다'—'마음과 목적의 불일치만큼 부부 사이를 갈라놓는 것은 없다.'

애니가 말을 이었다. "그와 나 사이에는 공통된 것이 없어요. 그 점은 오래 전부터 알고 있었어요. 저는 박사님에게 매우 감사하고 있어요. 설령 제가 저의 남편에게 더 이상 감사할 것이 아무것도 없다 할지라도, 미숙한 제 마음을 최초의 그릇된 충동에서 구출해주신 데 대해서는 정말로 감사하게 여겨야 할 겁니다."

애니는 박사 앞에 조용히 서서 나까지 감동할 정도로 진지하게 이야기했다. 그녀의 목소리는 차분했다.

"저의 사촌이 당신의 은혜를 입기 위해 기다리고 있던 때에도, 저는 오히려 스스로 자신의 길을 개척해 나가는 쪽이 훨씬 좋다고 생각하고 있었습니다. 그야 당신은 저를 위하는 마음에서 무엇이든 너그럽게 베풀어 주셨지만, 저는 돈만 노리는 탐욕적인 인간으로 보이는 것이 몹시 괴로웠어요. 만약 저라면 아무리 괴로운 일이 있어도 혼자 힘으로 해나갈 거라고 생각했습니다. 하지만 그래도 그 사람을 나쁘게 생각하지는 않았어요. 정말로 실망한 것은 그가 인도로 떠나는 밤이었습니다. 그날 밤 저는 비로소 그 사람이 거짓되고 배은망덕한 마음을 가지고 있는 것을 알았습니다. 그때 위크필드 씨가 저에게 여러 가지를 캐물었는데, 이중의 뜻을 지니고 있다는 것도 잘 알았습니다. 그때 저는 처음으로 제 인생에 드리워진 의혹의 그림자를 확실히 보았습니다."

"의혹의 그림자라니, 애니!" 박사가 말했다. "아니야, 아니야!"

"당신 마음속에 아무런 의혹도 없는 것은 저도 잘 알고 있어요, 여보!" 그녀는 말했다.

"그래서 그날 밤, 저는 모든 수치와 슬픔을 털어놓을 생각으로 당신께 갔지만, 저를 위해, 저를 사랑하시는 나머지 당신께서 은혜를 베푸신 제 친척이, 당신 집 지붕 밑에서 입 밖에 내서는 안 될 말을 제게 했다는 것을 당신께 말씀드리려고 하자, 너무 역겹고 부끄러워 견딜 수가 없었습니다. 저는 그가 생각하는 바와 같이 마음이 악하고, 욕심 많고, 천박한 사람일지도 모릅니다. 하지만 아무튼 그런 이유로 목구멍까지 올라온 말을 차마 말씀드릴 수 없었습니다. 결국 그 말은 지금까지 한 번도 입 밖에 낸 적이 없습니다."

마클람 부인은 짤막한 신음을 내면서 안락의자에서 몸을 뒤로 젖히고는 다시는 끼어들지 않겠다는 듯이 부채로 얼굴을 가렸다.

"그때부터 저는 당신이 계시지 않는 곳에서는 그 사람과 한마디도 주고받지 않았습니다. 당신 앞에서 말을 한 것도 다만, 가만히 있으면 언젠가는 이런 설명을 해야 할 날이 올 테니 그것이 싫어서 대꾸했을 뿐입니다. 그 사람이 이 집에서 자기 처지가 어떻다는 것을 여러 해 전에 일러주었습니다. 그래서 그 사람의 승진을 위해서 당신이 손써 주셨다는 말을 듣고, 저는 깜짝 놀랐지만 기쁘기도 했습니다. 하지만 그런 만큼 제 마음속의 비밀은 점점 더 무거워졌고, 솔직히 더욱더 비참해지기만 했습니다."

박사는 아내의 말을 막으려고 했지만, 그녀는 남편의 발치에 주저앉아 눈물을 머금고 남편의 얼굴을 올려다보면서 말했다.

"아직은 저에게 아무 말씀 말아주세요! 조금만 더 제 말씀을 들어주세요. 옳고 그름은 차치하더라도, 또다시 이런 일이 일어나면 저는 역시 똑같이 행동할 수밖에 없다고 생각해요. 아까부터 언급하고 있는 오랜 인연을 끌어안은 채 당신의 아내가 된 것, 그것만으로도 사람들은 제 사랑은 돈으로 팔린 것이라고 색안경을 끼고 봅니다. 그것이 자못 사실처럼 보이는 환경에 둘러싸여 있는 이 괴로움을 당신은 이해할 수 없을 거예요. 그때는 저도 어렸고, 의논할 사람도 아무도 없었습니다. 당신께 관계되는 모든 것에 있어서 어머니와 저 사이에는 의견 차이가 꽤 났었습니다. 그래서 제가 겪은 치욕을 숨기고 스스로 움츠러들었던 것입니다. 하지만 그것은 제가 당신을 그만큼 존경했기 때문이고, 당신께서도 역시 저를 존중해주시기를 원했기 때문이었습니다!"

"여보, 애니!" 박사가 말했다. "내 사랑스러운 아내!"

"조금만 더! 몇 마디만 더요! 당신이 결혼하실 수 있었던 사람은 많이 있었을 것입니다. 당신께 이 같은 부담이나 말썽을 끼치지 않고, 당신의 가정을 좀 더 훌륭하게 만들 수 있는 분이 얼마든지 있었을 것이라고 저는 늘 생각해 왔어요. 저는 언제까지나 당신의 제자로, 아니, 당신의 딸로 있는 쪽이 훨씬 더 좋았을 거예요. 저는 당신의 학식과 지혜에 조금도 어울리지 않는다고 늘 두려워했습니다. 이런 이야기는 훨씬 일찍 말씀드렸어야 했지만, 모두 소극적이되어 버린 이유는—정말 그래요—첫째로, 당신에 대한 깊은 존경 때문이고, 둘째는, 저도 언젠가는 당신에게 존경받는 여자가 될 수 있을 것이라고 생각했기 때문이에요."

"언젠가라니! 그날은 이미 오래전부터 줄곧 빛나지 않았소, 애니. 기나긴 밤도 없진 않았지만, 그것은 딱 한번 뿐이었소. 앞으로는 절대 없을 거요." 박사가 말했다.

"한 말씀만 더! 그 뒤로 저는 당신이 친절을 베풀어주신 그 상대가 쓸모 없는 인간이라는 사실을 깨달은 괴로움도 묵묵히 참아낼 생각이었습니다. 아니, 그렇게 하기로 단단히 결심했던 것입니다. 마지막으로 한 마디만 더, 당신의 호의에 기대게 해 주세요. 요즘 당신이 완전히 달라진 것은 저도 알고 있었습니다. 그리고 혹시 전에 걱정하던 그 일이 원인이 아닐까 하고 생각한 적도 있었습니다. 어떤 때는 아마도 이쪽이 진실에 가깝다고 생각하는데, 저로서는 잊을 수 없는 온갖 억측과 연결하여 생각하기도 했습니다. 그것이 오늘 밤에야 명백해졌습니다. 그리고 오늘 밤 우연히도 그러한 오해가 있음에도 고귀한 마음씨로 저를 믿고 계시다는 것을 잘 알았습니다. 그 보답으로 제가 아무리 사랑을 바치고 의무를 다한다 해도 당신의 무한히 값진 믿음에 보답할 수 있으리라고는 생각하지 않습니다. 그러나 이러한 것을 모두 알았으니, 제가 아버지처럼 존경하고, 남편으로서 사랑하고, 특히 어릴 때에는 누구보다도 좋은 친구로서 우러르던 당신의 얼굴을 제대로 바라볼 수가 없습니다. 농담으로나 변덕으로도 제가 당신을 배반한 일은 결코 없었으며, 당신을 향한 사랑과 믿음이 흔들린 적은 한 번도 없었습니다!"

그녀는 박사의 목을 두 팔로 껴안았다. 박사는 그녀를 꽉 껴안고 자기의 백발과 그녀의 짙은 갈색 머리가 뒤엉킬 정도로 얼굴을 깊게 파묻었다.

"아, 저를 안아주세요, 여보! 저를 버리지 마세요! 두 번 다시 우리 사이에 거리가 있다고 생각하시거나, 말씀하시지 말아주세요! 애당초 그런 것은 없어요. 제게 모자란 점은 많이 있지만요. 당신을 존경하는 마음이 커질수록 저는 더욱더 그 사실을 잘 알게 되었어요. 여보, 저를 꽉 안아주세요! 제 사랑은 반석 위에 세워진 사랑, 언제까지나, 영원토록 변하지 않아요."

침묵이 이어지는 동안, 대고모는 딕 씨에게로 천천히 걸어가더니 그를 껴안고 소리가 나도록 입을 맞추었다. 그의 명예를 위해서는 대고모의 행동이 아주 큰 도움이 되었다. 왜냐하면 바로 그때 그는 기쁨을 나타내느라 한쪽 다리로 일어서려고 하고 있었기 때문이다.

"당신은 참으로 훌륭한 사람이에요, 딕!" 대고모는 진심어린 칭찬을 아끼지 않았다. "그러니까 당당하게 가슴을 펴세요. 겸손하실 것 없어요. 나는 잘 알고 있으니까!"

대고모는 그의 소매를 끌어당기며 나를 보고 고개를 끄덕였다. 우리 세 사람은 방에서 살며시 빠져나와 집으로 돌아왔다.

"노병의 체면이 말이 아니겠군." 집으로 돌아가는 길에 대고모가 말했다. "덕분에 다른 기쁜 일이 전혀 없어도 오늘 밤은 편하게 잘 수 있겠어."

"그 부인은 완전히 손을 들었을 거예요." 딕 씨는 동정하는 빛으로 말했다.

"뭐라고요! 당신은 악어가 손을 드는 것을 본 적이 있어요?" 대고모가 되물었다.

"나는 악어를 본 일이 없는데요." 딕 씨는 순진하게 대답했다.

"아무튼 그 늙은 악어만 없었어도 아무 일 없었을 텐데." 대고모가 힘주어 말했다. "어머니들 가운데에는 딸이 시집을 가고 난 뒤에도 지나치게 사랑하는 사람들이 있어. 가만히 내버려두는 게 상책인데 말이야. 그런 어머니들은, 딸

자식이 낳아달라고 부탁했거나 스스로 태어나기를 바랐다고 생각하지. 그리고 낳아준 대가로 그 딸을 괴롭혀서 죽일 권리도 자신에게 있다고 생각하는 것 같단 말이야. 트롯, 무슨 생각을 하고 있니?"

나도 오늘 들은 말들을 하나하나 생각하고 있었다. 나는 오늘 이야기에 나왔던 어떤 표현이 이상하게 신경쓰였다. '마음과 목적이 어울리지 않는 결혼만큼 부부 사이를 갈라놓는 것은 없다'라든가, '미숙한 제 마음을 최초의 그릇된 충동에서 구출해주었다'라든가, '제 사랑은 반석 위에 세워져 있습니다' 등.

그러나 어느새 나는 집에 닿았다. 낙엽들은 발밑에서 밟혀 흩어지고, 하늘에는 가을바람이 불고 있었다.

46장
소식

날짜에 관한 내 기억이 틀리지 않는다면, 결혼한 지 1년쯤 지났을 때였다. 어느 날 저녁, 그 무렵 쓰고 있던 책에 대해서 생각하면서(나는 꾸준히 출판해 왔기에 명성도 점점 높아졌고, 그때에는 첫 번째 소설 작품에 손을 대고 있었다) 혼자 산책에서 돌아오는 길에 문득 정신을 차리니 스티어포스 부인의 집 앞을 지나고 있었다. 옛날 그 이웃에 살고 있던 동안, 다른 길을 택할 수 있는 경우에는 절대 그러지 않았지만, 멀리 돌아가지 않고서는 다른 길을 찾기 어려운 경우도 있었으므로, 사실상 나는 자주 그 길을 지나다녔던 것이다.

물론 그럴 때에는 빠른 걸음으로 지나가면서, 집 쪽을 흘깃했을 뿐이었다. 그 집은 언제나 침울하고 활기가 없었다. 좋은 방은 길 쪽으로 난 것이 하나도 없었고, 한 번도 마음을 밝게 한 적이 없었던 좁고 육중한 창틀의 고풍스러운 창문들은 언제나 닫혀 있고 덧문까지 내려져 있어, 더욱 음산했다. 앞뜰을 가로지르며 포장이 된 작은 길이 있는데, 그 길을 따라가면 한 번도 사용한 적이 없는 현관이 있다. 거기에는 나머지 것들과는 전혀 어울리지 않는 둥근 층계 창문이 하나 있고 거기에만은 블라인드가 내려져 있지 않았지만, 사람이 살고 있지 않는 공허감은 마찬가지였다. 아무튼 집 안에 등불이 켜져 있는 것은 본 적이 없었다.

내가 어쩌다 그 집 앞을 지나가는 평범한 사람이었더라면, 아마도 그 집엔 자식도 뭣도 아무것도 없는 사람이 죽은 채로 누워 있을 것이라고 생각했을 것이다. 만약 내가 운 좋게도 이 집에 대해 아무것도 모른다면, 언제까지나 조금도 달라지지 않는 집을 보고 여러 가지 억측을 하며 재미있는 공상을 했을 것이다.

그러나 사실 나는 되도록 생각하지 않기로 했다. 그러나 내 마음은 몸처럼 그냥 지나치지 못하고, 늘 온갖 회상이 구름처럼 뭉게뭉게 솟아올랐다. 그날 저녁에도, 어린 시절의 추억과 그 뒤의 온갖 공상, 걷잡을 수 없는 환상 같은 희망, 스스로도 확실히 인식하지 못했던 많은 실의, 나 같은 사고를 하는 이가 빠지기 쉬운 경험과 공상의 혼동이 한꺼번에 어우러져서 평소보다도 더 깊은 회상에 잠겨 있었다. 나는 걸어가면서 공상에 사로잡혀 잠겨 있었는데, 그때 갑자기 옆에서 누가 부르는 바람에 깜짝 놀랐다.

여자 목소리였다. 언제나 푸른 리본을 모자에 달고 있던 스티어포스 부인의 하녀라는 것을 이내 알았다. 그러나 지금은, 달라진 그 집 분위기에 맞게 수수한 갈색 나비 리본 몇 개로 바꿔 달고 있어 조금은 음산해 보였다.

"도련님, 죄송합니다만, 들어오셔서 미스 다틀과 얘기를 좀 나누시지 않겠어요?"

"미스 다틀이 나를 불러오라고 당신을 보냈소?" 나는 그녀에게 물었다.

"오늘 밤은 그렇지 않습니다만, 그러신 거나 마찬가지예요. 어제인가 그제 밤에 도련님이 지나시는 것을 미스 다틀이 보고, 계단에 앉아 일을 하고 있다가 도련님께서 또 지나가시는 것을 보거든, 들어오셔서 얘기나 하고 가시도록 부탁드리라고 말씀하셨습니다."

나는 하는 수 없이 돌아서서 하녀와 함께 걸어가면서 스티어포스 부인의 안부를 물었다. 그녀는 부인이 아파서 늘 방에서만 지낸다고 했다.

집에 도착하자 하녀는 나를 뜰에 있는 미스 다틀에게로 안내하고는 인사는 직접 하라고 하고는 가버렸다. 미스 다틀은 시가지가 내려다보이는 테라스 한쪽 끝에 의자를 놓고 앉아 있었다. 그날은 하늘에 으스스한 빛이 감도는 음침한 밤이었다. 멀리 여기저기서 큰 건물들이 음산한 빛을 번쩍거리면서 나타나는 음울한 풍경을 보자, 나는 이 하늘 모양이야말로 이 심보 고약한 여성에게 딱 어울리는 배경이라고 생각했다.

그녀는 나를 보더니 자리에서 일어나 맞아주었다. 그녀는 지난번에 보았을 때보다도 더 창백하고 여위어 보였다. 번쩍이던 눈은 더욱 빛났고, 흉터도 더욱 뚜렷했다.

우리의 만남은 정다운 것이 못 되었다. 지난번에도 마지막에는 화를 내고 헤어졌으므로, 그녀에게는 상대를 얕잡아 보는 태도가 있었지만 그것을 애써 감추려 하지도 않았다.

"내게 뭔가 할 얘기가 있으시다고요, 미스 다틀." 그녀가 몸짓으로 의자를 권하는 것을 무시하고, 나는 의자 등받이에 한 손을 얹고 서서 말했다.

"그 아가씨는 찾았습니까?"

"아니오."

"그 애는 달아났어요!"

그녀의 얇은 입술이 더욱 험악한 말로 비난하고 싶은 마음을 감추느라고 몰래 움직이는 것을 보았다.

"달아났다고요?"

"네! 제임스한테서 말이에요." 그녀는 큰 소리로 웃으며 말했다. "아직 찾지 못했다면 앞으로 영원히 찾지 못할지도 모르죠. 어쩌면 이미 죽었을 수도 있어요!"

그녀는 우쭐거리며 내 시선을 되받아쳤다. 그 냉혹한 눈빛은 이제까지 한 번도 본 적이 없을 정도였다.

"그녀가 차라리 죽기를 바라는 것은," 나는 말했다. "그녀와 같은 여성으로서 에밀리에게 베풀 수 있는 가장 친절한 소원일지도 모르죠. 미스 다틀, 당신도 나이 탓인지 많이 부드러워졌군요."

그녀는 아무런 대꾸도 하지 않았지만 여전히 거만하게 몸을 돌리면서 멸시하는 웃음을 띠고 말했다.

"그 잘난 상처투성이 젊은 아가씨의 친구들은 모두 당신의 친구들이지요. 그리고 당신이 그들을 대표하는 투사이고요. 그 아가씨에 대해서 내가 알고 있는 사실을 듣고 싶어요?"

"듣고 싶습니다." 나는 대답했다.

그녀는 엷은 미소를 띠며 일어서더니, 잔디밭과 채소밭의 경계선을 이루고 있는 사철나무 울타리 쪽으로 몇 걸음 걸어가서 마치 불결한 짐승이라도 부르는 것처럼 "이봐요, 이리 와요" 하고 소리쳤다.

"여기서는 노골적인 변호나 복수 같은 것은 삼가주시겠지요, 코퍼필드 씨?" 표정 하나 바꾸지 않고 어깨 너머로 나를 돌아보며 미스 다틀은 말했다.

그녀의 말이 무슨 뜻인지 몰랐지만 나는 고개를 끄덕였다. 그러자 그녀는 또다시 "이리 와요" 하고 말하며, 그 신사처럼 거들먹거리는 집사 리티머를 데리고 왔다. 리티머는 여전히 거만한 얼굴로 내게 인사를 하고 그녀의 뒤에 가서 섰다. 미스 다틀은 심술궂고 의기양양한 태도─그러면서도 어쩐지 가냘프고 남의 이목을 끄는 부분이 있어서 재미있다—로 우리 사이에 천천히 기대어 앉아 내 얼굴을 물끄러미 보았다. 그 모습은 마치 이야기 속에 나오는 잔인한 악녀와 똑같았다.

그녀는 리티머를 바라보지도 않은 채, "그 여자가 달아난 얘기를 코퍼필드 씨에게 해줘요"라고 명령하며 실룩거리는 그 오래된 흉터를 어루만졌다. 아마도 아픔을 느끼기보다는 기쁜 마음이 앞서서 그랬을 것이다.

"제임스 씨와 내가 말입니다, 미스 다틀."

"나한테 말구요!" 그녀는 얼굴을 찌푸리며 말을 막았다.

"제임스 씨와 내가 말입니다, 도련님."

"내게도 하지 말아요." 나는 말했다.

그러나 그 정도로 흔들릴 리티머가 아니다. 우리에게 즐거운 것은 무엇이든 자기에게도 즐겁다고 말하는 것처럼 가볍게 인사를 한 번 하고, 말을 이었다.

"그 아가씨가 제임스 씨의 보호 아래 야머스를 떠난 뒤로, 저는 그들과 함께 외국에 가 있었습니다. 저희는 프랑스, 스위스, 이탈리아 등 대부분의 나라를 돌았습니다."

그는 의자 등받이를 향해 이야기하는 것처럼 그것을 가만히 바라보며, 울리지 않는 피아노를 치는 것처럼 두 손으로 살짝살짝 두드렸다.

"제임스 씨는 그 아가씨를 무척 좋아했으며 제가 그분을 돌본 뒤로 처음 보았을 정도로 오랫동안 안정되어 있었습니다. 게다가 그 아가씨는 머리가 좋아서 이내 여러 나라 말을 곧잘 해서 시골사람이라고는 도저히 여겨지지 않을 정도였습니다. 저는 가는 곳마다 그 아가씨가 칭찬받는 것을 보았습니다."

미스 다틀은 한 손으로 옆구리를 짚었다. 나는 리티머가 그녀를 힐끗 보며 싱긋이 웃는 것을 보았다.

"옷맵시는 물론, 건강한 혈색과 그녀의 인품은 어디서나 사람들의 감탄을 자아냈습니다."

그는 잠시 말을 멈추었다. 미스 다틀은 먼 야경을 보고 있었으나, 움찔거리는 입술을 감추기 위해 아랫입술을 꽉 물고 있었다.

리티머는 등받이에서 손을 떼어 두 손을 마주잡고, 이번에는 한쪽 다리로 서서 점잔을 부리며 머리를 약간 앞으로 내밀어 옆으로 기울이고는 다시 말을 이었다.

"한동안 이런 식으로 지냈으나, 이따금 아가씨는 매우 우울해하셨습니다. 너무 울적해하셔서, 저는 이 상태로는 제임스 씨가 견디지 못하실 거라고 생각했습니다. 아무튼 좋지 않은 공기가 피어올랐습니다. 그러자 제임스 씨는 또다시 불안해하시기 시작했고, 제임스 씨가 짜증을 내면 낼수록 아가씨도 점점 더 망가져갔습니다. 그래서 저도 두 분 사이에 끼여서 정말 난처했었지요. 그래도 어떻게든 여기서 얽어 맞추고 저기서 보충하여 한때는 사이가 회복되었고, 생각보다는 오랫동안 잘 이어졌다고 알고 있습니다."

미스 다틀은 먼 야경을 바라보던 눈길을 다시 원래대로 거두고 변함없이 거만한 태도로 다시 나를 보았다. 리티머는 점잖게 기침을 한 번 하여 목을 가다듬고는 다시 말을 이었다.

"그러므로 전체적으로 말씀드리면, 많이 타이르기도 하고 나무라기도 한 끝에 제임스 씨가, 어느 날 아침 나폴리 근처의 별장에서(아가씨가 바다를 무척 좋아해서 빌린 것입니다) 느닷없이 떠나버리셨습니다. 겉으로는 하루나 이틀 뒤에 돌아오시겠다고 하셨지만, 실은 저에게 모두의 행복을 위해 자기가―그는 여기서 다시 한 번 헛기침을 하였다―떠난다고 나중에 말해 달라는 부탁을 하면서 떠나셨지요. 저는 제임스 씨가 참으로 훌륭한 행동을 했다고 생각합니다. 아가씨가 다른 사람과 결혼해도 된다고 하셨으니 말입니다. 과거를 묻지 않고, 그 아가씨가 정상적으로는 더 바랄 수 없는 그런 훌륭한 상대를 찾으라고 말씀하셨습니다. 그녀의 연고자들은 아주 천한 사람들이었으니까요."

리티머는 마른 입술을 침으로 축였다. 나는 이 악당이 자신의 이야기를 하고 있다고 생각했다. 그러한 나의 확신은 미스 다틀의 얼굴에도 드러나 있었다.

"저는 제임스 씨의 어려운 사정을 구하고, 크게 걱정하고 계실 상냥하신 어머니와의 사이를 원래대로 되돌릴 수 있는 일이라면 어떤 것이든 마다할 생각이 없었으므로, 그 부탁을 기꺼이 받아들였습니다. 그런데 제가 제임스 씨의 출발을 이야기하자, 아가씨가 난폭해진 정도는 정말 꿈도 꾸지 못할 정도였습니다. 말이 통하지 않을 정도로 아주 미쳐버려서 힘으로 막을 수밖에 없었습니다. 그러지 않았다면 나이프를 쥐거나 바다로 가기 전에 대리석 바닥에 머리를 박을 기세였으니까요."

미스 다틀은 의자 등받이에 기대면서, 그의 목소리를 즐기는 것처럼 득의양양한 표정을 지었다.

"그런데 그 부탁을 반 정도 전했을 때," 리티머는 안절부절못하고 두 손을 비비면서 말했다. "이것은 누가 보더라도 사려 깊은 호의일 텐데, 오히려 그 아가씨는 본성을 그대로 드러냈습니다. 저는 그렇게 난폭한 여자는 처음 보았습니다. 정말 놀라웠어요. 감사는커녕 참을성도 분별도 전혀 없이, 이른바 목석과 다를 바 없었습니다. 만약 제가 넋을 놓고 있었더라면 분명 큰 상처를 입었을 것입니다."

"거기에 대해서는 에밀리가 아주 잘했다고 생각합니다." 나는 몹시 화가 나서 말했다.

"저런, 그렇습니까? 당신은 아직 젊군요!"

리티머는 가볍게 고개를 숙이더니 다시 말을 이었다.

"결국 저는 그녀 자신이나 다른 사람을 해칠 수 있는 물건은 모두 치우고, 그녀를 가둬 둘 필요가 있었습니다. 그렇게 했는데도 그녀는 밤에 몰래 빠져나가 버렸습니다. 제가 직접 못을 쳐둔 창을 열고, 아래로 늘어진 포도덩굴을 타고 내려갔습니다. 그 뒤로는 제가 아는 바로는 아무도 그녀를 보지도 못했고 소식도 듣지 못했습니다."

"아마, 죽은 게지. 확실해." 미스 다틀이 미소를 지으며 말했다. 마치 가련한 처녀의 시체를 발로 걷어찰 듯한 기세였다.

"아무래도 그런 것 같습니다. 바다에 몸을 던졌는지도 모르고요. 그렇지 않으면 뱃사공이나 그 처자들에게 구출되었는지도 모르고요. 그 여자는 천한 사람들을 좋아해서 바닷가에서 그런 사람들에게 말을 걸기도 하고 또 그들의 뱃전에 하염없이 앉아 있곤 하였으니까요. 제임스 씨가 안 계실 때는 온종일 그러고 있었습니다. 한번은 아이들에게 자기는 원래 뱃사람의 딸이라, 옛날에는 고향에서 너희와 똑같이 곧잘 바닷가를 거닐었다고 말해서, 제임스 씨를 화나게 한 적도 있습니다." 리티머가 말했다.

아, 에밀리! 박복한 에밀리! 먼 이국 바닷가에서, 한때는 자신도 그랬던 순진한 아이들 틈에 끼어, 만일 그녀가 가난한 사내의 아내였다면 틀림없이 어머니라고 불리었을 귀여운 아이들의 목소리에 귀를 기울이고, 또한 영원히 '이제는, 더 이상!' 하고 말하며 부서지는 파도 소리에 귀를 기울이고 있는 그 아름다운 모습이 눈앞에 한 폭의 그림처럼 떠올랐다!

"더 이상 손을 쓸 수 없게 되자, 미스 다틀—"

"내게 말하지 말라고 아까도 말했잖아요?" 그녀는 경멸조로 엄격하게 말했다.

"그러나 당신께서 저를 부르셨기에. 실례했습니다. 그러나 저는 분부받은 대로 따르는 것이 의무라서요."

"그럼 그 의무대로 하세요. 얼른 말하고 가 버려요!"

그는 한없이 점잔을 빼면서 공손하게 인사를 한 번 하고 말했다.

"그 여자를 찾을 수 없다는 것이 분명해지자, 저는 편지를 드리기로 약속이 되어 있던 곳으로 제임스 씨를 찾아가서 모든 사정을 알려 드렸습니다. 그 바람에 저희 사이에는 언쟁이 벌어졌습니다. 저는 일을 그만두는 것이 당연하다고 느꼈습니다. 제임스 씨의 일은 저도 참을 수 있고, 실제로 많이 참아왔습니다만, 그분은 저를 지나치게 모욕하고, 제 마음에 상처를 입혔습니다. 그분과 어머니 사이의 불화와 어머니의 근심이 어떠하다는 것을 잘 알고 있었으므로, 저는 제 마음대로 영국으로 돌아왔습니다."

"그리고 내게서 받아야 할 돈도 있었으니까요." 미스 다틀이 나를 보고 덧붙였다.

"그렇습니다. 아무튼 이걸로 제가 알고 있는 내용은 모조리 말씀드렸습니다." 그는 잠시 생각하다가 덧붙였다. "더 이상은 드릴 말씀이 없습니다. 그리고 저는 지금 실직 상태인지라, 언젠가는 좋은 일자리를 찾을 생각입니다."

미스 다틀은 내가 물어보고 싶은 것이라도 있는지 하는 눈으로 내게 묻기라도 하듯 나를 흘깃했다. 내 머리에 문득 떠오르는 것이 있어서 나는 말했다.

"이—자에게 묻고 싶은 게 있습니다. 집에서 그 아가씨에게 보낸 편지를 중간에서 가로챘는지, 아니면 그 아가씨가 편지를 받았는지를 말입니다." 나는 고운 말을 쓸 수 없었다.

그는 오른손 손가락을 왼손 손가락에 단정하게 끼운 채 조용히 땅을 바라보고 있었다.

미스 다틀은 멸시하듯 그 사람 쪽으로 고개를 돌렸다.

"용서해 주십시오, 미스." 그는 멍하니 있다가 말했다. "제가 비록 하인일망정 저에게도 견해가 있습니다. 코퍼필드 씨가 미스 다틀과 같을 수는 없습니다. 만약 코퍼필드 씨가 저한테 묻고 싶은 것이 있으시다면, 직접 제게 물어주셔도 괜찮다는 것을 코퍼필드 씨에게 말씀드리는 바입니다. 제게도 지켜야 할 인격이 있으니까요."

나는 마음에 걸리는 것이 있었으나 이내 그에게 눈길을 돌려 말했다. "내 질문은 들었지요? 그것은 당신을 보고 한 말이라고 생각해도 좋소. 그래 어떤 대답을 하겠소?"

"도련님, 제 대답은 경우에 따라 다를 수밖에 없습니다. 그 이유를 말하자면, 제임스 씨의 믿음을 배신하고 그 비밀을 그분 어머님께 털어놓는 것과 도련님께 털어놓는 것은 다르니까요. 그 아가씨는 편지를 받을 때마다 더욱더 우울해졌습니다. 그렇다면 저로서는 제임스 씨가 더욱 불쾌해질 것이 뻔한 편지를 받도록 권할 수는 없었습니다. 이 이상은 더 말할 수 없습니다."

"더 묻고 싶은 것은 없나요?" 미스 다틀이 나에게 물었다.

나는 더 이상 없다고 대답했으나 그자가 떠나려는 것을 보고 재빨리 덧붙였다. "이로써 나는 이 지독한 이야기들 가운데서 이 사람이 어떤 역할을 했는가를 알았고, 이 이야기는 에밀리를 위해 어릴 때부터 아버지 노릇을 대신 해 온 페거티 씨에게도 해 줄 생각입니다만, 아무튼 이 사람이 다시는 주제넘게 나서지 않기를 권할 따름입니다."

그런데 그는 내가 말을 꺼낼 때부터 가만히 서서 예의 느긋한 태도로 듣고 있다가 말했다.

"고맙습니다, 도련님. 그러나 제가 한 말씀 드리자면, 이 나라에는 더 이상 노예도 노예감독도 없습니다. 그러므로 개인이 법을 멋대로 휘두르는 것은 허용되지 않습니다. 만약에 그런 짓을 한다면, 다른 사람보다도 자신에게 더 위험하지요. 따라서 저는 어디든지 제가 가고 싶은 곳에 거리낌 없이 갈 수 있습니다."

그렇게 말하며 그는 공손히 절을 하고 왔던 길을 돌아 나가버렸다. 미스 다틀과 나는 한동안 아무 말 없이 서로를 바라보고 있었다. 그녀의 태도는 그자를 데려왔을 때와 똑같았다.

미스 다틀은 슬그머니 입술을 삐죽거리면서 말했다. "리티머는 이런 말도 했어요. 제임스는 지금 스페인에서 배로 여행을 하고 있는데, 그것이 끝나면 또 다시 어딘가에서 싫증이 날 때까지 자기의 항해 취미를 만끽할 생각이라는군요. 하지만 당신은 그런 소식에는 관심이 없겠죠. 그리고 어머니와 아들 모두 자존심만 높아서 이번 일로 두 사람 사이는 전보다도 더 넓은 간격이 생겼고, 그것이 좁아질 가망은 거의 없습니다. 두 사람 다 성격이 똑 닮아서, 시간이 흐를수록 고집을 부리며 융통성을 잃어가고 있어요. 물론 이런 이야기도 당신은 흥미가 없겠지요. 하지만 이 점을 말해두지 않으면 제가 이제부터 하려는 말을 시작할 수 없기 때문에 말씀드립니다. 당신께서 천사라고 생각하고 계시는 그 악마 같은 계집은 당연히 제임스가 바닷가에서 주워 온 그 계집 말입니다." 그녀는 새카만 눈으로 나를 바라보며 격렬하게 손가락을 세웠다. "저는 그 여자가 살아 있다고 생각해요—천한 것들은 쉽게 죽지 않으니까요. 만약 그 여자가 살아 있다면, 당신께서는 값진 진주처럼 찾아내어 잘 돌봐주려고 하실 것입니다. 저희도 그러길 원하고 있어요. 다시는 제임스가 그 계집의 미끼가 되지 않게 하기 위해서 말입니다. 여기까지는 우리 두 사람의 이해가 일치하지요. 그래서 저는 당신이 와서 아까의 이야기를 듣기를 바랐던 거예요. 마음 같아선, 그런 악질적인 계집은 아무리 험한 꼴을 당해도 모자라지만 말이에요."

그때 그녀의 안색이 변하는 것을 보고 나는 내 뒤에 누군가가 오고 있다는 것을 알았다. 스티어포스 부인이었다. 부인은 전보다 더욱 쌀쌀하고 거만한 태도로 내게 손을 내밀었으나, 그래도 아들에 대한 나의 옛정만큼은 되새기고 있다는 것을 알고, 나도 감동했다. 부인은 변해 있었다. 당당한 풍채는 쪼그라들었고 아름답던 얼굴에는 주름살이 크고 깊게 잡혔고, 머리는 거의 백발이 되어 있었다. 그러나 의자에 앉으니 여전히 변함없는 미인이었다. 그리고 자존심 센 아름다운 눈도, 옛날 학교에서 꿈에까지 나왔던 빛나는 눈동자와 조금도 달라지지 않았다.

"코퍼필드 씨에게 모든 것을 알려 주었나요, 로사?"

"네."

"리티머의 이야기도 직접 들었고?"

"네, 그래요. 마님께서 그것을 원하시는 이유도 말해주었어요."

"정말 기특하구먼. 나는 자네의 옛 친구 제임스에게서 이따금씩 편지가 오지." 부인은 나를 보며 말했다. "그러나 그 편지로도 부모에 대한 의무라든가 은혜를 되새기는 것 같지 않았어. 그래서 이번에 부른 것에 로사가 얘기한 그 이상의 목적은 없지. 언젠가 자네가 데려왔던 그 점잖은 사람의 마음을(나는 그분에 대해서 미안하게 생각하고 있어—하지만 그런 식으로 말할 수밖에 없지)

안심시키고, 내 아들이 다시는 그 독사 같은 계집의 흉계에 빠지지 않도록 할 수 있다면 더없이 좋을 걸세!"

부인은 몸을 바로 세우고 똑바로 멀리 앞을 바라보았다.

"부인," 하고 나도 정중히 말했다. "지금 말씀하신 그 목적에 대해서 절대로 왜곡된 해석을 할 우려는 없다는 것을 확언합니다. 그러나 이것만은 부인께도 분명히 말씀드려야 하겠습니다. 저는 그 딱한 집안을 잘 알고 있습니다만, 사실 연달아 호된 곤혹과 기만을 당한 쪽은 바로 불쌍한 그 아가씨 쪽입니다. 그 아가씨가 댁의 아드님의 손에서 한 잔의 물을 받는 것보다는 차라리 백 번이라도 죽는 것이 낫다고 생각하신다면, 그것은 엄청나게 잘못된 생각이라고 말씀드리지 않을 수 없습니다."

"괜찮아, 로사." 그녀가 말참견을 하려 들자 부인이 가로막았다. "괜찮으니까 가만히 있어. 자넨 결혼했다고 들었는데?"

나는 얼마 전에 결혼했다고 대답했다.

"그래, 행복한가? 나는 집 안에만 있어서 듣는 것이 거의 없지만, 그래도 자네가 점점 유명해져가고 있다는 것은 알고 있네."

"운이 좋아, 이름이 좀 나게 되었습니다."

"어머님이 안 계시지?"

"네."

"거 참 안됐군. 계셨더라면 아드님을 자랑스럽게 여기셨을 텐데. 잘 가요."

부인은 위엄 있는 태도로 손을 내밀었다. 그 손은 가슴속까지 싸늘해질 정도로 차가웠다. 부인의 우월감은 손의 맥박까지도 가라앉히고, 그 얼굴에 베일을 드리울 수도 있을 것 같았다. 그리고 그 베일 너머로 부인은 여전히 먼 곳을 내다보며 앉아 있었다.

나는 테라스에서 나와 그 두 사람 곁을 떠났다. 문득 보니 두 사람은 먼 곳을 뚫어지게 바라보고 있었고, 이윽고 땅거미가 지기 시작했다. 여기저기 켜진 초저녁 등불이 멀리 시내에서 깜빡이는 것이 보였고, 동쪽 하늘에는 아직도 빛이 떠돌고 있었다. 그러나 그 사이에 펼쳐진 저지대에서는 안개가 마치 바닷물처럼 밀려 올라와, 그것이 땅거미와 뒤섞여 철썩거리며 밀려오는 홍수처럼 두 사람의 모습을 삼키려 하고 있었다. 이 경치와, 그 경치에 일종의 두려움을 느끼며 바라보았던 것을 나는 지금도 또렷하게 기억한다. 왜냐하면 내가 그 다음 두 사람의 모습을 돌아보았을 때에는 폭풍 같은 안개의 바다가 그녀들의 발밑까지 차올라 있었기 때문이다.

나는 이 이야기를 페거티 씨에게 전하는 것이 옳다고 생각했다. 다음 날 밤 나는 그를 찾아 런던으로 갔다. 그는 조카딸을 되찾겠다는 일념으로, 여기저기를 떠돌았지만 다른 어느 곳보다 런던에 가장 오래 머물러 있었다. 한밤중에 혼자 거리를 떠도는 그의 모습을 곧잘 볼 수 있었다. 그런 늦은 시각에 밖에서 돌아다니는 여자는 별로 없지만, 설마 하면서도 그 속에서 에밀리의 모습을 찾고 있는 것이었다.

그는 헝거포드 시장에 있는 작은 양초상 2층에서 하숙하고 있었다. 전에도 몇 번 언급한 적이 있는데, 그는 바로 이 집에서 처음으로 자기의 자비로운 사명을 시작했던 것이다. 나는 그곳으로 향했다. 그를 찾아왔다고 말하자, 그 집 사람이, 그가 아직 외출을 하지 않으니 2층으로 올라가면 만날 수 있을 것이라고 알려 주었다.

그는 화분 몇 개가 놓여 있는 창가에 앉아 책을 읽고 있었다. 방은 아주 깨끗하게 정돈되어 있었다. 언제든지 그녀를 맞이할 수 있도록 준비해 두고 있으며, 외출할 때마다 오늘이야말로 데리고 돌아오겠다고 다짐하고 나선다는 것을 한눈에 알 수 있었다. 그는 내가 문을 두드리는 소리를 듣지 못하고, 안으로 들어가서 그의 어깨에 손을 얹었을 때에야 비로소 눈을 들었다.

"데이비 도련님! 와 주셔서 정말 고맙습니다! 앉으십시오!"

"페거티 씨, 아주 기대할 만한 내용은 아니지만, 내가 소식을 좀 들었어요." 나는 그가 내민 의자에 손을 대면서 말했다.

"에밀리의 소식입니까?"

그는 안절부절못하는 태도로 한 손을 입에 갖다 대고, 창백한 얼굴로 내 눈을 바라보았다.

"에밀리가 어디에 있는지는 모르지만, 아무튼 그 사나이와 함께 있진 않아요."

그는 다시 앉아서 뚫어지게 나를 바라보았다. 그리고 바위처럼 내 이야기를 묵묵히 들었다. 그러다가 점점 내 얼굴에서 시선을 떼어 고개를 숙이고 한 손으로 이마를 괴면서 듣고 있었다. 지금도 뚜렷하게 기억하는데, 괴로움을 참는 그 심각한 얼굴에는 어떤 위엄과 아름다움마저 어려 있었다. 내가 이야기하는

772 데이비드 코퍼필드

동안, 그는 아무 말도 하지 않고 끝까지 가만히 있었다. 그동안에도 에밀리의 모습만 좇고 있는 것 같았으며, 다른 것은 아무것도 아니라는 듯이 그저 흘려 듣고 있는 것 같았다.

내 이야기가 끝나도, 그는 여전히 말없이 얼굴을 감싸고 있었다. 나는 창밖을 바라보고, 화분을 보면서 기다렸다.

"도련님은 어떻게 생각하십니까?" 마침내 그가 입을 열었다.

"에밀리는 살아 있다고 생각해요." 나는 대답했다.

"저는 모르겠습니다. 첫 충격 치고는 너무 컸고, 그 애의 마음도 거칠어져서 ─! 그 애가 늘 말하던 푸른 바다가 그 애의 무덤이 되기로 되어 있었으므로, 옛날부터 그런 말을 했던 게 아닐까요?"

그는 생각에 잠겨 낮고 겁먹은 목소리로 말하더니 방 안을 가로질러 걸었다.

"그런데도," 그는 말을 덧붙였다. "데이비 도련님, 저는 그 애가 살아 있다고 믿어 왔습니다─자나깨나 그 점만은 의심치 않았습니다─저는 그 확신에 이끌려 왔으며 그 확신에 기대어 버텨온 것입니다─그러므로 저는 그것이 거짓이었다고는 생각지 않습니다. 에밀리는 살아 있습니다!"

그는 탁자 위에 한 손을 힘차게 올려놓고, 햇볕에 그을린 얼굴에 단호한 자신감을 나타냈다.

"에밀리는 살아 있습니다, 도련님!" 그는 단호히 말했다. "어디서 어떻게 들었는지는 모르지만, 살아 있다는 얘기는 저도 직접 들었습니다!"

그는 영감이라도 받은 사람처럼 보였다. 직접 그가 내 이야기에 주의를 집중할 수 있을 때까지 잠깐 기다렸다가, 어젯밤 문득 생각났던 주의점 몇 가지를 설명했다.

"페거티 씨─"

"정말 고맙습니다, 도련님." 그는 두 손으로 내 손을 꽉 쥐며 말했다.

"에밀리가 런던에 돌아와 있다면, 아무래도 그럴 것 같아요─왜냐하면 이 넓은 도시만큼 쉽게 몸을 숨길 수 있는 곳이 없고, 또 집으로 돌아가지 않을 생각이라면, 몸을 숨기는 것 말고는 다른 방도가 없지 않겠어요?"

"집에는 오지 않을 겁니다. 자진해서 집을 나갔다면 돌아올지도 모르지만, 사정이 그러하니 돌아오지 않을 겁니다, 도련님." 그는 서글프게 고개를 저으며 말했다.

"그러니까 만약 에밀리가 런던에 있다면, 그 누구보다도 잘 찾아낼 수 있을 것 같은 사람이 한 사람 있어요. 기억합니까? 꾹 참고 내 말을 들어봐요. 당신의 큰 목적을 생각해서 말이에요. 마사를 기억하고 있나요?"

"우리 마을의 마사 말이죠?"

대답은 필요 없었다. 그의 표정만으로도 충분했다.

"그녀가 런던에 있다는 것을 알고 있어요?"

"거리에서 본 적이 있습니다." 그는 몸을 떨면서 말했다.

"당신은 모르겠지만, 마사가 고향을 떠나기 전에 햄을 통해서 에밀리가 그녀에게 은혜를 베풀어준 일이 있어요. 그리고 어느 날 밤 우리가 길 건너 저쪽 집에서 함께 이야기를 했을 때 마사가 문 밖에서 엿듣고 있었어요."

"데이비 도련님!" 그는 깜짝 놀라서 물었다. "눈이 많이 내리던 그날 밤 말입니까?"

"맞아요. 그 뒤로는 한 번도 본 적이 없어요. 그날 밤 나는 당신과 헤어진 뒤 그 여자와 얘기하려고 다시 돌아왔으나 이미 가버리고 없었어요. 그 무렵에는 그 여자 얘기를 당신한테 하고 싶지 않았고 지금도 그래요. 그러나 내가 얘기하는 것은 바로 그 마사이며, 우리는 그 여자와 연락을 해야 한다고 생각해요. 아시겠어요?"

"잘 알았습니다, 도련님." 그는 대답했다. 우리 두 사람은 느닷없이 속삭이다시피 목소리를 낮추어 말을 이었다.

"그 여자를 봤다고 했지요? 찾을 것 같아요? 나는 우연히 마주치지 않고는 찾을 수 없다고 생각하는데."

"도련님, 어디를 찾아봐야 되는지 알아요."

"그럼 많이 어두워졌으니 이 길로 함께 나가서 마사를 찾아보지 않겠습니까? 오늘 밤 안에 찾아봅시다."

그는 내 말에 동의하고 나갈 준비를 했다. 아주 꼼꼼하게 방 안을 정돈하고 양초를 준비해서 불을 켤 수 있게 해놓더니 침대를 정돈하고 마지막으로 장롱에서 다른 옷들과 함께 단정하게 정돈된 에밀리의 옷 한 벌(에밀리가 입었던 것을 본 기억이 난다)과 모자를 꺼내 의자 위에 놓았다. 그 옷에 관해서 그는 아무 말도 하지 않았고, 나도 묻지 않았다. 하지만 오랫동안 주인을 기다리며 잠들어 있던 것이 틀림없다.

"도련님, 옛날에는 말이죠," 그는 계단을 내려가면서 말했다. "저는 마사를 에밀리의 신발 밑의 때만큼도 못하게 생각했어요. 그런데 지금은 생각이 바뀌었어요!"

걸어가면서 나는 한편으로는 그와 대화를 유지하기 위해서, 또 한편으로는 내 궁금증을 풀기 위해서 햄은 어떻게 지내느냐고 물어보았다. 그는 예전과 토씨까지 거의 똑같은 말로, 여전히 "위험을 무릅쓰고 목숨을 걸고 있지만, 절대로 불평을 하는 일이 없이 모든 사람의 사랑을 받고 있답니다"라고 말했다.

나는 그 불행의 원인에 대해서 햄이 어떻게 생각하느냐고, 그에게 물었다. 그의 상태가 위험한 것은 아닌가, 만일 스티어포스와 마주치기라도 한다면 햄이 어떻게 할 것 같은가를 물어보았다.

"저는 모르겠습니다, 도련님." 그는 대답했다. "저도 자주 그 일을 생각해 보았습니다만 저로서는 전혀 알 수 없습니다."

그래서 나는 에밀리가 집을 나간 아침에 우리 세 사람이 바닷가에 나갔던 얘기를 꺼냈다. "생각나지 않으세요? 사나운 눈으로 바다를 바라보며 햄이 '바다의 끝' 운운하던 것 말입니다."

"기억하고말고요!" 그는 말했다.

"그가 무슨 뜻으로 그런 말을 했다고 생각하세요?"

"데이비 도련님, 그것은 저도 여러 번 생각해 보았습니다만 답을 찾지 못했습니다. 그리고 한 가지 이상한 일이 있습니다—햄이 아주 쾌활한 듯이 지내는 만큼, 저도 대화를 그쪽으로 이끌고 가고 싶지 않은 것입니다. 그 애는 남의 신경을 거스르는 말은 한 마디도 한 적이 없고, 앞으로도 그럴 것입니다. 그 애의 생각은 결코 얕지 않고 아주 깊습니다. 도련님, 저는 그 깊은 속까지 볼 수가 없습니다."

"그래요. 그래서 가끔 걱정이 된답니다."

"저도 그래요, 데이비 도련님. 그 애가 목숨을 아끼지 않고 무모한 짓을 하는 것보다도 그쪽이 더 걱정입니다. 그 어느 쪽도 한 가지 원인에서 나온 서로 다른 반응이지만 말입니다. 그 애가 어떠한 상황에서도 난폭한 짓을 하리라고는 생각하지 않습니다만, 그래도 두 사람은 떼놓는 것이 좋다고 생각합니다."

우리는 템플 바를 지나서 런던 시내로 들어왔다. 그는 한 마디 말도 없이 나와 나란히 걸었다. 그는 오로지 목적만을 좇아 말없이 모든 신체 기능과 신경을 한곳으로 모아 걸어갔다. 그는 군중 속에 고립된 외로운 섬이었다. 우리가 블랙프라이어스 다리에서 멀지 않은 곳에 다다랐을 때, 그는 고개를 돌려 맞은편 거리를 종종걸음으로 걸어가고 있는 한 외로운 여자를 손가락으로 가리켰다. 바로 우리가 찾고 있는 사람이었다.

우리는 길을 가로질러 그녀 쪽으로 다가갔다. 그때 문득 내 머리에, 만약 군중들 틈에서 멀리 떨어져, 사람들 눈에 띄지 않는 조용한 곳에 가서 그녀에게 말을 건다면, 그녀가 에밀리에 대해서 한층 더 여자로서 깊은 동정을 느끼지 않을까 하는 생각이 떠올랐다. 그래서 페거티 씨에게도 그 점을 말하고, 여기서 말을 걸지 말고 그냥 뒤를 따라가자고 말했다. 게다가 나는 그녀가 어디로 가는지 알아야겠다는 막연한 생각도 있었다.

그도 내 말에 찬성했으므로 우리는 조금 떨어져서 뒤를 밟았다. 그녀를 놓치지 않으면서도, 그녀가 자주 사방을 둘러보았으므로 너무 가까이 가지 않도록 조심했다. 그녀가 한번은 악대의 연주를 들으려고 걸음을 멈추었다. 우리도 걸음을 멈추었다.

그녀는 계속 걸어갔다. 우리도 걸어갔다. 서두르는 태도로 보아, 정해진 목적지로 열심히 가고 있는 것이 분명했다. 이 점과, 그녀가 계속 번잡한 거리만을 골라서 지나는 점, 또 이렇게 누군가를 뒤따라간다는 야릇한 긴장 때문에 나는 최초의 목적을 계속 고집했다. 드디어 그녀는 소음도 군중도 사라진 한적하고 어두운 거리로 접어들었다. "이젠 이야기해도 좋아요"라고 내가 말했다. 우리는 발걸음을 재촉하여 그녀를 뒤쫓아갔다.

47장
마사

우리는 웨스트민스터에 와 있었다. 애당초 우리는 마주 오는 그녀를 발견하고 뒤를 쫓기 위해 되돌아온 것이었다. 웨스트민스터 사원이 있는 곳에서 그녀는 번화가의 불빛과 혼잡을 벗어나 골목으로 들어갔다. 다리를 오가는 행인들의 두 행렬에서 벗어나자 그녀는 갑자기 빠른 걸음으로 걸어갔다. 그녀가 길모퉁이를 돌 때 우리보다 훨씬 앞서 가고 있었으므로 우리는 밀뱅크*1 쪽의 좁은 강기슭 길을 지나서야 겨우 그녀 뒤를 따라잡았다. 그 순간, 그녀는 등 뒤에서 들리는 발소리를 피하기라도 하려는 듯이, 길을 건너 뒤도 돌아보지 않고 더욱 빠른 걸음으로 걸었다.

어두운 벽문 옆에 하룻밤 주차를 위해 짐마차 몇 대가 자리잡고 있고, 문을 통해서 맞은편의 강이 보였다. 강이 나의 발길을 잡는 것 같았다. 나는 말없이 페거티 씨의 어깨를 잡고, 그녀를 따라 길을 건너지 못하게 했다. 우리는 맞은편에서 그녀를 뒤따라갔다. 되도록 집 그늘에 몸을 숨기면서 그녀와 일정한 거리를 유지했다.

그 낮은 집들을 지나자, 본디는 나루터의 오두막이었지만 지금은 낡고 허물어진 목조 건물이 한 채 있었다. (그 건물은 아직도 남아 있다) 건물의 위치는 그 거리가 끝나는 지점으로, 거기서 줄지은 집들과 강 사이로 길이 다시 시작되었다. 그녀는 거기에서 강물을 보자 목적지에 다다르기라도 한 것처럼 걸음을 멈추더니 이윽고 강물을 바라보면서 강기슭을 따라 천천히 걸어갔다.

여기까지 오는 동안 나는 그녀가 어떤 집으로 향하고 있다고 생각했다. 그리고 그 집은 에밀리와 어떤 관련이 있을지도 모른다는 막연한 희망을 품고 있었다. 그러나 그 문을 지나 어두운 강물을 본 순간, 나는 여기가 그녀의 목

---

*1 템스 강 왼쪽 지역.

적지라고 본능적으로 직감했다.

　그 무렵 이 근처는 황량한 곳이어서 밤이 되면 런던 근처의 어느 곳보다도 처량하고 쓸쓸했다. 거대한 감옥이 이어져 있는 우울하고 황폐한 길가에는 부두도 집도 없었다. 느릿느릿 흐르는 도랑물이 감옥 담 밑에 진흙을 쌓고 있었다. 근처의 늪지대에는 억센 풀과 무성한 잡초들이 제멋대로 자라 있었다. 한쪽에는, 짓다 말고 내버려둔 음산한 집들의 잔해가 썩어가고 있었고, 또 한쪽에는 어느 투기꾼이 모아놓은 스팀 보일러, 차바퀴, 크랭크, 파이프, 용광로, 노, 닻, 잠수기, 풍차 날개와 무엇인지 알 수 없는 이상한 물건들이 녹슨 쇠붙이 괴물들로 변해서 먼지구덩이 속에서 우글거리고 있고, 비가 오는 날이면 스스로의 무게 때문에 흙 속에 가라앉은 탓에, 모습을 감추려다가 실패하고 진흙탕 위를 뒹구는 것처럼 보였다. 강가의 제철공장들이, 요란한 쇳소리와 시뻘겋게 타오르는 불꽃으로, 밤새도록 온갖 것들의 잠을 방해하고 있고, 그나마 평온해 보이는 것은 그 공장 굴뚝이 끊임없이 토해내는 묵직한 연기뿐이었다. 낡은 목재더미 사이를 뚫고 진흙투성이의 샛길과 둑길이 구불구불 이어져 있고, 둑길에는 기분 나쁜 무언가가 녹색 머리칼처럼 엉겨붙어 있었다. 익사자를 찾는 오래된 현상 광고 조각이 만조선 위에서 펄럭이고 있었는데, 그 끝은 축축한 진흙탕 위를 지나 썰물 경계선까지 이어져 있었다. 대역병(大疫病)*²이 있었을 때, 죽은 자들을 묻기 위해서 판 구덩이들 가운데 하나가 이 근처에 있다는 소문이 있어, 그 독기가 이곳 전체를 뒤덮고 있는 것 같았다. 그렇지 않으면, 오염된 도랑물이 넘쳐흘러서 이러한 악몽 같은 상태로 변해버린 것처럼 보였다.

　우리가 뒤를 밟아온 여자는 그녀 자신이 거기에서 튀어나온 오염의 일부라서 썩기를 기다리는 것처럼, 강가로 내려가 야경 속에 서서 강물을 바라보고 있었다.

　진흙 속에 몇 척의 보트와 화물선이 끌어올려져 있었으므로, 우리는 그녀에게 들키지 않고 가까이까지 갈 수 있었다. 나는 페거티 씨에게 가만히 있으라는 신호를 하고 나서 그녀에게 말을 걸 작정으로 혼자 보트 그늘에서 나왔다. 그러나 쓸쓸히 서 있는 그녀에게 다가가자, 이 길을 걸어온 그녀가 이렇게

---

*2 1665~6년의 유명한 런던의 대역병. 7만 명 이상의 사망자가 나왔다.

어둡고 축축한 강가에 걸음을 멈추고 동굴 같은 철교 그늘 속에서, 물결에 일 그러져 비친 불빛을 바라보며 서 있는 모습이 내 가슴속에 공포를 불러일으 켰다.

그녀는 혼자서 중얼거리고 있었다. 멍하니 물을 바라보고 있었는데, 그때 그 녀의 숄이 어깨에서 흘러내렸다. 그녀가 서둘러 두 손으로 그것을 붙잡은 것 처럼 보였으나, 당황하고 망설이는 듯한 그 모습은 도저히 정상적인 사람으로 는 보이지 않고, 마치 몽유병 환자 같았다. 그녀의 광적인 태도로 보아 그대로 몸을 던질 것처럼 보여서, 나는 불안한 마음에 그녀의 한쪽 팔을 덥석 잡았다. 그러면서 동시에 외쳤다. "마사!"

그녀는 비명을 지르며 어찌나 힘차게 몸부림치는지 나 혼자 힘으로 해낼 수 있을까 의심스러울 지경이었다. 그때 나보다 더 힘센 손 하나가 그녀를 잡았다. 그녀가 겁에 질린 눈을 들어 그가 누구인가를 알아보고는 우리 두 사람 사이 에 털썩 주저앉았다. 우리는 마른 돌이 있는 곳으로 그녀를 데리고 갔다. 그녀 는 돌 위에 누워 신음을 내며 울었다. 얼마 뒤, 그녀는 처참하게 흐트러진 머리 를 두 손으로 움켜쥐고 돌 위에 앉았다.

"아, 이 강! 이 강!" 그녀가 격렬하게 소리쳤다.

"쉿, 진정해요!" 내가 말했다.

그러나 그녀는 여전히 같은 말만 되풀이하면서 소리쳤다.

"이 강은 저를 닮았어요! 이 강이야말로 제 집이에요! 저 같은 사람의 진정한 친구지요! 이 강도 조용한 시골에서 나왔어요. 거기서는 모든 것이 좋았는데—그것이 무시무시한 도시들을 거치는 사이에 더럽혀지고 불행해져서—이윽고 제 일생과 마찬가지로 저 거칠게 파도치는 바다로 흘러 가버리는 거예요.—그러니 나도 함께 가야 해요!"

나는 그녀의 말을 듣고서야 비로소 절망이란 것이 어떤 것인지 이해했다.

"저는 이제 저 강에서 달아날 수 없어요. 잊을 수도 없어요. 밤낮으로 저 강이 제게 붙어다녀요. 제가 있을 곳은 온 세상을 통틀어서 저 강뿐이에요. 저와 어울리는 곳은 오직 저곳뿐이지요. 아, 무서운 강!"

페거티 씨가 말없이 꼼짝도 않고서 그녀를 바라보고 있을 때 비록 그의 조카딸이 어떻게 되었는지는 전혀 모르지만 나는 그의 얼굴에서 그가 그녀의 운명을 생각하고 있다고 깨달았다. 어떤 그림이나 현실에서도 나는 절망과 동정이 그토록 강렬하게 뒤섞여 있는 것을 본 적이 없었다. 그는 당장에라도 쓰러질 듯이 덜덜 떨고 있었다. 나는 그의 표정에 놀라서 그의 손을 만져 보았다. 시체처럼 차가웠다.

"흥분 상태에 있지만," 나는 페거티 씨에게 속삭였다. "조금 있으면 말할 수 있게 될 겁니다."

그는 내 말에 대답할 생각으로 입을 약간 우물우물하면서 한 손을 뻗쳐서 그녀를 가리켰다.

또다시 그녀는 울면서 우리 두 사람 앞에 엎드렸다. 그것은 굴욕과 파멸의 모습이었다. 이런 상태로는 얘기를 할 수 없었으므로, 나는 페거티 씨가 그녀를 일으켜 세우려는 것을 가로막았다. 우리는 잠자코 곁에서 기다렸다.

"마사." 나는 그녀의 마음이 가라앉자 허리를 굽혀 그녀를 일으키며 말했다. 그녀에게도 몸을 일으킬 의지는 있었다. 다만 또다시 달아날 생각이었지만 몸이 말을 듣지 않아 그대로 배에 기대고 말았다. "나와 함께 있는 이분이 누구인지 알아요?"

마사는 꺼져 들어가는 목소리로 "네"라고 대답했다.

"아까부터 우리가 계속 뒤따라온 것도 알고 있어요?"

마사는 고개를 저었다. 페거티 씨를 보는 것도 아니고 나를 보지도 않았다.

그저 기운 없이 서서 한 손으로 멍하니 모자와 숄을 잡고 또 다른 손으로는 주먹을 꽉 쥐고 이마를 힘껏 누르고 있었다.

"괜찮아요? 조금 마음이 가라앉았나요?" 나는 말했다. "마사가 그렇게도 관심을 갖고 있던 그 문제에 대해서 다시 한 번 얘기해 주겠소?—아직 기억하고 있으면 좋겠는데—눈 내리던 밤 말이오."

마사는 또다시 흐느끼면서, 그날 밤 문턱에서 자기를 쫓아버리지 않았던 일에 대해 중얼거리면서 내게 감사했다.

"저에 대한 이야기는 더는 하지 않겠어요." 잠시 뒤 그녀는 말했다. "제가 나빠요. 타락했어요. 이제 아무 희망도 없어요. 그렇지만 저분께 말씀해 주세요." 그녀는 몸을 움츠리고 페거티 씨한테서 떨어지면서 말했다. "저분의 불행의 원인은 절대로 제가 아니었다는 것을. 저와 같은 닳고 닳은 여자를 위해서 그런 부탁을 들어주실 수 없다면 모르지만요."

"마사의 탓이라고 하지 않았어요." 그녀가 너무 진지해서 나도 힘주어 말했다.

"제가 잘못 생각한 것이 아니라면, 에밀리가 저를 동정해 주었던 그날 밤 부엌에 계셨던 것은 도련님이셨군요." 그녀는 띄엄띄엄 말했다. "저에게 상냥하게 대해주시고, 다른 사람들처럼 저를 피하시지도 않고, 친절하게 도와주신 분이 도련님이셨지요?"

"그래요."

"만약 제가 에밀리에게 나쁜 짓을 했다는 마음이 조금이라도 있었다면 저는 이미 오래전에 저 강에 몸을 던졌을 거예요." 그녀는 무시무시한 말을 하면서 강을 흘깃 바라보았다. "그 일에 조금이라고 관계가 있었다면, 겨울날의 단 하루도 살아갈 수 없었어요!"

"그녀의 가출 원인은 잘 알고 있어요." 나는 말했다. "마사 당신이 결백하다는 것을 우리는 전적으로 믿고 있어요."

"아아, 내가 좀더 착한 사람이었더라면 에밀리를 위해서도 참 좋았을 텐데!" 그녀는 한탄하며 말했다. "에밀리는 언제나 제게 상냥했고, 즐겁고 옳은 말만 했어요. 저 자신을 잘 알고 있는 제가, 에밀리를 저와 같은 여자로 만들려고 했겠습니까? 제가 살아갈 가치를 모조리 잃었을 때, 가장 괴로웠던 것은 에밀리와 영원히 헤어지게 되었다는 것이었습니다!"

페거티 씨는 뱃전에 한 손을 짚고 눈을 감고 서 있다가, 다른 한 손을 들어 얼굴을 감쌌다.

"그 눈 내리던 밤 이전에 에밀리의 일을 마을 사람에게서 들었을 때," 마사는 큰 소리로 말했다. "무엇보다도 가슴 쓰렸던 것은, 사람들이 한때 에밀리가 저와 사귀던 일을 떠올리고, 제가 그녀를 타락시켰다고 생각하리라는 것이었습니다! 저는 에밀리의 명예를 회복시킬 수 있다면 죽어도 좋다는 것을 아무도 모르실 겁니다."

오랫동안 자제와는 거리가 멀었던 그녀인지라 그 뉘우침과 슬픔의 고통은 차마 눈뜨고 보기 어려운 것이었다.

"하기야 죽었다 해도 아무 보탬이 되지 않았을 겁니다. 그렇다면 제가 어떻게 해야 좋겠습니까? 저는 살기로 했습니다! 그 비참한 거리에서 늙고 찌그러져서 사람들의 미움을 받으며 어둠 속을 헤맬 때까지 살고, 또 사는 것입니다! 그리고 문득 송장같이 늘어선 집들 위에 날이 밝는 것을 보고, 저 햇빛이 한때는 내 방 안에도 찾아와 내 잠을 깨우곤 했다고 서글프게 떠올리는 것입니다. 아, 저는 그래도 좋으니 어떻게든 에밀리를 구하고 싶었습니다!"

돌 위에 털썩 주저앉은 그녀는, 두 손으로 그 돌을 갈아 없애기라도 하겠다는 듯이 꽉 움켜쥐었다. 그녀는 쉴 새 없이 몸을 비틀면서 두 팔을 곧게 펴고, 아련하게 남아 있는 빛까지 몰아내려는 것처럼 내 얼굴 앞에서 두 팔을 꼬았다. 견딜 수 없는 갖가지 회상으로 머리가 무거운 듯이 고개를 떨어뜨렸다.

"저는 앞으로 어떻게 해야 합니까?" 그녀는 절망에 몸부림치면서 말했다. "저 자신에게도 버림받고 저주받으며, 제가 아는 모든 사람에게는 살아 있는 치욕입니다. 천벌받을 지금의 제가 어떻게 살아갈 수 있겠습니까!" 별안간 그녀는 페거티 씨를 돌아보면서 "저를 밟아 죽여주세요! 그녀가 아저씨의 자랑이었던 시절에는, 제가 거리에서 그녀와 옷소매만 스쳐도 제가 에밀리에게 해로운 짓을 했다고 생각하셨습니다. 제가 하는 말은 한마디도 믿어주시지 않으셨지요. 하긴, 그럴 만도 했지요. 그리고 지금도 제가 그녀와 한마디라도 주고받았다면, 아저씨에게는 말할 수 없는 치욕이 될 것입니다. 저도 인정해요. 에밀리와 제가 같은 사람이라고는 절대 생각하지 않아요. 다르죠, 아주 달라요. 그런데 이 말씀만은 꼭 드리고 싶어요. 저는 보시는 바와 같이 죄 많은 여자, 인간쓰레기 같은 하찮은 존재이지만, 진심으로 에밀리에게 감사하며, 아직도 그녀를 사랑하고 있습니다. 아, 제 처지가 이렇다고 해서 사랑하는 마음마저 없어졌다고는 생각하지 말아주세요! 다른 사람들처럼 저를 내동댕이치셔도 좋아요. 이렇게 타락했고, 제가 에밀리의 친구였다는 사실만으로 저를 죽이셔도 좋아요! 하지만 사랑의 샘까지 말라비틀어진 여자라고는 생각하지 말아주세요!"

마사가 정신없이 애원하고 있는 동안 페거티 씨는 조용히 그녀를 바라보다가 그녀가 말을 끝내자 부드럽게 안아 일으켰다.

"마사, 내가 널 심판하다니, 당치 않은 일이야! 다른 사람도 아닌 내가 그런 짓을 하다니! 애야! 네가 그렇게 생각하는 건, 그 뒤로 내가 완전히 변했다는 것을 네가 잘 모르기 때문이란다. 그리고!" 페거티 씨는 잠시 말을 멈추었다가 다시 이었다. "여기 계시는 이분과 내가 네게 할 말이 있다는 것을 너는 이해 못하고 있다. 우리가 앞으로 어떻게 하려는지도 너는 모르고 있다. 자, 일단 들어보려무나!"

이 말의 영향력은 대단했다. 마사는 그의 눈을 마주보는 것이 두렵다는 듯이 몸을 움츠리고 서 있었지만 격정적인 슬픔은 가라앉아 잠잠해졌다.

"눈이 펑펑 쏟아지던 그날 밤에, 데이비 도련님과 내가 했던 말을 들었다니, 너도 이미 알겠구나. 내가 에밀리를 찾으러—어디에 있는지도 모른 채—여행을 하고 있다는 것을 말이다. 아아, 사랑스러운 에밀리!" 그는 차분히 되풀이했다. "마사, 나는 그 애가 전보다도 더 사랑스럽단다."

마사는 두 손으로 얼굴을 가렸지만 울고불고하지는 않았다.

"에밀리한테서 네 얘기는 들었다. 어려서 부모님을 여의고, 뱃사람들이 곧잘 그러는 것처럼 부모 노릇을 해 줄 친지도 없었다지. 네게 그런 친지가 있었더라면, 너도 점점 그 친지를 좋아하게 되었을 것이며, 내 조카딸이 내게는 딸이나 마찬가지라는 것도 짐작할 수 있었을 게다."

마사가 말없이 몸을 떨고 있는 것을 보자, 그는 땅에 떨어진 그녀의 숄을 집어 조심스럽게 어깨에 걸쳐주었다.

"그래서, 만약에 그 애가 나와 다시 만나게 된다면 이 세상 끝까지 가버릴 수 있다는 생각도 든단다. 요컨대 그 애는 내 사랑을 의심할 생각도 없고 실제로 의심하고 있지도 않아—그래, 조금도 의심하지 않아."

페거티 씨는 자기가 한 말을 확인하듯이 차분히 곱씹었다. "부끄러운 일이 생겨서 우리 두 사람 사이를 떼어 놓았단다."

꾸밈없는 인상적인 태도로 심경을 털어놓는 그의 한 마디 한 마디 속에서, 나는 그가 이 문제를 얼마나 깊이 생각하고 수없이 많은 각도에서 바라보았다는 증거를 읽었다.

"우리의 짐작으로는," 페거티 씨는 말을 이었다. "여기 계시는 데이비 도련님과 나는 그 애가 언젠가는 가엾고 쓸쓸한 모습으로 런던으로 돌아올 것이라고 생각한단다. 그리고 우리—데이비 도련님과 나, 그리고 우리 모두가, 그 아이의 신상에 일어난 모든 일에 대해, 너는 아무런 책임이 없다는 것을 잘 알고 있단다. 그 애가 네게 상냥하고 친절하고, 예의바르게 대했다고 말했지? 그랬을 거야! 그 애는 누구에게나 그랬거든. 너는 지금도 감사하고 사랑하고 있다고 말했지? 그렇다면 우리가 그 애를 찾을 수 있도록 네 힘을 빌려다오. 제발 부탁한다!"

마사는 그의 말을 믿을 수 없다는 듯이 재빨리, 처음으로 그의 얼굴을 바라보았다.

"저 같은 여자를 믿으시겠어요?" 마사가 놀라서 목소리를 낮추고 조심스럽게 말했다.

"믿고말고!" 페거티 씨는 말했다.

"제가 에밀리를 발견하면, 그리고 제게 함께 숨어 있을 피신처가 있다면 그 애를 숨겨 두었다가 그 애 몰래 아저씨한테 와서 아저씨를 그곳으로 모셔가 달라는 말씀이시죠?" 마사는 급히 물었다.

우리 두 사람은 함께 "그래"라고 대답했다.

마사는 고개를 들고, 열성적으로 또 충실하게 온 힘을 다하겠다고 힘주어 다짐했다. 그리고 조금이라고 희망이 있는 동안은 결코 망설이지 않을 것이고, 정신을 다른 곳에 팔지 않겠으며, 포기하지 않겠다고 말했다. 만약 배신한다면, 지금 그녀가 악에서 벗어나고자 하는 목적이 그만큼 사라지고, 오늘 밤 이 강가에 서 있는 자신보다도 더욱 비참하고 구제할 길 없는 인간(그런 것이 있을 수 있다면)이 된다고 해도 어쩔 수 없다. 사람들의 동정과 신의 가호를 영원히 잃는다 해도 상관없다! 마사는 이렇게 말했다.

그녀는 숨소리 이상으로 목소리를 높이지 않았고, 또 우리를 향해서 말하는 것이 아니라 밤하늘을 향해 말하는 것이었다. 그러고는 조용히 서서 강물을 바라보고 있었다.

우리는, 우리가 알고 있는 것을 모두 그녀에게 이야기 해주는 것이 이롭다고 판단하고 차근차근 이야기를 해주었다. 그녀는 열심히 들었다. 이따금씩 얼굴 색이 달라졌지만 결심의 빛은 전혀 조금도 변하지 않았다. 마사는 마치 영혼 자체가 달라진 것처럼 조용히, 한 마디도 하지 않고 귀 기울여 들었다.

이야기가 모두 끝나자, 마사는 일이 생기면 어디로 연락해야 하느냐고 물었다.

나는 수첩을 한 장 찢어서 거리의 희미한 등불 밑에서 우리 두 사람의 주소를 적어 주었다. 그녀는 그것을 앙상한 가슴 속에 넣었다. 나는 그녀에게 어디에 사느냐고 물었다. 그녀는 잠시 망설이다가 한곳에 오래 머무르지 않는다고 대답했으므로, 더 이상 묻지 않는 것이 좋겠다고 생각했다.

그때, 나도 생각하고 있었지만 페거티 씨가 귀엣말을 해서 나는 지갑을 꺼냈다. 그러나 그녀를 설득해서 돈을 받게 할 수는 없었고, 다음번에는 꼭 받겠다는 약속을 억지로 받아둘 수도 없었다. 나는 그녀에게, 페거티 씨는 뱃사람이지만 절대 가난하지는 않으니까, 마사가 자기 돈을 들여서 수색하겠다는 말이, 우리 두 사람은 당황스럽다고 일러주었다. 그러나 그래도 그녀는 완고했다. 결국 이 문제만큼은 어지간한 페거티 씨의 설득력도 나와 마찬가지로 힘을 쓰지 못했다. 마사는 고맙다는 말은 하면서도 결코 물러서지 않았다.

"일자리를 구해 보겠어요." 마사가 말했다.

"구할 때까지만이라도, 최소한의 보조를 받으면 어떻겠소?" 내가 말했다.

"돈 때문이라면, 저는 약속드린 일을 할 수 없습니다. 굶어 죽는 한이 있어도 받을 수 없어요. 저에게 돈을 주신다는 것은 저에 대한 두 분의 신임을 거두어가는 것이 됩니다. 모처럼 주신 목적을 다시 빼앗아 가시고, 제가 강에 몸을 던지지 않아도 되는 단 한 가지 확실한 희망마저 또다시 없애 버리시는 겁니다."

"마사, 우리가 마지막 심판의 날에 그 앞에 서야 할 최고 심판자에 맹세코하는 말인데, 죽겠다는 무서운 생각은 버려요! 우리는 누구나 마음만 먹으면 조금 더 나은 일을 할 수 있어요."

마사는 떨고 있었다. 입술이 덜덜 떨리고 얼굴은 더 창백해져 있었다.

"저 같은 여자를 어떻게든 참회시켜 보실 생각이시군요. 하지만 저는 그런 생각을 하는 것이 무서워요. 너무 뻔뻔하잖아요. 제가 해온 일 가운데 다소나마 좋은 일이 있다면, 저라도 조금은 희망을 갖겠지요. 하지만 제가 지금까지 해온 일이란 모두 나쁜 짓밖에 없었어요. 그런데 지금 부탁받은 일 덕분에 오랜만에 처음으로 이런 한심한 저라도 다른 사람의 믿음을 얻게 되었어요. 저로서는 이 이상은 모르므로 더는 말씀드릴 수 없습니다."

그녀는 또다시 솟구치는 눈물을 참으며, 떨리는 손을 내밀어, 그 안에 비장의 치유력이라도 있는 것처럼, 페거티 씨를 한번 잡더니 쓸쓸히 어둠 속으로 걸어가버렸다. 그녀는 오랫동안 앓아왔는지, 지치고 수척했으며, 움푹 꺼진 눈에는 가난과 인고의 자국이 진하게 나타나 있었다.

우리가 가는 길도 그녀와 같은 쪽이어서 우리는 불이 켜진 번잡한 거리가 나올 때까지 얼마간 그녀의 뒤를 따라갔다. 나는 표현은 안 했지만 그녀의 말을 믿었으므로, 페거티 씨에게, 이 이상 계속 뒤를 밟는 것은 처음부터 상대를 믿지 않았다고 받아들여질 수 있다고 말했다. 그도 그녀의 말을 믿는다고 동의했으므로, 그녀가 혼자 가도록 두고 우리는 무작정 하이게이트 쪽으로 걸었다. 페거티 씨는 나와 함께 한참을 걷다가, 이 새로운 노력이 성공하기를 빌면서 헤어졌다. 그의 얼굴에 깊은 동정심이 어려 있는 것을 보았고, 그 의미도 어렵지 않게 추측할 수 있었다.

내가 집에 닿은 것은 자정께였다. 대문 앞까지 와서, 수많은 시계 소리와 뒤섞여 울리고 있는 세인트폴 사원의 장엄한 종소리에 귀를 기울이고 서 있다가, 대고모 댁 문이 열려 있어서, 현관 불빛이 길 건너까지 비치는 것을 보고 약간 놀랐다. 대고모가, 지난날의 공포증이 되살아나서 일어나지도 않은 먼 곳의 화재를 보고 있다고 생각하고, 대고모에게 말을 해 보려고 갔다. 그런데 놀랍게도 뜰에 한 사나이가 서 있었다.

그 사나이는 술잔과 술병을 들고 술을 마시고 있었다. 나는 걸음을 멈추고 바깥의 우거진 덤불 속에 몸을 숨겼다. 희미하기는 해도 달이 떠 있었고, 게다가 처음에는 그 사나이가 딕 씨의 망상이라고 생각했는데, 보아하니 언젠가 시내 거리에서 대고모와 만난 적이 있는 그 사람이 아닌가.

그는 술을 마시고 있을 뿐 아니라 음식도 먹고 있었다. 정말 게걸스럽게 먹고 있었다. 그리고 신기한 듯이 끊임없이 집을 바라보고 있었다. 몸을 수그려서 술병을 땅에 놓은 다음, 창문을 쳐다보기도 하고 사방을 둘러보기도 하였지만, 그러면서도 이곳을 떠나고 싶은 생각이 간절한 것처럼 초조해 보였다.

현관의 불빛이 잠깐 어두워지더니 대고모가 나왔다. 대고모는 안절부절못하며 약간의 돈을 그의 손에 쥐어주었다. 돈을 세는 소리가 들렸다.

"이까짓 걸 어디에 쓰란 말이오?" 사나이가 따졌다.

"더는 여유가 없어요." 대고모가 대꾸했다.

"그럼 난 못 가겠소. 자, 도로 받아가요."

"나쁜 사람." 대고모는 격하게 흥분하며 말했다. "어째서 날 이렇게 못살게 굴죠? 하기야 물어볼 것도 없지. 내가 약하다는 것을 알고 있으니까 그러는 거지! 당신이 찾아오는 것을 영원히 막으려면 내가 어떻게 해야 한단 말이오? 당신을 될 대로 내버려두는 수밖에 없단 말인가요?"

"어째서 날 될 대로 내버려둔단 말이오?"

"정말 뻔뻔스럽군!"

사나이는 짤랑짤랑 돈 소리를 내며 시무룩하게 서서 고개를 젓고 있다가, 이윽고 말했다.

"이것밖엔 못 주겠단 말이지?"

"그게 다예요." 대고모가 말했다. "내가 손해를 당해서 전과 같지 않다는 것을 당신도 잘 알지 않소. 내가 얘기했잖아요. 그 점을 잘 알고 있으면서 뭣 때문에 또다시 당신의 그 꼬락서니를 보는 고통을 주느냐 말이에요!"

"확실히 몰골이 초라하긴 하지. 난 요즘 올빼미 생활을 하고 있소."

"당신은 내 재산을 대부분 빼앗았을 뿐 아니라, 오랜 세월 동안 내 마음까지 세상으로부터 닫아버리게 했어요. 당신의 행동은 거짓되고 배은망덕하고, 잔인해요. 어서 돌아가서 후회나 곱씹도록 해요. 당신이 지금까지 내게 지은 죄만 해도 이미 충분히 깊으니 또 새로운 죄를 추가시키지 말란 말이에요!"

"좋아, 말은 잘하는군! 그럼 당장은 이걸로 어떻게든 해 보지."

그러나 말은 그렇게 하면서도, 대고모의 격분에 찬 눈물을 보자 풀이 죽어서 몸을 웅크리고 뜰에서 나왔다. 나는 지금 막 다다른 것처럼 빠른 걸음으로 걸어가서 대문에서 그 사람과 엇갈리며 안으로 들어갔다. 우리는 스치면서 서로 노려보았다.

"대고모님," 나는 곧바로 말했다. "저자가 대고모님을 또 협박했군요! 제가 얘기해 보겠습니다. 도대체 누굽니까?"

"애야" 하고 대고모는 내 팔을 잡으며 말했다. "들어와서, 10분간만 내게 아무 말도 하지 말아라."

우리는 자그마한 거실에 앉았다. 대고모는 의자 등받이에 고정해 둔 녹색 부채 뒤에 숨어서 5분 동안 이따금씩 눈물을 닦았다. 그러고는 나와서 나와 나란히 앉았다.

"트롯" 대고모는 조용히 말했다. "그 사람은 내 남편이란다."

"남편이라고요, 대고모님? 그분은 돌아가신 게 아닙니까?"

"내게는 죽은 거나 다름없지만, 실은 살아 있단다." 대고모는 대답했다.

나는 놀라서 말이 나오지 않았다.

"이 벳시 트롯우드가 사랑이나 연애와는 거리가 먼 여자로 보이겠지만," 대고모는 여전히 침착하게 말했다. "이래봬도 옛날에는 그 사람을 전적으로 믿었던 시절도 있었단다. 그 사람에게 애정의 징표로서 주지 않으려 했던 것이 없던 시절이 있었단다. 그런데 그 사람은 그 대가로 내 재산을 망쳐버리고 내 가슴을 찢어놓다시피 했단다. 그래서 그 뒤로 내 사랑하는 마음은 영원히 무덤 속에 묻어버린 거야. 흙을 덮고 단단히 밟아버렸지."

"아, 대고모님!"

"나는 그 사람과 선선히 헤어졌어." 대고모는 여느 때처럼 내 등을 안으며 말을 이었다. "이미 옛날 일이니 선선히 헤어졌다고 말할 수 있는 거겠지. 트롯, 그 사람이 내게 너무도 가혹했단다. 마음만 먹었으면 제법 좋은 조건으로 이혼할 수 있었지만, 그렇게 하진 않았다. 그런데 그는 내가 준 것을 곧 탕진해버리고 점점 더 타락했어. 딴 여자와 결혼하고도, 노름꾼에다 사기꾼이 되어서 지금 본 그 지경까지 되었지. 하지만 나와 결혼했을 때에는 아주 좋은 사람이었단다." 그 말투에는 옛날의 긍지 같은 것이 아련하게 남아 있었다. "내가 어리석었지만, 마치 신사의 귀감이라고 믿었었지."

대고모는 내 손을 꼭 쥐고는 고개를 저었다.

"물론, 지금 그 사람은 내게 아무것도 아니고, 오히려 그 이하야. 그런데도 교도소에 집어넣는 것은 내키지 않아서—하기야 국내를 어슬렁대다가는 머지않아 가게 되겠지만—, 그래도 어쩐지 그건 싫어서 저렇게 얼굴을 내밀 때마다 돈을 쥐여주고 돌려보내는 거란다. 그 사람과 결혼했을 때 나는 바보였지. 지금도 약이 없을 정도로 바보였어. 한때 내가 그 사람을 믿었던 것을 생각해서, 지금은 어리석은 공상의 그림자에도 미치지 못하는 사내일지라도 역시 감옥에 보낼 마음은 들지 않는구나. 트롯, 나는 그때의 나보다 더 진지한 여자는 없다고 생각한단다."

대고모는 깊은 한숨을 내쉬며 이야기를 끝내더니 옷의 주름을 바로잡았다.

"자, 트롯, 자초지종을 다 알았으니 이 문제에 대해서는 더 이상 말하지 말자꾸나. 물론, 다른 누구에게도 말하지 말아라. 나의 불쾌하고 지저분한 내력은 우리만 아는 일로 해두자, 트롯!"

48장
가정

　신문사 일은 빠뜨리지 않았지만, 그 밖에는 대체로 글을 쓰는 데 온 힘을 다했다. 이윽고 책이 나오자 대성공을 거두었다. 제법 많은 호평이 들려왔지만 나는 별로 놀라지 않았다. 가장 민감하게 의식하고, 누구보다도 내 작품의 완성도를 높이 평가한 사람은 바로 나 자신이었기 때문이다. 자기 자신을 믿는 사람은, 남들의 믿음을 얻기 위하여 그들 앞에서 결코 자만하지는 않는다는 것을 나는 인간성을 관찰하면서 깨달았다. 이러한 이유로 나는 자중하면서 겸손을 잃지 않았고, 칭찬을 받으면 받을수록 거기에 보답하려고 노력했다.

　이 작품에서 중요한 것은 나의 추억을 기록한 점이지만, 내 창작 역사를 더 듬어가는 것은 이 작품의 목적이 아니다. 창작은 창작대로 스스로 움직이는 것이므로 그대로 내버려두면 된다. 이따금 내가 내 작품을 언급할 때도 있지만, 그것은 단지 내 발전의 한 부분으로서일 따름이다.

　지금까지, 나는 천성과 우연에 따라 당연히 작가가 될 수밖에 없었다고 믿을 만한 근거도 손에 넣었으므로 자신을 가지고 이 작업에 몰두했다. 이러한 확신이 없었더라면 나는 틀림없이 저작 생활을 포기하고 다른 일에 정력을 기울였을 것이다. 요컨대 천성과 환경을 통해 내가 과연 무엇이 될 것인가를 알아내고, 오로지 그렇게 되고자 힘써 나아갈 것이다.

　신문과 그 밖의 기고로 수입이 크게 늘었고, 새 책이 성공을 거두자, 그 재미없는 의회 토론의 속기에서는 당연히 자유로워질 자격이 있다고 생각했다. 그래서 마지막으로 의회의 백파이프 음악*1을 기록한 뒤로는 나는 두 번 다시 그 음악을 들어 본 일이 없다. 그날은 참으로 즐거운 밤이었다. 그러나 의회가 실질적인 변화 없이(한층 더 길어진 것 말고는) 기나긴 회의 내내 여전히 단조

---

*1 백파이프는 스코틀랜드 특유의 민속악기. 단조로운 음을 내는 데, 여기에서 백파이프 음악은 '의회의 토론'을 뜻함.

롭다는 것을 요즘도 신문에서 읽고 있다.

우리는 1년 반쯤 결혼생활을 하며 여러 일을 겪은 끝에, 살림살이란 소용없는 일이라고 생각해서 그만 치워 버렸다. 집안일은 어떻게든 저절로 나아가는 것이어서 어린 소년 하인을 두었다.

그런데 하인이 하는 일은 주로 여자 요리사와 싸우는 것이었으니, 그 점에 있어서는 틀림없는 위팅턴이었으나, 이 하인에게는 고양이도 없었고, 또 시장이 될 가망성은 어디에도 없었다.*²

그는 냄비 뚜껑들이 우박처럼 쏟아져내리는 속에서 살아온 것처럼 보였다. 그의 삶은 하나의 격투였다. 정말 뜬금없는 때에, 우리가 간단한 만찬회를 벌이고 있다든가 또는 저녁때 몇몇 친구가 방문한 때, 느닷없이 살려 달라고 비명을 지르며 날아오는 쇠붙이에 쫓겨 부엌에서 고꾸라지며 쫓겨나오곤 했다. 우리는 그 녀석을 내보내고 싶었지만, 그 녀석은 우리 부부를 무척 좋아해서 좀처럼 나가려 하지 않았다. 그 녀석은 울보여서 조금이라도 해고 이야기가 나올 것만 같으면 어찌나 서럽게 울어대는지 어쩔 수 없이 집에 둘 수밖에 없었다. 그 녀석에게는 어머니가 없었다. 누이가 하나 있을 뿐, 일가친척이라고는 찾아볼 수 없었다. 그 누이마저, 우리가 그 녀석을 데려온 그날로 미국으로 달아나 버려서, 어쩔 수 없이 우리가 떠맡게 되었다. 그 녀석은 자신의 불행한 처지를 잘 알고 있어서, 늘 저고리 소매로 눈물을 닦거나 몸을 웅크리고 조그마한 손수건 한쪽 귀퉁이에 코를 풀었다. 그런데 그 손수건을 주머니에서 완전히 꺼내서 푸는 것이 아니라, 아끼느라 그러는 것인지 늘 손수건 끄트머리만 꺼내어 코를 팽 풀고 다시 고이 접어 넣어 두었다.

상황이 곤란하긴 했지만, 연간 6파운드 10실링으로 고용한 이 불행한 심부름꾼 아이는 언제나 내 근심 걱정의 원인이었다. 그 녀석이 자라나는 것을 지켜보고 있자니—녀석은 붉은 강낭콩처럼 무럭무럭 자랐다—나는, 녀석이 수염이 나서 면도하기 시작하는 날, 녀석이 늙어서 대머리가 되거나 백발이 되는 그날이 진심으로 걱정스러웠다. 그 녀석을 내보낼 희망이 보이지 않았으므로, 이런저런 미래를 그려보다가, 그 녀석이 늙으면 얼마나 귀찮아질 것인가 하는

---

*2 딕 위팅턴으로 통칭되는 전설적인 런던 시장. 15세기 때 세 번이나 시장을 역임. 가난한 고아 딕이 쥐를 잘 잡는 고양이를 길러 그걸 밑천으로 입신출세했다는 이야기로, 동화나 동요에 자주 나오는 유명한 이야기.

생각에 사로잡혀 매일 머리가 아팠다.

어차피 쉽게 끝날 것이라고는 생각하지 않았지만, 그래도 이 골칫거리를 내쫓았을 때의 소동이 또 엄청났다. 그 녀석이 도라의 시계를 훔쳤는데—우리 집에 있는 다른 모든 물건들과 마찬가지로 그것을 치워둘 만한 일정한 곳이 없었던 것이다—그것을 잽싸게 돈으로 바꿔, 역마차 바깥자리에 올라타고 런던과 옥스브리지 사이를 끊임없이 왔다 갔다 하느라 그 돈을 다 써버린 것이었다. (녀석은 머리가 나빴다.) 내가 기억하기로는 그 녀석이 열다섯 번째 여행을 끝냈을 때, 보스트리트*3에 잡혀갔는데 그때 몸에 지니고 있던 것은 4펜스 반과, 불 줄도 모르는 중고품 피리 하나뿐이었다.

그 녀석이 참회하지만 않았으면, 이 놀라움과 그 결과가 그토록 불쾌하지는 않았을 것이다. 그러나 녀석은 정말 크게 참회했다. 더욱이 한꺼번에 하는 것이 아니라 여러 번에 걸쳐서 조금씩 하는 별난 방식이었다. 예를 들면 다음 날 내가 피해자로서 출두하자, 녀석은 광에 있는 식료품 바구니에 관한 생각지도 못한 사실을 폭로했다. 우리는 그 안에 포도주가 가득 차 있다고 생각했는데 알고 보니 빈 병들과 코르크 마개 말고는 아무것도 들어 있는 것이 없었다. 그가 모든 것을 털어놓을 생각으로 알고 있는 요리사의 가장 큰 악행을 폭로한 것이라고 우리는 생각했다. 그런데 하루 이틀 지나자, 그 녀석의 양심은 또 새로운 가책을 느꼈다. 그 요리사에게는 어린 딸이 하나 있는데, 그 애가 새벽마다 와서 우리 빵을 가져간 일과, 내친 김에 그 자신도 우유 배달부에게 매수되어 석탄을 내주었던 일까지 폭로했다. 그리고 또 며칠이 지나 경찰서에서 연락이 왔다. 그 녀석의 제보에 따라 조사한 결과 부엌 연장 틈에서 쇠고기 허릿살 몇 점이 발견되었고, 넝마보따리 속에서 시트 몇 장이 발견되었다는 것이다. 또 얼마 있다가, 이번엔 전혀 새로운 방면으로 입을 열어, 술집 사환 녀석이 우리 집 물건을 훔쳐낼 생각을 하고 있는 것을 알고 있다고 털어놓아 그 사환이 잡혀가버렸다. 나는 매번 이용당했다는 얘기가 나오는 것이 너무도 창피하여, 놈의 입을 막을 수만 있다면 놈에게 얼마든지 돈을 주어도 좋고, 경찰이 그를 달아나도록 풀어준다면 뇌물을 잔뜩 바쳐도 좋다고 생각할 정도였다. 그러나 놈은 이런 내 심정은 아랑곳하지 않고, 새로운 사실들을 하나하나 털어

─────────────

*3 런던 중심의 거리 이름으로서, 런던 경범죄 재판소가 있음.

놓을 때마다 내게 무슨 보상이라도 해주는 것같이 생각하고 있는 데는 정말 화가 났다.

마침내 경찰서에서 보낸 사람이 새로운 정보를 가지고 오는 것을 볼 때마다 결국 내가 달아나게 되었다. 놈이 재판을 받고 국외추방 명령을 받을 때까지 나는 눈을 피해 숨어 살았다. 형이 결정되어도 놈은 조용히 있지 못하고 번번이 우리에게 편지를 보냈다. 쫓겨나기 전에 도라를 꼭 만나고 싶다고 해서 도라가 면회를 갔으나 철창 안으로 들어서자마자 기절해버렸다. 요컨대, 그가 국외로 쫓겨나 어느 '오지'—내 지리감(地理感)으론 어딘지 잘 모르겠지만—그 '오지'에서 목동이 되기까지는(이것은 나중에 들은 이야기이다), 베개를 높게 베고 잠드는 날이 없었다.

이런 일이 있었으니 나도 진지하게 반성하고 우리의 잘못을 다른 견지에서 살펴보게 되었다. 도라에 대한 내 사랑은 변함없었지만 어느 날 저녁에 끝내 한마디 하지 않을 수 없었다.

"여보, 우리 집 살림의 체계와 관리가 부실하여 우리 자신뿐만 아니라(우리는 그것에 익숙해졌지만) 남들에게까지도 폐를 끼치는 것을 생각하면 매우 가슴이 아프오."

"오랫동안 잠잠하시더니 또다시 역정을 부리시는군요!" 도라가 말했다.

"아니오, 그런 게 아니오! 내 말뜻을 설명하겠소."

"듣고 싶지 않아요." 도라는 말했다.

"그렇지만 당신이 꼭 들어야겠소. 집은 바닥에 내려 두시오!"

그런데 그녀는 개의 코를 내 코에 대더니 갑자기 큰 소리로 "앗!" 하고 말했다. 진지한 이야기를 얼버무리려는 것이었다. 그러나 잘되지 않자 이번에는 집을 그 엄청난 개집 안에 밀어 넣고, 팔짱을 끼더니 체념한 듯한 귀여운 표정으로 앉아서 나를 바라보았다. 내가 입을 열었다.

"우리에게는 전염병이 있어서 주위 사람들에게까지 옮기는 모양이오."

그때 도라의 얼굴을 보고 깜짝 놀랐다. 왜냐하면 그 표정으로 볼 때, 그녀는 내가 우리의 이번 병적 사태에 대해 새로운 백신이나 치료법을 꺼내려는 것일까 하고 열심히 생각하고 있었기 때문이다. 이것만 아니라면 나는 이 비유를 좀더 이어갔을 것이나, 지금은 자제하고 더 쉽게 설명하기로 했다.

"도라, 우리가 조심성이 없어서 스스로 돈을 잃고, 불쾌한 일을 당하고, 이따금 신경질을 부리는 것까지는 그렇다 칩시다. 그런데 문제는 그게 다가 아니오. 일을 도와주러 오는 사람이나, 우리와 거래가 있는 사람까지 모두 망쳐 놓는 심각한 문제를 가져오고 있소. 잘못이란 한쪽에만 있는 것이 아니오. 우리 자신이 올바르게 행동하지 못하므로 그러한 사람들이 모두 나쁜 마음을 먹는 것이라는 생각이 들기 시작했소."

"어떻게 그런 트집을 잡으시죠!" 목청을 높인 도라의 두 눈이 휘둥그레졌다. "내가 금시계를 가져가는 것을 봤다고 말씀하시다니! 아!"

"여보, 터무니없는 소리 그만해요! 누가 금시계 이야기를 했단 말이오?"

"당신이 했죠." 도라가 대꾸했다. "당신이 말씀하신 것을 잘 알고 있잖아요. 내가 조금도 나아지지 않는다고 말씀하시면서 날 그 녀석과 비교했어요."

"누구 말이오?"

"그 심부름꾼 아이요." 도라는 훌쩍거렸다. "아, 너무하세요. 당신의 사랑하는 아내를 나라 밖으로 쫓겨난 하인 녀석과 비교하다니! 나를 그런 식으로 생각하신다면 어째서 결혼 전에 그렇다고 말해주지 않았어요? 정말 너무해요. 어째서 쫓겨난 하인 녀석보다도 내가 더 나쁜 여자라고 생각한다는 점을 말해주지 않았죠? 아, 나에 대해서 그런 끔찍한 생각을 갖고 있다니! 아, 하느님, 맙소사!"

"도라." 그녀가 눈에 대고 있는 손수건을 부드럽게 떼내려고 하며 나는 대답했다. "그런 말은 어리석을 뿐 아니라, 아주 잘못된 말이오. 첫째로 그것은 사실이 아니오."

"당신은 늘 그 하인 녀석이 거짓말쟁이라고 말씀하셨어요" 하면서 도라는 더 크게 훌쩍거렸다. "그리고 그와 똑같은 말을 지금 제게 하셨어요! 아, 난 어떡하면 좋아!"

"도라. 제발 부탁이니 정신을 차리고, 내가 말한 것과 이제부터 하는 말을 잘 들으시오. 도라, 우리가 먼저 고용한 사람들에 대한 의무를 다하지 않는다면, 그들도 우리에 대한 자신들의 의무를 절대 다하지 않을 거요. 우리는 그들에게 나쁜 짓을 할 기회를 일부러 주고 있는 것 같소. 그래서는 안 되오."

나는 한숨을 감추며 말을 이었다.

"설사 우리가 좋아서 살림살이를 지금처럼 허술하게 해나간다 하더라도—사실은 그렇지 않지만—그리고 설사 우리가 그런 식의 생활을 좋아해서 즐겁게 여기고 있다 하더라도—이 점 역시 그렇지는 않지만—이런 식으로 살아서는 안 된다고 깨달았소. 이러면 남을 타락시킬 뿐이오. 우리도 그 점을 생각해야 해요. 적어도 나는 생각하지 않을 수 없소. 나는 이 점이 아주 신경 쓰여서 때로는 불안해서 견딜 수가 없어요. 할 말은 이것뿐이오. 자, 더욱 정신을 차려야 해요!"

도라는 싫어하며 손수건을 치우지 못하게 했다. 얼굴을 가리고 훌쩍거리면서도, 내가 그렇게 불안하다면 결혼은 왜 했느냐, 식을 올리러 교회에 가기 전날에라도, 그렇게 걱정스러운데 그만두자고 왜 말하지 않았느냐, 그렇게 자기를 참을 수 없다면 왜 퍼트니에 있는 고모님들한테로 보내거나, 인도에 있는 줄리아 밀스한테 보내버리지 않았느냐? 그랬더라면 줄리아는 기꺼이 맞아주었을 테고, 자기를 보고 쫓겨난 하인 녀석이라고 부르지도 않았을 것이다, 줄리아는 절대 자기를 그렇게 부른 적이 없었다고 중얼거렸다. 요컨대 도라는 몹시 괴로워했지만 나 역시 똑같은 상태였으므로 그 말에는 대꾸하지 않았다. 이런 노력을 되풀이해 봤자 아무리 상냥하게 말해도 소용없으니 다른 방도를 택해야겠다는 생각이 들었다.

그럼 어떤 방도가 남아 있을까? '마음을 가라앉혀 바로잡아주기?' 평범한 말이지만 공정하고 믿음직하게 들렸으므로 나는 도라의 마음을 다잡아주기로 결심했다.

나는 곧바로 시작했다. 도라가 아주 어린아이 같고 나도 그녀에게 장단을 맞춰주고 싶은 마음이 한없을 때면 나는 근엄하려고 노력했다. 그러나—그 때문에 그녀뿐 아니라 나까지 당황하게 되었다. 나는 내가 관심 있는 문제들을 도라에게 말해주고, 셰익스피어를 읽어주었다. 그러자 그녀는 극도로 지쳐버렸다. 나는 평소에 어쩌다 생각난 것처럼 가장하여 유익한 정보라든가 건전한 의견을 단편적으로 그녀에게 전해주는 습관이 있었다. 그러나 내가 그런 이야길 꺼내기만 하면 그녀는 피해버리는 것이었다. 내가 아무리 우연인 것처럼, 자연스럽게 귀여운 아내의 마음을 다잡으려고 애써도 그녀는 언제나 내 의도를 본능적으로 알아차리고는 극심한 불안에 사로잡히는 것이었다. 특히 내가 보기에 그녀는 셰익스피어를 몹서리나는 인간으로 생각하는 것이 분명했다. 마음을 다잡는 일은 좀처럼 진행되지 않았다.

나는 트래들스까지도 그가 모르게 이 일에 살짝 끌어들였다. 그가 우리를 찾아올 때마다, 도라를 간접적으로 교육시키기 위해서 나는 그의 머리 위에 일제히 폭격을 가했다. 이런 식으로 내가 트래들스에게 준 실제적 지식의 양은 엄청났으며, 질적으로도 가장 우수한 것이었다. 그러나 도라에게는 그것도 다만 그녀의 기를 죽이고 다음은 자기 차례려니 하는 공포심에 늘 조마조마하게 떨게 만드는 결과를 낳았을 뿐이었다. 말하자면 나는 학교 선생 아니면 올가미나 함정이었고, 도라라는 파리를 노리는 거미여서 언제나 구멍에서 숨어 있다가 뛰어나와 그녀를 한없이 난처하게 만들었다.

그래도 나는 이와 같은 중간 단계를 거쳐서, 언젠가는 도라와 나 사이에 완전한 공감대가 생기고, 완전히 만족할 정도로 '그녀를 성장시키는' 데에 성공하는 때가 올 것으로 기대하면서 수개월 동안 꾸준히 그 일을 이어나갔다. 마지막에는 온몸의 털을 빳빳이 곤두세우고 있는 고슴도치나 바늘다람쥐도 되어 보았지만, 결국 내가 아무런 영향도 주지 못했다는 것을 알자, 어쩌면 도라의 마음은 이미 완전히 형성되어 있는지도 모르겠다는 생각이 문득 떠오르기 시작했다.

더욱 깊이 생각해 보니 아무래도 그런 것 같았으므로, 말로는 거칠 것이 없지만 실제 행동에는 아무 도움도 되지 않는 그 계획을 포기하고, 앞으로는 철없는 아내에게 만족하고 절대 어떠한 방법으로도 그녀를 다른 사람으로 바꾸기 위해 애쓰지 않기로 결심했다. 이제는 나 혼자 현명한 체하거나, 사랑하는 아내를 거북하게 만드는 데는 지쳐버렸다. 그래서 어느 날, 아내에게 줄 예쁜 귀고리 한 쌍과, 집에게 줄 목걸이 하나를 사들고 즐거운 기분으로 집에 돌아왔다.

도라는 나의 이 하찮은 선물에 크게 기뻐하며 내게 다정하게 키스해 주었다. 그러나 우리 두 사람 사이에는 아주 작기는 했지만 어떤 그림자가 드리워져 있었으므로, 이참에 모두 걷어내버리기로 마음먹었다. 그래도 어딘가에 그림자가 남아 있다면, 그것을 내 가슴속에만 간직해 두기로 했다.

나는 도라와 나란히 소파에 앉아서 귀고리를 걸어주면서, 요즘 우리 두 사람 사이가 전만큼 좋지 못한 것 같은데, 그것은 모두 내 잘못이라고 말했다. 진심으로 그렇게 느끼고 있었고, 또 사실이 그러했기 때문이다.

"사실은 말이오, 도라. 나는 현명해지려고 노력했던 거요."

"그래서 저까지도 현명하게 만들려고 하셨군요." 도라는 머뭇거리며 말했다.

귀엽게 눈썹을 치켜세우며 묻는 도라에게 나는 고개를 끄덕여 동의하고, 열린 입술에 키스해주었다.

　"그러시면 안 돼요." 그녀는 고개를 저었다. 귀고리가 작게 울렸다. "제가 얼마나 어린애 같은지, 그래서 처음부터 당신에게 뭐라고 불러 달라고 했는지 알고 계시잖아요. 만일 당신이 그렇게 할 수 없다면 절대로 저를 좋아할 수 없을 거예요. 때때로 이렇게 했더라면 더 좋았을걸, 하고 생각하지 않으세요?"

　"어떻게 말이오, 도라?"

　"아무것도 아니에요!"

　"아무것도 아니라고?"

　도라는 두 팔로 내 목을 껴안고 웃으면서 자기를 바보라고 부르고 숱많은 머리에 가린 얼굴을 나의 한쪽 어깨에 파묻었다. 나는 그 엄청난 숱을 자랑하는 금발을 헤치고 그녀의 얼굴을 들여다보는 것만으로도 한바탕 일을 치르는 것 같았다.

　"내 귀여운 아내의 교양을 높이려고 노력하는 것보다는, 차라리 아무 일도 하지 않는 편이 더 좋았을 거라고 생각하느냐는 말이지?" 나는 나 자신에게 웃으며 말했다. "그런 질문이지? 맞아요, 정말 그렇게 생각하고 있소."

　"그런 생각을 하셨어요?" 도라가 소리쳤다. "아, 정말 놀라운 분이군요!"

　"그렇지만 더 이상 그런 노력은 절대 하지 않겠소. 있는 그대로의 내 아내를 진심으로 사랑하니까."

　"거짓말이 아니지요? 정말이죠?" 도라는 가까이 다가앉으며 말했다.

　"이토록 소중한 것을 내 어찌 바꾸어놓으려 하겠소. 그러니까 이제 오만한 실험은 그만두고, 옛날의 우리로 돌아가 행복하게 삽시다."

　"행복하게요? 그래요, 그렇게 해요! 온종일! 때로는 일이 약간 잘못돼도 더는 상관하지 않겠죠?"

　"그럼요. 우리는 우리 나름대로 헤쳐나가면 돼요."

　"그리고 앞으로는 내가 남을 나쁘게 만든다는 말은 더는 하지 않겠죠, 네?" 도라는 어리광부리며 말했다. "그게 얼마나 나쁜 일인지 잘 아셨죠?"

　"그럼, 그럼" 하고 나는 대답했다.

　"나도 불쾌한 얼굴을 하는 것보다는 바보가 되는 편이 더 나아요, 그렇지요?" 도라는 말했다.

"있는 그대로의 도라가 이 세상의 무엇보다도 더 좋소."

"이 세상이라고요? 아, 세상은 넓은 곳이에요!"

그녀는 고개를 젓더니, 기쁨에 찬 맑은 눈으로 나와 눈을 맞추며 키스를 하고는, 즐거운 웃음을 터뜨렸다. 그러고는 집에게 목걸이를 걸어주러 달려 나가 버렸다.

도라를 바꾸어 보려는 나의 마지막 시도는 이렇게 헛수고로 끝났다. 그 노력은 조금도 유쾌하지 않았으며, 나 혼자만의 지혜로는 이루어 낼 수 없었다. 그리고 철부지 아내로서의 예전의 매력이 내 안에서 자리를 잃어가고 있었다. 나는 우리 두 사람의 생활을 개선해나가기 위해서 조용한 방법으로 나 자신이 할 수 있는 일을 하기로 결심했으나, 그러한 방법으로는 성과가 매우 적으리라는 것을 알고 있었다. 하지만 그게 아니면 또다시 거미로 돌아가서 영원히 먹이를 노리며 기다리는 수밖에 없는 것이다.

그리고 앞에서 말한 그림자—우리 사이에는 두 번 다시 꺼낼 수 없으며, 모두 내 마음속에 묻어 두어야 할 그 그림자— 그것은 대체 어떻게 되었을까?

옛날의 바람직하지 않은 기분이 내 생활 곳곳에 나타났다. 달라진 점은, 단지 그것이 더욱 깊어진 것뿐이다. 게다가 여전히 매우 막연했는데, 말하자면 한밤중에 어렴풋이 들려오는 서글픈 음악처럼 울리는 것이었다. 나는 진정으로 아내를 사랑했고, 행복했다. 그러나 지금의 행복은 한때 막연히 예상했던 행복과 너무나 달랐고, 언제나 무엇인가 모자란 것이 있었다.

나는 처음에 이 기록을 마음의 성찰로 삼고자 은밀히 다짐했었다. 그것을 실행하기 위해서라도 여기서 다시 한 번 꼼꼼하게 검토하고, 되도록 그 비밀을 밝혀두고자 한다. 조금 전에도 무엇인가 모자란다고 말했다. 지금 더욱 그것이 —사실 지금만이 아니라 언제나 그러했다—옛날 젊은 시절의 몽상에 불과하며, 따라서 실현 가능성은 애당초 없었다는 사실을 겨우 깨달은 것이다(모든 사람이 다 그렇겠지만, 그래도 나는 매우 슬펐다). 그러나 그래도 만약 아내가 나를 좀더 도와줄 수 있고 남에게 말할 수 없는 내 고민들을 함께 생각해주었더라면 참으로 좋았을 것이고, 또 그것이 불가능한 일은 아니라고 생각했다.

이러한 서로 다른 두 가지 결론—하나는 그러한 마음이 누구에게나 있으므로 아무도 피할 수 없다는 것이고, 다른 하나는, 그것은 어디까지나 나만의 경험이므로 충분히 피할 수 있다는 결론—의 중간에 서서, 나는 참으로 이상한 이야기지만, 모순이나 반대를 의식하지 않고 하나의 신비한 균형을 유지했다. 예를 들어 실현될 수 없는 어린 시절의 공상과 꿈을 생각하면, 지금 같은 어른이 되기 직전의 좋았던 세월이 자연스레 떠오르는 것이었다. 예컨대 그리운 옛집에서 아그네스와 함께 지낸 흐뭇했던 나날이, 저승에서는 다시 되살아날지는 모르지만 이승에서는 절대로 돌아오지 않는 죽은 자의 유령처럼 눈앞에 떠오르는 것이었다.

이따금씩 이런 상상을 하기도 한다. 도라와 내가 알지 못했더라면 어떻게 되었을까? 아니, 어떻게 했을까? 그러나 도라는 내 존재와 완전히 밀착되어 있으므로 그런 가정은 모든 공상 가운데에서도 가장 부질없는 것이어서 허공에 떠 있는 아지랑이처럼 피어올랐다가는 이내 나의 손과 눈이 닿지 않는 곳으로 사라져버리는 것이었다.

나는 늘 그녀를 사랑했다. 그러므로 지금 내가 여기에 쓰고 있는 것은, 정말로 내 마음의 가장 깊숙한 구석에서 졸다가 반쯤 깨어났다가는 다시 잠들어버리는 것이었다. 흔적도 없으려니와, 그것이 나의 말과 행동에 조금이라도 영향을 주었다고도 생각하지 않는다. 온갖 자잘한 집안일과 내 생활계획 같은 부담은 모두 내가 짊어지고 도라는 그저 펜을 들어줄 뿐이었지만, 그래도 우리는 이것으로 두 사람의 책임부담을 실정에 맞게 적용했다고 믿고 있었다. 도라는 진정으로 나를 좋아했고 자랑스럽게 생각했다. 언젠가 아그네스가 도라에게 보낸 편지에서 옛 친구들이 나의 명성이 점점 높아가고 있음을 자랑스럽게 생각하고 있고, 내게서 직접 듣는 듯한 마음으로 내 작품을 읽고 있다는 말을 써올 때면, 도라는 그 반짝이는 눈에 기쁨의 눈물을 글썽이며 그 편지를 읽어주면서 내가 정말로 머리 좋은 유명인이라고 말했다.

'수양이 모자란 젊은 혈기로 저지른 최초의 충동'이라 했던 스트롱 부인의 말이 요즘 자꾸 떠올라서, 거의 언제나 내 마음속에 자리잡고 있었다. 밤에 자다가도 그 말 때문에 가끔 잠이 깼고, 꿈속에서도 집집마다 벽에 새겨진 그 말을 읽기도 했다. 생각해보면, 내가 처음으로 도라를 사랑했을 때에는 정말로 아무것도 몰랐으며, 만약 좀더 제대로 된 인간이었다면, 결혼했을 때 설마 그런 마음을 남몰래 느끼지는 않았을 것이라고 생각했기 때문이다.

'마음과 목적의 불일치만큼 부부 사이를 갈라놓는 것은 없다.' 나는 이 말도 기억하고 있었다. 나는 도라를 내 쪽으로 끌어들이려고 노력했지만, 그것은 불가능하다는 것을 깨달았다. 앞으로는 내가 도라에게 맞추어나가는 수밖에 없었고, 좋은 일만 나누며 행복하게 살고, 어쩔 수 없는 책임은 혼자 짊어지고 역시 행복하게 살아가는 수밖에 없었다. 이것이 내가 이것저것 생각하기 시작했을 때 마음을 쏟으려고 애썼던 수련이었다. 그 결과 결혼 2년째가 첫해보다 훨씬 더 행복했고, 더 좋았던 것은 도라의 생활이 그야말로 밝아진 것이었다.

그러나 그때부터 도라의 건강이 나빠지기 시작했다. 사실 나는 내 손보다 더 부드러운 손이 그녀의 성격을 형성하는 데 도움이 되고, 그녀의 가슴에 안긴 아기의 미소가 철없는 아내를 의젓하게 바꾸어줄 것을 바라고 있었다. 그러나 그렇게 되지는 않았다. 영혼이 한순간 작은 감옥의 문턱에서 활갯짓하다가 잡히는 것도 의식하지 못하고서 영원히 날아가버린 것이다.

"제가 전처럼 다시 뛰어다닐 수 있게 되면요, 대고모님." 도라는 말했다. "집에게 경주를 시켜야겠어요. 요즘 점점 게으름뱅이가 되어가니까요."

"애야," 대고모는 도라 곁에서 조용히 일하면서 말했다. "집은 게으른 게 아니라 몸이 불편한 거란다. 나이가 들었거든."

"그 녀석이 그 정도로 늙었다고 생각하세요?" 도라는 놀라며 말했다. "아, 집이 늙었다니 참 이상해요!"

"애야, 그건 살아가노라면 누구나 걸리는 병이야." 대고모는 쾌활하게 말했다. "나도 전보다 그 병이 깊어졌다고 느낀단다."

"하지만 이렇게 귀여운 집이," 도라는 동정어린 눈으로 집을 바라보며 말했다. "아, 가엾어라!"

"하지만 그 녀석은 앞으로도 한참 더 살 거다, 애야." 대고모는 도라의 한쪽 뺨을 톡톡 치며 말했다. 도라는 집을 보려고 긴 의자에서 몸을 내밀었고, 집은 뒷발로 일어서서 기어올라오려고 숨을 할딱거리며 이리저리 애쓰고 있었다. "이번 겨울에는 개집 안에다가 플란넬이라도 깔아주어야 할 거야. 그러면 내년 봄 꽃이 피는 것과 함께 다시 활기를 되찾게 될 게다. 어이구, 이 개 좀 보게!" 대고모는 큰 소리로 말했다. "놈은 고양이처럼 목숨이 아홉 개라 마지막 숨이 끊어질 때도 나한테는 짖어댈 거다!"

도라가 집을 소파에 안아올리자 놈은 대고모를 향해 어찌나 사납게 짖어대는지 제 몸을 똑바로 가누지도 못하고 곁눈질을 하면서 짖어대는 것이었다. 대고모가 놈을 보면 볼수록 점점 더 사납게 짖어댔다. 아마도 대고모가 요즘 안경을 쓰기 시작했는데 어찌 된 까닭인지 집은 그 안경이 도저히 마음에 들지 않는 것 같았다.

도라가 겨우 달래서 자기 옆에 눕혔다. 녀석이 조용해지자 도라는 그 길쭉한 놈의 귀를 손으로 계속 어루만지며 서글프게 중얼거렸다. "귀여운 집까지도! 아, 가엾은 녀석!"

"그래도 폐는 튼튼하고," 대고모는 명랑하게 말했다. "좋고 싫은 것도 아직 확실하니 틀림없이 오래 살 거야. 그러나 같이 뛰어다니기에는 나이가 좀 있는 것 같구나. 그러니 내가 다른 개를 선물하마."

"대고모님, 고맙습니다." 도라는 힘없이 말했다. "하지만 그러지 마세요. 부탁드려요!"

"싫단 말이냐?" 대고모는 안경을 벗으며 말했다.

"다른 개는 기를 수 없어요. 집에게 미안해서요! 게다가 저는 집이 아니고는 어떤 개와도 이렇게 친해질 수 없어요. 집은 결혼 전부터 저를 알고 있고, 또 그이가 처음 저희 집에 왔을 때부터 그이를 보고 짖어댔어요. 다른 개들은 그러지 않았으니까, 아무튼 저는 집이 아니면 어떤 개도 사랑할 자신이 없어요, 대고모님."

"그렇겠구나!" 대고모는 도라의 뺨을 다시 토닥거리면서 말했다. "네 말이 옳다."

"대고모님, 기분이 언짢으신 것은 아니지요?" 도라는 말했다.

"이런, 어쩌면 이렇게도 세심하담!" 대고모는 허리를 구부려서 도라를 내려다보며 정답게 말했다. "내가 화낼 리가 있겠니!"

"아녜요, 아녜요. 정말 그렇게 생각하진 않았어요. 좀 피곤한데다가, 집 이야기를 하다보니 잠시 어리석은 생각이 들었나 봐요. 아시다시피, 저는 평소에도 바보인데 더욱더 바보가 되어버렸네요. 집은 지금까지 제게 일어난 일은 다 알고 있어요. 안 그래, 집? 그래서 전 녀석이 좀 달라졌대도 소홀히 대할 수는 없어요. 그렇지 집?"

집은 도라의 품에 안겨서 그녀의 손을 가볍게 핥기 시작했다.

"집, 아직 나와 헤어져야 할 정도로 나이가 든 건 아니지? 앞으로도 나랑 사이좋게 살자!"

아, 나의 귀여운 도라! 다음 일요일, 그녀가 식사를 하러 아래층으로 내려와서 트래들스를 보고 무척 기뻐했을 때에는(트래들스는 매일 우리와 함께 식사를 했다), 우리는 그녀가 2, 3일만 지나면 전처럼 '뛰어다닐 수 있을' 거라고 생각했다. 그러나 우리는 2, 3일 더 기다리자고 말했고, 또다시 2, 3일을 더 기다리자고 했는데도 여전히 그녀는 뛰지도 걷지도 못했다. 보기에는 매우 아름답고 명랑했지만, 언제나 집 주위를 경쾌하게 뛰어다니던 그 작은 발은 무겁게 늘어져서 움직이지 않았다.

나는 매일 아침 2층에서 아래층으로, 밤에는 2층으로 그녀를 안아서 옮기기 시작했다. 그러면 그녀는 무슨 내기라도 하는 것처럼 내 목을 꼭 껴안고 안겨서 큰 소리로 웃는 것이었다. 간병인 중에서도 가장 훌륭하고 가장 쾌활한 간병인인 대고모가 숄과 베개 뭉치를 한 아름 안고 우리 뒤를 비틀거리며 따라온다. 딕 씨는 상대가 누구이건 촛불을 들어주는 역할을 마다하는 일이 절대 없다. 트래들스는 자주 계단 밑에 서서 쳐다보며, 이 세상에서 가장 사랑스럽다는 그의 소피에게 도라가 보내는 반농담조의 전갈을 받곤 했다. 우리의 행렬은 더없이 명랑했고, 그중에서도 나의 철없는 아내가 제일 명랑했다. 집은 큰 소리로 짖으며 우리 주변을 경중경중 뛰면서 앞장선다. 그리고 충계참에서 뒤돌아보고 숨을 헉헉거리면서 우리가 올라오기를 기다린다.

그러나 이따금씩 그녀를 안아 올리면서, 내 팔에 안긴 그녀가 이상하게 가벼워졌다고 느낄 때면, 모든 생명이 꽁꽁 얼어붙는, 보이지 않는 극한의 땅에 한걸음씩 다가가는 것 같은, 어떤 절망적인 공허감이 밀어닥쳐 그것이 내 생명을 오그라들게 했다. 나는 그 감정에 이름을 붙이거나 깊이 생각하기를 피해왔다. 그런데 드디어 어느 날 밤, 그 감정이 나를 유난히 강하게 덮치고 있는데, 대고모가 평소처럼, "꽃같이 귀여운 도라야, 잘 자거라!"라는 작별인사를 하고 그녀 곁을 떠나는 것이었다. 나는 홀로 책상 앞에 앉아 소리내어 엉엉 울었다. 아, 이 얼마나 불길한 말인고! 꽃, 꽃, 활짝 핀 채로 가지에서 시들어가는 꽃이여!

49장
시들어가는 꽃

어느 날 아침, 나는 다음과 같은 편지를 받았다. 발신지는 캔터베리였으며, 민법박사회관의 내 앞으로 보내온 편지를 읽고 나는 무척 놀랐다.

삼가 글을 올리네.

나는 혼자 힘으로는 어쩔 수 없는 사정으로 인해 오랜 세월 동안 우정을 나누지 못하고 단절시켜 왔으나, 그 우정은 많은 기억의 색채로 채색된 과거의 여러 광경과 사건들을 떠올릴 때나, 법률수업에 힘쓰느라 사정이 여의치 않을 때에도 내게 늘 큰 기쁨을 주어왔으며, 앞으로도 그럴 것이 틀림없네. 친애하는 코퍼필드, 그러나 이 사실과 자네의 뛰어난 재능으로 말미암아 뚜렷하게 높아진 지위를 생각하면, 코퍼필드라는 무람없는 이름으로 내 청년 시절의 친우를 함부로 부르기가 쉽지 않네! 앞으로는 그 이름이 애정 어린 존경심과 함께 우리 집 기록문서(물론, 어리석은 아내가 관리하고 있는, 우리 집 대대의 하숙인들에 관한 옛 기록을 말하는 것일세) 안에 가보로서 영구 보존되리라는 것을 알아주면 그것으로 충분하네.

펜을 들어 이 글을 쓰고 있는 나는 본인의 과실과 우연한 불상사의 연속으로 말미암아, 좌초된 배와도 다름없는 처지(바다와 관계되는 용어를 써도 좋을지 모르겠네만)에 있는지라, 찬미나 축하의 말을 올릴 자격이 없네. 그것은 좀더 유능하고 순결한 사람의 손에 맡겨야 한다고 생각하니, 부디 용서 바라네.

자네의 귀중한 시간을 내어 이 하찮은 글을 살펴 준다면—경우에 따라 그렇게 할 수도, 하지 못할 수도 있겠지만—어떠한 목적에서 내가 이 편지를 보낼 생각을 하게 되었는가를 물을 걸세. 지금부터 그 물음에 대한 설명을 덧붙일 것이며, 다만 그것이 금전상의 목적이 아님을 미리 말해두겠네.

원래, 그릇됨을 바로잡기 위해 천둥을 사용하고, 복수와 분노의 불꽃을 내뿜는 능력이 내게 잠재되어 있더라도 당장은 제쳐두고, 먼저 내 찬란한 환상이 모두 사라졌고—평화는 산산조각이 났으며, 향락의 힘은 파괴되어 버리고, 마음도 제자리를 지키지 못하며—이제 동료들 앞에서 당당하게 활보할 용기도 없다는 것부터 말해야겠네. 꽃은 시들고, 술잔은 가장자리까지 쓰디써졌네. 벌레가 활동하기 시작했으니, 머지않아 그 먹이를 처치해버릴 걸세. 빠를수록 좋지. 그렇지만 내가 탈선하지는 않을 것이야.

여자요, 아내요, 어머니로 활동하는 아내의 영향력 아래에서 특수한 고통의 상태에 놓이고 보니, 이 기회에 달아나서, 집행유예와도 같은 이틀간의 휴식 기간을 지난날의 향락지였던 수도의 몇몇 군데를 다시 방문하는 데 바치려 하네. 가정의 평온과 마음의 평화를 찾기 위해 내 발걸음은 다른 어떤 안식처보다도 자연히 고등법원형무소로 향하게 될 것이야. 나는 모레 저녁 일곱 시 정각에 민사범구치소 남쪽 담 밖에(사정이 허락한다면) 닿아 있을 것이라고 말함으로써 이 편지의 목적은 이루어졌네.

옛 친구인 코퍼필드, 또 법학원의 토머스 트래들스 씨와 만나(아직도 건재하시고 나를 만나러 와준다면) 지난날의 우의를 새롭게 해 주기를 기대할 자격은 없으나, 위에 적은 시간과 장소에서, 내 몰락한 모습을 발견하고, 비웃으며 손가락질할 것으로 생각하면서 이만 줄이네.

무너진 높은 탑의 잔해와 같은

윌킨스 미코버

나는 이 편지를 몇 번이나 되풀이해서 읽었다. 미코버 씨의 특유의 고상한 문체와, 기회가 있건 없건 이내 장문의 편지를 쓰는 특이한 취미를 감안하더라도, 이 사연의 밑바닥에는 어떤 중대한 일이 숨어 있다고 믿지 않을 수 없었다. 나는 편지를 내려놓고 잠깐 생각하다가 다시 집어들어 읽어 보았다. 몹시 곤혹스러워하고 있을 때 트래들스가 찾아왔다.

"여보게, 정말 잘 왔어. 가장 적절한 때에 올바른 판단을 주려고 찾아왔군. 트래들스, 미코버 씨로부터 이상한 편지가 왔어."

"그래? 그럴 수가 있나?" 트래들스가 큰 소리로 말했다. "나도 미코버 부인한테서 편지를 받았는데!"

걸어오느라 얼굴이 상기되고, 운동과 흥분이 겹쳐서 머리칼들이 꼭 명랑한 유령처럼 곤두선 트래들스는 자기가 받은 편지를 꺼내서 내 편지와 바꾸었다. 나는 트래들스가 미코버 씨의 편지를 읽어내려가다가, "'그릇됨을 바로잡기 위해 천둥을 사용하고, 복수와 분노의 불꽃을 내뿜는다.' 이것 참, 야단났군, 코퍼필드!" 하고 눈썹을 치켜세우며 외치는 것을 듣고 고개를 끄덕이며 미코버 부인의 편지를 읽기 시작했다.

다음과 같은 내용이었다.

토머스 트래들스 씨, 귀하께서 전에 가까이 사귀던 사람을 아직도 기억하고 계시다면 2, 3분 정도 시간을 내주시기 바랍니다. 제가 지금처럼 마음이 아프지만 않다면 결코 귀하의 친절에 기대려 하지 않을 것이니, 부디 제고통을 헤아려주십시오.

이런 말씀을 드리게 된 것이 저로서는 마음 아픈 일입니다만, 남편 미코버가 전에는 처자식들에게 그렇게 상냥했건만 요즘은 이전 같지 않아서 고심한 끝에 이 불행을 귀하에게 하소연하는 바입니다. 남편의 행동이 변하고 그이가 난폭해진 것을 도저히 꿈도 꾸지 못하실 것입니다. 그와 같은 남편의 행동은 점점 더 심해져서, 이제는 완전히 이성을 잃은 것 같습니다. 거짓말 같겠지만 하루라도 발작을 일으키지 않는 날이 없습니다. 요즘에는 자기육신을 악마에게 팔았다는 말까지 아무렇지 않게 합니다. 이만큼 말씀드렸으니 제 심정을 다시금 설명할 필요는 없다고 생각합니다. 아무튼 요즘에는 비밀주의가 남편의 큰 특징이 되었습니다. 전에는 무슨 일이건 저한테만은 털어놓던 상냥함은 모두 자취를 감추어버렸습니다. 식사 때 무얼 드시겠냐고 묻기만 해도 불같이 화를 내며 곧장 이혼하자는 말을 한답니다. 어젯밤에도 그이는 레몬 과자가 먹고 싶다며 2펜스만 달라고 졸라대는 쌍둥이에게 성을 내며 굴까는 칼을 들이댔답니다.

이런 시시한 말씀만 드려서 정말로 죄송한 줄 알지만, 그래도 이런 사정을 말씀드리지 않으면 지금 저의 괴로운 상황을 이해하기 어려우시리라 생각하고 말씀드렸습니다.

이제 이렇게 편지를 올리는 취지를 분명하게 말씀드려도 좋겠습니까? 귀하의 호의에 이 몸을 맡겨도 괜찮겠는지요? 틀림없이 허락해주시리라고 생각합니다. 저는 귀하의 상냥한 마음을 잘 알고 있으니까요!

여자의 경우, 사랑하는 이의 눈은 결코 쉽게 속일 수 없습니다. 남편은 런던으로 가려 하고 있습니다. 오늘 아침을 들기 전에 그이는 옛날 즐거웠던 시절에 쓰던 밤색 가방을 꺼내어, 거기에 달 행선지 카드를 쓰는 데 애써 자기는 필적을 감추려 했지만, 근심으로 가득한 아내의 예리한 눈은 디 오 엔(d, o, n)[*1]이란 글자를 똑똑히 읽어내고 말았습니다. 웨스트 엔드로 가는 역마차의 종점은 금십자 여관입니다. 길을 잘못 든 제 남편을 잘 타일러주십사고 간곡히 부탁드려도 좋겠습니까? 그리고 남편과 고통받는 그의 가족 사이의 문제에 개입해주십사고 감히 간청해도 좋겠는지요? 그리고 아, 실례했습니다. 그것은 조금 무리한 부탁이군요!

만약 코퍼필드 씨께서 아직도 이 사람을 기억하고 계시다면, 이 부탁과 함께 변함없는 저의 존경을 함께 전해주시기 바랍니다. 이 편지는 절대 비밀로 해주시길 바라며, 특히 남편에게는 무슨 일이 있어도 반드시 함구해주시기를 간곡히 부탁드립니다. 무리한 부탁인 줄은 알지만 이 편지의 답장을 보내주신다면 캔터베리 엠 이(M E) 우체국의 주소로 편지를 보내주시는 것이, 곤경에 처한 사람이 쓴 주소로 직접 보내시는 것보다 오히려 안전 무사할 것으로 생각합니다.

그러면 인사를 겸해서, 베풀어주신 친절을 믿고 염치없이 부탁을 드립니다.

당신을 존경합니다.

에마 미코버 올림

"그 편지를 어떻게 생각하나?" 내가 그 편지를 두 번이나 되풀이해서 읽고 나자 트래들스가 나를 보며 말했다.

"그 편지는 어떻게 생각하나?" 나도 말했다. 그는 미간을 찌푸린 채 아직도 미코버 씨의 편지를 읽고 있는 중이었다.

"이 두 편지는, 미코버 씨 부부가 평소에 보내는 편지와는 퍽 다르다고 생각해. 이유는 모르지만." 트래들스가 말했다. "두 편지 모두 진심을 적은 것만은

---

*1 London 철자의 일부.

의심의 여지가 없고, 공모했다고도 생각지 않아. 가엾기도 하지!" 트래들스는 미코버 부인의 편지를 가리키며 말했고, 우리는 두 편지를 비교해 보면서 나란히 서 있었다.

"아무튼 부인께 편지를 써서, 우리가 미코버 씨를 만나겠다고 알려주는 것이 친절일 것 같군."

트래들스가 말했다.

나는 전에 온 부인의 편지를 소홀히 취급했다는 자책감 때문에 그의 의견에 동의했다. 그 편지가 그 무렵에는 나로 하여금 많은 생각을 하게 했지만, 무엇보다 그때는 나 자신의 일로 바쁘고 집안일이 복잡했으며, 그 뒤로 아무 소식도 들려오지 않자 그 문제는 점점 내 머리에서 사라져갔던 것이다. 미코버 씨 부부의 생각을 하기는 했지만, 단지 그들이 또 캔터베리에서 '금전상의 채무'를 만들었나 하는 것을 궁금히 여기고, 또 미코버 씨가 우라이아 힙의 서기가 되었을 때, 나를 보고 무척 부끄러워하던 것을 떠올렸을 뿐이었다.

나는 곧장 우리 두 사람 이름으로 미코버 부인에게 위로 편지를 썼다. 곧장 그 편지를 부치기 위해 시내로 걸어가면서 오랫동안 상의하고 손쓸 방법을 고심했지만, 그것을 여기서 나열할 필요는 없다고 본다. 또한 오후에는 대고모가 지도 상담을 하는 데 끌어들였지만, 최종 결론은 미코버 씨가 정한 시간을 지키자는 것뿐이었다.

우리는 지정된 장소에 15분이나 일찍 나갔는데도, 미코버 씨는 벌써 와 있었다. 그는 팔짱을 끼고, 벽을 보고 서서 벽 위의 철창을, 마치 젊은 날 그의 머리 위에 가지를 드리우고 그림자를 만들던 나뭇가지를 바라보듯 감개무량한 표정으로 바라보고 있었다.

우리가 다가가자 옛날과 달리 꽤나 당황해했고 품위가 없어 보였다. 그는 이번 여행에서는 뜻하는 바가 있어 검은 법복을 입지 않고 옛날에 입던 옷을 그대로 입고 있었으나 옛날 모습과는 아주 달랐다. 대화를 하면서 그는 차츰 옛 모습을 되찾았지만, 그래도 전 같지는 않았다.

"여러분!" 미코버 씨는 대충 인사가 끝나자 말했다. "여러분은 진정 참된 벗입니다. 현재의 코퍼필드 부인과 미래의 트래들스 부인—다시 말해서, 저의 벗인 트래들스 씨는 행이든 불행이든 간에, 아직도 사랑하는 대상과 결합하지 않았다고 가정하고—그 두 분에 대한 안부를 여쭙는 바입니다."

우리는 그의 공손한 인사에 감사를 나타낸 다음, 각자 적절하게 대꾸했다. 그러자 이번에는 앞에 있는 벽을 가리키며 매우 격식을 차린 투로 "여러분!" 하고 말을 꺼냈다. 나는 그 말을 가로막으며, 그런 의례적인 투는 그만두고 옛날처럼 허물없이 얘기해 달라고 부탁했다.

"이보게, 코퍼필드." 그는 내 손을 꽉 잡으면서 말했다. "자네의 따뜻한 우정은 정말 감격스럽네. 이보게, 이런 말을 해도 될지 모르겠네만, 한때는 인간이라고 불린 이 신의 궁전도 지금은 폐허로 바뀌어 그 파편 한 조각과도 같은 이 사람을*² 환대해 주다니, 말 그대로 온 인류의 명예이자 자랑이라고 할 만해. 생애에서 가장 행복했던 시절을 보냈던 평화로운 집을 다시 보는 심정일세."

"그것은 모두 부인 덕택이었지요. 부인께서는 안녕하십니까?" 내가 말했다.

"고맙네." 미코버 씨는 대답했으나, 부인 이야기가 나오자 순간 얼굴 표정이 흐려졌다. "그 사람은 그저 그래. 그런데 보게, 여기가 고등법원형무소야! 여러 해 동안 여기에 들어와서 처음으로, 날이면 날마다 몰려와서 못살게 재촉하는 끈질긴 빚쟁이들의 빗발치는 독촉을 받지 않게 된 곳이 여기고, 빚쟁이가 잡고 두드릴 노커가 없는 곳도 여기고, 영장을 직접 보낼 필요도 없지. 구류자는 대문간에 재우기만 하면 되는 곳도 여기야! 여러분, 저기 저 벽돌담 위의 철망 그림자가 자갈로 덮인 산책로 위로 떨어지는 것은 나도 자주 보았어. 내 아이들이 그 어두운 그림자를 피하고 피하면서, 마치 미로 사이를 뚫고 가듯이 거닐었었지. 저 안에 있는 돌은 어느 것 하나 익숙하지 않은 것이 없어. 나약한 소리를 하는 것 같지만 그래도 어쩔 수 없다는 것을 자네들 두 사람만은 알아주길 바라네." 미코버 씨는 말했다.

"우린 모두 그 뒤로 잘 지내 왔어요, 미코버 씨." 나는 말했다.

"코퍼필드," 미코버 씨는 씁쓸하게 대답했다. "나도 저 안에 있었을 때는 남의 얼굴을 똑바로 바라보고, 그가 내 기분을 언짢게 하면 머리통을 갈겨줄 수도 있었어. 그런데 지금은 같은 사람인데도 그럴 수가 없네."

초췌한 모습으로 건물에서 몸을 돌린 미코버 씨는, 한쪽으로는 내가 내민 팔을 잡고, 다른 한쪽으로는 트래들스가 내민 팔을 잡고서, 우리 두 사람 사이

---

*² 고린도 전서 제3장 제16절 참조.

에서 걸어갔다.

그러면서도 어깨 너머로 몇 번이나 돌아보면서, "어차피 인간은 모두 무덤을 향해 가고 있네. 분에 넘치는 큰 희망이라도 품고 있지 않다면 결코 거쳐가기 싫은 이정표가 몇 개 있기 마련이지. 내 덧없는 인생에서는 이 고등법원형무소가 바로 그것일세!"

"아, 미코버 씨, 기운이 없어지셨군요." 트래들스가 말했다.

"그래요." 미코버 씨가 대답했다.

"설마 법률 쪽이 싫어져서 그런 건 아니겠지요. 저도 어쨌거나 법률가니까요."

미코버 씨는 대답하지 않았다.

"친구인 우라이아 힙은 잘 있나요, 미코버 씨?" 나는 잠시 침묵을 지키다가 말했다.

"코퍼필드." 미코버 씨는 갑자기 흥분하여 핏기를 잃고 대답했다. "내 고용주를 자네 친구인 것처럼 안부를 묻는다면 나는 매우 섭섭하게 생각하고, 그를 내 친구인 것처럼 안부를 묻는다면 비웃을 수밖에 없네. 어떤 자격으로 내 안부를 묻든 간에 아무튼 내 고용주이니 미안하네만 이 말밖에 못하겠네. 그 사람의 건강 상태가 어떻든 간에, 악마까지는 아니더라도 여우와 똑같아. 그리고 직업상의 전망 문제로 나를 절망의 코앞까지 몰고 간 것에 대해서는 개인적으로 더 이상 말하고 싶지 않네."

아무리 몰랐다고 하지만 그를 이토록 자극한 데 대해 나는 유감의 뜻을 나타냈다. "물어봐도 될지 모르겠습니다만," 나는 말했다. "저의 옛 친구인 위크필드 씨와 미스 위크필드는 안녕하신지요?"

"미스 위크필드로 말하자면," 이번에는 갑자기 얼굴을 붉히면서 말했다. "언제나 그렇듯이 하나의 표본이요, 훌륭한 모범이지. 그녀만이 이 비참한 생활 속에서 유일하게 빛나는 별일세. 그 젊은 숙녀에 대한 나의 존경과, 그녀의 사랑과 진실과 선량함에 대한 나의 헌신적인 믿음—! 나를 저 골목으로 데려가 주게." 미코버 씨는 말했다. "지금 내 심정으로는 결코 그러한 이야기를 할 만한 처지가 못 되네!"

우리는 그를 데리고 좁은 골목으로 돌아 들어갔다. 그는 손수건을 꺼내더니, 벽에 등을 기대고 섰다. 만약 나까지 트래들스처럼 심각한 표정으로 그를 바라보고 있었더라면, 그는 우리가 그와 함께 있다 해도 결코 아무런 격려도 될 수 없다고 생각했을 것이다.

"이것도 내 운명입니다." 미코버 씨는 체면도 따지지 않고 진심으로 울먹이며, 그러면서도 점잔을 부리는 옛날의 표정은 희미하게 띠면서 말했다. "타고난 아름다운 감정이 나를 질책하는 것도 내 운명이라는 말이야. 미스 위크필드에 대한 나의 경의는 곧 내 가슴을 파고드는 화살과 같네. 차라리 내가 방랑자로서 이 세상을 살아가도록 내버려두는 것이 더 나을걸세. 그러면 그 벌레 같은 인간이 내 문제를 순식간에 해결해줄 테니까."

우리는 그의 그러한 소망에는 관심을 보이지 않고 옆에 서 있었다. 이윽고 그는 손수건을 주머니 속에 넣고 셔츠 깃을 세우고는, 행여나 누가 자기 모습을 보았을지도 모른다는 부끄러움에 모자를 한쪽으로 아주 비스듬하게 쓴 다음 멋쩍음을 얼버무리려고 콧노래를 흥얼거렸다. 나는 이대로 그를 놓쳐서는 안 되겠다고 생각하고, 대고모를 소개하고, 침대도 마련해 줄 테니 하이게이트로 가자고 말하고 말았다.

"미코버 씨의 특기인 펀치주를 만들어 주세요. 근심 걱정은 모두 잊어버리고 즐거운 추억담이나 나눕시다."

"그리고 친구에게 마음속에 있는 것을 털어놓고 후련해진다면 우리에게 털어놓으십시오, 우리가 들어 드릴게요, 미코버 씨." 트래들스가 조심스럽게 말했다.

"자네들이 좋을 대로 하게! 나는 망망대해에 떠 있는 지푸라기나 마찬가지야. 마치 엘리펀트(elephants : 코끼리)의 힘으로 전후좌우, 끊임없이 흔들리고 있지—아차, 실수했네, 엘리먼트(elements : 힘)의 힘이었지."

우리는 팔짱을 끼고 다시 걷기 시작했다. 마침 역마차가 막 출발하려 하고 있었으므로 곧장 집어타고 도중에 어려움 없이 하이게이트에 무사히 닿았다. 이럴 때는 어떻게 해야 하고, 무슨 말을 해야 좋을지 나는 전혀 알지 못했다—틀림없이 트래들스도 그런 것 같았다. 미코버 씨는 내내 깊은 수심에 잠겨 있었다. 그는 이따금씩 쾌활한 체하며 노래를 흥얼거리기도 했으나 모자를 지나치게 한쪽으로 기울여 쓰고 셔츠 깃이 눈언저리까지 치켜세워져 있는 우스꽝스러운 모습이 그가 다시 깊은 우울감에 빠져 들었을 때의 인상을 더 강하게 했다.

도라의 몸이 불편했기 때문에, 우리는 대고모 집으로 갔다. 사람을 보내어

대고모를 모셔오자 대고모는 흔쾌히 미코버 씨를 맞이했다. 미코버 씨는 대고모 손에 입을 맞추고 나서 창가로 물러가 손수건을 꺼내 들고는 혼자 마음속으로 고민하는 기색이었다.

딕 씨도 집에 있었다. 그는 선천적으로, 마음이 불안해 보이는 사람에 대해서는 누구에게나 지나치게 동정적이었고, 또 그러한 사람을 알아보는 데도 매우 빨랐으므로, 5분 동안에 적어도 예닐곱 번은 미코버 씨와 악수를 했다. 고민에 빠져 있는 미코버 씨도 생면부지인 사람으로부터 이러한 온정을 받자 감동한 나머지, 악수를 할 때마다 "이거 황송하기 이를 데 없습니다"고 되풀이했다. 그 말이 또 딕 씨를 무척 기쁘게 해서, 앞에서 했던 것보다 더욱더 힘차게 그의 손을 흔들어댔다.

"이분의 친절로 말하자면," 미코버 씨가 대고모를 보고 말했다. "부인—조금 상스러운 우리나라의 국기(國技)*³ 용어를 쓰는 것을 허락해주신다면—저는 완전히 바닥에 뻗었습니다. 곤혹스러움과 불안이 뒤얽힌 복잡한 짐을 지고 발버둥치는 사람에게는, 그러한 환대가 진정 괴로운 시련입니다."

"내 친구인 딕 씨는" 대고모는 자랑스럽게 대꾸했다. "보통 사람이 아니에요."

"저도 잘 알고 있습니다." 미코버 씨가 대꾸했다. 그리고 또다시 그와 악수하면서, "딕 씨, 선생의 친절에 대해서는 깊이 감사하고 있습니다."

"그래, 기분은 어떠신지요?" 딕 씨가 걱정스러운 표정으로 물었다.

"별로 신통치 않습니다." 미코버 씨는 한숨을 쉬며 말했다.

"기운을 내십시오." 딕 씨가 말했다. "그리고 되도록이면 마음을 편안하게 가지셔야 합니다."

미코버 씨는 이러한 친절한 말과 함께, 딕 씨가 또다시 자기 손을 잡고 악수하자, 완전히 감동하고 말았다. "저도 이제까지 기구한 삶을 헤쳐오면서 때로는 오아시스를 만나기도 했지만, 지금처럼 이렇게 시원하고 용솟음쳐나오는 오아시스를 만난 것은 처음입니다!"

다른 때 같으면 이런 광경을 보고 재미있다고 생각했을 테지만, 나는 지금 모두의 마음이 답답하고 불안하다는 것을 느꼈고, 또 미코버 씨가 자기 마음속을 드러내 보이고 싶은 기분과, 반대로 아무것도 보이고 싶지 않은 망설임

---

*3 권투를 말함.

속에서 흔들리는 모습을 지켜보다보니, 도저히 그럴 상황이 아니었다.

트래들스는 눈을 크게 뜨고 여느 때보다 더 빳빳하게 머리칼을 곤두세우고서 의자 모서리에 걸터앉아, 한 마디도 하지 않고 마룻바닥과 미코버 씨를 번갈아 바라보았다. 대고모는 이 새 손님에게 여느 때와 같은 날카로운 관찰의 눈길을 쏟고 있었는데, 우리 가운데 누구보다도 여유가 있고 침착했다. 대고모는 그를 대화 속으로 끌어들여, 그가 좋건 싫건 말하지 않을 수 없게 만들었다.

"미코버 씨는 트롯과 오랜 친구 사이라지요?" 대고모는 말했다. "저도 전부터 꼭 한 번 뵙고 싶었습니다."

"부인," 미코버 씨가 대꾸했다. "정말 진작 뵐 수 있었더라면 얼마나 좋았겠습니까. 저도 전에는 지금과 같은 몰락한 사람은 아니었으니까요."

"부인과 가족들은 모두 무고하십니까?" 대고모는 말했다.

미코버 씨는 고개를 조금 갸우뚱했다. "그럭저럭 잘 있습니다, 부인." 그는 잠깐 망설이다가 자포자기한 듯이 말했다. "뜨내기나 기댈 곳 없는 처지 치고는 잘 있다고 할 수 있지요!"

"아아, 맙소사!" 대고모는 서슴없이 말했다. "무슨 말씀을 하시는 거죠?"

"부인, 저희 집 살림살이는 위기 일발의 상태에 있습니다. 제 고용주가—"

미코버 씨는 화가 치민다는 듯이 말을 잠시 끊고, 그가 펀치주를 만드는 데 쓸 다른 도구들과 함께 그의 앞에 갖다놓은 레몬 껍질을 벗기기 시작했다.

"선생의 고용주가요?" 딕 씨가 부드럽게 재촉하며 그의 한쪽 팔을 가볍게 찔렀다.

"아, 생각났어요. 고맙습니다, 선생." 두 사람은 또다시 악수했다. "부인, 제 고용주인 힙 씨가 언젠가 생색을 내며 제게 이렇게 말한 적이 있었습니다. 만약 제가 자기에게 고용되어 급료를 받지 못했다면, 아마 칼날을 집어 삼키고 불덩이를 먹으면서 떠돌아다니는 협잡꾼이 됐을 것이라고 말입니다. 그렇지 않으면 자식놈들이 생활비를 벌기 위해서 몸을 비틀며 곡예를 하고 부인은 손풍금을 치며 아이들의 가련한 곡예에 장단을 맞춰주고 있었을 것이 틀림없다고 말하더군요."

미코버 씨는 아무렇게나 하면서도 잽싼 솜씨로 칼을 휘두르면서, 그러한 일도 자기가 이 세상을 떠나면 정말로 일어날 수도 있겠다고 말하더니, 다시 레몬 껍질을 열심히 벗겼다.

대고모는 늘 자기 곁에 놓아두는 조그마한 둥근 탁자에 팔꿈치를 기대고 주의 깊게 그를 바라보았다. 그가 하고 싶어하지 않는 말을 잘 구슬려서 하게 하는 것은 내키지 않았지만, 사실 이때에는 그 유혹을 아주 강하게 느꼈었다. 그러나 그렇게 하지 않은 이유는 마침 그때 그가 아주 이상한 행동을 하기 시작했기 때문이다. 그중에서도 가장 기가 막힌 행동은, 레몬 껍질을 주전자 속에 집어넣기도 하고, 사탕을 양초 심지를 자르는 가위를 올려둔 쟁반에 놓는가 하면, 술을 빈 병에 붓고, 아무렇지 않게 촛대에서 끓는 촛농을 부으려고 한 것이었다. 이대로는 위험하겠다고 생각했더니, 정말로 그렇게 되었다. 그는 갖고 있던 것과 놓아둔 모든 도구들을 시끄럽게 한데 뒤섞어버리더니 의자에서 벌떡 일어나 손수건을 꺼내어 왈칵 울음을 터뜨렸다.

"코퍼필드." 그는 손수건으로 얼굴을 가린 채 말했다. "마음에 근심이 없고 스스로를 존경할 수 있는 때가 아니고는 도저히 만들 수가 없네. 지금은 도저히 그럴 수 없어."

"미코버 씨," 나는 말했다. "어찌 된 일입니까? 제발 말해주세요. 당신은 지금 친구들에게 둘러싸여 있습니다."

"친구라! 그렇지!" 그는 가슴속에 맺혀 있던 응어리를 터뜨렸다. "지금 이 꼴이 된 것도 모두 친구들에게 둘러싸여 있기 때문이야. 어찌 된 일이냐고요, 여러분? 뭐든 제대로 된 게 있는 줄 아십니까? 지독한 악당, 비겁한 놈이에요. 기만, 사기, 음모―이 모든 악질적인 것을 합친 극악무도한 이름이 바로 힙입니다."

대고모가 손뼉을 탁 치는 바람에 우리는 모두 정신 나간 사람처럼 벌떡 일어섰다.

"투쟁은 끝났습니다!" 미코버 씨는 손수건을 마구 휘두르면서, 이따금 상상을 초월하는 어려움을 견디고 있는 것처럼 두 팔을 크게 헤엄치듯이 휘두르면서 말했다. "저는 더는 그런 생활을 하지 않을 것입니다. 비참했습니다! 전 인생을 즐겁게 하는 모든 것을 빼앗기고 말았습니다. 그 극악무도한 악한에게 고용되어 이러지도 저러지도 못했습니다. 제 처를 돌려주십시오. 가족을 돌려주세요. 이 발에 긴 장화를 끼고 걸어다니는 비참하고 쓸모없는 인간 노릇은 관두고, 진짜 미코버를 돌려주시오! 그리하여 내일 당장 칼날을 집어삼켜야 한다면 내 기꺼이 하겠소! 얼마든지 삼켜주겠어!"

내 평생 이렇게 흥분한 사람은 본 일이 없다. 나는 그를 진정시키려고 무척 애썼으나 그는 점점 더 흥분하여, 단 한마디도 들리지 않는 것 같았다.

"저는—누구와도—악수를 하지—않겠어요." 미코버 씨는 숨을 헐떡이며 씩씩거리고 훌쩍훌쩍 울면서 말했다. "내가—저 뱀 같은—악당—힙을—가루로 만들어서—날려보내기 전에는!—천벌받을—힙의—머리 위에—베수비오 화산을—폭발시킬 때까지는—누구의 환대도 받지 않겠어요!—사기꾼이요, 거짓말쟁이—힙의—머리통에서—눈알을 도려내기—전에는, 이 집에서—음식을—특히 펀치주를—넘길 수 없어요!—아무튼—그 지독한 위선자—벼락 맞을 위증자—힙을—박살내기 전에는—누구와도 사귀지 않고—한마디도 하지 않고—어디에도 가지 않을 겁니다!"

나는 미코버 씨가 그 자리에서 죽지나 않을까 걱정스러웠다. 그가 거의 알아들을 수도 없는 이런 말을 하며 몸부림치다가 힙이란 이름이 나올 것 같으면 그 이름을 향해 미친 듯이 돌진하다가, 불가사의할 정도로 격렬하게 그 이름을 내뱉었다. 정말 소름이 끼칠 지경이었다. 그러다가 의자에 축 늘어진 것을 보니, 우리를 보고 있는 그의 이마에서 김이 모락모락 피어오르고 있었다. 얼굴색은 전혀 상관없을 텐데도 칠면조처럼 자꾸만 변했고, 목구멍 언저리에서는 자꾸만 무언가 덩어리 같은 것이 치밀어 올라서 그것이 이마까지 치고 올라가는 것 같았다. 영락없이 임종에 이른 사람의 형상이었다. 나는 재빨리 그를 도우려 했으나, 그는 손을 내저으면서 누구의 말도 들으려 하지 않았다.

"안 돼요, 코퍼필드! 남한테 말하면—안 됩니다—미스 위크필드가—대악당—힙의(이 힙이라는 말이 나올 때마다 솟아오르는 놀라운 정력이 없었더라면, 그는 아마 말을 하지 못했을 것이다) 독니 앞에서—벗어나기 전에는! 그리고 이것은—절대 비밀입니다!—누구도—예외는 없어요. 다음 주—아침 식사 시간에—대고모님을 포함하여—그리고 매우 친절하신 선생(딕 씨를 말함)도—캔터베리의 호텔로 모시고—제 처와 제가—〈올드 랭 사인〉(석별)을—합창하고—그리고—용서할 수 없는—힙 놈의—악행을—폭로하겠습니다—더 말씀드릴 것은—없습니다—설득도 듣지 않겠습니다—그럼—이만 떠나겠습니다—아무래도—함께 있을—기분이—아니라서—어디 두고 봐라—천벌받을—지옥으로 떨어질—힙 놈!"

미코버 씨는 그를 여기까지 이끌고 온 마법의 주문—혼신의 힘으로 다시 되풀이하고는 허둥지둥 뛰쳐나가버렸다. 남은 우리의 심경도 흥분과 희망과 놀라움이 뒤섞여서 그와 크게 다를 바 없었다. 그러나 그러한 판국에서도 미코버 씨의 편지 사랑은 도저히 막을 수 없는 강렬한 것이었다. 그 까닭은, 우리가 아직도 흥분과 기대와 놀라움 속에 있는데, 이웃주막에서 다음과 같은 목가적인 시정이 넘치는 편지 한 통이 도착했기 때문이다. 그는 오직 편지를 쓰려고 거기에 들렀던 것이다.

직접 열어보게. 특히 극비 사항일세.
삼가 말씀 올리네.
내 흥분에 대해 대고모님께 사과의 말씀을 전해 주기 바라네. 오랫동안 억눌려 온 화산의 폭발은 마음속의 번민이 일으킨 일로, 붓으로 묘사하기 어려움을 헤아려주기 바라네.
트위드 강가에서 자라난 불후의 징세관의 그 유명한 가락*⁴을 내 아내와 내가 자네와 합창했었던 그 캔터베리의 호텔에서 다음 주 아침에 만나기로 한 약속은 꽤 또렷하게 전달한 것으로 믿고 있네.
그리하여 의무를 이행하고 보상을 완수하는 것이, 나도 내 동료의 얼굴을 대할 수 있는 길이며 그렇게 되면 죽어도 여한이 없네. 다만 만인의 안식처로 향하길 바라며, 그곳은,
제각기, 그 비좁은 잠자리에 누워,
이 마을의 먼 조상들이, 조용히 잠든, 곳일세.*⁵
　　　　　　　　　　　—그리고 묘비명에는 단지 한 줄,
　　　　　　　　　　　　　　윌킨스 미코버

---

*4 18세기 영국 스코틀랜드의 시인 로버트 번스의 가곡 〈그리운 옛날〉·〈올드 랭 사인〉·〈석별〉.
*5 위의 두 줄은 18세기 영국 시인 토마스 그레이의 걸작 〈마을의 묘지에서 노래하다〉로부터.

50장
페거티 씨, 꿈을 이루다

그런데 이때는, 우리가 템스 강변에서 마사와 만난 이래 몇 달이 지난 뒤였다. 그 뒤 나는 그녀를 만나지 못했지만 페거티 씨는 그녀와 몇 차례 편지를 주고받았다. 그녀가 열성적으로 관여를 했는데도 성과는 전혀 없었다. 그의 이야기를 들어보아도 에밀리의 운명에 대해서는 아무 단서도 얻을 수 없었다. 솔직하게 말해서 나는, 에밀리가 돌아오리라는 것에 대해서는 점차 절망을 느끼기 시작했으며, 날이 갈수록 그녀가 죽었단 확신이 점점 깊어졌다.

그러나 페거티 씨의 신념은 여전히 변하지 않았고 그의 한결같은 인내심은 지칠 줄 몰랐다. 에밀리를 반드시 찾아내겠다는 그의 신념은 절대 흔들리지 않았다. 그의 끈기는 지칠 줄 몰랐다. 나는 언젠가 그의 강한 신념이 가차 없는 일격을 받고 무너져 그에게 견딜 수 없는 고통을 안겨주는 날이 올 것만 같아서, 온몸이 떨릴 정도로 두려웠다. 그러나 정작 페거티 씨의 신념에는 종교적인 데가 있었고, 그 신념의 뿌리는 그의 아름다운 천성의 바닷속 가장 정결한 곳에 내려져 있다는 것이 또렷했으므로 그에 대한 나의 존경심은 드높아갔다.

게다가 그의 확신은, 부질없이 희망만 안고 있고 별달리 아무것도 하지 않는 그런 미적지근한 것이 아니었다. 그는 굽힐 줄 모르는 행동인이었고, 남의 도움을 바라려면, 충실하게 자기 자신의 본분을 다함으로써 스스로를 도와야 한다는 것을 잘 알고 있었다. 그는 만약 일이 잘못되어 옛 뱃집 창가에 등불이 켜져 있지 않으면 어쩌나 걱정되어 한밤중에 야머스까지 다녀온 적도 있다. 또한 신문에서 에밀리와 관계가 있을 듯한 기사를 읽으면, 곧바로 지팡이를 손에 들고, 7, 8마일이나 되는 먼 길을 서슴없이 나섰다. 내가 미스 다틀에게서 들은 이야기를 해 주었을 때에는, 곧바로 그는 배를 타고 나폴리까지 갔다 왔다. 그의 여행은 언제나 지독히 가난했다. 그의 말에 따르면, 에밀리를 찾아냈을 때를 위해 필사적으로 돈을 남겨두기 위해서라고 한다. 게다가 이 오랜 여행을 계속하면서 그의 불평을 들은 적은 한 번도 없다. 지쳤다거나 실망했다는 말도 절대 입에 올리지 않았다.

결혼한 뒤, 도라도 가끔 그와 만났으며 그를 아주 좋아하게 되었다. 지금도 눈앞에 또렷하게 떠오르는데, 그가 구깃구깃한 모자를 손에 들고 그녀의 소파 옆에 서 있었다. 그러자 천진한 도라가 깜짝 놀란 얼굴로 파란 눈을 들어 가만히 올려다보는 것이었다. 때때로, 황혼이 짙어갈 무렵, 그가 이야기를 하려고 찾아오면 나는 그와 함께 뜰을 거닐면서 파이프 담배를 권하곤 했다. 그럴 때면, 이제는 황폐해진 그의 집과 난롯불이 붉게 타오르고 밖에서는 바람이 윙윙거리던 그 어린 날 보았던 아늑한 분위기가 마음속에 생생하게 되살아나는 것이었다.

어느 날 저녁, 그가 찾아 와서 말하기를, 간밤에 마사가 근처에서 기다리고 있었다고 한다. 그녀는 자기와 다시 만날 때까지는 어떤 일이 있어도 런던을 떠나지 말아 달라고 부탁했다는 것이다.

"그 이유를 말하던가요?" 내가 물었다.

"물어봤지요, 데이비 도련님. 그러나 여느 때처럼 말없이, 제 약속만 듣고는 가버렸어요."

"언제 만날 수 있을 것이라고 말을 하던가요?"

"그것도 물어봤지요. 그러나 자기도 잘 모른다고 하더군요." 그는 생각에 잠긴 듯이 얼굴을 한번 쓸면서 말했다.

실낱같은 희망으로 그에게 부질없는 희망을 주는 일은 오랫동안 조심해왔으므로, 이번에도 머지않아 그녀를 만나게 되리라는 말 밖에는 별다른 의견을 말하지 않았다. 속으로는 이런저런 생각을 했지만, 그것은 가슴속에만 간직해 두었다. 하기야 그것도 아주 덧없는 희망이었지만.

그 뒤 약 두 주일쯤 지난 어느 날 저녁, 나는 홀로 뜰을 거닐고 있었다. 그날은 미코버 씨와의 재회를 기다리던 주의 둘째 날이었다. 종일 비가 내려 공기가 습했다. 무성한 나뭇잎들은 비에 젖어 무겁게 늘어져 있었다. 하늘은 아직 어두웠으나 비가 그치고, 새들이 노래하기 시작했다. 뜰 안을 이리저리 거닐고 있는 사이에 황혼이 깔리면서 새들이 지저귀는 소리도 그쳤다. 이따금씩 나뭇가지에서 떨어지는 물방울 소리 말고는 가벼운 나뭇가지 끝의 바람소리마저

잠잠해질 무렵, 이른바 시골의 저녁에서만 볼 수 있는 특이한 정적이 덮였다.

우리 집 옆에는 담쟁이덩굴이 덮여 있는 녹색의 자그마한 격자 울타리가 있는데, 그곳을 통해 뜰에서 앞에 펼쳐진 한길을 볼 수 있었다. 여러 일들을 생각하다가, 우연히 눈을 한길 쪽으로 돌리자, 초라한 외투를 걸친 여자의 모습이 보였다. 그녀는 서둘러 내가 있는 쪽으로 오면서 열심히 손짓하며 나를 부르고 있었다.

"마사!" 나는 그쪽으로 가면서 말했다.

"저와 함께 가실 수 있겠어요?" 그녀는 흥분하여 귀엣말로 물었다. "그 분한테 갔다 왔는데, 그분은 집에 계시지 않아요. 오실 곳을 적어서 탁자 위에 올려두긴 했는데, 곧 돌아오실 거라고 하더군요. 알려 드릴 것이 있어요. 지금 가주실 수 있겠어요?"

내 대답은 곧바로 대문 밖으로 나가는 것이었다. 그녀는 너무 서두르지는 말고, 조용히 하라고 부탁하듯 손을 모으고 런던 쪽으로 돌아섰다. 그녀의 옷에도 나타나 있듯이 런던에서 급히 걸어온 모양이었다.

런던이 우리의 목적지가 아니냐고 나는 그녀에게 물어보았다. 그녀가 황급히 몸짓으로 그렇다는 시늉을 해보였으므로, 나는 때마침 옆을 지나가는 빈 마차를 세워 올라탔다. 마부에게 어디로 가자고 하면 되느냐고 그녀에게 물었더니, 그녀는 "골든스퀘어 근처면 어디든 좋아요—, 빨리요!"라고 말했다. 그러고는 떨리는 손으로 얼굴을 감싸고, 또 다른 손으로는 더 이상 말하지 말라는 듯이 저으며 마차 한구석에 웅크리고 앉았다.

나는 당황하여 좋은 소식인지 나쁜 소식인지도 몰랐으므로 무엇이든 설명을 바라며 그녀를 보았다. 그러나 그녀는 말하고 싶어하지 않았고, 나도 이런 때에는 오히려 가만히 있는 성격이었으므로 억지로 묻지 않았다. 우리는 한 마디도 하지 않고 마차에 앉아 있었다. 그녀는 이따금씩 창밖을 흘깃거렸으나 그 밖에는 처음과 똑같았다. 마차는 제법 빨리 달리고 있었지만 그녀에게는 아주 느리게 느껴지는 것 같았다.

우리는 그녀가 말한 골든스퀘어로 들어가는 한 입구에서 내렸으나 마차를 다시 써야 할 경우가 생길지도 몰라서 그대로 대기시켜 놓았다. 그녀는 내 팔을 잡고 어두컴컴한 거리로 급히 끌고 갔다. 그곳의 집들은 한때는 어엿한 주택이었지만, 오래전부터 방을 빌려주는 초라한 하숙으로 전락해버린 것들이었다. 그녀는 어느 한 집의 열린 문 안으로 들어서더니 잡고 있던 내 팔을 놓고 거리 쪽에서 보면 갈림길처럼 되어 있는 공동 계단을 자기를 따라 올라오라고 내게 손짓했다.

그 집에는 거주자들이 우글거렸다. 우리가 올라가자, 방마다 문이 열리며 사람들이 고개를 내밀었고, 계단에서 내려오는 다른 사람들과 스치기도 했다.

이 집에 들어오기 전에 밖에서 한번 위를 쳐다보았다. 아낙네들과 어린아이들이 화분 너머 창가에 우글우글 모여 있는 것으로 보아 우리가 그들의 호기심을 끌었던 모양이었다. 왜냐하면 문밖으로 고개를 내민 것은 주로 그 구경꾼들이었기 때문이다. 계단에는 검은 목재의 육중한 난간이 달려 있고, 넓은 굽도리 널빤지가 끼워져 있었다. 문 위에는 과일과 꽃의 조각물로 꾸민 처마 박공이 있었고, 창문 쪽에는 폭이 넓은 의자가 있었다. 그러나 과거의 이 모든 영광도 비참하게 썩어서 녹슬고 때 묻고 습기 찼으며, 세월이 마루청을 약하게 만들어서 여러 곳이 삐걱거리고 위험하기까지 했다. 값싼 소나무 목재로 그 값비싼 목재 세공물들을 여기저기 수리해서 점점 쇠약해가는 몸에 새로운 피를 수혈해 보려는 시도는 있었으나, 그것은 몰락한 늙은 귀족이 평민 거지와 결혼한 꼴이어서 서로가 이 어울리지 않는 결합을 외면하고 있었다. 계단 위의 뒷 창문 몇 개는 판자를 대어 모조리 막아버렸다. 나머지 창문에도 유리는 거의 없었으며 찌그러진 창틀을 통해서 나쁜 공기가 밀고 들어와선 절대로 다시 나가지 않을 것같이 보였다. 역시 유리가 없는 다른 창문을 통해서는 비슷한 상태의 다른 집들이 보였고, 현기증이 날 것 같은 기분으로 까마득한 안뜰을 내려다보니 그 뜰은 이 큰 주택의 공동쓰레기장이 되어 있었다.

우리는 맨 위층까지 올라갔다. 가는 도중에 두세 번 희미한 불빛 속에서 어떤 여자의 치맛자락이 우리 앞에 올라가는 것을 본 듯했다. 마침내 우리와 지붕 사이의 마지막 계단을 올라가려고 돌아서자 그 여자가 어떤 문 앞에서 걸음을 멈추고 숨을 고르는 것이 똑바로 보였다. 이어 그 여자는 문손잡이를 돌리더니 안으로 들어갔다.

"이게 어떻게 된 거죠?" 마사가 속삭였다. "저 여자가 내 방으로 들어갔어요. 난 저 여자를 모르는데!"

나는 그녀를 알고 있었다. 놀랍게도 그녀는 미스 다틀이었다.

나는 간단하게, 전에 만난 적이 있는 여자라고 마사에게 설명했다. 말이 끝나자마자 우리가 서 있는 자리에서는 알아들을 수가 없었지만, 방 안에서 여자 소리가 들려왔다. 마사는 놀란 표정으로 앞장서서 살며시 나를 계단 끝까지 데리고 올라가더니 자물쇠도 없어 보이는 작은 뒷문을 밀어서 열고, 지붕 천장이 비스듬히 경사진, 좁은 다락방으로 데리고 들어갔다. 이 방과, 마사가 자기 방이라고 부른 그 방을 잇는 문이 있었는데, 그것이 약간 열려 있었다. 계단을 올라오느라 숨이 차서 걸음을 멈추고 잠깐 쉴 때, 그녀가 자기의 한 손을 내 입술에 살짝 갖다댔다. 건너편 방은 꽤 컸다. 침대가 하나 놓여 있고, 벽에는 평범한 배 그림 몇 폭이 걸려 있는 것만이 보일 뿐, 미스 다틀은 보이지 않았고, 또 우리가 들었던 말소리의 주인공도 보이지 않았다. 내가 있던 곳의 위치가 더 좋았으므로, 아마 마사에게도 보이지 않았을 것이다.

얼마 동안 쥐죽은 듯한 침묵이 이어졌다. 마사는 여전히 한 손을 내 입술에 댄 채, 다른 한 손을 올려서 귀를 기울이는 시늉을 했다.

"집에 없어도 상관없어요." 위압적인 미스 다틀의 목소리가 들렸다. "난 그런 여자는 알지도 못해요. 내가 만나러 온 사람은 당신이에요."

"저라고요?" 조용한 목소리가 대답했다.

그 목소리를 듣자 온몸에 소름이 돋았다. 분명히 에밀리의 목소리였기 때문이다!

"그래요." 미스 다틀이 대꾸했다. "난 당신을 만나러 왔어요. 당신은 이런 엄청난 잘못을 저지른 그 얼굴이 부끄럽지도 않나요?"

그녀의 단호하고 가차없는 증오에 찬 말투, 분노를 억누르고 있는 목소리를 듣자, 지금 그녀가 밝은 곳에 서 있기라도 하는 것처럼 내 눈앞에 그 모습이 또렷하게 드러났다. 번쩍이는 검은 눈동자와 분노에 떠는 모습이 눈앞에 보였다. 그녀의 입술을 가로지르는 흰 흉터가 말할 때마다 움찔거리며 덜덜 떨리고 있었다.

"난 제임스 스티어포스의 혼을 뺀 여자, 남자와 달아나서 고향의 천한 사람들의 입방아에 오르내리고 있는 여자—제임스 같은 사람의 상대라기엔 너무도 뻔뻔하고 교활한 여자가 대체 어떻게 생겼나 알고 싶어서 왔어요."

모욕적인 언사를 뒤집어쓴 그 불행한 아가씨가 문 쪽으로 달려가려고 하자, 욕설을 퍼붓던 자가 재빨리 그 앞을 가로막는 소리가 났다. 그러고 나서 얼마 동안 침묵이 뒤따랐다.

미스 다틀은 이를 악물고 발을 구르며 말했다.

"거기 있어! 그렇지 않으면 이 집과 온 동네에 네 소문을 퍼뜨리고 다닐 테야! 네가 나를 피해 달아나려고 한다면 머리채를 휘어잡고 돌멩이 세례를 받게 해줄 것이야!"

겁에 질려서 중얼거리는 소리가 들려왔다. 침묵이 이어졌다. 나는 어떻게 해야 좋을지 몰랐다. 이 대화를 어서 끝내주고 싶은 생각은 간절했지만, 과연 내가 나서도 좋을지 자신이 없었다. 지금 나서서 에밀리를 구해줄 사람은 오직 페거티 씨뿐이었다. 그는 오지 않는 것일까? 나는 초조해서 견딜 수 없었다.

"이제야 찾았어!" 로사 다틀은 경멸하듯 웃으며 말했다. "연약하고 수줍은 체하고, 고개 숙여 내숭떠는 모습에 속아 넘어가다니, 제임스도 참 가엾기도 하지!"

"제발 저를 살려주세요!" 에밀리는 애원했다. "누구신지는 모르지만 딱한 저의 내력을 알고 계실 테니까, 제발 부탁입니다. 저를 살려주세요. 당신도 구원을 받고 싶으시다면!"

"뭐, 구원을 받고 싶다면이라고! 잘도 그런 소리를 지껄이는구나. 내가 너와 무슨 공통점이라도 있단 말이야?" 미스 다틀이 불같이 화를 냈다.

"같은 여자라는 것 말고는 아무것도 없지요." 에밀리는 울음을 터뜨리며 말했다.

"너같이 천한 계집이 말은 잘하는구나! 설사 내 가슴에 너에 대한 멸시와 혐오감 이외에 다른 감정이 있다 하더라도 네 그 한마디로 꽁꽁 얼어붙고 말거다. 같은 여자라구? 참 명예롭기도 하겠구나!"

"무슨 말씀을 하셔도 좋아요." 에밀리가 말했다. "하지만 그것은 무서운 일이에요! 부탁이에요, 제가 받은 고통이 얼마나 컸으며, 얼마나 괴로운가를 생각해주세요. 아, 마사, 돌아와줘요! 아, 돌아와요, 제발 돌아와요!"

미스 다틀은 문에서 보이는 곳에 놓여 있는 의자에 앉아, 에밀리가 자기 앞에 웅크리고 있는 것처럼 바닥을 내려다보고 있었다.

"내 말을 잘 들어! 그런 수법은 네 봉한테나 쓰도록 해. 눈물 따위로 내 마음을 움직일 수 있을 것 같아? 그래봐야 네 미소로 날 매혹할 수 없는 것과 마찬가지로 아무 소용없어, 이 돈에 팔린 노예야!"

"아, 제발 자비를 베푸시기 바랍니다!" 에밀리는 말했다. "제발 저를 동정해주세요. 아니면 전 아마 미쳐서 죽을지도 몰라요."

"그래 봐야 네가 지은 엄청난 죄에 비하면 대단한 참회도 아니야." 로사 다틀은 말했다. "넌 자신이 무슨 짓을 했는지 알고는 있니? 네가 엉망으로 망쳐놓은 가정을 조금이라도 생각해 본 적이 있어?"

"아, 밤이고 낮이고 그 생각에서 벗어난 적이 없어요!" 에밀리는 말했다. 이때 그녀의 모습이 슬쩍 보였다. 무릎 꿇고 고개를 뒤로 젖혀 핏기 없는 얼굴로 상대를 계속 올려다보고 있었다. 미친 듯이 두 손을 앞으로 모아 빌었고, 머리카락이 양쪽 어깨를 가득 덮고 있었다. "자나깨나 그 집이 제 눈앞에 떠오르지 않은 적이 없어요. 제가 영원히 등을 돌리고 나온 그 모습 그대로의 집! 아, 집, 집! 아, 그립고 그리운 아저씨! 제가 타락한 뒤에도, 저에 대한 아저씨의 사랑 때문에 제 가슴이 얼마나 아팠는가를 아신다면 아무리 저를 사랑하셨다 해도, 그렇게 끊임없이 당신의 사랑을 제게 표시하시지는 않았을 거예요! 분명 일생에 한번쯤은 제게 화를 내셨겠죠. 그렇게 해주셨더라면 오히려 제게 위안이 되었을 텐데! 아아, 저는 너무 괴로워요. 모두들 저에게 너무 잘해주시기만 하시는 걸요!" 에밀리는 로사 다틀의 옷자락을 잡고 필사적으로 애원하면서 의자에 앉아 있는 그 오만한 모습 앞에 울면서 쓰러졌다.

로사 다틀은 동상처럼 꼿꼿한 자세로 에밀리를 내려다보며 앉아 있었다. 어지간히 감정을 억누르지 않으면 아름다운 에밀리를 짓밟을 수 없다는 듯이 입술을 꽉 물고 있었다. —나는 내가 생각한 대로 쓰고 있는 것이다. 나는 이 눈으로 똑똑히 보았다. 그녀의 얼굴과 성격이 모두 이 표정 하나에 모아져 있는 것처럼 보였다. 아아, 페거티 씨는 끝내 오지 않는 것일까?

"이 지렁이같이 천한 것이 무슨 착각을 하고 있는 거야! 너희 집이라고! 내가 네 집 따위를 조금이라도 염두에 두고 있는 줄 아니? 아니면 너 같은 천한 것의 집이 대단한 것이라도 된다는 거야? 그딴 것은 돈으로 해결할 수 있는, 그것도 훨씬 더 좋게 만들 수 있는 손해일 뿐이야. 기가 막히는 구나! 넌 너희 집 상품의 일부에 불과한 거야. 그러니까 넌 너희 집 사람들이 취급하는 다른 상품과 마찬가지로 사고팔리고 한 거야."

"아, 그렇지 않아요!" 에밀리는 말했다. "저에 대해서는 무슨 말씀을 하셔도 좋아요. 그러나 당신 못지않게 훌륭한 우리 집 식구들에게 제가 하지도 않은 일로 치욕과 창피를 씌우진 말아주세요! 아무리 제가 미우셔도, 당신도 숙녀라면 조금 더 그 사람들을 존경해주길 바라요."

그러나 이러한 애원을 들어줄 리가 없었다. 에밀리가 붙잡고 있는 치맛자락을 마치 더러운 것에 닿은 것처럼 끌어당기며 말했다.

"난 제임스의 집, 내가 지금 살고 있는 그 집에 대해 말하는 거야. 너는 귀부인인 어머니와 신사인 아들 사이를 갈라놓은 원흉이야. 하녀로도 써주지 않을 그런 집안에 슬픔을 안겨준 장본인이고, 분노와 한탄과 치욕의 원인이야. 물가에서 주워다가 한동안은 소중히 여겨졌겠지만 결국은 다시 본디 장소로 되던져진 이 더러운 계집!"

"그렇지 않아요! 그렇지 않아요!" 에밀리는 두 손을 꽉 맞잡고 외쳤다. "그분을 처음 뵀을 땐—아아, 차라리 그날의 태양이 영원히 떠오르지 않고, 내가 무덤으로 끌려가는 날에 뵀더라면 좋았을걸!—저도 당신이나 다른 어떤 숙녀와도 다름없이 정숙하게 자랐으며, 당신 같은 숙녀들의 상대로도 손색이 없는 훌륭한 남성의 아내가 되기로 약속까지 했습니다. 당신이 그분 댁에 살고 계시고 그분을 잘 아신다면, 연약하고 허영된 소녀에 대한 그분의 힘이 얼마나 막강한가를 잘 아실 겁니다. 변명은 하고 싶지 않지만, 그분이 그 힘을 이용하여 나를 속였다는 것과, 제가 그분을 믿고 의지하고 사랑했다는 것을 저도 알고 있고, 그분도 잘 알고 계실 것입니다! 지금은 모르더라도 돌아가실 때에는 분명 이 일로 괴로워하실 것입니다!"

로사 다틀이 자리에서 벌떡 일어나서 한 걸음 뒤로 물러섰다. 분노로 일그러진 험악한 얼굴로 에밀리를 때리려고 달려드는 바람에, 하마터면 나는 그들 사이에 뛰어들 뻔했다. 그러나 따귀를 때리려던 손은 목표를 맞추지 못하고 덧없이 허공을 갈랐을 뿐이었다. 그녀는 증오를 드러내고 경멸과 분노로 치를 떨며 그대로 서 있었다. 이런 광경은 지금까지 본 적이 없고, 앞으로도 보지 못할 것이다.

"네가 제임스를 사랑한다고, 네가?" 그녀는 주먹을 불끈 쥐고 부들부들 떨면서 소리쳤다. 마치 이 가증스러운 계집을 찌를 흉기가 없는 것이 아쉬운 것처럼.

에밀리가 몸을 움츠려서, 내게는 보이지 않게 되었다. 대답하는 목소리도 들리지 않았다.

"내게 그 따위 말을 지껄여? 그 더러운 입술로? 어째서 사람들은 이런 것들을 매질하지 않는 걸까? 내게 명령만 내릴 권한만 있다면, 이런 계집애는 때려 죽이게 했을 텐데."

그냥 하는 말이 아니었다. 그 섬뜩한 모습이 이어지는 한 모자걸이 하나도 안심하고 놓아둘 수 없을 것 같았다.

그녀는 아주 천천히 웃음을 터뜨리더니, 에밀리가 신과 인간들 앞에 놓인 치욕의 구경거리라도 되는 것처럼 한 손으로 그녀를 가리켰다.

"이런 계집이, 이 타락한 계집이 사랑이라니! 그리고 제임스에게 사랑받았다니! 하, 하, 하! 얼마나 천한 계집인지 모르지만 그런 뻔뻔한 거짓말을 잘도 지껄이는구나!

이 비웃음은 노골적인 분노보다도 더 질이 나빴다. 나 같으면 차라리 후자 쪽이 더 참기 쉬웠을 것이다. 그러나 노골적으로 분노를 쏟아낸 것은 아주 잠깐 뿐이고, 그 뒤로는 곧바로 화를 억누르며, 속으로는 어떤지 몰라도 겉으로는 스스로를 억누르고 있었다.

"순수한 사랑의 옹달샘 같은 소리를 지껄이지만, 내가 여기 온 것은, 처음에도 말했듯이, 도대체 어떻게 생겨먹은 여자인지 보고 싶어서야. 정말 궁금했거든. 이젠 소원이 풀렸어. 그리고 이제 넌 서둘러, 너를 기다리고 있는, 네가 돈만 들고 가면 기뻐할 식구들 품으로 돌아가는 게 좋을 거야. 돈이 다 없어지면, 또 믿든 사랑을 하는 마음대로 해! 난 너라는 인간을 수명이 다 된 고장난 장난감, 한때는 금박을 둘렀지만 지금은 버려진 장난감이라고만 생각했어. 그런데 네 얘기를 들으니 넌 진짜 금, 진정한 숙녀, 아무것도 모른 채 지독한 꼴을 당했지만 지금도 영원한 사랑과 진실한 마음을 가지고 있는 여자라는 걸 알겠구나. 보고 있으면 그런 면이 없지도 않고, 네 얘기와도 잘 들어맞으니까! 그러니 몇 마디 더 해야겠으니 잘 들어. 나는 한다고 하면 반드시 실천에 옮기니까. 이봐, 아가씨, 듣고 있어? 난 입 밖에 낸 말은 꼭 실천한다고!"

그녀의 분노가 한순간 다시 끓어올랐으나 이내 경련처럼 얼굴을 스쳐가고 미소를 되찾았다.

"어디로든 몸을 감추도록 해." 그녀는 말을 이었다. "집이 아니더라도 어디로든, 우리 눈앞에서 사라져. 아무도 모르게 숨어 살아—아무도 모르는 새에 죽어버리면 더욱 좋지만. 네 그 사랑의 심장이 이대로 사그라지면 더할 나위 없지만, 그럴 수 없다면 스스로 잠재우는 방법을 모르는 쪽이 이상하다고 생각

해. 그런 방법이 있다는 말은 나도 들은 적이 있으니까, 아마 쉽게 찾을 수 있을 거야."

에밀리의 나지막한 울음소리가 그녀의 말을 가로막았다. 미스 다틀은 말을 멈추고, 음악을 듣는 것처럼 가만히 귀를 기울였다. 그리고 다시 입을 열었다.

"내 성질이 묘한 탓인지도 모르지만, 난 네가 마시고 있는 공기 속에선 마음껏 숨을 쉴 수가 없어, 병에 걸릴 것 같단 말이야. 그래서 청소를 하려는 거야. 여기서 나가도록 해. 만일 네가 내일도 여기에 살고 있다면, 난 네 이야기와 네 품행을 적어서 이 공동 계단에 붙여놓겠어. 이 공동 주택에도 점잖은 부인네들은 제법 있는 것 같은데, 아무도 네 얘기를 모른다는 것은 애석한 일이야. 아니면 여길 나가서 이 런던 어딘가에 숨을 생각이니? 네가 어떤 여자인지 분명히 밝힌다면 나도 방해하지 않겠지만, 그렇지 않다면 숨어 있는 곳을 찾아내는 즉시 또다시 같은 일을 할 거야. 얼마 전까지 네게 관심이 있었다는 한 신사의 도움이 있으니, 그런 것쯤은 충분히 해낼 수 있어."

아아, 페거티 씨, 끝내 오지 않을 것인가? 나는 얼마나 더 오래 참고 기다려야 한단 말인가! 얼마나 더 참고 기다릴 수 있단 말인가!

"아, 저는 어떻게 하면 좋아요?" 에밀리는 아무리 매정한 마음이라도 감동시킬 것 같은 구슬픈 투로 소리쳤지만, 로사 다틀의 미소에는 아무런 용서의 빛도 보이지 않았다.

"어떻게 하느냐고?" 다틀은 말했다. "넌 옛일이나 떠올리면서 즐겁게 살면 되는 거야! 제임스 스티어포스의 상냥함을 추억하며 깨끗하게 살아. 그는 너를 자기 하인*¹의 아내로 삼으려 했잖니? 아니면 너를 기꺼이 받아들이려고 했던 그 정직한 하인에게 감사하면서 사는 것도 좋겠지! 너한테는 딱 맞는 사내니까. 그런 자랑스러운 기억이나 네가 말하는 그 여자의 미덕인가 하는 것 덕분에 너도 세상의, 쓰레기 같은 사람들 눈으로 보면 제법 출세한 셈이야. 그래도 그것만으로는 살아갈 수 없다면 역시 리티머와 결혼하도록 해. 그리고 그 은혜에 감사하며 행복하게 사는 거야. 만일 어떻게도 할 수 없다면 죽는 게 나아! 절망하여 죽은 사람에게는 나갈 문과 쓰레기장이 있으니, 그중 하나를 찾아 어서 빨리 하늘나라로 날아가버려!"

그때 계단을 올라오는 먼 발소리가 들려왔다. 아아, 틀림없었다. 그것은 그의 발자국 소리였다. 이렇게 고마울 수가!

미스 다틀은 이렇게 말하고, 내가 엿보고 있는 문 앞에서 움직여 사라졌다. "하지만 명심해 둬." 그녀는 방에서 나가려고 다른 문을 열면서, 천천히 그리고 준엄한 투로 말을 덧붙였다. "나는 여러 가지 이유도 있지만 무엇보다도 네가 미워. 그러니 내 손이 전혀 닿지 않는 곳으로 사라져버리든지, 아니면 그 위선적인 가면을 벗어버리지 않는 한 나는 반드시 널 내동댕이치기로 결심했어. 내가 하고 싶은 말은 이게 다야. 하지만 나는 말한 것은 꼭 실천한다는 것을 알아둬!"

계단을 올라오는 발소리가 점점 가까워지더니, 내려가던 그녀와 스치면서 방 안으로 뛰어들어왔다.

"아저씨!"

절규하는 소리가 이어졌다. 깜짝 놀라 방 안을 들여다보니, 그가 정신을 잃은 에밀리를 안고 있었다. 그는 잠깐 에밀리의 얼굴을 들여다보다가, 몸을 굽혀 그녀에게 입을 맞추고—아, 어쩌면 그렇게도 다정스러울까!—그 얼굴 위에 손수건을 폈다.

---

*1 리티머를 말함.

"데이비 도련님!" 그는 손수건으로 에밀리의 얼굴을 덮고 나서 나직하고 떨리는 목소리로 말했다. "제 꿈이 실현된 것을 하느님께 감사드립니다! 하느님께서 당신의 방법으로 사랑하는 이 아이와 저를 만나게 해주신 데 대하여 진심으로 감사를 드립니다!"

이렇게 말하면서 그는 에밀리를 두 팔로 안아 올리고, 손수건으로 덮은 얼굴을 자기 가슴에 꼭 붙이고는, 의식을 잃어 꼼짝도 않는 그녀를 계단 아래로 옮겼다.

51장
다시 긴 여행의 시작

　다음 날 이른 아침이었다. 내가 대고모와 함께 뜰을 거닐고 있는데(이 무렵 대고모는 나의 사랑하는 도라를 보살피는 데만 골몰했으며, 다른 운동은 하지 않았다), 페거티 씨가 나와 이야기하려고 왔다는 전갈을 들었다. 내가 대문 쪽으로 가기도 전에 그는 벌써 뜰 안으로 들어왔다. 그는 나의 대고모를 보자, 언제나 그렇듯 모자를 벗어 인사를 했다(대고모를 매우 존경하고 있었던 것이다). 지난밤에 일어난 일을 대고모에게 모조리 말한 뒤였으므로, 대고모는 말 없이 웃으며 그에게 다가가서 악수를 하고, 그의 한쪽 팔을 가볍게 두드려주었다. 옆에서 보기에도 성의가 듬뿍 담겨 있어서 아무 말도 할 필요가 없었다. 페거티 씨는, 대고모가 천 마디 말을 한 것만큼이나 그녀의 심정을 잘 이해했다.

　"트롯, 나는 이제 들어가서 귀여운 새아기를 살펴봐야겠다. 곧 일어날 시간이니까."

　"설마 제가 여기에 온 때문은 아니시겠지요?" 페거티 씨가 말했다. "저도 오늘 아침은 정신이 새집을 찾으러 나가 있었어요—새집을 찾으러 나가 있다는 말은 멍하니 얼이 빠져 있다는 뜻이다—설마 제가 와서 들어가시는 것은 아니시겠지요?"

　"뭔가 하실 말씀이 있어서 오셨지요? 그러니까 내가 없는 편이 좋을 겁니다."

　"실례입니다만, 부인, 제가 떠드는 것을 허물하지 않으신다면 여기 그냥 계시는 것이 좋겠습니다만."

　"그래요? 그러시다면 그렇게 하죠!"

　대고모는 페거티 씨의 팔을 끼고, 뜰 가장자리에 있는 나뭇잎이 우거진 조그마한 정자로 함께 걸어가서 벤치에 앉았다. 나도 대고모 곁에 앉았다. 페거티 씨가 앉을 자리도 있었지만 그는 이쪽이 더 편하다면서, 작은 탁자에 한 손을 짚고 서 있었다. 얼마간 침묵하며 자기 모자를 바라보고 있었으므로 그동안 나도 관찰하지 않을 수 없었는데, 우락부락하고 다부진 손은 그의 강인한 성격을 고스란히 드러내고 있었다! 그리고 그 정직한 이마와 은백색 머리칼과도 잘 어울리는 믿음직스런 손이었다!

"어젯밤 귀여운 제 조카딸을 제 숙소로 데려왔습니다." 페거티 씨는 눈을 들어 우리의 눈을 바라보며 말을 시작했다. "오랫동안 기다려오던 일이었으니 준비는 다 해두었거든요. 그 애가 의식이 돌아와 저를 알아보기까지는 여러 시간이 걸렸습니다. 그런데 저를 알아보자, 제 발밑에 무릎을 꿇고, 꼭 기도라도 하는 것처럼 지금까지의 이야기를 자세히 들려주었습니다. 그 옛날 집에서 까불거리던 시절의 목소리와 똑같은 목소리를 들으니―게다가 지금은 그리스도가 그 땅 위에 글자를 쓰셨다는 그 땅 위에 엎드리듯 조그맣게 웅크리고 있으니*1―감격스러우면서도 마음 한구석이 아팠습니다."

그는 눈물을 숨기려 하지도 않고 옷소매로 얼굴을 문지른 다음, 헛기침을 하고 나서 다시 말을 이었다.

"그 아픔은 오래가지 않았습니다. 그 애를 찾았으니까요. 그 애를 찾아냈다는 사실을 생각하기만 해도 가슴 아픈 생각은 사라져버렸습니다. 저런, 왜 이런 얘기를 하고 있는지, 원. 조금 전까지만 해도 제 얘기는 한 마디도 하지 않겠다고 생각했었는데 말입니다. 아무튼 만나고 나니 마음이 약해져서 저절로 튀어나온 모양입니다."

"댁은 참 헌신적인 분이시군요. 언젠가 분명히 하느님의 보답을 받을 겁니다." 대고모가 말했다.

얼굴에 비스듬히 비치는 나뭇잎의 그림자를 받으면서, 페거티 씨는 대고모로부터 받은 칭찬에 대한 답례로 고개를 숙였다가, 다시 말했다.

"에밀리가 달아났을 때는," 그 순간 그는 준엄하게 격노하며 말했다. "데이비 도련님도 아시는 바와 같이, 그 얼룩덜룩한 반점이 있는 뱀(리티머)에게 잡혀 있던 집에서요―그놈의 얘기는 사실이었습니다. 망할 놈 같으니!―그때는 한밤중이었답니다. 별들이 총총히 빛나는 어두운 밤이었습니다. 정신이 좀 나갔었는지, 그 낡은 뱃집이 거기에 있다고 믿고 바닷가로 달려갔던 것입니다. 그

---

*1 간음한 여자가 그리스도의 앞에 끌려갔을 때, 그는 조용히 땅 위에 글자를 쓰고 "너희 중 죄 없는 자는 돌을 던지라"고 말한 이야기.

애는 지금 자기는 갈 곳으로 가고 있으니 모두 못 본 체해 달라고 저희에게 외쳤습니다. 자기가 외치는 소리가 다른 사람이 외치는 소리인 양 들렸다고 합니다. 그래서 날카로운 돌과 바위에 몸을 다치면서도 자기 자신이 바위가 되기라도 한 것처럼 아무렇지도 않게 느꼈던 것입니다. 무작정 달려갔던 탓으로 눈앞에 헛불이 보이고, 귀에서는 요란한 소리가 울리더니 갑자기—단지 그렇게 느꼈을 뿐이겠지만—날이 밝으면서 비바람이 몰아쳤다고 합니다. 그대로 바닷가의 돌더미 밑에 쓰러져 있었는데, 그때 어떤 여인이 나타나, 어째서 그런 꼴이 됐느냐고 그 나라 말로 물으면서 그 애에게 여러 말을 걸더라고 했습니다."

그는 직접 눈으로 보고 있는 것처럼 말했다. 그가 너무도 생생하게 열심히 이야기했으므로, 나로서는 도저히 묘사할 수 없을 만큼 선하게 그 광경이 떠올랐다. 그 뒤 오랜 세월이 흘러간 지금 이 글을 쓰면서도 나는 실제로 그 사건의 현장에 있었다는 생각이 든다. 다시 말해서 놀라울 만큼 박진감에 넘치도록 그 장면이 내 마음속에 새겨져 있는 것이다.

"에밀리의 눈에는 초점이 없었지만, 그 여인을 자세히 보니," 페거티 씨는 말을 이었다. "그 여인은 에밀리가 바닷가에서 가끔 얘기를 나누곤 했던 여인들 가운데 하나였습니다. 그 애는 밤에 아주 멀리까지 달려가기는 했지만(제가 말씀드린 바와 같이), 그 일대는 걷기도 하고 마차나 배를 타고서 곧잘 다니던 곳이었으므로, 바닷가를 따라 여러 마일에 걸친 그 고장을 구석구석까지 잘 알고 있었던 것입니다. 그 여인은 젊은 아낙네였는데 자식이 없지만 오래잖아서 하나 태어날 예정이었습니다. 저는 그 아낙네를 위해 매일 기도할 것입니다. 태어날 아이가 그녀 일생의 행복이 되고 위안이 되고, 영광이 되도록 간절히 기원하나이다! 그 자식이 어머니를 공경하고, 효도를 다하며, 그녀가 이 세상을 떠나는 마지막 순간에도 그녀의 힘이 되고, 이승에서나 저승에서나 그녀를 지키는 천사가 되게 하시옵기를 바라옵나이다!"

"아멘!" 대고모가 말했다.

"그 여자는 겁이 좀 많고 허약했답니다." 페거티 씨가 말했다. "처음에는 에밀리가 아이들에게 말을 걸 때도 그녀는 약간 떨어진 곳에 앉아서 실로 무엇을 짠다든가 하는 일을 하고 있었지요. 그러나 에밀리가 그녀에게 다가가서 상냥하게 대하고 말을 걸자, 그 젊은 여자도 아이들을 좋아했으므로 두 사람은 곧 친해졌답니다. 에밀리가 그 여자한테로 가면 그 여자가 에밀리에게 꽃을 줄 정도로 친해졌습니다. 어쩐 일로 이렇게 딱한 꼴이 됐느냐고 물었던 것도 바로 그 여자였지요. 에밀리가 그 여자에게 모든 사연을 이야기하자 그 여자가—, 그 애를 자기 집으로 데려갔던 것입니다. 자기 집으로 그 애를 데리고 갔던 겁니다, 자기 집으로요."

페거티 씨는 얼굴을 가리면서 말했다. 그 여인의 친절한 행위에 그는 매우 감격했다. 에밀리가 가출한 이래, 이토록 감동한 그를 나는 본 적이 없었다. 대고모와 나는 되도록 그의 감정을 방해하지 않았다.

"짐작이 가시겠습니다만, 아주 조그마한 오두막집이었습니다." 그는 곧 이어서 말했다. "그런데도 그 여인은 집 안에 에밀리가 머물 곳을 마련해주고—때마침 그녀의 남편은 바다에 나가고 없었어요—그 사실을 비밀에 부쳐주었습니다. 이웃 사람들에게도(어차피 많지는 않았지만) 비밀로 해 달라고 설득했던 것입니다. 에밀리는 열이 나서 자리에 누워 있었습니다. 그런데 참 이상한 일입니다만—학자들에게는 별로 이상하지 않겠지요—그 나라의 말이 그 애의 머리에서 모두 지워져버렸습니다. 그곳 사람들이 알아듣지 못하는 영어로만 애기하며, 만(灣) 하나만 돌면 그 낡은 뱃집이 있다고 믿고, 거기에 사람을 보내서 지금 자기가 죽어가고 있다는 것을 전하고, 단 한마디라도 좋으니까 용서해주겠다는 회답을 받아달라고 사정했던 일들을, 지금 꿈꾸듯 떠올리고 있답니다. 게다가 에밀리는 조금 전에 말씀드린 뱀 같은 사나이가 창문 밑에 숨어 있거나, 자기를 그꼴로 만든 사내가 그 방에까지 찾아와 있다고 거의 언제나 생각했던 것입니다. 그래서 그 애는 자기를 그자에게 넘겨주지 말아 달라고 그 친절한 젊은 여인에게 울며 애원했습니다. 그러면서도 말이 통하지 않는다는 것을 알고 있었으므로 아무래도 그자에게 데리고 갈 것이라 생각하고 벌벌 떨었던 것입니다. 여전히 눈앞에선 불이 번쩍이고 귀에선 큰 소리가 울렸으며 그 애에게는 어제도 오늘도 내일도 없었습니다. 그 애의 일생 동안, 지금까지 실제로 일어났던 일이나 일어날 수 있는 일들, 여태껏 일어난 적도 없고 그럴 가능성도 없는 모든 일들이 한꺼번에 그 애에게 밀어닥쳐서 무엇 하나 분명한 일도 반가운 일도 없었지만, 에밀리는 노래를 부르며 웃고 있었다고 합니다. 이러한 상태가 얼마나 이어졌는지 저는 모릅니다. 이어서 그 애는 잠이 들었고, 잠 속에서, 그것은 그 애보다 몇 배나 더 강력했으므로 그 애는 아주 어린애만큼이나 기력이 약해졌던 것입니다."

여기서 그는 자신이 말한 무서운 이야기로부터 피하려는 듯이 말을 멈추었다. 잠깐 말이 없다가 다시 이야기를 이었다.

"그 애가 눈을 뜬 것은 꽤 맑은 오후였는데 너무나 고요하여 썰물과 밀물도 없는 푸른 바다의 잔잔한 물결이 출렁거리는 소리밖에는 아무런 소리도 들리지 않았습니다. 그 애는 처음에는 일요일날 아침에 자기 집에 있는 것으로만 믿었습니다만, 창가의 포도덩굴 잎이며, 멀리 있는 산을 보고, 여기가 자기 집이 아니라는 사실과 자기가 잘못 알고 있다는 것을 비로소 깨달았습니다. 이어서 그 젊은 여인이 병간호를 하러 들어오자, 그 낡은 뱃집이 만(灣)의 돌출부 너머에 있는 것이 아니고 더 먼 곳에 있다는 것을 알게 되었으며, 그래서 지금 자기가 어디에 있고 어쩌다가 지금 이 자리에 있는가를 알게 되었습니다. 그러자 그 애는 그 친절한 젊은 여인의 가슴에 기대어 울음을 터뜨렸습니다. 지금 그 여인의 품에는 예쁜 눈을 가진 갓난아기가 어머니를 즐겁게 해주고 있을 것입니다!"

　그는 눈물 없이는 에밀리에게 다정하게 대해 주었던 그 여자 이야기를 할 수 없었다. 아무리 눈물을 참으려 해도 소용이 없었다. 끊임없이 그 여인을 축복하며 또다시 울음을 터뜨리고 말았다. 그 모습에는 나도 감동하지 않을 수 없었고, 대고모 역시 마음속으로 눈물을 흘리고 있었다.

　"그것은 에밀리에게 도움이 되었습니다." 그는 말을 이었다. "에밀리에게 도움이 되었어요. 그 애는 점점 회복되었습니다. 그러나 그 나라 말을 모두 잊었으므로 그 애는 손짓으로 의사를 전달하는 수밖에 없었습니다. 이렇게 해서 느리기는 했으나 확실히 회복해갔으며, 말도, 주변에 있는 사물의 이름부터—평생 한 번도 들어 본 적이 없는 이름들이었죠—다시 익히려고 노력했습니다. 그러던 어느 날 저녁, 창가에 앉아 바닷가에서 놀고 있는 어린 소녀를 바라보고 있는데, 별안간 그 소녀가 한 손을 내밀더니—영어로 말하면 '어부의 따님, 여기 조개껍데기가 있어요!'라고 말을 했습니다. 미리 말해 두자면, 그 나라 사람들은 그 나라의 일반적인 관습에 따라 처음에는 에밀리를 보고 '예쁜 아가씨'라고 불렀는데, 그 애가 자기를 '어부의 따님'이라고 부르도록 가르쳐놓았던 것입니다. 그 어린 소녀가 별안간 '어부의 따님, 여기 조개껍데기가 있어요!'라고 말하자 에밀리는 그 소녀의 말을 알아듣고, 울음을 터뜨리며 대답을 해주었습니다. 이 일을 계기로 잊고 있던 모든 것들이 모두 다시 되살아난 것입니다."

페거티 씨는 또다시 한숨을 쉬었다가 말을 이었다. "에밀리는 그 친절한 여인과 작별하고 제 나라로 돌아올 궁리를 했습니다. 그때는 여인의 남편이 집에 돌아와 있었는데, 그들 부부가 그 애를 리보르노[2]로 가는 작은 상선에 태웠고, 다시 거기서 프랑스행 배에 태워 주었습니다. 그 애는 약간의 돈을 가지고 있었는데 여러모로 보살펴준 데 대한 답례로 그 돈을 주려 했으나 그들 부부는 받지 않았습니다. 그들은 매우 가난했지만 그럼에도 돈을 받으려 하지 않았던 것이 저는 정말 기뻤습니다. 그들이 한 일은 좀먹지도 녹슬지도 않으며, 도둑이 침입할 수도 없고, 훔쳐갈 수도 없는 저 천국에 깊이 간직되어 있는 보물입니다.[3] 데이비 도련님, 이 세상 모든 보물이 다 없어져도, 그것만은 언제까지나 남아 있을 것입니다.

에밀리는 프랑스에 도착하여, 항구의 어느 여인숙에서 여행하는 부인들의 시중드는 일을 했다고 합니다. 그런데 바로 거기에, 어느 날 그 뱀이 찾아온 것입니다.—그놈이 내 곁에 다가오기만 하면 절대 가만 두지 않겠어요.—다행히 놈은 우리 애를 보지 못했지만, 에밀리는 그놈을 보자마자 공포와 분노가 되살아나서 숨을 돌릴 새도 없이 달아났답니다. 그 애는 영국으로 건너와 도버에 상륙했습니다.

에밀리가 언제부터 그렇게 기가 약해졌는지는 모르지만, 아무튼 영국으로 오는 내내 줄곧 그리운 집으로 돌아갈 생각만 했다고 합니다. 그래서 도버에 닿자마자 곧장 집으로 향했다고 합니다. 그런데 용서받지 못할 것이라는 두려움, 손가락질을 당하지나 않을까 하는 두려움, 자기 때문에 집안의 누군가가 죽지나 않았나 하는 두려움, 그 밖의 온갖 두려움 때문에, 억지로 집을 등지고 길을 떠났다고 합니다. 그 애는 어제도 말했습니다. '아저씨, 아저씨, 저도 가슴이 찢어지고 피가 쏟아지는 심정으로 이렇게도 해보고 저렇게도 해보고 싶었지만, 제게는 그럴 자격이 없다고 생각하자, 그것이 가장 두렵고 괴로웠어요! 돌아왔을 때에는 밤에 기어서라도 문 앞까지 가고 싶다, 그리고 그 입구 계단에 입을 맞추고 이 끔찍한 얼굴을 들이밀 수만 있다면, 아침에 사체로 발견되어도 좋다고 생각했어요'라고요."

"그래서 런던으로 온 것입니다." 페거티 씨는 목소리를 낮추어 속삭이듯 말

[2] 이탈리아의 북부 해안에 있는 항구 도시.
[3] 마태복음 6장 19~20절을 인용한 것.

했다. "생전 와본 적도 없는 런던으로—혼자 무일푼으로, 젊고—그렇게도 예쁜 아이가—온 것입니다. 그런 처참한 몰골로 런던에 오자마자 친구가(에밀리는 그렇게 생각했지요) 생겼다고 합니다. 보기에는 제법 기품 있는 여자였는데, 어릴 때부터 하던 재봉일 이야기를 꺼내면서 일은 얼마든지 있으니 찾아주겠다고 했습니다. 숙소도 주고, 저나 집 식구들 소식은 내일이라도 몰래 알아봐 주겠다고 했습니다. 그 애가 그러한 파멸의 문턱에서 서 있을 때, 마사가 약속대로 그 애를 구해준 것입니다!"

그는 감사의 마음을 담아 머리에서 발끝까지 부들부들 떨릴 정도의 큰 소리로 말했다.

나도 무심코 탄성을 질렀다.

"데이비 도련님." 그는 억센 손으로 내 손을 꽉 잡으며 말했다. "맨 처음 제게 마사의 얘기를 해주신 것은 도련님이었습니다. 고맙습니다! 그녀는 열성적이었습니다. 자기의 쓰라린 경험을 통해서 어디를 찾아봐야 하는지, 어떻게 해야 되는지 알고 있었습니다. 그리고 훌륭하게 해냈어요! 물론 무엇보다 하느님의 가호가 있었던 덕분이지만요! 마사는 에밀리가 잠자고 있을 때 파랗게 질린 얼굴로 그곳으로 달려가서, '이 엄청난 곳에서 자다니, 어서 일어나서 나와 함께 가!'라고 에밀리에게 말했습니다. 그 집에 살고 있는 사람들이 마사를 말리려고 몰려왔습니다만 바닷물을 가로막으려는 것과 다를 바 없었지요. '모두 저리 비켜요, 난 무덤가에서 에밀리를 부르러 온 유령이오!'라고 마사는 말했습니다. 마사는 그 애에게, 저를 만났으며, 제가 변함없이 그 애를 사랑하고 있으며, 용서해줄 것을 잘 알고 있노라고 말해주었답니다. 마사는 자기 옷으로 재빨리 그 애를 감싸가지고, 겁에 질려 벌벌 떨고 있는 그 애를 감싸 안고 나왔던 것입니다. 마사는 귀가 없는 사람처럼 그들이 하는 말을 들은 척도 하지 않고 오직 그 애에게만 신경을 쓰면서 그들 틈을 헤치고 그 애와 함께 걸어나와, 죽은 듯이 고요한 밤에, 캄캄한 파멸의 구렁텅이로부터 그 애를 안전하게 구해냈던 것입니다."

페거티 씨는 잡고 있던 내 손을 놓고서 벅차오르는 자기 가슴을 억누르면서 말했다. "게다가 그 뒤로도 참 잘 보살펴 주었습니다. 에밀리는 축 늘어져서 누워 있기만 했고, 이튿날도 늦게까지 헛소리를 했는데, 아주 잘 보살펴 주었어요. 그러고 나서 마사는 저를 찾아오고, 이어서 도련님을 찾아갔던 것입니다. 에밀리에게는 비밀로 하고서요. 그 애가 행여 심장이 멈추거나 숨어 버리기라도 하면 큰일이니까요. 그 애의 거처를 그 잔인한 여자가 어떻게 알아냈는지 저도 모르겠습니다. 아까부터 말씀드린 그 뱀 같은 자가 우연히도 두 사람이 그리로 가는 것을 보았던 것인지, 그렇지 않으면 그자가 그 매춘부한테서 들었던 것인지 모르지만, 그것은 이제 문제 삼을 것도 없지요. 조카딸을 찾았으니까요."

"어제는 밤새도록 에밀리와 함께 있었습니다. 늦은 시각이기도 했으니 그 애가 구슬프게 울면서 해준 얘기는 얼마 되지 않았고, 그 집의 난롯가에서 훌륭하게 여자가 된 그 귀여운 얼굴을 다시 보고 있자니 시간은 더욱 짧게 느껴졌어요. 그러나 밤새도록 에밀리의 두 팔은 제 목에 감겨 있었고, 그 머리도 여기, 이쯤에 기대고 있었어요. 앞으로는 서로 믿으면서 두 번 다시 헤어지지 않으리라는 것을, 서로가 뼈저리게 알았어요."

그는 이야기를 끝내고서 물처럼 조용하게 테이블 위에다 한 손을 놓았다. 그 손에는 언제든지 사자라도 때려눕힐 수 있는 침착한 결의가 깃들어 있었다.

"트롯." 대고모는 눈물을 닦으며 말했다. "내가 네 누이 벳시 트롯우드의 대모가 되겠다고 결심했을 때, 그 앤 내게 한 줄기 광명이었단다. 그 애가 나를 실망시키기는 했지만 말이다. 그러니 이번에는 내가 그 귀여운 에밀리의 아기의 대모가 된다면 이 이상 즐거운 일이 없을 것 같구나!"

페거티 씨는 대고모의 기분을 이해하고 고개를 끄덕이기는 했으나 막상 소리내어 말하려고 하니 자신이 없었다. 우리는 각자 묵묵히 나름대로의 생각에 잠겨 있었다. (대고모는 눈을 닦고, 발작적으로 코를 훌쩍이더니 큰 소리로 웃으면서 자신을 바보 같은 여자라고 불렀다.) 마침내 내가 페거티 씨에게 물었다.

"페거티 씨는 앞날에 대해서 단단히 결심하셨죠? 물어볼 필요도 없겠지만."

"네, 데이비 도련님. 에밀리에게도 이야기했습니다. 여기서 멀리 떨어진 곳에 강대한 나라들이 많이 있어요. 저희의 장래는 바다 너머에 있습니다."

"두 사람은 함께 이민 갈 겁니다, 대고모님." 내가 설명했다.

"그렇습니다!" 페거티 씨는 희망에 찬 미소를 띠며 말했다. "호주에선 그 누구도 제 귀여운 조카딸을 헐뜯을 수 없을 테니까요. 저희는 거기서 새 생활을 시작할 것입니다."

나는 출발 날짜를 이미 정해 놓았느냐고 그에게 물었다.

"오늘 아침에 배편을 알아보려고 부두에 다녀왔습니다. 지금부터 6주 뒤나 2 개월 뒤에 출항하는 배가 한 척 있답니다. 오늘 아침에 배도 확인하고 안에도 들어가 보았어요. 그 배로 갈까 합니다."

"단둘이 가는 건가요?" 나는 물었다.

"그럼요, 데이비 도련님! 제 누이가 있습니다만, 그 앤 도련님이나 도련님 가 족들을 무척 좋아하고 또 자기 고장밖엔 생각할 줄 모르니 데려가긴 힘들 겁니 다. 그리고 그 애에겐 소중한 사람을 하나 맡겨두고 있어서요."

"가엾은 햄!" 내가 말했다.

"제 착한 누이가 혼자 그의 집을 돌봐주고 있습니다, 부인." 페거티 씨는 대 고모가 잘 알게끔 설명을 했다. "다른 사람과는 말도 못 할 때에도 누이와는 침착하게 차분하게 얘기를 할 수 있었어요. 딱한 것!" 페거티 씨는 고개를 저 으며 말했다. "그 애는 애당초 물려받은 것도 없는데, 하물며 이제는 그마저도 남아 있지 않을 겁니다!"

"그럼 거미지 부인은?" 나는 물었다.

"저도 거미지 부인에 대해서는 깊이 생각해 봤습니다." 순간 난처한 빛이 스 쳤지만 이야기를 하는 도중에 점점 사라졌다. "아시는 바와 같이 그녀가 죽은 남편 생각을 할 때면, 뭐랄까, 같이 있기가 쉽지 않아요. 거미지 부인이 훌쩍거 리기 시작하면, 부인의 옛 남편을 모르는 사람들에게는 그녀가 까다로운 사람 으로 보일지도 모르겠습니다만 전 부인의 옛 남편을 잘 알고 있습니다. 뿐만 아니라 전 부인의 장점까지도 잘 알고 있으므로 그만큼 부인의 심정을 잘 알 지요. 그렇지만 다른 사람들은 모르는 것이 당연하지요."

대고모와 나는 묵묵히 동의했다.

"그 때문에," 페거티 씨는 말했다. "제 누이도 거미지 부인이라면 때때로 귀 찮게 여길지도 모릅니다. 어쩌면 그렇게 생각할 수도 있다는 뜻이지, 그렇게 생 각하고 있다는 뜻은 절대로 아닙니다. 그러니까 거미지 부인을 이대로 그 애들 과 함께 지내도록 둘 생각은 없습니다. 그보다는 어디 다른 곳에 집을 구해서, 혼자 힘으로 사실 수 있도록, 떠나기 전에 돈을 드릴 작정입니다. 성실하기로 치자면 그녀만큼 성실한 사람도 없지만, 그 나이에 몸을 기댈 곳도 없는 외톨 이 신세지요. 나이 지긋한 할멈이 배 안에서 들볶이거나 새로운 먼 나라의 숲 속이나 허허벌판에서 고생한다는 건 너무 딱해서 생각할 수도 없어요. 그래서 지금 말한 것처럼 할 생각입니다."

그는 그 누구도 잊지 않고 있었다. 자기 자신을 빼고는 다른 모든 사람의 요구와 욕망에 대하여 생각하고 있었다.

"에밀리만은 데려갈 것입니다. 가엾게도, 그 애는 마음의 평화와 안정이 꼭 필요합니다! 지금은 열심히 필요한 옷을 만들고 있어요. 그 애가 변변치 못하기는 해도 자기를 사랑해주는 이 아저씨 곁에서 다시 살게 되면, 그 애의 괴로움도 옛날 일인 것처럼 여겨지게 될 것입니다."

대고모는 그의 희망을 확증한다는 듯이 고개를 끄덕이면서 페거티 씨에게 크게 만족한다는 뜻을 나타냈다.

"한 가지 더 있습니다, 데이비 도련님." 그는 안주머니에서 전에 본 적이 있는 작은 서류 뭉치를 꺼내서 테이블 위에 펼쳐놓았다. "여기 지폐로 50파운드 10실링이 있는데, 여기에다 에밀리가 가져온 돈을 합치고 싶습니다. 이유는 말하지 않았지만 그 애한테 얼마 가지고 왔느냐고 물어보고, 그 돈과 이 돈을 합쳤죠. 그런데 제가 무식하다보니 다 해서 얼마인지 알 수가 있어야죠. 이러면 맞는지 어떤지 좀 봐주십시오."

그는 자기가 계산을 못하는 것을 사과라도 하듯이 종이 한 장을 내밀고는, 그것을 살펴보는 동안 내 얼굴을 뚫어지게 바라보았다. 계산은 맞았다.

"고맙습니다, 도련님." 그는 종이를 도로 받으면서 말했다. "도련님께서 반대하지 않으신다면, 전 이 돈을 떠나기 직전에 그에게 보내는 봉투 속에 넣고, 그것을 그의 어머니에게 보내는 다른 봉투 속에 다시 넣어서 보내겠습니다. 그리고 그 편지에다가 이 돈이 어떤 돈이라는 것과, 나는 이미 떠나고 없으니 그 돈을 돌려 보낸다 해도 받지 못한다는 것을 적어 보내겠습니다."

나는 본인이 그렇게 믿고 있다면 문제 될 것 없다, 그렇게 하는 것이 옳은 일인 것 같다고 말했다.

"하나가 더 있습니다고 말씀드렸습니다만," 그는 다시 그것을 작게 접어서 주머니 속에 넣더니, 조용히 미소를 띠며 말을 이었다. "실은 또 하나 더 있습니다. 제가 오늘 아침에 나올 때는 이번에 일어난 이 일을, 햄에게 찾아가서 모두 털어놓을 결심이 서지 않았습니다. 그래서 저는 편지를 써서 오는 길에 우체국에서 부쳤습니다. 편지에는 지금까지의 이야기를 자세히 말한 다음, 이런저런 필요한 일을 마무리지음으로써 마음의 짐을 덜고, 겸해서 이번이 마지막이 될 야머스와 작별을 하기 위해 내일 그곳으로 가겠다고 적었습니다."

"그래서 나도 함께 가 달라는 건가요?" 그가 아직도 못다 한 말이 남아 있다는 것을 눈치채고 물었다.

"그렇게 해주신다면 좋지요, 데이비 도련님. 게다가 도련님을 보면 모두 조금은 기운이 날 테니까요."

도라도 기분이 매우 좋았고 내가 가기를 바랐으므로 나는 그의 소원대로 함께 갈 것을 기꺼이 약속했다.

이튿날 아침, 우리 두 사람은 야머스행 역마차를 타고, 또다시 정든 길을 달리게 되었다.

밤에, 그 낯익은 거리를 지나갈 때—내 가방은 아무리 안 된다고 말려도 페거티 씨가 들어 주었다—, 오머 앤드 저램 상점을 들여다보았더니, 나의 오랜 친구인 오머 씨가 파이프 담배를 피우고 있는 것이 보였다. 페거티 씨가 자기 누이동생과 햄을 처음 만나는데 내가 그 자리에 있는 것은 싫어서, 나는 오머 씨를 만난다는 것을 핑계삼아 나중에 가겠다고 말했다.

"오머 씨, 안녕하셨습니까?" 나는 가게 안으로 들어가면서 말했다.

그는 잘 보이도록 파이프에서 나온 연기를 흩어내다가 이윽고 나를 알아보고 매우 기뻐했다.

"이런 고마운 방문에는 마땅히 일어나서 인사를 드려야 하겠습니다만, 도련님, 제 다리가 좀 불편해서 이렇게 바퀴에 의지하는 신세라서요. 손발이 불편하고 숨이 차는 것 말고는 저는 아주 건강하답니다."

나는 그의 만족해하는 얼굴과 활기 있는 모습에 대해 일단 축하한다는 말을 했지만, 내려다보니 그의 안락의자에는 정말로 바퀴가 달려 있었다.

"참 잘 만들어졌지요?" 그는 내 눈길이 가는 쪽을 따르면서 팔로 의자의 팔걸이를 문지르며 물었다. "새털처럼 가볍게 움직이고 우편 마차처럼 정확하게 달리지요. 정말 놀랍게도 말씀입니다, 우리 꼬마 미니—제 손녀입니다. 아시죠, 미니의 딸 말입니다—가 뒤에서 살짝만 밀어주면, 아주 기분 좋게 미끄러져 가거든요! 게다가 도련님, 앉아서 파이프 담배를 피우기엔 이보다 좋은 것이 없어요."

그러고 보니 나는 오머 씨처럼 화를 복으로 바꾸어 최대한으로 이용하고 즐길 줄 아는 노인을 본 적이 없다. 그는 정말로 그의 의자도, 그의 천식도, 부자

유스러운 손발까지도 모두 파이프 담배의 맛을 더욱 좋게 하기 위한 위대한 발명품의 부품 정도로 생각하며 즐거워하고 있었다.

"사실 서서 걸어다니는 것보다, 이 의자에 앉아 있으면 세상 돌아가는 사정을 더 잘 알 수 있습니다. 매일같이 들러서 잡담을 하고 가는 사람들의 숫자가 얼마나 되는지 아시면 놀라실 겁니다. 제가 이 의자에 앉게 된 뒤로는 신문의 읽을거리가 그 전의 두 배나 됩니다. 일반 독서로 말하자면 엄청나게 많이 읽는답니다! 그래서 이렇게 건강한 것이겠죠. 눈이 불구가 되었더라면 어떡할 뻔했겠습니까? 귀가 멀었으면 어떡할 뻔했어요? 다리가 불구가 되었으니 다행이지요. 다리가 성하던 때는 숨이 더 차기만 했었지요. 그런데 지금은 거리든 바닷가든 내가 가고 싶을 때는 저램의 가장 나이 어린 견습생인 딕을 부르기만 하면 되죠. 그러면 저는 런던 시장처럼 내 전용 마차로 갈 수 있어요."

그는 숨이 막힐 정도로 크게 웃고는 다시 파이프 담배를 피웠다.

"도련님, 사람이란 자고로 이득이 있는 일만 하고자 할 게 아니라 때로는 밑지는 장사도 해야 되는 거죠. 이 세상은 그러한 마음가짐으로 살아가야 합니다. 저램은 장사를 잘하고 있습니다. 아주 잘하고 있어요!"

"거 참 잘됐군요." 나는 말했다.

"도련님께서 기뻐하실 줄 알았습니다. 게다가 저램과 미니는 연인 사이 저리 가라입니다. 그러니 뭘 더 바랄 수 있겠습니까? 그것에 비한다면 이 다리쯤이야, 아무 문제도 아니지요!"

그가 앉아서 담배를 피우며 자기의 다리를 아주 무시하는 모습은 내가 여태까지 본 가장 기쁘고 기이한 장면의 하나였다.

"저는 닥치는 대로 책을 읽기 시작했는데, 도련님께선 닥치는 대로 쓰는 일을 시작하셨죠, 도련님?" 오머 씨는 감탄한 듯이 나를 훑어보며 말했다. "어쩌면 그렇게 아름다운 작품을 쓰셨습니까! 도련님의 작품은 얼마나 멋진 표현으로 가득 차 있었던지요! 저는 그 작품을 한 줄 한 줄 꼼꼼히 읽었답니다. 졸리지 않았냐고요? 그런 일은 절대로 없었어요!"

나는 웃으며 감사의 뜻을 나타냈지만, 이 졸음이 온다는 애기가 나온 것에는 스스로도 조금 반성하지 않을 수 없었다고 말해 두어야겠다.

"제가 자신 있게 말씀드립니다만, 도련님." 오머 씨는 말했다. "그 책을 탁자 위에 놓고—1, 2, 3, 세 권으로 분철된 한 질(帙)—가만히 바라볼 때면, 영예롭게도 제가 옛날에는 도련님 댁 가족과 인연을 맺은 적이 있었다는 것을 생각하고 자연히 어깨가 으쓱해진답니다. 그러고 보니 정말로 아주 오래전 일이네요. 블룬더스톤에서 귀여운 갓난아기와 함께 묻어드렸지요. 그때는 도련님도 아주 어렸었죠. 그럼, 그럼요!"

나는 에밀리 이야기를 꺼내서 화제를 바꿨다. 오머 씨가 에밀리에게 늘 관심을 가져주셨고 친절하게 대해주셨던 것을 잊을 수 없다고 말해둔 다음, 에밀리가 마사의 도움으로 무사히 자기 아저씨에게로 돌아가게 된 경위를 대충 이야기해주었다. 그도 분명 기뻐할 것이라고 생각했기 때문이다. 그는 아주 열심히 귀를 기울이고 있더니, 내 말이 끝나자 감동한 듯이 말했다.

"그 말씀을 들으니 참 기쁩니다, 도련님! 오랜만에 들어보는 희소식입니다. 그런데, 그 불쌍한 마사를 위해서는 어떤 일을 해주실 작정이시죠?"

"그 점에 대해서는 저도 어제부터 줄곧 생각하고 있지만 아직은 무엇이라 말씀드릴 수가 없습니다, 오머 씨. 페거티 씨도 그 문제에 대해서는 아무런 얘기도 없었어요. 게다가 제가 그 얘기를 꺼내기에는 조금 불편해서요. 하지만 페거티 씨는 그 일을 결코 잊지 않고 있습니다. 남을 위한 좋은 일은 결코 잊는 사람이 아니니까요."

"그래서 말입니다만, 도련님." 오머 씨는 아까 하다가 만 이야기를 다시 꺼냈다. "무슨 일을 하시든 저도 한몫 거들게 해주세요. 어떻게 하면 좋은지는, 도련님께서 정하셔도 좋으니 제가 할 몫을 적으셔서 알려주세요. 저는 그 아가씨가 나쁘다고는 한 번도 생각하지 않았는데, 나쁘지 않다는 것을 알게 되어 참으로 기쁩니다. 제 딸 미니도 기뻐할 겁니다. 아무튼 젊은 처녀는 이따금 무슨 생각을 하는지 모르겠어요—그 애 어머니도 똑같았죠—하지만 속마음은 상냥하고 친절하죠. 마사에 대해 미니가 한 짓은 모두 꾸민 것이었습니다. 그 애가 그런 짓을 한 이유는 제 입으로 말씀드릴 수 없지만, 아무튼 그건 모두 꾸민 것이었습니다. 그 애도 은밀하게라면 마사에게 어떤 친절이고 베풀어줄 겁니다. 그러니까 무슨 좋은 결정이 나면 제 이름도 적어서 어디로 보내면 좋을지 알려 주십시오. 사람이 다시 어린아이로 돌아갈 나이가 되면, 제아무리 건강하다 할지라도 또다시 유모차를 타고 이리저리 실려다니게 되면, 할 수만 있다면 친절을 베풀어 기쁨을 느끼고 싶을 겁니다. 해야 할 일은 얼마든지 있어요. 딱히 제 얘기가 아니에요. 시간이란 잠시도 머무르지 않는 것이므로, 인간은 나이가 몇 살이든 모두 산기슭으로 다가가고 있으므로 우리는 늘 친절을 베풀며 기뻐해야 합니다."

그는 파이프에서 재를 톡톡 털어내더니, 그것을 위해 일부러 만든 의자 등받이 뒤의 선반 위에다 올려놓았다.

"에밀리에게 사촌 오빠가 있지요, 야머스에서 으뜸가는 사내로, 에밀리가 그 애와 결혼하기로 되어 있었습니다만. 요즘에는 그가 밤에 찾아와 때로는 한 시간이나 얘기를 하거나 책을 읽어준답니다. 참 친절하지요. 아무튼 평생을 친절 하나로 살아온 듯한 사내니까요." 오머 씨는 힘없이 두 손을 비비며 말했다.

"나는 지금 그를 만나러 가는 길입니다." 내가 말했다.

"아, 그러세요?" 오머 씨는 말했다. "그럼 저도 잘 있다고 전해주십시오. 미니와 저램은 무도회에 갔습니다. 그 애들이 집에 있었더라면, 도련님을 뵙게 된 것을 저와 똑같이 자랑스럽게 여겼을 것입니다. 미니는 '아빠를 위해서예요'라고 말하면서 좀처럼 가려고 하지 않아요. 오늘 밤은 안 가면 6시에 자버릴 거라고 올러서 겨우 둘 다 보냈죠."

나는 그와 악수를 하고, 안녕히 주무시라고 작별 인사를 했다.

"잠깐만, 도련님," 오머 씨는 말했다. "저의 작은 코끼리 놈을 보시지 않고 가신다면, 가장 볼 만한 구경거리를 보지 못하시는 셈이 됩니다. 정말이지 귀여워서 깨물어주고 싶을 정도랍니다! 미니!"

음악 같은 작은 목소리가 2층 어느 곳에서 대답했다. "네, 가요, 할아버지!" 이어서 엷은 황갈색의 긴 곱슬머리를 한 예쁜 꼬마 계집애가 가게 안으로 달려왔다.

"이게 저의 작은 코끼리입니다, 도련님." 오머 씨는 아이의 머리를 쓰다듬어 주며 말했다. "샴 종(種)이랍니다, 도련님. 자, 작은 코끼리야!"

꼬마 코끼리는 거실 문을 열었다. 2층으로 올라가기 힘든 오머 씨를 위하여, 최근에 거실을 침실로 바꾸었다는 것을 알 수 있었다. 아이는 오머 씨의 의자 등에 긴 머리카락을 흐트러뜨리고 예쁜 이마를 감추었다.

"이 코끼리 놈은 물건을 보면 머리로 떠밀죠, 도련님. 코끼리야, 한 번! 두 번! 세 번!"

이 신호에 따라 그 귀여운 코끼리는 그렇게 작은 동물치고는 신기하리만큼 교묘한 솜씨로 오머 씨를 태운 채 의자를 빙 돌리더니, 문기둥에 닿지도 않고

서 거실 안으로 밀고 들어갔다. 오머 씨는 이것이 참을 수 없이 기쁜 것 같았다. 그는 이것이야말로 자기 일생의 노력에서 나온 크나큰 성과라도 되는 것처럼, 자랑스러워하며 방으로 들어가는 도중 나를 돌아다보았다.

나는 시내를 돌아다니다가 햄의 집으로 갔다. 페거티는 아주 그곳으로 이사를 왔으며 자기 집은 바키스 씨의 운수업을 인수한 사람에게 빌려주었는데, 상호와 마차와 말 사용료도 아주 잘 처러준다고 한다. 옛날에 바키스 씨가 부리던 그 느릿한 말도 여전히 다니고 있겠지.

그들은 모두 깨끗한 부엌에 모여 있었다. 페거티 씨가 그 낡은 뱃집에서 데리고 온 거미지 부인도 그 자리에 있었다. 페거티 씨가 아니라면 거미지 부인을 그 집에서 데리고 나오기란 불가능했을 것이다. 페거티 씨는 이 두 사람에게 모든 이야기를 한 것이 분명했다. 페거티와 거미지 부인은 앞치마로 눈물을 닦고 있었고, 햄은 '바닷가를 한 바퀴 돌고 오겠다'며 막 나간 뒤였다. 그는 이내 집에 돌아왔는데, 나를 보자 무척이나 반가워했다. 다들 나를 보자 조금은 기운이 나는 것 같았다. 우리는 제법 즐겁게, 페거티 씨가 새로운 나라에 가서 부자가 되리라는 것과 편지에다 신기한 이야기들을 잔뜩 적어 보낼 것이라는 이야기를 나누었다. 에밀리 이야기는, 이름을 직접 언급하지는 않았지만, 완곡하게 말한 것은 여러 번 있었다. 이 가운데에서 햄이 가장 차분했다.

그러나 어릴 때 보던 그 악어 책까지 탁자 위에 그대로 있다며 페거티가 촛불을 들고 작은 방으로 나를 안내해 주었을 때 그녀가 한 말에 따르면, 햄은 언제나 저 상태라고 했다. 그녀는(울면서 얘기해 주었다) 역시 그가 실연하여 우울해하고 있다고 말했다. 상냥함뿐 아니라 용기도 있고 배목수로서 어느 일터에 내놓아도 가장 유능한 일꾼임에는 틀림없지만, 이따금 밤에 옛날 뱃집에서 살던 이야기를 꺼내는 때가 있는데, 그럴 때에도 어린 시절의 에밀리 이야기는 하지만 결코 여자로서의 에밀리는 입에 올리지 않는다고 한다.

햄의 얼굴에서 나와 단둘이서 이야기하고 싶어하는 기색을 읽을 수 있었다. 그래서 이튿날 저녁, 나는 그가 일터에서 돌아올 때에 맞추어 도중에서 만나기로 마음을 먹었다. 그날 밤은 처음으로 창가에서 촛불을 치웠고, 페거티 씨도 그리운 뱃집의 낡은 그물침대에서 흔들거리며 잠을 잤다. 바람이 그의 베갯머리에서 옛날과 똑같이 윙윙거리는 소리를 내고 있었다.

이튿날 페거티 씨는 종일토록 자기 어선과 고기잡이 도구를 처분하고, 필요할 것 같은 자질구레한 가정용품을 꾸려서 마차편에 런던으로 보냈고, 나머지 물건들은 버리거나 거미지 부인에게 주느라 몹시 바빴다. 부인은 종일 그와 함께 있었다. 나는 옛집을 폐쇄하기 전에 다시 한 번 그리운 그 집을 보고 싶었으므로 그날 저녁, 그 집에서 모두와 만나기로 약속했다. 그러나 먼저 햄을 만나려는 계획도 잊지 않았다.

그의 일터가 어디인지는 잘 알고 있었으므로 도중에 그를 붙잡기란 식은 죽 먹기였다. 나는 그가 지나다니는 한적한 모래톱에서 그를 기다렸다가 함께 돌아왔다. 그가 정말로 생각이 있다면 10분 정도 얘기할 여유가 있다고 생각했기 때문이다. 내 예상은 틀리지 않았다. 함께 얼마쯤 걸어갔을 때 그는 나를 보지도 않고 입을 열었다.

"데이비 도련님, 에밀리를 만나셨습니까?"

"에밀리가 기절해 있을 때 잠깐 봤어요." 나는 나직하게 대답했다.

조금 더 걸은 뒤 그는 또 말했다.

"데이비 도련님, 그녀를 만나주시겠습니까?"

"그건 그녀에게 너무 고통스러운 일일지도 모르는데."

"그럴 겁니다, 도련님. 아마, 그렇겠죠."

"하지만 햄, 전하고 싶은 말이 있다면 직접 만나서 얘기하진 못하더라도 햄을 대신해서 편지를 쓸 수는 있어요. 나를 통해도 상관없다면 내가 기꺼이 전해주겠소."

"네, 좋습니다. 도련님, 정말 고맙습니다! 말로도 편지로도 전하고 싶은 것이 있지요."

"그게 뭐지요?"

또다시 묵묵히 몇 걸음 옮긴 뒤 말했다.

"제가 에밀리를 용서하겠다는 것은 아닙니다. 저는 그럴 자격이 없어요. 오히려 용서를 빌어야 합니다. 제가 제 애정을 에밀리에게 강요한 셈이니까요. 이따금 생각합니다. 만약 결혼하기로 약속만 하지 않았더라면, 친구로서 나를 좀 더 믿고, 고민이 있을 때는 털어놓고 같이 의논도 했을 거예요. 그랬다면 제가 도와줄 일이 있었을지도 몰라요."

나는 그의 손을 꼭 쥐었다. "그것뿐인가요?"

"그 밖에도 몇 가지 있습니다. 말해도 된다면요."

그리고 우리는 또다시 걸었다. 지금까지 걸어온 것보다 더 멀리 걸어왔을 때 그가 말했다. 아래의 그의 이야기 가운데 —를 넣었는데, 그것은 단지 말을 멈추었던 순간으로, 딱히 울고 있었던 것은 아니다. 분명히 말하기 위해 다만 마음을 가라앉히고 있었을 뿐이다.

"전 에밀리를 사랑했습니다—지금도 사랑하고 있습니다—마음 깊이—지금 제가 행복한 인간이라는 사실을 에밀리가 믿지 못할 정도로—사랑하고 있습니다. 에밀리를 잊기만 하면—행복해질 수 있지만—도저히 그 애에게 잊었다고 말해줄 생각은 들지 않습니다. 하지만 데이비 도련님, 도련님은 똑똑하시니까, 제가 그다지 상심하지 않았고—아직도 사랑하고 있으며, 슬퍼하고 있다는 것을—그리고 저는 살아가는 것이 싫기는커녕 언젠가는 악한 사람도 더는 괴로워하지 않고, 지친 사람은 안식을 얻는다는 그 천국에서*⁴ 다함께 용서하고 다시 만날 날을 마음속으로 기다리고 있다는 것을—그리고 에밀리의 슬픈 마음을 편안하게 해주고 싶다는 것과, 에밀리를 대신할 다른 여자와 결혼할 생각은 없다는 것을—에밀리를 위한 제 기도와 함께 전해주십사고 부탁드리는 바입니다."

나는 다시 그의 손을 꽉 잡고, 내가 할 수 있는 한 책임지고 전하겠다고 말했다.

"고맙습니다, 도련님. 그분과 함께 여기까지 와 주셔서 정말 감사드립니다. 데이비 도련님, 고모는 그들이 배를 타고 먼 나라로 떠나기 전에 런던에 가서 그들을 다시 만나게 되겠지만, 전 다시는 그분을 만날 수 없을 것이라는 것을 잘 알고 있습니다. 모두 말은 안 하지만 분명히 그럴 것이고, 그러는 게 좋아요. 도련님께서 삼촌을 마지막으로 만나시거든 그분께서 늘 친아버지 이상으로 사랑해주셨던 이 고아의 진정한 경의와 감사의 뜻을 그분께 전해주시지 않겠습니까?"

꼭 그렇게 해주겠다고 나는 굳게 약속했다.

"다시 한 번 감사드립니다." 그는 정중하게 악수를 하면서 말했다. "도련님께서 이제부터 어디로 가시는지 잘 알고 있습니다. 안녕히 가십시오!"

자기는 이제 그 옛집에는 갈 수 없다는 것을 설명이라도 하듯이 한 손을 가

---

*4 욥기 3 : 17.

볍게 흔들며 돌아서버렸다. 달빛이 쏟아지는 쓸쓸한 모래톱을 넘어가는 그의 뒷모습을 바라보고 있자, 그는 한 줄기 바다 위에 비친 은빛 빛줄기를 돌아보면서 그대로 멀어져 가더니 이윽고 아득한 그림자가 되었다.

뱃집에 가까이 다가가 보니 문이 활짝 열려 있었다. 안으로 들어가 보니 세간은 모두 없어졌고 낡은 찬장 하나만 남아 있었다. 그 찬장 위에 거미지 부인이 무릎 위에 바구니를 올려 놓고 앉아서 페거티 씨를 바라보고 있었다. 페거티 씨는 조악한 난로 선반에 팔꿈치를 대고 꺼져가는 불꽃을 가만히 바라보고 있었다. 그때 내가 들어가자, 그는 고개를 들고 쾌활하게 말했다.

"약속대로 작별인사를 하러 오셨군요, 데이비 도련님!" 그는 촛불을 들며 말했다. "어떠세요, 휑뎅그렁하죠?"

"짧은 시간에 이걸 다 치우셨군요."

"별것 하지 않았어요. 거미지 부인이—뭐랄까—정말 열심히 일하셨지요." 뭔가 적절한 비유를 하려고 했지만 떠오르지 않자 페거티 씨는 그녀를 바라보며 말했다.

거미지 부인은 바구니에 기댄 채 아무 말도 없었다.

"도련님이 오랫동안 에밀리와 함께 앉았던 저 찬장은," 페거티 씨가 속삭였다. "맨 마지막으로 내갈 겁니다. 그리고 여기가 도련님의 조그마한 침실이에요. 오늘 밤은 바람이 거세군요!"

정말 바람은 장엄한 소리를 내며 구슬프게 울부짖듯이, 쓸쓸한 집 주위를 휘몰아치고 있었다. 모든 것이—저 작은 굴 껍데기를 박아 넣은 거울까지 모두 사라져 있었다. 그러고 보니 처음으로 내 인생을 크게 바꾼 사건이 있었던 날도*5 나는 여기에 누워 있었다. 나를 매혹시켰던 그 푸른 눈동자의 소녀를 생각해 보았다. 스티어포스에 대해서도 생각해 보았다. 그러자 그 사나이가 지금 바로 내 곁에 있어, 당장에라도 얼굴을 내밀 것 같은 어리석고 무서운 공상이 밀어닥쳤다.

"이 집에 새로 들어올 사람은 없을 거예요." 페거티 씨가 나지막하게 중얼거렸다. "여기는 재수 없는 집으로 유명하니까요!"

"집주인은 이웃 사람인가요?" 나는 물었다.

---

*5 어머니가 재혼한 날.

"아뇨, 시내 높은 지대에 사는 돛대 제조업자랍니다." 페거티 씨가 말했다. "오늘 밤 그에게 열쇠를 돌려주러 갈 생각입니다."

우리는 또 다른 조그마한 방을 들여다보고 나서 돌아왔다. 페거티 씨는 벽난로 선반 위에 촛불을 놓으면서, 여전히 찬장 위에 앉아 있는 거미지 부인에게, 이 촛불이 꺼지기 전에 찬장을 밖으로 내갈 터이니 일어나라고 말했다.

거미지 부인은 별안간 바구니를 내치고 그의 팔에 매달리며 소리쳤다. "이봐요, 이 집에서 내가 하는 마지막 말은, 나를 버리고 가선 안 된다는 거예요. 날 내버려두고 가지 말아요! 그것만은 절대 안 돼요!"

페거티 씨는 뒤로 물러서더니, 잠에서 깨어난 것처럼 거미지 부인과 나를 번갈아 바라보았다.

"제발 나를 여기다 버리고 가지 말아요, 응, 제발!" 거미지 부인은 울면서 소리쳤다. "나도 에밀리와 함께 데려가요. 당신의 하녀가 되어 성실하게 일하겠어요! 거기에 노예가 있다면 나는 기꺼이 당신의 노예가 되겠어, 언제까지나."

"보세요." 페거티 씨는 고개를 저으며 말했다. "이번 여행길이 얼마나 멀고, 생활이 얼마나 고통스러운지 당신은 몰라요!"

"아니, 나도 짐작하고 있어요!" 거미지 부인은 말했다. "나를 데리고 가지 않으면, 이 집 지붕 아래서 하는 내 마지막 말은, 나는 양로원에 들어가서 죽겠다는 거예요. 나는 김도 맬 수 있어요. 일할 수도 있고. 아무리 고생스러워도 참을 수 있어요. 꼭 참으면서 상냥하게 굴 수도 있어요. 시켜만 줘요. 당신이 생각하는 것보다 훨씬 잘할 수 있어요. 돈 따위는 바라지 않아요! 설사 굶어 죽더라도 당신이나 에밀리와 함께라면 세상 끝까지라도 가겠어요! 다 알아요. 당신은 내가 기댈 곳 없는 외톨이라고 생각하고 있지요. 하지만 이제 그렇지 않아요. 나는 이제까지 오랫동안 밤에도 자지 않고 당신의 많은 노고를 지켜봐 왔어요. 이제는 내게도 좋은 일이 있어야지. 데이비 도련님, 나대신 이 사람에게 좀 말해주세요! 나는 이 사람과 에밀리를 잘 알고 있으며, 두 사람의 슬픔도 잘 알고 있으니까, 때로는 두 사람의 위로도 될 수 있고, 늘 두 사람을 위해 일할 수도 있습니다! 이봐요, 제발 나도 데려가줘요!"

거미지 부인은 그의 한 손을 잡고, 사랑과 감사하는 마음을 고스란히 드러내며 소박한 연민과 애정을 담아 미친 듯이 입맞추었다.

우리는 찬장을 꺼내고 촛불을 끄고 바깥문을 닫고 흐린 밤 속에 떠 있는 하나의 그림자 같은 낡은 뱃집을 떠났다. 이튿날 우리가 역마차 지붕 위에 앉아 런던으로 돌아갈 때, 거미지 부인과 그녀의 바구니는 뒷자리에 자리잡고 있었다. 그녀는 한없이 행복했다.

52장
폭로

　미코버 씨가 지정한 그 이상한 시간이 스물네 시간 앞으로 다가왔을 때, 대고모와 나는 우리가 어떻게 해야 할 것인가를 의논했다. 왜냐하면 대고모는 도라를 남겨두고 가는 것이 도저히 내키지 않았기 때문이다. 아아, 지금은 도라를 안고 계단을 오르내리는 것이 참으로 즐거웠으며 조금도 무겁지 않았다!

　미코버 씨는 대고모도 참석해 달라는 조건을 제시했지만, 우리는 딕 씨와 내가 대표로 가고, 대고모는 집에 남기로 했다. 요약하자면 처음에는 그렇게 하기로 정했으나, 도라가 반대했다. 어떤 핑계를 대든 대고모가 가지 않으면 자기도 괴로우며, 이 심술쟁이 남편도 그것은 용서할 수 없다고 말한 것이다.

　"대고모님과는 말하고 싶지 않아요." 그녀는 머리칼을 흐트러뜨리며 말했다. "저는 싫어요! 가시지 않으시겠다면 온종일 집에게 덤비라고 시킬 거예요! 대고모님은 심술쟁이 할멈이에요."

　"어쩔 수 없는 애로구나!" 대고모는 웃었다. "내가 없으면 안 된다는 것을 잘 알고 있잖니!"

　"아뇨, 대고모님. 아무렇지도 않아요. 대고모님은 제겐 소용이 없으세요. 저를 위해서 하루 종일 계단을 오르내리시지도 않으니까요. 도디*¹가 구멍 난 신발을 끌고 온몸이 먼지투성이가 되어 왔을 때의 일도 얘기해주지 않으셨어요. 저를 즐겁게 해주는 일이라곤 한 적이 없으시잖아요?" 말은 그렇게 했지만 도라는 곧바로 대고모에게 입맞추더니 진정으로 그러는 줄로 알까봐, "아뇨, 해주셨어요. 농담이에요!"라고 얼른 말했다. 그러고는 "그렇지만, 대고모님," 도라는 달래듯이 말했다. "역시 가셔야 해요. 제 말에 따라주시지 않으시면 무리한 일만 부탁드릴 거예요. 그리고 도디도, 대고모님을 모시고 가지 않는다면 반드

_____

*1 데이비드의 애칭.

시 뉘우치게 만들어 줄 거예요. 집이랑 같이 말썽만 부릴 줄 알아요! 대고모님, 만약에 대고모님이 가시지 않는다면, '그때 잠자코 갔더라면 좋았을 것을' 하고 두고두고 아쉬워하실 거예요." 도라는 머리를 뒤로 넘기더니 대고모와 내 얼굴을 의아스러운 표정으로 바라보며 말했다. "왜 함께 가시지 않는 거예요? 저는 정말 아프지 않다고요, 그렇지요?"

"아니, 무슨 당치 않은 말을 묻는 거냐!" 대고모는 말했다.

"말도 안 되는 소리 말아요!" 내가 말했다.

"알았어요! 전 철없는 어린애예요." 도라는 대고모와 나를 천천히 바라본 다음 긴 의자에 누우면서 그 귀여운 입술을 키스하는 것처럼 둥글게 오므렸다. "두 분 다 가시지 않으면 전 그 말을 믿지 않을 거예요. 그리고 엉엉 울 거예요!"

대고모를 보니 이제 항복하기 시작했다는 것을 그 표정에서 읽을 수 있었다. 도라도 그것을 눈치채고 다시 명랑해졌다.

"그리고 많은 얘깃거리를 가지고 돌아오세요. 제가 이해하는 데에 1주일은 걸릴 정도로요. 그 얘기 속에 틀림없이 무슨 골치 아픈 사건이 들어 있을 테니 이해하려면 아주 오래 걸릴 거예요. 저도 알아요! 게다가 덧셈이라도 해야 한다면 말 다 했죠. 언제 끝날지 알 수가 없는걸요. 그러면 이이는 계속 한심한 표정을 짓죠! 자, 그러니 어서 가세요, 네? 하룻밤 정도 집을 비우셔도 저는 집이 보살펴줄 거예요. 그리고 도디, 가기 전에 나를 2층으로 데려다 줘요. 여러분이 돌아올 때까지 계속 2층에 있겠어요. 그리고 아그네스에게, 그녀를 몹시 꾸짖는 편지를 쓸 테니 전해주세요. 그분은 한 번도 우릴 만나러 온 적이 없으니까요!"

더 이상 상의할 것도 없이, 우리는 둘 다 가기로 했다. 그리고 도라는 응석부리고 싶어 몸이 아픈 체하고 있는 귀여운 사기꾼이라는 데에도 의견이 모아졌다. 그녀는 무척 기뻐했고 명랑했다. 대고모, 딕 씨, 트래들스, 그리고 나는 그날 밤 도버행 우편마차를 타고 캔터베리를 향해 떠났다.

미코버 씨가 우리에게 기다려 달라고 부탁했던 그 호텔에는, 한밤중이어서 약간의 옥신각신 실랑이 끝에 들어갔는데, 거기에는 이튿날 아침 정각 아홉 시 반에 반드시 오겠다고 적은 편지가 한 통 와 있었다.

때가 때이니만큼 우리는 떨면서 좁은 복도를 몇 개나 지나 겨우 각자의 침대에 들어갔다. 그런데 그 복도는 마치 몇 십 년 동안이나 물에 젖은 채로 내버려 둔 마구간 같은 악취가 진동하고 있었다.

이른 아침 나는 그 정답고 고요한 옛 거리를 한가로이 거닐었다. 떼까마귀들은 여전히 대성당 탑 주위를 날고 있었고, 그 밑으로 흐르는 개울을 굽어보고 있는 탑은 정말 이 지상에는 변화 같은 것은 없다는 듯이 맑은 아침 하늘에 우뚝 솟아 있었다. 탑에서 종을 치자, 그 종소리는 세상만사가 허무하다는 듯이 구슬프게 울려 퍼졌다. 종들 자체의 연륜과 내 아름다운 도라의 어린 시절, 이 세상에 태어나 사랑하고 죽어 간, 이제는 늙지 않는 수많은 사람들의 이야기를 내게 들려주었고, 한편 종소리의 여운은 그 안에 걸려 있는 흑태자(黑太子)*2의 녹슨 갑옷과 시간의 심연 속에 쌓인 티끌 속을 어물거리다가, 흡사 둥근 원이 물속에서 사라져가듯이 공중으로 사라져갔다.

나는 거리 모퉁이에서 옛날 집을 바라보기만 하고 가까이 가지는 않았다. 만일 그들 눈에 띄기라도 한다면 도와주러 온 계획에 뜻하지 않은 지장을 줄지도 모르기 때문이었다. 아침 햇빛이 박공과 격자창들의 언저리를 따라 비치며 아름다운 금빛으로 물들이고 있었다. 옛날과 조금도 다름없는 평화로운 빛살을 보자 가슴이 죄어드는 것 같았다.

한 시간 정도 시골을 어슬렁거리다가 큰길 쪽으로 돌아왔다. 그 사이에 거리는 모두 잠에서 깨어나 있었다. 여느 가게도 모두 일어나 일하고 있었다. 문득 보니 한때의 적수였던 그 정육점 소년도 그대로 있었다. 이제는 장화를 신고 아이까지 있는 걸 보니 아무래도 독립한 것 같았다. 그는 스스로 아기를 돌보면서 모두 착한 시민이 되어 있었다.

아침상을 받았지만 우리는 모두 걱정이 되고 조바심이 났다. 아홉 시 반이 다가오자, 미코버 씨를 기다리는 불안감은 점점 커졌다. 아침 식사도, 딕 씨를 제외하고는 모두 애당초부터 흉내만 내고 있었는데, 결국에는 그마저도 그만두고 말았다. 대고모는 방 안을 빙글빙글 돌았고, 트래들스는 소파에서 신문을 읽고 있는 척했으나 실은 일없이 천장을 바라보고 있었을 뿐이었다. 나 역시, 미코버 씨가 오면 곧바로 알릴 생각으로 창가에서 열심히 내려다보고 있었다. 그러나 오래 보고 있을 필요는 없었다. 아홉 시 반을 알리는 종소리가

---

*2 에드워드 3세의 장자(長子). 백년 전쟁 때 부왕과 함께 프랑스로 출정했으며 그때 그가 입은 녹슨 갑옷에서 유래. 지금은 캔터베리 대성당에 보존.

울리자마자 그가 거리에 나타났다.

"그가 왔습니다!" 나는 말했다. "그런데 그가 법복을 입지 않았어요!"

대고모는 타협의 여지가 없는 일에 대처할 만반의 준비를 하기라도 하듯 모자 끈을 고쳐 매고(그녀는 모자를 쓰고 아침 식사를 하러 내려온 것이었다) 숄을 걸쳤다. 트래들스는 저고리 단추를 채웠다. 딕 씨는 삼엄한 분위기에 당황했으나, 자기도 그들의 흉내를 낼 필요가 있다고 생각했으므로, 되도록 단단히 두 손으로 모자를 귀 있는 데까지 눌러 썼다. 그러나 곧 미코버 씨를 맞이하기 위하여 다시 모자를 벗었다.

"신사숙녀 여러분," 미코버 씨는 말했다. "좋은 아침입니다! 그리고," 딕 씨와 열렬한 악수를 나누면서 말했다. "당신도 참으로 잘 오셨습니다."

"아침은 드셨는지요?" 딕 씨가 물었다. "괜찮으시다면, 고기라도 한 점 드시지 않겠습니까!"

"천만에요, 선생!" 미코버 씨는 음식을 준비시키려고 벨을 누르러 가는 딕 씨를 말리며 말했다. "딕 선생, 저는 식욕이 떨어진 지가 오래되었습니다."

딕 씨는, 선생이라고 불러준 것이 마음에 들었다. 그 호칭을 영광으로 생각하는 듯, 다시 그와 악수를 하고 약간 어린애같이 웃었다.

"딕," 대고모가 말했다. "정신차려요!"

딕 씨는 얼굴을 붉히며 제자리로 돌아왔다.

"자, 미코버 씨." 장갑을 끼면서 대고모는 미코버 씨를 보고 말했다. "당신만 좋으시다면, 우린 바로 베수비오 화산이든 어디든 갈 준비가 되어 있어요."

"부인," 미코버 씨가 대꾸했다. "폭발을 이제 곧 목격하실 수 있습니다. 트래들스 씨, 우리 두 사람이 미리 의논했었다는 것을 여기서 밝혀도 좋겠죠?"

"그건 사실이야, 코퍼필드." 트래들스가 말했다. 나는 놀라 그를 바라보았다. "미코버 씨가 계획을 내게 상의해왔기에 나도 최대한의 지혜를 짜서 조언을 했어."

"트래들스 씨, 내 이해가 틀리지 않는다면, 이 계획은 아주 중대한 사건을 폭로하는 것입니다."

"맞는 말씀입니다." 트래들스는 말했다.

"그런데 여러분, 사태가 이처럼 중대한 갈림길에 서 있으니, 여기서는 전부이 미코버의 지시에 따라 주십시오. 지금의 저는 참으로 보잘것없는 인간으로,

인간 세계의 표착물, 쓰레기라고 해도 반박할 수 없는 처지이기는 하나, 사람은 역시 사람입니다. 개인적인 과오와 여러 가지 사정에 겹겹으로 싸여서 본디 형태가 모두 망가지긴 했습니다만." 미코버 씨가 말했다.

"우린 당신을 믿으니까 무엇이든 시키는 대로 하겠어요." 내가 말했다.

"코퍼필드 군, 지금 시점에서 자네의 믿음은 절대로 잘못되지 않았네. 제가 이 시계로 5분 먼저 떠나겠습니다. 여러분은 제가 봉급을 받고 있는 위크필드 앤드 힙 사무소로, 미스 위크필드를 방문해주시기 바랍니다. 저는 거기서 여러분을 맞이하겠습니다."

대고모와 내가 트래들스를 보니, 그는 좋다는 뜻으로 고개를 끄덕였다.

"지금은 더는 말씀드릴 것이 없습니다."

미코버 씨는 놀랍게도 우리에게 한번 꾸벅 인사를 하고 허둥지둥 사라져버렸다. 그 태도는 몹시 서먹서먹했고, 얼굴은 새파랗게 질려 있었다.

내가 어찌 된 영문이냐고 설명을 구하자, 트래들스는 다만 고개를(정수리 머리털은 여전히 거꾸로 곤두서 있었다) 젓기만 했다. 할 수 없이 나는 회중시계를 꺼내 5분을 세나갔다. 대고모도 한 손에 시계를 들고 같은 일을 하고 있었다. 5분이 지나자, 트래들스가 대고모에게 팔을 내밀었고, 우리는 묵묵히 그 옛집으로 떠났다.

도착해 보니 미코버 씨는 사무실 책상머리에 앉아서 열심히 글을 쓰는 체하고 있었다. 사무실용의 장부에 선을 긋는 데 쓰는 부기봉이 그의 조끼에 꽂혀 있었다. 그런데 제대로 숨어 있지 않고 1피트 이상이나 가슴에서 툭 튀어나와 있어서 마치 새로 유행하는 셔츠 장식 같았다.

내가 말을 걸기를 기다리고 있는 눈치였으므로 큰 소리로 말했다.

"안녕하십니까, 미코버 씨?"

"코퍼필드 군이 아닌가," 미코버 씨는 정색하고 말했다. "그동안 잘 지냈나?"

"미스 위크필드는 집에 계시는지요?" 나는 물었다.

"몸이 편찮으셔서, 급성 류머티즘으로 누워 계시지만, 이렇게 옛 친구분들이 찾아오셨으니 기꺼이 만나주실 것으로 생각하네. 어서 들어오시게."

그는 앞장서서 식당—그 옛날 내가 이 집에서 맨 처음 들어간 방—으로 가더니 위크필드 씨의 전 사무실 문을 확 열어젖히고서 큰 소리로 말했다.

"미스 트롯우드, 데이비드 코퍼필드 군, 토머스 트래들스 씨, 그리고 딕 씨가 오셨습니다."

지난번에 한 방 먹인 뒤로, 나는 우라이아 힙을 만난 일이 없었다. 우리의 방문을 받고 그는 소스라치게 놀랐다. 우리도 놀랐지만, 그는 우리와는 비교도 안 될 정도로 놀란 것 같았다. 애당초 눈썹이라 부를 만한 것이 없으니 눈썹을 찌푸렸다는 표현은 옳지 않지만, 그 작은 눈이 거의 사라질 정도로 얼굴을 찡그렸다. 그리고 그 깡마른 보기 흉한 손을 허둥지둥 턱에 갖다 댔다. 그것은 그가 당황하고 놀랐다는 것을 말해주는 것이었다. 하기야 그것은 우리가 들어 갔을 때 대고모의 어깨 너머로 내가 그의 얼굴을 흘낏 보았던 순간의 표정으로, 1초도 안 되어 그는 여느 때와 다름없이 굽실거렸다.

"이야, 뜻밖의 영광이로군요! 세인트폴 사원 주변의 친구들 모두가 한꺼번에 찾아와주시다니, 생각도 못한 즐거운 일입니다! 코퍼필드 씨, 도련님께서는 좋아보이시는군요. 그리고—이렇게 말하긴 좀 뭣하지만—아무튼 여전히 모든 친구들에게 변함없이 친절하시군요. 코퍼필드 부인께서도 안녕하실 줄로 믿습니다. 최근 부인께서 건강이 좋지 않으시다는 말씀을 듣고 걱정하던 참이었습니다만."

이 사나이와 손을 잡는 것은 수치스러운 일이었지만 달리 방도가 없었다.

"이 사무소도 변했지요, 미스 트롯우드? 제가 하찮은 서기로서 마님의 당나귀 고삐를 잡던 그 무렵에 비하면 말씀입니다. 그렇잖습니까? 그러나 저 자신은 조금도 변하지 않았습니다."

우라이아 힙은 여느 때와 마찬가지로 기분 나쁘게 히죽히죽 웃으며 말했다.

"그렇군요" 하고 대고모가 말했다. "사실을 말하자면 당신은 젊은 시절의 소망을 훌륭하게 실현했군요, 이렇게 말해도 실례가 되지 않는다면."

"칭찬해주셔서 감사합니다, 미스 트롯우드." 우라이아 힙은 흉물스럽게 몸을 비비 꼬며 말했다. "미코버, 여러분께서 오셨다는 것을 미스 아그네스에게 알려주시오. 그리고 내 어머니에게도. 여러분들을 뵙게 되면 어머니께서도 무척 기뻐하실 것입니다!" 우라이아는 의자를 갖다놓으면서 말했다.

"바쁘지 않지요, 힙 씨?" 트래들스가 말했다. 우리의 눈치를 살피며 피해다니던 그의 교활한 빨간 눈이 우연히 트래들스의 눈과 딱 마주쳤다.

"네, 바쁘지 않습니다, 트래들스 씨." 우라이아는 자기 자리로 돌아가, 앙상한 두 손을 무릎 사이에 넣고 비벼대며 말했다. "제가 바라는 만큼 바쁘진 않습니다. 아시다시피 변호사와 사기꾼, 그리고 고리대금업자는 좀처럼 만족할 줄 모른다지요! 워크필드 씨께서 거의 아무 일도 못 하시므로 저와 미코버의 손이 빠듯할 정도지만, 워크필드 씨를 위해서 일하는 것이 제 의무이자 즐거움이죠. 트래들스 씨, 댁은 워크필드 씨와는 친분이 없으시죠? 저는 언젠가 딱 한 번 댁을 뵈었던 것 같습니다만."

"네, 나는 워크필드 씨와는 친분이 없습니다. 그리고 힙 씨, 당신에게는 아주 오래전에 한 번 찾아간 적이 있습니다." 트래들스는 대답했다.

이 대답에 무언가 번뜩 떠오르는 것이 있었는지, 우라이아는 또다시 그 고약하고 의심 가득한 눈을 들어 트래들스의 얼굴을 바라보았다. 그러나 상대는, 머리털은 고슴도치처럼 곤두서 있지만 참으로 착해 보이는 얼굴과 우직한 태도를 지니고 있었으므로 우라이아도 안심한 것 같았다. 온몸, 특히 목을 움찔거리면서 대답하는 사이에 의심하는 표정이 모두 사라져버렸다.

"그것은 유감입니다, 트래들스 씨. 당신도 그분과 친분이 있었더라면 우리와 마찬가지로 그분을 존경했을 텐데요. 물론 자잘한 결점은 많이 있지만 오히려 그로 인해 더욱 인간미를 느낄 수 있지요. 그 부분에 대한 열렬한 예찬을 듣고 싶으시다면, 역시 코퍼필드 씨에게 물어보시면 될 것입니다. 아직 그분의 이야기를 듣지 못했다면 말입니다. 코퍼필드 씨는 워크필드 가족의 열렬한 팬이니까요."

그때 아그네스가 미코버 씨의 안내를 받고 들어왔으므로 나는 그의 아첨을 그냥 들어 넘겼다. 아그네스는 전처럼 침착하지 못했으며, 근심과 피로에 눌려 있었다. 그러나 그 탓에 진심에서 우러나는 친절과 아름다움은 한층 더 은은하게 빛났다.

그녀가 우리에게 인사하는 동안, 우라이아는 선남선녀의 영혼을 노리는 추악한 악마처럼 눈을 빛내고 있었다. 그러는 동안에 미코버 씨와 트래들스 사이에 간단한 신호가 오가더니 나 말고는 아무도 눈치채지 못한 가운데 트래들스가 밖으로 나갔다.

"기다릴 것 없어요, 미코버." 우라이아가 말했다.

미코버 씨는 가슴의 부기봉에 한 손을 대고 자기 고용주인 우라이아를 노려보며 문 앞에 똑바로 서 있었다.

"뭘 기다리는 거요?" 우라이아는 말했다. "미코버! 기다리지 말라는 말이 들리지 않나요?"

"들었어요!" 미코버 씨는 꿈쩍도 않고 말했다.

"그렇다면 왜 기다리고 있는 거요?" 우라이아가 말했다.

"그저 기다리고 싶어서 기다리는 거요." 미코버 씨는 단숨에 말했다.

우라이아의 뺨에 창백한 빛이 번져갔다. 얼굴 전체에 초조함이 어리고 얼굴의 부분 부분이 각기 따로 뒤틀리면서 미코버 씨를 노려보았다.

"온 세상이 알고 있듯이, 자넨 희대의 방탕아야." 우라이아는 억지로 웃으며 말했다. "그러니까 자넨 그만둬 줘야겠어. 나가게! 나중에 자세히 얘기하지."

"얘기라면 이미 진저리날 만큼 들었소." 별안간 미코버 씨가 아주 격한 투로 말했다. "이 세상에 악당이 있다면, 그 악당의 이름은—힙이요!"

우라이아는 한 대 얻어맞은 것처럼 뒷걸음질쳤다. 그는 악의에 찬 표정으로 우리를 천천히 둘러보면서 말했다.

"아하! 이것은 음모야! 당신들은 약속을 하고 여기에 모였어! 내 서기와 한패가 되어 나를 속이려는 거지, 코퍼필드? 조심하는 게 좋아. 그따위 짓을 해도 아무 소용없어. 당신과 나는 서로 잘 알고 있으니까. 우리 사이엔 아무런 우정도 없어. 당신은 맨 처음 여기에 왔을 때부터 오만불손한 풋내기였지. 그래서 내가 출세한 것을 샘내고 있는 거야, 그렇지? 내게 무슨 음모를 꾸며 봐도 소용없어. 내가 모조리 되돌려놓을 테니까! 미코버, 자넨 나가 있어, 이야기는 나중에 마무리 지을 테니까."

"미코버 씨," 나는 말했다. "이놈이 여러 면에서 순식간에 꼬리를 드러냈어요! 특히 어처구니없는 본심을 털어놓았으니까요! 절체절명의 궁지에 몰린 증거예요. 자, 참지 말고 하고 싶은 대로 하세요, 미코버 씨."

"참 훌륭하신 일당들이군요." 우라이아는 목소리를 낮게 깔고 있었지만, 온몸이 질척하게 땀에 젖어 있었다. 그는 앙상한 긴 손으로 이마의 식은땀을 훔쳤다. 낮은 목소리로 말했다. "사회의 쓰레기 같은—하기야 코퍼필드, 당신 자신도 누군가가 자비를 베풀어주기 전에는 똑같았지—아무튼, 사회의 쓰레기 같은 내 서기를 매수해서 내 명성에 흠집을 내려 하다니! 미스 트롯우드, 이런 짓은 그만두는 것이 좋을 겁니다. 그렇지 않으면 댁의 남편을 흠씬 두들겨 줄 테니까요. 별로 유쾌한 일이 아니시지요, 내가 직업상 댁의 지난날을 알고 있으니 말이오, 부인! 그리고 위크필드의 따님, 당신도 아버님을 사랑하신다면 저 일당에 끼지 않는 것이 좋을 것입니다. 만일 저 일당에 낀다면 아버지는 끝장날 겁니다! 자, 어때! 난 당신들 가운데 몇 사람 목을 쥐고 있소. 혼이 나기 전에 한 번 더 생각해 보는 게 좋을 겁니다. 미코버, 자네도 지독한 꼴을 당하고 싶지 않다면 한 번 더 생각해 보는 게 좋을 거야. 당장은, 아직 발밑이 환할 때 잽싸게 나가는 게 좋을 거야, 멍청한 놈! 얘기는 나중에 마저 하겠어. 어머니는 어디 계시나?" 그는 트래들스가 없어진 것을 갑자기 깨닫고 깜짝 놀라서 벨 끈을 잡아당기며 말했다. "남의 집에서 멋대로 잘들 노시는군!"

"힙 부인은 여기 계십니다." 트래들스는 훌륭한 아들의 그 훌륭한 어머니를 데리고 들어오며 말했다. "느닷없이 마주치는 바람에 실례를 무릅쓰고 부인께 자기소개를 했어요."

"자기소개도 좋지만, 도대체 당신은 누구요? 여기에 무슨 볼일이 있는 거요?"

"나는 위크필드 씨의 대리인이자 친구요." 트래들스는 침착하고 사무적인 태도로 대답했다. "그래서 모든 일에 있어서 그분을 대리하여 행동해도 좋다는 대리 변호사 위임장도 받아 왔소."

"그 늙은 얼간이, 망령이 들었구먼." 우라이아는 흉악한 얼굴로 말했다. "그 영감을 잘 구슬려서 빼앗은 것이겠지!"

"그래요. 확실히 그분은 속아서 빼앗긴 것이 있지요. 당신도 잘 알 거요." 트래들스는 조용히 대꾸했다. "그 이야기는 미코버 씨에게서 들어 봅시다."

"우라이아," 힙 부인이 걱정스런 듯이 머뭇거렸다.

"어머니는 아무 말씀 마세요. 말이 적으면 재난도 적답니다."

"하지만, 우라이아."

"아무 말씀 마시고 제게 맡겨두세요!"

이 사나이의 굽실굽실하는 태도는 거짓이며, 그가 하는 말은 모두 술수이고 허울뿐임을 나는 오래전부터 알고 있었지만, 지금 그가 가면을 벗어버리는 것을 보기 전까지는 그 위선의 정도가 얼마나 깊은가를 정확하게 알 수 없었다. 그는 가면이 더 이상 소용없다고 판단하자 순식간에 던져버렸다. 노골적인 악의와, 오만한 행동과 증오감, 그리고 지금 이 순간까지도 자기가 저지른 악을 뉘우치기는커녕 승리를 뽐내는 듯한 음험한 눈—하지만 사실 그는 이미 자포자기한 상태로, 우리를 때려눕히고 싶지만 방도를 몰랐던 것이다—이런 본성은 내가 지금까지 알고 있던 그의 모습과 조금도 모순되지 않았지만, 그래도 오랫동안 그를 알아왔고 철저하게 싫어하던 나조차도 처음에는 기가 막히고 놀라지 않을 수 없었다.

우리를 차례차례 노려보는 그의 표정에 대해서는 이 이상 말하지 않겠다. 왜냐하면 그가 나를 싫어하는 것은 전부터 잘 알고 있었고, 또한 내가 찍은 그의 뺨의 손자국도 나는 잊을 수 없었기 때문이다. 그러나 그 눈길이 아그네스에게로 옮겨 가서, 그녀에 대한 자신의 위력이 점점 사라져가고 있는 데서 오는 분노와, 그로서는 도저히 이해할 수 없고 애당초 상관도 없는 정숙한 여성을 노린 추악한 욕정이 그 절망한 눈에 여지없이 드러나는 것을 보았을 때, 단 한순간이라도 그런 인간의 눈에 그녀가 들어갔다는 생각만으로 나는 치가 떨렸다.

그는 끊임없이 턱을 비벼대며 나를 노려보았으나, 이윽고 반은 우는소리로, 반은 악담하듯이 내게 말을 걸었다.

"당신은 이래도 된다고 생각하오, 코퍼필드? 신사니 뭐니 해가며 잘난 척하는 당신이 남의 집에 쳐들어와서 내 서기와 어울려 남의 말을 하다니! 그것이 만약 나였더라면 이상할 것도 없지. 난 스스로 신사라고는 입도 벙긋하지 않았고, 아참, 그렇지, 난 구걸만큼은 한 적이 없지. 미코버 얘기를 듣자니, 당신은 거리에서 구걸을 한 적도 있었다더군. 아무튼 그런 당신이! 그런 짓을 해도 아무렇지도 않다는 거요? 그러나 나도 이 은혜를 어떻게 갚을지, 이 음모를 어떻게 되돌려줄지 모르니 각오해 둬. 좋아. 두고 봐! 거기 아무개 씨가 미코버에게 이러쿵저러쿵 말한 모양이지. 자, 당신의 감정인은 여기 있소. 왜 아무 말도 않는 거요? 하하, 선생도 뭘 좀 깨달은 모양이군."

그는 자기가 한 말이 나나 우리 가운데 어느 누구에게도 효과가 없다는 것을 알자, 주머니에 손을 집어넣고 테이블 가장자리에 앉아, 다음에 일어날 일을 기다리고 있었다.

미코버 씨는, 내가 지금까지 과격한 행동을 만류해왔으므로 어쩔 수 없이 악당이란 말의 '악'이란 첫 음절만 되풀이하여 내뱉다가 말을 삼켰다. 이제는 거칠 것 없이 가슴에서 부기봉을 빼들더니(보아하니 호신용으로 들고온 것 같았다) 주머니에서 큰 편지 모양으로 접은 서류 뭉치를 꺼냈다. 그는 옛날과 다름없는 과장된 동작으로 서류를 펴더니 마치 그 예술적인 문체에 감탄한 듯이 한 번 훑어본 다음 소리내어 읽기 시작했다. "미스 트롯우드, 그리고 신사 여러분—"

"아니, 이 사람 좀 봐!" 대고모가 낮은 목소리로 말했다. "저 사람은 사형을 앞두고 편지를 쓴다면 아마 종이 한 다발 정도는 순식간에 써버릴 거야!"

미코버 씨는 대고모의 말을 무시하고 계속 읽어 나갔다.

"이제까지 이 세상에 존재한 악한 가운데에서 최고의 극악무도한 악한을 규탄하기 위하여 여러분 앞에 나타남에 있어서—" 미코버 씨는 편지에서 눈을 떼지 않고 경찰봉처럼 부기봉으로 우라이아 힙을 가리켰다. "나는 나를 위한 어떠한 동정도 바라지 않습니다. 유년 시절부터 감당할 수 없는 채무의 희생자인 나는 여태껏 타락한 환경의 놀림감이요 장난감이었습니다. 굴욕과 궁핍과 절망과 광기는, 그것이 한데 뭉쳐서든 개별적으로든, 제가 지금까지 살아오는 동안 늘 따라다녔습니다."

이 역경과 불행에 그가 얼마나 농락당해 왔는가를 말하는 그의 표정에 필적하는 것은 그 편지를 낭독하는 그의 힘찬 어조였다. 그리고 실로 어렵고 까다로운 문구를 발견했다고 생각하는지, 고개를 저으며 황홀한 듯이 편지를 바라보는 모습은 놓칠 수 없는 볼거리였다.

"굴욕과 궁핍과 절망과 광기에 싸여서 저는 이 사무소—명목상으로는 위크필드 앤드 힙이란 이름으로 경영되고 있지만, 실제는 힙 한 사람의 지배를 받고 있는 조합의 사무소에 들어오게 되었던 것입니다. 힙, 힙만이 이 기관의 중추기관이며, 힙만이 상습 위조요, 사기꾼인 것입니다."

이 말을 들은 우라이아는 얼굴이 하얗게 질리면서 편지를 갈가리 찢으려고 달려들었다. 그러나 기적처럼 운이 좋았는지 아니면 원래 재빨랐는지, 미코버 씨는 달려드는 주먹을 재빨리 부기봉으로 막아 상대의 오른손을 무력하게 만들었다. 봉이 부러질 듯이 세차게 손목에 명중하자 나무토막을 치는 것 같은 소리가 났다.

"이 짐승! 악마에게나 먹혀버려라!" 우라이아는 고통 때문에 몸을 비틀며 악을 썼다. "두고 봐, 복수하고 말 테다!"

"또 한 번 덤벼 봐, 이—이—파렴치한 자식!" 미코버 씨는 헐떡이며 소리쳤다. "네놈 대가리도 인간의 대가리라면 박살을 내주마. 자, 덤벼라! 자, 덤벼!"

미코버 씨가 부기봉을 잡고 수비 자세를 취하며 "자, 덤벼!"라고 도발했다. 트래들스와 나는 방구석으로 그를 밀고 갔다. 그는 그럴 때마다 기세등등하게 나오려고 했는데, 이런 우스꽝스러운 광경은 나도 이제껏 본 적이 없었다.

한편 힙은 혼자 중얼거리며 다친 손을 한참 동안 문지르다가 목도리를 풀어서 손을 동여매고 다른 손으로 감싸며 불만스러운 얼굴을 숨기고 탁자에 앉았다.

미코버 씨는 냉정을 되찾자 편지를 계속 읽어 나갔다.

"제가 힙의—"이 이름이 나올 때마다 그는 말을 끊었다가 단숨에 토해내듯이 뱉어냈다. "—고용인으로 들어온 것은 돈 때문이었는데, 주(週) 22실링 6펜스란 기본급 말고는, 제가 노력한 만큼 더 주기로 했습니다. 즉, 다른 말로 나타내자면 제 인성의 비열함, 동기의 탐욕스러움, 집안의 가난, 일반적인 도덕성이 힙과 어느 정도 닮았느냐에 따라 주겠다는 것이었습니다. 그 때문에 좌절감에 사로잡혀 있었지만 가족을 부양하기 위해서는 돈을 미리 내 줄 것을 힙에게 간청할 수밖에 없었습니다. 그리고 이러한 필요성을 힙은 처음부터 예상하고 있었습니다. 이렇게 해서, 저는 그가 자기 손안에 잡아 넣을 목적으로 쳐놓은 올가미에 걸려들게 되었다는 것을 여기서 밝힙니다."

미코버 씨의 그 불행한 사태를 묘사한 자신의 필력에 대한 만족감은 그가 당면한 현실이 주는 고통과 근심을 정말로 능가하는 것같이 보였다. 그는 계속 읽어 나갔다.

"그리고 힙은 그의 흉악한 사업을 해 나가는 데 꼭 필요한 만큼의 믿음을 보이며 저에게 선심을 쓰기 시작했습니다. 사업상의 사기를 치기 위해서, 그리고 W씨라는 한 개인을 속이기 위해서 언제나 저의 도움이 필요했다는 것을 저는 알게 되었습니다. W씨는 이용당하고, 속아 넘어가고 기만당했습니다. 그동안 악당 힙은 무자비하게 이용한 그 신사에 대한 무한한 우정을 여러 사람 앞에서 공공연하게 말하고 다녔다는 것을 저는 알게 되었습니다. 정말 악질입니다. 또한 이 악당은 처녀왕조*3의 영광스러운 시성이 덴마크 공자*4의 입을 빌려 갈파한 보편적인 금언과 같이 한층 더 무서운 흉계를 그 등 뒤에 숨기고*5 있었습니다."

미코버 씨는 이렇게 훌륭한 인용구를 들어 단락을 마무리한 것이 참으로

---

*3 엘리자베스 여왕조를 말함.
*4 햄릿을 말함.
*5 햄릿 3막 4장.

만족스러운 나머지, 어디까지 읽었는지 깜빡 잊었다는 핑계로 일부러 그 부분을 한 번 더 읽었다.

"지금 이 편지에서 제가 W씨라고 부른 그분 개인에게 영향을 미치게 될 하찮은 여러 가지 악행을 상세히 늘어놓을 생각은 없습니다. 그것에 대해서는 저도 묵인한 같은 패거리였으니까. 안으로는 말없는 경고자요 밖으로는 이에 못지않게 측은하고 애절한 경고자―그분은 미스 W라고 말하겠습니다―에게 자극되어 저는 비밀 조사라는 용이하지 않은 일을 시작하여 1년 이상 끌어왔습니다."

마치 국회법이라도 읽는 것처럼 이 대목을 읽으면서 또다시 그 말의 울림에 완전히 취해 있었다.

"힙의 죄목을 늘어놓으면," 그는 여기서 우라이아의 얼굴을 힐끗 보고 만일의 경우를 대비하여 부기봉을 왼쪽 옆구리의 손에 잡히기 쉬운 곳에 끼웠다. "다음과 같습니다."

우리는 일제히 숨을 삼켰다. 물론 우라이아도 그랬다.

"첫째로, W씨의 사무적 능력과 기억력이 약해지고 혼란에 빠졌을 때, 중요한 서류를 전혀 중요하지 않은 서류인 것처럼 꾸미면서, W씨의 서명 날인을 받아냈습니다. 1만 2,614파운드 2실링 9펜스에 달하는 신탁금도 이와 같은 방법으로 인출할 권리를 손에 넣어, 그 돈을 이미 지불이 끝났거나 거짓으로 꾸민 운영비 및 결손 충당조로 썼습니다. 그는 철두철미하게 이 모든 처리가 W씨 자신의 부정한 행위에 의해서 이루어진 것처럼 꾸며 놓았고, 그 뒤 그것을 핑계 삼아 그분을 괴롭히고 그분에게 압력을 가하곤 했습니다."

"그 증거를 대라, 코퍼필드!" 우라이아는 협박조로 고개를 저으면서 말했다. "우물쭈물하지 말고, 지금 당장!"

"트래들스 씨,―힙에게 물어 보세요! 힙의 뒤를 이어 누가 그 집에 들어가 살았는지를."

미코버 씨는 편지 읽는 것을 멈추고 말했다.

"바로 저 바보 자식이잖아, 지금도 억지로 살고 있는 주제에!" 우라이아는 멸시하는 듯이 소리쳤다.

"―힙에게 물어 보세요, 그 집에 수첩이 한 권 있었는지 어떤지를."

턱을 비벼대고 있던 우라이아의 앙상한 손이 본의 아니게 딱 멈추는 것을 나는 보았다.

"그렇지 않으면 이렇게 물어 보세요." 미코버 씨는 말했다.

"그가 거기서 수첩을 한 권 태운 일이 있는지 없는지를. 그가 태워 버렸다고 말하고서 그 재가 어디 있느냐고 묻거든 이 윌킨스 미코버의 이름을 가르쳐 주십시오. 그러면 그에게는 조금도 유리하지 못한 이야기를 듣게 될 겁니다."

미코버 씨가 지금까지 한 말들은 그의 어머니에게 큰 충격을 주었다. 그의 어머니는 흥분하여 소리쳤다. "우라이! 우라이! 머리를 조아리고 얌전히 해결하도록 해라, 애야!"

"어머니! 조용히 하세요! 어머니는 너무 놀라서 무슨 말씀을 하고 계시는지, 무슨 영문인지 모르시는 거예요! 머리를 조아리라니요!" 그는 나를 바라보고 을근거리며 되풀이했다. "오래전부터 저는 저들에게 머리를 조아려 왔어요, 옛날에 그랬던 것처럼!"

미코버 씨는 점잖게 턱을 목도리 속에 파묻고서 자기 편지를 다시 읽어내려 갔다.

"둘째로, 제가 알고, 듣고, 믿고 있는 한, 힙은 여러 차례에 걸쳐—"

"하지만 그것으론 안 될걸." 우라이아는 안도의 한숨을 쉬며 중얼거렸다. "그러니까 어머니는 조용히 계세요."

"지금 곧바로 네놈을 해치울 수 있는 것을 보여줄 테니 기다리게." 미코버 씨가 대답했다.

"둘째로, 제가 알고, 듣고, 믿고 있는 한, 힙은 여러 차례에 걸쳐 각종 등기, 장부, 문서에 W씨의 서명을 조직적으로 위조했으며, 특히 그중 어떤 경우는 제가 입증할 수 있는 확실한 증거도 있으므로, 즉 다음과 같습니다. 다시 말해서 —"

미코버 씨는 이와 같이 말을 형식적으로 쌓아올리면서 본인은 크게 만족하고 있었다. 그러나 그의 경우, 그것이 아무리 우스꽝스럽게 들리더라도 그것이 결코 그 사람에게 한한 것만은 아니다. 나는 여태까지의 경험에서 많은 사람들이 그렇게 하는 것을 보아왔다. 오히려 그것은 일반적인 통칙이었다. 예컨대 법정에서 선서를 할 때 증인들은 증오, 혐오, 포기 운운하며 한 가지 관념을 나타내기 위해 연속으로 말을 늘어놓으면 아주 기분이 좋아보인다. 그리고 케케묵은 저주하는 말들도 이와 같은 원리에서 재미있게 만들어졌다. 우리는 곧

잘 언어의 횡포란 말을 하지만, 반대로 우리 자신이 언어에게 횡포를 부리고 싶어하는 것이다. 우리는 만일의 경우를 대비하여 평소부터 쓸데없는 말을 늘어놓기를 좋아한다. 그렇게 하면 훌륭해 보이고, 위대하게 들린다고 착각하는 것이다. 공식 의식에서, 하인들의 제복이 다만 아름답고 많기만 하면 그 제복의 함축적인 의미 따위는 상관하지 않는 것과 마찬가지로, 우리의 말도 다만 많이 늘어놓기만 하면, 그 뜻이나 필요성 같은 것은 모두 2차적인 것으로 전락한다. 개인의 경우, 지나치게 야단스러운 하인의 제복을 과시한 나머지 처벌을 받는다든가, 또는 노예의 수가 너무 많으면 주인에게 반항하는 것처럼, 나라도 말이라고 하는 하인을 너무 많이 거느린 탓에 큰 곤경에 빠지거나, 앞으로 보다 더 큰 곤경에 빠지려 하는 예를, 나는 얼마든지 알고 있다.

미코버 씨는 매우 만족스러운 듯이 계속 읽어 내려갔다.

"즉 다음과 같습니다. 다시 말해서 W씨는 병약하셔서, 자식으로서의 효심을 움직여 따님이 조합의 사정을 조사하는 것을 허용하지 않도록 남몰래 손을 쓰지 않으면—서명자인 나, 윌킨스 미코버의 추측에 불과하지만—W씨가 죽을 경우 사실이 폭로되어, 힙의 W가문에 대한 세력이 실추될지도 모르므로, 힙은 W 씨가 부도를 내는 일이 없도록 하기 위해서, 앞에서 말한 1만 2,614파운드 2실링 9펜스에 이자를 가산한 금액에 대하여 W씨에게 힙이 전도한 것처럼 기입하고 W씨 명의로 작성한 차용증서를 만들어두는 것이 유리하다고 생각했습니다. 그러나 그 금액은 꿔준 적이 없고 오래전에 이미 상환된 것입니다. W씨가 작성하고 윌킨스 미코버가 확인한 것으로 되어 있는 이 서류는 틀림없이 힙이 위조한 것입니다. 그가 직접 수첩에 적어놓은 W씨의 사인을 위조한 것을 저는 몇 개 가지고 있습니다. 그 사인들은 군데군데 불에 타서 지워지기는 했으나 지금도 충분히 판별할 수 있습니다. 아무튼 저는 결코 그런 서류를 확인한 일이 없으며, 더욱이 그 서류는 지금 제 손안에 있습니다."

우라이아 힙은 깜짝 놀라 주머니에서 열쇠꾸러미를 꺼내서 서랍을 열었다. 그러나 그는 갑자기 자신이 하고 있는 일에 생각이 미쳐, 그 서랍 속은 들여다보지도 않고 다시 우리 쪽을 돌아보았다.

"더욱이 그 서류는 지금 제 손안에 있습니다." 미코버 씨는 그것이 무슨 설교 원고라도 되듯이 주위를 둘러보며 되풀이해 읽었다. "즉 오늘 아침 일찍 이 편지를 쓰던 때까지는 제 손안에 있었으나 그 뒤에 트래들스 씨에게 드렸습니다."

"그것은 분명한 사실입니다." 트래들스가 증명했다.

"우라이, 우라이!" 그의 어머니가 소리쳤다. "얌전히 머리를 숙이고 해결을 해라. 여러분, 제 자식에게 생각할 시간을 조금만 주신다면 그는 분명 다시 생각할 것입니다. 코퍼필드 씨, 아시다시피 이 애는 언제나 겸손하고 예의바르지 않았습니까, 도련님!"

참으로 이상한 광경이었다. 아들은 이제는 그 수법이 소용없음을 알고 버렸는데, 어머니는 여전히 같은 수를 쓰려 하고 있었다.

"어머니," 그는 자기 손을 싸고 있는 목도리를 이로 악물고서 말했다. "그런 말씀을 하시려거든 차라리 총으로 저를 쏴 주십시오!"

"나는 너를 사랑하고 있어, 우라이!" 힙 부인은 소리치며 울었다. 확실히 그 여인은 자기 아들을 사랑했고, 조금 이상하게 들릴지 모르지만 그 아들도 문제없이 어머니를 사랑하고 있었다. 그러나 인간으로서 두 사람은 놀랄 만큼 닮아 있었다. "그러니까 네가 훌륭하신 분의 비위를 건드리면서, 너 자신을 더욱 위험 속으로 내모는 말을 듣고만 있을 수는 없단다. 아까 모든 일은 이미 탄로가 났다고 저분이 2층에서 내게 말씀하셨을 때, 네게 용서를 빌게 하고 잘못을 보상하게 하겠다고 말씀드렸단다. 아, 여러분, 저는 뉘우치고 있습니다. 부디 이 아이를 용서해 주십시오!"

"그렇지만 코퍼필드가 있어요, 어머니." 그는 뼈가 앙상한 손가락으로 나를 가리키면서 약이 올라 대꾸했다. 그는 내가 이번 폭로 사건의 주동자라고 생각하고 나를 향해 온갖 증오를 퍼부었다. 그러나 나 역시 그의 잘못을 지적하여 사실을 깨우쳐줄 마음은 없었다. "코퍼필드가 있단 말입니다. 지금 어머니께서 말씀하신 것의 반이나 삼분의 일만 말했어도 이 녀석은 기꺼이 1백 파운드쯤은 내놓을 것입니다!"

"어쩔 수 없었단다, 우라이." 그의 어머니는 말했다. "나는 네가 너무 도도하게 굴다가 위험 속으로 빠지는 것을 보고 있을 수가 없단다. 역시 늘 그랬듯이 겸손하게 구는 게 좋아."

그는 목도리를 씹으면서 잠깐 그대로 있더니, 얼굴을 험악하게 찌푸리고 말했다. "더 폭로할 게 있소? 있다면 계속하시지. 뭣 때문에 나를 노려보는 거요?"

미코버 씨는 그가 좋아하는 연기로 되돌아가는 것이 무척 기쁜 듯이 편지를 다시 읽기 시작했다.

"셋째, 마지막입니다. 힙의 위조장부 및 반쯤 사라져 버린 수첩과 같은 힙의 비밀 서류에 의해서 불행한 W씨의 약점, 과실, 덕망, 어버이로서의 애정, 그리고 도의심이 다년간 힙의 야비한 목적에 의해 좌우되었으며, 왜곡되었다는 것을 증명할 수 있습니다. (참고로, 그 수첩은 제가 현재 살고 있는 곳으로 처음 옮겨왔을 때 우연히 아내 미코버 부인이 난로의 재를 처리하기 위해 비치되어 있는 용기 안에서 발견한 것으로, 그 무렵 저도 이해하기 어려운 물건이었습니다) 이것을 통해 W씨가, 탐욕스럽고 간악하고 만족할 줄 모르는 힙에게 온갖 의미에서 희생물이 되고 그의 재산 증대에 이용되었다는 것, 돈을 버는 일 다음으로 힙이 몰두한 일은 W씨와 미스 W를(후자에 관한 그의 저의에 대해서는 언급하지 않겠습니다) 모조리 자기에게 굴복시키는 것, 불과 몇 달 전에 완수한 그의 최후의 행동은, W씨로 하여금 이 법률사무소의 공동소유권을 포기하도록 하는 것과, 앞으로 매년 사계절의 지급일마다 힙이 가능한 얼마간의 연금을 내는 대신 W씨가 가재 일체까지도 양도하게 만들었다는 것 따위를 모두 증명할 수가 있습니다. 아무튼 W씨가 신중하지 않고 무분별한 투자 사업에 몰두하기 시작하여 도의적으로나 법률적으로 언제나 지켜야 할 책임이 있는 금액을, 손해 볼 가능성이 있는 시기를 선택하여 W씨가 맡아 관리하고 있는 동산과 부동산에 대하여 믿을 수 없는 허위 평가를 내렸다는 것부터, 이하, 상기의 투기 따위를 구실로 일단은 다른 곳에서 융통되었다는 것도 실은 모두 힙에게서 나온 것이며, 속여서 힙이 취득했고, W씨 본인에게는 비밀로 하고 거액의 고리 금융을 하는 등, 하나하나 열거하기도 힘든 후안무치한 간계와 함정으로 W씨를 곤경에 빠뜨려서, 불쌍한 W씨는 마침내 자기 몸 이외의 일에는 완전히 장님이 되기에 이르렀습니다. W씨는 그의 환경에 있어서나 모든 희망, 명예에 있어서도 다 파란에 이르렀다고 믿었으므로, 그가 의지할 것이라고는 사람의 옷을 입은 저 괴물뿐이라고 생각했습니다."—이 마지막 문장은 미코버 씨도 처음 쓰는 표현으로 그 문장이 몹시 마음에 들었는지 주석까지 추가했다—"다시 말해서, 저 괴물은 그분에게 꼭 필요한 인물로 가장하여 파멸로 이끌었습니다. 제가 증명할 수 있는 것은 이것이 전부이지만, 이 밖에도 더 있을지 모릅니다!"

나는 기쁨과 슬픔이 엇갈린 표정으로 내 곁에서 울며 슬퍼하고 있는 아그네스에게 몇 마디 말을 속삭였다. 다른 사람들 사이에서도 편지가 끝났다는 움직임이 있었다. 그러나 미코버 씨는 진지한 표정으로, "죄송합니다"라고 말하더니 침통한 기분과 즐거운 기분이 뒤섞인 얼굴을 하고 편지의 결론을 읽기 시작했다.

"결론은 이와 같습니다. 제게 남은 의무는 이것이 사실이라는 것을 증명하고 나서, 저의 불운한 가족들과 함께 저희가 방해물로 보이는 이 무대에서 어서 빨리 퇴장하는 일뿐입니다. 그다지 먼 미래의 일은 아닙니다. 우리 갓난아기는 식구 가운데에서 제일 허약하니까 영양실조로 제일 먼저 명이 다할 것이고, 이어서 쌍둥이가 그 뒤를 따를 것입니다. 이것으로 되었습니다! 저 자신으로 말하자면 캔터베리 순례는 이제 질렸으므로, 앞으로는 민사재판교도소에 갇혀 가난과 고통을 당하는 것도 각오하고 있습니다. 조사에 따른 노고와 모험은—그 조사의 결과가 아무리 보잘것없더라도, 격무와 가난에 시달리면서, 해 뜨는 아침, 이슬 내린 저녁, 밤의 어둠 속에서도 악마 힙의 빈틈없는 감시를 받으면서 장시간에 걸쳐 수집에 성공한 것입니다. 그 노고와 모험은 어버이로서의 가난에 대한 고민과 함께 저의 장례식의 화장용 장작 위에 정죄를 위해 뿌려지는 몇 방울의 정화수가 될 것이라고 저는 믿고 있습니다. 그 이상 바랄 것은 아무것도 없습니다. 그 사람과 경쟁할 생각은 더욱 없습니다만, 용감한 바다의 명장*6에 대해 말하는 것처럼 제가 이룩한 일은 사리사욕을 위해서가 아니고 오직 영국을 위하여, 조국을 위하여, 아름다운 여인을 위하여*7

분투 노력했다는 것을 인식해주시기만 하면 그것으로 만족합니다.

머리 숙여 삼가 아룁니다.

윌킨스 미코버."

그는 크게 감동했고 즐거워했으며, 대고모가 그것을 평생 간직해 주기를 바라는 것처럼, 편지를 접어가지고 깊게 절을 하면서 대고모에게 드렸다. 오래전에 내가 처음으로 이 집을 들렀을 때도 보았지만, 이 방 안에는 철제 금고가 하나 있었다. 그 금고에는 열쇠가 꽂혀 있었다. 그것을 본 우라이아는 갑자기

---

*6 넬슨을 말함.
*7 《넬슨의 죽음》이란 소설 속의 시 한 행.

어떤 생각이 떠오른 것 같았다. 그는 미코버 씨를 한번 보고는 금고로 다가가서 큰 소리를 내며 문을 철컥 열었다. 금고는 비어 있었다.

"장부는 어디 있지?" 그는 무서운 얼굴로 소리쳤다. "도둑놈이 훔쳐갔구나!"

미코버 씨는 부기봉으로 자기 몸을 툭툭 치며 말했다. "내가 훔쳤소, 여느 때처럼. 하지만 약간 시간이 일렀지. 네놈한테서 열쇠를 받아 오늘 아침에 그것을 열었을 때 말이야."

"걱정하지 않아도 좋소." 트래들스가 말했다. "그 장부들은 내가 갖고 있으니까. 아까 말한 권한으로 앞으로는 내가 보관하겠소."

"훔친 물건을 맡아둔단 말이오?" 우라이아가 소리쳤다.

"이런 상황에서는 그래야 하고말고." 트래들스가 대답했다.

그때 여태까지 침착하게 입을 다물고 주의를 기울이고 있던 대고모가 느닷없이 우라이아 힙에게 달려들어 그의 멱살을 잡았다.

"내가 요구하는 것은 잘 알고 있겠지?" 대고모가 말했다.

"구속복*[8]이겠죠."

"아니야, 내 재산이야! 아그네스, 내 재산이 아버님 때문에 모두 없어졌다고 알고 있던 동안은 네게도—그리고 트롯에게도—내가 여기 사업에 투자했다는 것을 한 마디도 입 밖에 내고 싶지 않았고, 실제로도 말하지 않았어. 그렇지만 이제는 그것이 모두 이 작자의 책임이라는 것을 알았으니 반드시 그 돈을 받아야겠어! 트롯, 이리 와서 받아내다오!"

대고모는 그 재산이 지금 그의 목도리 속에 들어 있기라도 하는 것처럼 힘껏 잡아당기고 있었다. 나는 급히 두 사람 사이에 들어서서 이자가 부정한 방법으로 손에 넣은 것을 무엇이든 모조리 돌려받도록 조치하겠다고 다짐하여 대고모를 진정시켰다. 대고모는 이것저것 생각해보고 겨우 조용해졌다. 그러한 난폭한 행동에도 (모자는 그렇지 않았지만) 당황해하는 기색 없이 침착하게 자기 자리로 되돌아갔다.

이 몇 분 동안 힙 부인은 아들에게 '겸손하게' 굴라고 타이르고, 우리에게 차례로 무릎을 꿇고 미친 듯이 약속했다. 아들은 어머니를 자기 의자에 앉히고 그 곁에 서서 어머니의 팔을 붙잡은 채 사나운 표정으로 내게 말했다.

---

*8 난폭한 환자의 안전을 위해 입히는 옷.

"어떻게 해 달라는 거요?"

"당신이 어떻게 해야 되는지는 내가 말해주겠소." 트래들스가 말했다.

"저 코퍼필드는 혀가 없소?" 우라이아가 중얼거렸다. "누군가가 그 혀를 잘라 버렸다는 것을 정직하게 말해준다면 고맙겠소이다."

"여러분, 우라이아는 반성하고 있습니다!" 그의 어머니가 외쳤다. "이 애의 말을 언짢게 여기지 말아주세요!"

"당신이 해야 할 일은," 트래들스는 말했다. "첫째로, 우리가 지금 들은 그 양도증서들을 남김없이 내게 넘기는 것이오. 지금 이 자리에서."

"내가 가지고 있지 않다면?"

"당신은 가지고 있소. 그러니 그런 가정은 필요 없소." 트래들스가 말했다. 그런데 내 옛 급우가 이토록 머리가 좋고, 이토록 분명하고 끈기 있는 실제적인 식견을 발휘하는 것을 본 것은 이번이 처음으로, 그를 완전히 다시 보게 되었다. "그리고 당신이 약탈하여 손에 넣은 것을 모두 내놓고, 마지막 한 푼까지 되돌려 주어야 하오. 사무소의 장부와 서류는 모두 우리에게 넘기시오. 당신의 장부와 서류 일체, 모든 계산서와 대차 증서(貸借證書) 일체를 포함해서. 다시 말하면 여기 있는 모든 것을 말이오."

"그렇게 해야 한다고?" 우라이아가 말했다. "천천히 생각할 시간적 여유를 가져야겠소."

"좋소." 트래들스는 말했다. "그러나 그동안, 모든 일들이 우리에게 만족스럽게 이루어질 때까지는, 일단 우리가 이 모든 것을 보관할 것이오. 당신은 방안에 틀어박혀서 누구와도 접촉을 하지 말기 바라오. 이건 명령이오."

"아니, 싫소!" 우라이아는 악담과 함께 말했다.

"그렇다면 메이드스톤 교도소에 구치하는 게 안전하겠군. 법에 호소하면 손해를 배상받는 데 시간도 더 걸릴지 모르고, 당신이 직접 배상하는 것만큼 완벽하지도 못하겠지만 당신이 처벌받는 것만은 확실하니까. 당신도 나만큼 잘 알고 있을 거요. 코퍼필드, 자네, 길드홀*9에 가서 경찰관 두 사람을 데려와 주겠나?"

힙 부인이 울음을 터뜨렸다. 아그네스 앞에 무릎을 꿇고 자기들을 위해 중

---

*9 런던 시청.

재 역할을 해 달라고 호소하면서 울부짖었다. 우라이아는 반성하고 있으며 그 것은 틀림없는 사실이다. 만일 그가 우리의 말을 듣지 않을 경우는 자기가 대신하겠다, 아니, 그 이상으로 하겠다고, 그녀는 아들을 염려하는 마음 때문에 반미치광이처럼 소리쳤다. 만약 그에게 용기가 있었다면 어떻게 했을까? 이 질문은 잡종견에게 호랑이의 용기가 있다면 어떻게 하겠느냐는 문제와 같은 것이다. 그는 머리 꼭대기부터 발끝까지 겁쟁이였으며 지금도 옛날 말단 시절에 그랬던 것처럼 그저 억울하고 화난 얼굴로 유감없이 그 비열한 본성을 드러내고 있었다.

"잠깐!" 우라이아는 나를 향해 신음하며, 얼굴에 맺힌 식은땀을 한 손으로 훔쳐냈다. "어머니, 가만 계세요. 좋아요, 증서를 넘겨줍시다. 가져오세요!"

"딕 씨, 따라가 주시겠습니까?" 트래들스가 말했다.

딕 씨는 부탁을 받은 것이 자랑스럽고 또 그 뜻을 잘 알고 있다는 표정으로, 힙 부인의 뒤를 따라갔다. 그러나 힙 부인은 그에게 아무런 수고도 끼치지 않았다. 그녀는 증서뿐만 아니라 그것이 들어 있는 상자까지 들고 곧바로 돌아왔다. 상자 안에는 은행 통장이며 나중에 도움이 될 온갖 서류까지 들어 있었다.

"좋소!" 그것을 받아들고 트래들스가 말했다. "그럼, 힙 씨. 당신은 물러가서 생각해봐도 좋지만 이 점을 명심하십시오. 여기 모인 우리가 바라는 것은 단 한 가지뿐이오. 내가 방금도 설명했지만 그것을 재빨리 해주시오. 이 점을 분명히 해두겠소."

우라이아는 고개를 숙이고 턱에 한 손을 대고 발을 질질 끌며 방을 가로질러 가더니 입구에서 걸음을 멈추고 말했다.

"코퍼필드, 난 처음부터 당신이 아주 싫었어. 당신은 언제나 건방졌고 늘 나를 적대시해왔으니까."

"전에도 한번 말했다고 생각하는데," 나는 말했다. "탐욕과 교활한 짓으로 온 세상을 적으로 돌린 것은 바로 당신이야. 앞으로는 반성하는 것이 이로울 거야. 다시 말하면, 탐욕과 간계는 반드시 도를 넘게 되어 있어. 그래서 결국 자기 꾀에 자기가 넘어가게 되지. 이것은 죽음과 마찬가지로 명확한 사실일세."

그러나 그는 콧방귀를 뀌며 비웃었다. "그러니까 학교에서 가르치던 것처럼 (내가 그 엄청나게 많은 겸손이란 것을 배운 그 학교에서) 9시에서 11시까지는 노동이 저주라고 가르치는가 하면, 11시부터 1시까지는 노동은 축복이요, 유쾌하고 존엄한 것이라느니 하는 알 수 없는 소리만 하던 그것처럼 틀림없다는 것인가? 당신도 그들과 똑같이 조리 있는 설교를 하는군. 그러나 겸손이란 것은 제법 효과가 있지 않은가? 겸손하지 않았더라면 나도 위크필드 씨를 구워 삶아서 내 손안에 넣지는 못했을 거야―야, 미코버, 이 늙은 쥐새끼 같은 놈. 두고 봐, 반드시 보복하고 말 테다!"

미코버 씨는, 삿대질하며 으르대는 힙의 도발에는 꿈쩍도 않고, 그가 문밖으로 나가버릴 때까지 가슴을 내밀고 바라보고 있다가 내게로 몸을 돌려, "나와 내 아내가 경사스럽게 화해하는 모습을 봐주지 않겠나" 하고 말했다. 그는 모두에게, 감동적인 광경일 테니 다 함께 와서 봐달라고 했다.

"이것으로 오랫동안 아내와 나 사이를 가로막던 장막도 모두 걷혔고, 아이들과 아버지, 즉 나와의 사이도 다시 대등한 입장에서 우정을 되찾게 되었으니까."

우리는 모두 미코버 씨에게 큰 고마움을 느끼고 있었으므로, 마음이 다급하고 산란하기는 했지만 고마움을 전하기 위해 미코버 부인에게로 다함께 가고 싶었다. 그러나 아그네스는 아직은 희망의 서광이 약간 보이는 아버지에게 한시라도 빨리 돌아가야만 했고, 누구든 한 사람은 우라이아가 달아나지 못하도록 지키고 있지 않으면 안 되었다.

그래서 나중에 딕 씨와 교대하기로 하고 먼저 트래들스가 그를 지키기 위해 뒤에 남았다. 딕 씨와 대고모와 나는 미코버 씨와 함께 그의 집으로 갔다. 그래서 나는 일단 아그네스와도 헤어졌다. 이제까지 여러 모로 크게 신세를 진 아그네스, 그녀가 오늘 아침에―그녀 자신의 훌륭한 결심도 한몫했지만―구제된 불행을 생각하면, 미코버 씨와 사귀게 된 어린 시절의 불행까지도 마음 깊은 곳에서 감사하게 여기지 않을 수 없었다.

그의 집은 멀지 않았다. 길 쪽으로 나 있는 현관문을 열자 바로 거실이었으며, 그가 여느 때처럼 성급하게 안으로 뛰어들어가는 바람에 우리는 곧바로 그 집 식구들에게 둘러싸이게 되었다. 미코버 씨는 "에마! 내 소중한 여보!"라고 외치면서 느닷없이 부인 품으로 달려들었다. 그러자 미코버 부인은 놀라서 소리를 질렀지만 이내 남편을 꼭 껴안았다. 딸도, 얼마 전에 편지에 썼던 그 철부지 갓난아기를 돌보고 있다가 깜짝 놀라서 튀어 올랐는데, 갓난아기까지 함께 튀어 올랐을 정도였다. 쌍둥이도 조금 소란스러웠지만 천진하게 날뛰며 크게 기뻐했고, 큰아들도 소년 시절의 실망 때문에 그 뒤로는 계속 울적해 있었으나 오늘만큼은 기분이 좋아 큰 소리로 울음을 터뜨렸다.

"에마!" 미코버 씨는 말했다. "내 마음속의 먹구름은 사라졌소. 한때 우리 사이에 오랫동안 유지되어 왔던 믿음도 다시 회복되었으며, 앞으로는 방해받지 않을 것이오. 자, 이제 가난해도 좋아요!" 미코버 씨는 눈물을 흘리며 말했다. "불행해도 좋고, 집이 없어도 좋고, 굶주려도, 누더기를 입어도, 폭풍이 몰아쳐도, 거지가 되어도, 좋아요! 당신과 믿음을 나눌 수 있다면 아무것도 두렵지 않소!"

미코버 씨는 부인을 의자에 앉히고, 아이들을 하나하나 돌아가며 껴안아 주었다. 앞날을 생각하면 아무리 보아도 좋은 일 하나 없고 황량하기 그지없었지만, 그는 그마저도 기뻤던 것이다. 달리 먹고 살 길이 없으니 모두 캔터베리로 가서 합창단에 들자고까지 말했다.

그러나 미코버 부인이 너무도 감격한 나머지 기절해버렸으므로 합창단에 들 생각을 하기 전에 먼저 부인의 정신을 되돌려야 했다. 그 일은 대고모와 미코버 씨가 했다. 그 뒤에 비로소 대고모의 소개가 끝났고, 미코버 부인도 이윽고 나를 알아보았다.

"죄송합니다, 코퍼필드 씨." 불쌍한 부인은 내게 손을 내밀며 말했다. "전 건강이 좋지 않답니다. 이이와 저 사이에 있던 오해가 모두 풀렸다고 생각하자 처음에는 너무 기뻐서 그만."

"이들이 모두 댁의 식구인가요, 부인?" 대고모가 물었다.

"지금은 이게 전부입니다." 미코버 부인이 대답했다.

"아니, 난 그런 뜻으로 말한 것이 아니에요, 부인. 이 아이들이 모두 댁의 자녀들이냐는 뜻이에요."

"그렇습니다," 미코버 씨가 대답했다. "신상명세서상 틀림없이 그렇습니다."

"큰아들은 무슨 일을 하고 있습니까?" 대고모가 생각에 잠기면서 말했다.

"이곳에 왔을 때는," 미코버 씨는 말했다. "윌킨스를 성직, 아니, 더 정확하게는 그 성가대에 넣는 것이 제 소망이었습니다. 그러나 이 도시를 너무도 유명하게 만든 그 장엄한 캔터베리 사원에는 테너 자리에 결원이 없어서, 녀석은—요약해서 말하자면 신성한 대성당보다는 술집에서 노래 부르게 되었습니다."

"그러나 잘하려고 애쓰고 있답니다." 미코버 부인이 아들을 두둔하며 말했다.

"여보," 미코버 씨가 끼어들었다. "당연하지. 잘 하려고 애쓰고 있다는 것은 나도 알아요. 그런데 녀석이 도대체 어느 쪽으로 각별히 잘 해 보겠다는 것인지 난 잘 모르겠소."

큰아들은 또다시 침울해지면서 약간 화가 난 듯이, 그럼 나는 어떻게 해야 하느냐고 대들었다. 나는 금수로 태어나지 않은 것과 마찬가지로, 목수나 마차 도장공으로 태어나지도 않았다. 내가 어디 다른 동네에 가서 약방을 차릴 수라도 있겠는가? 아니면 다음 순회 재판에 뛰어들어가서 변호사라고 나서란 말인가? 억지로 오페라 무대에 달려 올라가서 폭력을 휘두르면 성공할 수 있는가? 내가 배우지도 않은 일을 어떻게 할 수 있겠는가?

대고모는 잠시 생각하다가 말했다. "미코버 씨, 이민을 생각해 본 일은 있습니까?"

"부인, 그건 제 어린 시절의 꿈이요. 쓸데없는 줄은 알지만 장년기의 동경이었습니다." 미코버 씨는 그렇게 대답했지만, 나는 그가 그런 생각을 가졌었다고는 도저히 믿을 수 없었다.

"그러세요." 대고모는 나를 한 번 바라보고 말했다. "지금 이민을 가신다면 내외분이나, 아이들에게 얼마나 좋은 일이겠습니까!"

"하지만, 부인. 자본이 문제입니다." 미코버 씨는 우울한 표정으로 말했다.

"그것이 가장 큰, 유일한 어려움이죠, 코퍼필드 씨." 미코버 부인이 맞장구를 쳤다.

"자본이라고요?" 대고모가 큰 소리로 말했다. "당신은 우리에게 큰 도움을 주었어요, 불 속에서 정말 많은 것을 건져냈으니까. 그 보답으로써 그 자본을 만들어드리는 것이 당연한 인사가 아니겠습니까?"

"그런 것을 받을 수는 없습니다." 미코버 씨는 생기에 넘쳐서 말했다. "그러나 돈을 빌려주신다면 이자는 연리(年利) 5부로—어떻게든 자리잡을 때까지, 각각 12개월, 18개월, 24개월 기한의 약속어음으로—"

"가능하냐고요? 그럼요. 당신이 원하시는 조건으로 해드리지요. 그럼 두 분 다 이 문제를 잘 생각해 보세요. 데이비드가 알고 있는 한 가족이 곧 오스트레일리아로 떠나게 되어 있어요. 만일 생각이 있으시면 같은 배로 떠나는 것이 어떨까요? 서로 도움이 될 겁니다. 천천히 잘 생각해 보세요."

"부인, 꼭 하나 여쭈어 볼 말씀이 있는데요," 미코버 부인이 말했다. "기후는 건강에 좋겠지요?"

"세계에서 가장 좋지요!" 대고모가 말했다.

"그렇습니까? 한 가지 더 여쭙고 싶습니다. 그 나라에 가면 저희 집 양반같이 유능한 사람이 사회적 지위를 차지할 정당한 기회를 가질 수 있습니까? 당장 총독이라든가 그런 높은 자리를 바라는 것은 아닙니다. 다만 남편의 재능이 계발되고, 그 재능을 발전시킬 수 있는 길이 열릴까요? 그것만 가능하다면 더 바랄 것이 없습니다."

"성실하게 열심히 일하기만 하면 그곳보다 더 앞날을 개척하기 좋은 곳은 어디에도 없을 겁니다." 대고모는 말했다.

"성실하게 열심히 일하면 말이지요. 부인, 이이가 바로 그런 사람이에요. 잘 알겠습니다. 남편에게 있어 이보다 딱 맞는 무대는 없을 겁니다!"

"부인, 저도 확신이 생겼습니다." 미코버 씨가 말했다. "지금과 같은 상황에서 저와 제 가족들에게는 그곳이 안성맞춤이자 유일한 땅이겠지요. 분명 그곳에서 놀라운 일이 일어날 겁니다. 멀다니, 당치도 않지요. 그보다 더 먼 곳도 얼마든지 있는걸요. 부인께서는 친절하시게도 생각해보라고 말씀하셨지만, 더 이상 생각하고 말고 할 것도 없습니다."

그는 곧바로 행운을 바라는 쾌활한 사람이 되었고, 미코버 부인은 캥거루의 습성에 대하여 이야기를 늘어놓았다. 장날의 캔터베리 거리를 떠올리면, 그 길을 우리와 함께 걸어서 되돌아가던 그의 모습, 용감한 방랑자 흉내를 내고, 임시체류자의 불안한 습성을 나타내 보이기도 하고, 곁을 지나가는 황소를 오스트레일리아 농부와 같은 눈으로 바라보던 그 미코버 씨가 지금도 잊히지 않는다.

53장
도라! 오, 나의 도라!

여기서 다시 한 번 발걸음을 멈춰야겠다. 아, 나의 철없는 도라, 추억의 페이지를 넘겨보면, 말없이 지나가는 군중 속에 조용히 외따로 서 있는 쓸쓸한 모습이 있다. 청순한 사랑과 어린아이 같은 천진함으로 말한다—걸음을 멈추고 저를 생각해주세요, 덧없이 사라져간 '작은 꽃 한 송이'를 봐주세요!라고.

좋다. 그렇게 하자. 다른 모든 것은 희미해지면서 사라져 간다. 나는 다시 도라와 함께 그 시골집에 있다. 그녀가 앓아누운 지 얼마나 되었는지 나도 모르겠다. 내 감각은 그것에 익숙해져 정확한 시간을 셈할 수가 없다. 몇 주, 몇 달, 결코 긴 세월은 아니었다. 그러나 나의 습관과 경험으로 보면 끝없이 길고 지겨운 세월이다.

이제는 모두들 "2, 3일만 더 기다려 보세요"라는 말도 그만두게 되었다. 나의 철부지 아내가 오랫동안 정든 친구인 집과 함께 햇빛 속을 달리는 모습을 보게 될 날은 영원히 없을 것 같아 어렴풋이 두려워지기 시작했다.

집은 하루 만에 늙어버렸다. 이제는 그 주인에게서, 그에게 활기를 불어넣고 젊음을 되찾아주는 활력을 느끼지 못하는 것 같았다. 그저 멍하니 있다 보니 시력도 떨어지고 손발도 떨린다. 이제는 대고모를 보고 짖기는커녕 대고모가 침대 옆에 가서 앉아도, 도라의 침대에 누운 채로 몸을 기대어 조용히 대고모의 손을 핥아줄 뿐이었다. 그 모습을 보고 대고모는 또 슬픔에 잠겼다.

도라는 누워서 우리를 보고 미소짓고 있다. 여전히 아름답다. 이제는 성급하게 굴거나 불평을 하지 않는다. 우리가 자기에게 참으로 잘 해주고, 내가 지칠 대로 지쳐버린 것도 잘 알고 있고, 대고모는 주무시지도 않고 늘 뜬눈으로 자기를 보살펴 주는 것을 잘 알고 있다고 말한다. 때때로 도라의 두 고모가 찾아와서, 언제나 우리의 결혼식날과 그 행복했던 옛 시절에 대한 이야기를 한다.

나는 그 고요하고 깨끗하게 정돈된 어둑한 방에 앉아 있다. 도라의 푸른 눈이 나를 바라보고, 그녀의 작은 손가락이 내 손을 꼭 감아쥐고 있다. 내 지금까지의 생애에서—집 안팎을 가릴 것 없이—가장 이상한 휴식과 고요함이 있다! 몇 시간이고 나는 그렇게 앉아 있다. 그러나 그러는 중에도 다음 세 가지 광경이 또렷하게 떠오른다.

아침이다. 대고모의 손으로 깨끗하게 꾸민 도라가 자기의 아름다운 머리칼을 보이며, 베개 위에서도 아름답게 곱슬거릴 것이라고 말한다. 그리고 그것이 얼마나 길고 윤이 나며 또 이렇게 풀어놓은 채로 천천히 머리그물 속에 느슨히 묶는 것을 그녀가 아주 좋아한다고 말했다.

"자랑하는 게 아니에요, 놀리지 마세요." 내가 웃자 그녀는 말한다. "그렇지만 당신이 참 아름다운 머리칼이라고 늘 말씀하셨잖아요. 제가 처음 당신을 생각하기 시작했을 때 거울을 들여다보고는 당신이 제 머리 한 타래를 갖고 싶어하시지 않을까 하고 곧잘 생각했어요. 정말로 당신께 머리를 한 타래 드렸을 때, 오, 당신은 얼마나 넋 나간 얼굴을 하셨는지 몰라요!"

"내가 준 꽃을 당신이 그리고 있던 날이었지, 도라. 그리고 내가 얼마나 당신을 사랑하고 있는가를 당신에게 고백한 날이기도 했고."

"아! 그렇지만 그때 제가 그 꽃을 들여다보며 한참 울었다는 것을 당신께 말하고 싶지 않았어요. 당신이 저를 진정으로 좋아하신다고 믿었거든요! 제가 전과 같이 다시 뛰어다닐 수 있게 되면, 우리 둘이서 바보처럼 돌아다니던 곳에 가 봐요, 네? 옛날처럼 산책도 해요. 그리고 불쌍한 아버지도 잊지 말아요."

"응. 그래요, 다시 한 번 행복을 만끽합시다. 그러니 어서 털고 일어나요, 여보."

"오, 저는 곧 나을 거예요! 벌써 많이 좋아졌는걸요."

저녁이다. 나는 똑같은 침대곁에서, 똑같은 의자에 앉아 있다. 똑같은 얼굴이 나를 보고 있다. 도라의 얼굴에는 미소가 떠올라 있다. 나는 이제 가벼운 짐을 안고 2층을 오르내리는 일도 없었다. 그녀는 종일 여기에 누워 있다.

"여보!"

"왜 그래요?"

"제가 이제부터 말씀드리는 것을 이치에 닿지 않는다고 생각지 말아 주세요.

방금 위크필드 씨가 편찮으시다는 말씀을 듣고 나니 아그네스가 너무 보고 싶어요. 만나고 싶어 못 견디겠어요."

"그럼, 도라, 내가 그녀에게 편지를 쓰겠소."

"그래주시겠어요?"

"지금 곧바로 쓰지."

"고마워요! 여보, 저를 안아주세요. 일시적인 변덕이 아니에요. 저는 정말 그녀가 보고 싶어요!"

"알겠소. 그렇게 쓰기만 하면 아그네스는 틀림없이 올 거요."

"요즘 아래층으로 내려가시면 아주 적적하시죠?" 도라는 내 목을 껴안고 속삭였다.

"당연하지. 당신의 의자가 비어 있으니까."

"그렇죠, 비어 있죠!" 그녀는 말없이 잠시 내게 매달린다. "제가 없으면 당신 정말 허전하세요?" 나를 보고 환하게 웃으며 묻는다. "이처럼 보잘것없고 경솔하고 철없고 어리석은 저라도 말이에요."

"당연하지 않소. 아니면 누굴 그리워하겠소?"

"오, 당신! 저는 정말 기쁘고 슬퍼요!" 두 팔로 나를 꼭 껴안는다. 도라는 웃으면서 울고 있다. 이윽고 다시 행복한 듯이 조용해진다.

"정말 그래요!" 그녀는 말한다. "아그네스에게 안부를 전해주세요. 그리고 제가 아주 많이, 죽을 만큼 보고 싶어한다고 적어주세요. 제 소망은 그것뿐이에요."

"다시 건강이 좋아지는 것을 빼고는 말이오, 도라."

"그래요, 여보! 하지만 때때로—저는 언제나 바보였잖아요!—이제 좋아지지 않을 거란 생각이 들어요!"

"그런 말은 하지 말아요, 도라! 그런 생각은 하는 게 아니오!"

"하지 않을 수만 있다면 저도 생각하고 싶지 않아요. 하지만 당신은 내 빈 의자 앞에서 혼자 쓸쓸해하실지 모르지만, 저는 아주 행복해요!"

밤이다. 나는 여전히 도라와 함께 있다. 아그네스가 왔다. 만 하루 낮과 하루 저녁을 우리와 지냈다. 그녀와 대고모, 그리고 나는 아침부터 계속 도라 곁에 있다. 우리는 별로 말을 하지 않았지만 도라는 아주 만족해했고 명랑했다. 지금은 우리 두 사람뿐이다.

도라가 머지않아 내 곁을 떠나리라는 것을 나는 알고 있는 것일까? 모두들 그렇게 말했다. 내 생각과는 다른 새로운 것은 아무것도 말하지 않는다. 그러나 나는 그 사실이 피부로 다가오지 않는다. 받아들일 수 없는 것이다. 오늘은 여러 차례 몰래 울었다. 나는 살아 있는 사람과 죽은 사람과의 이별 때문에 눈물을 흘린 사람이 생각났다.*¹ 우아하고 축복이 넘치는 그 이야기를 생각해 보았다. 나는 체념하고, 자신을 달래려고 했지만 생각지 않는다. 마침내 마지막이 온다는 것을 도저히 이해할 수 없는 것이다. 나는 도라의 손을 꼭 잡고, 그녀의 가슴을 내 가슴에 꼭 댔다. 나에 대한 그녀의 사랑이 변함없이 힘차게 살아 있다. 그녀가 죽을 리 없다는 덧없는 희망의 그림자를 나는 쫓아버릴 수가 없다.

"드릴 말씀이 있어요, 여보. 요즘 몇 번이고 생각해온 것을 말씀드리려 하는데 괜찮으시겠어요?" 유난히 상냥한 얼굴로 말했다.

"괜찮겠냐고, 도라?"

"당신이 어떻게 생각할지, 또 요즘 어떻게 생각해 오셨는지 전 모르니까요. 당신도 아마 똑같은 생각을 하셨을 거예요. 여보, 저는 정말로 어렸던 것 같아요."

내가 도라의 베개 위에 얼굴을 갖다 대자, 그녀는 내 눈을 들여다보며 조용히 이야기한다. 그녀가 자신의 이야기를 과거처럼 하고 있는 것에 가슴이 철렁한다.

"너무 어렸어요. 나이뿐만 아니라 경험이나, 생각이나, 매사에 있어서요. 정말 어쩔 수 없는 바보였어요! 우린 서로 소년 소녀 같이 사랑만 하다가 그것으로 끝났더라면 더 좋았을지도 몰라요. 저는 아내로서는 모자랐다는 생각이 들기 시작했어요."

나는 눈물을 억지로 참고서 말했다. "오, 도라, 그렇다면 나 역시 남편으로서 자격이 없어요!"

"글쎄요." 그녀는 언제나처럼 곱슬머리를 흔들며 말한다. "아마 그럴지도 모르죠! 그렇지만 제가 아내로서 더 자격이 있었더라면 당신도 더욱 그렇게 되

---

*1 요한 전 제11장. 나사로의 죽음 참조.

었을 거예요. 당신은 매우 현명하지만 저는 결코 그렇지 못하니까요."

"우리는 참으로 행복했소, 도라."

"저는 정말 행복했어요. 하지만 세월이 흐르면 당신은 철없는 아내에게 싫증이 났을 거예요. 갈수록 상대가 되지 않고 가정에 모자라는 걸 점점 크게 느끼겠죠. 게다가 저는 나아질 가망이 없어요. 그러니까 지금 이대로가 좋아요."

"오, 도라, 제발 내게 그런 말을 하지 말아요. 한 마디 한 마디가 모두 나를 꾸짖는 것만 같소!"

"그렇지 않아요!" 그녀는 내게 키스하면서 말한다. "당신은 꾸중을 들을 까닭이 없어요! 그리고 당신을 꾸짖기에는 전 너무도 당신을 사랑했어요. 그것만이 제 장점이라면 장점이었지요. 귀엽다는 것을 빼놓고는 말이에요. 그것도 당신이 그렇게 생각하셨을 뿐일지도 몰라요. 아래층에서 적적하지 않아요, 여보?"

"적적하오! 아주!"

"울지 마세요! 제 의자는 아직도 있어요?"

"본디 있던 그 자리에 있소."

"오, 가엾게도, 왜 그렇게 우세요! 조용히! 조용히 하세요! 자, 제게 한 가지 약속을 해주세요. 아그네스와 이야기를 하고 싶어요. 아래층에 가시거든 아그네스에게 그렇게 전하시고 제게 올려 보내주세요. 그리고 그녀와 이야기하는 동안 누구도 오지 못하게 해주세요—대고모님도요. 저는 아그네스하고만 이야기하고 싶어요."

나는 바로 아그네스를 올려 보내겠다고 약속했지만 슬픔이 너무 커서 도라 곁을 떠날 수가 없다.

"지금 이대로가 더 좋다고 제가 말했지요!" 나를 두 팔로 껴안으며 속삭였다. "오, 여보, 세월이 지나면 당신은 지금만큼 이 철없는 아내를 사랑할 수 없을 거예요. 그리고 세월이 더 지나고 나면 실망과 괴로움 때문에 지금의 절반만큼도 저를 사랑할 수 없게 되겠죠! 저는 너무 어리고 어리석었어요. 지금 이대로가 좋아요!"

아래층 거실에 아그네스가 있었다. 나는 그녀에게 도라의 말을 전했다. 아그네스는 나와 집을 남겨둔 채 사라졌다.

그 중국풍 개집은 난로 옆에 놓여 있다. 집은 그 안에서 플란넬 침대 위에

누워 잠들려고 애쓰는 것 같았지만 심기가 영 불편해 보인다. 밝은 달이 중천에 떠 있다. 밤경치를 바라보고 있노라니 눈물이 마구 쏟아진다. 수양이 모자라는 내 마음은 무겁게—무겁게 가라앉는다.

나는 난롯가에 앉아 결혼한 이래 남모르게 품어온 감정을 뼈저리게 뉘우치면서 생각해 본다. 도라와 나 사이에 있었던 온갖 하찮은 일들이 하나하나 떠오르는 것이다. 하찮은 일들이 인생의 총결산이 된다는 진리를 절감한다. 그 추억의 바다에서 끊임없이 솟아오르는 것은 내가 도라를 처음 알게 되었던 때의 천진난만한 모습이었다. 나의 풋내 나는 사랑과 그녀의 철없는 사랑이, 그러한 사랑에 담긴 온갖 아름다운 매력으로 꾸며져 있다. 우리는 풋사랑만으로 끝내고 잊어버리는 쪽이 정말로 더 좋았을까? 분별없는 내 마음이여, 대답해다오!

나는 시간이 흐르는 것도 잊고 있었다. 한참 만에 집의 목소리를 듣고 정신이 들었다. 개는 초조한 기색으로 끝내 잠을 이루지 못하고 제 집에서 꾸물꾸물 기어나와 나를 가만히 바라보다가 그대로 문 앞으로 가서 2층으로 올라가려고 낑낑거린다.

"오늘 밤엔 안 돼! 오늘 밤엔 안 돼!"

개는 아주 천천히 내게로 돌아와서 내 손을 핥더니, 탁한 눈을 들어 내 얼굴을 바라본다.

"아아, 집! 어쩌면 두 번 다시 못 만날지도 몰라!"

개는 내 발밑에 누워 몸을 길게 늘이더니 구슬픈 목소리로 한 번 울고는 그대로 죽어버렸다.

"아, 아그네스! 봐요, 여기를, 봐요!"

—아아, 슬픔과 연민이 가득 찬 아그네스의 얼굴, 비처럼 쏟아지는 눈물, 그리고 저 엄숙한 표정, 한 손을 높이 하늘을 향해 뻗친 무언의 호소!

"아그네스, 역시?"

그렇다, 모든 것이 끝났다. 눈앞이 캄캄해진다. 그리고 한동안 모든 것이 내 기억에서 사라져버렸다.

54장
미코버 씨의 거래

　지금은 아직, 슬픔이라는 무거운 짐에 짓눌린 내 마음을 이야기할 때가 아니다. 나는 미래의 문이 모조리 닫히고, 무엇을 할 기력도 바닥나서, 무덤 말고는 몸을 의지할 곳조차 없다고 생각했다. 분명히 그렇게 느꼈지만 그것은 슬픔의 충격을 받은 순간부터 그런 것이 아니라, 서서히 그렇게 변한 것이다. 만약 이제부터 기술할 사건이 내 주변에서 차례차례 일어나, 처음에는 슬픔을 흐트러뜨렸다가 마지막에 결국 크게 부풀리지만 않았더라면, 확실하다고는 할 수 없지만 아마도 곧장 그러한 상태에 빠졌을지도 모른다.

　그러나 사실 진짜 고통을 알기 전까지 어느 정도의 시간이 있었던 것이다. 그 사이에 나는 가장 격렬한 고통은 지나갔다고 생각했으며, 이제는 영원히 닫혀 버린 사랑 이야기지만, 그 속에서 가장 순결하고 아름다운 것만을 마음의 버팀목으로 삼아 스스로 위로했던 것이다.

　과연 그 이야기―이 기회에 내가 외국에 나가 여행과 요양을 하며 마음의 평화를 되찾는 게 좋겠다는 이야기가 언제 처음 언급되어 우리 사이에서 만장일치를 얻게 되었는지, 지금은 나도 확실히 알지 못한다. 아마도 아그네스의 존재가, 그 슬픔을 앞에 둔 우리의 모든 생각과 행동과 말을 강하게 지배하고 있었던 것만은 분명하므로, 그 계획도 그녀가 제안한 것이라고 생각한다. 그러나 아그네스의 영향은 아주 은근한 것이었으므로 그 이상의 것은 알지 못한다.

　나는 옛날부터 아그네스를 교회의 스테인드글라스와 관련시켜서 생각해 왔다. 그것을 떠올리자, 때가 되면 닥쳐올 슬픔 속에서 과연 그녀가 내게 어떤 존재가 될 것인가 하는 이른바 예언적인 암시가 은밀해 내 마음속으로 스며들어온 것을 깨닫기 시작했다. 깊은 슬픔 속에서 그녀가 한 손을 높이 하늘로 들고 내 앞에 섰던, 잊으려야 잊을 수 없는 그 순간부터 아그네스는 나의 쓸쓸한 집에서 유일하게 신성한 존재였다. 죽음의 천사가 우리 집에 내려왔을 때 사랑스러운 아내 도라는—이윽고 내가 그런 이야기를 듣고도 견딜 수 있게 됐을 때 비로소 그들이 말해주었지만—미소를 지으며 아그네스의 품에 안겨 영원히 잠들었다고 한다. 내가 정신을 잃었다가 깨어났을 때에도 처음으로 깨달은 것은, 그녀의 동정어린 눈물, 희망과 평화로 가득한 말, 하늘나라에 가까운 순결한 지역에서 내려온 것 같은 그 상냥한 얼굴을 미숙한 내 가슴에 기대고 조용히 고통을 달래주고 있던 그녀였다.

이야기를 진행하자.

나는 외국으로 떠나게 되어 있었다. 그것은 처음부터 모두들 사이에 결정되어 있던 것 같았다. 이제 죽은 아내의 몸은 흙으로 뒤덮여 있으니, 나는 오직 미코버 씨의 '힙의 완전 타도'와 이주자들의 출발을 기다리고 있었다.

그 고통 속에서도 언제나 깊은 우정을 보여주고 헌신적이었던 트래들스의 요청에 따라 우리—대고모와 아그네스와 나—는 캔터베리로 돌아갔다. 우리는 약속한 대로 먼저 미코버 씨의 집으로 직행했다. 그 폭발적인 회합이 있었던 날부터 트래들스는, 그곳과 위크필드 씨 집에서 줄곧 헌신적으로 일하고 있었다. 내가 상복을 입고 들어서자, 미코버 부인은 무척이나 측은하게 여기며 맞이해 주었다. 그 오랜 고난의 세월에도 그녀의 아름다운 마음은 조금도 상하지 않았던 것이다.

"미코버 씨 내외분께서는," 우리가 앉자 대고모가 인사 겸 물었다. "내가 제의한 그 이민 건에 대해서 생각해 보셨는지요?"

"마님," 미코버 씨가 대답했다. "그 결론에 대해서는 이렇게 말씀드리는 것이 최선이라고 생각합니다. 제 처와 저와 그리고 아이들까지도 모두 함께 그리고 개별적으로 이른 결론은, 유명한 시인의 말을 빌리자면, '우리의 보트는 바닷가에 있고, 우리의 범선은 앞바다에 떠 있도다*¹'라는 것입니다."

"잘 생각하셨습니다." 대고모가 말했다. "좋은 일들만 생길 것입니다."

"마님, 정말 감사합니다." 그리고 그는 기억을 되짚으며 말했다. "그런데 저희의 약한 카누를 모험의 대양으로 저어 나갈 수 있도록 경제적 원조를 해주시겠다는 호의에 대해서는, 중대한 사무적인 문제이므로 저도 깊이 재고해 보

---

*1 바이런의 시 '토머스 모어에게 바친다'의 한 행을 비튼 것.

았습니다만, 그 결과, 여기 제 약속어음—이들 증서에 관한 의원조례에 따라 정해진 각각 일정액의 인지를 첨부하여 발행한 것입니다만—을 받아 주십시오. 기한은 18개월, 24개월, 30개월로 해두었습니다. 제가 당초에 말씀드린 안은 12개월, 18개월, 24개월이었습니다만, 그러한 약정으로는, 자리를 잡는 데에 필요한 충분한 시간적 여유가 없지 않을까 염려되어서 말입니다." 미코버 씨는 수백 에이커가 넘는 풍요로운 경지가 주변 일대에 펼쳐져 있는 것처럼 방 안을 둘러보며 말했다. "첫 번째 지불 기일이 되었는데 흉작일지도 모르고 풍년이 들어도 수확이 아직 끝나지 않았을지도 모릅니다. 아무리 땅이 풍요로워도, 그것과 싸워야 하는 이주지에서는 일손을 구하기가 어려울 때도 왕왕 있을 것으로 생각됩니다."

"어떻게든 좋도록 정하세요." 대고모는 말했다.

"아닙니다. 친구 여러분과 후원자 분의 호의에 제 처와 저는 깊이 감사하고 있습니다. 그러나 제가 바라는 것은 철저하게 사무적으로 처리하여 행여나 어긋남이 없도록 하는 것입니다. 이번에는 마음을 다잡고 새 생활을 시작하려고 생각하고 있고, 지금의 이른바 후퇴와 기다림을 뒤로하고 앞으로 일대 도약을 하기 위해서는, 이러한 약정은 남자 대 남자로서 당당하게 맺는 것이 제 자식들에게 모범이 되고, 또 저의 자존심을 위해서도 중요한 일이라 여겨집니다."

미코버 씨가 이 마지막 말에 어떠한 뜻을 부여했는지 나는 모른다. 그런 것을 할 필요가 있는지도 모른다. 그러나 그는 그 말이 무척 마음에 들었는지, 점잖게 헛기침을 하면서 '남자 대 남자의 관계로서'라고 되풀이했다.

"그러므로," 미코버 씨는 말했다. "이런 어음은—애당초 어음이란 상업계에서는 참으로 편리한 것이지요. 원래는 유대인이 만든 것이라고 생각하는데, 그래서인지 그들은 어음을 쓸데없이 남용하고 있어요—곧바로 현금으로 바꿀 수 있는 것이니까 말입니다. 그러나 채권 같은 다른 증서가 좋으시다면 기꺼이 바꾸어 오겠습니다. 물론 남자 대 남자로서 당당하게 말씀입니다."

"쌍방이 기꺼이 동의하고자 하는 이런 경우에는 그런 것은 전혀 문제가 되지 않는다고 생각해요." 대고모는 대답했다. 미코버 씨도 동의했다.

"저희 집안의 준비에 관해서 말씀입니다, 마님." 미코버 씨는 약간 자랑스럽게 말했다. "이번에 몸바쳐 뛰어들기로 한 운명과 싸우기 위해서 우리도 다소 준비를 했는데, 그것에 관하여 보고 드리겠습니다. 제 맏딸은 매일 아침 다섯

시에 이웃 가게에 가서 젖 짜는 법—그것을 법이라고 말할 수 있다면 말씀입니다—을 배우고 있습니다. 그 아래 아이들에게는 이 도시의 변두리에서 사육하고 있는 돼지와 닭의 습성을 자세히 살피라고 일러두었습니다만, 일러둔 대로 하다가 두 번이나 차에 치일 뻔하기도 했지요. 저 자신으로 말씀드리자면, 지난주 내내 빵 굽는 기술을 배웠습니다. 제 아들놈 윌킨스는 지팡이를 가지고 나가서 느닷없이 소몰이꾼에게 무료봉사를 제안해서는, 허락이 떨어지자 소를 모는 연습까지 했었지요. 하지만 안타깝게도 자주는 아니지만 녀석은 악담과 함께 그만두라는 경고를 받았답니다."

"모두 정말 좋습니다." 대고모는 격려하듯 말했다. "부인께서도 바쁘시지요?"

그러나 미코버 부인은 아주 사무적인 태도로 응답했다. "아니요, 솔직히 말씀드리면, 저는 경작이라든가 가축 따위와 직접 관계가 있는 일에는 종사한 적이 없습니다. 물론 저쪽에 가면 그런 일에도 신경을 써야 한다는 것은 잘 알고 있습니다만. 저는 집안일을 하다가 짬이 나면 친정에 되도록 자세한 편지를 써 보내는 일에 전념해왔습니다. 그 까닭을 솔직히 말씀드리면, 코퍼필드 씨." 옛날부터 미코버 부인은 처음에는 누구를 보고 말을 했든 간에 마지막에 가서는 언제나 나를 보고 말했다. "바로 지금이 과거를 망각 속에 묻을 가장 좋은 때라고 생각했기 때문입니다. 친정 식구들이 남편의 손을 잡고 남편도 친정 식구들의 손을 잡으며, 사자와 양이 함께 눕듯이 친정 식구들과 남편이 화해할 때가 왔다고요."

나도 그렇게 생각한다고 말했다.

"저는 이 문제를 이렇게 보고 있습니다, 코퍼필드 씨." 미코버 부인은 말을 이었다. "제가 친정 부모님과 함께 살던 시절에는 집안에서 어떤 문제를 토론할 때에는 아버지께서 '에마는 어떻게 생각하느냐?' 하고 늘 묻곤 하셨지요. 아버지는 조금 편파적인 부분도 있지만, 남편과 친정 식구들 사이에 뿌리박혀 있는 서먹서먹한 냉기에 대해서는, 비록 잘못 보았을 수도 있지만 저도 제 나름의 생각을 갖고 있습니다."

"틀림없이 그렇겠지요." 대고모가 말했다.

"그렇습니다." 미코버 부인이 동의했다.

"제 결론이 틀릴지도 모르지만, 친정 식구와 남편 사이의 장벽은 남편이 돈의 융통을 요구하지나 않을까 하는 친정 사람들의 염려에서 비롯된 것이 아닌가 하고 생각합니다. 제 친정 식구들 가운데에는 남편이 이름—아이들에게 붙여 주는 세례명이 아니라 환어음에 서명해서 금융시장에서 현금화하는 그것 말이에요—을 빌려 달라고 간청하지나 않을까 하고 염려하는 사람들이 있었을 것입니다."

"부인, 나도 대체로 부인이 하신 말씀이 옳다고 생각해요." 대고모는, 이런 깊은 통찰력을 지닌 사람은 아무도 없을 거라는 미코버 부인의 의기양양한 얼굴에 오히려 놀라서 적당히 대답했다.

"남편은 이제, 오랫동안 얽매어온 금전상의 속박에서 벗어나, 그의 능력을 발휘하기에 충분한 여지가 있는 드넓은 땅에서 새로운 삶을 시작하려 하고 있으므로 제 친정 식구들도 와서 이 기회를 특별히 빛내주어야 한다고 생각합니다. 제가 보고 싶은 것은 경사스런 축하연에서—물론 비용은 그쪽에서 내야겠지요—남편과 친정 식구가 서로 얼굴을 마주하고, 그 자리에서 친정 대표가 남편의 건강과 번영을 위해 건배를 드는 것입니다. 그러면 남편이 자신의 의견을 피력할 기회도 생기는 것이죠."

"여보," 미코버 씨는 약간 열을 올리고 말했다. "그렇다면 나도 분명히 말해 두어야겠는데, 내가 그 자리에 모인 사람들에게 의견을 말한다면 아무래도 그들의 기분을 상하게 할 것 같소. 아무튼 당신 친정 사람들은 전체적으로 무례한 속물들이며, 개인적으로도 순 악당들이오."

"그렇지 않아요. 당신은 그들에 대해서 아무것도 모르고, 그들도 당신을 모를 뿐이에요." 미코버 부인은 세차게 고개를 저었다.

미코버 씨는 헛기침을 했다.

"그래요, 그 사람들은 당신에 대해서 아무것도 몰라요. 이해하기 어려울 수도 있죠. 하지만 그렇다면 그건 그 사람들의 불행이에요. 참 딱해요."

"이거 정말 미안하오, 에마." 미코버 씨도 조금 누그러졌다. "무심코 심한 말을 했소. 내가 말하고 싶은 것은 당신 친정 식구들이 와서 호의를 보여주지 않더라도 조용히 떠나는 것이 훨씬 좋소. 요컨대, 그렇게 요상하게 불쑥 끼어드느니보다는 현재 내가 갖고 있는 자극만으로 영국을 떠나고 싶소. 그러나 동시에 여보, 만일 그들이 당신 편지에 답장을 보내오기라도 한다면—우리 부부의 경험으로 보아 그런 일이 있을 것 같지는 않지만—당신의 소망을 방해할 생각은 추호도 없소."

일단 원만하게 해결되자 미코버 씨는 부인에게 그의 한쪽 팔을 내밀고, 트래들스 앞의 책상 위에 산처럼 쌓여 있는 장부와 서류를 한번 보고는 '저희들은 이만 실례합니다'라고 정색을 하고 나갔다.

"코퍼필드," 트래들스는 두 사람이 나가자 의자에 기대앉으며, 감동한 탓에 눈이 충혈되고 머리털을 곤두세우고서 나를 보며 말했다. "한 가지 부탁이 있네. 딱히 양해를 구하진 않겠어. 이 문제는 자네도 아주 흥미로울 테고, 재미도 있으니까. 아주 지쳐버린 것은 아니겠지?"

"난 문제없어." 나는 잠깐 생각하고 대답했다. "우린 다른 누구보다도 대고모님을 생각해야 해. 대고모님께선 정말 고생이 많으셨어."

"그럼, 그렇고말고!" 트래들스는 대답했다. "내가 그것을 모를 리 있겠나?"

"그런데 그뿐만이 아니야." 나는 말했다. "대고모님은 지난 두 주일 동안 새로운 골칫거리에 시달리며 매일 런던을 드나들고 계셔. 아침 일찍 떠나서 밤 늦게야 돌아오신 날도 몇 차례나 있었지. 트래들스, 어제는 이번 여행을 앞두고도 한밤중에 돌아오셨어. 대고모님께서 남을 생각하시는 마음이 어떻다는 것은 자네도 알지? 그런데도 어떤 걱정거리인지 결코 내게 말씀하시려 하지 않아."

대고모는 창백해지며 얼굴을 찌푸리고 내 말이 끝날 때까지 가만히 앉아 듣고 있었다. 그러면서 난데없는 눈물이 두 볼을 타고 흘러내렸다. 대고모가 내 손을 꼭 잡았다.

"아무 일도 아니다, 트롯, 아무 일도 아니야. 이제 다 끝난 일이니까, 차차 알려주마. 자, 아그네스, 이 일이나 열심히 합시다."

"미코버 씨에 대해서는, 저는 이 말만은 꼭 해야 한다고 생각합니다." 트래들스가 시작했다. "그분은 자신의 이득을 위해서는 아무것도 한 게 없는 것 같지만, 일단 남을 위해서 일할 때는 정말 지칠 줄 모르는 사람입니다. 저는 그런 사람을 본 적이 없습니다. 만약 그가 언제나 그런 식으로 해나간다면, 지금쯤 2백 살쯤 되어 있을 것입니다. 그가 끊임없이 열중해온 그 정열, 밤낮으로 서류와 장부에 몰두한 그 미친 듯한 정열로 말할 것 같으면, 그가 이 집과 위크필드 씨 댁 사이의 연락용으로 쓴 수많은 편지—그는 나와 책상을 마주하고 있어도 편지를 써서 보낸다니까요—그 막대한 편지는 말하지 않더라도, 정말 예사로운 것이 아니었습니다. 특히 이 마지막 편지는 직접 말하는 게 훨씬 빠른데 말이에요!"

"편지라고요?" 대고모는 말했다. "그야 그분은 꿈까지 편지로 보겠지요!"

"그리고 딕 씨도 말입니다." 트래들스는 말했다. "정말 훌륭하십니다! 우라이아 힙의 감시도 더할 나위 없이 잘해 주셨습니다만, 그 일이 끝나기가 바쁘게 위크필드 씨를 보살피는 일에 열중하셨죠! 아무튼 우리가 하고 있는 조사에 진정으로 도움이 되려고 아주 열심이세요! 발췌를 하고, 베껴 쓰고, 물건을 이리저리 옮기는 허드렛일까지 너무 잘해주셔서 정말 커다란 격려가 되었습니다."

"딕은 정말 훌륭한 사람이에요." 대고모가 말했다. "난 늘 그렇게 말해 왔지요, 트롯, 너는 알고 있지?"

"그리고 미스 위크필드." 트래들스는 진지하면서도 조심스럽게 말을 이었다. "기쁘게도 아가씨가 안 계시는 동안 위크필드 씨의 건강이 눈에 띄게 좋아지셨습니다. 오랫동안 마음속에 달라붙어 있던 끔찍한 악몽과 끊임없이 벌벌 떨던 그 무서운 걱정을 털어버리고 나니, 같은 분이라고 생각되지 않을 정도입니다. 이번 사건의 요점에 대하여 여러 모로 기억을 떠올리고 증언해 주시는 일은 기대할 수 없다고 생각했는데 그 기억력과 집중력까지도 거의 회복이 되어서, 그분이 없으면 불가능까지는 아니더라도 정말 어렵다고 생각했던 많은 일들이 뚜렷하게 드러났습니다. 그러나 저는, 이런 제가 발견한 유리한 조건이나 영원히 몰랐을 일들만 장황하게 늘어놓을 게 아니라 우선 결과부터 보고해야겠지요. 그런데 그것은 아주 간단해요—"

그러나 그의 자연스럽고 호감이 가는 순박한 태도로 보아, 그는 우리의 힘을 북돋아주고 아그네스에게는 더욱 자신감을 가지고 그녀의 아버지 이야기를 들을 수 있도록 일부러 그렇게 말한 것이 분명했으므로, 조금도 불쾌하지는 않았다.

"그런데 뭐랄까," 트래들스는 책상 위의 서류를 뒤적이며 말했다. "먼저 우리의 자금을 계산하고, 이어서, 첫째로 고의가 아닌 혼란과, 둘째로는 엄청나게 많은 고의적인 혼란과 위조를 정리해 보니, 위크필드 씨께서는 이대로 법률사무소 및 대리위임 업무를 그만두셔도 결손과 위탁금 횡령은 한 푼도 발생하지 않는다는 것이 확실해졌습니다."

"오, 고마워라!" 아그네스는 열렬히 외쳤다.

"그러나," 트래들스는 말했다. "그분의 생활비로 남는 것은—집은 팔 것으로 생각하고 말씀드립니다만—몇 백 파운드를 넘지 않을 것입니다. 그러니, 미스 위크필드, 아버님께서 오랫동안 해 오셨던 그 소유재산 대리 일을 그대로 계속하실지 어떨지 하는 것을 잘 생각해 보시는 것이 좋을 것입니다. 앞으로는 아버님의 친구분들이 조언을 할 것이고, 이제 아버님께선 자유로우시니까요. 미스 위크필드도 계시고—코퍼필드도 있고—저도 있으니—"

"저도 그것은 생각해 보았어요, 트롯우드." 아그네스는 나를 보며 말했다. "그러나 역시 그럴 수는 없고 또 그래서는 안 된다고 생각해요. 제가 정말 고맙게 여기고 있고, 또 큰 신세를 진 친구의 권유가 있어도 말이에요."

"딱히 권하는 것은 아닙니다." 트래들스는 말했다. "다만 말씀드려 두는 것이 옳다고 생각했을 뿐입니다. 그뿐입니다."

"그렇게 말씀해 주시니, 저는 더욱 기뻐요." 아그네스는 차분히 대답했다. "저희 모두가 같은 생각을 하고 있다는 것이 제게 큰 희망과 확신을 주니까요. 트래들스 씨, 트롯우드, 아빠께서 자유의 몸이 되셨으니 저는 더 바랄 게 없어요! 저는 늘 열망해왔어요. 만일 그 올가미에서 아빠가 풀려나실 수만 있다면, 조금이라도 은혜를 갚기 위해 노력하고 제 평생을 아빠께 바치겠다고요. 이 몇 년 동안 그것만이 저의 가장 큰 소망이었어요. 그리고 우리 부녀의 장래를 이 한 몸이 맡는 것은 아빠의 무거운 짐을 풀어드리는 것, 다음 가는 행복이에요."

"그 방법도 생각해 본 적이 있나요, 아그네스?"

"언제나요! 저는 염려하지 않아요, 트롯우드. 꼭 잘해낼 거예요. 여기서는 아는 사람들도 많고, 그들은 모두 제게 호의를 갖고 계세요. 그러니 저는 자신 있어요. 저희는 많은 돈이 필요치 않은, 정든 낡은 집을 세놓고 학교라도 경영하면 저도 제법 쓸모 있고, 즐거울 테니까요."

그녀의 기운찬 목소리에 담긴 차분한 정열은 그 정든 옛 집과 나의 쓸쓸한 집을 내 눈앞에 또렷하게 되살려놓았으므로 나는 가슴이 벅차서 아무 말도 하지 못했다. 트래들스는 바삐 서류를 들여다보는 체했다.

"다음은 미스 트롯우드," 트래들스는 말했다. "마님의 재산에 관한 얘기입니다만."

"글쎄요." 대고모는 한숨을 쉬었다. "그 문제에 대해서 한마디 하자면, 만일 그것이 다 없어져버렸다 해도 나는 신경쓰지 않을 것이고, 조금이라도 남아 있다면 기꺼이 돌려받겠소."

"그것이 처음에는 콘솔 공채*²로 8천 파운드였지요?"

"그래요!"

"도무지 계산이 맞지 않는데, 5—" 트래들스는 당황한 얼굴로 말했다.

"천 말씀인가요? 아니면, 그냥 파운드인가요?" 대고모는 이상하리만큼 침착하게 물었다.

"5천 파운드입니다. 그 이상은 어떻게 되었는지 모르겠습니다." 트래들스는 말했다.

"그곳에 있었던 것은 그게 전부입니다." 대고모는 응답했다. "3천은 내가 팔아버렸죠. 1천은 네 도제 계약금으로 냈다, 트롯. 2천은 내가 지금 가지고 있어요. 나머지를 전부 잃어버렸을 때, 그 금액에 대해서는 말하지 말고, 만일의 경우에 대비해서 몰래 가지고 있는 것이 현명하다고 생각했던 거요. 네가 그 시련을 어떻게 이겨내나 보고 싶었단다, 트롯. 넌 정말 훌륭하게 이겨냈지. 참을성 있게, 스스로를 의지하고 자제하면서! 딕도 그랬지. 더 이상 아무 말도 말아요, 참을 수 없이 슬퍼지니까요!"

팔짱을 끼고 똑바로 앉아 있는 대고모의 모습을 보면 아무도 그럴 것이라고는 생각할 수 없었지만, 사실은 놀라운 자제력을 발휘하고 있었던 것이다.

"그렇다면, 기쁘군요." 트래들스는 기뻐서 싱글벙글하면서 말했다. "돈을 모두 되찾게 되었으니까요!"

"축하한다는 말은 하지 말아요, 누구든!" 대고모가 외쳤다. "그런데 어째서 그렇죠?"

"마님께선 위크필드 씨가 횡령한 것으로 믿으셨죠?" 트래들스는 말했다.

"물론이죠." 대고모는 말했다. "그래서 난 입을 다물어 버렸는걸요. 아그네스, 아무 말도 하지 말아요!"

"확실히 누가 팔긴 했지요." 트래들스는 말했다. "마님에게서 받은 위임권을 이용해서요. 하지만 누가 팔았고, 누구의 서명으로 팔았는지는 새삼 말씀드릴 필요도 없습니다. 게다가 그 악당은 나중에 위크필드 씨에게 이렇게 말했습니

---

*2 1751년 영국 정부가 발행한 3부 이자를 붙인 정리 공채.

다. (계산에 의해서 밝혀졌습니다.) 다른 결손이나 곤란한 일이 겉에 드러나지 않도록 자기가 그 돈을 가지고 있다고 거짓말까지 한 것입니다. 게다가 독단이 아니라 지시에 따라서 했다고 말했습니다. 이리하여 위크필드 씨는 그 뒤로 실제로는 있지도 않는 원금에 대한 이자를 때마다 마님께 낼 수 없었으므로, 불행하게도 그 사기의 공범이 된 것입니다."

"그래서 그분이 책임을 뒤집어쓴 것이군요." 대고모는 말했다. "언젠가 이상한 편지를 보내셨어요. 자기는 도둑놈이라는 둥, 전대미문의 악한이라는 둥 자신을 나무라는 글을 써서 보내셨지요. 그래서 나는 어느 날 아침 일찍 그분을 찾아갔어요. 양초를 가져오게 해서 그 편지를 불태우고 나와 당신 사이를 그 전처럼 되돌려놓아 주시든지, 그럴 수 없으면 따님을 위해 당신 가슴속에만 간직해 달라고 말했지요. 다들 아직도 내게 할 말이 남았습니까? 말한다면 난 이 집에서 나가버리겠어요!"

우리는 모두 조용히 있었고, 아그네스는 얼굴을 가렸다.

"그런데, 트래들스 씨," 잠깐 사이를 두었다가 대고모는 말했다. "정말로 그 녀석으로부터 그 돈을 되찾았다는 말인가요?"

"사실은," 트래들스는 응답했다. "미코버 씨가 놈을 꼼짝 못하게 완전히 가두어두고, 이런 수법이 듣지 않으면 저런 수법으로 얼마든지 새 수단을 쓰도록 준비해 두어서 놈도 도망칠 수 없었던 것입니다. 크게 주목할 만한 일은, 그놈의 욕심도 보통은 아니었지만 그보다는 코퍼필드에 대한 증오심 때문에 그 돈을 쥐고 있었던 것으로 생각됩니다. 그놈이 제게 분명히 말했습니다. 코퍼필드를 방해하거나 해칠 수만 있다면 자기는 얼마든지 그 돈을 썼을 것이라고 했어요."

대고모는 생각에 잠긴 듯이 이맛살을 찌푸리고 아그네스를 보며 말했다. "그래서 그 녀석은 어떻게 됐어요?"

"모릅니다. 아무튼 여기서는 떠났습니다." 트래들스가 말했다. "어머니와 함께요. 놈의 어머니는 처음부터 끝까지 내내 울고 아우성치고, 애원하고, 사실을 털어놓기도 하며 아주 난리였습니다. 아무튼 모자는 런던행 야간 역마차를 타고 떠났고, 그 뒤로는 저도 모릅니다. 다만 놈이 떠날 때 저에 대한 적개심으로 들끓었는데, 놈은 저를 미코버 씨와 마찬가지로 원수라고 생각하는 모양이었습니다. 저는 아주 영광이라고 대꾸해 주었지요."

"놈이 돈을 좀 가지고 있다고 생각하나, 트래들스?" 나는 물었다.

"아, 그럼. 가지고 있겠지." 그는 고개를 끄덕이며 진지하게 대답했다. "그렁저렁해서 놈은 꽤 많은 돈을 주머니에 챙겼을 것이 틀림없어. 그러나 만약 네가 앞으로 놈의 행적을 주목할 기회가 있다면, 코퍼필드, 놈은 돈이 있어도 나쁜 짓을 하리라는 것을 알게 될 거야. 놈은 위선의 화신이어서 어떠한 목적을 추구하든 비틀린 방법으로 추구할 것이 분명해. 놈이 평생 숨겨온 본성의 유일한 배출구가 바로 악행이니까. 놈은 언제나 하찮은 목표를 향해 땅바닥을 기어다니므로, 자기 길을 방해하는 것은 무엇이든 늘 확대해서 보지. 따라서 이쪽에서는 나쁜 뜻이 전혀 없어도 그와 그 목적 사이에 들어가면 그 즉시 증오와 의심의 대상이 된단 말이야. 그래서 대단치도 않은 이유로 또는 아무런 이유도 없이, 언제든지 그 비틀린 성미는 더욱 비틀어져버리고 말지. 그 점은 여기서 놈이 한 짓을 생각해 보면 금방 알 수 있을 거야." 트래들스는 말했다.

"그자는 비열한 괴물이야!" 대고모가 말했다.

"글쎄요, 비열한 쪽으로만 마음을 쓰다보면 누구나 비열해질 수 있지 않겠습니까?" 트래들스는 생각에 잠긴 듯이 말했다.

"미코버 씨에 관한 이야긴데." 대고모는 말했다.

"아, 그렇군요," 트래들스는 쾌활하게 말했다. "미코버 씨는 다시 한 번 크게 칭찬해야 합니다. 그분이 그토록 오랫동안 꾹 참고 견디지 않았던들, 우리는 이렇다 할 일을 아무것도 하지 못했을 겁니다. 그분이 입을 다물겠다고만 하면 우라이아 힙과 어떤 유리한 계약이라도 맺을 수 있었다는 것을 생각하면, 미코버 씨는 정말로 정의를 위한 정의를 관철했다고 생각합니다."

"나도 그렇게 생각해." 나는 말했다.

"그렇다면, 그분께 무엇을 드릴 생각인가요?" 대고모가 물었다.

"아 아! 그 이야기를 하기 전에," 트래들스는 약간 당황한 듯이 말했다. "이 어려운 사건에 관하여 법을 끌어들이지 않고 조정을 하기 위해서는—철두철미하게 법을 배제했으니까요—두 가지 점을 생략하는 것이(모든 일을 저 혼자 해낼 수는 없으니까요) 분별 있는 처사가 아닐까 생각했습니다. 첫째로, 미코버 씨가 빌린 금액에 대한 증거로 놈에게 써준 차용증서 따위입니다만—"

"그건 내야겠죠." 대고모는 말했다.

"그건 그렇습니다만, 놈이 언제 절차를 밟을 것인지 또 그것들이 어디에 있는지 전혀 모릅니다." 트래들스는 눈을 크게 뜨고 말했다. "그래서 제 예상으로는, 지금부터 출발할 때까지 미코버 씨는 끊임없이 체포되거나, 강제처분을 당할 것 같습니다."

"그렇다면 이쪽에서도 그때마다 끊임없이 풀려나고 강제처분에서 벗어나도록 손을 써야겠군요." 대고모는 말했다. "그 액수는 모두 얼마지요?"

"손을 써야겠군요. 미코버 씨는 장부에다가 아주 부풀려서 그 거래를—그분은 그것을 거래라고 불렀죠—기재해놓았습니다." 트래들스는 미소 지으며 말했다. "그 금액은 103파운드 5실링으로 되어 있습니다."

"그렇다면 그걸 포함해서 모두 얼마를 드리면 될까요?" 대고모가 말했다. "아그네스, 그 돈의 할당에 대해서는 나중에 우리 둘이서 얘기하면 되겠군요. 얼마면 될까? 5백 파운드면 어떨까?"

그 말에 트래들스와 내가 동시에 참견을 했다. 돈은 소액으로 하되 나머지는 미코버 씨와는 약속하지 말고 우라이아의 청구가 있을 때마다 내면 된다고 말했다. 가족에게는 뱃삯과 이주준비금에다 1백 파운드를 더 보태주고, 이번 선불금을 갚는 데 있어서 미코버 씨와의 약정을 확실하게 기록해두자고 제의했다. 그러한 채무를 지고 있다는 사실을 그가 알고 있는 쪽이 이롭다고 생각했기 때문이다. 그러한 제의에다가 나는 또 페거티 씨라면 믿을 수 있으므로 그에게 미코버 씨의 성격과 이력을 설명해주고, 또 다른 1백 파운드의 입체금을 필요에 따라 자유재량으로 내어주도록 은밀히 맡겨두는 것이 좋을 것이라고 덧붙였다.

미코버 씨에게는 나는 내가 말해도 되는 부분이나 말해 두는 게 낫다고 생각되는 범위 안에서 페거티 씨에 관한 이야기를 해주고, 그분으로 하여금 페거티 씨에 대해 흥미를 갖게 해서 공통되는 이익을 위해서 서로 돕게 하자고 제의했다. 모두 크게 찬성했고, 참고로 얼마 뒤에는 정말로 사이좋게, 서로 도우며 잘 지내게 되었다.

그때 트래들스가 아주 걱정스러운 듯이 대고모를 바라보았으므로, 나는 그가 조금 전에 말한 두 번째 점에 대해 그의 주의를 촉구했다.

"아무래도 그렇게 되지 않을까 무척 걱정스러운데, 내가 아주 아픈 문제를 언급하더라도 너나 대고모님께선 용서해주시겠지, 코퍼필드? 아무튼 다시 떠올려주길 바라네. 미코버 씨가 우라이아의 죄를 폭로했던 그날, 우라이아 힙은 대고모님의, 바깥어른 문제로 어떤 협박 같은 말을 했어."

대고모는 똑바른 자세로 고개를 끄덕이며 동의했다.

"아마도 그건 의미 없는 협박이라고 생각하지만," 트래들스가 말했다.

"그렇지 않아요." 대고모는 대답했다.

"그렇다면, 죄송합니다만, 실제로 그런 분이 계셔서 우라이아가 힘을 행사하고 있단 말인가요?"

"그렇습니다, 트래들스." 대고모가 말했다.

트래들스는 눈에 보이게 시무룩한 표정을 짓더니, 실은 그 문제까지는 손을 대지 못한데다가 우라이아와 얘기한 조건 속에도 들어 있지 않았으므로, 미코버 씨의 채무와 마찬가지로 제외되어 버린 것이다. 놈은 자유이므로, 만일 놈이 우리나 우리 가운데 어떤 사람에게 해를 입히거나 괴로움을 줄 생각만 있다면 꼭 그렇게 할 것이라고 설명했다.

대고모는 계속 조용히 있더니, 끝내 눈물을 흘렸다.

"정말 그렇습니다." 대고모는 말했다. "그런 말씀을 하시다니, 매우 생각이 깊군요."

"저나 코퍼필드가—도움이 될 수 있는 일이 있을까요?" 트래들스는 조용히 물었다.

"없습니다. 정말 고마워요. 트롯, 그건 공연한 협박이야! 자, 미코버 씨 부부를 다시 부르자. 그리고 모두들 내게 아무 말 말아줘요!" 대고모는 옷의 주름을 펴고, 꼿꼿한 자세로 문을 바라보며 앉아 있었다.

"미코버 씨 내외분!" 그들이 들어오자 대고모가 말했다. "오랫동안 나가계시게 해서 정말 죄송합니다. 하지만 우린 여러분의 이주에 대한 이야기를 하고 있었어요. 우리가 합의한 내용을 말씀드리죠."

그 내용을 설명하자 아이들을 비롯한 그 자리에 있던 가족 전원이 아주 기뻐했다. 게다가 미코버 씨는, 모든 어음거래를 개시하는 단계에서의 꼼꼼한 버릇을 역력히 드러내며, 아무리 말려도 약속어음에 붙일 인지를 사러 간다고 힘차게 뛰쳐나가버렸다.

그러나 그의 기쁨에 갑자기 쐐기가 박히고 말았다. 나간 지 채 5분도 되지 않아 집행관에게 붙잡혀 돌아오더니, 폭포처럼 눈물을 흘리며, 이젠 모두 틀렸다고 말하는 것이었다. 우리는 우라이아 힙의 짓이란 것을 알고 있었고, 만반의 준비를 하고 있었으므로 곧 돈을 지급했다. 5분이 채 지나지 않아 미코버 씨는 책상 앞에 앉아서 아주 즐거운 표정으로 인지를 붙이고 있었는데, 그 표정으로 말하면, 그의 성격에 딱 맞는 일과 혼합주를 만들 때만 나타나는 아주 상쾌한 표정이었다. 마치 화가가 그림을 그리고 있을 때처럼 기분 좋게 인지를 붙였다. 살짝 만져보고 옆에서 바라보고, 날짜와 금액을 소중하게 수첩에 옮겨 적고는, 끝나자 마치 걸작이라도 이루어 낸 듯이 뿌듯하게 바라보는 모습이 참으로 볼만했다.

"미코버 씨, 죄송하지만 한 가지 충고를 드리자면," 대고모는 그를 바라보다가 말했다. "그와 같은 일은 앞으로 그만두어야 합니다. 그게 가장 좋아요."

"마님," 미코버 씨는 대답했다. "저도 장래의 새 페이지에는 그와 같은 맹세를 적어두려고 생각했습니다. 집사람이 증인입니다." 미코버 씨는 엄숙하게 말했다. "그리고 아들 윌킨스도요, 불쌍한 이 아비의 생피를 빨아 먹은 독사*³들을 처리하는데 그 주먹을 쓰느니, 차라리 타오르는 불꽃 속에 던져 버리는 쪽이 낫다고 말했습니다!" 그는 매우 감동하여, 어두운 절망의 빛을 띠고 이른바 그 뱀들을 증오스럽게 바라보면서(그러나 아까의 찬탄이 모조리 사라진 것은 아니었다) 깔끔하게 접어 주머니에 넣었다.

이것으로 그날 밤의 일은 끝났다. 우리는 슬픔과 피로로 녹초가 되었으며, 대고모와 나는 다음 날 아침 런던으로 돌아가기로 했다. 미코버 씨 가족은 가재도구를 고물상에 팔아넘긴 다음 우리를 뒤따라오기로 했고, 위크필드 씨의 일은 트래들스의 지휘 아래 되도록 빨리 해결할 것, 아그네스는 그러한 일들을 정리하는 동안 런던에 와 있는 것이 좋다는 것 따위가 결정되었다. 우리는 그 그리운 옛집에 묵었는데, 힙 모자가 사라지자 어쩐지 집 전체가 소독된 것만 같아서, 나는 나의 옛 방에서, 마치 정처 없이 떠돌다가 돌아온 사람처럼 곯아떨어졌다.

우리는 이튿날—내 집이 아니라—대고모의 집으로 돌아왔다. 그리고 옛날처럼 대고모와 나, 둘만 남자 대고모가 말했다. "트롯, 내가 요즘 무슨 생각을 하고 있는지 정말 알고 싶으냐?"

"물론이지요, 대고모님. 제가 나누어 가질 수 없는 슬픔과 근심을 대고모님

---

*3 인지, 서류 같은 법률에 관한 일을 혐오하여 독사에 비유했다.

께서 가지지 말았으면 하는데, 지금은 특히 그렇습니다."

"너도 정말 많은 슬픔을 겪었어." 대고모는 자애롭게 말했다. "나의 이 작은 불행 따위를 보태지 않더라도 말이다. 트롯, 내가 네게 털어놓지 않은 까닭은 그것뿐이란다."

"그건 잘 압니다. 하지만 제게 말씀해 주세요."

"그럼 내일 아침 나와 함께 잠깐 마차로 외출하지 않겠니?" 대고모는 물었다.

"나가고말고요."

"그럼 아홉 시에. 그때 얘기해주마."

아침 아홉 시에 우리는 마차를 타고 런던으로 갔다. 오랫동안 거리를 달려 어떤 큰 병원에 닿았다. 병원 바로 옆에는 초라한 영구마차 한 대가 서 있었다. 그 마차의 마부가 대고모를 알아보고, 대고모가 창가에서 손짓하는 대로 천천히 마차를 몰고 떠났다. 우리도 그 뒤를 따랐다.

"너도 인제 알겠지, 트롯? 그이는 돌아가셨단다!"

"이 병원에서 돌아가셨나요?"

"그래."

대고모는 꼼짝도 않고 내 곁에 앉아 있었으나, 또다시 눈물이 뚝뚝 떨어지는 것을 나는 보았다.

"그이는 전에도 한 번 입원했던 적이 있어." 얼마 뒤 대고모가 말했다. "오랫동안 앓았지. 지난 몇 해 동안 몸이 엉망으로 망가져버렸어. 이번 병환으로는 더 이상 가망이 없다는 것을 알자 나를 부른 거란다. 이번에는 아주 미안해하면서."

"그래서 대고모님께선 가셨지요?"

"갔었지. 그 뒤로는 오랫동안 옆에 붙어 있었단다."

"우리가 캔터베리에 가기 전날 밤에 돌아가셨군요?"

대고모는 고개를 끄덕였다. "이젠 그 누구도 그이를 해칠 수는 없어." 대고모는 말했다. "그러니 그것은 공연한 협박이었단다."

마차는 시내를 벗어나 혼지에 있는 묘지에 닿았다. "시내에 있는 것보다는 여기가 더 좋지." 대고모는 말했다. "그이는 여기서 태어났거든."

우리는 마차에서 내려서 한구석으로 그 초라한 관을 따라갔다. 거기서 장례식이 거행되었다.

"36년 전 오늘," 마차가 있는 곳으로 돌아오면서 대고모는 말했다. "우린 결혼했었단다. 신이여, 용서하소서."

우리는 말없이 자리에 앉았다. 대고모는 내 손을 잡고 오랫동안 내 곁에 그대로 앉아 있었다. 그러다가 갑자기 큰 소리로 울음을 터뜨리며 말했다. "나와 결혼했을 때만 해도 그이는 풍채가 좋은 분이었단다, 트롯—그런데 저렇게 애처로울 정도로 변해버린 거야!"

그것은 오래 이어지지는 않았다. 대고모는 눈물을 흘리고 나니 마음이 후련해졌다며 쾌활해지기까지 했다.

우리가 하이게이트에 있는 대고모의 집으로 돌아오니, 아침 우편으로 배달된 다음과 같은 미코버 씨의 짧은 편지가 있었다.

캔터베리에서 금요일.

마님과 코퍼필드 씨에게

요즘 지평선 위로 아련히 모습을 드러내고 있는 아름다운 희망의 땅이, 또다시 깊은 안개에 싸여 운명이 완전히 밀폐된 방랑자의 눈앞에서 영원히 사라져버렸습니다!

힙 대 미코버의 또 다른 소송 사건에 대하여, 웨스트민스터에 있는 채무재판소에서 또 다른 영장이 발급되어, 피고는 해당 관할 구역 내에서 사법권을 가지고 있는 집행관에게 체포되어 있습니다.

지금이야말로 그날, 때는 지금,
전운(戰雲)은 깊게 드리워지고,
아, 엄중한 적군—
쇠사슬과 노예의 치욕![4]

저는 지금 쇠사슬과 노예의 운명을 짊어지고 파멸을 향해 달리는 비참한 신세가 되었습니다. 자고로 정신적인 고통이란 어떤 한계점을 넘어서면 참기 어려운 것인데, 제가 지금 그 한계점에 닿아 있습니다. 저의 종말이 가까워

---

[4] 영국 시인 로버트 번스가 쓴 전쟁에 대한 시의 한 소절.

지고 있는 것입니다. 아, 슬프도다! 눈물에 젖어서든 호기심에서든, 이 도시의 채무자들에게 할당된 감금된 생활을 해야 할 곳으로 찾아 떠나야 할 한 나그네는, 그가 벽에다 녹슨 못으로 새겨놓은 아래의 문자를 보고 혹시라도 감개에 잠길지도 모르겠습니다. 아니, 그러기를 바랍니다.

머리글자조차 알아볼 수 없는 사람
W. M

추신. 우리의 친구 토머스 트래들스 씨, 미스 트롯우드, 두 분의 명의로 위의 채무와 모든 경비를 지불해 주셔서, 저와 가족들은 아주 건강하게 있다는 것을 말씀드리는 바입니다. 트래들스 씨는 아직도 그곳에 머물러 계시지만 아주 무탈하십니다.

55장
폭풍우

나는 지금 중대한 사건을 향해 다가가고 있다. 나로서는 도저히 잊을 수 없는 무시무시한 사건이며, 지금까지의 모든 일들과 헤아릴 수 없이 많은 인연으로 얽혀 있어서, 애당초 이 이야기의 발단에서부터 평원에 서 있는 높은 탑처럼 내가 가까이 다가감에 따라 점점 더 커져서, 나의 유년 시절의 여러 사건에까지 예측할 수 있는 그림자를 던지고 있었던 것이다.

그 일이 일어난 뒤 여러 해 동안 나는 가끔 꿈에 그것을 보았다. 깜짝 놀라벌떡 일어나곤 했는데, 고요한 밤이면 그 사건이 또렷하게 되살아나 나의 조용한 방에서 공포가 맹위를 떨치고 있는 것이었다. 지금은 아주 가끔이긴 하지만, 그래도 이따금 생각지도 못한 순간에 그 꿈을 꾼다. 아무튼 폭풍, 아니, 어쩌다 바닷가란 말만 들어도 내 마음에는 무엇보다 먼저 그 사건이 선명하게 떠오르는 것이다. 이제, 그 사건을 그때 일어났던 그대로 쓰고자 한다. 떠올리는 것이 아니다. 그 사건은 언제든 곧바로 눈앞에서 되풀이되므로 지금도 뚜렷하게 눈앞에 나타나 있다.

이민선 출항일이 다가오자 유모 페거티가(처음 만났을 때는 차마 볼 수 없을 정도로 비탄에 잠겨 있었다) 런던으로 왔다. 나는 그녀와, 그녀의 오빠와, 미코버 씨 가족과 늘 함께 있었지만 에밀리는 끝내 만나지 못했다.

출발 시간이 임박한 어느 날 저녁, 나는 페거티 남매와 함께 있었다. 자연히 햄의 이야기가 나왔고, 그녀는 햄이 얼마나 다정하며 얼마나 사나이답고 침착하게 처신하는가를, 특히 가장 괴로울 텐데 가장 잘 참고 있다는 것을 자세히 이야기해주었다. 페거티는 이 이야기를 시작하면 지칠 줄을 몰랐다. 햄과 대부분 같이 지내는 그녀가 풀어놓는 미담에, 말하는 그녀도 열심이었지만 듣는 우리도 정신없이 빠져들었다.

대고모와 나는 하이게이트에 있는 두 채의 집을 팔기 위하여 내놓았다. 나는 외국에 가기로 되어 있었고, 대고모는 도버의 집으로 돌아가기로 했기 때문이었다. 우리는 코벤트 가든에 임시로 묵고 있었다. 그날 밤에도 이야기를 마치고 집으로 돌아오면서, 지난번 야머스에 갔을 때 햄과 주고받은 이야기를 생각하는 사이에, 배에서 에밀리의 아저씨와 헤어질 때 그녀에게 편지를 전해 주려 했던 당초의 생각을 바꾸어 지금 쓰는 것이 좋겠다는 결론을 내렸다. 그러면 그녀도 내 편지를 받아 본 다음 내게 부탁하여 그녀의 그 불행한 애인에게 작별의 말이라도 전하고 싶어하지나 않을까 하는 생각이 들었기 때문이었다. 아무튼 기회만이라도 줘야 한다고 생각했던 것이다.

나는 잠자리에 들기 전에 그녀에게 편지를 썼다. 그를 만났다는 것과 햄이 그녀에게 전해 달라고 했던 것 따위를 적었다. 단지 그것만을 전하고, 따로 무언가를 채울 필요는(그럴 권리가 나에게 있다 하더라도) 없었다. 그 변함없는 사랑과 상냥한 마음은 나나 다른 사람이 윤색해도 좋은 것이 아니었다. 그 편지를 그녀에게 전해 달라고 페거티 씨에게 부탁하는 글을 한 줄 더 적은 다음, 아침에 도착하도록 편지를 부치고 동이 틀 무렵에 잠자리에 들었다.

나는 그 무렵 내가 알고 있던 것 이상으로 몸이 쇠약해 있었다. 날이 밝아올 때까지 잠을 이루지 못하고, 이튿날은 늦게까지 잤지만 기분은 조금도 좋아지지 않았다. 대고모가 말없이 내 침대 곁에 서 있는 기색에 나는 잠이 깼다.

"트롯," 눈을 뜨자 대고모가 말했다. "너를 깨우고 싶진 않았지만, 페거티 씨가 와 계시단다. 올라오시게 할까?"

네, 하고 내가 대답하자 그가 곧 나타났다.

"데이비 도련님," 악수를 마치자 그가 말했다. "도련님의 편지를 에밀리에게 전해주었더니, 그 애가 이 편지를 써주더군요. 도련님께서 읽어 보시고, 아무 탈이 없다고 생각하시면 그쪽에 보내주시도록 도련님에게 부탁해 달라고 했습니다."

"페거티 씨도 읽어 보셨나요?"

그는 슬픔에 젖은 눈으로 고개를 끄덕였다. 나는 편지를 펴서 읽었다. 그것은 다음과 같았다.

보내주신 편지 잘 받았습니다. 언제나 제게 베풀어주신 너그럽고 고마우신 친절에 대해, 뭐라고 감사의 말씀을 드려야 할지요!

모든 말씀은, 제 마음에 깊이 새겨두겠습니다. 죽는 날까지 잊지 않을 것입니다. 제게는 그 말씀이 날카로운 가시와 같사오나, 큰 즐거움이며 위안이기도 합니다. 편지를 읽으면서 아, 몇 번이나 기도를 올렸는지 모릅니다! 당신이 어떤 분이시고 아저씨께서 어떤 분이시라는 것을 생각하면, 저는 하느님의 자애를 사무치게 느끼고 그분께 울며 매달렸습니다!

영원토록 안녕히 계십시오. 그립고 그리운 당신, 이 세상에서의 영원한 작별입니다. 저 같은 인간도 용서받을 수 있다면 저세상에서, 다시 태어나서 당신 곁으로 가겠습니다. 마음을 다하여 진심으로 감사와 축복을 드립니다. 그럼 안녕, 영원히.

이것이 눈물로 얼룩진 편지였다.

"도련님께서는 아무런 문제가 없으니 상대에게 꼭 전하겠다는 말을 에밀리에게 해도 좋겠는지요, 데이비 도련님?"

"물론입니다. 그러나 제 생각으로는—"

"뭔데요, 도련님?"

"저는 다시 야머스에 다녀오려고 생각하고 있습니다. 아직은 배가 떠나기 전에 다녀올 만한 시간이 충분히 있으니까요. 나는 쓸쓸히 혼자 있을 햄이 늘 마음에 걸린답니다. 지금 이 편지를 건네주면 배가 떠나기 전에 당신이 그 편지를 햄이 받았다는 말을 에밀리에게 해줄 수도 있고, 그것이 그들 두 사람에게 두루 좋을 것입니다. 나는 햄의 부탁을 진심으로 받아들였어요. 그러니 이 일은 아무리 만전을 기해도 충분하다고 할 수 없어요. 먼 길 따위는 조금도 대수롭지 않아요. 어차피 가만히 있지 못하는 성미이니 오히려 움직이는 게 나을 수도 있고요. 오늘 밤에 가겠어요."

그는 나를 가지 못하게 하려고 애썼지만, 애당초 나와 같은 생각이라는 것을 알았다. 확인하려고 마음만 먹었다면 바로 알 수 있었을 것이다. 그는 내 부탁을 받고 역마차 사무실에 가서 마부석 옆자리를 잡아주었다. 그날 저녁 그 마차를 타고 이제까지 수많은 우여곡절을 겪으며 다녔던 그 길을 다시 밟았다.

런던을 떠나 첫 번째 역에 다다랐을 때 나는 마부에게 물었다. "어떻소, 심상찮은 날씨가 아니오? 이런 하늘을 본 적이 없어요."

"저도 그렇습니다—이런 묘한 하늘은 처음이에요." 그는 대답했다. "손님, 바람이 붑니다. 머지않아 바다에서는 사고가 일어날 것 같아요."

먹을 뿌린 듯한 새카만 하늘은 젖은 장작에서 나는 연기와도 같은 색의 먹구름으로 여기저기 얼룩져 있었다. 어수선한 구름 덩어리가 하늘 높이 무시무시한 기세로 솟구쳐 올랐는데, 그것들의 높이는 지상에 있는 가장 깊은 구덩이의 맨 밑바닥에 이르는 깊이보다 더 멀어 보였다. 그 구름 사이로 성난 듯한 달이, 자연의 무시무시한 이변에 놀라 길을 잃고 곤두박질을 치는 것 같았다. 바람은 온종일 엄청나게 큰 소리를 내며 거세게 불고 있었는데, 이 무렵에는 이상한 신음까지 내며 휘몰아쳤다. 한 시간이 더 지나자, 하늘은 더욱더 캄캄해졌고 바람도 미친 듯이 날뛰었다.

밤이 깊어가면서 구름에 새카만 하늘을 에워싸고 바람이 점점 더 거세져서 우리의 말들로는 바람에 맞서 앞으로 나갈 수가 없었다. 아직 9월이라 밤이 짧지도 않았지만, 새카만 어둠 속에서 선두의 말들은 몇 번이고 방향을 바꾸기도 하고 급정거를 하기도 했다. 우리는 마차가 뒤집히지나 않을까 하고 진심으로 걱정하기 시작했다. 이따금 세찬 소나기가 마치 강철로 된 비처럼 바람을 타고 옆으로 내리쳤다. 이럴 때는 나무 밑이든 담장 옆이든 숨을 곳만 있으면 곧바로 달려들었다. 이런 빗속을 뚫고 나아가기란 생각도 할 수 없는 일이었다.

동이 트자 바람은 점점 거세게 불었다. 뱃사람들이 곧잘 대포 바람이라고 부르는 그런 날의 야머스에도 있어 보았지만 이런 바람은 처음이었다. 오후 늦게 우리는 입스위치에 닿았다. 런던을 10마일을 달린 뒤로는 한 걸음 한 걸음 옮기는 것조차 여간 고되지 않았던 것이다. 시장에 가보니 굴뚝이 무너진 줄 알고 밤중에 일어난 사람들이 아직도 모여 있었다. 우리가 말을 바꾸고 있는 동안, 여인숙 안뜰에 모인 사람들 가운데는, 높다란 교회 탑에서 여러 장의 함석지붕이 벗겨져서 뒷골목에 내리꽂히는 바람에 골목길이 막혔다고 말하는 사람도 있었다. 인근 마을에서 온 사람들의 말에 의하면, 큰 나무들이 뿌리째 뽑혀 넘어지고 쌓아 놓은 볏가리는 온 길과 들판에 흩어져 있다는 것이었다. 그래도 바람은 기세를 늦추지 않고 점점 더 거세게 불었다.

바닷가 쪽에서는 바람이 정면으로 불어왔으므로 우리가 다가감에 따라 그 기세는 점점 더 무시무시해졌다. 바다가 보이기 훨씬 이전부터 물보라가 우리

입술을 적셨고, 몸에는 소금비가 쏟아졌다. 야머스 근처의 저지대는 수마일에 걸쳐 물에 잠겼고 홍수가 둑을 후려치면서 부서진 작은 파도가 우리 쪽으로 사납게 밀어닥쳤다. 마침내 바다가 보이는 곳까지 오자, 용솟음치는 파도 사이로 보이는 수평선 위의 높은 파도는, 마치 어느 피안 도시의 높은 탑과 건물처럼 보였다. 겨우 시내에 닿으니, 사람들은 모두 몸을 비스듬히 기울이고 머리칼을 흩날리며 문간에 나와 서서 이런 밤에 용케도 우편마차가 왔다고 신기하게 여겼다.

나는 언제나 묵는 여인숙에 투숙하고, 일단 바다를 보러 나갔다. 비틀거리며 거리를 거닐었는데, 그곳은 모래며 해초며 날려온 바다 거품으로 엉망이 되어 있었다. 떨어지는 슬레이트와 기와도 걱정이었다. 바람이 거센 길모퉁이에서는 느닷없이 지나가던 사람에게 붙잡히기도 했다. 바닷가에 더 가까이 다가가자 뱃사람들뿐만 아니라 마을 사람들 절반이 높은 건물들 뒤에 숨어 있었다. 그중에는 때때로 바다를 내다보려고 밖으로 나왔다가는 비틀걸음으로 돌아가려다가 엉뚱한 방향으로 날려가는 사람들도 있었다.

그들 틈에는 울부짖는 아낙네들이 있었다. 남편들이 청어잡이 배나 굴 따는 배를 타고 바다로 나갔는데, 안전한 곳으로 대피하기 전에 침몰했을 가능성이 너무나 컸기 때문이었다. 반백의 늙은 뱃사람들이, 바다와 하늘을 번갈아 보고 고개를 저으며 서로 중얼거리고 있었다. 선주들은 흥분하고 불안해했다. 아이들은 한데 모여서 어른들의 얼굴을 살피고 있다. 건장한 선원들조차 마음이 불안하고 걱정이 되어 적군의 정세를 정탐하듯이 안전한 곳에 숨어서 쌍안경으로 바다를 살펴보고 있었다.

아찔하게 휘몰아치는 바람, 흩날리는 모래와 자갈, 그리고 엄청난 굉음 속에서 겨우 빈틈을 찾아 바다를 내다보았더니, 그 광경이 얼마나 섬뜩한지 심장이 덜컹 내려앉았다. 높이 솟은 바닷물의 벽이 단숨에 덮쳐오는가 싶으면, 곧바로 그 꼭대기부터 부서져 내린다. 가장 작은 것도 이 마을 정도는 충분히 삼킬 수 있을 것 같았다. 그리고 그 파도가 불길한 소리를 내며 물러갈 때면, 대지를 속부터 무너뜨릴 속셈인지, 곳곳에 깊은 구덩이를 파놓고 간다. 머리가 흰 큰 파도가 우렁찬 소리를 내며 밀려오다가 미처 육지에 닿기 전에 서로 부딪혀 산산조각이 나면, 부서진 파도 조각들은 불같이 성을 내며 또 다른 괴물을 만들기 위해 급히 모여들었다. 굽이치는 산더미 같은 파도는 계곡으로 변하고, 계곡은 곧바로 다시 높아져서 산으로 변하며(그리고 이따금 바다제비 한 마리가 파도 사이를 스치며 날고 있었다), 태산 같은 파도가 사납게 소리를 내며 바닷가를 뒤흔들었다. 온갖 파도는 만들어지기가 바쁘게 그 형태와 위치를 바꾸고, 또 다른 파도에 격렬하게 부딪치며 덤벼들었다. 수평선 위에 펼쳐진 환상의 피안에서도 탑과 건물이 솟아오르기 무섭게 무너져 내렸다. 구름은 더욱 빠르고 빽빽해졌으며, 마치 온 천지가 개벽하는 것 같았다.

그런데 어떻게 된 일인지 이 심상치 않은 태풍—이 해안에서는 지금도 유례없는 강풍으로 기억되고 있다—속에 모여든 사람들 가운데 햄을 찾을 수가 없었으므로 나는 그의 집으로 향했다. 그러나 집은 문이 닫혀 있었고, 노크를 해도 대답이 없었다. 나는 뒷길과 골목길을 지나 그가 일하고 있는 조선장으로 갔다. 거기서 나는 그의 기술을 필요로 하는, 매우 긴급하게 배를 수리할 일이 있어서 그가 로스토프트에 갔으며 내일 아침 일찍 돌아온다는 것을 알게 되었다.

나는 여인숙으로 돌아와서 세수를 하고 옷을 갈아입고 누웠으나 잠을 잘 수 없었다. 시간은 아직 오후 5시였다. 여인숙 식당 난롯가에 앉은 지 5분도 지나기 전에 입이 근질근질한 웨이터가 난롯불을 핑계 삼아 이야기를 하려고 들어왔다. 그는 두 척의 석탄선이 몇 마일 떨어진 곳에서 전원을 태운 채로 침몰했으며, 다른 몇 척의 배도 어떻게 해서든 해안에서 떨어져 있으려고 정박소에서 파도와 죽을힘을 다해 싸우고 있다고 전했다. 그는 오늘 밤도 어젯밤과 같다면, 아아, 하느님, 불쌍한 선원들에게 은혜를 베푸시옵소서, 라고 말했다!

나는 우울하고 고독했다. 이러한 때에 햄이 없어서 매우 불안했다. 게다가 사실 요즘에 일어난 여러 사건으로 나는 제법 큰 충격을 받은 것 같았다. 그리고 이틀 동안 사나운 바람을 맞은 것도 타격이 컸다. 나의 사고와 기억은 뒤범벅이 되어 시간과 거리 구별도 할 수가 없었다. 그러므로 지금 거리로 나가서, 분명히 런던에 있다고 알고 있는 사람과 마주쳐도 조금도 이상하지 않았을 것이다. 아무튼 그 점에서, 말하자면 기묘한 마음의 공백이 있었던 것인데, 그러면서도 한편으로는 이 마을에서의 추억이 차례차례 끝없이 떠올랐다. 게다가 그 추억들은 유난히 또렷했다.

이런 상태에서 웨이터로부터 우울한 소식을 듣게 되자, 나는 무의식적으로 햄에 대한 불길한 생각을 하게 되었다. 그가 로웨스토프트에서 배로 돌아오다가 죽는 생각을 멈출 수가 없었다. 그러한 걱정은 점점 커졌으므로 저녁을 먹기 전에 조선장으로 가서 햄이 배를 타고 돌아올 가능성이 조금이라도 있는지를 물어보기로 결심했다. 만약 그렇게 생각할 이유가 조금이라도 있다면, 내가 로웨스토프트로 가서 배에 태우지 않고 직접 햄을 데려올 작정이었다.

나는 서둘러 저녁 식사를 시켜놓고, 조선장으로 되돌아갔다. 서둘러 오기를 잘했다. 조선공이 손에 등불을 들고 조선장 문을 닫는 참이었다. 내가 걱정스럽게 물으니 그는 껄껄 웃으며 그럴 염려는 전혀 없다고 했다. 제정신이든 제정신이 아니든 이렇게 거센 바람 속에서 누가 배를 띄우겠느냐, 하물며 날 때부터 뱃사람인 그 햄 페거티가 그럴 리 있겠느냐고 말했다.

그러고 보니 그런 것은 처음부터 잘 알고 있었는데, 그럼에도 시시한 질문을 해 버린 스스로가 부끄러워 나는 그대로 여인숙으로 돌아왔다. 전대미문의 대폭풍이 있는지 없는지는 몰라도, 만약 있다면 바로 지금 일어나려 하고 있다. 울부짖는 소리와 으르렁거리는 소리, 문과 창문이 흔들리는 느낌, 굴뚝이 우르르 울리는 소리, 집 전체가 흔들리는 소리, 엄청난 파도 소리, 이러한 것들이 오전보다도 더욱 크고 거세졌다. 더구나 지금은 캄캄해져서 폭풍은 사실이든 가상적이든 새로운 공포를 불러일으켰다.

식욕은 전혀 없었다. 가만히 앉아 있을 수도 없었으며, 어떤 일을 침착하게 해나갈 수도 없었다. 마음속에 있는 어떤 것이 바깥 폭풍에 어렴풋이 호응하여, 나의 기억의 깊숙한 곳을 뒤흔들고, 그것을 어지럽혔다. 그렇지만 노호하는 바다와 발맞추어 미친 듯이 달리고 있는 나의 조급한 생각들 속에서—폭풍과 햄에 관한 나의 불안이 늘 맨 앞을 달리고 있었다.

저녁 식사는 거의 손도 대지 않고 되돌려 보냈으므로 한두 잔의 포도주로 기분을 새롭게 하려고 했지만 아무 소용이 없었다. 나는 집 밖의 소란과 내가 있는 집 안을 걱정하며 난로 앞에서 선잠이 들었다. 집 안이나 밖이 모두 무엇이라고 말할 수 없는 새로운 공포에 싸였다. 잠에서 깨자—아니, 오히려 내 몸을 의자에 묶어두고 있는 어떤 무력감을 억지로 떨쳐내자—불가해한 불안과 공포로 온몸이 떨렸다.

나는 일어서서 방 안을 서성거리기도 하고 오래된 지명 사전을 읽어 보려고도 했으며, 그 무시무시한 소리에 귀를 기울여 보기도 했다. 난로의 불꽃 속에 떠오르는 여러 얼굴들이며 경치며 모습들을 바라보았다. 그러는 사이에, 언제나 변함없는 벽에 걸린 시계 소리마저 나를 몹시 괴롭혔으므로 나는 잠을 자기로 결심했다.

여인숙의 몇몇 하인들이, 아침까지 불침번을 서기로 합의했다는 말을 들으니 마음 든든했다. 나는 지칠 대로 지쳐서 잠자리에 들었으나, 눕기가 바쁘게 이러한 생각은 마술에 걸리기라도 한 것처럼 모두 사라지고, 모든 감각이 맑아지면서 잠에서 완전히 깨고 말았다.

바람과 파도 소리에 귀를 기울이면서 나는 몇 시간이나 누워 있기만 했다. 때로는 바다에서 비명이 들리는 것 같기도 하고, 또 때로는 시내에서 집이 쓰러지는 소리가 들리는 것 같았다. 나는 몇 번이나 일어나서 밖을 내다보았다. 그러나 끄지 않고 둔 촛불이 창문 유리에 비치고, 피로에 찌든 내 얼굴만이 바깥의 새카만 어둠 속에서 안을 들여다보고 있을 뿐이었다.

마침내, 나는 초조해서 더 이상 참을 수가 없었으므로 서둘러 옷을 입고 아래층으로 내려갔다. 커다란 부엌에는 베이컨과 새끼로 엮은 양파가 대들보에 매달려 있는 것이 어렴풋이 보였다. 자지 않고 지키고 있는 웨이터들이 일부러 난로 곁에서 문 가까이로 옮긴 식탁 둘레에 각양각색의 모습으로 모여 있었다. 앞치마로 귀를 싸고 가만히 문을 바라보고 있던 예쁜 여성이, 내가 들어가자 유령이라도 본 것처럼 '꺅' 하고 소리를 질렀지만, 다른 사람들은 침착했다. 오히려 하나라도 동료가 늘어난 것을 기뻐했다. 한 남자가 그들이 지금까지 토론하던 문제를 언급하며, 침몰한 석탄선 선원들의 망령이 폭풍 속에 나타난다고 생각하느냐고 내게 물었다.

나는 두어 시간 동안이나 거기에 있었을 것이다. 한번은 안뜰로 이어진 문을 열고 텅 빈 거리를 살펴보기도 했다. 모래와 해초와 물거품이 바람을 타고 엄청난 기세로 날리고 있었다. 나는 다른 사람의 손을 빌려 겨우 문을 닫고, 바람에 밀려 열리지 않도록 단단히 잠갔다.

도로 방에 돌아와 보니 그 쓸쓸한 방은 캄캄한 어둠에 묻혀 있었다. 나는 완전히 지쳐 있었으므로 다시 잠자리에 들어가, 마치 탑이 벼랑 아래로 곤두박질치듯 깊은 잠에 빠져들었다. 나는 오랫동안 어딘가 다른 곳으로 가서 다양한 정경 속을 전전하는 느낌이었지만, 꿈속에서도 바람은 계속 불고 있었다. 그런데 그마저도 현실과의 관련을 모두 잃자, 이번에는 누군지는 모르지만 두 사람의 친한 친구와 함께 포성이 요란한 가운데 어느 도시를 포위하는 작전에 참가하고 있는 것이었다.

그 대포 소리가 너무 크고 그치지 않았으므로 정말 듣고 싶은 것은 아무리 귀를 기울여도 들리지 않았다. 듣기 위하여 안간힘을 썼더니 잠이 깨고 말았다. 이미 날이 완전히 밝았다. 8시나 9시쯤이었다. 포격 대신 폭풍이 몰아치고 있었다. 누군가 내 방문을 두드리며 나를 부르고 있었다.

"무슨 일이오?" 나는 큰 소리로 물었다.

"배가 난파했습니다! 아주 가까이에서요!"

나는 벌떡 일어나서, 어떤 배냐고 물었다.

"과일과 포도주를 싣고, 스페인 아니면 포르투갈에서 온 범선입니다. 보시고 싶으시면 빨리 오십시요, 선생님! 당장에라도 산산조각이 날 것 같아서 바닷가가 아주 소란스럽습니다!"

흥분한 목소리는 계단을 따라 사라졌다. 나도 되도록 빨리 옷을 걸치고 거리로 달려나갔다.

거리는 이미 사람들로 가득했고 모두 일제히 바닷가로 달려가고 있었다. 나도 서둘러 사람들을 앞질러서 같은 방향으로 달려가 곧 사나운 바다를 마주보게 되었다.

이제야 바람이 좀 가라앉았다. 꿈속에서의 포격은 몇 백에 이르는 포문 가운데 겨우 몇 개만 침묵했을 정도였지만, 바다는 밤새도록 사납게 소란을 피웠으므로 지난번에 보았던 것보다 더 무시무시했다. 아무튼 그때는 바다 전체가 하염없이 부풀어 올랐고, 파도의 높이도 이루 말할 수 없었다. 무수한 파도가 서로를 가만히 내려다보다가 서로 밀치락달치락하며 단숨에 몰려오는, 기가 막힌 광경이었다.

바람과 파도 소리 말고는 아무것도 들리지 않았다. 엄청난 인파, 이루 말할 수 없는 혼란, 게다가 바람에 맞서 서 있는 데만도 숨이 막힐 정도의 힘이 들었다. 나는 당황하여 난파선을 찾아보려고 바다를 내다보았으나 거품이 이는 큰 파도만이 보일 뿐이었다. 내 곁에 서 있던 웃통을 벗은 뱃사람이 아무것도 걸치지 않고 팔로 왼쪽을 가리켰다(게다가 문신의 화살까지 같은 쪽을 가리키고 있었다). 세상에, 우리 바로 곁에 난파선이 있었다!

돛대 하나가 갑판에서 6피트 내지 8피트쯤 떨어진 곳에 짤막하게 여러 동강으로 부러져서 배 옆구리에 쓰러져 돛과 밧줄로 어지럽게 뒤엉켜 있었다. 그리고 부서진 모든 것들이 배가 흔들리고 부딪힐 때마다 배 측면을 후려치고 있었다. 이 순간에도 그 부분을 잘라내려는 노력이 이어지고 있었다. 뱃전을 드러내고 기울어 있는 배가 흔들리며 이쪽으로 기울 때마다 선원들이 도끼를 들고 분투하고 있었다. 특히 긴 곱슬머리의 한 사나이가 유달리 활약하는 모습이 눈에 띄었다. 그때 바람과 파도 소리를 압도하는 비명이 바닷가에서 일었다. 순식간에 커다란 파도가 난파선을 덮쳐서 갑판 위의 모든 것을 앗아갔다. 사람이며 둥근 목재며, 통이며 널빤지며, 갑판 양쪽 옆에 마련한 방파벽이며 모든 자질구레한 것들을 모조리 들끓고 있는 파도 속으로 쓸어담았다.

또 다른 돛대는 뒤엉켜 있는 너덜너덜해진 돛과 밧줄을 바람에 펄럭이며서 있었다. 아까 그 뱃사람이 쉰 목소리로 얘기해주기를, 배는 한번 얕은 곳에 한번 부딪친 뒤 떠올랐다가 다시 부딪쳤으며, 얼마 안 있어 선체가 두 동강이 날 것이라고 했다. 듣고 보니 과연 그러했다. 저렇게 맹렬하게 흔들리면 어떤 건조물도 버틸 수 없을 것이며, 그 순간이 머지않았음이 분명했기 때문이다. 또다시 바닷가에서 커다란 비명이 들려왔다. 네 사람이 남아 있는 돛대의 밧줄에 매달린 채 난파선과 함께 물속에서 떠올랐던 것이다. 그 가장 위에는 건강해 보이는 곱슬머리 사내가 밧줄을 단단히 붙잡고 서 있었다.

배 위에는 종이 하나 있었다. 배는 미쳐서 날뛰는 짐승처럼 좌우로 흔들리고 또 앞으로 돌진하기도 하고, 때로는 바닷가 쪽으로 기울며 갑판 전면을 우리에게 드러내 보이기도 하고, 반대로 바다를 향해 기울어서 이쪽에서는 용골말고는 아무것도 보이지 않게 되었다. 그렇게 격렬하게 움직일 때마다 그 종이 울렸다. 마치 이 불행한 사람들을 애도하듯이 바람을 타고 바닷가까지 실려왔다. 배는 보이지 않게 되었다가는 또다시 떠올랐다. 두 사람이 사라졌다. 바닷가의 슬픔은 깊어만 갔다. 남자들은 신음을 내며 두 주먹을 불끈 쥐었고, 여자들은 비명을 지르며 얼굴을 돌렸다. 어떤 사람들은 미친 듯이 바닷가를 이리저리 뛰어다니며 어쩔 도리가 없는데도 도와 달라고 외쳤다. 나도 그들 가운데 한 사람이었다. 남은 두 사람이 우리 눈앞에서 죽는 일이 없도록 해 달라고, 알고 지내는 뱃사람들을 붙잡고 애원했다.

뱃사람들은 기를 쓰며—어떤 식으로였는지는 잘 모르겠지만, 겨우 귀에 들리는 부분도 흥분하여 뜻을 잘 이해할 수 없었다—내게 다음과 같이 설명했다. 즉 사람들이 한 시간 전에 용감하게 구조선에 올라타기는 했지만 속수무

책이었으며, 밧줄을 가지고 헤엄쳐 가서 바닷가와 연결을 시켜 보려고 할 만큼 무모한 사람도 없었으므로 이제는 아무런 방도가 없다는 것이었다. 그때 바닷가에 있는 사람들이 긴장하며 길을 비켜서자, 햄이 앞으로 나왔다.

나는 곧바로 달려가서 도와 달라는 호소를 되풀이했다. 그러나 아무리 새롭고 무서운 광경에 마음이 산란해 있었음에도, 그의 얼굴에 나타난 결의와 바다를 바라보는 그의 눈빛을 보자―잊을 수 없는, 에밀리가 가출을 한 다음 날 아침과 똑같은 눈빛이었다―나는 그 역시 위험하다는 것을 깨달았다. 나는 두 팔로 그를 잡아당겼다. 그리고 조금 전까지 같이 이야기하던 사람들에게 그가 이 모래톱에서 한 발자국도 떠나지 못하게 해 달라고 애원했다!

바닷가에서 또다시 비명이 울렸다. 난파선 쪽을 보니, 펄럭이는 돛이 두 사람 가운데 아래에 매달려 있던 사람을 후려쳐서 물속에 처넣고는 돛대 위에 홀로 매달려 있는 사나이에게 기세피우며 덤벼드는 것이었다. 자세히 보니 그 사내는, 이상한 빨간 모자를 쓰고 있었다―일반 선원들이 쓰는 것보다 색이 좀더 아름다웠다.

이러한 광경과 얼음장 같은 햄의 결의는, 여기에 있는 사람들의 절반의 마음을 이미 움직이고 있었다. 이제 아무리 매달려도 바람에게 간청하는 것이나 마찬가지로 나의 호소는 소용이 없었다. "데이비 도련님," 그는 내 두 손을 힘차게 잡으며 말했다. "만일 저에게 기회가 온다면, 그것이 바로 지금입니다. 도련님도, 여러분도, 건강하십시오! 자, 여러분 준비를 해주시오! 나는 가겠소!"

나는 조금 떨어진 곳으로 억지로 밀려났다. 주위 사람들이 모두 나를 붙잡았다. 나도 당황한 나머지 잘 들을 수 없었지만, 사람들은, 햄은 도와줄 사람이 있든 없든 나아갈 결심이니 그의 출발을 돕고 있는 사람들을 방해하면 그의 안전을 위태롭게 한다고 우겼다. 내가 뭐라고 답했는지 또 그 말에 그들이 뭐라고 답했는지는 모르지만, 바닷가는 매우 분주했다. 햄은 사람들에 둘러싸여서 보이지 않았다. 이윽고 햄이 뱃사람이 입은 저고리와 바지를 입고 손에는 밧줄을 쥐고, 쥐었다기보다는 손목에 밧줄을 걸고 또 다른 밧줄은 몸에 감고 혼자 서 있었다. 그리고 몇몇 힘센 장정들이 조금 떨어진 곳에서 햄이 몸에 감고 있는 밧줄 끝을 잡고 있었다. 햄은 그 밧줄을 모래톱 위 자기 발밑에 느슨하게 풀어놓았다.

나 같은 문외한이 보기에도 난파선은 산산조각으로 부서지고 있었다. 돛대 위에 매달린 외로운 사나이의 목숨은 풀잎에 맺힌 이슬 같았다. 그런데도 그 사나이는 여전히 매달려 있었다. 그 사나이와 발밑의 지옥을 가로막고 있는 몇 장의 널빤지가 크게 흔들리고 부풀어 오르며 죽음의 종이 성급하게 울릴 때마다 그는 돛대를 흔들었다. 지금도 그랬다. 그 동작이, 한때 다정했던 친구의 버릇을 내 마음속에 되살렸으므로, 나는 정말로 미칠 것만 같았다.

뒤에는 숨을 죽인 침묵이 흐르고 앞에는 폭풍이 몰아치고 있는 가운데 햄은 혼자 서서 바다를 지켜보다가 마침내 큰 파도가 밀려가자 자기 몸에 감은 밧줄을 잡고 있는 사람들을 한 번 돌아보더니 밀려가는 파도를 쫓아 뛰어들었다. 처음에는 파도와 싸우다가 산더미만 한 파도와 더불어 치솟아오르고 아래로 떨어져서 물거품 밑으로 사라지더니 다시 육지 쪽으로 끌려왔다. 사람들이 급히 밧줄을 당겼다.

그는 다쳤다. 내가 서 있는 자리에서도 얼굴에 피가 흐르는 것이 보였지만 그는 아랑곳하지 않았다. 그는 자신의 행동이 훨씬 자유롭도록 밧줄을 늦추어 달라고 급히 몇 가지 지시했다. 그가 팔을 움직이는 동작으로 보아 그런 것 같았다. 그러고 나서 그는 또다시 돌진했다.

이번에도 그는 산더미만 한 파도에 실려 치솟아오르기도 하고 파도 골짜기로 떨어지기도 하고 거친 물거품 밑으로 사라지기도 하면서 안간힘을 다하여 용감하게 난파선을 향해 전진했다.

거리는 문제가 되지 않았지만 맹렬한 파도와 바람의 힘 때문에 사투를 벌였다. 마침내 그는 난파선에 다가갔다. 한 번만 더 힘차게 휘젓기만 하면 배에 매달릴 수 있을 만큼 그는 배에 바싹 다가갔다. 때마침 높고 푸른 거대한 파도의 허리께가 배 뒷편에서 바닷가 쪽으로 밀어닥치자 그는 힘껏 뛰어서 파도 속으로 들어가는 것처럼 보였다. 그리고 배는 더 이상 보이지 않았다!

통 한 개가 부서진 것 같은 허약한 파편 몇 개만이, 그 묘지로 서둘러 돌아가려는 것처럼 바다에서 소용돌이치고 있었다. 사람들의 얼굴에 경악의 빛이 감돌았다. 밧줄을 당겨 그를 내 발 밑까지 끌어올렸지만 이미 의식은 없었다. 죽은 것이다. 가장 가까운 집으로 그를 옮겼다. 지금은 나도 누구에게 책망받는 일 없이 그의 곁에 붙어 있었고, 그 사이에 사람들은 온갖 소생 수단을 시도해 보았다. 그러나 결국 그는 엄청난 파도에 부딪혀서 죽었고, 그 너그러운 심장의 고동은 영원히 멈추고 말았다.

희망이 사라지고 모든 것이 끝장이 난 지금 내가 그의 침대 곁에 앉아 있는데, 에밀리와 내가 어렸을 때부터 알고 지내던 한 어부가 문간에서 내 이름을 불러댔다.

"도련님, 잠깐 저쪽으로 와보시지 않겠습니까?" 그가 말했다. 입술은 떨리고, 창백한 얼굴에 눈물이 흘러내렸다.

내 가슴에 되살아난 옛 생각이 그의 얼굴에까지 깃들어 있었다. 내 몸을 받쳐주려고 그가 내민 팔에 기대고 겁에 질려 그에게 물었다.

"시체라도 올라왔나요?"

"네."

"내가 아는 사람인가요?" 그는 아무 대답이 없었다.

그는 묵묵히 나를 바닷가로 데려갔다. 에밀리와 내가 어렸을 때 함께 조개를 줍던 그 바닷가에—간밤의 바람에 날려간 그 낡은 뱃집의 가벼운 부스러기들이 흩어져 있는 그 바닷가에—이를테면 그가 파괴해버린 그 가정의 폐허 속에—스티어포스가 학교에서 자주 보았던 것처럼 한 팔로 머리를 가볍게 괴고 누워 있는 것이었다.

56장
새로운 상처, 오래된 상처

아아, 스티어포스, 마지막 작별의 시간이 될 줄은 추호도 모르고, 지난번에 함께 이야기를 나누었을 때, 너는 '가장 좋은 때의 나를 생각하라!'고 했었지. 말할 필요도 없었는데! 나는 언제나 그렇게 생각해 왔는데, 이 광경을 보고 어떻게 마음을 바꿀 수 있겠는가?

사람들이 들것을 가져와서 그를 싣고, 깃발로 덮고 나서 오두막으로 운반해 갔다. 그를 운반한 사람들은 모두 그를 알고 있었고, 함께 배를 타고 나가 쾌활하고 대담한 그를 본 적도 있었다. 그들은 사납게 울부짖는 바람을 헤치고 죽음의 신이 이미 기다리고 있는 집*¹으로 그를 데리고 갔다.

그러나 들것을 입구에 내려놓고 사람들은 서로 얼굴을 바라보더니 나를 바라보고 수군거렸다. 이유는 나도 알고 있다. 햄과 한 방에다 스티어포스를 안치하는 것은 옳지 않다는 생각들인 것이다.

우리는 시내로 들어가 내 숙소로 유해를 옮겼다. 조금 마음이 가라앉자 나는 사람을 시켜 저램을 불러서는 오늘 밤 안으로 런던에 닿을 수 있도록 마차를 마련해 달라고 부탁했다. 시체를 보살피고 그의 어머니가 아들의 시체를 인수할 준비를 하게 하는 괴로운 임무는 아무래도 내가 맡는 수밖에는 없었으므로, 나는 되도록 충실히 그 임무를 다하려 했다.

시내를 떠날 때 되도록 사람들의 눈에 띄지 않기 위해 나는 일부러 밤에 길을 떠나기로 했다. 그러나 맡은 물건들을 뒤따르게 하고 마차를 타고 안마당을 나온 때가 거의 자정 무렵이었는데도 많은 사람들이 기다리고 있었다. 게다가 거리 곳곳마다, 그리고 큰길로 나온 뒤에도 한동안은 더 많은 사람들의 그림자가 눈에 띄었다. 그러나 이윽고 보이는 것이라고는 살풍경한 밤과 주위

---

*1 햄의 유해가 놓여 있는 곳.

에 펼쳐진 널따란 전원, 그리고 학창 시절 친구의 유해뿐이었다.

온화한 가을날, 대지는 아련한 낙엽 향기로 가득하고, 가지에는 아름다운 색으로 물든 더 많은 잎들이 매달려 있었다. 그 나무들 사이로 환한 햇살이 파고드는 길을 따라 정오쯤 하이게이트에 닿았다. 마지막 1마일 정도는 걸어서 갔다. 가면서, 어떻게 하면 좋은지 생각해 보고 있었기 때문이다. 그리고 밤새 뒤에서 따라온 마차에는 지시가 있을 때까지 기다리라고 말했다.

그 집은 전과 똑같았다. 덧문은 모두 닫혀 있었다. 포장된 어두운 안뜰과 지금은 쓰지 않는 듯한 대문까지 이어진 지붕 덮인 회랑에서도, 살아 있는 인간의 기척은 조금도 느낄 수 없었다. 바람은 완전히 가라앉았으며 움직이는 것이라고는 아무것도 없었다.

처음에는 대문의 초인종을 누를 용기가 나지 않았다. 그런데 초인종을 누르고 나자, 나의 사명이 바로 그 초인종 소리 속에 담겨 있는 것 같이 생각되었다. 하녀가 손에 열쇠를 들고 나왔다. 대문 자물쇠를 열며 내 얼굴을 빤히 보고 말했다.

"저, 실례입니다만, 어디가 편찮으신지요?"

"아니요, 너무 흥분했던 탓으로 지쳐 있을 뿐입니다."

"무슨 일이 있었나요?—저, 제임스 씨에게—?"

"쉿! 그래요. 긴한 볼일이 있는데 스티어포스 부인은 계시는지요?"

하녀는 걱정스러운 듯이, 부인은 마차를 타고 산책도 가지 않고, 온종일 방에 들어앉아 누구와도 만나지 않지만 나라면 만나줄 것이라고 대답했다. 부인께선 2층에 계시며 미스 다틀이 함께 있는데, 마님께 뭐라고 전해야 되느냐고 물었다.

나는 그녀에게 말투와 태도에 주의할 것과 내 명함을 갖다 드리고 내가 기다리고 있다는 말만 전하라고 당부하고 나서 그녀가 돌아올 때까지 응접실에 앉아서 기다렸다. 응접실에는 그전처럼 사람이 살고 있는 분위기는 흔적도 없었고 덧문들도 절반쯤 닫혀 있었다. 하프도 쓰지 않은 지가 여러 날이 되었다. 그의 소년시절 사진은 그대로 있었고, 스티어포스 부인이 그의 편지를 보관해 두고 있는 상자도 거기에 있었다. 그녀는 지금도 그 편지를 읽고 있을까? 앞으로도 읽게 될까?

집은 아주 조용해서 2층으로 올라가는 하녀의 가벼운 발소리까지 들릴 정도였다. 하녀가 돌아오더니 스티어포스 부인은 환자이므로 내려올 수 없지만 부인의 방에서라도 좋다면 기꺼이 나를 만나겠다는 취지의 말을 전했다. 잠시 뒤 나는 그녀 앞에 섰다.

그녀는 자기 방이 아니라 아들 방에 있었다. 물론, 그가 그리워서였을 것이다. 또한 그가 옛날 운동을 하거나 그림, 음악을 할 때 쓰던 모든 물건들이, 그가 집을 나갔을 때 그대로 남아 있는 것도 역시 같은 이유일 것이다. 그러나 내가 들어가자 부인은 자기 방의 여건이 몸이 허약한 자기에게 맞지 않아서 그 방에서 나온 것이라고 중얼거렸다. 그녀의 그 당당한 모습은 본심을 털끝만큼도 드러내려 하지 않았다.

부인의 의자 곁에는 여느 때처럼 로사 다틀이 있었다. 그녀의 새카만 눈이 나를 바라본 순간부터 그녀는 내가 좋지 못한 소식을 가져왔다는 것을 알아차린 것 같았다. 순간 그 흉터가 떠올랐다. 그녀는 자신의 얼굴이 스티어포스 부인에게 보이지 않도록 의자 뒤로 한 걸음 물러선 다음, 결코 망설이거나 겁을 내지 않는 눈으로 나를 뚫어지게 바라보았다.

"상복을 입고 계시는군요." 스티어포스 부인은 말했다.

"불행하게도 아내를 여의었습니다."

"아직도 젊으신데 그렇게 큰 슬픔을 당하시다니, 정말이지 안됐군요. '시간'이 위로해줄 것입니다."

"네, '시간'은 누구에게나 친절하니까요. 부인, 우리는 어떤 불행 속에 있어도, 역시 '시간'을 의지할 수밖에 없습니다."

나의 진지한 태도와 눈에 도는 눈물을 보자 그녀는 놀랐다. 그녀의 사고가 모두 멎고 순식간에 달라진 것 같이 보였다.

나는 되도록 침착하고 조용하게 그의 이름을 말하려고 했으나, 목소리는 내 의지와 상관없이 떨리고 말았다. 그녀는 나직하게 그의 이름을 두세 번 되풀이해 불렀다. 그리고 나서 억지로 냉정한 태도를 취하고 말했다.

"그 애가 아픈가요?"

"많이 아픕니다."

"그 애를 만나셨나요?"

"만났습니다."

"화해하셨나요?"

나는 그렇다고 말할 수도 없었고 그렇지 않다고도 말할 수 없었다. 그녀는 아까 로사 다틀이 서 있던 쪽으로 약간 고개를 돌렸다. 그 순간 나는 로사를 보고 입술만 움직여서 "죽었습니다!"라고 말했다.

행여나 스티어포스 부인이 뒤를 돌아보고, 아직 마음의 준비도 되지 않은 상태로, 로사 다틀의 눈빛을 읽어버리면 곤란하다고 생각하고 나는 재빨리 그녀와 눈을 맞췄다. 그러나 로사 다틀은 격렬한 절망과 공포로 두 손을 허공에 뻗더니 그것을 맞잡아 얼굴에 갖다대는 것이었다.

늙어도 여전히 아름다운 부인은—아아, 어쩜 이리도 닮았단 말인가! 어쩌면!—나를 뚫어지게 바라보더니 한 손으로 이마를 짚었다. 나는 그녀에게 진정하고 내가 할 말을 들을 마음의 준비를 해 달라고 할 생각이었지만, 사실은 울어달라고 부탁하고 싶었다. 왜냐하면 그녀는 마치 돌부처처럼 꿈적도 하지 않았기 때문이었다.

"제가 지난번에 여기에 왔을 때," 내가 말을 꺼냈다. "그는 여기저기를 항해하고 있다고 미스 다틀이 말했습니다. 그저께 밤에는 바다가 아주 거칠었습니다. 만일 그가 그날 밤 바다에 있었다면, 위험한 해안을 항해하고 있었다면—그렇다고 들었습니다—그리고 제가 본 배가 바로—"

"로사!" 스티어포스 부인이 말했다. "이리 와요!"

그녀는 부인에게로 갔다. 그러나 동정하거나 상냥한 기색이 전혀 없는 차가운 태도였다. 그의 어머니를 마주 바라보는 그녀의 눈은 불꽃같이 빛났고, 마치 폭발하듯이 웃음을 터뜨렸다.

"인제 당신의 자만심도 충족되었겠군, 이 미친 여자 같으니! 제임스는 당신에게 목숨으로 속죄를 한 거예요! 알겠어요? 자신의 목숨으로!"

스티어포스 부인은 막대기처럼 의자에 주저앉아, 신음 말고는 아무 소리도 내지 않고, 망연히 그녀의 얼굴을 바라보았다.

미스 다틀은 주먹으로 가슴을 치면서 소리쳤다. "나를 봐요! 신음하고 괴로워하며 여길 봐요!" 입술의 흉터를 두들기며 "당신의 죽은 아들이 한 짓을 보라구요!"

이따금 그의 어머니가 내는 신음 소리가 내 가슴에 사무쳤다. 언제나 똑같은 신음 소리! 무슨 말을 하는지도 알 수 없을 정도로 억누른 괴로운 신음 소리! 그 신음과 함께 고개가 무력하게 움직거렸지만 얼굴에는 아무런 변화도

없었다. 마치 턱에는 자물쇠를 채우고, 얼굴은 고통으로 얼어붙은 것처럼 딱딱하게 굳은 입술과 꼭 다문 입에서 신음이 새어 나왔다.

"언제 그가 이렇게 했는지 기억해요? 당신의 성질을 이어받은 데다가 당신이 자존심과 격정을 제멋대로 길러주는 바람에, 언제 내가 이런 꼴을 당하고 평생토록 불구가 되었는지를 기억하고 있느냐고요? 죽을 때까지 그의 격렬한 불쾌감의 표지를 달고 있는 나를 보아요. 당신이 제멋대로 만든 자식 때문에 신음하고 괴로워하라고요!"

"미스 다틀," 나는 그녀에게 간청했다. "제발 부탁합니다—"

"아뇨, 난 말을 해야겠어요!" 그녀는 날카로운 눈을 번득이며 말했다. "댁이야말로 잠자코 계세요! 오만하고 성실치 못한 아들을 낳은 오만한 어머니, 내 얼굴을 봐요! 그를 키운 것을 슬퍼해요, 그를 타락시킨 것을 슬퍼해요. 다 스스로 저지른 짓이니까! 당신이 그를 잃은 것 때문에 슬퍼한다면 내가 잃은 것까지 슬퍼하라고요!"

그녀는 주먹을 움켜쥐고, 울화가 치밀어서 조금씩 죽어가고 있기라도 한 것처럼 그 여윈 몸을 사시나무 떨듯 떨었다.

"당신이 그의 방자함을 분개하다니!" 점점 목소리가 커졌다. "당신이 그의 거만한 기질 때문에 상처를 입었다니! 웃기지 말아요! 방자함도 거만함도 당신이 그를 낳았을 때부터 만들어준 것이잖아요. 그것을 자기가 늙었다고 해서, 싫다, 마음에 들지 않는다고 반대하다니요! 갓난아기 때부터 그를 그런 인간—가장 위대한 인간이 될 수도 있었는데 그런 잡상스러운 인간으로 기른 것은 다 당신이잖아요! 그동안의 오랜 노고를 이제야 훌륭하게 보상받은 거예요! 흥!"

"아, 미스 다틀, 아무리 그래도 말씀이 심하십니다! 이제 그만하세요!"

"아니요," 그녀는 말했다. "나는 그녀에게 똑똑히 말해야겠어요. 누가 뭐라고 해도 절대 멈추지 않을 거예요. 나는 이리 오랫동안 침묵을 지켜왔는데, 왜 지금 말하면 안 된다는 거죠?" 또다시 스티어포스 부인을 보고 말했다. "당신이 그를 사랑했던 것보다 내가 그를 더 사랑했어요! 오로지 그를 사랑하기만 하고 아무런 보답도 요구하지 않았어요. 내가 만일 그의 아내였더라면, 1년에 한 번뿐인 사랑한단 그의 한 마디를 듣기 위해 기꺼이 그의 변덕의 노예가 되었을 겁니다. 누가 나보다도 그것을 더 잘 알고 있을까요? 당신은 엄하고, 오만하고, 까다롭고 이기적이에요. 그에 비하면 내 사랑은 오직 헌신이에요—당신의 그 시시한 넋두리 따위는 구둣발로 밟아 뭉개버려야 해요!"

그녀는 눈을 번득이며, 정말로 그렇게 하는 것처럼 발로 방바닥을 쾅쾅 굴렀다.

"이걸 봐요!" 그녀는 또다시 입술 흉터를 치며 말했다.

"그는 성장해서 자신이 한 짓을 알게 되자, 그것을 깨닫고 뉘우쳤어요! 나는 그에게 노래를 불러주고 이야기도 하고 그가 한 모든 일에 나도 함께 엄청난 관심을 나타냈으며, 그가 가장 흥미를 느끼면 나도 온갖 고생을 하며 공부했어요. 그렇게 함으로써 나는 그의 마음을 사로잡았다고 생각했어요. 그가 아직 순진하고 진실했을 때는, 그는 나를 사랑했는걸요! 그럼요, 그는 정말 나를 사랑했어요! 여러 번, 당신이 모욕적인 말을 하고 자리를 뜨면, 그는 나를 자기 품에 안아주기도 했었다고요!"

격분이 휘몰아치는 가운데—실제로 격분한 상태였다—그것은 교만한 도전이기도 했지만, 그래도 진심으로 그 추억을 그리워하는 점은, 상냥한 여심이 타다 남은 불기운처럼 한순간 확 타오른 것처럼 보였다.

"나는 그의 인형이 되고 말았습니다. 그의 어린애 같은 구애가 나를 사로잡지만 않았던들 정신을 차렸을 것입니다만. 그가 심심할 때면 변덕스러운 기분에 따라 나는 버려지기도 하고, 주워오기도 하고, 희롱당하기도 하는, 그의 보잘것없는 장난감으로 떨어졌던 것입니다. 그가 싫증이 나게 되자 나도 진저리가 났어요. 그의 마음이 돌아선 뒤로는 붙잡을 노력도 하지 않았고, 억지로 결혼하여 아내가 될 생각도 전혀 없었어요. 우린 한 마디 말도 없이 헤어졌습니다. 분명 당신도 알고 있었을 거예요. 그런데도 당신은 태연했어요. 그 뒤로 나는 당신네 모자 사이에 놓인 쓸모없는 가구, 눈도 없고, 귀도 없고, 감정도 없고, 기억도 없는 나뭇조각에 불과했어요. 그렇게 억울해요? 슬퍼요? 당신이 그를 그 모양으로 만들어 놓은 것이나 슬퍼하세요. 당신의 사랑 때문에 슬퍼하다니 말도 안 되죠! 분명히 말하지만, 그때는 정말 당신보다 내가 훨씬 더 그를 사랑했어요!"

그녀는 분노로 이글거리는 두 눈을 부릅뜨고, 노려보는 그 어머니의 얼굴을 마주보고 서 있었다. 그 뒤로도 서글픈 푸념이 이어졌지만, 그녀는 마치 그림 속의 얼굴이라도 보는 것처럼 조금도 표정을 누그러뜨리지 않았다.

"미스 다틀," 또다시 내가 끼어들었다. "설사 당신이, 괴로워하는 어머니에게 동정을 느끼지 못할 정도로 고집이 세다 할지라도—"

"그럼 나는 누가 동정해 주죠?" 그녀는 날카롭게 대꾸했다. "이 사람은 자기가 씨를 뿌렸어요. 이제 그 수확을 슬퍼하도록 내버려두세요!"

"그러나 제임스에게도 결점이—"

"결점이라고요?" 그녀는 울음을 터뜨리며 말했다. "잘도 그런 악담을 하는군요! 결국 그는 졌지만, 그를 이긴 친구 몇 백만 명보다 그가 훨씬 훌륭해요!"

"고인에 대한 사랑으로 보자면, 외람되지만, 나보다 더 그를 사랑한 사람은 아무도 없었습니다. 나보다 더 그와의 추억을 그리워하는 사람도 없다고 생각합니다. 그러니까 당신이 그의 어머니를 조금도 불쌍히 여기지 않고, 그의 결점이—그것은 당신도 통렬히 비난했지요—"

"그건 거짓말! 거짓말이에요!" 그녀는 자기의 검은 머리칼을 쥐어뜯으며 소리쳤다. "그를 사랑한 사람은 나예요!"

"—그의 결점이, 이러한 때에도 당신의 기억에서 사라지지 않는다면, 저 모습을 좀 보세요! 당신도 여태껏 본 적이 없을 것이라고 생각해요. 제발 도움을 좀 드리세요!"

그러나 스티어포스 부인의 모습은 전혀 변하지 않았다. 변할 것 같지도 않았다. 꼼짝도 하지 않고, 딱딱하게 굳어 한곳을 바라보고 있었다. 때때로 힘없이 고개를 저으면서 말없이 슬픔을 나타냈으나, 그 밖에는 전혀 살아 있다는 기색이 없었다. 미스 다틀은 갑자기 그 앞에 무릎을 꿇고 부인의 옷을 느슨하게 풀기 시작했다.

"당신을 저주해요!" 그녀는 분노와 슬픔이 뒤섞인 표정으로 나를 돌아보며 말했다. "운수 사납게도 이런 불길한 때에 여기에 오다니! 당신을 저주해요! 썩 나가요!"

나는 방에서 나갔다가 하인들에게 조금이라도 빨리 알려주기 위해서 초인종을 누르려고 되돌아왔다. 돌아와 보니 그녀는 두 팔로 기절한 부인을 껴안고 무릎을 꿇은 채, 울고, 입을 맞추고, 이름을 불러보고, 어린애처럼 가슴에 안고 이리저리 흔들면서 잃어버린 의식을 일깨우려고 온갖 다정한 방법을 동원하여 필사적으로 애쓰고 있었다. 인제 돌아가도 염려가 없겠다고 생각하고, 다시 소리 없이 돌아서 나오면서 그 집 사람들에게 주의를 시켰다.

나는 그날 늦게 다시 와서 스티어포스의 유해를 그의 어머니 방에 안치했다. 부인의 용태는 변하지 않았다고 한다. 미스 다틀은 여전히 부인 곁을 떠나지 않았다. 의사들이 와서 여러 가지로 치료를 했으나, 부인은 때때로 나지막한 신음을 낼 뿐 미라처럼 누운 채로 꿈적도 하지 않았다.

나는 썰렁한 집 안을 돌아다니며 창문들을 어둡게 했다. 유해가 잠들어 있는 방의 창문도 맨 마지막으로 어둡게 했다. 나는 그의 납덩이같이 차가운 손을 들어올려서 내 심장에 댔다. 그러자 온 세상은 죽음과 침묵같이 고요했으며, 그 침묵은 이따금 그의 어머니의 신음에 의해서만 깨어질 뿐이었다.

57장
이민자들

이러한 감정의 충격에 굴복하기 전에 나는 해야 할 일이 한 가지 더 있었다. 나라를 떠나는 사람들에게 이번에 일어난 일을 숨기고, 아무것도 모르는 채 즐거운 마음으로 뱃길을 떠나게 해 주는 것이었다. 그러기 위해서는 꾸물거릴 시간이 없었다.

그날 밤 나는 미코버 씨를 불러서, 이번에 일어난 불상사가 페거티 씨 귀에 들어가지 않도록 중간에서 힘을 써달라고 부탁했다. 그랬더니 그는 열심히 그 일을 맡아주었다. 방심하면 알아챌 수 있으므로 우선 신문들을 모조리 도중에서 가로챘다.

"만약에 그 소식이 그에게 전해지려면," 미코버 씨는 자기 가슴을 치면서 힘주어 말했다. "반드시 이 몸을 먼저 통해야만 할 것이야!"

한 마디 덧붙이자면, 미코버 씨는 앞으로의 새로운 사회에 자신을 적응시키기 위해 벌써부터 대담한 언동을—아주 무법은 아니지만 방어적이고 민첩한 해적과도 같은 언동을 몸에 익히고 있었다. 보는 사람은 누구나, 애당초 그는 거친 황야 태생이며, 문명의 테두리 밖에서 살아가는 데는 이미 오래전부터 익숙하고, 지금은 다시 고향으로 돌아가는 길이라고 생각했을 것이다.

그는 모든 일을 젖혀놓고, 겉에 기름을 먹인 방수복 한 벌에다, 표면에 송진을 발랐거나 그 틈을 송진으로 발라막은, 높이가 아주 낮은 밀짚모자까지 구해왔다. 그러한 거친 옷차림을 하고서, 선원용 망원경을 겨드랑이에 끼고, 날씨가 나빠지지나 않을까 살피면서 먼 하늘로 눈길을 보내는 빈틈없는 태도는, 페거티 씨보다도 더 뱃사람처럼 보였다.

미코버 씨 가족은 전투태세를 완벽하게 갖추었다. 미코버 부인은, 꼭 끼는 딱딱한 모자를 쓰고 턱밑에서 끈을 단단히 졸라맸으며, 몸을 모조리 감쌀 정도로 커다란 숄로 (언젠가 내가 처음으로 대고모의 집을 찾아갔을 때도 그랬던 것처럼) 몸을 둘둘 감고 허리 뒤에서 단단히 졸라매고 있었다. 미스 미코버도 폭풍에 대비해서 불필요한 것은 아무것도 걸치지 않고 간편하게 차려입었다. 장남 윌킨스는 내가 한 번도 본 적이 없는 선원 복장으로 몸을 감싸서 거의 얼굴도 보이지 않을 정도였고, 다른 아이들도 마치 저장 식육처럼 방수방습 자루로 둘둘 감겨 있었다. 미코버 씨와 장남 윌킨스는 옷소매를 손목 근처에서 천천히 접으며, 이러면 무슨 일이 있을 때 곧바로 일손을 도울 수 있고, 언제든 가뿐하게 달려가서 "영차—감아올려라—여엉차—감아올려라!" 하는 노래를 부를 수 있다고 했다.

황혼이 질 무렵 그들이 그 무렵 헝거포드 계단*1이라는 이름으로 불리던 목조 계단에 모여서 배에 실을 자기네들 짐을 싣고 거룻배가 떠나는 것을 바라보고 있는 것을 트래들스와 나는 보았다. 트래들스에게는 그 끔찍한 사건을 모조리 말해두었다. 그는 큰 충격을 받았지만, 입이 무겁기로는 두말할 여지도 없었으므로, 나의 이 마지막 임무도 열심히 도와주었다. 내가 미코버 씨를 불러내어 위에서 말한 약속을 받아낸 것도 여기였다.

미코버 씨 가족은, 비좁고, 더럽고, 다 쓰러져가는 주막에 투숙하고 있었다. 그 무렵엔 여기가 그 계단과 아주 가까웠고, 앞으로 불쑥 튀어나온 이 집의 방은, 바로 바다 위에까지 나와 있었다. 이민 가족이라는 점이 헝거포드 일대 사람들의 흥미를 자극하여, 곧바로 수많은 사람들이 구경하러 몰려들었다. 그래서 우리는 재빨리 그들의 방으로 피신했다. 방은 2층의 목조 방 하나였고, 바로 그 밑으로 템스 강이 흐르고 있었다. 대고모와 아그네스는, 그 방에서 아이들에게 입힐 옷가지들을 만들어주기에 바빴다. 페거티도 오랫동안 써 온 그 낡은 반짇고리와 오랫동안 견디어 온 그 옛날의 무심한 야드 자와 조그마한 양초 조각을 들고 와서 조용히 일손을 거들고 있었다.

그녀의 여러 가지 질문에 대답한다는 것은 쉬운 일이 아니었다. 미코버 씨가 페거티 씨를 데리고 들어왔을 때, 편지는 잘 전했으며 모든 일이 잘 되었으니 걱정 말라고 그에게 속삭이는 일은 더더욱 쉽지 않았다. 그러나 나는 그 두 가지 일을 모두 해냈으며, 남매는 아주 기분이 좋았다. 그러는 사이에 내 감정이 조금 겉으로 드러났다고 해도, 내게도 슬퍼할 이유는 충분히 있었으므로

---

*1 헝거포드 시장이라고 불리는 생선과 채소 시장이 있는데, 그 안에 이 이름의 계단 시설이 있고, 거기서 거룻배가 드나들었다고 한다.

그것으로 핑계를 댈 수 있었다.

"그런데 배는 언제 떠나지요, 미코버 씨?" 대고모가 물었다.

미코버 씨는, 대고모나 자기 아내나 조금씩 마음의 준비를 하는 것이 필요하다고 생각했으므로, 어제 예상했던 것보다 빨라졌다고 대답했다.

"그러면, 거룻배가 무슨 소식을 가져왔습니까?"

"그렇습니다, 부인."

"그럼? 출항은—"

"부인, 실은 내일 아침 7시까지는 승선해야 한다고 합니다."

"저런? 아주 갑작스럽군요. 먼 길을 떠날 때는 다 그런가요, 페거티 씨?"

"그렇습니다, 부인, 조수를 타고 강을 내려가니까요. 데이비 도련님과 제 누이가 모레 오후에 그레이브젠드에서 배에 올라와 주시면, 거기서 마지막 작별을 할 수 있습니다."

"괜찮나요? 그럼 그렇게 하지요." 나는 말했다.

"그럼 저희가 바다로 나갈 때까지는," 미코버 씨가 내게 눈으로 신호하면서 말했다. "페거티 씨와 제가 눈에 불을 켜고 우리 세간을 지키고 있도록 하겠습니다. 그리고 에마," 그 특유의 의젓한 태도로 헛기침을 하며 말했다. "실은 우리 친구 토머스 트래들스 씨가 살짝 부탁한 일인데, 옛날 영국의 로스트비프와 떼려야 뗄 수 없는 아주 특별한 명주—이렇게 말하면 아주 거창하지만, 다시 말해 펀치주 말이오—를 넉넉하게 1인 분 만드는 데 필요한 재료를 주문할 특권을 자기에게 달라고 했소. 보통 때라면, 미스 트롯우드와 미스 위크필드의 허락을 받아야 할 일입니다만—"

"다른 사람은 몰라도 저는," 대고모는 말했다. "가장 즐거운 마음으로 당신의 행복과 성공을 빌며 건배하겠습니다."

"저도 그래요!" 아그네스도 싱긋 웃으며 말했다.

미코버 씨는 금방 제집처럼 편안해 보이는 바로 내려가더니, 곧 김이 나는 병을 들고 왔다. 보아하니 자신의 접는 칼로 레몬 껍질을 까온 듯했다.

칼날은 길이가 1피트나 되는 큰 칼로 실제로 개척 이주자의 칼로는 알맞은 것이었는데, 그는 그 칼을 자랑해 보이는 기색이 조금은 없지 않은 태도로 저고리 소매에다 쓱쓱 문질러댔다. 자세히 보니 미코버 부인이나 두 큰 아이들도 똑같은 무시무시한 연장을 몸에 지니고 있었고, 어린아이들은 모두 자기 목제

수저를 단단한 끈으로 몸에다 잡아매고 있었다. 그리고 미코버 씨는 포도주 잔은 방 안 선반에 잔뜩 있으므로 거기다 따라주는 것이 쉬울 텐데도, 해상에서나 오지에서의 생활을 예상하고, 아내, 큰아들, 큰딸에게 펀치주를 일부러 조그마한 깡통에 따라주었다. 이어서 자기는 자기 전용인 파인트짜리 잔*²을 꺼내서 거기다 따라 마셨다. 저녁 술잔치가 끝나자 잔을 다시 주머니에 넣었는데, 그가 그렇게도 즐거워하는 모습은 이제껏 한 번도 보지 못했다.

"저희는 정든 고국의 사치품을 모조리 버립니다." 미코버 씨는 내버리는 것이 이루 말할 수 없이 만족스럽다는 듯이 말했다. "오지 숲 속의 거주민이 자유민의 나라인 영국의 문화에 젖을 수는 없지요."

그때 한 소년이 들어와서, 아래층에 미코버 씨를 찾아온 사람이 있다고 전했다.

"저는 예상하고 있었어요." 미코버 부인이 깡통잔을 내려놓으며 말했다. "분명 제 친정 사람일 거예요!"

"그렇다면, 여보." 미코버 씨는 이 문제만 나오면 언제나 왈칵 성을 냈다. "당신 친정 식구라면—남자든 여자든 그 누구든 간에—우리를 아주 오래도록 기다리게 했으니, 이번엔 그쪽에서 내 형편에 맞추어 기다려야 할 거야."

"여보," 아내가 낮은 목소리로 말했다. "이런 때에—"

"그래요," 미코버 씨는 일어나며 말했다. "하찮은 잘못을 이러쿵저러쿵 할 때가 아니지! 에마, 내가 잘못했소."

"게다가 그래서 손해 본 것은 제 친정 쪽이지 당신이 아니에요. 저희 친정 사람들이 과거에 자기네들이 가져온 손실을 마침내 깨닫고 우정의 손을 내밀고자 찾아왔다면 물리치지는 마세요."

"여보, 그렇게 하고말고!"

"그들을 위해서가 아니라, 저를 위해서 말이에요, 여보."

"에마, 그렇게까지 말하니 나도 거절할 수가 없구려. 나는 지금도 당신 친정 식구들을 반갑게 포용하겠다고는 분명히 약속할 수 없지만, 지금 와 있는 당신 친정 식구의 따뜻한 정을 얼어붙게는 하지 않겠소."

미코버 씨는 그렇게 말하고 자리를 비웠다. 부인은 남편과 친정 식구가 말다

---

*2 Pint. 액량(液量)의 단위로, 1파인트는 1갤런의 8분의 1임. 영국선 1파인트가 0.75리터이고, 미국에서는 0.47리터임.

툼을 하지나 않을까 하는 근심을 떨쳐버리지 못했다.

그 소년이 다시 나타나서, 법률적인 문장으로 '힙 대 미코버의 소송사건'이라고 연필로 표제를 적은 쪽지를 내게 주었다. 쪽지를 보고, 나는 미코버 씨가 또다시 체포될 위기가 닥치자 마지막 절망 속에서 발작적으로 허우적대고 있음을 알았다. 그는 감옥에서의 짧은 여생을 보내는 데 작게나마 도움이 되는 그의 칼과 파인트짜리 술잔을 이 쪽지를 지닌 사람 편에 보내 달라고 하는 것이었다. 그는 또한, 우정의 마지막 표시로 자기 가족들을 교구의 빈민소에 데려다주고, 자기와 같은 인간이 이 세상에 있었다는 것은 깨끗이 잊어달라고 부탁했다.

내가 그 돈을 내려고 소년과 함께 아래층으로 내려가 보니, 미코버 씨는 구석에 앉아서 체포수속을 끝낸 집행관을 우울한 얼굴로 바라보고 있었다. 이윽고 풀려나자 그는 아주 열렬하게 나를 껴안은 다음 곧바로 이번에 받은 액수를 수첩에다 적었다. 내가 총액을 말할 때 실수로 빠뜨렸던 반 페니까지도 적어 넣을 만큼 그는 아주 꼼꼼했다.

그 중요한 수첩 때문에 때마침 그는 또 하나의 거래를 생각해냈다. 2층으로 돌아오자마자 (참고로, 그가 아까 바로 올라오지 않았던 것은, 어쩔 수 없는 문제가 생겨서 그랬다고 제법 잘 설명했다) 수첩 속에서 조그맣게 접은 큰 종이를 한 장 꺼냈다. 그 종이에는 꼼꼼히 산출된 금액들이 기다랗게 가득 차 있었다. 얼핏 보아도 내가 학교의 산수책에서는 한 번도 본 적이 없는 계산이었다. 그것들은 이른바 '41파운드 10실링 11펜스 반이라는 원금'에 대한 여러 기간 중의 복리 계산인 것 같았다. 그것들을 신중히 검토하고 자기 재산을 세밀하게 평가해 본 다음, 그는 그날부터 2년 15개월 14일이라는 기간의 복리를 가산한 액수를 택한다는 결론에 이르고, 깔끔한 글씨로 적은 약속 어음을 만들어 두었던 것이다. 그 자리에서 트래들스에게 건네주면서 이것으로 모든 부채를(남자 대 남자의 계약을 통해) 말끔히 청산할 수 있다며 몇 번이나 감사하다고 말했다.

"저는 아직도 그런 예감이 들어요." 미코버 부인은 수심에 잠긴 듯이 고개를 저으면서 말했다. "우리가 떠나기 전에 제 친정집 사람들이 배 위에 나타날 것만 같아요."

미코버 씨도 그 문제에 관해서는 나름대로 예감을 느끼고 있었다. 그러나 그것은 깡통에 따른 술과 함께 벌컥 들이켜 버리고 끝내 말하지 않았다.

"항해 중에 고국으로 편지 쓸 기회가 있으면, 미코버 부인," 대고모가 말했다. "꼭 우리에게도 소식을 주세요."

"미스 트롯우드," 미코버 부인은 대답했다. "누군가가 저희 같은 사람들의 소식을 기다리고 계신다고 생각하면 기쁘기만 합니다. 틀림없이 편지를 드리겠습니다. 그리고 코퍼필드 씨도, 정든 옛 친구니까 이따금 편지를 드려도 싫다고 하지 않으시겠지요? 저 쌍둥이가 아직 철도 들기 전부터 알던 사이니까요."

나는 당연히 기다리고 있으니, 시간이 나면 언제든지 보내 달라고 대답했다.

"정말로 그런 기회가 많이 있기를 바랍니다." 미코버 씨는 말했다. "요즘에는 대양에서도 배들이 줄을 이어 다니고 있으니 항해를 하다 보면 틀림없이 많은 배를 코앞에서 만나게 될 것입니다." 미코버 씨는 안경을 만지작거리며 말했다. "한 걸음 차이뿐입니다. 거리 같은 것은 그렇게 큰 문제가 되지 않죠."

참으로 이상한 것이, 그가 런던에서 캔터베리로 가던 때에는 이 세상에서 가장 먼 끝까지 가기라도 하는 것처럼 말하더니, 영국에서 오스트레일리아까지 가는 지금에는, 아주 좁은 해협을 건너서 간단한 여행길에 오르기라도 하는 듯한 말투였다. 그러나 그것이 놀라우리만큼 미코버 씨답다고 생각했다.

"항해 중에는," 미코버 씨는 말했다. "가끔 식구들에게 재미있는 이야기를 들려줄 생각입니다. 그리고 제 아들 윌킨스의 노랫소리는 배의 주방이나 난롯가에서 틀림없이 환영을 받을 것입니다. 고래나 돌고래들이 뱃머리를 스쳐 지나갈 것이고, 오른쪽 왼쪽에서 매일 끊임없이 재미있는 것들이 나타날 것입니다." 미코버 씨는 옛날의 점잖은 태도로 돌아가서 말했다. "요컨대 배 위에서나 밑에서나 매일 신기한 것들뿐이라서, 돛대 위에 있는 전망대에 올라가 있던 파수꾼이 '야! 육지다!'라고 외치기라도 하면 그야말로 깜짝 놀랄 것입니다!"

이렇게 말하면서 그는 이미 항해를 마치고, 최고의 해사(海事) 당국자들 앞에서 1급 시험에 합격이라도 한 양 으쓱거리며 작은 깡통술잔에 든 것을 쭉 들이켰다.

"하지만 제가 가장 바라는 것은, 코퍼필드 씨," 미코버 부인이 이론을 제기했다. "다시 고향 땅으로 돌아와서 제 친정집 식구들과 함께 사는 것입니다. 당신, 불쾌한 표정을 짓지 말아요! 그럼 친정 식구들은 그만두고 손자들과 같이 사는 걸로 해요." 미코버 부인은 고개를 저으며 말했다. "아무리 어린 나무가 튼튼하다고 해도 우리는 역시 밑그루를 잊을 수 없는걸요. 그러니까, 만약 우리 자손이 명성을 얻고 재산을 모으게 되면, 그 재산이 브리타니아*3 금고로 들어가도록 하고 싶다는 것이 저의 솔직한 심정입니다."

"그러나 그 브리타니아도 이쯤에서 되든 안 되든 뭐라도 해 봐야 해요. 게다가 영국은 지금까지 내게 별로 도움을 준 일도 없었으니, 그 문제에 대해서는 특별히 이렇다 할 소망이 없소."

"여보, 그건 당신이 틀렸어요. 당신이 이렇게 먼 땅으로 가시는 것은 당신 자신과 앨비언*4의 관계를 강화하려는 것이지, 약화시키는 것이 아니에요."

"그러나 그 관계라는 것은 말이오," 미코버 씨가 말했다. "다시 말해 두지만, 다른 관계가 생겼다고 해서 그것을 신경써야 할 정도로 대단한 은혜를 베푼 적이 없어요."

"미코버 씨, 그것도 잘못 생각하신 거예요. 당신은 자신의 힘을 모르고 계세요. 비록 이번과 같은 길을 선택하더라도, 당신과 앨비언 사이의 관계는 오히려 끈끈해지고 있어요."

미코버 씨는 놀라서 눈썹을 치켜세우고 의자에 앉아 있었다. 아내의 의견에는 찬성하는 것 같기도 하고 반대하는 것 같기도 했지만, 그것이 앞날을 내다보고 있다는 점만큼은 분명히 이해했다.

"코퍼필드 씨," 미코버 부인이 말했다. "저는 남편이 자신의 위치를 좀더 알아주시면 좋겠어요. 배에 오르는 순간부터 자신의 위치를 깨닫는 것은 가장 중요하다고 생각합니다. 코퍼필드 씨, 당신은 저를 오래 봐왔으니, 제가 이이처럼 그런 낙천적인 기질이 아니라는 것을 잘 알고 계시겠지요. 제 성격은 아주 실리적입니다. 이번 여행은 갈 길이 멀기 때문에 온갖 어려움이나 마음대로 할 수 없는 일이 많으리란 것을 잘 알고 있습니다. 그런 사실까지 모른 척 하자는 것이 아닙니다. 그러나 동시에 남편이 어떤 사람인가도 잘 알고 있어요. 이이의 잠재능력도 잘 알고 있어요. 그래서 남편이 자신의 입장을 좀더 확실히 깨닫는 것이 무엇보다 중요하다고 생각합니다."

"여보," 미코버 씨는 말했다. "당신은 그렇게 말하지만, 나로서는 지금 같은 상황에서 자신의 위치를 깨닫는 것이 거의 불가능하오."

---

*3 영국의 옛 이름.
*4 영국의 다른 옛 이름.

"여보, 저는 그렇게는 생각하지 않아요." 그녀는 말했다. "절대로 그렇지 않습니다. 코퍼필드 씨, 남편은 예외적인 경우예요. 이이는 이번에 처음으로 자신의 진가를 인정받기 위해서 일부러 먼 나라로 가는 것입니다. 저는 오히려 이이가 뱃머리에 서서 이렇게 큰 소리로 외쳐주기를 바라고 있습니다. '나는 이 나라를 정복하러 왔다! 너희에게 명예가 있느냐? 부(富)가 있느냐? 돈벌이가 되는 일자리가 있느냐? 있다면 내놓아라! 그건 모두 내 것이다!'라고 말입니다."

미코버 씨는 우리를 흘낏하면서, 이 생각이 제법 그럴 듯해 보인다는 얼굴을 했다.

"분명히 말씀드리면," 미코버 부인은 토론하는 투로 말했다. "저는 남편이 자기 운명을 지배하는 사람이 되어 주었으면 합니다. 그것이 이이의 진정한 위치라고 생각해요. 그러므로 이 항해를 시작한 순간부터 뱃머리에 서서, '기다리는 것은 이제는 질색이다! 실망도 질색이다! 가난도 싫다! 그러나 그것은 모두 낡은 나라에서의 일이다. 이곳은 새 나라다! 보상을 하려거든 어서 내놓아라! 지금 곧바로 내놓아라!'라고 말해주기를 바랍니다."

미코버 씨는 정말 뱃머리에 서 있는 것처럼, 단호한 태도로 팔짱을 끼었다.

"그렇게 한다면," 미코버 부인은 말했다. "—자기 처지를 깨닫는다면—미코버 씨는 대영제국과 자기와의 관계를 강화하는 것이지, 약화시키는 것은 아니지 않습니까? 남반구에서 이름을 드높인 사람을 본국에서 무시할 수 있을까요? 오스트레일리아에서 재능과 권력을 휘두르는 미코버 씨를 영국에서는 콧방귀도 뀌지 않는다니, 도대체 어떤 바보가 그런 생각을 할 수 있겠습니까? 그야 저는 평범한 아낙일 뿐입니다. 하지만 그런 어리석은 생각을 떠올리는 것만으로도 스스로가 부끄러울 뿐 아니라 제 아버지에게도 죄송스러울 따름입니다."

미코버 부인은 자기 주장이 반드시 옳다는 굳은 마음을 가지고 있었으므로, 그녀의 말투에는 전에 듣지 못한 기세가 올라 있었다.

"그래서," 미코버 부인은 말했다. "장래에는, 다시 모국에서 살게 될 날을 바라는 것입니다. 미코버 씨는 어쩌면—솔직히 말씀드리면 저는 그렇다고 꼭 믿어요—역사의 한 페이지를 꾸미는 인물이 될 수도 있습니다. 그리고 무슨 일이 있어도 남편이 태어난 나라, 그리고 남편에게 생업에서 쓰라림을 겪게 한 나라에서 제대로 인정받아야 합니다."

"여보," 미코버 씨가 말했다. "당신의 사랑에 감동하지 않을 수가 없소. 그러나 되는 일은 가만히 내버려둬도 다 되기 마련이라오. 만약 운이 좋아서, 내 아이들이 돈을 많이 벌게 되면 그 일부를 본국에 보내도 반대하지 않겠소.”

“그거 참 좋은 생각입니다.” 대고모는 페거티 씨를 보고 고개를 끄덕이며 말했다. “여러분들을 위해 건배를 듭시다. 하느님의 은총과 성공이 늘 함께 하기를!”

페거티 씨는 두 무릎에 각각 하나씩 올려놓고 있던 두 아이를 내려놓고, 이번에는 반대로 우리를 위해 건배를 들자는 미코버 부부의 제안에 동참했다. 이어서 그가 미코버 씨 부부와 동지로서 진심에서 우러나오는 악수를 나누고, 검게 그을린 얼굴이 미소로 빛나는 것을 보고, 나는 그가 어디에 가든 간에 출세를 하고 이름을 날리고 사랑받을 것이라고 진심으로 기쁘게 생각했다.

그리고 아이들에게도, 각자의 나무숟가락으로 미코버 씨의 잔에서 술을 떠서 우리를 위해 건배를 하라고 시켰다. 축배가 끝나자 대고모와 아그네스는 자리에서 일어나 이민 갈 사람들과 작별인사를 나누었다. 슬픈 작별이었다. 모두 소리내어 울었다. 아이들은 끝까지 아그네스에게 매달렸다. 이윽고 우리는, 불쌍한 미코버 부인이 희미한 촛불 곁에서 흐느껴 울면서 가슴 아파하는 모습을 뒤로하고 그곳을 나왔다. 강 위에서 보면 아주 서글픈 등대라도 보이는 것일까!

다음 날 아침 다시 가 보았지만, 그들은 모두 떠나고 없었다. 새벽 5시에 거룻배를 타고 출발했다는 것이었다. 쓰러져 가는 주막과 나무 계단을 보고 그들을 떠올리기 시작한 것은 불과 어젯밤부터의 일이었지만, 그들이 가고 나자, 그것들이 더욱 황량하고 쓸쓸하게 느껴졌다. 이것도 또한 이별이 주는 허전한 심정의 신비로운 한 가지 실례인 것일까?

그 다음 날 오후, 페거티와 나는 그레이브젠드로 갔다. 큰 배 한 척이 많은 거룻배에 둘러싸여서 강에 떠 있는 모습이 보였다. 우리는 곧 거룻배를 세내어 배를 향해 출발했다. 배를 둘러싼 혼잡의 소용돌이를 헤치고 배에 올랐다.

페거티 씨가 갑판에서 우리를 기다리고 있었다. 그의 말에 따르면, 미코버 씨가 힙의 고소로 방금 또 체포되는 바람에(이것이 마지막이었다), 내가 해놓은 부탁에 따라 그가 돈을 치러 주어 풀려났다고 한다. 나는 그에게 그 돈을 계산해줬다. 이어서 그는 갑판 사이로 우리를 안내했다. 나는 그 사건에 관한 소문을 페거티 씨가 듣지나 않았을까 하고 또다시 걱정이 되었다. 그런데 미코버 씨가 어둠침침한 곳에서 나오더니, 친구며 보호자라도 되듯이 페거티 씨의 한 팔을 잡으며, 둘은 어젯밤부터 잠시도 떨어져 있지 않았다고 말했으므로 걱정은 사라져버렸다.

　그곳은 몹시 답답하고 어두우며, 참으로 이상한 곳이었다. 처음에는 거의 아무것도 분간할 수 없었지만, 점차 눈이 어둠에 익숙해져서 뚜렷이 보이게 되었다. 바람도 좋았고, 돛대 꼭대기에는 출범을 알리는 깃발이 펄럭이고 있었다. 마치 오스타더*5가 그린 그림 속 인물이 된 느낌이었다. 화물들, 배의 고리가 달린 볼트, 이민용 침대, 궤짝, 보따리, 통, 기타 잡다한 짐들이 산더미같이 쌓여 있고, 그것을 여기저기 매달아 놓은 등불이 둔탁하게 비추고 있었다. 다른 곳은 통풍구나 승강구를 따라 노란 햇빛이 스며들었다. 여기저기 사람들이 모여서, 새로 친구를 사귀기도 하고, 서로 작별을 아쉬워하는가 하면, 울고 웃는 사람에, 먹고 마시는 축들도 있었다. 벌써부터 머물 곳을 마련하고, 많지 않은 짐을 깔끔하게 정리하고, 아이들은 걸상이나 작은 팔걸이의자에 앉혀둔 사람들도 있는가 하면, 앉을 자리도 없이 어슬렁거리며 안절부절못하는 사람도 있었다. 태어난 지 1, 2주밖에 되지 않은 갓난아기부터 앞으로 20일이나 더 살까 말까한 꼬부랑 노인에 이르기까지, 조국의 흙을 그대로 신발 바닥에 붙이고 가는 농부도 있고, 피부 위에 검댕과 연기의 표본을 달고 가는 대장장이도 있었다. 아무튼 다양한 연령, 다양한 직업의 사람들이 두 개의 갑판 사이에 끼인 좁은 공간 안에서 서로 밀치락달치락하고 있었다.

　주변을 둘러보다가 에밀리처럼 보이는 모습이 미코버 씨의 한 아이와 함께, 열려 있는, 화물을 싣고 내리는 문 곁에 앉아 있는 것을 본 것 같았다. 처음에는 또 다른 여자가 그녀에게 키스를 하고 헤어졌으므로 나의 주목을 끌었다. 그 모습은 혼잡을 뚫고 조용히 지나갔는데, 그녀는 틀림없이 아그네스였다! 그러나 주위가 분주하고 소란스러운 데다가, 나 자신도 안정을 잃고 있었으므로, 나는 또다시 그 모습을 놓쳐버리고 말았다. 확실히 안 것은, 전송하는 사람들은 모두 배에서 내리라는 방송이 나온 것과, 나의 유모가 내 곁의 궤짝 위에 앉아서 울고 있다는 사실과, 거미지 부인이 상복을 입은 젊은 여인의 도움을 받아가며 페거티 씨의 짐을 바삐 정리하고 있었다는 사실뿐이었다.

─────────────

*5 네덜란드의 풍속 화가. 1610~85.

"데이비 도련님, 마지막으로 하실 말씀은 없는지요?" 페거티 씨가 물었다. "헤어지기 전에 잊으신 말씀은 없으신가요?"

"하나 있어요! 마사에 관한 거예요." 그는 내가 방금 말한 젊은 여인의 한쪽 어깨에 손을 댔다. 그러자 마사가 일어섰다.

"아, 친절하시군요!" 나는 크게 말했다. "마사를 데리고 가는군요."

그녀는 왈칵 울음을 터뜨리며 그의 답을 대신했다. 나는 더 이상 말을 할 수가 없어서 그의 한 손을 힘껏 잡았다. 지금까지 내가 누군가를 진심으로 사랑하고 존경한 일이 있다면, 그 사람은 바로 페거티 씨였다.

전송 나온 사람들이 차례차례 배에서 내려갔다. 그러나 나에게는 마지막 시련이 남아 있었다. 나는 죽은 고귀한 청년이 작별하는 순간에 전해 달라고 부탁한 말을 페거티 씨에게 해주었다. 페거티 씨는 크게 감동했다. 그러나 그 대답으로, 이제는 들리지 않는 햄의 귀를 향한, 애정과 회한에 찬 많은 말을 부탁받았을 때, 나는 더 깊은 감동을 받았다.

때가 왔다. 나는 그를 껴안고, 울고 있는 유모를 한 팔로 끌어안은 다음, 서둘러 배에서 내렸다. 갑판에서 가엾은 미코버 부인과도 작별을 했다. 그녀는 그때까지도 미친 듯이 자기 친정 식구를 찾고 있었다. 그녀가 내게 마지막으로 한 말은, 결코 미코버 씨를 버리지 않겠다는 것이었다.

우리는 뱃전으로 가서 거룻배에 옮겨 탄 다음 조금 떨어진 곳에서 배가 떠나는 것을 지켜보았다. 고요하고 햇살이 눈부신 일몰이었다. 배는 우리와 붉은 태양 사이에 있었으므로, 끝으로 갈수록 늘어지는 밧줄과 돛대의 둥근 기둥들이 붉게 타오르는 황혼을 배경으로 뚜렷이 보였다. 배는 저녁햇살을 받으며, 눈부시게 빛나는 수면 위에 조용히 누워 있었다. 배에 탄 모든 사람들이 뱃전에 모여서 잠깐 모자를 벗고 묵묵히 서 있었다. 그토록 아름답고, 슬프고, 희망에 찬 광경을 나는 본 적이 없다!

침묵은 찰나에 불과했다! 돛들이 바람을 맞으며 올라가고 배가 천천히 움직이기 시작하자 모든 거룻배에서 갑자기 만세 삼창이 터져 나와 주위에 울려 퍼졌다. 그 소리를 듣고 일제히 모자와 손수건을 흔드는 것을 보자 내 가슴은 찢어질 것만 같았다—그때 그녀의 모습을 보았다!

그녀는 아저씨 곁에 서서 그의 한쪽 어깨에 매달려 떨고 있었다! 그는 한 손을 들어 열심히 우리 쪽을 가리켰다. 그녀도 우리를 발견하고, 마지막 작별의 손을 흔들었다. 아, 아름다운 에밀리, 지금은 슬프더라도 그대의 상처받은 가슴에 무한한 믿음을 지니고 그에게 매달려라! 그도 그의 크나큰 사랑의 힘을 다하여 너에게 매달려 있으니!

마치 그곳만 따로 장밋빛 황혼에 둘러싸인 것처럼, 갑판 위에 높이 서서 그녀는 그에게 매달리고 그는 그녀를 껴안은 채 멀어져 갔다. 우리가 해안으로 돌아왔을 때는 밤의 장막이 켄트산 언덕을 덮었고—또 우리 주위에도 어둠이 짙게 내려앉아 있었다.

58장
방랑

　허무한 그림자와 같은 희망, 그리운 추억, 실수, 헛된 슬픔과 후회의 망령에 홀린 나를 더욱 착잡하게 한 것은 어둡고 기나긴 우울한 밤이었다.

　나는 내가 참고 견디어야 할 마음의 충격을 미처 깨닫지 못한 채 영국을 떠났다. 다정한 모든 사람들을 남겨두고 나는 훌쩍 떠나버렸다. 그러고는 이제 충격을 이겨냈으며 다 지난 일이라고 믿었다. 전쟁터에서 군인이 치명상을 입고도 자기가 총탄에 맞은 것을 거의 모르는 것처럼, 나도 수양이 모자라는 마음으로 혼자가 되었을 때는 그것이 싸워 나아가야 할 상처임을 전혀 모르고 있었다.

　게다가 그러한 생각은 갑자기 깨닫게 된 것이 아니라 조금씩 서서히 찾아왔다. 고국을 떠나던 때의 그 적막한 감정은 시시각각으로 깊어지고 넓어졌다. 처음에는 막연하고 무거운 상실감, 비애라는 느낌 말고는 다른 것을 거의 의식할 수가 없었다. 그러나 나도 모르는 사이에 점차로 내가 잃어버린 모든 것—사랑, 우정, 그리고 관심—을 인식하게 되었다. 예를 들어 최초의 믿음, 최초의 애정, 내 일생에 그린 모든 헛된 꿈—그런 것이 모두 끊어지고 흩어졌으며, 남아 있는 모든 것은, 저 멀리, 내 주위에 어두운 지평선 너머까지 구불구불 길게 펼쳐져 있는 폐허가 된 빈 땅과 황무지—이와 같은 것만이 절망스러울 정도로 느껴지는 것이다.

　비록 나의 슬픔이 이기적인 것이었다 할지라도 나는 그것조차 알지 못했다. 그토록 젊은 나이에, 꽃을 피우기도 전에 꺾여버린 내 천진난만했던 아내를 애도했다. 오래전에 나의 사랑과 칭찬을 차지했던 것처럼, 앞으로도 수많은 사람들의 사랑과 칭찬을 차지할 수도 있었던 스티어포스의 죽음을 아파했다. 폭풍이 몰아치는 바닷속에 안식처를 마련한 비탄에 젖은 햄을 생각하면 통탄하지 않을 수 없었다. 그리고 내가 어렸을 때 곧잘 밤바람이 부는 소리를 들었던 그 소박한 가정의 와해 역시 그러했다.

이처럼 쌓이고 쌓인 슬픔에 짓눌려, 나는 다시 일어설 희망을 잃고 말았다. 나는 이 무거운 짐을 지고서 정처 없이 방황했다. 지금은 그 중압감을 견디지 못하고 짐 밑에 깔렸으며, 그것이 가벼워지는 날은 결코 오지 않을 것이라고 생각했다.

이와 같은 절망 상태가 극에 달했을 때는, 나는 내 목숨도 끝장났다고 믿었다. 어차피 죽는다면 집에서 죽고 싶다는 생각에, 조금이라도 가까이 다가가려고 실제로 길을 되돌아선 적도 있었다. 또 어떤 때는 반대로 무엇을 추구하거나, 뒤에 남겨놓으려는 생각도 없이, 도시에서 도시로, 앞으로만 나아간 적도 있었다.

지금 내가 지나온 괴로운 마음의 행적을 하나하나 되짚으며 밟을 수는 없다. 우리의 꿈에는 그저 막연하여 완전하게 설명할 수 없는 것이 있다. 지금 이렇게 그 무렵을 돌아보아도, 그러한 꿈의 기억이 떠오를 뿐이다. 신기한 외국의 도시, 궁전, 대성당, 사원, 화랑, 성, 분묘, 이상한 거리—이것은 모두 역사와 공상이 살아 숨 쉬는 그리운 장소이다—사이를 누비고 다니는 내 모습을 떠올려보고자 해도, 그것은 역시 꿈의 회상에 불과하다. 언제나 반드시 그 괴로운 짐을 짊어지고 있었다. 그리고 차례차례 내 눈앞에서 사라져 가는 것의 모습은 거의 의식 표면으로 떠오르지 않았다. 만사가 귀찮고, 다만 깊은 슬픔만이 내 미숙하고 유치한 마음을 뒤덮었던 어두운 밤이었다. 그러나 지금은 그것들에서 눈을 들어—다행스럽게도 마지막에는 겨우 그럴 수 있었다!—그 길고 슬프고 비참한 밤에서 빠져나와 여명을 바라보도록 하자.

여러 달 동안, 나는 이 어두운 구름으로 내 마음을 뒤덮고 여행을 했다. 다시는 고향에 돌아가지 않겠다는 맹목적인 이유—좀더 뚜렷하게 나타낼 수 있는 이유를 찾았으나 허사였다—에 따라 나는 방황을 계속했다. 때로는 쉬지 않고 정처 없는 여행을 계속하다가도, 때로는 천천히 한 곳에 머물러 있기도 했다. 목적도 전혀 없었고, 딱히 지향하는 것도 없었다.

나는 스위스에 머물고 있었다. 알프스의 험한 산길을 넘어서, 이탈리아에서 들어온 이래, 안내인과 함께, 산속의 오솔길을 따라 유랑생활을 해왔던 것이다. 장엄한 고독이 내 가슴에 말을 걸어왔지만 나는 그것도 알지 못했다. 나는 무서운 봉우리와 절벽, 우렁차게 흘러내리는 급류, 얼음과 눈으로 덮인 황량한 설원의 장엄함과 신비로움은 알았지만, 그 밖의 것은 아무것도 배우지 못했다.

어느 날 저녁, 해가 지기 전에 나는 그날 밤 쉬기로 되어 있는 골짜기로 내려갔다. 산허리의 구불구불한 길을 따라 한 걸음씩 내려가다 보니, 아래의 계곡이 저녁놀을 받아 붉게 반짝이고 있었다. 그때 내 가슴속에서, 오랫동안 깨닫지 못했던 아름다움과 평온함, 평화로움이 그 고요함 속에서 눈을 떴거나 희미하게 움직이는 것을 느꼈다. 답답함도 아니요, 절망도 아닌 어떤 슬픔을 느끼고, 나는 걸음을 멈추었다. 어떤 좋은 변화가 일어나지 않을까 하는, 거의 동경에 가까운 느낌이었다.

나는 석양이, 눈에 덮인 높은 산봉우리들을 비추고 있을 무렵, 골짜기로 내려갔다. 그 봉우리는 영원히 사라지지 않는 구름의 벽처럼 골짜기를 에워싸고 있었다. 협곡을 이루고 있는 산기슭에 조그마한 마을이 있었는데 짙은 녹음에 둘러싸여 있었다. 그 보드라운 초목이 끝나는 곳에는 높이 솟은 검은 전나무 숲이, 쐐기처럼 쌀쌀한 설원 속으로 치고 들어가 눈사태를 막고 있었다. 또 그 위에는 험준한 절벽, 잿빛 바위, 번쩍이는 얼음, 점점이 흩어져 있는 푸른 목장이 산꼭대기의 눈과 뒤섞여 있었다. 산허리 여기저기에는 깨알 같은 점이 보인다. 하나하나가 한 가정을 이루고 있는 외로운 목조 가옥들이었다. 그 집들은 우뚝 솟은 산봉우리에 압도되어 초라한 장난감처럼 보였다. 골짜기에 오밀조밀 모여 있는 이 마을 또한 그러했다. 이곳은 집이 조금이나마 밀집해 있고, 그러했으며, 깨진 바위를 뛰어넘고 나무들 틈으로 우렁찬 소리를 내며 흘러가는 개울에 나무다리가 놓여 있었지만, 그것들 또한 아주 작아 보였다. 고요한 공기를 가르며 멀리서 노랫소리가 들려왔다. 양치기의 노랫소리였다. 그러나 때마침 빛나는 해질녘의 구름 한 조각이 산중턱에 걸려 있었으므로 나는 그 노랫소리가 구름 속에서 들려오는 천상의 음악이라고 생각했다. 그 정적 속에서 갑자기 대자연이 나에게 말을 걸었다. 마음이 너그러워진 나는 지친 머리를 풀밭 위에 눕히고 도라가 세상을 떠난 이후 한 번도 그랬던 적이 없을 정도로 서럽게 울었다.

숙소에는 몇 분 전에 도착했다는 편지 한 묶음이 나를 기다리고 있었다. 나는 저녁이 준비되는 동안 그 편지를 읽어 보려고 천천히 마을을 빠져나갔다. 다른 편지들은 전부 도착하지 않았으므로, 제법 오랫동안 편지를 한 통도 받지 못했었다. 게다가 나도 나라를 떠난 뒤로는, 잘 있다든가 어디어디에 도착했다든가 하는 짤막한 소식을 한두 줄 적어 보내는 것 말고는, 도저히 편지를 쓸 기력도 인내심도 없었다.

그 편지 다발이 손에 들어온 것이다. 나는 재빨리 펼쳐서 먼저 아그네스의 편지를 읽어내려갔다.

그녀는 건강하게 열심히 일하고 있으며, 평소 바라던 대로 순조롭게 잘 살아가고 있다고 했다.

그녀는 나에게 아무런 충고도 하지 않았고, 아무런 의무도 강요하지 않았다. 다만 그녀만의 열렬한 태도로 나를 믿는다고만 했다. 나라면 분명히 전화위복을 할 수 있다고 말했다. 시련과 슬픔이 행복감을 높이고 굳건하게 해준다는 것도 잘 알고 있다고 말했다. 내가 겪은 슬픔 때문에 오히려 어떠한 목적에 있어서도, 좀더 확고하고 좀더 고상한 격려를 얻을 것으로 굳게 믿는다고 말했다. 나의 명성을 자랑스럽게 여기고, 그 명성을 더욱 크게 떨치기를 바라고 있는 그녀는 내가 절대로 노력을 멈추지 않으리라는 것을 알고 있다고 말했다. 나에게는 슬픔이 분명히 큰 힘이 될 것이라고 했다. 내 어린 시절의 인내심이 오늘의 나를 만든 것처럼, 지금의 이 큰 고난 역시 나를 격려하여 좀더 훌륭한 사람으로 만들 것이며, 그 고난이 가르쳐준 것 역시 다른 사람들에게도 가르쳐줄 것이라고 그녀는 말했다. 도라를 안식처로 데려가신 하느님께 나를 맡길 것이며, 누이동생 같은 애정으로 언제나 나를 소중히 여기고, 내가 어디로 가든, 언제나 내 곁에 있을 것이라고 했다. 지금까지의 나도 자랑스럽지만 앞으로 내가 하려는 일은 더 큰 자랑으로 여길 것이라고 말했다.

나는 편지를 품 안에 넣고, 한 시간 전까지 내가 어떠했던가를 생각해 보았다! 이윽고 양치기들의 노랫소리가 사라지고, 고요한 저녁 구름이 어두워지고, 골짜기의 모든 색채가 희미해졌다. 오직 산꼭대기의 황금빛 눈만이 창백한 밤하늘 아래 어스레하게 남아 있었지만, 내 마음속에서는 밤이 지나가고, 그 그림자도 모두 말끔히 걷혔다. 그런데 지금까지보다 더욱 커진 그녀에 대한 내 사랑을, 앞으로는 뭐라고 나타내야 좋을 것인가!

나는 그녀의 편지를 몇 번이고 되풀이해서 읽었다. 잠자리에 들기 전에 답장을 썼다. 나는 지금 당신의 도움이 절실히 필요하며, 당신이 없으면 나는 당신이 생각하는 그러한 사람이 되지 못하고, 되지도 못했을 것이라고 썼다. 오직 당신 덕분에 여기까지 올 수 있었으며, 앞으로도 더욱 노력해 보겠다고 썼다.

정말로 나는 노력했다. 앞으로 석 달만 있으면, 나의 슬픔이 시작된 지 한 해가 된다. 그 석 달이 지날 때까지는 어떠한 결심도 하지 않고 그냥 노력만 했다. 나는 그동안 줄곧 이 골짜기와 그 주위에 머물러 있었다.

석 달이 지났다. 나는 얼마간 더 고국에서 떨어져 살기로 결심했다. 그날 밤의 추억으로 점점 더 다정하게 느껴지는 스위스에 자리를 잡고, 다시 펜을 들어 글을 쓰기로 했다.

나는 아그네스가 권한 하느님 앞으로도 겸허하게 향했다. 나는 자연의 섭리도 추구했는데, 그것은 언제나 결코 허사가 아니었다. 요즘에는 그동안 멀리했던 사람과의 유대를 다시 그리워하게 되었다.

머지않아 이 골짜기에서도 야머스에서보다 더 많은 친구가 생겼다. 겨울이 오기 전에 잠시 제네바에 갔다가 봄이 되어 다시 돌아왔더니, 영어로는 나타낼 수 없지만, 그 따뜻한 환대는 마치 고국에 돌아온 것만 같았다.

나는 아침 일찍부터 밤늦게까지 글을 썼다. 끈기 있게, 열심히. 맨 처음 쓴 것은, 내가 겪은 것을 바탕으로 분명한 목적을 지닌 소설이었다. 그것을 트래들스에게 보냈더니 그는 아주 유리한 조건으로 출판을 주선해주었다.

나의 명성이 점점 높아가고 있다는 소식이, 우연히 만나는 나그네들의 입을 통해서 내 귀에도 들려오기 시작했다. 나는 얼마간 휴양을 하여 기분을 전환한 다음 옛날과 같은 열렬한 태도로, 내 마음을 강력히 사로잡았던 새로운 공상을 바탕으로 하여 신작 집필에 착수했다. 일이 진행되어감에 따라 더욱더 흥이 났고, 온 힘을 다해 퇴고에 몰두했다. 그것이 나의 세 번째 소설이었다. 반쯤 탈고했을 때, 잠깐 쉬면서 고향에 돌아갈까 생각을 했다.

꾸준히 공부하고 집필을 계속해왔으므로, 심한 노동이 습관이 되어 있었다. 그러나 나라를 떠나온 덕에, 나빴던 건강도 완전히 되찾았고, 견문도 넓혀져 있었다. 많은 나라를 다니며 지식도 크게 늘었다고 생각한다.

내가 고국을 떠나 있는 동안 떠올릴 필요가 있다고 생각하는 것은 하나도 빼놓지 않고 적었으나 아직 말하지 않은 것이 딱 한 가지 있다. 특별히 숨기려고 그런 것이 아니라, 언젠가 전에도 말했듯이, 이 이야기가 내 회상의 기록이기 때문이다. 나는 내 마음속에 가장 깊이 흐르는 비밀을 끝까지 지니고 싶었던 것이다. 마침내 지금 그 비밀을 털어놓고자 한다.

하지만 나 역시, 내 마음의 비밀을 완전히 파악하고 있는 것은 아니므로, 아그네스에게 언제부터 눈부신 희망을 품게 되었는지는 분명히 알지 못한다. 또한 아무리 철없는 어린 시절이었다고는 하지만 어떻게 그녀의 사랑이라는 귀중한 보물을 스스로 내던져버릴 수 있었는가. 그리고 그것을 내 슬픔의 어느 단계에서 처음으로 뉘우치게 되었는가도 확실하지 않다. 그러나 그러한 생각은, 아직 도라가 살아 있던 무렵부터, 어쩐지 슬프고 채워지지 않는 것, 잃어버린 것, 나아가서는 이룰 수 없는 꿈으로서, 머나먼 속삭임처럼 귓가에 어려 있었고, 나 자신도 그 점을 잘 알고 있었다. 그런데 그것이 자책과 뉘우침의 감정과 함께 새삼스럽게 마음에 떠오른 것은, 홀로 쓸쓸하게 슬픔 속에 던져진 뒤부터였다.

만일 그때 내가 아그네스와 자주 만났더라면, 나는 외로움에 마음이 약해져서 이런 감정도 솔직히 털어놓았을 것이다. 사실 그러한 두려움이 있으므로 나는 영국을 떠나기로 결심했던 것이다. 그녀의 누이로서의 애정을 잃는다면 나로서는 도저히 견딜 수 없을 것이고, 내가 진심을 고백해 버리면, 지금까지 느끼지 못했던 어색한 감정이 우리 두 사람 사이에 생겼을 것이다. 나는 그것이 두려웠다.

그녀가 지금 나를 보는 누이로서의 애정은, 어디까지나 내가 멋대로 만들어냈다는 점을 잊을 수가 없었다. 게다가 그녀가 다른 종류의 애정을 가지고 나를 사랑했다 하더라도—그녀가 아마도 그랬을 것이라고 여겨지는 때가 가끔은 있었다—내가 그것을 물리쳤다는 사실 또한 잊을 수 없었다. 우리가 아직 어렸을 때, 그녀만은 종잡을 수 없는 내 연심 따위와는 상관없는 사람으로 보였으나, 지금 생각하면 정말 어이없는 이야기이다. 나는 나의 정열적인 애정을 다른 대상에게 주었으며, 아그네스에게는 하면 좋았을 것까지 일부러 하지 않았다. 그러므로 나에 대한 아그네스의 누이 같은 태도는 나와 그녀의 고귀한 마음이 일부러 그렇게 만들어버린 것이었다.

내 안에서 겨우 변화의 조짐이 나타나기 시작한 무렵, 곧 내가 나 자신을 더욱 잘 이해하고 보다 좋은 인간이 되려고 애쓰던 때에, 아무 생각 없이 이런저런 반성을 하다가 잘못된 과거를 지워버리고 그녀와 결혼하는 축복을 받을 수도 있다는 생각이 슬쩍슬쩍 고개를 들었다. 그러나 시간이 흐르면서 그 그림자와 같은 가망은 희미해지더니 이내 사라져버리고 말았다. 그녀가 나를 사랑한 적이 있다면, 나는 그만큼 더 그녀를 신성한 존재로 남겨두어야 한다고 생각했다. 내가 지금까지 가지고 있던 그녀에 대한 믿음, 내 흔들리는 마음을 그녀가 알고 있다는 사실, 나의 친구가 되고 누이가 되기 위해서 그녀가 치른 큰 희생, 그리고 그녀가 얻은 승리, 이런 것들을 생각하면 그렇지 않은가. 반대로 그녀가 나를 사랑한 적이 없었다면, 이제 와서 나를 사랑할 것이라고 어떻게 믿을 수 있겠는가!

그녀의 한결같은 지조와 불굴의 성품에 비해 나는 나약하다고 느껴왔는데, 지금은 더욱더 그렇게 느꼈다. 연인 또는 남매—그 관계가 무엇이든, 먼 옛날의 나였다면 그나마 그녀에게 어울리는 사람이었을 수도 있으나, 지금의 나는 그렇지 않고, 그녀 또한 옛날의 그녀가 아니다. 시간은 이미 지나가버렸고, 그렇게 만든 사람은 다름 아닌 나 자신이므로, 그녀를 잃어도 이른바 자업자득이었다.

이러한 마음의 갈등 속에서 나는 몹시 괴로워했으며, 내 마음은 불행과 뉘우침으로 가득 찼다. 그럼에도 희망이 빛나고 있을 때는 고집스럽게도 그녀를 외면했다가도, 그 희망이 사그라지면, 사랑스러운 그녀에게 추파를 던지는 것은 남자의 체면이나 정의감으로 보아 반드시 그만두어야 한다는 굳은 신념을 가지고 있었다. 지금 그녀를 사랑하고 있으며, 그녀에게 헌신적이라는 것을 숨기려고 하지 않았지만 이제는 너무 때가 늦었다. 두 사람 사이에 오랫동안 쌓아온 관계만은 무너뜨려서는 안 된다는 것을 내 마음 깊이 확실히 해두었다.

다행히 우리의 애정을 전혀 의심할 여지가 없었던 시절에, 도라가 어쩌면 일어났을 수도 있는 어떤 가정을 내게 암시한 일이 있다. 그 뒤로 나도 그 문제를 깊이 생각해 보았다. 결코 일어나지 않은 일들도 그 결과에 있어서는, 우리에겐 실제로 일어난 일만큼이나 현실적인 의미를 지니고 있다고 생각했었다. 도라가 말했던 바로 그 시기도 지금은 나의 잘못을 바로잡기 위한 하나의 현실인지도 모른다. 우리는 어리고 분별이 없을 때 헤어졌지만, 아마도 좀더 뒷날에는 그러한 현실을 마주했지도 모른다. 나는 아그네스와 결혼했을 수도 있다 생각하면서, 그것이 나를 더욱 자제하게 하고, 결심을 굳게 하고, 더욱 나 자신의 결점과 과오를 깨닫는 수단으로 바뀌도록 노력했다. 이렇게 해서, 생각하기에 따라서는 충분히 가능했을 수도 있었던 것을, 마지막에는 절대 있을 수 없는 일이라는 확신으로 바꾸어 버린 것이다.

심한 혼란으로 갈피를 잡을 수 없는 괴로움과 모순을 지닌 이러한 일들이, 내가 고국을 떠난 지 3년 만에 다시 그 땅을 밟을 때까지 내 마음을 괴롭혀 왔었다. 그러고 보니 이민선이 떠난 지도 3년이 지났다. 같은 시각, 해질 무렵, 같은 장소에서, 그 이민선의 그림자를 비추던 장밋빛 물결을 지금 다시 바라보며, 나는 나를 고국으로 데리고 온 정기선 갑판에 서 있었다.

3년, 지나고 보면 짧지만 전체적으로 보면 길었다. 고국도 몹시 그리웠지만 아그네스도 그리웠다—그러나, 그녀는 내 것이 아니다—영원히 내 것이 될 수 없다. 그렇게 될 수는 있었을지도 모르지만, 지금은 너무 늦어버렸다.

59장
귀국

마치 겨울과 같은 가을날 저녁, 나는 런던에 닿았다. 어둡고 비가 내리고 있었다. 마치 1년 치의 안개와 진창을 순식간에 본 느낌이었다. 나는 세관에서 기념탑*1 있는 데까지 걸어가서 겨우 마차를 잡았다. 물이 넘쳐흐르는 하수구 앞의 집들까지 그리운 옛 친구처럼 생각되었지만, 대단히 지저분한 친구라는 것은 인정하지 않을 수 없었다.

나는 곧잘 이런 것을 눈치채곤 한다—누구나 그럴 것이라고 생각하지만—정든 곳에서 떠나는 것은 곧 거기서 일어날 변화의 신호처럼 생각된다는 사실이다. 그날도 마차의 창문을 통해, 1세기 동안 페인트도, 판자도, 벽돌도 손질하지 않은 채 방치되어 있던 피시 스트리트 힐*2의 오래된 낡은 집이 철거돼 사라지고, 옛날부터 불결하고 불편한 곳으로 유명하던 인근 거리에는 배수시설이 늘어난 것을 보면서, 세인트폴 사원도 아주 많이 낡아버렸을 것이란 생각이 들었다.

친구들의 처지에도 변화가 있을 것으로 나는 미리 각오하고 있었다. 대고모는 도버로 돌아간 지 오래되었고, 트래들스는 내가 고국을 떠난 바로 뒤터 법정에서 변호사 실습을 시작했었다. 지금은 그레이스 인*3에 사무실을 가지고 있으며, 그의 최근 편지에 의하면, 사랑하는 아가씨와 곧 결혼할 가능성이 아주 없지는 않다고 했다.

모두들 내가 크리스마스 전에는 귀국하리라고 생각하고 있었지만, 이렇게 일찍 돌아올 줄은 모르고 있었다. 나는 그들을 깜짝 놀라게 해주고 싶어서 일부러 그들을 속였던 것이다. 그러나 마중 나온 사람 하나 없이 혼자서 말없이

---

*1 1666년의 런던 대화재를 기념하기 위해 세워진 원기둥의 기념탑.
*2 런던 브리지 북쪽 건너의 한 지구.
*3 런던에 있는 변호사 조직 인스오브코트(Inns of Court, 법학원)의 네 건물 가운데 하나.

안개 낀 거리를 달리고 있으니, 알 수 없는 실망감과 냉기가 느껴졌다.

그러나 자주 다니던 상점들마다 켜져 있는 환한 등불이 내 마음을 달래 주었다. 이윽고 그레이스 인 커피하우스 문턱에서 마차를 세웠을 때는 원기가 완전히 회복되어 있었다. 먼저 나는, 옛날에 투숙했던 골든 크로스 여관을 떠올리며 지금과는 너무도 달랐던 그 시절을 떠올리고, 그 뒤로 일어난 여러 가지 변화를 생각해 보았다.

"트래들스 씨가 그레이스 인의 어디에 살고 있는지 아세요?" 나는 커피점 난롯가에서 몸을 녹이며 웨이터에게 물었다.

"홀본코트 2번지입니다."

"트래들스 씨는 변호사들 사이에서 평판이 한창 높아가고 있다고 들었는데요?"

"그렇습니까? 저는 잘 몰라서요."

빼빼마른 중년 웨이터는 자기보다 높은 자리에 있는 듯한 웨이터에게 도움을 청했다. 검정 반바지에 긴 양말을 신은, 이중턱의 뚱뚱한 웨이터가, 식당 끝에 있는 교회 위원석 같은 곳에서 느릿느릿 나왔는데, 그는 거기서 금고와 인명록, 변호사 명부, 기타 서적과 서류를 가지고 일하고 있었던 것이다.

"홀본코트 2번지의 트래들스 씨입니다만." 깡마른 웨이터가 말했다.

그러나 거들먹거리는 웨이터는 손을 저어서 그를 보낸 다음, 진지한 표정으로 나를 바라보았다.

"내가 물어 봤던 것은," 나는 말했다. "홀본코트 2번지의 트래들스 씨가 변호사 사이에서 평판이 높아가고 있느냐는 거예요."

"그분 성함은 들어 본 적이 없는데요." 웨이터는 커다란 쉰 목소리로 말했다.

나는 트래들스를 위하여 변명해주고 싶은 마음이 간절했다.

"아주 젊은 분이시겠지요?" 웨이터는 나를 매섭게 노려보며 말했다.

"그분이 그레이스 인에 오신 지 얼마나 됐습니까?"

"3년 정도예요."

40년 정도는 그 교회 위원석 같은 자리에 앉아 있었을 것으로 보이는 웨이터는 그런 하찮은 문제는 얘기할 가치도 없다는 듯이, 저녁 식사로 무엇을 먹겠느냐고 내게 물었다.

나는 진심으로 영국에 돌아왔다는 생각이 들었다. 그리고 트래들스 때문에 몹시 낙심하고 말았다. 그에게는 희망이 없어 보였다. 나는 주뼛거리며 생선과 구운 고기를 주문해놓고, 그의 불운을 곰곰이 생각하면서 난로 앞에 서 있었다.

급사장이 나가는 것을 바라보면서, 그가 자라 이제야 겨우 꽃을 피운 이 화단도, 온통 관례로 얼룩져 있으며, 완고하고, 거드럭거리며 오만한 곳이라, 이곳에서 그가 출세하기는 어렵겠다고 생각했다. 나는 방 안을 둘러보았다. 바닥 위에는 모래가 곱게 뿌려져 있었다. 그것 역시 그가 어렸을 때와(도저히 그럴 리는 없겠지만 만약 그렇다고 가정하면) 조금도 다를 바 없이 여전히 그대로 뿌려져 있는 것이라고 생각했다. 번쩍번쩍 빛나는 테이블을 들여다보니, 맑은 연못물 같은 오래된 마호가니 표면에 내 얼굴이 뚜렷하게 비쳤다. 그리고 저 램프는, 심지를 자르고 청소를 하는 데에 한 점의 실수도 없었을 것이다. 아담하게 구역을 나누고 있는 놋쇠 봉이 달린 따뜻한 느낌의 녹색 커튼. 새빨갛게 타오르는 커다란 난로 두 개. 즐비하게 늘어선 술병—지하의 술 저장고에 값비싼 오래된 포트와인이 큰 통으로 쌓여 있는 것을 아는지 모르는지, 침착하게 늘어서 있다. 과연, 영국이나 그 법이나, 이래서는 기습을 감행할 수 없음을 잘 알 것 같았다. 나는 침실로 올라가 젖은 옷을 갈아입었다. 오래된 징두리 벽판을 댄 휑뎅그렁한 방(그것은 그레이스 인으로 통하는 아케이드 위에 있었다), 역시 엄청나게 큰 기둥 달린 침대, 지레로도 움직일 수 없을 것 같은 요란한 옷장을 비롯한 모든 것들이, 트래들스뿐 아니라 다른 모든 용감한 젊은이들에게 무시무시한 위압감을 가지고 다가오는 것이었다. 나는 식사를 하러 또다시 아래층으로 내려갔다. 느릿한 식사 속도와 고요한 분위기—아직 장기 여름휴가가 끝나지 않았으므로 다른 손님은 하나도 없었다—마저도, 트래들스의 무모함과, 앞으로 20년간은 그가 제대로 된 수입은 꿈도 꿀 수 없다는 그의 비운을 크게 웅변하고 있었다.

이런 광경을 보는 것은 나라를 떠난 뒤로 처음이었다. 그런 만큼 내 친구를 생각하니 마음이 아주 우울해졌다. 웨이터는 더 이상 나 따위에게는 관심이 없었다. 근처에 다가오지도 않았다. 그가 눈을 떼지 않고 시중을 들고 있는 상대는 긴 장화를 신은 노신사였다. 이 손님에게는 파인트 크기의 특제 포트와인이 저절로(그는 따로 주문을 하지도 않았건만) 술 저장고에서 올라오는 것 같았다. 다른 웨이터가 내게 귀엣말한 바로는, 그 신사는 그레이스 인 광장에 살고 있는 은퇴한 부동산법무사로, 말 그대로 막대한 부를 쌓았다. 그것은 전부 나중에 그의 집 세탁부의 딸이 차지하게 된다고 한다. 이것도 그가 해준 이야기이다. 소문에 의하면, 그의 집에서는 숟가락과 포크가 하나씩 사라지는 것 말고도, 식기를 보지 못한 사람이 줄을 잇는다. 그래도 커다란 찬장 안에는 화려한 은제식기 한 벌이 고스란히 들어 있으며, 아무도 쓰지 않으므로 완전히 녹이 슬었다고 한다. 이쯤 되자 나도 트래들스에 대해서는 완전히 포기해 버렸다. 어차피 희망이 없다고 혼자 결정지어 버렸다.

그래도 나는 내 다정한 친구를 만나고 싶은 생각이 간절해서, 그 웨이터에게는 경멸당하겠지만 허겁지겁 식사를 마치고 뒷문으로 서둘러 나와버렸다. 홀본코트 2번지에는 이내 닿았다. 입구의 문패를 보고, 트래들스가 맨 꼭대기층에 있는 방을 차지하고 있음을 알았다. 나는 말할 수 없이 낡은 계단을 올라갔다. 층계참마다 작은 등불이 흐릿하게 켜져 있었다. 그 불은 작고 지저분한 유리 감옥 안에서 금방이라도 꺼질 듯이 켜져 있었다.

비틀거리며 계단을 올라가고 있을 때 즐거운 웃음소리가 들리는 것 같았다. 법률대리인이나 법정 변호사, 그들 서기의 웃음소리가 아니라 명랑한 아가씨 두세 명의 웃음소리였다. 그런데 웃음소리에 귀를 기울이며 걸음을 멈춘 순간, 우리의 영예로운 '그레이스 인 법조협회'에서 널빤지가 모자라 그대로 버려둔 바닥의 구멍에 발이 빠져서 나는 요란한 소리와 함께 넘어져버리고 말았다. 내가 다시 일어섰을 때 주위는 조용했다.

나머지 계단은 더욱 조심하면서 올라가서 '미스터 트래들스'라고 쓰인 바깥문이 열린 것을 보았을 때, 내 가슴은 몹시 두근거렸다. 문을 두드리자, 안에서 퉁탕거리는 요란한 소리가 나더니 조용해졌다. 나는 또다시 노크했다.

반은 사환이요 반은 서기인 날카로운 얼굴을 한 어린 소년 하나가 얼굴을 내밀었다. 소년은 몹시 숨을 헐떡거리고 있었다. 마치 그것을 법률적으로 증명할 수 있으면 해 보라는 얼굴을 하고 나를 노려보았다.

"트래들스 씨 계시는가?"

"네. 그렇지만 사무를 보고 계십니다."

"만나고 싶은데."

소년은 잠시 나를 훑어본 뒤 안으로 들어가게 해도 좋다고 판단했는지, 문을 더 넓게 열고는 나를 안내했다. 우선 좁은 현관을 지나, 이어서 조그마한 거실로 데리고 들어갔다. 거기서 나는 책상에 앉아 서류를 살펴보고 있는 오랜 친구(그도 역시 숨을 헐떡이고 있었다)의 모습을 맞닥뜨렸다.

"아!" 트래들스는 고개를 들며 소리쳤다. "코퍼필드 아닌가!" 그리고 그는 내 두 팔 안으로 냅다 뛰어들었다. 나도 그를 꼭 껴안았다.

"어때, 트래들스. 잘 있었나?"

"그래, 잘 있었어! 코퍼필드, 온통 좋은 소식뿐이야."

우리 두 사람은 너무도 기뻐서 울었다.

"여보게," 그럴 필요는 없었지만 트래들스는 흥분한 나머지 머리를 헝클어뜨리며 말했다. "코퍼필드, 정말 오래간만일세! 아주 잘 왔네, 자네를 만나서 내 얼마나 기쁜지! 햇볕에 얼굴이 많이 탔군, 그렇지? 와, 정말 기쁘네! 진짜 이렇게 기쁜 일은 일찍이 없었다네, 결코 없었어!"

내 감정을 어떻게 나타내야 할지 나 역시 어찌할 바를 몰랐다. 처음에는 말조차 나오지 않았던 것이다.

"여보게, 친구!" 트래들스가 말했다. "자넨 정말 유명해졌어! 나의 훌륭한 코퍼필드! 그래, 언제 어디서 돌아왔나? 그동안 어떻게 지냈어?"

트래들스는 물음에 대답할 여유도 주지 않고서, 나를 끌고가 난롯가의 안락의자에다 억지로 앉혔다. 그는 한 손으로는 난롯불을 마구 쑤석거리면서 다른 한 손으로는 목도리를 외투로 착각했는지 자꾸만 잡아당기고 있었다. 그러더니 이번에는 부지깽이를 든 채로 나와 얼싸안았다. 우리는 울고 웃으며 앉아서 난로 너머로 악수를 나누었다.

"참 유감일세." 트래들스는 말했다. "자네가 고국에 와 있으면서 식에 참석하지 못한 것을 생각하면 말이야!"

"식? 무슨 식 말인가?"

"저런! 저번에 보낸 내 편지를 못 받았나?" 트래들스는 옛날과 다름없이 눈을 동그랗게 뜨고 소리쳤다.

"그래, 못 받았어. 그 식에 관한 편지라면,"

"저런, 저런, 코퍼필드, 나 결혼했다네!" 트래들스는 두 손으로 머리칼을 바싹 쓸어 올리고, 그 두 손을 내 무릎 위에 얹으며 말했다.

"결혼을 했다고?" 나는 너무 기쁜 나머지 큰 소리로 외쳤다.

"그렇다네! 호리스 목사의 주례로,—소피와—데본셔에서. 여보게, 신부는 지금 커튼 뒤에 있다네! 여길 좀 보게!"

놀랍게도, 그가 가장 사랑하는 여인이 웃으며 얼굴을 붉히고 숨어 있던 곳에서 나왔다. 나는 그녀보다 더 쾌활하고, 상냥하고, 정직하고, 행복하고, 명랑한 얼굴의 신부를 (나는 그 자리에서도 이렇게 말했다) 본 적이 없었다. 나는 오랜 친구처럼 그녀에게 키스하고, 진심으로 두 사람의 행복을 빌었다.

"이보게, 코퍼필드, 다시 만나니 얼마나 즐거운가! 자네 얼굴이 정말로 많이 탔군! 난 참으로 행복하네!"

"나도 그렇다네."

"저도 정말 행복해요!" 소피가 얼굴을 붉히고 웃으며 말했다.

"우리는 정말로 행복해." 트래들스는 말했다. "아가씨들도 모두 행복해! 저런, 그 사람들을 잊고 있었군!"

"잊고 있었다니?"

"아가씨들, 소피의 자매들이야. 지금 여기 와 있네. 런던을 구경하러 나왔어. 그런데, 아 참—조금 전에 계단에서 넘어진 게 자네였나, 코퍼필드?"

"나였다네." 나는 웃으며 대답했다.

"그럼, 자네가 계단에서 넘어지던 그때에, 나는 내 처제들과 뛰어다니고 있었어. 사실 우린 술래잡기를 하고 있었다네. 그런데 이 웨스트민스터 홀[4]에서 할 만한 것이 아닌데다가, 의뢰인들이 보면 직업적 권위에도 문제가 생긴다며 모두 달아나버렸어. 지금쯤 틀림없이 엿듣느라 귀를 기울이고 있을 거야." 트래들스는 다른 방의 문을 한번 보면서 말했다.

"이거 미안하게 됐군. 내가 쫓아버렸다니." 나는 다시 웃으면서 말했다.

"천만에." 트래들스는 신이 나서 대답했다. "처제들이 우르르 달아났다가 자네가 방문을 노크한 뒤에 머리에서 떨어진 빗을 주우려고 허둥지둥 뛰어들어와서 법석을 떠는 것을 보았더라면, 자네도 그런 말을 하진 않을 거야. 여보, 처제들을 좀 데려오겠소?"

소피가 경쾌한 발걸음으로 달려가자 옆방에서 그녀를 맞이하는 왁자지껄한 웃음소리가 들렸다.

"정말 아름다운 소리가 아닌가, 코퍼필드?" 트래들스가 말했다. "저 소리를

---

[4] 영국 의회 부속 홀이며, 수많은 역사적인 재판이 열린 곳.

들으면 정말 기분이 좋단 말일세. 이 낡아빠진 방이 환하게 밝아지는 것 같아. 홀로 살아온 불행한 노총각에게는 정말 상쾌하다네. 참을 수 없을 정도야. 실은 처제들도 소피를 빼앗겨서 아주 쓸쓸한 거야—나무랄 데 없는 언니이자 동생이었으니까!—그러니 모두가 저렇게 기뻐해주면 나도 정말 기쁘다네. 아무튼 젊은 아가씨들과 함께 있으면 아주 즐거워. 변호사답지 않다고 할 수도 있겠지만 정말 즐거운 일이라네."

그런데 그가 말을 약간 더듬은 것을 보니, 자기가 한 말 때문에 내가 괴로워할까 염려하는 것 같았다. 내가 곧바로 진심으로 동의한다고 말했더니, 그는 크게 안심하고 기뻐했다.

"그건 그렇다치고," 트래들스는 말했다. "사실을 말하자면, 집에서는 직업과 관련된 것을 모조리 배제한다네, 코퍼필드. 소피가 여기 있다는 것부터가 직업상 적절하다고 할 수 없지. 우리에겐 달리 살 곳이 없어. 말하자면 거룻배를 타고 망망대해로 나온 셈이라, 처음부터 힘든 것은 각오하고 있었어. 그런데 소피는 뛰어난 살림꾼이야! 소피가 자기 자매들을 다루는 솜씨를 보면 자넨 깜짝 놀랄 걸세!"

"처제 아가씨들이 다들 와 있나?"

"그래, 맏이인 미인도 있다네." 트래들스는 비밀을 털어놓듯이 나지막한 목소리로 말했다. "그리고 캐롤라인과 사라도 있어. 척추가 탈이 나 안 좋다고 말했던. 이젠 많이 좋아졌다네! 그리고 소피가 교육을 맡았던 두 막내도 함께 있지. 루이자도 있다네."

"대단하군!" 나는 크게 말했다.

"정말이야." 트래들스가 말했다. "이 집—방이라고 해야겠지만—에는 방이 세 개밖에 없어. 그런데 소피가 아주 놀라운 솜씨로 그 세 방을 아가씨들을 위해서 잘 조정했으므로 모두 더없이 쾌적하게 잘 수 있네. 저 방에 세 사람," 트래들스는 손으로 가리키며 말했다. "이 방에 두 사람."

나는 트래들스 부부의 방을 찾기 위해서 둘러보지 않을 수 없었다. 트래들스는 그런 내 마음을 바로 알아차렸다.

"그건 말이야," 트래들스가 말했다. "방금 말했듯이 우리는 고생을 참고 견딜 마음의 각오가 되어 있지. 그래서 지난주 임시변통으로 이 마룻바닥 위에 침대를 만들었네. 그리고 지붕 밑에 작은 다락방 하나가 있는데—올라가 보게. 아주 좋은 방이야—소피가, 나를 놀라게 해주려고 손수 도배를 했다네. 지금은 거기가 우리 방일세. 아담한 것이 집시의 거처 같지. 게다가 전망이 참 좋다네."

"결혼생활이 행복하기 그지없단 말이로군, 트래들스." 나는 말했다. "나도 얼마나 기쁜지 모르겠네!"

"고맙네, 코퍼필드." 트래들스는 다시 한 번 악수를 하면서 말했다. "그래, 나는 더 바랄 것 없이 행복하네. 보게, 저기에도 자네의 옛 친구가 있네."

트래들스는 옛날에 샀던 그 화분과 받침대를 보고 고개를 끄덕이면서 말했다. "그리고 그 대리석을 깐 테이블도 있네! 그 밖의 가구는 모두 수수하고 실용적인 것들이지만. 금은으로 만든 식기라곤, 우리는 찻숟가락 하나 없는 형편일세."

"모두 벌어서 마련해야겠군?" 나는 기분 좋게 말했다.

"그렇다네." 트래들스는 말했다. "모두 벌어서 사들여야 해. 물론 찻숟가락이란 것을 가지고는 있지. 차를 저어 마셔야 하니 말일세. 모두 브리타니아 합금*5으로 된 싸구려지만."

"은이라면 그만큼 더 번쩍이겠지." 나는 말했다.

"내가 말하는 것이 바로 그거야!" 트래들스는 말했다. "여보게, 코퍼필드." 그는 또다시 비밀을 말하는 것처럼 목소리를 낮추었다. "변호사로서 주가를 올리는 데에 크게 도움이 되었던 그 자이프스 대(對) 위그젤 사건의 변론을 한 뒤에, 나는 데본셔에 가서 호러스 목사와 내밀히 이야기를 했네. 나는 그 사실을 누누이 강조했지. 소피는—코퍼필드, 두말할 것 없이 훌륭한 아가씨야!—"

"그건 사실이야!"

"소피는 정말 사랑스러워! 앗, 하지만 이건 다른 이야기지. 호러스 목사 얘기를 하던 중이었지?"

"그래, 호러스 목사와 내밀히 이야기를 했다는—"

"그래, 그랬지! 나는 호러스 목사와 얘기를 했어. 소피와는 약혼한 지가 오래되었으며, 소피는 부모의 허락만 있으면, 언제든지 나와 결혼할 수 있다고—쉽게 말하면" 트래들스는 여느 때와 다름없는 정직한 미소를 지으며 말했다. "우

---

*5 주석, 구리, 안티몬 따위에 아연을 조금 섞은 합금으로서 숟가락으로서는 하등 제품.

리가 현재 브리타니아 신세를 지고 있는 가난한 처지에 있다 할지라도 괜찮다고 말일세! 그래서 나는 호러스 목사에게 제의를 했어—그분은 정말 훌륭한 목사님이셔. 마땅히 대주교가 되어야 할 분이요, 적어도 쪼들리지 않는 생활을 해나갈 수 있을 정도의 돈은 받아야 할 그런 분이시네—일단 연수 250파운드라는 난관을 뚫고, 그 다음해에도 그 정도, 아니 그 이상의 수입이 생길 길이 열리며, 이 정도 집에 간소하게 가구를 마련할 수만 있으면, 그때에는 소피와 결혼해도 되지 않겠냐고 말이야. 나는 실례를 무릅쓰고 이렇게 말했다네. 우리가 이미 여러 해 동안 참아왔으며, 내가 소피를 얼마나 사랑하고, 소피가 집에 꼭 필요하다는 사정 때문에 자애로운 부모께서 그녀가 인생의 새로운 보금자리를 차리는 데 반대해서는 안 된다고. 자네 그렇게 생각하지 않는가?"

"물론, 그래선 안 되지." 나는 말했다.

"코퍼필드, 자네가 그렇게 생각해주니 기쁘네." 트래들스가 대답했다. "왜냐하면, 호러스 목사님을 나쁘게 말할 생각은 없지만, 부모나 형제는 이러한 문제에는 의외로 이기적인 면이 있으니까. 그리고 말이야, 내 간절한 소망은 그 집안에 쓸모 있는 사람이 되는 것이라고 분명히 밝혔다네. 만약 내가 출세를 하고, 그분—그분이란 호러스 목사님을 말하는 거야—"

"나도 알고 있어." 나는 말했다.

"그분이나 크룰러 부인에게 무슨 일이 생기면, 내가 기꺼이 처제들의 어버이 노릇을 하고 싶다고. 그것이 가장 큰 소망이라고 말했어. 그분은 나를 무척이나 칭찬하시면서 아주 호의적인 태도로 내게는 과분한 대답을 해주셨지. 크룰러 부인의 동의는 그분께서 책임지고 얻어주시겠다고 하셨다네. 그런데 그 일 때문에 아주 애를 먹은 모양이야. 부인의 다리에서 가슴으로, 가슴에서 머리로 올라갔으니 말이야."

"뭐가 올라갔단 말인가?"

"부인의 슬픔이 말이야." 트래들스는 진지한 표정으로 대답했다. "부인의 온 감정이 말일세. 지난번에 말한 것처럼 부인은 아주 훌륭한 분이지만, 손발을 못 쓴다네. 무엇이든 부인을 괴롭히는 일이 일어나면 언제나 먼저 다리로 온단 말이야. 그런데 이번에는 그것이 가슴으로 올라왔다가 머리로 올라가고, 요컨대, 온몸으로 퍼져서 아주 큰일이었네. 그러나 끈질기고 애정 어린 간호를 하며 부인을 설득했으므로, 마침내 우리는 6주 전 어제 결혼했다네. 자네는 꿈도 꾸지 못하겠지만 온 집안 식구들이 이 구석 저 구석에서 울고 기절하는 것을 보자, 나는 나 자신이 마치 못된 괴물이라도 되는 것 같았다네, 코퍼필드! 크룰러 부인은 우리가 떠나기 전까지 나를 만나주지도 않았다네. 내가 자기 딸을 빼앗아간다고 하면서 결코 용서해주지 않았어. 그러나 부인도 좋은 분이라서, 그 뒤에는 용서해주셨지. 오늘 아침에도, 부인으로부터 즐거운 편지를 받았다네."

"다시 말하자면," 나는 말했다. "지금은 그 당연한 행복을 만끽하고 있다는 말이로군!"

"아! 그건 자네가 내 편이므로 할 수 있는 말이야!" 트래들스는 소리내어 웃었다. "하기야 남들이 아주 부러워할 처지에 놓여 있는 것은 사실이지. 나는 열심히 일하고, 미친 듯이 법률서적을 읽고 있어. 매일 아침 5시에 일어나는데, 그런 것은 조금도 문제가 안 된다네. 낮에는 처제들을 숨겨두었다가, 저녁이면 그들과 즐겁게 지낸다네. 그런데 처제들이 화요일에는 집으로 돌아가기로 되어 있어서 정말 섭섭하다네. 그날이 미클머스 개정기(開廷期)*⁶가 시작되는 이틀 전이거든. 그런데,"

트래들스는 갑자기, 비밀 이야기를 하듯이 속삭이는 것을 그만두고 갑자기 큰 소리로 말했다. "처제들이 왔네! 이쪽이 코퍼필드 씨, 이쪽은 미스 캐롤라인—미스 사라—미스 루이자—마거릿, 그리고 루시!"

말 그대로 장미밭이었다. 건강하고 생기 넘쳐 보였다. 다 예뻤지만 미스 캐롤라인은 아주 아름다웠다. 그러나 소피의 밝은 얼굴에는 사랑스럽고 쾌활하고 가정적인 데가 있어 더욱 마음에 들었으므로 트래들스의 선택은 뛰어났다고 생각했다. 우리는 난로 주위에 둘러앉았다. 서류를 꺼내느라고 숨을 헐떡거렸던 것으로 짐작되는 그 날카롭게 생긴 소년이 다시 서류를 정리한 다음 찻잔을 내왔다. 그 일이 끝나자 그 소년은 바깥문을 거칠게 닫고는 돌아가 버렸다.

트래들스 부인은 침착하게 차를 준비한 다음, 난로 곁에 앉아 토스트를 만들어 주었다.

그녀는 토스트를 만들면서, 아그네스를 만났다고 내게 말했다. 신혼여행차 켄트에 갔었는데, 거기서 나의 대고모도 만났다고 했다. 대고모와 아그네스

---

*6 9월 29일. 고등법원의 개정기를 말함.

는 모두 건강하며 그들은 내 이야기만을 했다는 것이다. '톰'*7은 내가 없는 동안에도, 한시도 나를 잊은 적이 없다고 소피는 말했다. '톰'은 모든 일에 있어서 자기에게 커다란 영향력을 지니고 있고, '톰'은 우상과 같은 존재이며, 어떠한 소동이 일어나더라도 이 반석이 흔들리는 일은 절대 없을 뿐 아니라, 무슨 일이 있어도 자기는 그를 언제나 믿고 진심으로 공경하고 사랑한다고도 말했다.

그녀와 트래들스가 캐롤라인에게 경의를 나타내는 모습은 나를 무척 기쁘게 했다. 생각해 보면 조금 이상한 면도 없지 않았지만, 보고 있으니 꽤 흐뭇했고, 나는 그것이 두 사람의 본성이라고 생각했다. 트래들스가 아직 사지 못한 찻숟가락을 유감스럽게 생각한 순간이 있다면, 바로 그녀에게 차를 건네줄 때였을 것이다. 한편 마음씨 착한 신부가 어떤 일로 자신을 내세우는 경우가 있다면, 그것 또한 오직 자기가 캐롤라인의 동생이라는 이유가 전부일 것이다. 캐롤라인에게는 응석 부리며 자란 제멋대로의 기질이 눈에 띄는데, 그것조차 트래들스 부부는 언니의 고유한 특권, 타고난 인덕이라고 생각하는 것 같았다. 만약 그녀가 여왕벌로 태어나고 두 사람이 일벌로 태어났다고 해도, 그들은 그것을 무한한 영광으로 느낄 것이 틀림없다.

그들 부부의 헌신은 나를 매혹시켰다. 아가씨들을 진심으로 자랑스럽게 여기고, 그들의 변덕스러운 마음을 잘 받아주는 것은 두 사람의 진가를 입증하는 가장 유쾌한 증거였다. 그날 밤, 소피가 트래들스에게, 이건 이렇게 저건 저렇게 하고, 물건을 가지고 오거나 가지고 가고, 위에서 내리거나 무엇을 찾아 달라고 한 번 부탁한다고 가정하면, 그동안 다른 자매들은 그런 부탁을 스무 번은 족히 했을 것이다. 게다가 모두 소피가 없으면 아무것도 할 줄 몰랐다. 누군가의 머리 모양이 망가졌다. 소피가 아니면 바로잡을 수 없다. 누군가가 노래 대목을 잊었다. 올바른 대목을 흥얼거리는 사람은 언제나 소피였다. 누군가가 데본셔에 있는 지명을 까먹었다. 제대로 기억하고 있는 사람은 소피가 유일했다. 누가 집에 편지를 쓰지 않겠느냐고 말을 꺼내면, 아침저녁으로 빠짐없이 쓰는 사람 역시 소피였다. 누군가가 뜨개질을 하다가 뜨개질을 그만 잘못했다. 올바르게 고칠 수 있는 사람은 소피뿐이었다. 자매들이 이 집 주인공이고, 소피와 트래들스는 그들의 시중꾼 같았다. 소피가 평생 몇 명의 자녀를 키우게

---

*7 토머스 트래들스.

될지는 모르지만, 아무튼 영어로 된 자장가나 동요라면 모르는 것이 없기로 유명했다. 실제로 내가 들은 것만도, 주문하는 대로 몇 십 곡은 거뜬히 불렀다. (자매들이 저마다 내키는 대로 주문을 하면 마지막에 캐롤라인이 정하는 것이었다.) 그것은 정말로 놀라웠다. 게다가 무엇보다 좋았던 것은, 그들이 모두 무리한 요청을 하면서도, 결국 모두 소피와 트래들스를 진심으로 사랑하고 존경하는 점이었다.

내가 작별을 고하고, 트래들스가 나와 함께 커피하우스까지 배웅하겠다고 했을 때, 트래들스의 빳빳한 말총머리가, 자매들의 키스 세례를 받고 그렇게 잘 움직이는 것을 나는 본 적이 없다.

그것은, 트래들스에게 잘 자라고 인사를 하고 숙소로 돌아온 다음에도 생각하면 생각할수록 즐거운 광경이었다. 그 낡은 그레이스 인 꼭대기에 몇 천 송이의 장미가 피어 있다고 한들 그 반만큼도 주위를 환하게 만드는 힘은 없었을 것이다. 무미건조한 법률서류 대서소나 변호사 사무소에 그 데번셔 아가씨들이 있다고 생각하면, 잉크 번지는 것을 방지하는 가루와 양피지, 서류를 묶는 빨간 끈, 먼지투성이의 봉함지, 잉크병, 소송사건 적요서, 초안서, 영장, 원고 진술서, 소송 비용 명세서 따위가 있는 그 어둡고 우울한 분위기 속에서 즐거운 공상을 꿈꾸는 것 같았다. 마치 《아라비안나이트》에 나오는 터키 황제 일족이 갑자기 변호사가 되어서, 말하는 새와 노래하는 나무와 금색의 물을 이 그레이스 인 법원으로 가져온 듯한 모습이었다.

트래들스와 헤어져서 커피하우스로 돌아왔을 때에는 그에 대한 불안과 실망이 크게 달라졌다. 아무리 그 웨이터 같은 사람이 영국 전역에 잔뜩 있다고 해도, 그는 꼭 출세할 것이라고 생각하기 시작했다.

나는 식당 난로 앞에 의자를 가까이 놓고 그에 대해서 천천히 생각하고 있었다. 그러다가 문득 깨닫고 보니, 나는 그의 행복을 생각하다가 어느 틈에 타오르는 석탄의 불꽃을 눈으로 쫓고 있었다. 그리고 맹렬히 타오르다가 스러지는 불꽃을 보면서, 내가 거쳐 온 커다란 변화, 이별의 흔적을 떠올리고 있었다. 그러고 보니 3년 전에 영국을 떠난 뒤로, 석탄의 불꽃을 본 적이 없다. 오로지 다 타면 하얀 재가 되고 가벼운 깃털처럼 되어 난로 위에 쌓이는 장작불뿐이었다. 그런 만큼 내가 실의에 빠져 소침해 있던 시기에는 더더욱 나의 절망을 상징하는 것처럼 보였다.

지금은 그 과거를 떠올려도 슬프기는 했지만 아프지는 않았다. 용감한 정신으로 미래를 곰곰이 생각할 수 있게 되었기 때문이다. 좋은 의미로서의 가정이란 이젠 내게는 없었다. 깊은 애정을 불어넣을 수도 있었던 아그네스를 나는 내 누이로 만들어버린 것이다. 그녀도 언젠가는 결혼할 것이며, 그 상냥한 마음씨를 차지하게 될 사람이 새로이 나타날 것이다. 내 가슴속에 자라던 그녀에 대한 사랑을 그녀는 끝내 모를 것이다. 그러나 그 경솔한 정열*8에 대한 대가를 치르는 것은 당연히 내가 해야만 할 일이다. 내가 뿌린 씨를 내가 거두어들이는 것이다.

그러나 그에 대한 내 마음의 준비는 단단히 되어 있는가? 꾹 참으며, 그녀가 한때 내 가정에서 조용히 차지하고 있던 자리*9를 나도 그녀의 가정에서 조용히 해낼 수 있을까? 이러한 생각을 하다가 또다시 문득 정신을 차리니, 마치 불꽃 속에서 튀어나온 것처럼, 내 어린 날의 추억과 함께 어떤 얼굴이 떠올랐다.

바로 내가 신세를 졌던 의사인 칠립 씨—그의 친절에 대해서는 이미 제1장에서 언급했다—가 맞은편 모퉁이의 그늘진 곳에 앉아서 신문을 읽고 있는 것이 아닌가! 그도 나이가 많이 들어 있었다. 그러나 칠립 씨는 온순하고 조용하며 몸집이 작은 분인지라, 확 늙었다는 느낌은 없었고, 오히려 내가 태어나는 것을 기다리며 우리 집 거실에 앉아 있었던 그 무렵에도 꼭 저런 모습이었을 것이라는 생각이 들었다.

칠립 씨는 6, 7년 전에 블룬더스톤을 떠났으므로, 그 뒤 나는 한 번도 만나지 못했다. 그는 그 작은 머리를 한쪽으로 기울이고, 곁에 따뜻한 셰리주 한 잔을 놓고 느긋하게 신문을 읽고 있었다. 그 모습이 너무도 온화해서 그가 신문한테 마음대로 읽어서 죄송하다고 사과라도 하는 것 같이 보였다.

나는 그가 앉아 있는 데까지 걸어가서 말했다.

"안녕하십니까, 칠립 선생님."

그는 낯선 사람으로부터 뜻밖의 인사를 받고 몹시 놀랐으나, 이내 평소의 느린 투로 대답했다. "고맙소. 참 친절하시군요? 당신도 안녕하십니까?"

"저를 기억하시겠습니까?"

---

*8 도라에 대한 사랑.
*9 도라의 친구이자 그의 누이동생 같은 자리.

"글쎄올시다—" 아주 온순하게 미소 짓고 나를 살펴보더니 고개를 저으면서 대답했다. "어디서 뵌 적이 있는 것 같기는 합니다만, 이름이 생각나지 않는군요."

"그렇지만 제가 저를 알기 훨씬 전에 선생님은 제 존재를 알고 계셨습니다."

"그렇소이까? 그렇다면 당신이 태어날 때 내가 입회했던 모양이군요—"

"그렇습니다."

"그래요! 하지만 그 뒤로 당신은 많이 변하지 않았소이까."

"그야 그렇지요."

"그럼, 실례지만, 이름을 말해줄 수 있겠습니까?"

내가 이름을 말하자, 그는 놀라면서 크게 감동했다. 그는 나와 악수를 했다. 선생님은 흔치 않게 흥분했다. 평소라면 그 생선뒤집개 같은 얇은 손을 허리 앞으로 1, 2인치 정도 내미는 게 전부였고, 그마저도 세게 잡으면 깜짝 놀라 당황했던 것이다. 실제로 지금도 마침내는 손을 빼어 주머니 안에 넣으면서, 무사히 돌아와서 안심했다는 얼굴을 했다. 그리고 여전히 고개를 기울인 채로 나를 뚫어지게 바라보았다.

"이런이런! 그럼, 코퍼필드 씨군요? 글쎄, 댁의 얼굴을 좀더 자세히 들여다보았더라면 알았을 것. 돌아가신 부친을 많이 닮았군요."

"저는 불행하게도 아버지를 뵌 적이 없습니다."

"그래요, 그랬지요." 칠립 씨는 위로조로 말했다. "정말 유감스러운 일이오. 그나저나 댁의 명성은" 칠립 씨는 그 작은 머리를 천천히 흔들면서 말했다. "우리 고장에서도 아주 유명합니다. 대단한 인기지요." 칠립 씨는 집게손가락으로 이마를 톡톡 치면서 말했다. "참 힘드는 작업이지요!"

"지금 살고 계시는 곳은 어디십니까?" 나는 그의 곁에 앉으며 물었다.

"베리 세인트 에드먼즈*¹⁰에서 2, 3마일 떨어진 곳이오. 집사람이 자기 부친의 유언으로 그 근처에 조그마한 건물을 상속받았으므로 내가 거기에서 개업을 했다오. 그리고 댁도 기뻐해 주시겠지만, 아주 성업 중이랍니다. 딸도 이젠 아주 다 큰 처녀가 되었지요." 칠립 씨는 또다시 그 작은 머리를 저으며 말했다. "지난주에도 애 어미가 저고리 단을 2인치나 늘려주었답니다. 세월이란 참 빠

---

*10 런던의 동북방 80마일 지점.

르지요!"

그는 옛날을 떠올리면서 빈 잔을 입술에 갖다댔다. 나는 그 잔을 다시 채우자고 청하고, 나도 함께 한잔하고 싶다고 말했다. "글쎄요." 그는 여전히 느릿하게 대답했다. "평소보다 좀 과합니다만, 모처럼 댁과 얘기하는 즐거움을 물리칠 수는 없군요. 홍역 때도 내가 돌봤는데, 그것도 꼭 어제 일 같군요. 댁은 정말 잘 이겨냈지요."

나는 감사한 마음으로 셰리주를 주문했고 그것은 곧 나왔다. "나로서는 계획과 다르지만!" 칠립 씨는 술을 저으며 말했다. "그러나 이렇게 좋은 기회를 거절할 수는 없지요. 그런데 가족은 있소?"

나는 고개를 저었다.

"얼마 전에 배우자를 여의었다는 것은 나도 들었어요. 미스 머드스톤한테서 들었지요. 그분도 참 과단성이 있는 분이지요?"

"네, 그렇고말고요." 나는 말했다. "정말 과단성이 있는 분입니다. 그런데 그분은 어디서 만나셨습니까, 칠립 선생님?"

"댁은 아직 모르는군요." 칠립 씨는 온화한 미소를 지으며 말했다. "당신의 의붓아버지가 다시 내 이웃이 되었다는 것을?"

"몰랐습니다."

"그렇게 되었어요! 그 고장의 젊은 숙녀와 재혼했답니다—그녀는 약간의 재산을 가지고 있었지요. 그런데 당신은 머리를 쓰는 일이 피곤하지 않소?" 칠립 씨는 감탄에 잠긴 울새처럼 순진한 표정으로 나를 바라보며 말했다.

나는 질문에는 대답하지 않고 머드스톤 남매에 대한 것으로 화제를 돌렸다. "그분이 재혼한 것은 알고 있었어요. 선생님께서 그 댁 가족의 치료를 맡고 계시나요?"

"일정치 않아요. 이따금 왕진을 가긴 하지요." 그는 대답했다.

그 말에 내가 매우 인상적인 얼굴로 긍정했고, 또 셰리주의 힘도 얻어, 그는 대담하게 서너 번 고개를 저으면서 감개에 젖어 큰 소리로 말했다.

"아! 옛날 일이 생각나는군. 코퍼필드 씨!"

"그럼, 그들 남매는 옛날 버릇 그대로 계속하고 있다는 말인가요?"

"그렇소. 자고로 의사란 남의 가정 속으로 깊숙하게 들어가므로, 직업 외의 일에는 어떤 것에도 눈과 귀를 돌려서는 안 됩니다. 그러나 두 분은 여전히 아주 엄격하다는 것을 말해야겠소. 그 남매는 골상학적으로도 전혀 굽힐 줄 모르는 사람처럼 보이지요. 지금 일에나 사후의 일에나 말입니다."

"저세상 일은, 그들의 뜻대로 되지 않을 겁니다." 나는 대답했다. "그런데 이 세상 일에 관하여 그들은 무엇을 하고 있습니까?"

칠립 씨는 머리를 흔들며 셰리주를 저어서 한 모금 들이마셨다.

"그분은 매력 있는 여성이었어요!" 그는 서글프게 말했다.

"지금의 머드스톤 부인 말인가요?"

"그래요. 정말 매력적인 분이었어요. 더없이 상냥했지요! 우리 집사람 말로는, 그분이 결혼한 뒤로 아주 원기를 잃어버렸으며, 지금은 우울증으로 거의 미쳐 있다고 합니다. 부인들이란 관찰력이 뛰어나단 말입니다!"

"그분은, 그 두 사람의 무시무시한 우리에 말려들어서는 꼼짝도 못하고 엉망이 되어버렸지요? 가엾게도! 틀림없이 그럴 거예요."

"처음에는 제법 맹렬하게 싸우기도 했어요. 그러나 지금은 아주 그림자 같은 존재가 되어버렸답니다. 댁에게 이런 얘기를 하는 것은 주제넘은 참견인지도 모르지만, 살짝 말씀드리면, 그의 누이가 도우러 온 뒤부터는 남매가 그분을 구석으로 몰아넣고, 거의 바보로 만들어버렸습니다."

'능히 그렇게 했으리라고 믿습니다'라고 나는 대답했다.

"이것만큼은 망설이지 않고 말할 수 있습니다. 우리끼리니까 하는 얘기지만, 그 부인의 어머니도 그 때문에 돌아가신 것 같습니다. 부인도 횡포와 우울과 근심 걱정으로 인해 거의 백치가 되었지요. 결혼 전에는 아주 명랑하고 훌륭한 아가씨였는데 머드스톤 남매의 음울한 엄격함이 부인을 망쳐놓은 것입니다. 지금은 부인의 남편이요 시누이기보다는 부인의 감시인 같은 태도로 부인에게 붙어다니고 있습니다. 이건 불과 지난주에 집사람이 내게 들려준 이야깁니다. 자고로 여자들은 관찰력이 뛰어난데다가, 집사람의 눈은 조금 특별하거든요!"

"그럼 아직도 음울한 얼굴로 종교를 들먹이고 있습니까? 여기서 종교라는 말을 쓰는 것도 부끄러울 지경입니다만."

"우리 집사람이 한 말과 똑같은 말을 당신이 먼저 말해 버렸군요." 칠립 씨는 몸에 익지 않은 흥분제 탓으로 눈꺼풀이 빨개져서 말했다. "집사람에게서 처음 그 말을 들었을 때는" 그는 아주 조용히 아주 느리게 말을 이었다. "마치 감전된 것 같은 충격을 받았었지요. 머드스톤 씨는 자기 자신을 우상으로 만들어놓고 '신성한 사람'이라고 부르고 있다고 하더군요. 실제로 집사람이 그렇게 말했을 때는 가벼운 펜의 깃털로 등을 후려치는 듯한 느낌이었습니다. 부인들이란 보는 눈이 대단하지요?"

"직감적이죠." 내가 말하자, 그는 매우 기뻐했다.

"나와 생각이 같은 사람이 있다니 정말 기쁘군요. 내가 의학과 상관없는 의견을 말하는 것은 드문 일이에요. 머드스톤 씨는 가끔 공개 연설도 하는 것 같더군요. 소문에 의하면—요컨대 집사람이 말하는 바에 의하면—그 사람이 음침한 폭군이 되면 될수록 그의 연설도 더 음침하고 포악해진다는군요."

"저는 부인의 말씀대로라고 믿습니다." 나는 말했다.

"집사람은 이런 말까지 했답니다." 그는 크게 용기를 얻어서 말을 이었다. "그런 사람들이 종교라고 잘못 부르고 있는 것은, 결국 그들의 뒤틀린 기질이나 오만함의 배출구라고 말입니다." 그는 고개를 한쪽으로 약간 기울이고 말했다. "나 역시 그 두 사람의 말은, 신약성서에 근거한 것이 아니라고 생각하는데, 당신은 어떻게 보시오?"

"당연하지요, 그런 근거가 있을 리가 없습니다!"

"한편 그 남매는 모두에게서 몹시 미움을 받고 있습니다. 그러면 자기네를 미워하는 사람들은 모두 지옥에 떨어지라고 서슴지 않고 저주하지요. 그러다 보니 우리 이웃에서는 지옥에 빠질 사람들만 자꾸 늘고 있지요! 그러나 집사람이 말했듯이, 결국 끊임없이 형벌을 받고 있는 삶은 바로 그들이에요. 둘 다 안에서 공격을 당하고 있어요. 말하자면 스스로 자신의 심장을 파먹고 있는 것인데, 그 심장에서는 영양소를 얻을 수 없지요. 그런데 댁의 두뇌에 관한 얘기로 돌아가자면, 만일 이야기를 해도 좋다면 말입니다, 역시 두뇌를 몹시 흥분시키는 작업이지요?"

그러나 셰리주를 마셨으므로 오히려 칠립 씨의 두뇌가 흥분상태에 있었으므로, 그의 관심을 다시 그 자신의 일로 돌리는 것은 조금도 어렵지 않았다. 칠립 씨는 그 뒤 30분 동안이나 자기 자신에 관한 일로 수다를 떨었으며, 자기가 이 그레이스 인의 커피하우스에 와 있는 것은, 알코올 의존증인 한 환자의 정신상태를 정신감정위원회 앞에서 전문적으로 증언하기 위해서라고 말했다.

"그런데 정말이지, 나는 이런 경우에는 극도로 신경질적이 된답니다. 예를 들어 고압적인 태도로 협박을 당하거나 하면 나는 꼼짝도 못하는 것이지요. 아주 기가 꺾여버리고 만답니다. 댁이 태어나던 밤에도, 내가 그 무서운 부인*11의 태도에 기가 눌려서, 회복하는 데에 한참 걸렸다는 것을 당신은 알고 있소?"

나는 내일 아침 일찍, 그날 밤의 엄격한 감시인이었던 대고모에게 간다는 것과, 사귀어보면 대고모는 마음씨 상냥하고 훌륭한 분이라는 것을 그에게 이야기했다. 그러나 칠립 씨는 대고모를 다시 만난다는 생각만 해도 무서워지는 모양이었다. 그는 창백한 얼굴에 엷은 미소를 띠며 대답했다.

"그분이 정말 그러한가요?" 그러고는 재빨리 촛불을 가져오라고 하더니 침실로 돌아가 버렸다. 마치 그곳보다 안전한 곳은 없다고 생각하는 것 같았다. 그가 셰리주를 마셨다고 해서 실제로 비틀거리지는 않았다. 그러나 그의 조용하고 희미한 맥박은, 대고모가 딸이 아니라 아들이 태어났다고 해서 실망을 한 나머지, 모자로 칠립 씨를 때리면서 소란을 피웠던 그 엄청난 밤이 있은 뒤로, 1분에 2, 3회는 더 빨라졌을 것이 분명했다.

완전히 기진맥진하여 한밤중이 되어서야 나도 잠자리에 들었다. 다음 날은 도버행 마차 위에서 보내고 마침 대고모가 오후에 차를 마시는 시간에 무사히 그 거실로 뛰어들었다. 이제는 돋보기를 끼게 된 대고모와 딕 씨, 그리고 가정부로 일해 온 다정한 페거티가 두 팔을 벌리고 기쁨의 눈물을 흘리며 나를 맞아주었다.

차분하게 이야기할 수 있게 되자, 나는 칠립 씨를 만났다는 것과 그가 대고모를 무척 무서운 분으로 기억하고 있더라고 말하자, 대고모는 아주 재미있어 했다. 한편 대고모와 페거티와는 내 불쌍한 어머니의 두 번째 남편인 머드스톤과 '그 살인자 같은 누나'의 험담도 많이 했다. 대고모는 어떠한 고문이나 형벌을 받는다 해도 그 누나에 대해서는 어떤 사람다운 이름이나 명칭으로도 절대 부르려 하지 않았다.

60장
아그네스

대고모와 나는 둘만 남게 되자 밤늦도록 이야기를 나누었다. 이민 간 사람들은 희망에 찬 사연만을 보내오고, 미코버 씨는 정말로 그 남자 대 남자의 '금전적 채무'를 지키기 위해 꼬박꼬박 조금씩 돈을 보내오고 있으며, 대고모가 도버로 돌아오자 자네트도 다시 돌아와서 대고모의 일을 도와주었는데, 결국 한창 번창 중에 있는 술집 주인과 결혼하여 독신 결의를 포기하기에 이르렀고, 대고모는 신부를 돕기도 하고 부추기기도 하면서, 직접 결혼식에 참석하여 그 자리를 빛나게 함으로써 독신 결의 포기를 훌륭하게 인정했다는—물론 모두 편지로 조금씩은 알고 있었지만—것이 이야기의 중심이었다. 딕 씨는 자신의 손에 들어오는 것은 무엇이든 베끼는 일을 쉴 새 없이 하고 있으며, 그와 같은 일에 종사함으로써 찰스 1세까지도 경원한다는 것이었다. 아무튼 그가 단조로운 억압 속에 짓눌려 있지 않고 자유롭고 행복한 것이 대고모에게는 가장 큰 즐거움이요 보답이라고 했다. 그리고(총체적인 결론으로서) 그가 어떠한 사람인가를 진정으로 알고 있는 사람은 이 넓은 세상에서 오직 자기 한 사람뿐이라고 말했다.

"그런데 트롯, 캔터베리에는 언제 갈 생각이냐?" 우리는 옛날처럼 난로 앞에 앉아 있었다. 대고모는 내 한쪽 손등을 토닥거리면서 말했다.

"말을 구해서 내일 아침에 갈 작정이에요, 대고모님. 대고모님께서도 가신다면 얘기가 달라지지만요."

"안 가! 나는 여기에 머물러 있을 생각이다." 대고모는 아주 무뚝뚝하게 말했다.

만약 대고모님 댁에 오는 게 아니라면 캔터베리를 그냥 지나치지 않았을 테니, 나는 다녀오겠다고 말했다.

대고모는 그 말을 듣고 아주 기뻤으나 "바보 같은 소리 마라, 트롯! 내가 아무리 늦었지만 내일까지는 버틸 수 있단다!"라고 대답했다. 그리고 내가 생각에 잠겨 난롯불을 바라보고 있자, 대고모는 또다시 내 손등을 가볍게 토닥여 주었다.

내가 생각에 잠겼던 것은, 다시 여기 와서 아그네스와 아주 가까이 있고 보니, 오랫동안 마음속을 차지하고 있던 그 후회가 되살아났기 때문이다. 그것은 앞길이 창창했던 그 젊은 시절에 끝내 배우지 못했던 것을 가르쳐주는 부드러운 뉘우침인지도 모르지만 그래도 후회임에는 틀림없었다.

대고모는 '아, 트롯, 그것이 사랑의 어둠이란다'라고 했다. 대고모의 그 말이 또다시 들리는 것 같았다. 지금은 그 말을 뼈저리게 이해할 수 있었다.

우리는 잠깐 침묵을 지키고 있었다. 눈을 드니 대고모도 나를 살피고 있었다. 아마 내 마음의 흐름을 따라오고 있었을 것이다. 왜냐하면 옛날에는 아주 제멋대로 움직이던 것이, 지금은 얼른 보아도 쉽게 따라올 수 있게 되었기 때문이다.

"위크필드 씨도 백발노인이 다 되었다. 그것 말고는 전보다 훨씬 좋아졌지만. 사람이 아주 달라졌단다. 이제는 전처럼 온갖 세상일이며, 슬픔과 기쁨을 그분의 보잘것없는 작은 자로 재는 짓은 하지 않으신단다. 하기야 그런 일이 있었으니 기쁨도 슬픔도 이겨내기 힘드시겠지."

"그렇고말고요."

"아그네스는 여전히 아름답고 친절하고 성실하고 욕심이 없단다. 트롯, 내가 더 높은 칭찬의 말을 알고 있다면 얼마든지 그녀에게 해주고 싶단다."

그러나 이 이상의 찬사는 없었고, 따라서 내게 이보다 더 아픈 비난도 없었다. 아, 어찌하여 이토록 멀리 빗나가게 되었는가!

"그 아가씨가 주변의 나이 어린 아가씨들을 자신처럼 되게끔 가르친다면, 아그네스에게 이보다 더 잘 맞는 일은 없다고 생각한단다!" 대고모는 눈물을 글썽이면서 진지하게 말했다. "그날 아그네스가 말한 것처럼, 그야말로 유익하고 행복한 삶이야! 하기야 그 아이가 하는 일인데 어찌 쓸모 있고 행복하지 않을 수 있겠느냐!"

"그런데 아그네스에게 어떤―" 나는 말한다기보다는 나도 모르게 마음속 소리가 고스란히 새어나오고 말았다.

"그런데, 얘야 무엇이 어떻다는 말이냐?" 대고모는 날카롭게 되물었다.

"그—애인이라도 있습니까?"

"많이 있지! 그럴 생각만 있었다면 네가 없는 동안에 그 아가씨는 스무 번은 시집갈 수 있었다!" 대고모는 자존심에 상처를 입은 것처럼 화가 난 투로 말했다.

"틀림없이 그랬겠지요. 그렇지만 그녀의 사랑을 받을 만한 연인이 있느냐는 말이에요. 그렇지 않고는 아그네스가 마음에 들어 하지 않았을 테니까요."

대고모는 한 손으로 턱을 받치고 잠깐 생각에 잠겨 앉아 있다가 천천히 눈을 들어 나를 보았다.

"마음이 끌리는 사람이 한 사람 있는 것 같더구나, 트롯."

"크게 성공한 인물인가요?"

"트롯, 그건 나도 모르겠다. 나한테는 그런 말을 할 자격이 없으니까. 아그네스가 내게 털어놓은 게 아니라, 다만 내가 그렇다고 생각하고 있을 뿐이란다."

대고모가 진지하고 걱정스럽게 나를 바라보았으므로(대고모가 떨고 있는 것까지도 알아볼 정도였다), 내 속을 들킨 것이 틀림없다고 생각했다. 그리고 내가 그 많은 날 동안 밤낮으로 번민하면서 내린 일대 결심을 용기를 내어 불러일으켰다.

"만약에 그렇다면," 나는 입을 열었다. "물론, 나는—"

"사실 그런지 난 모른다." 대고모는 퉁명스럽게 말했다. "다만 내 추측일 뿐이니 그런 것에 좌우되어서는 안 된다. 그냥 마음속에만 묻어 두어야 해. 추측이라고 해도 아주 하찮은 것이니까. 내게는 말할 자격이 없단다."

"하지만 만약에 그렇다면, 아그네스는 머지않아 제게 말해줄 것입니다. 내가 모든 것을 고백해온 누이 같은 사람이니 아그네스도 내게 말해줄 겁니다."

대고모는 내게로 눈을 돌리던 때와 같이 천천히 내게서 눈을 옮기고는 생각한 일이 있는 것처럼 눈을 감았다. 그리고 한 손을 내 어깨 위에 놓고, 우리두 사람이 잠자리에 들기 위해 헤어지기 전까지, 한 마디도 하지 않고 서로 과거를 떠올리며 앉아만 있었다.

이튿날 아침 일찍, 나는 옛 학창시절을 보냈던 곳으로 말을 타고 떠났다. 점점 나 자신을 이겨내고 있다는 희망과 그녀를 만나게 되리라는 기대를 갖고 있었는데도, 별로 마음이 즐겁지는 못했다.

기억에 역력한 곳을 지나서 조용한 거리로 들어섰다. 그곳은 돌 하나 풀 한 포기까지도 다 나에게는 어린 시절의 책을 읽는 것 같았다. 말에서 내려 그리운 집으로 다가가다가 돌아섰다. 가슴이 벅차 안으로 들어갈 수 없었다. 처음엔 우라이아 힙이, 그 다음에는 미코버 씨가 늘 앉아 있던 그 탑처럼 생긴 방을 낮은 창문을 통해 들여다보니 지금은 작은 거실이 되어 있었고, 사무실은 이제 없었다. 그 밖에는, 청결하고 정돈이 잘 되어 있으며 옛날과 변함없이 차분한 모습이, 내가 처음 보았던 때와 똑같았다.

나는 나를 맞으러 나온 새 하녀에게 외국에 있는 친구의 부탁을 받고 찾아온 사람이 왔다고 미스 위크필드에게 전해 달라고 부탁했다. 이어서 나는 그 육중한 오래된 계단(잘 알고 있는 계단인데도 하녀는 내게 주의하라고 일렀다)을 지나서 전과 조금도 달라지지 않은 응접실로 안내되었다. 아그네스와 함께 읽던 책들도 서가에 그대로 꽂혀 있었고, 매일 밤 앉던 책상도 옛날과 똑같은 구석에 그대로 놓여 있었다. 힙이 있었을 때에는 방의 꾸밈새가 달라졌지만, 지금은 그것도 본대로 돌아왔으며, 즉 모든 것이 그 행복했던 시절 그대로였다.

나는 창가에 서서 옛 거리 너머 맞은편 집들을 바라보았다. 내가 맨 처음 여기에 왔을 때는, 비 오는 날 오후에 곧잘 그 집들을 바라보곤 했었다. 맞은편 창문에 사람 그림자라도 보이면, 그들에 대해 생각하면서 그들이 계단을 오르내리는 것을 하염없이 바라보았다. 아래의 포장길을, 나막신을 신은 여자들이 딸깍딸깍 소리를 내며 지나간다. 무딘 빗방울이 옆에서 세차게 들이치며, 물받이에서 넘친 빗물이 거리로 흘러나온다. 언제나 그런 비 오는 저녁이면, 부랑자들이 막대기 끝에 짐 보따리를 묶어 어깨에 둘러메고 절뚝거리며 마을로 들어온다. 그 모습을 바라보던 그때의 기분이 갑자기 역력히 떠올랐다. 그와 동시에 축축한 땅과 비에 젖은 나뭇잎 냄새, 그리고 나 자신의 고달픈 여행 길 동안 온몸으로 받았던 바람의 느낌까지 선명하게 되살아났다.

장식 널빤지를 댄 벽의 작은 문이 열리는 소리에 나는 깜짝 놀라 돌아보았다. 그 순간 눈에 들어온 것은, 다가오는 그녀의 아름답고 맑은 눈동자였다. 그녀가 걸음을 멈추고, 한 손을 가슴에 댔다. 나는 그녀를 껴안았다.

"아그네스! 내 그리운 아그네스! 내가 너무 갑자기 찾아왔나요?"

"아뇨, 아녜요! 정말 잘 왔어요, 트롯우드."

"아그네스, 이렇게 당신을 또다시 만나다니 내게는 참으로 행복한 일이오!"

그녀를 가슴에 안고 얼마간 둘 다 말없이 있었다. 이윽고 나란히 앉자, 그녀는 내가 몇 년 동안 자나깨나 꿈에 그리던 모습 그대로 열렬히 환영해 주었다.

그녀는 진실되고, 아름답고, 인정이 많았다. 나는 반가움과 감사의 마음으로 가슴이 벅차서 무슨 말을 해야 좋을지 도저히 생각나지 않았다. 나는 감사와 축복의 말을 하고(이것은 편지에도 곧잘 썼었지만), 그녀에게서 얼마나 큰 영향을 받았는가를 말하려고 했지만 끝내 할 수 없었다. 내 사랑과 기쁨은 끝내 벙어리가 되고 말았다.

그러나 그녀의 상냥하고 고요한 마음은 내 흥분까지 가라앉혀 주었다. 우리가 헤어지던 그 무렵으로 나를 되돌아가게 해주었으며, 몇 번이나 몰래 에밀리를 찾아갔던 이야기와 도라의 무덤에 관한 이야기를 성의껏 들려주었다. 그녀는 그 고귀한 마음씨의 본능을 가지고 내 기억의 현(弦)에 부드럽고 조화롭게 닿았으므로 그중 어느 한 줄도 내 마음에 거슬리지 않았다. 나는 그 슬프고도 먼 가락에 귀를 기울였고, 그 가락이 일깨워주는 것으로부터 달아나고 싶은 생각은 없었다. 그것 하나하나에 이른바 나의 수호천사인 그녀의 사랑스러운 참모습이 나타나 있는데, 내 어찌 그런 생각을 할 수 있었겠는가!

"아그네스," 이어서 나는 말했다. "자신에 관한 얘기를 좀 해줘요. 당신은 3년 동안 자신의 얘기를 해준 적이 전혀 없었어요!"

"딱히 할 얘기가 없는걸요." 그녀는 밝게 미소를 지으며 말했다. "아빠도 건강하시고, 보시는 바와 같이 이 집에 조용히 살고 있으며, 걱정거리도 말끔히 없어졌고 가정도 다시 되돌아왔지요. 트롯우드, 이게 전부인걸요."

"그게 전부라고요, 아그네스?"

그녀는 또렷한 동요의 빛을 드러내며 나를 바라보았다.

"다른 건 정말 없어요?"

사라진 핏기가 순간 다시 돌아온 듯했으나 그것도 이내 또다시 사라졌다. 그녀는 가볍게 미소 지으며 고개를 가로저었으나, 그것은 어쩐지 조용하고 슬픈 미소인 것 같았다.

나는 대고모가 넌지시 말했던 화제로 끌고 가려 했다. 분명한 대답을 들으면 견딜 수 없이 괴로울 테지만, 스스로 이겨내고, 그녀에 대한 의무를 다해야 한다고 생각했던 것이다. 그러나 그녀가 불편해하는 것 같아서, 나도 더는 묻지 않았다.

"할 일이 많지요, 아그네스?"

"학교 일이요?" 그녀는 다시 아주 밝고 침착한 태도로 나를 바라보며 말했다.

"그래요, 힘든 일이지요?"

"그렇기는 하지만 재미있어요. 그러니까 그 일을 힘들다고 말하고 싶지는 않아요."

"당신은 좋은 일이라면 무엇이든 어려워하지 않으니까요."

그녀의 얼굴에 잠깐 화색이 돌았다가 금방 사라져버렸다. 조용히 고개를 숙였을 때 다시 똑같은 슬픈 미소가 떠오르는 것을 보았다.

"기다리셨다가 아빠를 만나세요. 오늘은 우리와 함께 보내 주세요. 밤에는 당신 방에서 주무시면 돼요. 우리는 언제나 그 방을 당신 방이라고 부르지요."

나는 밤에 대고모에게 돌아가기로 약속했으므로 그럴 수는 없지만, 그 전까지는 괜찮다고 대답했다.

"저는 잠시도 일손을 놓을 수가 없어요." 아그네스는 말했다. "그렇지만 여기에 옛날 책과 악보들이 그대로 있어요, 트롯우드."

"옛날 꽃들까지도 여기에 있군요." 나는 방 안을 둘러보며 말했다. "옛날과 같은 종류의 꽃들이 말이에요."

"당신이 없는 동안에는 모든 것을 우리의 어린 시절에 있던 그대로 해두기로 결심했거든요. 그때 우린 아주 행복했었잖아요."

"정말 그랬지요!" 나는 말했다.

"게다가 당신을 생각나게 해주는 것이라면 아무리 하찮은 것이라도 모두 반가운 친구 같았어요." 따뜻한 눈망울을 환하게 빛내며 그녀가 말했다. "이것까지도 옛 노래를 연주하고 있는 것 같아요." 그녀는 여전히 옆구리에 차고 있는 열쇠가 든 조그마한 꾸러미를 내보였다.

그녀는 다시 미소를 짓고 들어왔던 그 문으로 나갔다.

누이 같은 애정을 소중히 지키는 것이 내가 할 일이었다. 지금 나에게 남은 것은 그것뿐이었으며, 그것은 일종의 보배였다. 신성한 오랜 믿음 덕분에 주어진 보물이므로 만의 하나라도 그 토대를 흔들어버린다면 그 보물은 영원히 사라지고 다시는 되찾을 수 없다. 그 점은 철저하게 내 마음에 새겨두었다. 곧 그녀를 사랑하면 할수록 더욱더 그 점을 잊어서는 안 되는 것이었다.

나는 거리를 돌아다녔다. 옛날의 원수였던 고깃간 사내와도 만났으므로—지금은 경관이 되었는지 가게 앞에 봉이 걸려 있었다—옛날에 싸웠던 곳도 보러 갔다. 그리고 미스 셰퍼드에 대한 것, 첫째 언니인 미스 라킨스에 대한 것, 그리고 그 밖에 좋네 싫네 하던 철없던 시절의 부질없는 사랑을 떠올려 보았지만, 결국 시간을 이기고 여전히 남아 있는 것은 오직 아그네스뿐이었다. 그녀만이 언제나 내 위에서 빛나는 별처럼 더 밝고 더 높게 떠 있었다.

밖에 나갔다가 돌아오니 위크필드 씨도 돌아와 있었다. 시내에서 약 2마일쯤 떨어진 곳에 있는 그의 농원에서 거의 매일같이 나무를 손질하고 있었다. 과연 대고모가 말한 대로였다. 데리고 있는 6명 정도의 아가씨들도 함께 식탁에 앉았는데, 벽에 걸려 있던 그 초상화의 호남아다운 인상과 비교하면 정말 그림자만 남은 모습이었다.

지금도 기억 속에 뚜렷하게 남아 있는 이 집 특유한 그 고요와 평화가 또다시 돌아온 것 같았다. 식사가 끝나자 위크필드 씨는 포도주를 들지 않았으며, 나도 마시고 싶은 생각이 없었으므로 우리는 모두 2층으로 올라갔다. 거기서 아그네스와 어린 아가씨들이 노래를 부르고, 피아노를 치고, 바느질을 했다. 차를 마신 뒤 아가씨들이 돌아가자 우리 세 사람은 함께 앉아 지난날을 이야기했다.

"지난날의 나는," 위크필드 씨는 흰머리를 저으면서 말했다. "후회되는 일만 했지, 트롯우드. 대단히 유감스럽고 후회막심한 일. 그러나 그 사실을 지워버릴 생각은 없네."

곁에서 그의 얼굴을 바라보면서 나는 쉽게 그 마음을 믿을 수 있었다.

"그것을 지워버리는 것은 그것과 함께 헌신과 인내와 성실, 그리고 부모에 대한 자식의 사랑까지도 지워버리는 일이니까 말이야. 그것만은 잊을 수 없지. 설령 나에 대한 것은 잊어도 그것은 잊을 수 없어."

"선생님 마음은 잘 알고 있습니다." 나는 조용히 말했다. "정말로 훌륭하십니다. 저는 언제나 그렇게 생각했습니다."

"그러나 아무도 모르네, 자네도 몰라." 그는 대꾸했다. "이 애가 얼마나 잘해주었고 얼마나 많은 시련을 겪었으며 얼마나 열심히 싸웠는가를! 아아, 사랑하는 아그네스!"

그녀는 아버지의 입을 막으려고 애원하듯이 그의 한팔을 잡았다. 그녀의 얼굴은 몹시 창백해졌다.

"오냐, 알았다, 알았어!" 그는 한숨을 한 번 내쉬고, 아그네스가 견뎌 왔고 또 앞으로도 견뎌내야 할 시련에 대해서는 입을 닫아 버렸다. "자, 그런데 말일세! 내가 자네에게 이 애 어머니 얘기를 한 적은 없었지, 트롯우드. 누군가에게 들었나?"

"아니요."

"별로 대단한 것은 아니야, 고생은 무척 많이 했지만. 그 사람은 자기 아버지의 반대를 거역하고 나와 결혼했으므로, 아버지로부터 버림을 받았지. 그 사람은 아그네스가 세상에 태어나기 전에 용서를 빌었지만, 그 아버지는 완고하신 분이라 용서해 달라는 청을 단칼에 거절해버렸어. 어머니는 훨씬 전에 돌아가셨고 그 일로 완전히 슬픔에 잠겨버렸어."

아그네스는 아버지의 어깨에 몸을 기대고는 한 팔로 그의 목을 살며시 껴안았다.

"그 사람은 아주 다정하고 부드러운 마음의 소유자였으므로 그 일로 완전히 낙심하고 말았어. 그 사람이 얼마나 마음이 여렸는지는 내가 잘 알고 있어. 내가 모르면 누가 알겠나. 그 사람은 나를 무척 사랑했지만 끝내 행복하지는 못했지. 그 사람은 이와 같은 고민 때문에 늘 남몰래 괴로워했다네. 마지막으로 아버지한테 거절당했을 때는—거절당한 것은 한 번이 아니고 여러 번이었어—몸이 쇠약해지고 의욕도 없이 우울하게 세월을 보내다 죽었지. 그때 그 사람은 생후 2주일 된 아그네스를 내게 남겨놓았고, 나는 자네가 맨 처음 여기에 왔었을 때 기억하고 있는 것처럼 백발 머리가 되어버렸다네."

그는 아그네스의 뺨에 입을 맞추었다.

"사랑하는 아그네스에 대한 내 사랑은 병적인 것이었으나 내 마음 자체가 건강하지 못했기 때문이야. 그러나 이 일은 더는 말하지 않겠네. 트롯우드, 나는 애 어머니와 애의 이야기를 하고 있는 걸세. 내 얘기가 아니야. 만일 현재의 나에 대한, 그리고 과거의 나에 대한 어떤 이야기의 실마리를 내가 자네에게 준다면, 자네가 그것을 자연히 풀 수 있을 테니까. 아그네스가 어떤 애인가를 내 입으로 말할 필요는 없을 걸세. 이 아이의 성격을 보면 나는 그 불쌍한 어미의 이야기를 그대로 읽는 것 같거든. 오늘 밤 이런 이야기를 하는 이유는, 우리 세 사람 다 온갖 큰 변화를 겪고 오랜만에 함께 모였기 때문이야. 이제 내

애기는 끝났네."

그의 깊이 수그린 머리와, 그녀의 천사 같은 얼굴과 효성만으로도 이 이야기는 이제껏 몰랐던 깊은 슬픔을 자아냈다. 이 재회의 밤을 특별히 인상 깊게 하는 것이 있다면 바로 이 모습이었다.

아그네스는 일어나서 조용히 피아노 앞으로 가더니 우리가 전에 자주 든곤 했던 귀에 익은 그리운 곡을 몇 곡 연주했다.

"또다시 떠날 건가요?" 내가 곁에 서 있자 아그네스가 물었다.

"어떻게 하면 좋겠소?"

"안 떠나셨으면 해요."

"그럼 안 떠나겠소, 아그네스."

"당신이 물어보니까 가지 말라고 대답한 것뿐이에요. 당신이 성공해서 명성이 점점 높아짐에 따라서 좋은 일을 하실 힘도 커질 거예요. 그러니 제가 당신을 붙잡는다 해도," 그녀는 나를 지켜보며 말을 이었다. "아마 세상이 그것을 허락하지 않을 거예요."

"그러나 현재의 내가 있게 된 것은 모두 당신 덕택이에요, 아그네스. 그것은 당신이 가장 잘 알고 있을 거요."

"제 덕택이라고요, 트롯우드?"

"그래요, 아그네스!" 나는 그녀를 위에서 감싸듯 몸을 구부리면서 말했다. "그래서 오늘 만난 김에 도라가 세상을 떠난 뒤로 계속 생각하고 있었던 것을 당신에게 이야기하려 했었소. 기억하고 있소? 당신이 그날 밤 위를 가리키면서 우리의 방으로 내려온 것을 말이오, 아그네스."

"아, 트롯우드!" 그녀는 눈에 눈물이 그렁그렁한 채 대답했다. "그렇게 젊고 사랑스러웠고 마음이 맞았는데! 어떻게 잊을 수 있겠어요?"

"그 뒤로 나는 곧잘 생각해 봤어요. 내게는 그때의 당신이 지금까지도 계속 변함없는 당신이에요. 늘 위를 가리키며, 아그네스, 나를 좀더 낮고 좀더 높은 것들로 이끌어 주지요!"

그녀는 다만 고개를 저을 뿐이었다. 눈물 젖은 얼굴에는 그 서글픈 미소가 떠올라 있었다.

"나는 정말로 당신에게 감사하고 있소. 그 깊은 은혜를 생각하면 내 가슴속의 감정을 뭐라고 이름 지어야 할지 모를 만큼 당신에게 한없이 감사하고 있소, 아그네스. 나는 지금까지도 당신 덕분에 암흑을 헤쳐왔듯이, 앞으로도 평생 당신을 우러러보며 당신에게 이끌려가고 싶어요. 그것만은 당신이 알아주기를 바라고 있지만, 다만 어떻게 말을 해야 좋을지 모르겠어요. 무슨 일이 일어나더라도, 당신이 어떠한 새로운 인연을 만들더라도, 우리 사이에 어떤 변화가 생기더라도, 나는 언제나 당신을 바라보고 의지하며, 지금까지 늘 그래왔듯이 당신을 사랑할 것입니다. 아그네스, 당신도 부디 지금까지와 마찬가지로 나를 위로하고 기댈 곳이 되어 줘요. 귀여운 내 누이, 죽을 때까지 내 앞에 서서 하늘을 가리키던 당신 모습을 잊지 않겠어요!"

그녀는 한 손을 내게 맡긴 채, 그것은 과분한 칭찬이지만 나와 내가 한 말을 자랑스럽게 여긴다고 말했다. 이어서 그녀는 조용히 피아노를 계속 연주했으나 시선은 내게서 떼지 않았다.

"아그네스, 당신은 알고 있어요? 오늘 밤 내가 들은 것은, 신기하게도 내가 당신을 처음 만났을 때 당신에 대해 가졌던 감정과 어떤 면에서는 완벽하게 맞아 떨어지는 것 같소. 천방지축이던 학창 시절에 당신 곁에 앉아 있을 때의 감정과 말이오."

"제게 엄마가 안 계시다는 걸 알고," 그녀는 미소 지으며 대답했다. "저를 동정해주셨군요."

"아그네스, 그 이상이었소. 내가 이 얘기를 이미 알고 있었기라도 한 것처럼 당신 주변에는 뭐라고 설명할 수 없을 만큼 온화하고 부드러운 그 무엇이 감돌고 있었어요. 다른 사람이었다면 더 슬픈 것을 가졌겠지만(이것도 지금 처음 깨달았지만), 당신에게는 조금도 슬프지 않은 그 무엇이 감돌고 있다는 것을 나는 알고 있었소."

그녀는 말없이 나를 보며 피아노를 계속 쳤다.

"내가 터무니없는 생각을 한다고 당신은 비웃겠지요, 아그네스?"

"아뇨!"

"아니면 그 무렵에도 당신은 다른 사람의 실의를 부드럽게 보듬어주었고, 또 당신이 살아 있는 한은 평생 그럴 것이라고 내가 이미 믿고 있었다고 말한다면 꿈같은 소리를 한다고 비웃겠지요?"

"아뇨! 비웃지 않아요!"

순간 고뇌에 찬 그림자가 그녀의 얼굴을 스쳐갔다. 내가 깜짝 놀라자 그것은 곧바로 사라져버렸다. 그녀는 계속 피아노를 치며 그 조용한 미소를 띤 채 나를 바라보고 있었다.

나는 적막한 밤에 말을 타고 돌아왔다. 어수선한 추억처럼 바람이 지나갔다. 길을 오면서 나는 그녀가 불행하지는 않을까 하고 염려했다. 나 자신도 결코 행복하지는 않았다. 그러나 지금까지 나는 내 과거에 대해서는 입을 열지 않았고, 하늘을 가리키는 그녀만을 생각하면서, 내세의 신비 속에서는 어쩜 이 지상에 알려지지 않은 사랑으로 다시 그녀를 사랑할 수 있을지도 모르며, 이 세상에서 그녀를 사랑했을 때는 내 마음속 갈등과 번뇌가 얼마나 컸는가를 그녀에게 말해줄 수도 있을 것이라고 생각했다.

61장
뉘우친 두 사람

잠깐—이라고 하더라도, 그것은 내 소설이 완성될 때까지의 5, 6개월간이었다—나는 도버의 대고모 댁에서 지내기로 했다. 나는 내가 처음으로 그 집 지붕 밑에서 비바람을 피하게 됐을 때 곧잘 바다 위의 달을 바라보던 그 창가에 앉아서 조용하게 일을 계속했다.

애당초 이 이야기에서는 우연히 소설의 줄거리가 이 이야기의 진행과 특히 관계가 없는 한 그것을 언급하지 않을 생각이었으므로, 여기서도 내 예술에 대한 포부, 기쁨, 불안, 성공 따위에 관해서는 일절 파고들지 않기로 하겠다. 물론 나는 내 최대의 열의를 작품에 쏟았고 모든 정력과 정신을 기울였다. 만약 내가 쓴 책들이 조금이라도 읽을 가치가 있는 것이라면 앞으로도 계속 출간될 것이며, 그 반대로 아무 가치도 없다고 한다면 그것은 부질없는 헛고생이었으며, 따라서 앞으로의 작품에 관심을 갖는 사람 역시 어차피 한 명도 없을 것이다.

가끔 나는 런던에 나갔다. 그곳에 들끓는 수많은 사람들 속에 섞여서 자신을 잊기도 하고, 트래들스와 업무에 관한 문제를 의논하기 위해서이기도 했다. 그는 내가 없는 동안 아주 현명하게 재정상의 문제를 처리해주었으므로, 내 경제면은 아주 순조로웠다. 평판이 높아짐에 따라 전혀 알지 못하는 사람들로부터 엄청나게 많은 편지가 쏟아졌으므로—대체로 내용은 별 볼 일 없는 것들이며, 답장을 하기도 무척 어려운 것들이었지만—나는 트래들스와 상의한 끝에 내 문패를 그의 문에다 붙이기로 합의했다. 그러자 그 구역을 맡은 성실한 우편집배원이 수없이 많은 편지를 배달해주었고, 나는 내무대신은 아니지만 이따금 가서 무보수로 그것들을 처리하는 것이었다.

편지들 가운데에는 늘 민법박사회관 주변에 잠복하고 있는 수많은 문외한들 가운데 한 사람으로부터, 만약 내가 소송대리인이 되는 데 필요한 나머지 수속을 밟기만 한다면 그가 내 명의로 개업해서 나에게 얼마간의 이익을 지급하겠다는 친절한 제의가 때때로 들어오기도 했다. 그러나 나는 이와 같은 무허가 개업자가 많이 있다는 것은 이미 알고 있었고, 또 민법박사회관은 나까지 끼어들지 않더라도 이미 충분히 나쁜 곳임을 알고 있었으므로 제의를 거절했다.

내 문패가 트래들스의 문을 화려하게 꾸몄을 때는 그의 처제들이 집으로 돌아간 뒤였다. 그 날카롭게 생긴 소년은 매일 뒷방에 틀어박혀 일을 하면서, 바느질을 하면서 이따금 펌프가 있는 거뭇한 뜰을 내려다보는 소피에 대해서는 들어본 적도 없다는 얼굴을 하고 있었다. 그러나 그녀는 언제나 그곳에 있었으며, 그 명랑한 주부는 낯선 발소리가 2층으로 올라오지 않는 때는, 곧잘 그녀가 즐겨 부르는 데본셔 민요를 흥얼거려서 사무실에 있는 소년의 기분을 유쾌한 가락으로 위로해주고 있었다.

나는 처음에는 소피가 왜 언제나 습자장(習字帳)에다 글씨를 쓰고 있으며, 왜 내가 나타나면 그 습자장을 덮어 책상 서랍에 다급히 집어넣는 것인지 도저히 이해할 수 없었다. 그러나 곧 그 비밀을 알게 되었다. 어느 날, 트래들스가 질척거리는 진눈깨비를 맞으며 법원에서 막 돌아오더니, 책상에서 종이를 한 장 꺼내들고 이 필적을 어떻게 생각하느냐고 내게 물었다.

"여보, 안 돼요, 톰!" 난로 앞에서 그의 슬리퍼를 녹이고 있던 소피가 소리쳤다.

"안 될 게 뭐 있소? 이 필적을 자넨 어떻게 생각하는가, 코퍼필드?" 트래들스는 재미있다는 듯이 말했다.

"아주 정통적이고 법률가다운 글씨인데. 이렇게 딱딱한 필체는 한 번도 본 적이 없네."

"여자의 필체로 보이나, 응?" 트래들스는 말했다.

"여자의 필체라고? 벽돌과 회반죽이 그보다는 더 여자의 필체 같겠네!"

트래들스는 호탕한 웃음을 터뜨리며 그것이 소피의 필적이라는 것, 소피가, 당신도 곧 문서 전문 서기가 필요하게 될 테니 그때는 제가 그 서기가 되어 드리겠어요, 라고 약속했다는 것과 그녀가 글씨본에서 이 필적을 배웠고, 지금은—한 시간에 몇백 자를 쓸 수 있다고 했는지는 들었어도 잊었지만—좌우간 쉽게 써 낼 수 있게 되었다고 말해주었다. 이 이야기를 내가 듣게 되자 소피는 몹시 당황하여, 만약 톰이 재판관이 되면 그런 말은 하지 않을 거라고 말했다. 그러자 톰은 그렇지 않다고 말하고 자기는 언제나 그것을 자랑으로 여기겠노라고 주장했다.

"얼마나 착하고 매력적인 아내인가, 트래들스!" 그녀가 가버리자 나는 웃으며 말했다.

"정말 사랑스러운 여자라네! 살림을 해나가는 방식이며, 그 꼼꼼함이라든가, 검소하고, 깔끔하고, 쾌활한 성격을 보더라도 말일세, 코퍼필드!"

"그래, 자네가 칭찬할 만해! 자네는 행복한 사람이야. 분명 지금도 온 세계에서 가장 행복한 두 사람일 거야, 서로가 서로에게 말일세."

"정말로 우리가 가장 행복한 사람들인지도 몰라." 트래들스가 대답했다. "나도 인정하네. 아아! 집사람은 어두운 꼭두새벽에 촛불을 켜고 일어나서, 서둘러 그날의 일과를 준비한다네. 서기들이 출근하기 전에, 날씨 따위에는 아랑곳하지 않고 장에 나가 장을 보고, 가장 수수한 재료를 써서 가장 훌륭한 음식을 마련하지. 푸딩이나 파이도 만들지. 그 뒤에는 모든 것을 제자리에 정돈해놓고, 언제나 몸을 단정하게 단장하고, 아무리 내가 밤늦도록 일을 해도 자지 않고 나와 함께 앉아서 언제나 상냥하게 나를 격려해준다네. 이 모두가 나를 위해 하는 일이라고 생각하면 나는 사실 이게 다 꿈인 것만 같은 때가 있다네, 코퍼필드!"

부인이 녹이고 있던 바로 그 슬리퍼를 신으면서도 그는 그것을 소중히 아끼면서, 난로망 위로 즐거운 듯이 두 발을 내미는 것이었다.

"나는 정말이지, 이게 사실이라고 믿어지지가 않아."

"그렇겠군."

"모든 것이 너무 즐거워! 여보게, 돈은 들지 않는데도 기막히게 멋지다네! 저녁때 집에 있을 때는 바깥문을 닫고 커튼을 치면—그 커튼도 그녀가 만들었어—어디에 이보다 더 아늑한 곳이 있겠는가? 날씨가 좋아서 저녁에 산책하러 나가면, 거리에는 우리를 즐겁게 해 주는 것들로 가득 차 있다네. 보석상의 번쩍이는 진열장 안을 들여다보면, 나는 부풀린 흰 공단 위에 똬리를 틀고 있는 다이아몬드 목걸이를 가리키며 돈만 있다면 당신에게 저것을 사줄 텐데, 하고 말하지. 그러면 소피도 지지 않고, 뚜껑이 있고 보석이 박혀 있고 로제트 무늬*1

---

*1 시계 딱지 따위 금속에 기계로 새긴 줄무늬.

가 새겨져 있으며 수평식으로 시간과 태엽을 조정하는 장치가 달린 금시계를 가리키며, 저는 이걸 사드리고 싶은데 어떤 게 맘에 드세요 하고 내게 이것저것 묻는다네. 우리는 숟가락과 포크, 생선칼, 버터나이프 및 각설탕 집게 같은 것까지 고르며, 여유만 있으면 그것까지 모조리 사기로 하네. 이렇게 해서 그곳을 떠날 때는 실제로 그 물건들을 산 기분이니 이 얼마나 재미있겠나! 그 다음에 우리는 광장이나 큰 거리를 어슬렁거리며 셋집을 보러 다니지. 때로는 안으로 들어가 보기도 하면서 만약 내가 재판관이 되면 이런 집이 어떨까 하고 이야기한다네. 뿐만 아니라 방을 분배해 보기도 한다네. 여기는 우리 부부 방, 저기는 처제들 방 같은 식으로 말일세. 형편에 따라 좋겠다든가 이건 안 되겠다든가 하는 등 완전히 신이 나서 결론까지 내 버린단 말일세." 그는 숨을 고르고 나서 말을 이었다.

"때로 우리는 반값으로 일반석에서 연극을 즐긴다네. 이 자릿세로는 그곳의 냄새만 맡아도 나는 싸다고 생각해. 아무튼 소피는 대사의 한 마디 한 마디를 모두 실화라고 믿어버린다네. 나도 그렇지만. 집으로 돌아오는 길에는 대개 찬 가게에 들러서 간단한 찬거리를 사기도 하고 생선가게에서 새우를 사 가지고 와서, 구경한 이야기를 하면서 멋진 저녁을 먹는다네. 어떤가, 알겠지, 코퍼필드? 만약 내가 대법관이라면 이런 일은 못할 걸세!"

"자네가 무엇이건 간에 트래들스, 자네는 아주 유쾌하고 재미있게 살아갈 거야. 그런데," 나는 큰 소리로 말했다. "이젠 자네도 해골은 그리지 않겠지?"

"실은 말이야," 트래들스는 웃으면서 얼굴을 붉히고 말했다. "전혀 그리지 않는다고는 말할 수 없다네. 지난번에도 대법원 맨 뒷줄에 앉아서 손에 펜을 쥐고 있을 때, 문득 지금도 내가 그 재주를 가지고 있는지 시험해 보겠다는 생각이 떠올랐으니 말일세. 보게, 저 책상 한 모서리에 가발*² 을 쓴 해골이 있지?"

우리 두 사람은 배를 부여잡고 한바탕 크게 웃었다. 그리고 트래들스는 빙그레 웃으며 난롯불을 한 번 보더니 여느 때와 같은 관용을 보이며 마지막으로 한 마디 덧붙였다. "그리고 보니 크리클 선생님도 그립군!"

"실은 그 그리운—아니, 딱 질색인 늙은 악당으로부터 편지를 받았네." 내가 말했다. 왜냐하면, 트래들스가 기꺼이 그를 용서해주려는 것을 보자, 나로서는

---

*² 영국 법정에서 재판관이 쓰는 가발.

수없이 그를 매질한 놈을 도저히 용서할 수 없었기 때문이다.

"크리클 교장에게서 말인가?" 트래들스는 소리쳤다. "아니겠지!"

"내 이름이 유명해지고 난 뒤부터, 내 글을 좋아하는 팬이나," 나는 편지더미를 뒤적거리면서 말했다. "전부터 내게 많은 흥미를 느껴 왔다고 말하는 사람들 가운데, 그 크리클이 있다네. 그는 지금은 교장이 아니야, 트래들스. 은퇴해서 지금은 미들섹스 주의 치안관이래."

트래들스가 이 말을 들으면 깜짝 놀랄 것이라고 생각했었는데, 그는 전혀 그렇지 않았다.

"그자가 어떻게 미들섹스 주의 치안관이 되었다고 생각하나?" 내가 물었다.

"그 질문에 대답하긴 좀 어렵군. 아마도 그자가 누군가에게 지지 투표를 했거나 돈을 빌려주었다든지, 누군가로부터 무엇인가 샀다든지, 어떤 일로 은혜를 베풀었다든지, 아니면 누구를 위해 물건이나 주식을 사고파는 중매인 노릇을 해주었는데 우연히 그 사람이 주의 부총독을 알고 있어서 그 자리에 그자를 임명하도록 한 것이겠지."

"어쨌거나 그는 그 직무를 맡고 있어." 나는 말했다. "그래서 그는 교도소 제도의 유일한 진실이랄까, 실제로 이루어지는 것을 기꺼이 내게 보여 주겠다고 이 편지를 보내왔다네. 성실하고 영구히 변하지 않을 개심자와 참회자를 만드는 유일한 방법을 보여주겠다는 거야. 자네도 알다시피 독방감금을 말하는 것이지. 그래 자넨 어떻게 생각하나?"

"그 제도에 대해서 말인가?" 트래들스는 진지한 표정으로 물었다.

"아니야. 내가 그자의 초대를 받아들이고 자네와 함께 가는 것에 대해서 말일세."

"이의 없네." 트래들스는 말했다.

"그럼 그렇게 답장을 쓰겠네. 그가 우리에게 한 짓은 말할 것도 없고, 그 크리클이란 자가 자기 아들을 집에서 쫓아내고 아내와 딸에게 어떤 생활을 시켰는가를 자네도 기억하나?"

"암, 잘 기억하고 있지." 트래들스는 말했다.

"그런데 이 편지에 의하면, 죄수들—그것도 온갖 중죄를 지은 죄수들에게도 아주 배려 깊은 인간이 된 모양이야. 그 배려가 다른 사람들에게도 적용되는지는 모르지만."

트래들스는 어깨를 움찔했지만 여전히 놀란 기색은 없었다. 하기야 나도 그것을 기대했던 것은 아니었다. 무엇보다 나 스스로도 놀라지 않았던 것이다. 왜냐하면 그런 얄궂은 사실이 그렇게 드문 일은 아니었기 때문이다. 우리는 방문 시간을 의논한 다음 그날 밤 크리클 씨에게 답장을 했다.

약속한 날에—아마도 그 다음 날이었다고 기억하는데 아무래도 상관없는 일이다—트래들스와 나는 크리클 씨가 관리하는 교도소로 갔다. 그것은 막대한 비용을 들여서 지은 방대하고 튼튼한 건물이었다. 문이 점점 가까워질수록 나는 무심코 생각했다. 만약 어떤 별난 사람이, 하다못해 이 건축비의 절반이라도 좋으니 그 돈으로 젊은이들을 위한 공업학교나 노인들을 위한 양로원 등을 짓자고 제안한다면, 그야말로 온 나라에서 얼마나 큰 소동이 벌어졌을지 모른다.

바벨탑 지하실에나 있을 것 같은 사무실에서—전체가 그만큼 무겁게 건조되어 있었다—우리는 옛날 교장선생을 만났다. 그는 치안관들 가운데에서도 가장 바빠 보이는 두서너 명의 치안관과 그들이 데리고 온 몇 사람의 방문객과 함께 있었다. 그는 일찍이 내 정신을 단련해 주었을 뿐만 아니라, 옛날부터 언제나 다정한 마음씨로 나를 아껴주기라도 한 사람처럼 환영해주었다. 트래들스를 소개하자 크리클 씨는 나를 대할 때만큼은 아니어도 여전히 같은 태도로 자기가 언제나 트래들스의 지도자이며, 스승이며, 친구였다고 거침없이 말했다. 그는 전보다 늙었지만, 풍채는 조금도 달라진 게 없었다. 얼굴은 여전히 열화 같았고 눈도 여전히 작았으나, 전보다는 좀더 움푹 들어가 보였다. 숱이 적고 젖은 듯이 보이는 백발—나는 그 백발로 그를 기억하고 있었다—은 거의 다 빠져 없어졌으며, 벗겨진 이마에 솟은 굵은 힘줄도 옛날과 똑같이 보기 흉했다.

그 신사들 사이에 얼마간 대화가 있었다. 그들이 말하는 바에 의하면, 어떤 희생을 치르더라도 죄수들의 최고 행복 말고는 이 세상에서 우선시되어야 할 것은 아무것도 없으며, 감옥 문밖에서는 이 넓은 세상 어디에도 할 일이 없다는 것이었다. 대화가 끝난 뒤 견학을 시작했다. 때마침 저녁 식사 시간이었으므로 우리는 먼저 큰 부엌으로 들어갔다. 거기서는 죄수 한 사람 한 사람의 식사가 시계태엽처럼 규칙적으로 정확하게(각 독방에 있는 죄수에게 주게끔) 차례차례 나가고 있었다. 나는 트래들스에게 귀엣말을 했다. 질적으로나 양적으로 나무랄 데 없는 이 식사와, 한편 거지까지 갈 것도 없이, 병사나 수병, 노동자, 그 밖에 정직하게 일하는 대다수 농민이 먹고 있는 식사가 얼마나 다른가를(아마도 오백 명 가운데 한 명도 이 반만큼도 먹지 못할 것이다), 이 사람들은 한 번이라도 생각해 본 적이 있는가라고 말이다. 그러나 이 '제도' 자체가 높은 생활수준을 요구하고 있다는 것을 이내 알 수 있었다. 즉, 이 제도를 실시하는 한 식사나 그 밖의 부분도 모두 '제도' 자체가 해결해 주고 모든 의문과 변칙을 없애 주는 것이었다. 아무튼 이 사람들에게는 '이 제도' 말고는 달리 고려할 만한 제도가 없다는 것이 움직이지 않는 신념인 것 같았다.

장대한 복도를 지나가면서 나는 크리클 씨와 그의 친구들에게, 지금 전성을 누리고 있는 이 제도의 주요한 장점이 도대체 무엇이라고 생각하느냐고 물었다. 그러자 그들은, 죄수들을 완전히 고립시켜서 갇혀 있는 사람들끼리 어떠한 연락도 취하지 못하게 함으로써 죄수들이 건전한 정신 상태로 되돌아가게 하고 참된 뉘우침과 참회로 인도하는 것이라고 말했다.

그러나 우리가 죄수들의 독방을 하나하나 찾아가고 그들이 예배 보러 가는 모습 등의 설명을 들으면서 보니, 죄수들은 서로 잘 알고 있었고 어떻게 보아도 서로 완벽하게 연락을 주고받고 있다고 생각하지 않을 수 없었다. 이 글을 쓰고 있는 지금은 이미 모두 증명되었으리라고 생각하나, 그때에는 이런 의문을 제기하는 것이 곧 제도 자체에 대한 비방으로 받아들여지는 시기였으므로, 나는 되도록이면 열심히 잘못을 뉘우치고 마음 고쳐먹은 자를 찾아보기로 했다.

그런데 여기에서도 나는 큰 의문에 부닥쳤다. 여기서 유행하는 개심의 형식이라는 것이, 말하자면 일반 사회에 있는 양복점 진열창에 있는 저고리나 조끼 같은 것과 모두 똑같이 이루어지고 있다는 것을 알았기 때문이다. 아주 많은 참회와 고백을 들었지만, 그것들 거의 대부분이 똑같은 내용이었고, (게다가 더욱 의아스러운 것은) 표현까지 거의 차이가 없다. 이른바 그림의 떡 같은 포도밭을 보고 전적으로 깎아내리는 여우[3]는 잔뜩 있지만 안심하고 포도나무 옆에 둘 수 있는 여우는 한 마리도 없는 것과 같았다. 게다가 무엇보다 중요한 점은 뽐내듯이 뉘우치는 녀석일수록 오히려 더 이상한 녀석들이었는데,

―――――――――――

[3] 유명한 이솝 우화. 손이 닿지 않는 포도를 보고 여우가 맛이 신 포도라고 깎아내린 이야기.

그들의 고백은 모두 그들의 자만심, 허영심, 무감동, 그리고 거짓말(이런 마음을 다들 믿어지지 않을 만큼 많이 갖고 있다는 것은 그들의 경력을 보아도 뚜렷했다)에서 나오는 것이었으므로 다들 장황한 고백을 하면서 아주 만족해한다는 것이었다.

그러나 우리가 여기저기 돌아다니는 동안 나는 이 감옥에서 가장 인기가 있으며, 모범수로 통하는 27호 죄수 이야기를 몇 번씩이나 되풀이해 들었으므로 그를 만나 볼 때까지는 판단을 미뤄두기로 했다. 28호 역시 인기가 많았지만 27호의 광채에 밀려 약간 흐릿해진 것이 그자의 불행이었다. 아무튼 27호는 주위에 있는 모든 사람에게 경건한 충고를 하며 그의 어머니에게(이를 볼 때 아주 훌륭한 어머니인 것 같았다) 끊임없이 아름다운 편지를 써 보낸다는 등 좋은 이야기만 들었으므로, 나는 그를 무척이나 만나 보고 싶었다.

그러나 27호는 마지막 구경거리로 돌려놓았으므로 나는 조바심을 참아야만 했다. 마침내 우리가 그의 감방 문에 이르자, 크리클 씨는 감방문의 작은 구멍을 통해 안을 들여다보더니 지금 그가 찬송가책을 읽고 있다고 감탄하는 태도로 말했다.

곧바로 모두가 그 광경을 보려고 머리를 들이댔으므로 예닐곱 개의 머리가 일제히 몰리며 구멍이 막혀버렸다. 27호와 이야기할 기회를 우리에게 주기 위해서 크리클 씨는 감방 문을 열고 그를 복도로 불러내도록 지시했다. 죄수가 복도로 나왔다. 놀랍게도, 그 마음을 고쳐먹었다는 27호는 바로 우라이아 힙이 아닌가!

그도 곧 우리를 알아보았으며, 나오자마자 옛날 그대로 몸을 비틀어 꼬았다.

"이야, 안녕하십니까, 코퍼필드 씨? 안녕하십니까, 트래들스 씨?"

그가 인사를 하자 일행은 모두 감탄했다. 그가 조금도 거만스럽지 않은 태도로 정중하게 우리에게 인사를 했기 때문에 감탄한 것 같았다.

"27호," 크리클 씨는 딱하다는 듯이 그 죄수를 기특하게 여기면서 말했다. "오늘은 기분이 어떤가?"

"저는 겸손할 따름입니다, 선생님!"

"자넨 늘 그렇지, 27호."

다른 신사가 역시 걱정스러운 얼굴로 물었다. "불편한 점은 없나?"

"네, 그렇습니다. 감사합니다, 선생님!" 우라이아 힙은 그쪽을 바라보며 대답했다. "밖에 있던 때보다도 여기가 훨씬 더 편안합니다. 제가 어리석었다는 것을 아주 잘 깨달았으므로 저는 매일 편안하게 지내고 있습니다."

몇몇 신사는 감동을 받았다. 또 다른 질문자가 사람들을 헤치고 나와서 매우 감동한 모습으로 물었다. "쇠고기는 어떤가?"

"고맙습니다, 선생님." 우라이아는 새로운 목소리가 나는 쪽을 향해 대답했다. "사실 어제 것은 아주 질겼습니다만 참는 것이 제 의무입니다. 저는 아주 어리석은 짓을 저질렀답니다, 여러분." 우라이아는 부드럽게 미소를 지으면서 사방을 한 바퀴 둘러보고 말했다. "그 응보를 묵묵히 받아들이는 것이 당연한 일입니다."

순간 작은 웅성거림이―27호의 성자 같은 정신상태에 대한 만족과, 그에게 불평의 원인을 준(이것은 크리클 씨가 즉시 기록했다) 청부인에 대한 분노 때문에―일어났다가 가라앉자, 27호는 꼭 자기가 매우 훌륭한 박물관의 으뜸가는 귀중품이라도 된 것처럼 우리 한가운데에 서 있었다. 처음인 우리를 위해 눈부신 조명을 밝히려는 생각에서인지 크리클 씨는 28호도 나오도록 명령을 내렸다.

나는 이미 충분히 놀랐으므로, 이어서 리티머가 의젓하게 책을 읽으면서 걸어나왔을 때는 어떤 체념 같은 놀람을 느꼈을 뿐이었다.

"28호." 아직까지 한 번도 말하지 않은 안경을 낀 신사가 말했다. "자네는 지난주 코코아 때문에 불평을 했는데 그 뒤로는 어떤가?"

"고맙습니다, 선생님." 리티머는 말했다. "코코아는 전보다 훨씬 좋아졌습니다. 그러나 죄송한 말씀입니다만 거기에 섞은 우유는 진짜가 아닌 것 같습니다. 물론 런던의 우유는 불량품이 많아서 진짜를 구하기가 어렵다는 것은 저도 잘 알고 있습니다만."

크리클 씨가 27호를 지지하는 반면 안경을 낀 신사는 28호를 지지하는 것 같았다. 두 사람은 저마다 말을 거는 죄수가 분명히 정해져 있었기 때문이다.

"자네 심정은 어떤가, 28호?" 안경 낀 신사가 물었다.

"고맙습니다, 선생님." 리티머가 대답했다. "이제는 제가 어리석었다는 것을 잘 알고 있습니다. 이전의 제 패거리들이 지은 죄를 생각하면 몹시 괴롭습니다, 선생님. 그러나 그들도 용서받게 되리라고 저는 믿고 있습니다."

"그런데 자네는 행복한가?" 질문자는 상대를 격려하듯이 고개를 끄덕이며 말했다.

"대단히 고맙습니다, 선생님. 너무 행복해서 더 바랄 것이 없습니다."

"지금 마음에 걸리는 것이라도 있나? 있다면 말하게, 28호."

"선생님," 리티머는 얼굴을 숙인 채 말했다. "제 눈이 틀림없다면 전에 제가 알던 분이 여기에 와 계십니다. 제 과거의 어리석은 행동이 전적으로 젊은 나리를 위해서 일해 오는 가운데 자연히 철없는 생활에 빠지고, 그로 인해서 자연히 온갖 약점을 드러내게 된 탓이라는 것을 조금이라도 이해해 주시는 것이 그분께도 좋을 듯합니다. 저 신사분께서도 이것을 교훈삼아, 솔직히 털어놓는 제 말씀에 화를 내지 말아주시기를 바랍니다. 결국은 그분을 위한 것이기도 하니까요. 저는 지난날 저의 어리석은 짓을 잘 알고 있습니다. 저 신사분께서도 일찍이 한패가 되어 저지른 악행과 죄를 뉘우치시기를 바랍니다."

몇 명의 신사들이 흡사 지금 막 교회에 들어와 회개라도 하는 것처럼, 저마다 한 손으로 눈을 가리고 있는 것이 눈에 띄었다.

"그것은 명예로운 일일세, 28호." 질문자는 대꾸했다. "자네에게 그 정도 일쯤은 있었을 것이라고 생각했었네. 그 밖에 다른 것은 없는가?"

"선생님," 리티머는 눈썹만 약간 올린 채 눈은 들지 않고 대답했다. "방탕한 길을 걷고 있는 젊은 여인이 있었는데, 저는 그 여인을 구출하려고 애썼습니다만 끝내 구출하지 못했습니다. 저 신사 분께서 할 수 있으시다면 제 말을 그 여인에게 전해주십사고 부탁드립니다. 저에 대한 그 여인의 그릇된 행위를 용서하겠다는 것과, 그녀가 꼭 회개해주기를 바란다는 말씀입니다만 부탁해도 될는지요?"

"걱정 없네, 28호. 자네가 한 말을 백 번 지당하니 그 신사도 아주 깊이 감동하셨을 것이 틀림없네—여기 있는 우리가 모두 그러하니 말일세. 이제 볼일은 다 끝났네."

"고맙습니다. 여러분, 안녕히 가십시오. 그리고 여러분과 여러분의 가족들께서도 자신들의 죄를 깨닫고 회개하시도록 기도하겠습니다!"

28호는 서로 연락하는 방법이 있어서 둘이 전혀 모르는 사이도 아닌 것처럼 우라이아와 눈빛을 한 번 주고받은 다음 물러갔다. 문이 닫히자 일행 사이에서, 아주 훌륭한 사나이야, 아주 훌륭한 죄수야, 라고 수군거리는 말들이 오갔다.

"그런데, 27호," 크리클 씨는 마침내 자기 무대가 돌아왔다는 듯이 말했다. "우리가 자네를 위해서 해주었으면 하는 것은 없나? 있다면 말하게."

"황송하지만 부탁드려도 된다면, 선생님." 우라이아는 그의 그 심술궂은 머리를 갑자기 비틀면서 말했다. "어머니께 한 번 더 편지를 쓰도록 허락해주십시오."

"물론 허락해주지." 크리클 씨가 말했다.

"고맙습니다, 선생님! 어머니 일이 마음에 걸립니다. 어머니께서 괜찮으실까 염려스럽습니다."

누군가가 경솔하게 무엇 때문이냐고 물었다. 그러자 꾸짖는 듯이 "쉿!" 하는 소리가 짧게 튀어나왔다.

"저는 참으로 마음이 편하답니다, 선생님. 어머니께서도 저같이 편안하셨으면 합니다. 제가 여기에 오지 않았더라면 저는 결코 지금과 같이는 되지 못했을 것입니다. 그러니 차라리 어머니께서도 여기에 오셨으면 합니다. 누구든지 체포되어 여기 끌려오는 쪽이, 그 사람을 위해서 보다 좋은 일이니까요."

이 한 마디가 크리클 씨에게 무한한 만족감을 주었다. 아마도 지금까지 들었던 그 어떤 말보다도 더 큰 만족감을 주었을 것이다.

"제가 여기 오기 전에는," 우라이아는 할 수만 있으면 우리가 살고 있는 바깥 세계를 산산이 부숴놓기라도 하겠다는 듯이 우리를 슬쩍 훔쳐보면서 말했다. "정말 어리석은 짓만 했습니다. 그러나 이제는 제가 어리석었다는 것을 깨닫고 있습니다. 바깥세상에는 온갖 죄가 넘치고 있습니다. 어머니도 죄에 사로잡혀 있습니다. 여기 말고는, 어디를 가나 죄뿐입니다."

"자네 참 많이 변했네." 크리클 씨가 말했다.

"예, 그렇습니다, 선생님!"

"자네는 여기서 나가더라도 다시 옛날로 돌아가지는 않겠지?" 누군가가 물었다.

"그럼요, 선생님! 당치도 않습니다."

"됐어." 크리클 씨가 말했다. "그 말을 들으니 정말 만족스럽군. 자넨 아까 코퍼필드 씨에게 말을 했었지, 27호. 그분께 더 얘기하고 싶은 게 있나?"

"제가 여기에 와서 완전히 다른 사람이 되기 오래전부터 당신은 저를 알고 계셨지요, 코퍼필드 씨." 우라이아는 나를 바라보며 말했다. 그보다 악당 같은 험악한 표정을 일찍이 그의 얼굴에서조차도 나는 본 적이 없다. "저는 어리석은 짓을 했습니다만, 제가 거만한 사람들 틈바구니에서는 겸손한 태도를 취했고, 난폭한 사람들 사이에서는 유순한 태도를 취했다는 것을, 당신은 그때부터 알고 계셨습니다. 그런데도 당신 자신은 제게 난폭한 짓을 했지요, 코퍼필드 씨. 한 번은 제 따귀를 때리기도 하셨지요."

모두들 그를 동정했다. 몇몇 분노에 찬 눈이 나를 흘겨보았다.

"그렇지만 용서해 드리겠습니다, 코퍼필드 씨." 천벌을 받아도 모자랄 우라이아는 마치 자기가 신이라도 된 듯한 투로 용서한다는 말을 거듭 입에 담았다. "저는 모든 사람을 용서합니다. 원한을 품는다는 것은 제게는 어울리지 않으니까요. 저는 당신 역시 망설임 없이 용서하겠습니다. 그러니 당신도 앞으로는 감정을 억누르기 바랍니다. 더블유(W)씨와 미스 더블유(W)도, 그리고 그 죄 많은 자들도 모두 다 이참에 회개하시기를 바랍니다. 당신도 괴로움을 많이 당하신 모양이지만, 그것이 다 당신께 이익이 될 것입니다. 당신도 여기에 들어오셨더라면 좋았을 걸 그랬습니다. 더블유(W) 씨와 미스 더블유(W)도 마찬가지지요. 코퍼필드 씨, 당신과 당신네 사람들이 체포되어 이곳으로 끌려오는 것이 제 가장 큰 소원입니다. 제 과거의 어리석음과 지금의 저를 생각해 볼 때, 그렇게 하는 것이 여러분께 가장 좋을 것이라고 굳게 믿습니다. 저는 여기에 끌려오지 않은 다른 모든 사람들이 가여워 견딜 수 없답니다."

일행이 모두 당연한 말이라고 수군거리는 가운데 그는 자기 감방으로 슬그머니 들어가버렸다. 그의 방에 자물쇠가 걸리자 나와 트래들스는 안도감을 느꼈다.

그 두 죄수가 도대체 무슨 짓을 했기에 여기 들어오게 되었느냐고 묻지 않을 수 없는 것이 그들의 회개에 나타난 특징이었다. 모두들 그 문제에 대해서는 아무 말도 하고 싶지 않은 눈치였다. 나는 두 간수 가운데 한 사람에게 물어 보았다. 그들은 비록 말은 하지 않았지만 그 얼굴에 숨어 있는 표정에서, 이와 같은 소동이 얼마나 무의미한가를 잘 알고 있는 것 같았다.

"당신은 알고 있습니까?" 나는 복도를 지나가면서 물어 보았다. "27호가 말한, 마지막 어리석은 '짓'이란 도대체 어떤 무거운 죄입니까?"

간수는 은행사건이었다고 대답했다.

"잉글랜드 은행에 대한 사기사건인가요?"

"네, 그렇습니다. 사기, 위조 및 공모였습니다. 그와 다른 몇 명이 공모했는데 그가 다른 녀석들을 선동했답니다. 엄청난 금액에 대한 깊은 음모였지요. 선고는 종신 유형(流刑)입니다. 27호는 그 패들 가운데에서 가장 빈틈없는 놈이라서 조금만 더 잘 했더라면 달아날 수도 있었습니다. 하지만 일이 그렇게 쉽게 풀리지 않았죠. 은행에서도 겨우 그자를 잡았는데 아주 위험한 상황이었지요."

"그럼 28호의 죄는 무엇입니까?"

"28호는," 간수는 복도를 걸어가면서도 끊임없이 어깨 너머로 뒤를 돌아보며 아주 작은 목소리로 말했다. 이 흠 없이 깨끗한 죄수들에 대한 그 같은 무례한 말이 크리클 씨와 다른 사람들 귀에 들어가면 큰일이었기 때문이었다. "28호도 역시 유형인데, 어떤 높은 지위에 앉아 주인과 함께 외국으로 떠나려던 밤에, 젊은 주인한테서 현금과 귀중품 약 250파운드를 약탈했답니다. 그자가 난쟁이에게 잡혀왔으므로 저도 그 사건을 잘 기억하고 있습니다."

"뭐라고요?"

"아주 작은 여인입니다. 이름은 잊어버렸습니다."

"모처 아닌가요?"

"맞습니다! 그자는 추격을 피해서 노르스름한 가발에 구레나룻 따위로, 나리들은 평생 구경도 못할 정도로 완벽한 변장을 하고 미국으로 건너가려 했습니다. 그런데 그 난쟁이가 사우샘프턴 항구에서 그 녀석과 딱 마주치자—눈썰미가 좋아서 금방 알아보았지요—그 녀석 가랑이에 찰싹 달라붙었지요—놈도 갑작스러운 일에 놀라 당황했죠. 그러고는 그대로 사신처럼 물고 늘어진 거예요."

"훌륭한 미스 모처!" 나는 소리쳤다.

"선생님께서 그 여인이 재판소 증인석 의자 위에 올라서는 모습을 저처럼 보셨더라면, 그때에도 그렇게 소리쳤을 것입니다. 놈은 여인에게 사타구넛것을 잡히자 그녀의 얼굴을 쥐어뜯고 아주 잔인하게 때렸지만, 그녀는 놈이 잡혀 들어갈 때까지 사타구넛것을 움켜잡은 손을 놓지 않았다고 하니까요. 그 여인이 하도 단단히 놈을 잡고 놓아주지 않아서, 경찰은 두 사람을 함께 연행하지 않을 수 없었어요. 증언도 아주 잘 해서 재판관들로부터 많은 칭찬을 받았고, 만세 세례 속에서 자기 집까지 경호를 받으면서 갔었답니다. 그녀는 법정에서 이렇게 말했어요—그 사내에 대해서는 나도 잘 알고 있어요. 설령 그가 삼손이라 할지라도 나는 혼자서라도 붙잡을 생각이었어요. 이야, 정말 대단한 여자지요!"

나 역시 그렇게 생각했으므로, 미스 모처에게 다시금 깊은 경의를 표했다.

이제 봐야 할 만한 것은 다 보았다. 27호도 28호도 전혀 달라지지 않았으며, 놈들은 예나 지금이나 똑같다는 것, 저런 장소에서 그런 고백을 거리낌 없이 하는 것이 위선적인 악당들의 전매특허라는 것, 그리고 두 사람 다 그렇게 말해 두는 것이 쫓겨났을 때 얼마나 큰 공덕으로 빛을 내는가를 우리와 마찬가지로 잘 알고 있으므로 말하고 있을 뿐이라는 것, 다시 말하면 그것은 완전히 썩어빠졌고, 허울뿐이고, 추한 일이라는 것을 말해 주고 싶어서 입이 근질거렸지만, 상대가 크리클 씨를 비롯한 존귀하신 분들인 만큼 해도 아무 소용없다고 생각하고 그만두었다. 우리는 그들의 제도는 그들 자신에게 맡겨두고 어처구니없음에 기가 질려서 집으로 돌아왔다.

"트래들스, 오히려 불건전한 취미에 빠져보는 것도 나쁘지 않을 거야. 안 그런가? 그만큼 더 빨리 죽겠지만."

"그렇군." 트래들스가 맞장구를 쳤다.

62장
희망의 빛

　이윽고 크리스마스가 다가왔다. 고향에 돌아온 지도 두 달이 넘었다. 아그네스와는 자주 만났다. 세상의 목소리가 아무리 나를 격려해주어도, 또 그로 인하여 불붙는 정열과 노력이 아무리 격렬할지라도, 그녀가 지나가는 말로 한마디 해 주는 칭찬이 내게는 그 무엇보다도 특별하게 들렸다.

　적어도 1주일에 한 번, 때로는 더 자주, 나는 그녀의 집으로 가서 저녁을 보냈다. 나는 대개 밤에 돌아왔다. 옛날의 불행한 추억이 요즘 들어 늘 내 주위를 맴돌았으므로—특히 그녀와 떨어져 있을 때 더욱 심했다—기진맥진하여 잠을 설치거나 가슴 아픈 꿈을 꾸면서 과거를 방황하기보다는 차라리 분발하여 그곳으로 갔기 때문이다. 그렇게 멀리 나감으로써, 몇 번이나 길고 슬픈 밤을 지웠던가! 그리고 긴 외국여행 동안 내 마음을 차지했던 그 생각을 다시 한 번 되살려보았다.

　아니, 되살렸다기보다는 오히려 그런 생각들의 메아리에 조용히 귀를 기울였다고 해야 옳을 것이다. 메아리는 머나먼 하늘에서 울려 퍼진다. 나는 그 목소리를 일부러 멀리 밀어내고, 지금의 처지를 체념하고 받아들인 것이었다. 그러나 내가 쓴 글을 아그네스에게 읽어주면서, 그녀가 귀를 기울이고 듣는 얼굴을 본다든가, 그녀가 감동하여 미소 짓거나 눈물을 흘릴 때나, 내가 사는 그 상상세계의 온갖 그림자 같은 사건을 열의가 담긴 진실한 목소리로 얘기하는 것을 들을 때면, 내 마음은 만일 아그네스와 결혼했다면 내 운명은 어떻게 되었을까를 생각한다. 그러나 다만 그렇게 생각했을 뿐이었다. 내가 도라와 결혼한 뒤에 아내가 이래주었으면 좋겠다고 생각했던 것처럼.

　나는 아그네스에게 지켜야 할 의무가 있었다. 그녀는 나를 사랑하지만 내가 그 사랑을 내가 휘젓는 것은 내 이기심과 천박한 근성으로 인해 그녀에게 상처를 주는 일이며, 두 번 다시 돌이킬 수 없게 되기 때문이다. 또한 나는 스스로 내 운명을 개척했으며, 그리하여 원하는 것도 확실히 손에 넣었으므로 이제 와서 내다 버릴 자격은 당연히 없으며, 그저 참는 수밖에 도리가 없다는 것도 나이를 먹으면서 깨달았다. 생각해보면 이 의무감과 깨달음이 내가 겨우 배워 익힌 것의 전부였다. 그러나 아무리 그래도 아그네스를 사랑하는 것은 사실이며, 언젠가는 그것을 거리낌 없이 고백할 수 있는 날, —지금과 같은 상태가 다 끝나고 "아그네스, 나는 외국에서 돌아온 뒤로 줄곧 지금과 똑같은 마음이었소. 이 나이가 되었지만 그 뒤로 당신 말고는 아무도 사랑하지 않았소!"라고 말할 수 있는 먼 미래를 넋 놓고 생각하는 쪽이 오히려 위로가 되었다.

게다가 그녀는 어떠한 변화도 내게 보여주지 않았다. 그녀는 언제나 옛날과 다름없는 아그네스였다.

내가 그날 밤 돌아온 이후로 대고모와 나 사이에는 이 점에 있어서 무엇인가가—거리낌이라든가 회피가 아니라, 두 사람 모두 그 문제에 관해서 생각은 하고 있으면서 말로는 나타내지 않는 어떤 양해 사항과도 같은 것이 생겼다. 예로부터의 습관대로 밤에 우리 둘이 난로 앞에 앉을 때면, 우린 언제나 이러한 생각에 빠지곤 했다. 둘 다 숨김없이 말하기라도 한 것처럼 아주 자연스럽게 알고 있으면서도 서로 줄곧 침묵을 지켰다. 대고모는 그날 밤 내 마음을 모조리, 아니 적어도 일부는 읽었다. 그리고 어째서 내가 마음을 좀더 명확하게 밝히지 않는가 하는 이유도 충분히 알고 있다고 나는 생각했다.

크리스마스가 다가왔으나 아그네스는 내게 아무런 고백도 하지 않았다. 그러자 지금까지 수없이 내 마음에 떠올랐던 의심—어쩌면 그녀가 내 진심을 꿰뚫어보고 있으므로, 나에게 고통을 줄 수 없다고 생각하여 가만히 있는 것이 아닐까 하는 의심이 나를 점점 무겁게 짓눌렀다. 만약 그렇다면 내 희생은 무슨 의미가 있는가? 그녀에 대한 자명한 의무조차 이행하지 못한, 오히려 지금까지 하지 않겠다고 결심했던 꼴불견인 행동을 끊임없이 되풀이해온 셈이 된다. 이것만큼은 분명히 확인해야 한다.—이러한 장애가 두 사람 사이에 있다면 무슨 일이 있어도 곧바로 허물어버려야 한다!

잊을 수 없는—도저히 잊을 수 없는 이유가 있었다!—춥고 혹독한 겨울날이었다. 몇 시간 전부터 내린 눈이 높이 쌓이지는 않았지만, 땅바닥에 꽁꽁 얼어붙었다. 창문 너머, 저쪽 바다에서는 북풍이 거세게 불어댔다.

"오늘도 말을 타니, 트롯?" 대고모가 문간에서 얼굴을 들이밀면서 말했다.

"네, 캔터베리까지 갈 생각입니다. 말을 타기에는 더없이 좋은 날이니까요."

"글쎄다, 네 말도 너와 생각이 같다면 좋겠다만. 지금은 제 마구간이 더 좋다는 듯이 문 앞에 서서 머리와 귀를 늘어뜨리고 있지 않니?"

대고모는 그 금단의 뜰에 내 말이 들어가는 것은 허용해주었지만 당나귀들은 여전히 결코 용서하지 않았다.

"이제 금방 기운을 낼 겁니다!"

"말을 타는 것은 주인에게는 건강에 좋겠지." 대고모는 내 책상 위에 있는 원고를 보면서 말했다. "애야, 넌 꽤 많은 시간을 이 방에서 보내는구나! 나도 전에는 책을 많이 읽었지만 책 쓰는 일이 이렇게 힘든 줄은 생각도 못해봤단다."

"읽는 것도 힘들지요. 그리고 글 쓰는 일은 나름대로 매력이 있답니다, 대고모님."

"그래, 알고 있어! 야심이라든가 찬양과 공감 같은 그런 것이겠지? 자, 어서 가 봐라!"

"여쭙고 싶은 게 있는데요." 나는 대고모 앞에 참착하게 마주 서면서 말했다—대고모는 내 어깨를 가볍게 치며 의자에 앉았다—"아그네스의 그 애정에 관해서 그 뒤로 소식이 있나요?"

대고모는 대답하기 전에 잠깐 내 얼굴을 바라보았다.

"소식이 없는 건 아니란다, 트롯."

"대고모님께서 받은 인상은 확실하세요?"

"그런 것 같다, 트롯."

대고모는 어떤 의혹이나 동정 또는 마음의 불안 같은 것을 가지고 차분히 나를 바라보았다. 나는 다시 한 번 마음을 다잡고 대고모에게 아주 유쾌한 얼굴을 보였다.

"그리고 또 있단다, 트롯—"

"뭔데요?"

"아그네스가 결혼할 것 같구나."

"주여, 그녀에게 축복을 내려주소서!" 나는 쾌활하게 말했다.

"주여, 그녀에게 축복을 내려주소서! 그리고, 신랑에게도!"

나도 똑같이 따라 말한 뒤, 대고모와 헤어져 가벼운 걸음으로 아래층으로 내려와서 말을 타고 길을 나섰다. 조금 전에 결심한 일을 실행할 더 큰 이유가 생긴 것이었다.

그날 얼마나 빨리 말을 달렸는지는 지금도 뚜렷하게 기억한다! 풀잎에 달라붙어 있던 작은 얼음조각들이 바람을 타고 날아와 돌멩이처럼 얼굴을 때렸다. 말발굽이 꽁꽁 얼어붙은 땅바닥을 박차면서 맑은 소리를 냈다. 일궈 놓은 경지, 바람에 날리며 석회석 광산 속을 가볍게 소용돌이치고 있는 눈송이, 풀을 실은 수레를 매단 채 언덕 꼭대기에서 숨을 돌리고, 희미하게 방울 소리를 내면서 하얀 입김을 내뿜고 있는 말들. 마치 커다란 석판에 그린 것 같은 어두운 하늘 아래 드넓게 펼쳐진 언덕 지대의 하얀 표면과 굽이치는 능선!

아그네스는 혼자 있었다. 꼬마 아가씨들이 모두 집으로 돌아갔으므로 그녀는 혼자 난롯가에서 책을 읽고 있었다. 내가 들어서는 것을 보자 그녀는 책을 놓고 여느 때와 다름없이 나를 맞아주었다. 그리고 바느질 그릇을 꺼내 들고 창가에 앉았다.

나도 그녀와 나란히 창가에 앉았다. 우리는 지금 내가 쓰고 있는 작품이 무엇이며, 언제쯤 그 일이 끝날 것이며, 지난번에 방문한 뒤로 얼마나 진척이 되었는가를 이야기했다. 아그네스는 무척 활발했으며 '당신은 곧 유명해질 테니까 앞으로 이런 화제로 이야기할 수는 없겠지요?'라고 웃으며 말했다.

"그러니 지금을 소중히 여기며 얘기할 수 있을 때 얘기해두어야겠어요."

열심히 바느질을 하고 있는 그녀의 아름다운 얼굴을 가만히 보고 있었다. 그녀가 갑자기 그 부드럽고 맑은 눈을 들어 나를 바라보았다.

"오늘은 생각이 많으시군요, 트롯우드!"

"아그네스, 내가 무엇을 생각하고 있는지 말할까요? 오늘은 그것 때문에 왔으니까."

우리가 진지하게 의논할 때는 늘 그러했듯이 그녀는 자기 일을 옆으로 밀쳐 놓고 모든 주의를 내게 집중했다.

"아그네스, 내가 언제나 당신에게 진실하다는 것에 대해 조금이라도 의심하고 있나요?"

"아뇨!" 그녀는 놀란 표정으로 대답했다.

"지금도 나는 그대로라는 것에 대해 의심하나요?"

"아뇨!" 그녀는 같은 대답을 되풀이했다.

"내가 귀국했을 때, 내가 당신에게 말하려 했던 것을 기억하고 있소? 내가 얼마나 당신에게 감사하고 있으며 또 얼마나 열렬히 당신을 생각하고 있는가를 말이오."

"기억하고 있어요." 그녀는 조용하게 대답했다.

"당신은 비밀을 갖고 있어요. 내게 그것을 말해줄 수 없을까요, 아그네스?"

그녀는 두 눈을 내리깔고 몸을 와들와들 떨기 시작했다.

"당신이 말하지 않아도—다른 사람의 입을 통해서 조금 듣고 왔더니 참 이상한 느낌이 드는군요. 당신이 당신의 소중한 사랑을 바친 사람이 있다는 것 말이오. 당신의 행복과 이토록 깊이 관계되는 일에서 나를 따돌리지 말아 줘요! 당신 말대로—나도 그것은 사실이라고 생각해요—나를 믿고 있다면, 이 문제에 있어 나를 친구나 오빠가 되게 해줘요!"

호소하듯, 아니, 거의 꾸짖듯 그녀는 일어나서 몽유병자처럼 비틀거리며 방을 가로지르며, 두 손으로 얼굴을 가리고 나의 가슴을 찌르는 듯한 울음을 터뜨렸다.

그러나 동시에 그 눈물은 내 가슴에 작은 희망을 가져다주었다. 이유는 모르지만 아무튼 그 눈물은, 잊을 수 없는 언젠가의 조용하고 슬픈 미소와 연결되어, 내 마음을 불안과 슬픔이 아니라 희망으로 크게 뒤흔든 것이다.

"아그네스! 사랑하는 동생! 이봐요! 내가 뭘 어떻게 했다고 그러오?"

"저를 가게 해주세요, 트롯우드! 몸이 불편해요. 차차 말씀 드릴게요.—나중에 편지 드릴 테니까 지금은 아무 말씀 말아 주세요!"

그러고 보니 언젠가 그녀와 이야기했을 때, 그녀가 자기 사랑은 보답을 받지 않아도 좋다고 이야기한 것을 떠올려 보았다. 그것에야말로 내가 지금 구석구석을 찾아다녀야 할 세계가 있는 것 같았다.

"아그네스, 당신이 우는 모습을 보고 또 그 원인이 나라고 생각하니 견딜 수가 없어요. 아그네스, 내게는 그 무엇보다도 소중한 아그네스, 당신이 불행하다면 그 불행을 내게도 나눠줘요. 도움이나 격려가 필요하다면, 내가 그것을 당신에게 줄 수 있게 해줘요. 가슴에 무거운 짐이 있다면, 내가 가볍게 해 줄게요. 내가 지금 누구를 위해서 살겠어요, 아그네스 당신을 위해서가 아니라면?"

"아, 놓아주세요! 저는 지금 제정신이 아니에요! 다음번에 말씀 드릴게요!"

이렇게까지 말할 수 있었던 것은 역시 이기심에서 온 실수였을까? 아니면 한번 희망의 실마리를 잡고 나자, 지금까지는 생각할 용기조차 없었던 희망으로의 한 줄기 길이 열린 것일까?

　"조금 더 들어줘요. 이대로 헤어질 수는 없어요! 제발 아그네스, 이렇게 여러 해 동안 친하게 지냈고 그동안 많은 일들을 겪었으니, 서로 오해만큼은 남기지 않도록 합시다! 나는 사실 그대로 말해야겠어요. 이번에 당신이 누군가에게 주고자 하는 그 행복을 내가 질투한다든가, 당신 스스로 선택한 나보다 훌륭한 보호자의 손에 당신을 넘겨줄 수 없다든가, 멀리서 당신이 기뻐하는 모습을 바라보는 것만으로는 만족할 수는 없다든가 하는 생각을 당신이 가지고 있다면 그것은 당장 버려줘요. 나는 그런 마음은 조금도 없으니까요! 나도 지금까지 괴로웠지만 그것은 전혀 헛된 것이 아니었습니다. 지금까지 당신이 내게 가르쳐준 것도 전혀 헛된 것은 아니었어요. 지금 내 마음에는 이기적인 것은 조금도 섞여 있지 않아요."

　그녀는 이젠 조용했다. 얼마 뒤 창백한 얼굴을 내게로 돌리고 나지막하나 아주 또렷한 목소리로 말했다.

　"트롯우드, 당신의 순수한 우정에 대한 의무라고 생각하므로—전 그것을 절대 의심치 않아요—말씀드리는데, 당신은 오해하고 계셔요. 저는 더는 아무 말씀도 드릴 수 없어요. 여러 해 동안 당신의 조력이나 조언이 필요했을 때는 틀림없이 그것을 받았어요. 그야 때때로 가슴이 아프기도 했지만 그 감정은 예전에 지나가버렸습니다. 무거운 짐을 짊어지고 있었다 하더라도 이미 그 짐은 내려놓았습니다. 만약 제가 어떤 비밀을 가지고 있다면, 그것은—지금 시작된 것도 아니고—당신이 생각하고 계시는 그런 것이 아닙니다. 이것만큼은 말씀드릴 수 없으려니와 둘이서 나눌 수 있는 것도 아닙니다. 오랫동안 저만의 것이었고 앞으로도 저 혼자 짊어지고 가야 해요."

　"아그네스! 기다려요! 잠깐만!"

　나는 나가려는 그녀를 붙들고 한쪽 팔로 그녀의 허리를 끌어안았다. '여러 해 동안', 그리고 '지금 시작된 것이 아니'라니! 새로운 불안과 새로운 희망이 폭풍처럼 내 마음속에 소용돌이쳤다. 어쩐지 내 평생의 색채가 순식간에 달라지는 느낌이 들었다.

　"소중한 아그네스! 존경하는 아그네스. 진정으로 사랑하는 아그네스! 오늘 여기에 왔을 때는, 난 어떠한 일이 있어도 이러한 고백을 하지 않겠다고 생각했소. 우리가 늙을 때까지 한평생 내 가슴속에 간직해둘 수 있다고 생각했던 거요. 그러나 아그네스, 내가 당신을 누이 이상으로, 아니, 누이와는 전혀 다른 이름으로 부를 수 있을지도 모른다는 새로운 희망이 생겼으니!—"

그녀는 또다시 눈물을 흘렸다. 그 눈물은 아까 흘리던 눈물과는 전혀 다른 것이었다. 나는 희망이 점점 빛나는 것을 보았다.

"아그네스! 언제나 변함없는 나의 안내자요, 으뜸가는 지지자였던 아그네스! 우리 두 사람이 여기서 함께 자랄 때, 당신이 자신을 더 마음에 두고 나를 지도하려고만 애쓰지 않았더라면, 아무리 바보 같은 나라도 당신에게서 떠나 방황하지는 않았을 거예요. 그러나 당신은 나보다 너무 훌륭했어요. 그 어린 시절, 희망에 부풀었을 때나 실망했을 때나 당신이 없어서는 안 되는 존재가 되었어요. 모든 일에 있어서 당신을 믿고 의지하는 것이 내 제2의 천성이 되어버렸지요. 그것이 내가 당신을 사랑한다는 더욱 중요한 문제까지 한동안 뒤덮어버린 것입니다."

그녀는 여전히 울고 있었지만 슬퍼서 우는 것이 아니라—기쁨의 눈물이었다! 그리고 그녀는 내 두 팔에 안겼다. 이렇게 되리라고는 내가 꿈에도 생각하지 못했던 일이 일어난 것이다.

"도라를 사랑했을 때—정말 맹목적으로 사랑했을 때—그때도—"

"알겠어요! 그것을 알게 되어 기뻐요!" 그녀는 진지하게 힘주어 말했다.

"도라를 사랑했을 때도 당신이 찬성하지 않았다면 내 사랑은 불완전했을 거요. 당신이 찬성한 뒤에야 비로소 완전한 것이 되었어요. 그리고 도라가 죽었을 때도, 아그네스, 당신이 없었더라면 난 어떻게 되었을까요?"

그녀는 내 가슴으로 더욱 바싹 파고들며 얼굴을 내 심장 위에 붙이고 떨리는 손으로 내 어깨를 둘렀다. 눈물로 빛나는 그녀의 아름다운 눈이 내 눈을 열심히 들여다보고 있었다!

"아그네스, 당신을 사랑하면서 나는 여행을 떠났고, 당신을 사랑하면서 멀리서 머물렀고, 당신을 사랑하면서 돌아왔소."

나는 그녀에게, 내가 지금까지 얼마나 괴로웠으며 끝내 어떤 결론을 내렸는가를 열심히 설명했다. 나는 진실로 내 마음을 그녀 앞에 모두 드러내고 싶었다. 어떻게 나 자신과 그녀에 대한 문제를 깨닫게 되었으며, 그 결과 어째서 포기해 버렸는지 그리고 오늘도 그 결심을 끝까지 지킬 생각으로 왔다는 것까지 모조리 털어놓았다. 그녀의 사랑이 나를 남편으로 받아들일 수 있다면 더 바랄 것이 없다. 그러나 내게 그럴 가치가 없다면 다만 그녀에 대한 내 진실한 사랑과, 그것이 충분히 익기까지의 괴로웠던 과정을 생각하며 겸허하게 받아들일 생각으로 모두 털어놓는다고 말했다. 아, 아그네스, 그녀의 진실한 눈도 미치지 못하는 깊은 곳에서 도라의 영혼이 나를 바라보며 고개를 끄덕였다! 그리고 지금 아그네스를 통해서 한창 꽃필 시기에 시들어버린 '귀여운 꽃송이'에 대한 다정다감한 추억으로 나를 이끌어갔다!

"정말 행복해요, 트롯우드—심장이 터질 것만 같아서 말도 잘 나오지 않지만—그렇지만 한 가지 꼭 말씀드려야 할 것이 있어요."
"뭔데요, 아그네스?"
그녀는 부드러운 두 손을 내 어깨에 얹고 조용히 내 얼굴을 들여다보았다.
"무엇인지 알고 계세요?"
"아뇨, 생각하기가 두렵군요. 뭔데요? 말해봐요."
"저는 처음부터 당신을 줄곧 사랑해왔어요!"

아, 우리는 행복했다, 정말 행복했다! 우리 눈물은 오늘날까지 겪어온 어려움과 시련(그녀의 시련이 훨씬 더 컸지만) 때문이 아니라, 오로지 이렇게 된 기쁨, 이제는 결코 헤어질 수 없는 현재의 환희 때문이었다.
우리는 그 겨울 저녁을 함께 거닐었다. 얼어붙은 듯이 차가운 공기도 우리의 행복한 평화를 함께 나누어 갖는 듯했다. 우리가 산책하는 동안 샛별들이 비치기 시작했고, 우리는 그 별들을 우러러보며 우리를 이 평온 속으로 인도해준 하느님께 감사 드렸다.
밤이 되어 달이 뜨자 우리는 또다시 아까의 창가 자리에 앉았다. 아그네스를 따라 나도 달을 바라보았다. 그때 기나긴 길이 내 마음속에 활짝 열리더니, 남들에게서 버림받고 무시당한 한 소년이 남루한 옷을 입고 먼길을 걸어오느라 녹초가 되어 터벅터벅 걸어오는 것이 보였다. 그런데 그 아이가, 지금 내 가슴에 안겨 고동치는 그녀의 심장까지도 자신의 것이라고 부를 수 있게 되다니!

우리가 대고모에게 간 것은 다음 날 저녁 식사 무렵이었다. 대고모는 내 서재에 계시다고 페거티가 말했다. 그 방을 나를 위해서 깔끔하게 정돈해놓은 것이 대고모의 자랑이었던 것이다. 들어가 보니 대고모는 안경을 끼고 난롯가에 앉아 있었다.

"아니!" 어둠침침한 곳에서 우리를 자세히 보며 대고모가 말했다. "네가 데리고 오는 사람이 누구냐?"

"아그네스입니다."

우리는 처음에는 아무 말도 않기로 미리 약속했으므로 대고모는 무척 당황한 것 같았다. 내가 '아그네스'라고 말한 순간 대고모는 희망에 찬 눈으로 나를 바라보았으나, 내 태도가 여느 때와 다름없자 실망한 나머지 안경을 벗고 코를 문질렀다.

그러나 대고모는 진심으로 반가워하며 아그네스를 맞아들였다. 머지않아 우리는 저녁이 준비되어 있는 아래층 거실로 내려갔다. 대고모는 내 표정을 다시 보려고 두세 번 안경을 고쳐 썼지만, 그때마다 실망하고 다시 벗으며 코를 문지르곤 했다.

이것이 나쁜 징조라는 것을 알고 있는 딕 씨는 어찌할 바를 몰랐다.

"그런데 대고모님, 대고모님께서 말씀하신 것을 아그네스에게도 얘기했어요." 식사를 마친 뒤 나는 말했다.

"트롯, 약속을 어겼구나." 대고모는 새빨갛게 달아오르며 말했다.

"대고모님, 설마 역정을 내고 계시진 않겠지요? 아그네스가 사랑 문제로 우울해했던 게 아니란 걸 아신다면 대고모님께서 역정을 내시지 않을 거라고 생각합니다만."

"무슨 허튼소리를!"

대고모가 퍽 괴로워하는 것 같아서 어서 빨리 오해를 푸는 것이 상책이라고 생각했다. 나는 아그네스를 한쪽 팔로 껴안고, 대고모 의자 뒤로 가서 대고모에게 기댔다. 대고모는 손뼉을 딱 치고 안경 너머로 한번 바라보더니, 갑자기 흥분하는 것이었다. 내가 대고모와 알게 된 이래 처음 있는 일이었다.

그 바람에 페거티가 올라왔다. 흥분이 가라앉자 대고모는 페거티를 향해 쏜살같이 달려가서 그녀를 보고 '이 바보 같은 늙은이야'라고 말하며 그녀를 힘껏 껴안았다. 이어서 대고모는 딕 씨도 끌어안은(그는 많이 놀랐지만 큰 영광이라고 생각했다) 뒤에야 비로소 이유를 설명해 주었다. 그리고 모두들 아주 행복해졌다.

그런데 아까 대고모와 나눈 짧은 대화에서, 과연 대고모가 나를 위해서 거짓말을 한 것인지, 아니면 정말로 내 마음을 오해했었는지는 나도 알 수 없었다. 게다가 대고모는 이렇게 말하는 것이었다. 아그네스가 결혼할 것이라고 네게 말했었는데, 이젠 그 말이 사실이라는 것을 누구보다도 네가 잘 알고 있을테니 그것으로 충분하지 않느냐고.

우리는 2주일 뒤에 결혼했다. 트래들스와 소피, 스트롱 박사님 부부만이 우리의 조용한 결혼식의 손님이었다. 우리는 크게 기뻐하는 그들을 남겨두고 마차를 타고 그곳을 떠났다. 내 온갖 동경의 원천, 나 자신의 중심이며, 내 일생의 전부인 내 아내를 나는 꼭 끌어안았다. 아내에 대한 내 사랑이 비로소 반석 위에 세워진 것이었다!

"아, 여보!" 아그네스가 말했다. "이제 당신을 여보라고 부를 수 있게 되었으니, 한 가지 더 말씀드릴 게 있어요."

"뭔지, 말해 봐요."

"도라가 세상을 떠나던 그날 밤, 도라는 당신을 시켜 저를 불러오게 했었지요?"

"그랬지요."

"도라는 제게 남겨줄 것이 있다고 했어요. 그게 뭔지 아시겠어요?"

그러고 보니 알 것 같았다. 나는 오래전부터 나를 사랑해온 이 아내를 내 곁으로 바싹 끌어당겼다.

"도라는 제게 마지막 부탁이 있다고, 죽기 전에 맡길 것이 있다고 말했어요."

"그래서 그것은—"

"자기가 죽은 뒤 이 빈자리를 넘겨주고 싶은 사람은 나뿐이라고."

그리고 아그네스는 내 가슴에 얼굴을 파묻고 울었다. 우리는 더없이 행복했다. 나도 같이 울었다.

63장
방문자

이것으로 쓰고자 했던 것은 거의 다 썼으나, 아직도 내 기억에 뚜렷이 남아 있는 사건이 있다. 그것을 생각하면 기분이 유쾌해지며, 또한 그것을 적지 않으면 내가 뜬 그물코의 한 가닥 실 끝이 헝클어져버릴 것이다.

나는 명예도 재산도 가졌고, 가정적인 기쁨도 넘쳐흘렀다. 결혼한 지 이미 10년이 지났다. 어느 봄날 밤, 아그네스와 나는 런던의 우리 집 난롯가에 앉아 있고, 우리 세 아이들도 같은 방에서 놀고 있었다. 그때 어떤 낯선 사람이 나를 찾아와 만나고 싶어한다고 했다.

무슨 용건이냐고 물어보라 했더니, 딱히 볼일은 없지만 그냥 나를 만나고 싶어서 멀리서 찾아왔다는 것이었다. 그는 노인이며 농부 같아 보인다고 하인이 말했다.

하인의 이 말이 아이들에게는 아주 이상하게 들렸다. 아그네스가 곧잘 들려주던 옛날이야기의 시작과도 같아서, 사람을 아주 미워하는, 긴 외투를 입은 요괴 할멈의 등장을 떠올린 것이다. 놀란 아이들 사이에서 동요가 일어났다. 사내아이 하나는 달아나듯이 엄마의 무릎에 얼굴을 묻었고, 큰딸 아그네스는 자기 대신 인형을 의자 위에 올려 두고는 커튼 뒤에 숨어서 귀여운 금발머리만 내밀고 다음에 일어날 사태를 가만히 엿보고 있었다.

"들어오시라고 해라!" 내가 말했다.

곧 건장한 백발노인이 나타나더니, 어두운 문턱에서 걸음을 멈추었다. 그의 모습에 마음이 끌린 꼬마 아그네스가 달려가서 그를 안으로 데리고 왔다. 내가 미처 그의 얼굴을 보기도 전에 아내가 벌떡 일어서서, 페거티 씨예요! 하고 기뻐하며 소리쳤다.

그는 틀림없는 페거티 씨였다. 나이는 들었지만 얼굴은 여전히 다부지고 건강한 붉은색을 띠고 있었다.

첫 번째 감격이 가라앉자 그는 무릎에 아이들을 앉히고 난롯가에 앉았다. 불빛에 드러난 그의 얼굴은 여전히 옛날처럼 박력 있고 건장하고 게다가 단정한 노인으로 보였다.

"데이비 도련님," 그가 입을 열었다. 귀에 익은 투로 부르는 옛 이름이 얼마나 자연스럽게 들리던지! "데이비 도련님, 도련님을 다시 뵙게 되니 참으로 기쁩니다! 게다가 이렇게 훌륭하신 부인까지 계시고!"

"정말 기뻐요, 아저씨!" 나도 소리쳤다.

"그리고 이 귀여운 자녀들까지 보게 되다니 말입니다! 아이구, 데이비 도련님, 제가 맨 처음 도련님을 뵈었을 때는 도련님도 여기 있는 제일 꼬마 정도에 불과했죠. 에밀리도 그만했고, 햄도 이제 막 사내 태가 나기 시작했었지요!"

"페거티 씨도 변했겠지만 나는 더 많이 변했겠지요." 나는 말했다. "이 장난꾸러기들을 재우고 나면, 우리 집 아닌 영국 어디에서도 아저씨를 묵게 해서는 안 되니까, 어디로 짐을 가지러 보내면 되는지 말해주세요. 옛날에 그 멀리까지 들고 갔던 낡은 검정색 가방도 가지고 오셨겠지요? 그리고 나서는 야머스 혼합주라도 한잔 하면서, 10년 동안의 이야기를 들어 봅시다."

"혼자신가요?" 아그네스가 물었다.

"그렇습니다, 부인." 그는 그녀의 손에 입을 맞추며 말했다.

우리는 어떻게 환영해야 충분할지 몰라 일단 그를 우리 두 사람 사이에 앉혔다. 귀에 익은 그의 목소리를 듣기 시작하자, 나는 어쩐지 그가 아직도 에밀리를 찾아 기나긴 여행을 계속하고 있는 것만 같은 느낌이 들었다.

"하여간 많은 물을 건너왔습니다." 페거티 씨는 말했다. "여기 와서 겨우 4주일 머물건대 말입니다. 하지만 물이라도 소금물이라면 제 손 안에 있지 않겠습니까? 그리고 친구가 그리워서, 나는 여기에—이야, 이건 노래 가사군요." 페거티 씨는 비로소 깨달은 듯이 깜짝 놀라며 말했다. "그럴 생각은 없었는데 말이에요."

"수천 마일을 오셨는데 그렇게 빨리 돌아가시려고요?" 아그네스가 물었다.

"네, 부인. 떠나기 전에 에밀리에게 약속했거든요. 저도 이젠 젊지 않으니 이쯤에서 한 번 돌아오지 않으면 앞으로 다시는 올 기회가 없을 테니까요. 아무튼 저도 더 늙기 전에 돌아가서, 데이비 도련님과 결혼해서 행복하게 살고 계시는 아름다운 부인의 모습을 꼭 한 번 뵈어야겠다고 늘 생각하고 있었지요."

계속 그는 아무리 보아도 성에 차지 않는다는 듯이 우리를 바라보았다. 그가 우리를 더 잘 볼 수 있도록, 아그네스는 웃으며 그의 흐트러진 백발을 몇 가닥 뒤로 넘겨주었다.

"자, 여러분들의 이야기를 해주세요." 나는 말했다.

"저희는 아주 순조롭습니다. 잘 풀리지 않을 까닭이 없으니까요. 다들 순식간에 성공했어요. 열심히 일했지요. 처음에는 조금 힘든 일도 있었지만, 결국 모두 계속 번창했지요. 양을 치는 것이며 목축이며, 하는 일은 모두 잘 되었습니다. 하느님의 축복 같은 것이 있었던 것이지요." 페거티 씨는 경건히 고개를 숙이며 말했다. "게다가 돈 되는 일들뿐이에요. 물론 길게 봤을 때의 얘기지만. 말하자면 어제 안 됐으면 오늘, 오늘 안 되면 내일 하면 되는 겁니다."

"그런데 에밀리는?" 아그네스와 내가 동시에 물었다.

"에밀리는, 그날 헤어진 뒤로—마침내 저희가 미개지에 자리를 잡고 나서도, 그 애가 밤마다 기도를 올리면서 부인 이름을 언급하지 않은 적이 없었습니다. 그 쾌청한 출항하던 날 저녁에 마침내 도련님의 모습이 더 이상 보이지 않자, 그 애가 처음에는 아주 기운을 잃고 말았어요. 그 때문에 도련님께서 그토록 친절하고 깊은 생각으로 저희에게 숨기신 그 사건을 에밀리가 그때 알았더라면 그 애는 정말 낙심하고 말았을 거라고 생각합니다. 그러나 배에 탄 사람들 가운데 병든 불쌍한 사람들이 많이 있어서 에밀리는 그들을 간호했으며, 또 아이들도 꽤 있었으므로 그 아이들을 돌봐주느라 눈코 뜰 새 없이 바빠졌지요. 게다가 좋은 일을 하는 것이 그 애에게 큰 도움이 되었습니다."

"에밀리는 언제 그 소식을 처음 알게 되었나요?" 내가 물었다.

"제가 그 소식을 들은 다음에도," 페거티 씨는 말했다. "거의 1년 동안 그 애에게는 숨겼어요. 그때 저희는 적적하기는 해도 아주 아름다운 숲 속에서, 장미꽃이 지붕까지 덮고 있는 곳에서 살고 있었습니다. 그런데 어느 날, 제가 밭에서 일을 하고 있을 때 영국의 노퍽인지 서퍽인지에서 여행자가 찾아왔습니다. 저희는 그를 집에 데려가서 먹고 마실 것을 주며 환대했지요. 식민지에서는 누구나 그렇게 한답니다. 그런데 그 사람이 헌 신문과 그 밖의 폭풍에 관한 인쇄물을 가지고 있었습니다. 그래서 에밀리도 그 사건을 알게 되었지요. 밤에 제가 집에 돌아와 보니 이미 다 알고 있었습니다."

여기까지 말하면서 그는 목소리를 낮추었으며 내가 잘 기억하고 있는 그 침통한 표정이 얼굴 전체에 퍼졌다.

"그래서 에밀리는 많이 변했나요?" 나는 물었다.

"네, 한동안은요." 그는 고개를 저으며 말했다. "지금까지 그렇다는 것은 아니에요. 제 생각으로는 사람들과 떨어져 있었던 것이 그 애에게 도움이 되었던 것 같아요. 닭을 치고 그 밖에도 여러 가지로 돌봐야 할 일이 많았으므로 그것에 정신이 쏠려서 무사히 헤어났지요." 그는 잠깐 생각하다가 말했다. "도련님께서 지금 에밀리를 만나신다면 과연 그 애를 알아보실는지요!"

"그토록 변했단 말이오?" 나는 물었다.

"저야 모르지요. 매일같이 그 애를 보니까요. 하지만 가끔 그런 생각을 할 때가 있답니다. 여전히 날씬하고," 페거티 씨는 난롯불을 바라보며 말했다. "좀 수척해졌지만 상냥하고 슬픈 듯한 푸른 눈동자, 연약해 보이는 예쁜 얼굴, 조용한 목소리와 태도—이것이 지금의 에밀리입니다!"

난롯불을 가만히 바라보며 앉아 있는 그를 우리는 말없이 지켜보았다.

"개중에는 에밀리가 사랑에 실패해서 왔다고 생각하는 사람도 있고, 또 어떤 사람은 결혼했으나 사별하고 왔다고 말하고 있습니다만, 아무도 사실을 아는 사람은 없습니다. 여러 차례 좋은 혼처가 있기는 했습니다만 그 애는 저한테 말했습니다. 그것은 영원히 가버렸다고요. 그 애는 저와 함께라면 쾌활하게 지내지만 다른 사람들이 곁에 있으면 뒤로 숨어버립니다. 그러나 아이를 가르친다든지, 환자를 돌본다든지, 결혼하는 젊은 신부를 위해 일을 해줄 때는 아무리 먼 곳일지라도 기꺼이 달려갑니다. 하지만 일은 죽어라고 하면서도 결혼식은 절대로 보지 않아요. 저한테는 아주 잘하고, 참을성이 있고, 늙은이 젊은이 모두에게 사랑을 받으며, 근심 걱정이 있는 모든 사람들에게 인기랍니다. 이것이 에밀리입니다."

그는 한 손으로 얼굴을 쓰다듬고 나서 반쯤 억누르고 있던 한숨을 내쉬며 난롯불에서 얼굴을 들었다.

"마사도 같이 있습니까?"

"마사는 그 이듬해에 결혼했습니다, 데이비 도련님. 젊은 농부인데, 주인의 짐마차를 끌고—왕복 오백 마일이 넘는데도—시장으로 가는 도중에 곧잘 들르곤 했지요. 그런데 그가 마사를 신부로 달라고 하더군요. 그곳은 여자가 아주 귀하답니다. 신부로 주면 어디 다른 미개지로 가서 가정을 꾸릴 생각이라고 했어요. 마사에게 물어보니, 옛날에 있었던 일을 모두 다 얘기해 주라고 하더군요. 그래서 저도 얘기했어요. 그래도 역시 결혼으로 이어져서 지금은 자기들 목소리와 새소리 말고는 아무 소리도 들리지 않는 곳에서 단둘이 살고 있답니다."

"거미지 부인은요?"

이것이 또 재미있는지 페거티 씨는 그 이름이 나오자마자 별안간 배를 잡고 웃으며, 옛날 낡은 뱃집에서 살던 때의 버릇대로 두 손으로 다리를 위아래로 문질렀다.

"두 분께서 믿으실까 모르겠습니다! 어떤 사내가 그녀에게 결혼하자고 제의했어요! 배의 요리사였는데 언젠가는 이민할 꿈을 키우고 있었지요. 아무튼 그 거미지 부인에게 청혼을 하다니 저도 깜짝 놀랐죠—어이쿠, 이거 말이 좀 심했군요!"

나는 아그네스가 그렇게 웃는 것을 본 적이 없었다. 페거티 씨가 갑자기 신바람이 나서 폭소를 터뜨리는 바람에 아그네스는 그것이 재미있어서 웃음을 멈추지를 못했다. 그녀가 웃으면 웃을수록 나도 우스워졌고, 페거티 씨도 흥이 나서 자기 다리를 자꾸만 비벼댔다.

"그래 거미지 부인 반응은 어떠했나요?" 나는 겨우 웃음을 그치고 물었다.

"그게 또 거짓말 같은 이야기입니다만 거미지 부인은 '정말 고마운 말씀입니다만 나는 이제 와서 내 생활을 바꾸고 싶은 마음은 없습니다' 같은 대답을 할 줄 알았는데, 느닷없이 옆에 있던 양동이를 들고 벌떡 일어나서 요리사의 머리에다 물을 뒤집어씌우는 게 아니겠습니까! 요리사는 깜짝 놀라서 비명을 질렀지요. 그래서 제가 달려가서 그자를 구해줬지요."

여기서 페거티 씨가 크게 웃음을 터뜨리는 바람에 아그네스와 나도 그를 따라 웃음을 터뜨렸다.

"하지만 그녀는 정말 좋은 사람이에요. 이것만큼은 꼭 말해야 해요." 우리가 웃다 지치자, 그는 얼굴을 쓰다듬으며 다시 말을 이었다. "그녀는 우리에게 이러이러한 사람이 되겠노라고 말했던 그 이상의 일을 해주었습니다. 그토록 무슨 일이든 흔쾌히 해주고 거짓이 없고 정직한 여자는 저도 본 적이 없어요. 막 도착해서 주변에 온통 황무지밖에 없을 때에도 단 한 번도 혼자라서 외롭다고 말한 적이 없습니다. 그리고 영국을 떠난 이래로는 옛날 남편만 생각하는 일도 결코 없었지요."

"그럼 마지막으로, 가장 중요한 인물인 미코버 씨는 어떻게 되었습니까? 이쪽의 채무는—트래들스의 어음까지 포함해서, 그렇지, 아그네스?—그래요. 그것도 포함해서 전부 해결됐는데 그쪽에서도 잘 해나가고 있겠죠? 최근 소식은 없나요?"

페거티 씨는 빙긋이 웃으며 가슴 주머니에서 납작하게 접은 종이 뭉치를 꺼내더니 그 속에서 아주 작고 이상해 보이는 신문지 하나를 조심스럽게 꺼냈다.

"잠깐 말씀드리자면, 데이비 도련님." 그는 말했다. "저희 모두 일이 잘 풀려서 돈을 제법 모아 가지고 지금은 개간지를 떠나서 이른바 도시라 할 수 있는 포트 미들베이항으로 이주했답니다."

"미코버 씨는 그 황무지에서도 이웃이었나요?"

"네, 그랬지요. 그는 굳은 결의를 가지고 일했습니다. 그렇게 열심히 일하는 사람은 어디에도 없었어요! 뙤약볕 아래에서 온통 땀범벅이 되도록 일했지요. 대머리가 햇볕에 녹아버리지나 않을까 염려될 정도였다니까요, 도련님. 그래서 지금은 보안관이 되었습니다."

"보안관이라고요?" 나는 물었다.

페거티 씨가 그 신문에 실린 한 구절을 가리켰다. 나는 포트 미들베이 타임스지의 다음 기사를 소리내어 읽었다.

'이곳 이주민의 한 사람인 포트 미들베이 지방보안관 윌킨스 미코버 씨에 대하여 시에서 주최한 축하연이 어제 호텔의 큰 홀에서 개최되어, 많은 인사들이 모여들었다. 복도와 계단까지 가득 채운 참석자들 말고도, 적어도 47명 이상의 특권층 인사들이 연회에 참석했다고 추측된다. 포트 미들베이의 신사 숙녀, 특권층의 인사들이, 재능이 뛰어날 뿐 아니라 널리 신망을 얻고 있는 미코버 씨에게 경의를 표하고자 모인 것이다. 포트 미들베이의 식민 세이렘 소학교장 멜 박사가 사회를 맡았고, 그 오른쪽에 우리의 주빈이 자리했다. 테이블 덮개가 치워지고 축가 합창이 있은 다음(합창은 아주 훌륭했다. 그중에서도 천부의 재능을 지닌 아마추어 가수 윌킨스 미코버 2세의 노래가 특히 뛰어났다), 통례에 따라 고국을 위해 일제히 건배를 올린 뒤, 이어서 멜 박사가 감격에 찬 연설을 하며 '이 도시의 꽃인' 오늘의 주빈을 위해 건배를 제안했다. 그는 '아무쪼록 다른 곳으로 영전하는 이외엔 결코 이 고장을 떠나지 말 것과, 오히려 영전하는 일이 없도록 이 고장에서의 큰 성공을 기원합니다!'라고 말했다. 이어서 일어난 건배의 장관은 말로 설명할 수 없으며 그 물결은 거센 파도처럼 드높았다. 이윽고 잠잠해지자 윌킨스 미코버 씨는 감사의 뜻을 표시하고자 일어섰다. 아직도 완벽하다고 할 수 없는 본지의 현재 보도 능력으로는 우리의 저명한 시민의 세련되고 화려한 명연설의 내용과 유창하게 흐르는 미사여구를 그대로 옮길 수가 없다. 도저히 불가능한 일이다! 그러나 한마디로 나타내자면 실로 웅변의 모범이라고 할 수 있다. 특히 그가 성공의 비결을 먼 과거로 거슬러 올라가 설명하고, 변제할 수 없는 채무를 짊어지는 일은 참으로 위험하며 그것은 암초와 다름없다고 젊은 청중들에게 특별히 경고한 부분에서는 전원이 목메어 울었다. 다음 건배는 멜 박사, 미코버 부인(부인은 옆의 문간에서 가볍게 감사 인사만 했지만, 그 주변에서는 한 무리의 숙녀들이 의자 위에 올라서서 이 눈부신 광경을 주시함으로써, 그날의 장관에 한층 광채를 더했다), 리저 베그스 부인(이전의 미스 미코버), 멜 부인, 윌킨스 미코버 주니어(그는 감사 연설은 못하지만 원한다면 노래로 대신하겠다고 재치 있게 말해 회장에 웃음꽃을 피웠다), 미코버 부인의 친정집 식구들(말할 것 없이, 모두 고국에서는 저명한 인사들이다) 등을 위해 들었다. 식이 끝나자 홀에 있던 많은 테이블이 무도회를 벌이기 위해 순식간에 마술에 걸린 것처럼 말끔히 치워졌다. 태양신이 그만 집으로 돌아가라고 경고할 때까지, 흥에 겨워 있던 춤의 여신의 신도들 가운데, 윌킨스 미코버 주니어와 멜 박사의 미와 교양을 겸비한 넷째 딸 미스 헬레나가 특히 주목을 끌었다.'

미들섹스 보안관*¹ 밑에서 가난에 쪼들리며 보조교사로 있던 멜 선생님이 이런 행복을 얻은 것은 정말 기쁜 일이었다. 내가 그리운 멜 박사의 이름을 되풀이해 보고 있는데, 페거티 씨가 그 신문의 다른 곳을 가리켰다. 거기에는 내 이름이 있는 것이 아닌가! 나는 읽었다.

당대의 고명한 작가

데이비드 코퍼필드 씨에게

삼가 올립니다.

오늘날 거의 대부분의 문명 세계에서 명성을 떨치고 계시는 귀하의 모습을 제가 직접 뵙는 영광을 가졌던 이래 많은 세월이 흘렀습니다.

불행히도 제 힘으로는 어쩔 수 없는 운명에 의해, 젊은 날의 벗과 몸소 친교를 나눌 기회가 멀어지기는 했지만, 귀하의 비약적인 발전에 대해서 무관심한 적은 결코 없었습니다. 또한 저는 우리 사이의 대양이 아무리 멀다 할지라도*² 대형께서 차려주신 지적향연에 관심을 보이지 않은 적도 절대 없었습니다.

나의 친애하는 대형이여, 우리 두 사람이 서로 존경하고 아끼는 페거티 씨가 이번에 그곳으로 출발함에 즈음하여, 나 자신과 포트 미들베이의 전 주민을 대신하여, 대형께서 베풀어주신 모든 것들에 대해 이 지면을 빌려 깊은 감사의 뜻을 나타내는 바입니다.

앞으로는 그저 대형의 정진을 기원하는 바입니다. 대형의 명성은 이곳에서도 이미 알려져 있으며, 훌륭한 작품 역시 충분히 감상하고 있으므로 '멀

---

*1 크리클 씨.
*2 번스 작, 예의 '올드랭사인(석별)'의 1절 중.

리 떨어져 있다'고는 하지만 저희는 절대 '고독', '우울'하지 않으며 '용기'가 없지도 않으니 부디 안심하십시오. 그리고 대형도 대형의 길에 매진하시기를 바랍니다! 포트 미들베이 주민들도 환희와 기쁨과 감명을 느끼며 더욱 눈부신 발전을 거듭하시기를 애타게 기다리는 바입니다!

멀리 떨어진 이곳에서 대형의 발전을 기대하며, 지상에 빛과 생명이 있는 한 대형을 우러러보는 많은 눈동자들 속에 아래의 이름을 가진 자의 눈이 언제나 있을 것입니다.

보안관 윌킨스 미코버

그건 그렇고, 신문의 나머지 내용을 보고 나는 미코버 씨가 그 신문사에서 크게 인정받는 주요한 기고가임을 알았다. 그 신문에 어떤 다리에 관한 글이 있었고, 그 밖에도 비슷한 글들을 모아서 '대대적으로 보충한 뒤' 곧 출판될 것이라는 광고도 실려 있었다. 그리고 내 추측이 틀리지 않는다면 사설까지도 그의 글인 것 같았다.

페거티 씨는 체류하는 동안 줄곧 우리 집에 있었으므로 미코버 씨에 관한 이야기는 그 뒤로도 자주 들었다. 그는 줄곧 집에만 있었으며—한 달 가까이 있었다—그의 누이동생과 나의 대고모도 그를 만나려고 런던으로 왔다. 그가 다시 떠날 때 아그네스와 나는 배 위에서 작별을 했다. 아마도 이것이 이 세상에서는 그와의 마지막 이별이 될 것이다.

그는 출발하기에 앞서 내가 햄을 추도하기 위해서 세운 묘비를 보러 나와 함께 야머스로 갔다. 그의 요청으로 내가 그 소박한 비문을 옮겨 쓰는 동안, 그는 몸을 구부리고 묘지에서 한 줌의 흙과 풀을 모으고 있었다.

"에밀리에게 주려고요." 그는 가슴 속에 넣으며 말했다. "약속했거든요, 데이비 도련님."

64장
마지막 회상

이것으로 이야기는 끝을 맺는다. 펜을 놓기 전에 다시 한 번—마지막으로 떠올려 본다.

나는 아그네스와 함께 인생의 여행을 계속하고 있다. 우리 주변에는 자식들과 친구들이 있다. 내가 인생행로를 계속 걸어갈수록, 내게 관심을 보이는 많은 목소리를 듣는다.

빠르게 스쳐 가는 수많은 사람들 가운데 가장 뚜렷이 보이는 얼굴은 누구일까? 아아, 그렇다, 이 얼굴들! 내가 속으로 그것을 물어보면 모두가 일제히 나를 뒤돌아본다!

먼저 대고모가 있다. 도수 높은 돋보기를 낀 여든을 넘긴 노인이지만 아직 허리도 굽지 않았고, 추운 겨울날에도 한번에 6마일은 예사로 걷는 건강한 분이다.

그리고 언제나 그 옆에 있는 나의 옛 유모인 페거티—그녀도 역시 돋보기를 끼고 있으며 밤이면 늘 남폿불 곁에서 바느질을 하는데, 옆에는 언제나 초 한 도막, 조그마한 집 모양의 용기에 든 줄자, 그리고 뚜껑에 세인트폴 사원의 그림이 있는 바느질상자를 꺼내놓는다.

내가 어렸을 때는 아주 단단하고 빨개서, 새들이 사과로 착각하고 쪼아 먹지 않는 것이 오히려 신기했던 페거티의 두 뺨과 팔에도 인제는 주름이 자글자글하다. 마치 주변 일대가 어두워지는 것만 같았던 그 아름다운 눈도(아직 빛나고는 있지만) 꽤나 침침해졌지만, 육두구 강판처럼 꺼슬꺼슬한 검지만은 옛날과 똑같았다. 내 막내 아이가 대고모 품에서 페거티에게로 뒤뚱뒤뚱 걸어가서 그 손가락을 붙잡으면, 나는 문득 그 고향집의 작은 거실과 아직 걸음마도 제대로 떼지 못한 내 모습이 떠올랐다.

대고모의 실망도 마침내 보상받았다. 지금은 살아 있는 벳시 트롯우드의 대

모가 되었으며, 끝에서 두 번째 딸인 도라는 대고모가 벳시를 버릇없게 만든
다고 항의하곤 한다.

페거티의 주머니에는 뭔가 두툼한 것이 들어 있다. 크기로 보아 그 악어책
이 틀림없다. 인제는 책장이 군데군데 사라지고 찢어져서 꿰매놓았지만 페거
티는 그것을 귀중한 유품이라고 말하며 아이들에게 보여주었다. 그 악어 이야
기책에서 이따금 내 어린 얼굴이 나를 올려다보고 있는 것을 보거나, 셰필드
의 칼 장수 브룩스를 떠올릴 때면 참으로 이상한 기분이 든다.

지금은 여름휴가인데, 내 사내아이들 틈에 섞여 한 노인이 큰 종이연을 띄
우며 말할 수 없이 즐겁다는 듯이 하늘의 연들을 바라보고 있다. 내 얼굴을
보자 노인은 기뻐하며 인사를 하고, 여러 번 고개를 끄덕이고 윙크를 하며 소
곤거린다.

"트롯우드, 내가 할 일이 아무것도 없을 때, 그 회상록을 완성할 생각이라는
말을 들으면 자네도 기뻐할 걸세. 그리고 자네 대고모는 이 세상에서 가장 훌
륭하신 부인이야!"

그런데 지팡이에 몸을 의지하고, 옛날의 자존심과 미모의 흔적이 남아 있는
얼굴을 보이며, 불평 많고 허약하고 방황하는 마음과 기운 없이 싸우고 있는
허리가 구부러진 저 부인은 누구일까? 그녀는 정원에 있고, 그 옆에는 입술에
흰 흉터가 난 가무잡잡하고 생기가 없는 여인이 서 있다. 이 두 여인의 이야기
를 들어 보자.

"로사, 이분의 성함을 잊어버렸구나."

로사는 얼굴을 바싹 들이대며 대답했다. "코퍼필드 씨예요."

"아아, 코퍼필드 씨. 어서 오세요. 가엾게도 상복을 입고 계시는군요. 하지만
언젠가 '시간'이 치유해줄 겁니다."

로사가 부인을 나무라며 이분은 상중에 있지 않습니다. 다시 한 번 잘보세
요 하고 깨우쳐주려 애쓴다.

"내 아들을 만나셨지요? 화해했나요?"

부인은 나를 뚫어지게 바라보며 한 손을 이마에 대고 신음하다가 갑자기 끔
찍한 목소리로 소리친다.

"로사, 이리 와봐! 그 애가 죽었어!"

로사는 부인 앞에 무릎을 꿇고 달래기도 하고 나무라기도 하다가 격렬한

투로 소리친다.

"나는 당신보다도 더 그를 사랑했어요!" 그러나 그러다가도 부인을 병든 아이처럼 가슴에 안고 달래서 잠을 재운다.

나는 언제나 이런 식으로 그들과 헤어지고 또 만난다. 그렇게 그들은 해를 넘기며 나이를 먹는다.

지금 막 인도에서 돌아오는 배에 타고 있는, 귓불이 코끼리처럼 커다란 스코틀랜드의 늙은 크리서스*¹와 결혼했다는 저 여자는 누구지? 혹시 줄리아 밀스인가?

분명히 줄리아 밀스이다. 꽃처럼 아름답지만 성격은 아주 까다로워졌다. 새카만 얼굴의 하인이 명함과 편지를 금색 쟁반에 얹어 가지고 온다. 옷방에서 가볍게 무엇을 먹고 싶다고 말하면 무명옷을 입고 화려한 수건을 머리에 감은 구릿빛 피부의 인도 여자가 공손하게 가지고 온다. 그러나 이제 일기도 쓰지 않거니와 '사랑의 만가'도 노래하지 않는다. 매일, 아침부터 저녁까지 무두질한 가죽을 두른 갈색 곰 같은 늙은 크리서스와 말싸움만 하고 있다. 줄리아는 목구멍 밑까지 황금으로 차 있다. 돈 이야기만 하고 돈 생각만 한다. 차라리 사하라 사막에 있던 때가 나았다.

아니면 지금 여기가 사하라 사막인지도 모르겠다! 줄리아는 이제 거대한 저택에 살고 권세 있는 친구들과 사귀며 날마다 호화스러운 식사를 하지만, 그녀 가까이에는 풀 한 포기 자라나고 있지 않으며 꽃이나 열매가 되는 것은 아무것도 없다. 줄리아가 이른바 '사교계'라고 부르고 있는 패거리 가운데에는 특허사무소의 잭 맬던 씨도 있는데, 그는 자기에게 그 지위를 준 은인인 스트롱 박사를 비웃으며, '정말 매력 있는 골동품'이라고 내게 말한다. 그러나 줄리아, 사교계라는 것이 그처럼 경박한 신사 숙녀들의 대명사라면, 그리고 그 교양이란 것이 인류를 진보시키거나 퇴보시키는 모든 일에 대한 공공연하게 무관심을 말하는 것이라면, 우리는 이미 사하라 사막에 들어왔음에 틀림없으니 어서 빨리 빠져나갈 길을 찾아야 한다.

아아, 그리고 박사님. 언제나 우리의 좋은 벗이었던 박사님! 그는 여전히 사전 편찬에 열중하고 있으며(아직도 디(D)자 근처이다), 가정과 아내 문제에서는

---

*1 고대 리디아의 왕, 큰 부자로 유명하다.

완전히 행복하다. 그리고 그 노병은 입장이 매우 약해져서 옛날 같은 세력은 없다!

이윽고 나는, 쉴 새 없이 쓰고 벗는 변호사용 가발의 마찰 때문에 빠지다만 머리털을 바짝 곤두세우고서, 법학원 사무실에서 바삐 일하고 있는 나의 옛 친구 트래들스에게로 달려간다. 그의 책상에는 서류가 산더미처럼 쌓여 있다. 나는 주위를 둘러보며 말한다.

"소피가 자네 비서였다면, 트래들스, 할 일이 많았을 텐데!"

"그렇겠지, 코퍼필드! 그렇지만 홀본 코트에 있던 시절도 아주 근사했어! 그렇지 않나?"

"자네가 재판관이 될 거라고 부인이 말하던 시절? 그렇지만 그때는 그게 동네 소문거리도 되지 못했었지!"

"어쨌거나 내가 판사가 된다면—"

"틀림없이 그렇게 될 걸세."

"코퍼필드, 그렇게 된다면 언젠가도 말했듯이 다 얘기하겠네."

우리는 팔짱을 끼고 밖으로 나간다. 나는 트래들스네의 만찬에 초대를 받았다. 오늘은 소피의 생일이다. 가는 동안, 그는 자기가 얼마나 운이 좋았는가를 얘기해주었다.

"이보게, 코퍼필드. 나는 간절히 바랐던 것은 모두 이루었다네. 호러스 목사는 연 450파운드를 받는 교회로 옮겼고, 두 아들놈은 최고의 교육을 받는 착실한 모범생이며, 세 처제는 결혼하여 잘 살고 있고, 다른 세 처제는 우리와 함께 살고 있으며, 또 다른 세 처제는 크룰러 부인이 작고한 뒤로 호러스 목사를 위해 집안살림을 돌봐주고 있는데, 모두 행복하다네."

"그러나 한 사람—"

"그래, 가장 미인인 캐롤라인만은 예외지. 그런 뜨내기와 결혼하다니 그녀도 참 운이 없어. 하기야 그에게 여심을 사로잡을 만한 선드러진 무언가가 있었는지도 모르지. 그러나 지금은 그녀도 우리가 무사히 데리고 왔네. 그 남자와는 완전히 연을 끊었고, 그러니 어떻게든 앞으로 또 기운을 차리게 해 줘야지."

트래들스의 집은, 소피와 그가 둘이서 저녁 산책을 할 때 곧잘 살펴보곤 하던 집들 가운데 하나였다. 아니, 틀림없이 그 집이었을 것이다. 큰 집이었지만 트래들스는 옷방에 자기 서류들과 신발까지 함께 넣어두었고, 가장 좋은 침실은 그 미인과 처제들을 위해서 내어주었으며, 정작 주인 부부는 2층 방으로 겨우 들어갔다. 집 안에 빈방은 하나도 없다. 셀 수 없으리만큼 많은 '아가씨들'이, 무슨 일로 늘 이 집에 와 있었기 때문이다. 오늘도 그 집에 들어서자, 아가씨들이 떼지어 현관으로 뛰어내려와서 트래들스를 이리저리 잡아끌며 차례로 줄키스를 하는 바람에 그는 숨도 못 쉴 지경이었다. 어린 딸을 데리고 미망인이 된 가련한 미인은 여기에 영원히 터를 잡은 모양이었다. 결혼한 세 딸들은 각각 남편과 함께 소피의 생일을 축하하러 왔고, 그 밖에도 그 남편의 형제, 또 다른 남편의 사촌, 그리고 또 다른 남편의 여동생까지 함께 와 있었다. 게다가 그 여동생은 다른 남편의 사촌과 약혼했다고 한다.

예부터 전혀 거들먹거리지 않고 소탈한 트래들스는 가장답게 커다란 식탁의 아랫자리에 앉았고, 맞은편 상석에서는 소피가 남편에게 밝은 미소를 보내고 있다. 아직 브리타니아 합금으로 된 식기를 살 여유는 없었지만 참으로 유쾌한 식탁이다.

아직 더 쓰고 싶은 욕망을 억누르며 이제 펜을 내려놓고자 한다. 그리운 얼굴들도 사라져간다. 그러나 그 위에서, 그 뒤에서, 다른 모든 것을 비추어주는 천상의 빛처럼 환하게 빛나는 한 얼굴이 있다. 그 얼굴은 언제까지나 사라지지 않는다.

나는 고개를 들고 바라본다. 그 얼굴은 내 곁에 아름답고 조용하게 자리잡고 있다. 남폿불도 이제 거의 다 탔다. 오늘도 나는 밤이 깊도록 글을 썼지만, 이 그리운 얼굴, 내가 살아가는 보람인 이 아름다운 얼굴은 끝까지 내 곁에서 벗이 되어주고 있다.

아아, 아그네스! 아아, 나의 영혼 아그네스! 내가 삶의 마지막 장을 덮을 때에도 그대가 이렇게 내 곁에 있어 주었으면 하오! 내가 지금 헤어지고자 하는 수많은 그림자들처럼 이 현실이 나에게서 사라질 때도, 그대만큼은 변함없이 내 곁에서 저 높은 하늘을 가리키며 서 있기를!

찰스 디킨스 생애와 문학

어린 시절 1812~22년

찰스 디킨스는 1812년 2월 7일 포츠머스 랜드포트의 마일 엔드 테라스에서 태어났다. 이날은 금요일이었는데 그 뒤 디킨스에게 금요일은 특별한 의미를 지니게 되었다. 새로운 일을 시작하기 좋은 행운의 날이 된 것이다. 아버지 존 디킨스와 어머니 엘리자베스는 성격이 밝고 느긋한 젊은 부부로, 1809년 6월에 결혼하여 해군 경리국이 있는 부두 근처 이 마을로 이사를 왔다. 존이 경리국에서 사무관으로 일하고 있었기 때문이다. 이들 부부에게는 이미 1810년에 태어난 프랜시스 엘리자베스(애칭은 패니)라는 딸이 하나 있었다. 찰스가 태어난 뒤에 동생들이 차례로 태어났는데, 그 가운데 레티샤(1816년생)·프레데릭(1820년생)·알프레드(1822년생)·오거스터스(1827년생) 넷만이 자라나 성인이 되었다.

디킨스 집안에 대해서는 그다지 알려진 바가 없다. 존 디킨스는 체셔의 크루 홀(Crewe Hall)에서 자랐다. 존의 아버지는 이 저택의 집사였고 어머니는 하녀장이었다. 이 어머니는 매우 유능한 여성이었는데 손자 찰스의 희미한 기억에는 "엄격하며 말린 라벤더의 곰팡내가 났다"고 하지만, 크루 저택 아이들은 그녀를 훌륭한 이야기꾼으로 기억했다. "모두를 즐겁게 해 주려고 즉석에서 이야기를 지어내는" 뛰어난 재능이 있었던 것이다. 아름답고 쾌활한 찰스 어머니 엘리자베스는 존 디킨스의 해군 경리국 선배인 찰스 배로의 딸이었다. 겉보기에 배로 집안은 평범한 중류가정이었으나, 1810년 찰스 배로가 저지른 불미스런 일이 발각되면서 가족은 이사를 가게 된다. 경리국의 돈을 횡령한 죄로 추궁받아 고발당하지 않기 위해 나라 밖으로 달아난 것이다.

존과 엘리자베스는 행복한 신혼생활을 보냈다. 나폴레옹전쟁이 벌어지던 긴박한 시대였지만 존은 착실히 승진하여, 1812년부터는 엘리자베스의 자매이자 미망인인 메리 앨런이 디킨스 집에 같이 살면서 집안의 수입을 늘려 주었다. 이들은 계속 이사를 다녔는데—50년 뒤 디킨스는 낭독회를 열기 위해 포츠머스를 다시 찾았을 때 자신이 태어난 집을 찾아내지 못했다—디킨스는 이 시절을 집 앞 조그만 정원에서 어린 누나를 뒤따라 아장아장 걸었던 추억, 낮은 부엌 창 너머 유모가 따스한 눈빛으로 그들을 지켜본 즐거운 추억으로 기억하고 있다. 디킨스는 이 집에서 새해 파티 손님들을 훔쳐보려고 계단 밑으로 숨어들었던 일도 기억했다. "신사숙녀들이 매우 긴 줄을 이루어 벽 쪽에 앉고, 커스터드 컵 같은

디킨스가 태어난 곳 포츠머스, 마일드 엔드 테라스의 현재 모습

조그만 유리컵에 든 음료수를 다함께 마신" 그 기억은 그에게 강렬한 인상을 남겼다.

1815년, 존 디킨스는 잠시 런던으로 전근을 갔는데 2년 뒤에는 켄트 주 시어니스, 이어 같은 주의 채텀으로 이사했다. 그곳에는 엘리자베스 1세 시대부터 왕립 해군 공창(工廠)이 있었다. 메드웨이 강변에 있는 이 활기찬 도시에서 디킨스네는 5년간 살았다. 도시 남쪽에는 풍요로운 밀밭과 홉밭이 있었고, 북쪽에는 바닷물이 들어오는 황량한 습지대가 있었다. 서쪽으로 1~2마일쯤 가면 대성당이 있는 조용한 도시 로체스터가 있다. 채텀은 디킨스의 상상력을 사로잡아 그의 장편소설 및 단편소설과 수필에 거듭 나오게 된다. "꿈에 나오는 백악(白堊)의 땅과 도개교, 노아의 방주 같은 지붕을 이고서 흙빛 강에 머물러 있는 돛대 없는 배", "군대, 수병, 유대인, 백악, 새우, 관리, 조선소 사람들"로 가

득 찬 도시, 공기에 밴 담배의 '향긋한' 냄새, 이런 식으로 말이다.

디킨스네의 새로운 집은 오드넌스 테라스 2번지에 있었다. 교외에 훌륭한 3층 건물이었는데 포트 핏(Fort Pitt)과 항구 주위에 펼쳐져 있는 들판이 내려다보였다. 이웃은 모두 훌륭한 사람들이었다. 퇴직한 부자 재봉사도 있었는데, 그의 미망인은 디킨스의 초기 스케치에 '노부인'으로 나온다. 무뚝뚝하지만 사람이 좋은 전 해군사관도 있었고, 배관공 겸 유리 취급자로 성공한 사람도 있었다. 스스로 신사라 여기며 다소 사치스럽더라도 쾌적하게 살고 싶어하는 연봉 300파운드의 사무관이 살기에는 딱 알맞은 곳이었다. 찰스 디킨스에게 이 시절은 매우 행복한 한때였다. 생일 파티라든가, 집 건너편 건초밭에서 사랑하는 누나 패니랑 이웃 아이들과 함께 놀던 여름날의 추억이 가득한 시기였다.

이 시대 아이들 대부분과 마찬가지로 다섯 살이 된 찰스는 어머니 밑에서 공부했다. 그의 작품 《데이비드 코퍼필드》의 주인공처럼 초보독본의 굵고 커다란 문자 때문에 골머리를 썩이고 또 "O나 Q나 S의 부드럽고 사교적인 성질"에 감탄하기도 하면서, 그는 어머니 무릎에서 즐겁게 알파벳을 배웠을 게 틀림없다. "디킨스의 지식욕, 독서욕을 처음 눈뜨게 해 준 사람은 어머니였다"고 디킨스 전기를 쓴 친구 존 포스터는 말한 바 있다. "어머니는 매일 규칙적으로 오랜 시간을 들여 아들을 가르쳤다. 아들이 완전히 이해할 때까지 가르친 것이다." 그때 디킨스 집안의 고용인이었던 메리 웰러의 말에 따르면 디킨스는 아주 어릴 적부터 "독서를 무척 좋아하는 도련님"이어서 《잭과 콩나무》, 《빨간 두건》, 《멋쟁이들의 무도회》 같은 그림책을 즐겨 읽었다고 한다. 얼마 뒤 찰스와 패니는 한 여선생이 가르치는 학원에 다녔다. 이 학원은 염색가게 위층에 있었는데, 뒷날 디킨스가 연설을 하다가 떠올린 학원 원장은 무시무시한 노부인으로 "나한테는 회초리로 세상을 지배하고 있는 것처럼 보였다"고 한다.

아이들은 매일 밤 이야기에 귀를 기울였다. 한 아이 돌보는 여자(메리 웰러라는 설도 있다)는 디킨스의 기억에 특히 뚜렷하게 남았다. 그녀는 잔인한 이야기—아내를 몇 명이나 죽여서 파이로 만든 살인귀 대위라든가, 밤이 되면 눈을 번뜩이면서 어슬렁거리며 어린애의 생명을 먹어치우는 고양이 톰의 이야기—를 하여 디킨스에게 겁을 주면서 '악마적인' 기쁨을 맛보았다고 한다. 이 이야기는 《상도덕에 어긋난 여행자 The Uncommercial Traveller》에 수록된 수필에 나오는데 어쩌면 디킨스는 문학적 효과를 위해 부풀렸는지도 모른다. 그러나 어린 시절에도 그 뒤에도 악몽을 보고 괴로워하던 섬세한 소년에게는 그런 생생한 이미지가 불안감을 가져다주었음에 틀림없다. 디킨스는 이렇게 결론을 맺고 있다. "만약 우리가 모두 자기 마음을 잘 알고 있다면, 자기 의지에 반하여 되돌아갈 수밖에 없는 마음의 어두운 구석의 추억들은 유모나 아이 돌보는 여자들이 만들어 냈음을 깨닫게 되지 않을까." 그러던 가운데 디킨스는 자기 스스로 이야기를 짓게 된다. 메리 웰러가 나중에 묘사한 바로는, 찰스는 부엌에서 자주 즉흥 연기를 했다. 어릴 때부터 흉내를 잘 내서 패니의 피아노 반주에 맞춰 "노래하고 암송하고 배역을 연기하기도 했다"고 한다. 찰스와 패니가 이렇게 솜씨를 자랑하면 아버지 존은 크게 기뻐했다. 아버지는 두 아이를 채텀 시내에서 유명한 마이터 인(Mitre Inn)으로 자주 데려가 이중창을 부르게 하여, 사람들의 박수갈채와 함께 공짜로 성찬을 얻어먹었다. 처음으로 굴을 먹은 것은 이 무렵이었다. 이를 두

아버지 존 디킨스의 초상

어머니 엘리자베스의 초상

고 디킨스는 "무척 흥분했다"고 떠올렸다. 디킨스는 어린 시절 이곳에서 가장 행복한 한때를 보냈다.

연극을 비롯하여 온갖 종류의 대중오락은 일찍부터 디킨스의 마음을 사로

잡았다. 아직 어릴 적에 셰익스피어의 〈맥베스〉나 〈리처드 3세〉와 더불어 릴로*¹의 〈런던 상인〉 같은 대중연극을 보기 위해서도 로체스터 로열 극장에 다녔다. 30년이 지나 〈가정의 말*Household Words*〉에서 밝혔듯이, 디킨스는 '낡고 때가 탄 멋진' 소극장에 처음으로 발을 들였을 때 맛본 흥분을 지금도 또렷하게 느낄 수 있었다. "녹색 막에 뚫린 구멍 너머에서 번쩍이는 눈 하나가 이쪽을 엿보고 있었다……머리를 뒤로 늘어뜨린 푸른 옷의 여주인공이 빛을 내자 다들 무서워서 마른침을 삼키며 그녀에게 상찬을 보냈다……붉은 가발을 쓴 코미디언(그렇게 우스꽝스러운 사람은 처음 봤다)은 성의 해자 밑 지하감옥에 갇혀서 양다리에 대한 골계적인 노래를 불렀다. 마지막으로 녹색 막이 내리자, 오렌지 껍질이며 램프 기름 냄새가 향기롭게 풍겼다." 무엇보다도 마음에 든 것은 팬터마임이었다. 팬터마임은 순회공연물로서 자주 가설무대에서 상연됐는데 화려한 의상을 입은 곡예사와 할리퀸이 등장했다. 크리스마스에 런던 극장에 간 것도 소중한 추억이었다. 유명한 팬터마임 배우이자 광대인 그리말디를 보러 간 것은 특히 잊을 수 없는 경험이었다. "나는 참 조숙하게도 그리말디를 칭찬하고 성대한 박수를 보냈다고 한다."

자라나면서 찰스는 아버지와 점점 더 많은 시간을 함께 보내게 된다. 그는 자주 아버지와 함께 해군 공창에 가서 로프 제조자나 조선공이 일하는 모습을 질리지도 않은 채 구경했다. 디킨스가 코를 찌르는 톱밥과 뱃밥과 돛천 냄새 한가운데서 대장장이들의 노랫소리를 들은 장소는 바로 이곳이었다. 노역하는 죄수들의 묵묵한 긴 행렬을 엿본 장소도 이곳이었다. "거리로 난 대문처럼 등에다 커다란 번호를 붙인" 죄수들의 모습은 《위대한 유산》에 실감나게 묘사되어 있다. 특별한 때에는 찰스와 패니는 채텀호(號)를 탈 수도 있었다. 채텀호는 낡은 해군 요트인데 해군 공창의 용무 때문에 메드웨이 강을 항행하였다. 디킨스와 아버지는 로체스터 주변의 시골을 탐험하면서 몇 시간이나 즐겁게 놀기도 했다. 두 사람은 갯즈 힐 플레이스(Gad's Hill Place) 옆을 지나는 길을 즐겨 걸었다. 그것은 위풍당당한 시골저택이었는데, 네가 열심히 일하면 언젠가 저 저택에서 살 수 있을지도 모른다는 아버지의 말씀을 디킨스는 늘 마음에 두고 있었다.

---

*1 18세기 영국 극작가.

1821년 초에, 디킨스는 여선생의 학원을 그만두고 '고전·수학·상업학교'에 다니게 된다. 이 학교 교장은 침례교회 목사의 아들인 교양 높은 윌리엄 자일스였다. 이 학교에서 "구불구불한 밝은색 머리를 길게 기른 잘생긴 소년"(교장의 자매는 그렇게 떠올렸다) 디킨스는 곧 주목을 받았고 친절한 선생님들의 주의 깊은 지도 아래 열심히 공부했다. 본디 몸이 튼튼하지 않고 신장(腎臟)이 심하게 아파 괴로워할 적도 많았지만(특히 스트레스를 받았을 때), 그래도 디킨스

채텀, 오드넌스 테라스 2번지

는 친구들을 사귀고 크리켓 게임을 하는 등 학교생활을 즐겼다. 특히 그는 문학에 대한 정열에 눈을 떠, 아버지가 다락방에 넣어 둔 싸구려 복사본 전집을 몇 번이고 다시 읽었다. 《로빈슨 크루소》, 《돈키호테》, 《아라비안나이트》, 《요정 이야기》, 필딩과 스몰렛의 소설 따위는 일상적인 경험을 초월한 세계를 그의 눈앞에 펼쳐 주었고, 디킨스는 거기서 평생토록 기쁨을 발견하게 된다.

이 무렵 존 디킨스는 자꾸만 빚을 져서 심각한 재정 위기에 처해 있었다. 1821년 여름에 그들 가족은 해군 공창에 가까운 지역, 그 도시에서도 가장 황량한 지역에 있는 가장 작은 집으로 이사할 수밖에 없었다. 1년 뒤 존 디킨스는 런던 서머싯 하우스에 도로 불려가서 이 목가적인 시대는 갑자기 끝이 났다. 가족들이 떠나고 나서도 찰스는 자일스네 집에 하숙하면서 몇 주 더 채텀에 머물렀다. 그러나 그 역시 출발하지 않을 수 없었다. 그는 교장선생이 작별 선물로 준 골드스미스의 《꿀벌》과 작은 짐만 가지고서 혼자 승합마차를 타고

여행했다. 이 우울한 여행을 그는 평생 잊지 못했다. 눅눅한 지푸라기 냄새도 그 기억에 들러붙어 있었다. "나는 사냥당한 짐승처럼 지푸라기에 싸인 채 발송된 것이다." 몇 년이나 지나서 그는 괴롭게 술회했다. "승합마차 좌석에는 다른 손님이 하나도 없었다. 나는 혼자서 쓸쓸한 기분에 젖어 샌드위치를 씹었다. 가는 길 내내 비가 세차게 내렸다. 인생은 내가 기대하던 것보다 축축한 것이라는 생각이 들었다."

런던 1822~27년
찰스가 런던에 다다라 보니 가족은 베이엄 거리 16번지에 살고 있었다. "초라한 작은 셋집인데 좁고 지저분한 뒷마당이 있고, 뒷마당은 더러운 골목과 닿아 있었다." 서머스타운과 캠든타운 사이에 있는 이 지역은 1822년에는 아직 비교적 시골스러운 구석이 남아 있었으며, 런던 인구증가에 대응할 셈으로 투기적인 건설업자들이 막 집을 세우기 시작한 참이었다. 길의 포석 사이에는 잡초가 자라고, 주위 들판에서는 양과 소가 풀을 뜯고 있었다. 그러나 완만한 언덕이 있는 탁 트인 전원 풍경에 익숙해져 있던 아홉 살 소년에게 "이 부근은 칙칙하고 누추하고 축축하고 초라해서 누구나 눈을 돌리고 싶어할 듯했다."

가정의 분위기도 나빠진 탓에 찰스는 더욱 비참한 기분을 느껴야 했다. 존 디킨스—그의 낙천적이고도 변덕스런 인품은 미코버 씨의 성격에 완벽하게 나타나 있다—는 눈덩이처럼 불어나는 빚 앞에서 아무런 대책도 세우지 못하고 있었다. 열한 살 난 패니를 신설 왕립 음악학교에 보낼 돈은 어떻게든 마련할 수 있었지만, 찰스를 학교에 보낼 준비는 전혀 되어 있지 않았다. 친구도 없어

코벤트 가든 1670~1970년 초까지 런던의 청과물·꽃시장이었다.

서 심부름을 하거나 아버지 구두를 닦는 정도의 집안일 말고는 아무것도 할 일이 없는 아들의 현재 상황에 부모님은 전혀 무관심해 보였고, 그래서 찰스는 더욱 낙담할 수밖에 없었다. 그가 뒷날 포스터에게 털어놓은 말로는, 아들 찰스는 언제나 아버지를 상냥하고 정이 깊은 분이라고 생각했는데 "성격이 무르고 생계가 어려운 탓에 그때 아버지는 나를 교육할 생각을 아예 하지 않는 듯 보였다. 그리고 이에 관해서 내가 아버지에게 무엇인가를 요구할 권리가 있다는 점을 깨끗이 잊어버린 듯싶었다."

방치된 채 쓸쓸한 생활을 보내던 찰스는 외삼촌 토머스 배로와 대부(代父) 크리스토퍼 허펌을 방문하면서 기쁨을 느꼈다. 배로는 소호의 책방 미망인네 집에서 하숙하고 있었으며, 성공한 조선공인 허펌은 템스 강변 라임하우스에 살고 있었다. 둘 다 어린 찰스에게 친절해서 책을 빌려 주거나 생일선물을 주기도 하고, 찰스가 채텀에서 익힌 통속적인 노래를 부르면 박수갈채를 보냈다. 런던 거리를 다니는 일은 가슴이 두근거릴 정도로 재미있었다. 찰스는 곧 런던 길거리의 활기에 가득 찬 사람들의 모습에 매료되었고, 이 흥미는 평생 사그라지지 않는다. 아직 어린아이였는데도 그는 이미 스트랜드나 코벤트 가든 같은 번화가를 즐겨 탐험했다. 그러나 특히 그를 사로잡았던 것은 세븐 다이얼스였다. 이곳은 좁은 뒷골목이 미로처럼 얽혀 있는 악명 높은 지역인데, 길가에는 싸구려 술집이나 다 쓰러져 가는 더러운 집들이 늘어서 있고, 지저분한 헐벗은 아이들이 득시글거리는 곳이었다. "정말이지 기가 막힐 정도의 사악함과 가난함과 걸식에 관해서, 이 장소의 강렬한 인상이 얼마나 터무니없는 이미지를 내 머릿속에 불러일으켰는지" 하고 디킨스는 포스터 앞에서 개탄한 적이 있다.

1823년 말에, 디킨스네 재정은 절망적인 상태에 빠졌다. 남편이 파산에 맞닥뜨린 것을 본 엘리자베스는 이제는 자기가 어떻게든 해 봐야겠다고 마지못해 결심한다. 그래서 크리스토퍼 허펌의 격려를 받아 학교를 열기로 하고, 그렇지 않아도 얼마 없는 돈을 탈탈 털어서 유스턴 스퀘어에 가까운 가우어 거리에 우아한 새집(현재 유니버시티 칼리지 병원 부지의 일부)을 빌렸다. 놋쇠 표찰이 문에 걸리고 이웃에는 안내장이 배부되었다. 그러나 찰스의 말로는 학생은 한 사람도 없었다. "누가 입학할 것 같다는 소문도 없었고 애초에 학생을 받을 준비가 전혀 되어 있지 않았다." 그 대신 독기 오른 채권자들이 찾아와서 집 앞

전당포 "런던 거리에 유감스럽게도 수없이 존재하는 불행과 빈곤이 모여드는 장소 가운데 가장 인상적인 정경을 볼 수 있는 곳은, 아마도 전당포 앞일 것이다."《보즈의 스케치》 제23장)

에 모여 모욕적인 말들을 퍼부어 댔다. 이윽고 디킨스 집안의 가구는 하나씩 팔려 나갔고, 찰스는 그들의 소지품 가운데 가지고 나갈 수 있는 것들을 전당 포까지 가져가는 비참한 일을 맡았다. 아버지의 소중한 장서도 햄스테드 로드에 있는 주정뱅이의 서점으로 조금씩 팔려갔다. 곧 그들의 집은 방 두 개만 남기고 텅 비었고, 가족들은 낮에도 밤에도 그 방에 모여서 그날그날 근근이 살아갔다.

이런 위기 상황에서 그들의 친척이자 구두약 공장 지배인인 조지프 래머트가 주급 6~7실링으로 찰스를 고용하겠다고 나섰다. 가족들은 이 제안을 즉시 받아들였고 1824년 2월 9일(열두 살 생일을 맞이한 지 이틀 뒤) 찰스는 행거포드 스테어스 30번지의 워렌 구두약 공장에 갔다. 강기슭에 위치한 다 무너져 가는 공장에는 쥐들이 우글거렸다. 그곳에서 그는 아침부터 밤까지 검은 구두약이 든 용기에 뚜껑을 덮고 라벨을 붙이는 일을 했는데, 단조롭기 그지없는 지겨운 작업이었다. 동료라고는 같은 작업장에서 일하는 거칠고 무식한 소년들뿐이었다. 이 동료들은 찰스한테 '꼬마 신사'라는 별명을 붙이고 그럭저럭 친절하게 대해 주었다. 그 가운데에서도 밥 페이긴이라는 소년은 찰스가 지병인 발작성 복통으로 괴로워할 때 무척 걱정하면서 그를 돌봐 주었다. 그럼에도 성인이 된 디킨스는 "이런 동료들의 일원이 되었을 때 내가 느꼈던 정신적 고통"을 표현할 말을 찾지 못할 정도였다. "나는 이 시기의 동료들을 행복했던 어린 시절의 친구들과 비교했다. 그리고 어른이 되면 교양 있는 훌륭한 사람이 되고 싶다던 어린 날의 희망이 마음속에서 부서져 가는 것을 느꼈다."

뒷날 디킨스는 이 공장에서 얼마나 오래 지냈는지 기억해 내지 못했다. 여섯 달 정도일지도 모르고, 어쩌면 1년일 수도 있다. 그러나 이 짧은 기간은 그의 생애와 작품에 깊고 영속적인 영향을 주었다. 그 시대에는 아이들이 생계를 위해 어쩔 수 없이 일하는 것은 드문 일도 아니었다. 그리고 부모님은 아이가 친척 밑에서 일하는 것이 안전하기도 하고 장래성도 있다고 생각했을지도 모른다. 그러나 디킨스는 그때까지 자기는 좀더 훌륭한 일을 하기 위해 태어났다고 믿었으며, 육체노동을 하는 아이가 될 줄은 꿈에도 몰랐다.

그는 이 경험에서 충격을 받아 깊은 상처를 입었고 결국 괴로움에 찬 분노까지 느끼게 되었다. 그는 포스터에게 이렇게 털어놓았다. "그저 놀라울 뿐이다. 그렇게 어린 나이에 그토록 쉽게 내버려지다니…… 아무도 나를 동정해 주지 않았다. 비범한 재능을 가졌고 머리 회전도 빠르며 의욕이 넘치고 섬세한, 육체적으로나 정신적으로나 상처받기 쉬운 아이였는데. 그런 나를 어디 평범한 학교에 들여보내 주려고 조금이라도 노력하든가—실제로 그럴 수 있었을 테니까—, 적어도 그런 제안을 할 만큼 나를 동정해 주지는 않았던 것이다."

게다가 그는 곧 결정적인 굴욕감을 맛보게 되었다. 찰스가 일을 시작한 지 얼마 안 되어, 존 디킨스가 빚 때문에 체포되어 템스 강 남안 서더크의 마셜시 감옥에 투옥된 것이다. 돈을 아끼기 위해 엘리자베스와 어린 아이들 셋도 감옥에서 동거하게 되었다. 그리고 쇠꼬챙이가 주르르 박힌 담벼락에 둘러싸인 생활에 익숙해지자, 그들 가족은 감옥에서 보내는 단조로운 생활이 비교적 평

행거포드 스테어스(1822) 오른쪽 건물이 디킨스가 1822~25년에 다니던 워렌 구두약 공장이다.

온무사하다는 데에 기뻐하기까지 했다. 찰스는 무서운 노부인의 집에서 하숙했다. 나중에 이 노부인은 《돔비와 아들》의 "놀랍도록 불쾌하고 기분 나쁜" 핍친 부인의 모델이 된다. 혼자 어떻게든 살아갈 수밖에 없었으므로 찰스는 생활비를 1일분씩 작게 나눠서 썼다. 그는 주로 빵과 치즈만 먹으며 살았고, 저녁에는 거기에 맛없는 푸딩 한 조각을 곁들여 먹었다. "돈이 좀 있을 때에는 커피숍에 가서 커피 반 파인트랑 버터 바른 빵을 사 먹었다"고 디킨스는 포스터에게 말했다. "돈이 없을 때에는 코벤트 가든을 한 바퀴 돌면서 파인애플 따위를 구경했다." 일요일이 없었더라면 그는 이런 생활을 견디지 못했을 것이다. 일요일이 되면 찰스와 패니는 6마일을 걸어 마샬시 감옥에 가서 부모님과 형제자매들과 함께 하루를 보냈다.

1824년 5월 말에, 지급불능 채무자 조례에 의해 존 디킨스는 감옥에서 풀려난다. 몇 주 전에 어머니가 죽어 그 유산 덕분에 몇몇 채권자에게는 빚을 모두 갚을 수 있었다. 조그만 셋집을 전전하는 불안정한 생활을 하면서도 그들은 차츰 가계를 일으켜 세울 수 있었다. 그러나 가족들은 찰스는 당연히 구두약 공장에서 계속 일할 거라고 생각했던 것 같다. 그 자신의 말로는 그가 절망적인 상황에서 겨우 벗어난 것은 단지 아버지가 조지프 래머트와 다퉈서 둘 사이가 틀어졌기 때문일 뿐이다. 존 디킨스는 맏아들이 그토록 천한 일을 하고 있다는 생각에 마침내 견딜 수 없게 되었는지도 모른다. 엘리자베스 디킨스는 둘을 화해시키려 했으나, 존 디킨스는 아들에게 구두약 공장을 그만두게 하고 공부를 다시 시키겠다는 결의를 단단히 다지고서 물러서지 않았다. 디킨스는 자신의 마음을 알아주지 않았던 어머니의 잔혹함을 도저히 용서할 수 없었다. "나는 원한과 분노를 담아 글을 쓰지는 않는다. 그 모든 것이 작용해서 현재의 내가 완성됐음을 알고 있기 때문이다" 하고 한참 뒤 디킨스는 포스터에게 조용히 말했다. "하지만 어머니가 나를 일터로 돌려보내려고 애썼다는 사실을 나는 그 뒤에도 결코 잊지 않았고, 앞으로도 잊지 않을 것이다. 잊을 수가 없을 것이다."

디킨스가 소년시대에 겪었던 이 괴로운 경험은 가족들 사이에서는 결코 화제에 오르지 않았다. 디킨스 본인도 20년이나 지나서 포스터에게 보내는 자전적 단장(斷章)을 쓸 때까지 이 사실을 아무에게도 밝히지 않았다. 그리고 그때 쓴 것을 아내에게는 보여 줬어도 아이들과는 한 번도 그 이야기를 하지 않았다. 그래도 이 경험은 디킨스의 작품에 늘 따라다니며 여러 형태로 나타났다. 예컨대 그는 구두약 용기, 구둣솔, 구두약 광고 따위를 의미심장하게 언급하고 있다. 또한 조나 스마이크같이 가난하고 고독하고 누구의 도움도 받지 못하는 많은 등장인물들의 처량한 생활이나, 그 자신이 어느 편지에서 이야기한 "우리의 친절하고 자비로운 마음에 호소하는 모든 무력한 피조물……특히 어린아이들"에 대한 깊은 우려에도 이 경험은 반영되어 있다. 디킨스 본인은 이 경험으로 강해짐과 동시에 완고해졌다. 포스터가 눈치챘듯이 디킨스는 이 경험으로 인해서 비판에 매우 민감해졌고, 또 자신감이 무척 강해 한번 말을 꺼내면 절대 물러서지 않는 사람이 되었다. 그래서 그를 잘 모르는 사람들에게 그는 엄격하고 공격적이기까지 한 인물로 비춰질 수밖에 없었다.

그 뒤 2년간 디킨스는 웰링턴 하우스 아카데미에서 지냈다. 그 지방에서는 평판이 좋은 학교였으나 《데이비드 코퍼필드》에 세일럼 하우스로서 묘사된 내용만 본다면 그런 느낌은 들지 않는다. 그곳에서는 교장—"내가 만나 본 사람들 가운데에서도 특별히 무식한 사람"—이 전제군주처럼 선생과 학생을 지배하고 있었는데, 디킨스는 데이비드 코퍼필드와 마찬가지로 새로운 학교생활을 나름대로 최대한 활용하려고 노력했다. 급우들의 기억에 남아 있는 디킨스는 건강해 보이는 잘생긴 소년으로, 희끗희끗한 낡은 바지와 웃옷을 입었지만 전체적으로 세련된 느낌이었고 나이에 어울리지 않게 자신감이 넘쳤다. 머리 회전이 빠르고 책을 많이 읽었다. 급우들은 또 디킨스가 아마추어 연극에 열중했다는 점과 대중잡지를 애독하고 이야기하기를 좋아했다는 점도 기억하고 있었다. 그는 편안하고 자유로운 한때를 보내고 다시 소년다운 즐거움을 맛

구두약 공장에서 고된 시절 디킨스 작품의 하우스홀드판에 실린 프레데릭 버나드의 삽화

볼 수 있었다. 책상 서랍 속에다 몰래 흰쥐를 키우고 또 장난도 쳤다. 온갖 경기도 해 보았다. 1827년 3월 아버지가 또다시 돈이 궁해져서 디킨스는 학교를 그만둘 수밖에 없었지만, 이때 그는 이미 '세상에 나올' 준비가 되어 있었다.

문학수업시절 1827~36년

이제 열다섯 살이 된 디킨스는 가족들과 아는 사이인 어느 변호사의 사무소에 말단 사무원으로 들어간다. 사무소는 홀본과 챈서리 레인 부근에 위치한 런던 법조타운의 중심부에 있었다. 그가 "매우 좁은 세계, 매우 따분한 세계"에 들어갔다는 사실은 이내 밝혀졌다. 그는 서류를 베끼고 틀에 박힌 기록을 하고 잔심부름을 했는데, 그 밖에는 자유시간이 많았으므로 근처 거리를 여기저기 탐색하거나 법정의 "곰팡내나고 세속적인 냄새가 풀풀 풍기는" 공기를 마시거나 했다. 할 일이 하나도 없어서 지나가는 사람의 모자를 겨냥해 버

찌씨를 날리는 장난이나 치게 되는 고요한 오후 한때에 디킨스는 뛰어난 흉내 내기 능력을 발휘해서 동료들을 즐겁게 해 주었다. 그 가운데 한 사람은 이렇게 떠올린다. "그는 거리를 왔다 갔다 하는 서민들의 모습을 참으로 멋지게 흉내냈다. 그냥 건달도 그렇고 과일장수나 채소장수나 뭘 파는 상인이든 간에 온갖 사람들을 다 연기했다." 일이 끝나면 《피크위크 페이퍼스》의 위세 당당한 젊은 사무원들과 마찬가지로 디킨스는 다른 사무소 젊은이들과 함께 저녁으로 소시지와 맥주를 먹으러 가거나, 런던에 숱하게 있는 극장 또는 대중적인 오락시설에 갔다. 때로는 깊은 밤까지 이렇게 놀기도 했다. 몇 년이 지나고 나서도 디킨스는 특히 기괴했던 하룻밤 일을 떠올릴 수 있었다. 그때 그는 실컷 먹고 마시고 담배를 피운 끝에 "하바나 담배가 별로 강하지 않다는 이야기가 슬슬 의심스러워질 무렵, 마차를 타고서(그것도 반대 방향으로 타고서) 몸이 덜덜 떨리는 기분을 느꼈다."

디킨스는 동료들과 친하게 지내긴 했지만, 이 시기에 이미 좀더 보람찬 일을 찾아 사방을 살피고 있었다. 1830년 2월에 열여덟 살이 되자마자 그는 대영박물관 도서 열람증을 손에 넣는다. 모자라는 지식을 스스로 채우기로 결의한 것이다. 독학으로 속기도 배우기 시작한다. 의회 기록을 쓰는 신문기자가 되고 싶었기 때문이다. 이는 그 무렵 야심적인 청년들 사이에서 인기 있는 직업이었고 수입도 좋았다. 1년도 채 지나지 않아 그는 속기를 충분히 익혀 재판소에서 자유계약 속기사로 일하게 되었다. 낡고 활기 없는 재판소가 여럿 모인 이른바 '민법박사회관'으로 알려진 합동청사에서 그는 진술을 하나하나 기록했다. 하지만 이 일은 따분한 데다 안정적이지 못했다. 게다가 디킨스는 법적 절차의 한없는 지연과 번잡함에 참을 수 없었다. 한때는 다른 직업으로서 무대에 서는 일도 생각해 보았다고 디킨스는 포스터에게 말했다. 그는 거의 매일 밤 극장에 다니고 가장 좋은 연기를 연구했으며, 특히 코미디언이자 성격배우인 찰스 매튜스를 모범으로 삼았다. 1832년 봄에는 코벤트 가든에서 오디션에 신청하기까지 했다. 하지만 감기 탓에 약속을 지키지 못했고, 결국 두 번 다시 신청할 마음이 나지 않았다. 그러나 한참 뒤에 그가 자신의 아마추어 극단에서 연기를 하게 되자, 비평가들은 디킨스의 연기에 매튜스의 영향이 배어 있음을 알아보았다. 자작 소설을 극적으로 낭독하게 되면서부터는 이 점이 더욱 자주 지적되었다. 그의 큰아들들의 말에 따르면 디킨스는 '천생 배우'였다.

홀본의 스테이플 인(1884) 런던 법조타운인 홀본지구의 건물과 광장, 거리, 골목은 디킨스의 소설 곳곳에 반복하여 등장한다.

1831년에, 디킨스는 드디어 하원(下院) 신문기자석에 데뷔했다. 처음에는 외삼촌 존 헨리 배로가 편집을 책임지고 있는 주간지 〈미러 오브 팔러먼트(Mirror Of Parliament)〉의 임시직 기자였는데, 이어 급진적인 석간지의 기자로 일하다가 나중에는 〈모닝 크로니클(Morning Chronicle)〉의 제작진에 합류했다. 이것은 대표적인 일간지 가운데 하나였다. 디킨스는 곧 정확하고도 빠른 보고로 이름을 얻었다. 열악한 노동조건도 별로 문제는 되지 않았다. "나는 무릎이 다 닳았는데 그것은 오래된 하원 건물의 낡은 뒷줄 좌석에서 무릎을 책상삼아 필기를 했기 때문이다"라고 어느 강연에서 그는 말했다. "발도 닳았는데 오래된 하원 건물에서 비좁은 울타리 안에 선 채로 기록을 했기 때문이며, 거기

디킨스의 첫사랑 마리아 비드넬

서 우리는 한 무리 양 떼처럼 서로 바싹 붙어 있었다." 그때 그가 기자석에서 밤이면 밤마다 기록해야 했던 회의는 1832년 선거법 개정안, 1833년 공장법, 1834년 구빈법 개정안을 둘러싼 것이었는데 이 시대의 가장 중요한 여러 사회적 변화와 관련되어 있었다. 그러나 그는 스스로 경멸을 담아 "특히 광대 노릇이 돋보이는" 정치적 연극이라고 묘사한 이런 회의에 대해 실망했다. "나는 정치적 생활의 무대 뒤편 사정을 충분히 알고 있으므로 그 가치가 어떤 것인지도 안다"고 그는 《데이비드 코퍼필드》에서 밝혔다. "나는 그 가치를 완벽하게 불신하고 있으며 결코 개종하지 않을 것이다."

이 지루한 수업시절의 가장 좋은 친구는 젊은 은행원인 헨리 콜이었다. 디킨스는 그를 통해 마리아 비드넬과 만났는지도 모른다. 마리아는 롬바르드가의 어느 은행가의 딸인데 검은 머리에 몸집이 작은 미인이었다. 디킨스는 그녀를 열렬히 사랑했다. 거의 4년 동안 그녀를 너무도 사랑한 나머지 "다른 생각은 하나도 하지 않았다"고 스스로 떠올렸을 정도다. 처음에 마리아는 디킨스의 사랑을 기쁘게 받아들였다. 그러나 구혼자는 많이 있었고 그녀는 분명 구혼자들을 서로 경쟁하게 하면서 즐기고 있었다. 게다가 어차피 그녀의 부모님이 젊은 '디킨 씨'—그들은 이런 말투를 썼다—나 그의 씀씀이 헤픈 아버지를 인정해 줄 리가 없었다. 점차 마리아의 마음은 싸늘해져 갔다. 그리고 디킨스는 "박정하고 무관심한 취급을 몇 번이나 당하여" 괴로워하고 며칠 밤이나 잠도 못 자고서 연인의 집 주위를 이리저리 오가며 실의에 빠져 헤맨 끝에, 마침내 마리아와의 교제를 끝냈다. 스물한 살 생일을 맞이한 직후의 일이었다. 그에게 이 사랑은 단순한 젊은 날의 열병이 아니었다. 마리아에게 거절당한 디킨스는 깊이 상처받았음에 틀림없다. 실제로 이 상처는 너무도 깊었기에, 20년 가까이 지나고 나서 데이비드 코퍼필드와 도라의 사랑 이야기를 쓰게 되었을 때 그는 "제라늄 잎사귀의 향기"를 맡거나 "밀짚모자와 푸른 리본"을 얼핏 볼 때마다 자기 자신의 괴로운 첫사랑의 기억이 아직도 또렷이 되살아나는 것을 느꼈다.

최초의 디킨스 초상화

상처를 입은 디킨스가 즉시 취한 대처 방법은 일에 몰두하는 것이었다. 그는 어떻게든 성공하고 싶다고 전보다도 더욱 강하게 결의를 다졌다. 그해 여름, 의회의 휴회 기간에 그는 저술 활동을 시작했고 첫 간행물―〈포플러 가로수길에서의 저녁 식사(A Dinner at Poplar Walk)〉라는 골계적인 이야기―이 1833년 12월 〈먼슬리 매거진(Monthly Magazine)〉에 실렸다. 자기 작품이 활자화된 것을 보았을 때 디킨스는 기쁨을 숨길 수 없었다. "나는 웨스트민스터 홀*²까지 걸어가서 안에 들어가 30분쯤 그곳에 있었다. 넘치는 기쁨과 자랑스러움으로 눈에 눈물이 글썽해져서 길거리에는 있을 수가 없었기 때문이다. 그런 모습을 남들에게 보이고 싶지 않았다." 이어서 비슷한 단편들 몇 편이 모두 익명으로 출판되었는데, 1834년 8월에 나온 〈하숙집 성쇠기 2〉에서 저자는 처음으로 '보즈'라고 서명을 했다. 그것은 가족들이 막냇동생 오거스터스에게 붙인 별명이었다. 처음에는 골드스

---

*2 영국 의회의사당의 커다란 홀.

▲〈이브닝 크로니클〉의 편집장이자 장래의 장인이 될 조지 호가스에게 쓴 디킨스의 편지

◀약혼 뒤 디킨스가 캐서린에게 쓴 편지(1835. 5) 영원한 사랑을 약속했다.

미스가 쓴 《웨이크필드의 목사》의 등장인물 이름에서 딴 '모지즈'였는데, 이것이 "우스꽝스러운 콧소리로 발음되어 '보지즈'가 되었고 줄여서 '보즈'가 된 것이다."

1834년 여름, 디킨스는 주급 5기니를 받고 〈모닝 크로니클〉의 제작진에 합류했다. 보도기자로서 수완이 좋은 데다 '훌륭한 사생문'을 쓴다는 이유로 고용된 것이었다. 편집장 존 블랙—"나를 진심으로 상찬해 준 최초의 인물"—은 디킨스가 의회 보도라는 틀에 박힌 일에 매달리지 않도록 배려해 주었고 평론이나 스케치를 쓰도록 그를 격려했다. 동시에 중요한 모임이나 만찬회나 선거운동 따위를 전국적인 규모로 취재할 기회도 주었다. 디킨스는 열심히 이에 응하여 밤새도록 마차를 타고 빠르게 달리는 흥분을 마음껏 즐겼다. 흔들리는 등불 빛에 의지하여 원고를 재빨리 갈겨쓰고 있으면 열린 창문으로 진흙이 튀어 들어왔다. 그는 큰맘 먹고 외투를 새로 샀다. 푸른 천에 검은 벨벳 테두리

가 둘린 망토인데, 한쪽 끝을 반대편 어깨에 걸치는 에스파냐식 세련된 방식으로 차려입고 다녔다고 한다. 그는 머리를 길게 기르고 멋들어진 조끼를 입는 취미에 빠졌다. 그 해가 저물 무렵 아버지가 또 다시 심각한 재정 위기에 빠지자, 아들은 아버지의 빚을 얼마쯤 갚아 드리고 어머니와 형제자매들을 좀더 싼 곳으로 이사하게 했다. 그리고 자기는 열네 살 난 동생 프레드와 함께 홀본 근처에 있는 퍼니발스 인(Furnival's Inn)의 사글셋방으로 이사했다.

캐서린의 초상화 결혼 2년 뒤(1838).

아직 만 스물셋도 되기 전에 디킨스는 완전히 자립하여 유능한 기자로서 갈수록 높은 평판을 얻고 있었다. 1835년 초에, 그는 문학적 성공에 한 걸음 더 다가간다. 〈모닝 크로니클〉의 자매지로 창간된 〈이브닝 크로니클〉에서 '시정(市井) 스케치'를 20회에 걸쳐 연재하자는 제의가 들어온 것이다. 주급이 2기니 오른 데다가 이제는 전문적인 작가가 되는 길까지 열렸다.

〈이브닝 크로니클〉의 편집자 조지 호가스는 이 젊은 기대주를 브롬프턴에 있는 자택으로 초대했다. 이내 디킨스는 호가스 저택에서 열리는 파티와 음악회의 단골손님이 되었다. 그는 대가족과 그 친구들의 유쾌함과 따뜻함을 마음껏 즐겼고, 웃기는 노래를 부르거나 익살을 떨어 사람들을 즐겁게 했다. 그의 넘쳐흐르는 활기를 접하기만 해도 사람들은 저절로 즐거워졌다.

호가스 집안의 맏딸 캐서린은 두 사람이 만났을 때 열아홉 살, 여동생 메리는 열네 살, 조지나는 일곱 살이었다. 캐서린은 약간 통통하지만 예쁜 아가

씌였는데 '도톰한 눈꺼풀에 덮인 크고 푸른 눈, 살짝 들린 코, 입술이 붉은 작고 동그란 입, 미소를 머금은 온화한 표정'을 지니고 있었다. 그녀를 아는 사람들은 대개 상냥하고 친절한 여성이라고 평했다. 조용한 성품이면서도 유머 감각이 있고 때로는 지나치다 싶을 만큼 얌전해 보였는데, 그런 그녀와 디킨스는 이윽고 행복한 연인이 되었다. 1835년 5월에 두 사람은 약혼한다. 그러나 이번 연애에서 디킨스는 늘 두 사람의 관계를 리드하고 자신의 감정을 완벽히 조절했다. 일은 점점 더 바빠졌으므로, 디킨스는 저녁에 방문하기로 한 약속을 취소하거나 늦추게 돼서 미안하다고 사과하는 편지를 약혼자에게 계속 보냈다. 그리고 약혼자가 풀이 죽지 않도록 토라지거나 화내지 말아 달라고 부탁하고, "우리가 만난 날부터 나는 단 한순간도 그대를 사랑하지 않은 적이 없고, 앞으로도 없을 것"임을 기억해 달라고 했다.

디킨스의 첫 번째 책 《보즈의 스케치》는 1836년 2월 8일, 존 매크론을 통해 출판되었다. 신문에 게재한 소품들을 모아 수정하고 보충해서 낸 이 책에는 저명한 예술가 조지 크룩섕크의 삽화도 실려 있었다. 판매 성적이 좋아 8월에는 제2판이 간행되었다. 12월에는 벌써 20편짜리 소설 및 스케치를 모은 속편이 나왔다. 나중에 디킨스는 이를 가리켜 "생각이 짧았던 미숙한" 작품으로 취급하는 경향을 보였지만, 포스터가 기록했듯이 《보즈의 스케치》는 "런던의 일상을 꼭대기부터 밑바닥까지 통틀어서 그 웃음과 즐거움, 괴로움과 죄악을 모두 또렷하게 그려 낸" 작품이었다. 곧 디킨스는 새로운 출판사로부터 연락을 받는다. 채프먼 앤드 홀(Chapman & Hall) 출판사가 매달 14파운드를 받고 연재 기사를 써 주지 않겠느냐고 그에게 제의한 것이다. 다만 그 연재의 주체는 로버트 시모어의 삽화이며, 글은 삽화에 곁들여지는 식이었다. 출판사는 이것을 한 권당 1실링씩 분책 형식으로 판매하려 했다. 이 제안은 디킨스의 계획과는 달랐다. 그는 이미 오페라 대본 하나와 희극 하나에 대한 집필에 착수했으며, 나아가 더 많은 스케치 및 3권짜리 장편소설 아이디어도 가지고 있었다. 그러나 캐서린과 디킨스는 곧 결혼할 예정이었고, 살림을 차리려면 돈이 들 터였다. 디킨스는 2월 10일, 캐서린에게 보낸 편지에 이렇게 적었다. "이 일은 마음에 안 들 테지. 하지만 보수가 좋아서 유혹을 뿌리치기 힘들군."

출판 비용을 분산하는 한 방법으로 시작된 분책 형식의 출판은 19세기 초까지는 주로 삽화가 실린 책이나 고전작품의 조잡한 염가 책에 한해서 이루어

《피크위크 페이퍼스》 작품에는 새로 기용된 해블롯 K. 브라운이 삽화를 그리기 시작했다. 디킨스가 죽고 나서, 손이 불편했음에도 '하우스홀드판' 삽화를 새로 그려 주었다.

지고 있었다. 디킨스가 기억하기로 "친구들은 나에게 분책 형식은 저속한 싸구려 출판 방식이라고 했다. 그런 짓을 하면 출셋길을 스스로 망치는 꼴이 될 거라고 했다." 하지만 그렇기는커녕 디킨스는 그것이 소설을 출판하는 새롭고도 무척 효과적인 방법임을 즉시 깨달았다. 이 방법을 쓰면 독자를 최대한 확보할 수 있는 것이다. 그 뒤 분책 형식은 디킨스 소설의 태반을 발표하는 상투적 수단이 되었다. 9편의 장편소설이 매달 분책 형식으로 세상에 나온 것이다. 이윽고 화려한 색 표지와 생생한 삽화가 곁들여진 매호 32쪽짜리 분책은 서점에서 흔히 볼 수 있게 되었다.

《피크위크 페이퍼스》 첫 호는 1836년 3월 31일 목요일에 간행됐다. 출판계에서는 전통적으로 '잡지의 날'로 알려진 날이었다. 그리고 이틀 뒤인 4월 2일에 디킨스와 캐서린은 첼시의 세인트 루크 교회에서 결혼식을 올렸다. 작가 찰스 킹슬리의 아버지가 이 교회의 목사였다. 결혼식은 집안사람들끼리 모여 소박하게 치렀는데, 가족 외에는 존 매크론과 디킨스의 오랜 친구인 토머스 비어드 정도가 참석했다. 비어드는 신랑 들러리를 섰다. 패니 디킨스의 약혼자 헨리 버넷이 기억하기로는 신부는 밝고 쾌활해 보였으며 "참으로 소박하고 말쑥한 차림을 하고 있었다." 간소한 결혼 피로연을 마친 다음 신혼부부는 로체스터에서 별로 멀지 않은 고즈넉한 초크 마을로 가서 짧은 신혼여행을 즐겼다. 그리고 다시 퍼니발스 인으로 돌아와서 좀더 큰 스위트룸으로 옮겼다. 방에는 고상한 가구들이 갖춰져 있었다. 월말에 이곳을 들른 메리 호가스는 언니가 무척 행복하게 지낸다고 느꼈다. 그러나 디킨스는 또다시 일심불란하게 일에 몰두하고 있었다.

《피크위크 페이퍼스》는 처음엔 그다지 잘 팔리지 않았다. 제1호는 정말 조금밖에 팔리지 않았고 별로 주목받지도 못했다. 엎친 데 덮친 격으로 실의에 빠져서 정신이 불안정해진 시모어가 제2호 삽화를 완성하기도 전에 그만 자살해 버렸다. 채프먼 앤드 홀 출판사는 글의 비중을 늘리기로 결정했는데, 시모어를 대신할 삽화가 찾기가 쉽지 않았다. 그리하여 디킨스는 사실상 이 기획의 중심인물이 되었다. 나머지 삽화를 그릴 화가로서 해블롯 K. 브라운을 선택한 사람은 아마도 디킨스 본인일 것이다. 브라운은 숫기 없고 솔직한 젊은이였는데, 디킨스와는 금세 절묘한 콤비를 이루었고(실제로 브라운은 "보즈와 더 잘 어울리게끔" 피즈라는 펜네임을 썼다), 두 사람의 협력 관계는 20년이 넘도록 이어졌다.

브라운의 삽화는 《피크위크 페이퍼스》 제4호에 처음으로 실렸는데, 이것은 동시에 샘 웰러가 처음 등장한 호였다. 이 애교 있는 코크니[3]는 금세 많은 독자들의 공감을 얻는다. 〈메트로폴리탄 매거진〉은 "지금까지 나온 것 가운데 최고"라고 평했다. 이턴즈월의 선거를 재미있게 묘사한 제5호가 간행될 무렵에는 신문은 보즈가 "이 나라 사람들의 이목을 사로잡았을 뿐만 아니라 마음까지 모두 사로잡아 버렸다"고 기사를 냈으며, 최신호를 한번 보려고 많은 사람들이 서점 유리창에 딱 달라붙어 있더라는 이야기도 실었다. 채프먼 앤드 홀은 디킨스의 월급을 25파운드로 올려 줬는데 판매량은 꾸준히 늘었다. 1837년 2월에 1만 4천 부, 6월에는 2만 6천 부, 그리고 마지막 호가 나오는 11월까지는 약 4만 부에 달했다.

---

*3 런던 토박이.

《피크위크 페이퍼스》(표지 제목은 《피크위크 클럽》) 1936. 3~37. 11까지 월간 분책 발행하였다.

그 무렵 스몰렛이나 스턴이나 필딩이 쓴 피카레스크 소설에 큰 영향을 받은 이 유쾌한 이야기는 선풍을 일으키고 있었다. 그 억누를 수 없는 유쾌함—슬픔과 냉정함도 지닌 유쾌함—은 빈부와 노소의 격차를 전부 뛰어넘어 모든 사람을 매료했다. 말단 사무원이나 수습생부터 지주계급 부인들과 목사에 이르기까지 광범위한 독자층이 이루어졌다. 리버풀의 열쇠 기술자와 동료들도 런던의 지체 높은 재판관과 의사도, 신간이 나오면 다들 그것을 정신없이 탐독했다. 피크위크풍(風) 모자와 지팡이, 엽궐련, 커튼 따위가 상품으로 나오고, 피크위크를 소재로 한 노래집이나 유머 모음집, 번안 소설과 속편 따위도 나왔다. 토실토실 살이 찌고 안경을 쓴 피크위크 씨의 모습에 모든 사람들이 익숙해졌고, 샘의 유쾌한 '웰러식(式) 기지'(유명한 글귀를 익살스럽고도 적절하게 인용하는 것)는 여기저기서 사람들 입에 자주 올랐다. 《우리 마을》의 저자 밋포드 부인은 아일랜드의 친구에게 보내는 편지에서 이렇게 말했다. "영어 대화가 오가는 곳치고 '보즈' 이야기가 안 나오는 곳이 없었을 정도입니다." 어느 비평가의 인상적인 표현을 빌리자면 스물다섯 살 때 디킨스는 '불꽃처럼' 명성을 향해서 솟아오른 것이다. 그는 '비길 데 없이 위대한 보즈'가 되었으며 대중적인 인기를 얻었다. 그리고 이 인기는 한평생 이어진다.

비할 바 없는 보즈 1837~42년

성공은 디킨스의 저술에 더욱 맹렬한 박차를 가했다. 그는 친구에게 '완전히 일에 빠져 있다'고 말했다. 그런데도 1836년 11월, 출판인 리처드 벤틀리가 월간지 편집주간을 제의하자, 이미 소설을 몇 편 집필할 계획이 잡혀 있으면서도 그 제의를 받아들이고 만다. 그는 매달 20파운드의 급여를 받고, 매호 기고하는 원고 고료로 20기니를 더 받기로 했다. 채프먼 앤드 홀에서 받던 액수보다 훨씬 많았으므로, 디킨스는 〈모닝 크로니클〉 일을 그만둘 수 있었다. 디킨스는 그 새로운 일이 전보다는 쉬운 일이기를 바랐다. 또한 가정적 책임이 더욱 무거워진 것도 한 이유였다. 1837년 1월 6일, 캐서린이 첫 아이를 낳았다. 아이는 아버지와 똑같이 찰스라는 이름을 가졌고, '신동'이라며 팔불출 아버지는 크게 기뻐했다.

디킨스의 두 번째 장편소설 《올리버 트위스트》는 〈벤틀리 미셀러니〉에 연재되었다. 이 소설은 신빈민구제법을 언론인으로서 통렬하게 비판하는 것으로서 시작되었다. 신빈민구제법은, 가난에 허덕이는 사람들을 그 지역의 행정교구에

인형극장판 〈올리버 트위스트〉를 위해 제작된 종이인형과 배경

찰스 디킨스 박물관
18세기에 세워진 이 건물은 런던에서 그
가 살던 집 가운데 유일하게 남아 있는
곳이다. 1837년 4월, 첫 결혼기념일 주말
에 디킨스는 이곳 다우티 거리 48번지로
이사했다.

▼ 버몬지, 제이콥 섬의 오래된 집
질병이 만연하는 황량한 섬으로, "만조
때는 깊이가 6~8피트쯤 되는 탁한 도랑
속에 있다"고 묘사된 제이콥 섬은 《올리
버 트위스트》에서 빌 사이크스가 죽음을
맞이하는 장소가 되었다.

메리 호가스의 초상
헤블롯 K. 브라운 그림.

서 구제하는 옛 제도를 폐지하고, 그들을 구빈원에 수용하여 관리하는 무자비하고 비인간적인 제도를 도입한 것이다. 그런데 그는 작품 주제에 몰두할수록, 어린 시절에 맛봤던 비참함, 굶주림과 고독의 기억이 물밀듯이 되살아났다. 디킨스는 갓 태어난 아기를 곁에 두고, 사람들이 지나치게 꽉 들어찬 런던 빈민가라는 폭력과 악몽의 세계에서 필사적으로 살아남고자 하는 고아의 애처로운 이야기에 온 힘을 쏟아 부었다. 〈행정교구 소년(피구제민)의 일대기〉라는 부제는, 화가 호가스나 18세기 풍자작가의 작품을 통해 이미 친숙한 형식이었다. 착한 사람과 나쁜 사람의 뚜렷한 대비 또한 대중적인 연극이나 소설의 전형적인 방식이다.

그러나 디킨스의 책을 읽은 많은 사람들은 그의 음울한 말투에 놀라고, 그가 범죄자나 부랑자의 삶에 동정적으로 매료되어 있음을 알고 충격을 받았다. 이 작품을 '뉴게이트 소설'[*4]의 오랜 전통을 잇는 최신 작품으로 본 사람들이 있는가 하면, 수상 멜번 경처럼 하층민의 생활 묘사, 특히 매춘부 낸시를 바라보는 연민어린 눈길에 반감을 느끼는 이들도 있었다. 그러나 인물을 창조하는 작가의 월등한 재능—모든 등장인물이 살아 있는 감정과 정념으로 가득 차 있어서 그 모습이 곧바로 눈앞에 그려지므로, 우리는 그들을 개인적으로 잘 아는 것 같은 느낌을 받는다—을 눈치챈 사람도 있었다. 이 소설이 단행본으로 나왔을 때 디킨스가 본명으로 간행하고 광고할 것을 단호히 주장한 사실도 매우 중요하다. 그로 인해 비평가들은 그를 동시대 사람으로 보지 않고, 세

---

*4 실재 범죄자의 삶을 바탕으로 한 대중적인 픽션.

익스피어나 월터 스콧 경과 같
은 대작가에 비견하게 되었다.

1837년 4월, 디킨스는 캐서
린과 아기를 데리고 다우티 거
리 48번지—몹시 고급스러운
가족적인 느낌의 저택—로 이
사했다. 그러나 새로운 환경에
서 쾌적한 생활을 시작한 지
얼마 안 되어, 아내 캐서린의
동생 메리 호가스가 갑작스러
운 죽음을 맞는다. 디킨스 부
부는 큰 충격을 받았다. 두 사
람이 결혼한 당초부터 메리는
곧잘 그들을 찾아와 같이 어
울렸다. 젊은 부부와 함께 '난
롯가에 앉아 시시한 농담을
하고', 상냥하고 사랑스러운 성

윌리엄 찰스 맥크리디(1793~1873)
당시 50세 때의 초상화. 1837년 6월에 디킨스와 만난 맥
크리디는 디킨스와 평생 좋은 친구로 남았다. 디킨스는
그에게 《니콜라스 니클비》를 헌정했다.

품으로 부부와 친구들의 마음까지 사로잡았다. 5월 7일 저녁, 세 사람이 극장
에서 돌아왔을 때 메리가 갑자기 쓰러졌다. 디킨스 부부는 허둥대며 밤새도록
간호했지만, 몇 시간 뒤 메리는 디킨스의 품에 안겨 숨을 거둔다. 그녀는 겨우
열일곱 살이었다.

디킨스는 엄청난 충격에 빠졌다. 어린 시절 그를 괴롭히던 참을 수 없는 옆
구리 통증이 다시금 그를 덮쳤다. 그는 처음이자 마지막으로, 매달 빼먹지 않
고 연재하던 작품을 쓸 수가 없었다. 디킨스는 메리의 손가락에서 반지를 빼
자기 손가락에 끼웠다. 머리카락도 한 줌 간직했다. 그리고 그 뒤로 몇 달 동
안 매일같이 메리의 꿈을 꾸었다. 1년쯤 지난 뒤 디킨스는 일기에 이렇게 적었
다. '행복의 가치는 그것을 잃기 전까지는 깨닫지 못한다. ……만약 그녀가 지
금도 우리와 함께 있다면……내가 생각하고 느끼는 모든 것에 대하여, 이제껏
내가 알아온 사람과 앞으로 알게 될 그 누구보다도 깊이 공감해 주었던 그녀
가—나는 그 행복이 이어지는 것 말고는 아무것도 바라지 않을 것이다.' 절절

한 감정이 고스란히 느껴지는 말이다. 어떻게 보면 그는, 젊고 낙천적이던 그들에게 닥친 이 끔찍한 상실을 평생 이겨내지 못했다고 볼 수 있다. 디킨스가 '너그러운 아버지의 긍지를 가지고' 가장 사랑한 처제, 착하고 상냥한 메리는, 포스터의 말을 빌리면, '그의 한평생의 이상'이었다. 그 죽음은 작품에도 깊은 영향을 끼쳐, 아이들이 병에 걸려 죽어 가는 모습을 비통하게 그린 곳에서 그 그림자를 찾을 수 있다. 또한 리틀 넬 같은 등장인물의 이상화된 이미지—어린 아이와 성숙한 어른 사이에서 동화처럼 무구한 상태로 머물러 있는 소녀—에도 메리가 투영되어 있다.

　이 비극은 작은 가정에 큰 구멍을 만들었고, 그로 인해 친구들과의 교제를 더욱 중요시하게 되었다. 디킨스는 친구들과 함께 햄스테드나 리치먼드 공원에 가서 말을 타고, 오후에 시내 거리를 어슬렁거리는 것을 아주 좋아했다. 작품을 쓰는 도중에 이렇게 외출을 하면 마음도 여유로워지고 사고도 풍부해졌다. 상상력을 자극하려면 몸을 꾸준히 움직여야 한다고 그는 입버릇처럼 말했다. 다우티 거리의 집을 문턱이 닳도록 들락거린 친구들 가운데 하나인 역사소설가 W.H. 에인스워스는, 디킨스를 보헤미안 예술가 무리에 끌어들였다. 그 무리에 화가인 대니얼 매클리스, 유명한 셰익스피어 배우 윌리엄 맥크리디, 그리고 디킨스에게 가장 중요한 존재였던 존 포스터가 있었다. 포스터와 디킨스는 공통점이 많았다. 나이도 같았고, 하층중산계급 출신이라는 점도 같았으며, 둘 다 똑같이 법률로 성공하려다가 저널리즘과 문학으로 방향을 바꾸었던 것이다. 또한 두 사람 다 명랑했으며, 연극과 만찬회, 유쾌한 친구와의 교제를 좋아하는 점도 같았다. 포스터는 독선적이고 거만한 면도 있었지만, 디킨스에게는 평생 헌신적이고 충실한 친구였다. 일 문제로 도움이 필요할 때 디킨스는 늘 포스터를 의지했다.

　일약 유명인이 되어 우쭐한 나머지, 디킨스는 도저히 이겨낼 수 없는 일정을 짜고 말았다. 게다가 '보즈'가 이렇게까지 인기를 얻게 되자, 약속받은 보수가 턱없이 적은 액수로 보였다. 디킨스는 이 경솔한 약속을 모두 백지로 돌리고 자유로워지고자 결심한다. 그와 관계를 맺고 있던 세 사람의 출판업자와 관련된 이야기였지만, 특히 벤틀리가 문제였다. 벤틀리도 큰 수입원인 작가를 잃고 싶지 않았던 것이다. 법률적으로도 자신이 유리했으므로 더더욱 쉽게 물러설 리가 없었다. 논의는 점차 날카로워지며 몇 달 동안 이어졌다. 마침내 1839년 1

월, 디킨스는 분통을 터뜨리며 〈벤틀리 미셀러니〉 편집주간 일을 내던졌고, 이어서 그가 '배링턴 거리의 노상강도'라고 여기는(공정한 평가라고는 할 수 없지만) 벤틀리와의 관계를 모조리 끊어 버렸다. 그 뒤로도 이와 같은 분쟁이 여러 번 일어났지만, 아무튼 현재 디킨스의 장편소설은 모두 (〈미셀러니〉에 새 연재 광고가 뜬 《바나비 러지》까지 포함하여) 채프먼 앤드 홀에 위임되었다. 그들은 이미 《피크위크 페이퍼스》와 관련된 일에서 아주 너그러운 태도를 보여 주었고,

존 포스터(1812~1876)의 초상
디킨스와 절친한 사이였고, 그의 소설 대부분의 원고 정리 및 교정을 보았다. 포스터가 쓴 《디킨스 전기》(1872~74년에 전3권)는 디킨스의 생애를 기록한 훌륭한 자료가 되었다.

다음 소설 《니콜라스 니클비》 출판 계약도 맺고 있었다.

디킨스는 자기 작품에 대하여 너무나 타산적인 태도를 보인다는 비판을 자주 들었는데, 사실 그는 다른 수입원이 없는 직업 작가로서 어떻게든 생활비를 벌어야 했던 것이다. 그러나 그는 약빠른 사업가이기도 했고, 팔리지 않는 작가의 생활이 어떠한가를 잘 알고 있어서 그들의 생활이 밑바닥까지 떨어질 수도 있다(특히 저작권 문제에 신경 쓰지 않으면 겪게 되는)는 것을 잘 이해하고 있었다. 1839년에 포스터에게 푸념했듯이, 글 쓰는 일은 가끔 어렵고 진저리나는 작업이며, '내 책이 관련된 모든 사람들—나를 제외하고—을 부유하게 만드는데…… 나와 가장 가깝고 가장 소중한 이들의 삶을 풍족하게 해 주지는 못하는 점을 생각하면…… 기운이 쭉 빠진다.' 게다가 가족에 대한 책임은 한결같이 무거워지기만 했다. 1838년 3월 큰딸 메리(애칭은 메이미)가 태어났고, 이어서 1839년 10월 디킨스의 자녀들 가운데 가장 활기찬 케이트가 태어났다. 한편 디킨스의 아버지는 지속적으로 전에 없는 부담을 안겨주었다. 유명한 아들 디킨스의 명성을 등에 업고 끊임없이 돈을 빌려 썼던 것이다. 동생 알프레

드도, 아버지에게서 오직 돈에 무신경한 점만을 이어받은 듯한 태도를 보여 그를 괴롭혔다.

디킨스의 세 번째 작품인 《니콜라스 니클비》는 1838년 3월부터 39년 9월까지, 매월 분책되어 간행되었다. 《피크위크 페이퍼스》와 '같은 노선으로' 즐겁고 유쾌한 축제 분위기와 '다정한 공감'을 강조한 작품이 될 예정이었으나, 《올리버 트위스트》와 마찬가지로 머지않아 사회비판적인 요소가 짙어진다. 노스요크셔에 있는 몇몇 무료 기숙학교—버림받은 아이들의 수용소 역할을 했다—의 참상은 오래전부터 유명했는데, 디킨스는 이제 직접 그것을 파헤쳐 보기로 결심한 것이다. 1838년 1월에, 해블롯 브라운과 함께 조사차 들렀을 때 본 실상은 너무도 참혹했다. 디킨스는 '요크셔에 있는 이런 학교 교장들의 악행은 더는 부풀릴 방법조차 없다'고 굳게 믿었다. 그는 15년 전에 학생을 학대한 죄로 기소된 윌리엄 쇼가 경영하는 보스 아카데미를, 작품 속의 두더보이스 홀의 모델로 삼았다. 이러한 끔찍한 시설에 처음이자 마지막으로 사람들의 주의를 한곳으로 모으고자 한 것이다. 그 결과는 정말로 더할 나위 없었다. 이 소설이 발행된 뒤 채 10년도 지나기 전에 이러한 학교가 하나도 남김없이 문을 닫은 것이다.

그러나 《니콜라스 니클비》는 사회풍자에 성공한 작품으로 머물지 않았다. 스퀴어즈 가족의 훌륭한 코미디, 스마이크의 괴로운 생활과 비애, 떠돌이 극단 크러믈스 가족의 독특한 활력에 독자는 곧바로 빠져든다. 디킨스 자신도 그들 모험에 빠져들어서 숨 막히는 기세로 글을 써내려 갔다. 제1호의 팔림새는 놀랍게도 5만 부에 이르렀다. 그 결과, 싸구려 모방작과 무허가 연극이 우르르 쏟아졌지만, 그래도 원작의 인기는 하늘 높은 줄 모르고 치솟았다. 미국에서 이 소설은 캐리 리 앤 블랜차드사(社)에서 차례로 간행되었다. 그들은 초고를 교섭하기 위해 대리인까지 보냈다. 저작권 국제협정이 정립되기 전이라 영국 책을 복제 간행해도 그들에게 권리금을 지급할 의무가 없었는데도, 이 회사는 그렇게 한 것이다. 오로지 집필에만 매달려서—그동안 디킨스의 일기에는 '일'이라는 한 글자밖에 쓰여 있지 않았다—마침내 마지막 회를 간행하자 '호화찬란한' 만찬회가 열리고, 책상 앞에 앉은 디킨스의 초상화를 그린 매클리스의 그림이 공개되었다. 이 초상화는 윌리엄 핀덴이 동판화로 복제하였으며, 《니콜라스 니클비》가 단행본으로 나오자 책 앞머리에 삽입되었다. 이것은

▲〈니콜라스 니클비〉 극장상연 광고
런던 아델피 극장 초연(1838. 11.
19).

▶런던, 데본셔 1번지
디킨스 가족은 1841~51년까지 이
집에서 살았다.

그 뒤로 가장 널리 알려진 디킨스 초상화 가운데 하나가 된다.

디킨스는 이제는 시대를 대표하는 작가가 되었다. 런던 사교계에서 추앙받
았고, 특권 신사들의 클럽, 즉 개릭 클럽과 애서니엄 클럽 회원이 되어(찰스
다윈과 동시에 애서니엄 회원이 되었다), 공공장소에서 연설을 하는 일도 많아
졌다. 1841년 에든버러 시민들이 디킨스에게 경의를 표하고 만찬회를 열어, 그
를 에든버러 명예시민으로 추대했다─20대 청년에게 이것은 '더없이 영광스러
운' 일이었다. 디킨스는 그 일을 돌이키며, '내가 처음으로 받은 공식 표창이어
서 아주 감격했다'고 자랑스럽게 말했다. 그는 그 무렵 문단 명사들과 만나 우
정을 나누었다. 리 헌트, 월터 새비지 랜더, 새뮤얼 로저스, 그리고 유력한 편집
자이자 변호사인 제프리 경 등이었다. 디킨스의 '품위 없는' 큰 웃음소리와 한
껏 멋을 부린 차림새에 이맛살을 찌푸리는 사람도 있었지만, 그의 날카로운
지성을 높이 평가한 사람은 더 많았다. 역사가 토마스 칼라일은 그를 처음 보
고 나서 '섬세하고 몸집이 작은 사내'라고 썼다. '더없이 재주 많은 얼굴을 하고
있다. ……조용하고, 예민해 보이는 작은 사내로, 자신의 본질은 물론 다른 사

람들의 본질도 매우 잘 알고 있는 듯이 보인다.'

성공한 디킨스는 다우티 거리에서 데본셔 테라스 1번지 저택으로 옮겼다. 리젠트 파크 근처에 있는 조지 왕조 양식의 대저택으로, 그림과 거울과 온갖 장식품으로 세심하게 꾸며져 있으며, 책 2천 권이 넘는 도서실도 있었다. 디킨스는 이 집에서 호화로운 디너파티를 즐겨 열었다. 식사 마무리로 그가 직접 만든 진 펀치를 돌린 뒤, 이어서 놀이와 춤으로 흥청거리는 밤이 펼쳐졌다. 여름에는 주로 켄트 주 브로드스테어스─'인기 있는 고풍스러운 해안 보양지'라고 디킨스는 수필에 썼다─에서 지냈다. 친구들도 가끔 초대되어 가족과 함께 어울렸다. 이처럼 환경이 여유로워지자 디킨스는 난폭할 정도로 기운이 넘쳤다. 어느 날 밤 디킨스는 어느 여성과 제방에서 춤을 추고 있었는데, 느닷없이 파트너를 바닷속으로 끌고 들어가 비단 드레스를 모조리 망쳐 놓고 말았다. 초대받은 손님들 몇몇은, 디킨스의 기분이 날아갈듯이 좋은데도, 그의 부모는 아들 앞에서 마치 그가 화내는 것을 두려워하듯 조심스럽게 행동하는 것을 눈치챘다. 디킨스가 기분이 언짢을 때에는 눈이 마치 '위험신호'처럼 번뜩였고, 그럴 때에는 아이들조차 아버지를 피했다고 한다.

그러한 '조울증 증세'가 다음 작품인 《골동품 상점》에 나타나 있다고 비평가들은 곧잘 지적해 왔다. 이 작품의 등장인물인 퀼프의 성격에 디킨스의 일부가 투영되어 있다. 《골동품 상점》은, 처음에는 '짧은 어린이 이야기'로 〈마스터 험프리의 시계〉라는 새로운 문예잡지에 싣기 위해 구상된 것이었다. 디킨스가 채프먼 앤드 홀을 설득하여 출판하게 만든 잡지인데, 독자는 이 잡지에 그들이 좋아하는 작가의 장편소설이 연재될 것이라고 기대하고 있었다. 그런데 그렇지 않다는 것을 알고 난 뒤 판매 부수가 크게 줄어들자, 디킨스는 본디의 구상에 살을 입혀서 장편연재를 할 수밖에 없었다. 주간지 연재는 디킨스에게는 아주 고된 일이었다. '샌디 씨의 시계는 내 것과는 비교도 할 수 없다─나는 쉬지 않고 태엽을 감는다(스턴의 소설 《트리스트럼 샌디》에 나오는 주인공의 아버지는 매달 한 번 큰 시계의 태엽을 감는다). 그리고 내 귀에는 밤낮없이 경고의 종소리가 들린다. 이 시계가 멈추어서는 안 된다고 나에게 경고하는 종소리이다.' 그는 1840년에는 1년 내내 쉬지 않고 일했다. 리틀 넬이 죽는 장면에 이르러서는 해묵은 자기 상처를 일부러 다시 열어젖히기까지 했고, 이리하여 1841년 1월 중순 어느 날, 새벽 4시에 마지막 장까지 집필을 마쳤다. 이튿날 그는 포스터에게 이렇게 말했다. "마침내 이 모든 사람들을 영원히 잃었다고 생각하니 아주 우울하네. 앞으로 새로운 작중인물에게는 결코 마음이 끌리지 않을 것 같아."

그러나 그는 얼마 안 있어 《바나비 러지》를 써 냈다. 집필하기로 벤틀리와 약속한 뒤로 오랫동안 미루어 두었던 소설이다. 이야기의 배경은 1780년대, 가톨릭교도 해방령을 반대하며 고든 폭동이 일어난 시대로, 중심주제인 폭력과 광기와 무질서에는, 일전의 구빈법에 대한 국지적 반란이나 정치개혁을 요구하는 차티스트운동의 전투적인 시위행동 등 현대사회 어두운 정황

〈마스터 험프리의 시계〉에 실린 삽화
브라운이 그린 삽화로 '술집 창문을 빠져나오는 퀼프'

이 반영되어 있다. 다루기 쉬운 주제가 아니므로, 처음에 디킨스는 시내에서 '가장 가난하고 처참한 지역을 돌아다니며' 영감을 얻기 위해 고투했다고 털어놓았다. 몸 상태도 좋지 않았고, 아버지는 또다시 아들의 이름을 팔아 빚을 늘려가고 있었다. 또한 대중이 자기 작품에 신물이 난 것이 아닐까 하는 불안도 그를 괴롭혔다. 1841년 9월, 디킨스는 한동안 펜을 놓고 푹 쉬기로 마음먹는다. 전부터 생각했던 미국 여행을 떠나기로 한 것이다. 미국에서는 《골동품 상점》이 큰 인기를 누리고 있었다. 포스터의 도움으로 채프먼 앤드 홀을 설득하여, 디킨스는 1년 휴가를 얻어낸다. 그동안 회사는 그에게 매달 계약금 150파운드를 지급하는 대신 다음 소설 저작권료의 절반을 갖는다는 계약을 맺었다. 여행에 관한 '작은 책'이라는 것은 나중에 덧붙인 것이었는데, 그것에 대해서도 마지막으로 의견이 모아졌다.

모든 것이 결정되자, 그는 여행을 생각하기만 해도 마음이 들떴다. 궤양 수술 통증조차도 디킨스를 오래 괴롭히지 못했다. '나는 더 바랄 것 없이 느긋하게 지내고 있다'고 디킨스는 브로드스테어스에서 편지를 써서 보냈다. '해수욕하고, 산책하고, 책 읽고, 누워서 햇볕을 쬐며, 일 말고는 온갖 것을 즐기고 있다. ……낮이나 밤이나 계속 미국을 마음속에 그리면서.' 디킨스 본인은 끝내 알지 못했지만, 딸 케이트는 뒷날 나이든 뒤에, 다우티 거리와 데본셔 테라스에서 살던 때가, 어른이 된 이후 아버지 인생에서 가장 행복했던 시기라고 떠올린다. '가정적인 행복이 가득했던 시기였다. 안팎의 영향력이 점차 커지면서 살아가는 기쁨을 짓누르기 전이었다—그리고 그의 얼굴은 아직 창백했고, 주름살 하나 없었다.'

미국 1842~44년

찰스 디킨스와 아내 캐서린은 1월 4일에 증기선 브리타니아호를 타고 리버풀에서 떠났다. 집을 떠난 6개월 동안 쾌적하게 지내기 위해, 디킨스 부부는 언제나 의지가 되는 캐서린의 하녀 앤 브라운—디킨스는 그녀를 '정신적인 코르크 재킷(수중 구명장비)'이라고 불렀다—을 데리고 갔다. 매클리스가 그려준 아이들 그림도 가지고 가서, 머무는 동안 언제나 방에서 가장 좋은 곳에 놓아두었다. 여행하는 동안, 생후 11개월인 월터와 그 밖의 아이들을 돌보는 일은

디킨스가 1842년 미국 여행 때 이용한 브리타니아호 큐나드 기선회사가 최초로 운행한 증기선의 하나.

캐서린이 미국 여행 때 가지고 간 아이들 그림 캐서린이 매클리스에게 부탁하여 그린 것이다.

디킨스의 동생 알프레드에게 맡겼고, 캐서린의 여동생인 조지나(열네 살)가 그를 돕기로 했다. 그리고 맥크리디 부부가 모든 일에서 후견인 역할을 맡았다.

　엄청난 뱃멀미에 시달리며 혹독한 항해를 마치고 보스턴에 닿자, 폭풍 같은 환영이 디킨스 일행을 기다리고 있었다. 배가 부두에 안전하게 닿기 전부터 이미 디킨스는 부장급 신문기자들에게 둘러싸였다. 그를 만나자 모두 난리법석이었다. 항구에는 그를 보러 나온 사람들로 발 디딜 틈이 없었다. 그러나 이것은 빙산의 일각일 뿐이었다. 만찬회와 환영회, 방문 등 온갖 짜릿하고 새로운 체험이 끊임없이 이어졌다. 디킨스는 믿기 어려운 심정으로 열심히 이 모든 상황을 자세하게 적어 고국으로 편지를 보냈다. 그가 외출하면 언제나 사람들이 따라붙었다. 극장에 가면 박수갈채로 환영해 주었고, 축사가 빗발같이 쏟아졌다. 호텔에까지 사람들이 밀어닥쳤으므로, 캐서린과 자기는 '여왕폐하와 알버트 공이라도 된 것처럼' 알현식을 열어야 했다고, 디킨스는 매클리스에게 농담을 하기도 했다. 초상화를 그리기 위해 어느 화실에 찾아갔을 때는 그 입구에까지 사람들이 몰려들 정도였다. 근엄한 보스턴 사람들에게 이런 소동은 처음 있는 일이었다. 그래서 젊고 혈기왕성한 손님이 하트퍼트와 뉴헤이븐으로 떠나자, 오히려 안도감을 느꼈다고 말하는 사람도 있었다. 뉴욕에서 하이라이트는 호화로운 '보즈 무도회'였다. 디킨스 부부는 휘황찬란하게 빛나는 큰 홀을 두 번이나 행진하며 3천 명이 넘는 손님들 갈채에 화답했다.

처음에 디킨스는 환대해 주는 미국인과 인상적인 미국이라는 나라에 크게 감탄했다. 수많은 명사와 문인들을 차례차례 만나는 것도 즐거웠다. 그중에는 록펠러, 워싱턴 어빙, 포, 역사가 W.H. 프레스콧 등이 있었다. 하워드의 고전학자 코넬리우스 펠튼—'아주 명랑하고 거들먹거리지 않는 인물로……별 같은 부분이 전혀 없었다, 줄무늬 같은 면도(성조기를 빗댄 것)'—과는 의기투합하여 절친한 친구가 되었다. 디킨스는 보스턴의 아름다움과 고상함을 칭찬하고, 뉴욕의 활기와 번창에 매료되었다. 거기서는 사람들로 넘쳐나는 보도의 포석이, 수많은 발에 '닦여' 반짝반짝 빛나는 것처럼 보였다. 미국인의 솔직함, 친절함, 넉넉한 인심에도 감사했다. 그러나 체류가 길어질수록, 언제나 대중의 눈길에 드러나 있는 현실이 버거워졌다. 뉴욕을 떠날 즈음에 디킨스는 사람이 없는 곳에서 조용히 지내고 싶어서 참을 수가 없었다. 향수병에 걸렸고, 두고 온 아이들이 눈앞에 아른거렸다—'서재와, 가족이 한자리에 모인 일요일 점심시간까지……우리 가족과 관련된 것은 모조리 그립다.' 남쪽에 있는 필라델피아와 워싱턴과 리치먼드를 둘러보고, 서쪽으로 방향을 틀어 루이빌과 세인트루이스를 방문한 뒤 북동쪽 신시내티로 발걸음을 옮기자, 너무나 갑작스러운 기후 변화가 몹시 불쾌해졌다. 철도와 배를 타고 또다시 울퉁불퉁한 길을 달리는 여행은 점점 힘들어졌다. 많은 영국인 여행자들이 그렇듯이, 그도 지나치게 난방이 잘 된 건물이 싫었고, 담배를 씹고 뱉어내는 '꺼림칙한 습관'에 반감을 느꼈다. 필라델피아 이스턴 교도소의 비인도적인 독방구금 체제는 끔찍하기만 했다. 노예제도에는 진정으로 반대했고, 메릴랜드 주와 버지니아 주에 머물면서 너무도 큰 '부끄러움'을 느낀 나머지, 노예제도의 중심인 남부로 내려가려던 계획은 곧바로 포기해 버렸다.

무엇보다도 디킨스를 가장 화나게 한 것은, 미국이 국제 저작권 협정에 서명하기를 거부한 일이었다. 그 결과, 영국 작가는 인기가 아무리 많고 또 미국 출판사와 계약을 했다고 하더라도, 자기 작품을 저작권 침해로부터 보호받을 수 없기 때문이다. 이 때문에 디킨스는 미국판에 대해서는 공정한 대가를 받지 못하고 있었다. 자신을 이토록 열렬하게 환영해 주는 나라가 여전히 이러한 불공정을

안젤라 버데트 쿠츠(1814~1906)
쿠츠은행 창업자인 할아버지의 재산을 물려받은 그녀는 영국 유수의 여성 자산가였으며, 자선사업에 한평생을 바쳤다.

묵인하는 것은, 위선이라고는 할 수 없더라도 예의에 어긋나는 일이라고 생각했다. 예우받는 손님이 자신의 의견을 강경하게 주장하는 것은 바람직하지 않다고 충고해 준 사람도 있었다. 그래도 이 문제를 꺼낼 때마다 맹렬한 반발과 비판에 부딪쳤으므로, 디킨스는 기가 막히지 않을 수 없었다. 저속한 신문들은, '문학적 명성보다 달러와 센트'를, '월계관보다 화려한 조끼'를 좋아하는 '저속한 속물'이라고 디킨스를 놀려댔다. 머지않아 그는, 미국은 이 문제에 관한 한 '지구상에 존재하는' 다른 어떤 나라보다도 언론의 자유가 없는 나라라고 확신하게 된다.

여행 마지막 한 달 동안 캐나다에 머물면서, 디킨스는 가까스로 마음의 여유를 되찾았다. 캐서린과 둘이서 나이아가라 폭포를 구경하고 '말로 나타낼 수

없는 기쁨'을 느꼈다. 또한 오래된 낡은 옷을 입고 자유롭게 산책하고, '발목까지 오는 진흙탕 속을 휘젓고 다니며 진심으로 즐거워했다.' 몬트리올에서 두 사람은 주둔한 영국군 장교들의 아마추어 연극에 참가했는데, 캐서린은—디킨스는 크게 놀라면서 아주 기뻐했다—'아주 능숙하게' 연기에 몰입했다. 그리고 부부는 귀국길에 올랐다. 예정보다 하루 이른 6월 29일에 런던에 닿은 디킨스는 그리운 친구들과 아이들 얼굴을 보자 기뻐서 어쩔 줄을 몰랐다. 그날 밤만큼 강렬하게 내 집의 훌륭함을 실감한 적은 없었다고, 그는 보스턴에 있는 조나단 채프먼에게 편지를 썼다.

디킨스는 '내 상상 속의 공화국'에는 실망했지만, 이 여행으로 그는 자신과 자기 나라에 대해, 그리고 명성에 따른 책임에 대해 몇 가지 귀중한 경험을 얻었다. 시대는 '배고픈 40년대'였으며, 영국은 심각한 무역 부진으로 골머리를 앓고 있었다. 그는 정치적·사회적 문제에 더욱 깊은 관심을 보이게 되었으며, 신문에 사설을 투고하거나 자선 만찬회에 참석하기도 했다(그는 이러한 것을 그다지 좋아하지 않았다). 온갖 위원회 의장을 맡았고, 자금 확보를 위해 기부금을 모으고 연설을 했다. 그는 여성과 아이들의 지하노동을 금지하는 애슐리 경의 '탄광노동자법안'을 옹호하며 열성적인 문장을 썼다. 그리고 어린아이(대여섯 살)를 공장에서 일하게 하는 현실에 '철퇴를 내리겠다'고 맹세했다. 디킨스는 자기와 마찬가지로 가난한 사람들에 대해 본능적인 연민과 관심을 보이는 안젤라 버데트 쿠츠라는 협력자를 얻는다. 그는 막대한 유산상속인인 이 젊은 여성의 비공식 고문이 되고, 믿음직한 친구가 된다. 미스 쿠츠의 대리인으로서 클러켄웰 사프란 힐(《올리버 트위스트》에서 페긴의 은신처가 있는, 질병이 만연하는 참혹한 지역)의 빈민학교를 찾아가서, 불결하고 난폭한 부랑아들이 가득 모인 황폐한 방 세 개를 발견하고 두려움을 느낀다. 이러한 것을 보고, 디킨스는 굶주림에 허덕이고 선악의 구별조차 모르는 이들에게 신앙과 교리를 설명해도 아무 의미가 없으며, 보다 근본적인 대책이 하루빨리 필요하다고 굳게 믿는다. '나는…… 아직 일어나지 않은 일에 대해 최대한 확신할 수 있는 범위 안에서, 다음과 같이 믿어 의심치 않는다—영국에 모여 있는 이 수많은 사람들의 기막힌 비참함과 무지 속에, 확실한 붕괴의 씨앗이 뿌려져 있다.'

미국 방문 뒤에 쓴 책에는 이 새로 눈뜬 진지함이 반영되어 있다. 그토록 많은 논쟁을 일으켰음에도, 《미국 기행》—비소설 분야 첫 주요작품—은 대서양

《마틴 처즐위트》의 한 장면
갬프 부인이 건배를 제안하는 장면. 해블롯 K. 브라운의 가장 성공한 삽화 중의 하나.

이쪽뿐만 아니라 저 반대쪽에서도 목을 빼고 기다리는 작품이었다. 그는 국제 저작권에 대한 언급을 조심스럽게 피하는 대신 미국 사회제도와 조직에 대해 길게 서술했다. 1843년 가을에는 팔림새도 순조로웠지만, 비평가들은 예상대로 반감을 나타냈다. 포스터조차도 뒷날, 이 책에는 디킨스의 편지에 나타나 있던 생생한 매력이 없다고 말했다. 그 뒤에 휴식기도 없이 집필에 착수하여 미스 쿠츠에게 헌정한 《마틴 처즐위트》는 이제까지 어느 소설보다도 공을 들여 구상한 작품이었다. 이기심이라는 중심 주제에 초점을 맞추면서, 디킨스는 지금까지보다 더욱 큰 역량을 발휘하여 이 책을 썼다. 그러나 팩스니프와 갬프 부인의 나무랄 데 없는 희극과, 호의적인 비평에도 불구하고 이 책은 대중의 마음을 사로잡지 못했다. 미국에서도 판매는 2만 3천 부에 머물렀고, 채프먼 앤드 홀사는 계약서 조항에 있는 위약금 50파운드를 내라고 하기에 이른다. 중심이 되는 각 장의 신랄한 풍자를 생각하면, 이 책이 미국 독자 사이에서 새로운 반감을 불러일으킨 사실도 전혀 놀랍지 않았다.

디킨스가 대중이 받아들일 수 있는 형식으로 자신의 주요한 관심사를 나타나게 된 것은 '크리스마스 북'의 첫 번째 작품인 《크리스마스 캐럴》부터이다. 이 이야기는 1843년 10월, 자금을 모으기 위해 맨체스터 애서니엄을 방문했을 때 구상한 것으로, 두세 주 만에 완성된 작품이다. 작품을 쓰는 동안 디킨스는 몇 날 밤이고 캄캄한 런던 거리를 걸으며 생각에 잠겼다. 구두쇠 스크루지가 마음을 고쳐먹는다는 이 단순한 이야기는 믿을 수 없는 파문을 일으켰다. 초판 6천 부가 며칠 만에 동이 났다. 더욱 놀라운 점은, 크리스마스를 배경으로 한 이 책이 겨울이 지나고 초여름이 다가와도 계속 팔려나갔다는 사실이다. 비평가와 일반 독자들은 《크리스마스 캐럴》이 순수한 선의와 인정으로 가득 찬 책이라고 입을 모아 찬탄했다. 이 책이 자신들의 가정에 크리스마스라는 축제의 새로운 이해와 새로운 기쁨을 가져다주었다며, 알지도 못하는 사람들까지 디킨스에게 편지를 써서 보내왔다. 작가 윌리엄 메이크피스 새커리는, 이

디킨스가 낸 '크리스마스 북' 시리즈
《크리스마스 캐럴》(1843)·《종소리》(1844)·《난롯가의 귀뚜라미》(1845)·《인생의 싸움》(1846)·《유령에 시달리는 사나이》(1848). 이 책들은 디킨스의 엄청난 인기를 확고하게 굳혀 주었다.

책이 비평을 거부하는 작품이라고 말했다.

"나는 이 책이 국민적인 은혜라고 생각한다. 이 책을 읽은 모든 사람들은, 저마다 개인적으로 친절을 입었다고 생각할 것이다."

그 뒤로 몇 년 동안, 디킨스는 기쁨과 선행의 크리스마스라는 인식과 떼려야 뗄 수 없는 관계가 된다. 특히 '크리스마스 북'과 그가 편집한 크리스마스 특집호 잡지에서 동시대 및 다음 세대 사람들을 위해 축일의 정신을 손쉽게 포착해

디킨스·캐서린·조지나 포스터는 1843년 매클리스가 스케치한 그림을 보고 디킨스의 모습이 잘 드러나 있다고 칭찬했다.

보임으로써 이러한 연상은 더욱 견고해졌다. 디킨스는 크리스마스를 아주 좋아했다. 우연하게도, 큰아들의 생일은 크리스마스 주간의 마지막 날인 '십이야'(1월 5일)이다. 디킨스는 마술사 분장을 하고 농담과 마술로 아이들을 즐겁게 해 주었다. 그가 '착한 요정처럼' 사탕과 과자를 주면 아이들은 눈을 반짝이며 기뻐했다. 《크리스마스 캐럴》 집필을 끝낸 며칠 뒤에, 그는 맥크리디 집에서 열린 파티의 중심인물이 되었다. 제인 칼라일 부인은, '한 시간 내내' 마술사 연기를 하고는 마침내 디킨스와 포스터는 '너무 열심히 한 나머지 술에 취한 것처럼 곤죽이 되었다'고 떠올렸다. 그 뒤 사람들은 디킨스에게 이끌려 컨트리댄스를 추고, '과자를 먹고, 샴페인을 마시고, 연설을 했으며', 유쾌한 파티는 날이 밝을 때까지 계속 이어졌다.

안타깝게도, 이런 엄청난 성공에도 《크리스마스 캐럴》은 작가에게는 경제적으로 대실패였다. 디킨스는 이 책을 자비로 출판했는데, 적갈색 표지에 금색 장식, 색깔 있는 면지를 댄 호화로운 장정으로, 존 리치가 그린 색판 인쇄 삽화도 4매 들어 있다. 포스터가 지적한 것처럼, 5실링이라는 가격은 대부분의

독자들에게는 너무 비쌌으나, 터무니없이 높은 제작비를 메우기에는 너무 쌌다. 그러나 참으로 그답게도, 디킨스는 채프먼 앤드 홀사를 비난했다. '어차피 그들은 제작비를 더욱 늘렸다. 나를 불러들여서, 들어간 비용으로 나를 화나게 할 생각이었던 것이다'라고 자신의 사무변호사에게 말했다. 이 새로운 타격으로 디킨스는 심각한 자금난에 부닥쳤다. 그러나 이 타격이 《마틴 처즐위트》 실패에 뒤이어 발생한 점을 구실로, 그는 자신의 책을 브래드버리 앤드 에반스(Bradbury and Evans)사로 옮겨 출판할 수 있었다. 다시 여행을 떠나도 좋겠다는 생각이 들었다. 외국이 생활비가 덜 들고, 자기는 지금 휴식과 자극이 필요했기 때문이다—이렇게 마음먹자, 디킨스는 또다시 일을 멈추는 것에 반대하는 포스터의 충고에도 귀를 기울이지 않았다. 새로운 출판사에서 선금으로 2천 8백 파운드를 받고, '크리스마스 북'의 두 번째 작품을 쓸 예정만 세우고 있는 상황에서, 디킨스는 덜컹거리는 낡은 대형마차—그는 '자네 서재만 한 크기'라고 아주 기뻐하며 포스터에게 말했다—를 사서 1844년 7월 2일 유쾌하게 제노바로 떠났다.

일행은 제법 그럴듯한 '대상(隊商)'이었다—캐서린, 처제 조지나(지금은 모두 가족의 일원이었다), 다섯 아이들(가장 어린 아이는 생후 6개월인 프랜시스), 하녀 세 명, 프랑스인 가이드 루이 로슈, 그리고 개 팀버가 길을 함께하였다.

유럽 1844~46년

디킨스는 지중해 여름의 강렬한 색채와 더위가 좋았다. 멀리 언덕은 그가 여태 본 적도 없었던 연보라와 자주색을 띠고, 창 아래 바다도 처음으로 보는 깊이가 있는 푸른빛이었다. 그는 매클리스에게 이렇게 편지를 썼다.

"이것을 한번 보면 다른 것이 모두 씻겨 내려가고, 머릿속에 커다란 푸른 구멍이 생기는 게 아닐까 싶다."

그는 머지않아 식사나 독서, 수영 등 한가로운 생활을 하게 된다. 되도록 손님을 피하고, 이탈리아어를 공부하는 것 말고는 아무것도 하지 않았다. 그리고 이제까지 게으름이라고는 몰랐다고 도르세이 백작에게 털어놓았다. 그들의 집 팔라초 페스키에라는 '동방의 이야기 속에 나오는 마법의 여관'처럼 시벽 안쪽에 위치하면서, 오렌지나 레몬 나무들, 분수, 조각으로 꾸민 아름다운 정원에 둘러싸여 있었다. 제노바 그 자체도 그림처럼 좁은 길이나 서늘하고 어두

팔라초 페스키에라 디킨스 가족은 제노바에 머물 적에 이 저택에서 살았다.

운 교회당 등이 있는, 이탈리아에서도 손꼽히는 아름다운 마을이었다. 그렇지만 그 뒤에 방문한 베네치아의 '눈부시게 아름답고 멋진 현실'은 디킨스의 가장 터무니없는 꿈보다 아름다웠다.

그러나 이탈리아 여행을 걱정했던 포스터의 생각이 맞았다. 전기에서는 단순히 이탈리아에 머문 것이 디킨스 생애의 전환점이 되었다고 하지만, 그동안 침착하지 못하고 '뭔가가 모자란' 형용하기 어려운 생각은 더욱 뚜렷이 드러났다. 우선 그는 다른 환경에서 일하는 것은 불가능하다고 여겼다. 끊임없이 울려대는 종소리가 생각을 방해하기 때문이다. 그러나 10월 중반에 이르자, '엄청난 흥분상태'로 《종소리》에 몰두하고 있다고 했다. 《종소리》는 그의 '크리스마스 북' 가운데에서 가장 엄격한 것으로, 그는 여기서 '가난한 사람들을 위해 노력하자'고 마음먹었다. 집필을 끝내자마자, 겨울 여행이 힘들고 상대적으로 비싼 데도, 디킨스는 런던으로 낭독회를 가자고 했다. 청중으로서는 뜻을 같이 한 친구들이 특별히 초대받고, 그 가운데에는 토머스 칼라일, 극작가 제럴드, 자유당 저널리스트 라만 블랜차드도 있었다. 낭독은 대성공이었다. 그에게 공감한 청중은 감동해 눈물을 흘리거나 웃거나 했다. 디킨스는 자신이 청중을 사로잡는 능력이 있다는 것을 처음으로 깨닫고 기뻤다. 이 방문이 끝나기 전에, 그와 포스터는 아마추어 극단 계획을 세운다. 그러나 디킨스의 가슴속에는, 그 안에 자신의 책 일부를 읽는 공개 낭독회를 해도 좋지 않을까 하는 생각이 싹텄다.

디킨스는 크리스마스에 맞춰 제노바에 돌아왔다. 그러나 새해를 맞자마자, 어떤 사건으로 캐서린과 처음으로 대립하게 된다. 디킨스 부부는 이웃에 스위스 은행가 에밀 드 라 루와 그의 영국인 아내 아담 드 라 루 부인이 있었다. 그녀는 매력적인 젊은 여성이었지만, 두통이나 악몽, 경련을 일으키는 신경성 질환으로 고생하고 있었다. 디킨스는 메스머리즘(mesmerism : 최면술)으로 그녀의 증상을 완화시켜 보자고 제안한다. 메스머리즘은 이론이 많은 최면술의 한 형태로, 디킨스가 이전부터 흥미를 가졌던 것이었다. 걱정하는 남편의 동의를 얻어, 디킨스는 그때부터 수개월 간 자신의 '환자'에 몰두하고, 그녀의 상태가 특히 나빠졌을 때에는 언제라도, 밤낮을 가리지 않고 자신을 부를 때마다 나갔다. 그와 캐서린이 봄에 처음으로 이탈리아로 여행을 갔을 때에는, 드 라 루 부부와 로마에서 만나기로 했다. 디킨스는 그때까지 드 라 루가 부인의 용태를 매일, 자신에게 보고해야 한다고 주장했다. 게다가 매일 아침 1시간은 환자에게 집중하고, 텔레파시로 드 라 루 부인에게 최면술을 시도해 보자고 은밀히 약속했다.

디킨스는 드 라 루 부인의 '회복과 행복'을 순수하게 걱정하고, 또 그녀와 함께 몇 시간이나 즐겁게 보낸 것은 맞다. 그렇지만 그의 편지는 자신이 최면술에 더욱 관심을 가진 것을 암시하고 있다. 확실한 것은 그가 여기에 몰두해 자신의 행동이 캐서린에게 미치는 영향은 알아차리지 못했던 듯하다. 잠재된 성적인 요소를 알아차린 건지, 아니면 단순히 아담 드 라 루에 불신이 생긴 건지, 어쨌든 캐서린은 이때만큼은 자신의 감정을 숨기려고 하지 않았다. 그가 불쾌하게 생각하고, 또 제일 난처했던 것에는 디킨스가 아내의 분명한 반감에 변명하지 않을 수 없게 되고, 결국에는 진상을 털어놓아야 했던 일이다─디킨스처럼 자만심이 높고 의지가 강한 사내에게는 굴욕적인 경험이다. 8년 넘게 지났어도, 디킨스는 여전히 격하게 캐서린에게 항의하고, 다음과 같이 말한다. "자신을 완전하게 사로잡았단 생각을 하는 것, 이것은 나를 다른 남자들과 …… 다른 특성 가운데 하나이다. 제노바에서 당신을 불행하게 했던 것은 모두,

《종소리》를 친구들 앞에서 낭독하는 디킨스 매클리스가 이 스케치를 캐서린에게 보내 낭독회가 성공적이었음을 알린다.

결혼생활에서 내가 자랑으로, 영광으로 생각하는 것, 철두철미, 완전하게 같은 뿌리에서 나온 것이다."

그 무렵 캐서린은 또다시 임신하고 있었고, 그 때문에 불안하고 과도한 감정 상태였을지도 모른다. 그녀는 출산 뒤에는 언제나 우울상태였고, 임신과 출산은 몸과 마음의 건강에 영향을 미치기 시작해, 그것이 디킨스 부부의 결혼생활에 어떤 긴장감을 주는 것은 피할 수 없었다. 디킨스가 쉽게 넘어지는 캐서린의 서투른 움직임을 처음 언급한 것은 미국 여행 중의 일이었는데, 이것은 해를 거듭할수록 뚜렷이 나타났다. 아마 그녀가 더욱 신경질적이 되고, 자신을 잊거나 하는 것을 암시하고 있었으리라. 디킨스는 배려하려고 노력하고, 아내가 넘어지면 농담처럼 대하려고 했지만, 늘 그 초조함을 숨길 수는 없었다. 또 새로운 아이의 탄생에 무관심한 척을 해 놀리려 해도 사실 본심이 섞여 있었던 것이다. 부부의 여섯 번째 아이 알프레드는 1845년 10월에 태어났다. 일곱 번째 아이 시드니는 1847년 4월에 태어났는데, 난산이었다. 그 때문에 1849년 1월 헨리를 출산할 때, 디킨스는 그 무렵 아직 시험적인 단계에 있던 클로로포름 마취를 캐서린에게 약속했다. 1850년에는 셋째 딸 도라, 1852년에는 열 번째 아이이자 막내인 에드워드(애칭 프론)가 태어났다. "에드워드를 특별히 바랐는지 어땠는지 잘 모르겠다. 그래도 그 아이는 분명 나에게 어떤 의미로든 좋은 것이다"라고 디킨스는 작가 윌리엄 하이츠에게 말했다.

캐서린의 동생으로 아이들을 돌보던 조지나는 캐서린과는 성격이 아주 달랐다. 이제 열일곱 살이 된 활발하고 총명한 아가씨로, 이 나이에 죽은 언니 메리와 신기할 정도로 닮았다. 디킨스에게는 아직도 그리운 메리이다. '때때로…… 조지나와 케이트(캐서린의 애칭)와 내가 함께 앉자, 그 일은 슬픈 꿈이고, 이제 눈을 떠야 하는 기분이 든다'고 디킨스는 장모에게 말했다. 조지나는 이탈리아에 머무는 동안, 첫 외국여행에 기뻐하고 아주 건강했다. 디킨스는 그녀를 '내 귀염둥이'라 부르고, 처제이면서 동시에 딸처럼 흉내를 잘 내고 유머 감각이 뛰어난 조지나와 함께 있는 것을 좋아했다. 이윽고 나이를 먹어감에 따라, 특히 캐서린이 무기력해지고 틀어박혀 있게 되자, 디킨스 상대는 조지나의 몫이 되었다. 연극 기획을 같이하고, 긴 산보도 따라 가고, 편지 주고받는 데 도와주고, 《황폐한 집》의 에스더 서머슨(조지나를 모델로 했을지도 모른다)처럼 묵묵히 아이들을 돌보거나, 가정 전반에 신경을 쓰거나 했던 것이다.

디킨스는 가족을 데리고 1845년 7월 초에 런던으로 돌아가고, 바로 아마추어 연극 준비를 시작했다. 작년 크리스마스에 친구들과 상의했던 그 계획이다. 벤 존슨(1572~1637)의 희극 〈10인 10색〉을 상연하였는데, 디킨스는 '불타오르는 듯한' 의상에 곱슬곱슬한 검은 수염을 하고, 보발디(허풍을 치는 겁쟁이 군인) 역을 맡았다. 아무리 봐도 상연은 대개 아마추어 연극 수준을 넘지 못하고, 아마 관객보다도 배우들이 더 즐거워했으리라. 그렇지만 좋은 화제가 되어, 세인트 제임스 극장에서 자선 공연을 하기에 이른다. 디킨스는 아주 즐거워하며 지시를 하고, 의상이나 배경, 조명, 광고 포스터까지 전담한 데다 전문적인 무대감독을 하면서 진지하게 리허설을 지휘했다. 이후 10년 동안 가끔 상연을 하게 된다. 디킨스의 말에 의하면, 그것은 '동료들과 함께 책을 쓴 것'이고, 소설가로서의 고독한 생활의 즐거운 기분전환이 되고, 시간이 지남에 따라 가족으로서의 책임과 가정적인 불행으로부터의 도피처로서, 점점 환영할 만한 것이 되어 갔다.

1845~46년 겨울, 기획 중에서도, 자유주의적인 새로운 일간신문 〈데일리 뉴스〉는 이 정도로 잘되지는 않았다. 이 신문은 디킨스의 출판사인 브래드버리

앤드 에반스와 유명한 조원가이면서 철도기업가 팩스턴의 공동사업이었다. 디킨스는 잠시 망설인 뒤에 친구들의 반대에도 불구하고, 편집주간을 받아들이고, 런던 최고의 저널리스트 몇 명을 데리고, 자신의 아버지를 기자들 감독직에 올렸다. 〈데일리 뉴스〉 창간호는 1846년 1월에 발행되었다. '곡물법'을 둘러싼 논전이 최고조에 이르고, 여러 억측을 낳았다. 급진적인 신문으로는 이상적인 순간이었지만, 디킨스는 그 일을 너무 과소평가했다. 매일 밤 계속 사무실에서 일해야 했고, 인쇄공을 감독하거나 기고를 의뢰해야 했다. 그리고 무엇보다도 신문사 주주들에게 설명도 해야 했다. 디킨스는 겨우 17호를 내고 그만두게 되었으며, 남은 계약기간을 포스터에게 맡기기로 한다. 이것은 실패였다고 나중에 말하고 있지만, 이 경험이 전혀 쓸모없었던 것도 아니었다. 그의 여행기 발췌—뒤에 《이탈리아 정경》으로 간행—는 그 뒤에도 〈데일리 뉴스〉에 계속 실리고, 그 뒤 수개월 간, 사형에 대한 반대 의견을 솔직하게 드러낸 일련의 편지가 발표되었다. 보다 장기적으로 보면, 이 경험은 저널리즘에 대한 디킨스의 관심을 불러일으켰으며, 특히 자신의 장기 간행물을 전담하고 싶다는 생각을 자극했던 것이다.

편집에서 벗어나자마자, 디킨스는 가족을 데리고 스위스로 갔다. 작년에 이탈리아로 돌아오는 도중 스위스를 지나치면서 이 나라에 매료된 것이다. 가족은 로잔느 호숫가에 '말이 필요 없는 인형의 집'에 머물고, 디킨스는 바로 그 집에서 다음 연재에 몰두하게 된다. 아름다운 환경, 좋은 이웃들, 영국에서 오는 손님들(디킨스가 그 작품을 아주 칭찬한 테니슨도 포함되어 있었다)—당초 이것들은 디킨스가 필요로 했던 자극이 되었지만, 반년이 지나자 떠들썩한 도회생활을 원한다는 것을 알았다. '그만큼 사랑했던가, 말로 나타낼 수 없다'고 그는 포스터에게 말하고 있다. '이것이 내 머리에 뭔가를 공급해 주는 듯한 느낌이다. 바쁠 때에는 그것 없이는 아무리 해도 안 된다. …… 그 마법의 램프가 없으면 앞으로 쓰는 일은 고역 그 자체다!' 그래서 디킨스와 가족은 11월 말에 파리로 갔다. 파리는 아주 추운 데다가, 크루세이유 거리는 살기 불편했다. 그러나 디킨스는 전보다도 마음이 편했다.

《돔비와 아들》과 《데이비드 코퍼필드》 1847~51년

《돔비와 아들》은 1846년 9월부터 1848년 3월까지 월간 분책으로 간행되었다. 디킨스가 장편소설을 낸 지 이미 2년이 지나고, 바야흐로 시대의 지배적인 문학형식이 된 이 분야에서 활약하는 것은, 이제 그만이 아니었다. 샬럿 브론테, 그 동생 에밀리와 앤, 개스켈 부인, 킹즐리, 트롤럽, 그들은 1847년부터 48년에 각각 처음으로 소설을 출판한다. 새커리의 첫 연재소설 《허영의 시장》도 같은 시기에 간행되었다.

디킨스의 새로운 소설 《돔비와 아들》은 중요한 출발점이기도 했다. 디킨스의 작품 가운데, 창작 노트가 완전한 형태로 남은 것은 이것이 처음이다. 그래서 이 창작 노트에서 그가 매호 분량을 미리 얼마만큼 주의 깊게 준비했는지 알 수 있다. 중심 테마에 꼼꼼히 줄거리를 세운다. 무대는 집필 무렵의 시대이다. 자수성가한 상인 돔비의 자부심이 이야기를 지배하고 있다. 그러나 또한 부끄러운 줄도 모르고 무자비하고 위선적인 사회자체를 나타내고도 있다. 이 사회에는 배려나 너그러움, 친절, 사랑을 넣을 여지는 거의 없고, 사람들의 가장 가까운 관계조차, 금전적인 가치와의 관계로 보게 된다. 모두가 전체 구상에 기

디킨스의 창작 노트 《돔비와 아들》 분책 제5호의 창작 계획을 기록했는데, 왼쪽은 전체에 관한 아이디어를, 오른쪽에는 각 장의 세부사항을 적었다.

여하고 있다. 등장인물들과 장면에 의도적으로 넣은 대조, 애수와 코미디, 집요하게 되풀이되는 철도와 바다의 상징주의—모두 주의 깊게 생각하고 있다. 브라운의 삽화조차도 텍스트와 조화를 이루며 세심하게 느껴진다. 특히 에피소드가 장난스럽게 보이지 않도록 해야 했다.

윌리엄 메이크 피스 새커리의 초상(1862)
디킨스와 새커리는 끝내 친한 친구는 될 수 없었으나 동업자로서 서로 존경하고 있었다. 새커리는 항상 디킨스를 열렬히 칭찬했다.

1847년 2월 끝 무렵, 디킨스가 영국에 돌아왔을 때에는 작중 어린 폴의 죽음이 런던과 파리를 떠들썩하게 만들었다. 친구 제프리 경은 디킨스에게 이렇게 썼다. "이봐, 디킨스 드디어 5호를 내주었군! 나는 어젯밤에 이걸 읽고 통곡했다네, 오늘 아침에도 울고 말았네. ……그 멋진 넬리(《골동품 상점》 주인공) 뒤로는 ……이만한 인물이 없었어." 새커리도 칭찬을 아끼지 않았다. 그는 목소리 높여 이렇게 말했다고 한다. "이처럼 압도적인 작품과 겨룰 수 있는 것은 아무것도 없다. 너무나 대단하다!" 비평가 가운데에는 결말이 가까워지자 글이 시시해졌다고 느낀 자도 있었는데, 다른 비평가들은 그의 '풍부한 경험'을 인정하고, 이 소설이 대성공이라고 선언하는 데 망설이지 않았다. 매달 판매부수는 평균 3만 2천 부(이에 비해, 새커리의 《허영의 시장》은 5천 부에도 미치지 못한다), 매호당 수입은 약 450파운드인 셈으로, 《돔비와 아들》은 대성공작이었다.

사실 디킨스가 작품들 보급 염가판 간행을 시작한 1847년 뒤로 경제적인 안정과 작가로서의 지위 확립을 느낀 것은 당연했다. 보급 염가판은 2단으로 인쇄되고, 새로운 서문과 삽화가 더해졌다. 게다가 1페니 반의 주간판과 7페니 월간판이 있어서 합본은 장정을 고르게 되었다. 이는 여러 새로운 시장을 개척하기 위한 기획으로, 디킨스는 '이 아이디어로 엄청난 돈'을 벌게 된다는 것에 기대를 감추지 않았다. 스스로 주의 깊게 말을 골라 쓴 광고문에서도 말하듯이, 그는 이 보급판—'영국민'에 헌정된—이 '구판을 손님으로서밖에 몰랐던, 아니면 애당초 전혀 몰랐던, 영국 가정에서도 가족의 일원이 되어 언제까지나' 주의를 끌길 원했다.

디킨스는 《돔비와 아들》을 완성하고 나서 매우 정력적으로 활동했다. 숨 가쁜 일과를 다시 시작한 것이다. 친구들과 만나고, 만찬회나 파티에 참석하고, 그룹여행이나 아마추어 연극을 조직하고, 편지에 답장을 쓰고, 공개 석상에서 이야기를 했다. 포스터가 관찰하고 있듯이, '그는 보잘것없는 일을 할 때에도 아주 몰두했다.' 대부분의 시간과 에너지는 자선사업, 특히 미스 쿠츠가 설립한 우라니아 코티지(Urania cottage)에 집중했다. 이것은 본디 창녀와 빈곤한 젊은 여자를 위한 시설이며, 몇 년이나 계획을 다듬은 끝에 1848년 11월에 열게

돔비 가족의 소묘
해블롯 K. 브라운은 두 종류의 그림을
준비했는데, 디킨스는 자신의 생각보다
좀더 뒤의 장면임에도 불구하고, 돔비
씨가 앉아 있는 두 번째 소묘를 골랐다.

▼〈더비 데이〉 윌리엄 파웰 프리스 작
(1858). 프리스가 그린 빅토리아 시대는
부유한 자와 가난한 자, 꽃파는 상인과
점쟁이, 바람둥이 사내와 젊은 숙녀가
다함께 어울려 살아가는 세상이었으니,
이는 디킨스의 소설 그 자체였다.

된다. 이때 디킨스가 자선사업에 관련한 부분은 알려지지 않았지만, 그는 배후에서 조직을 지탱하는 정신적인 리더로서 이 모험적인 사업의 일상적인 관리면에서도 크게 공헌했다.

보통 다른 많은 시설에서는 수용된 여성들의 미래에 대한 배려가 없었는데, 디킨스는 그녀들이 새로운 삶을 열도록 도와야 한다고 생각했다. 그래서 그녀들이 '행실 바르고 정직하고 성실한 남자와 결혼해 행복하게 살길' 진심으로 바랐던 것이다. 지원자들에게 말했듯이, 디킨스는 이 여성들이 '진심으로 친절'하고 이해에 근거한 공정하고 현명한 관리체제 밑에서, '미덕에 유혹당해야' 한다고 굳게 믿고 있었다. 과거 죄를 질책하는 것에는 반대였다.

그녀들이 대부분 자신의 추락을 이미 충분히 의식하고 있다는 것을 알고 있고, 교조적인 신앙(디킨스가 영국교회의 최악의 면이라고 한)에 대한 '과장된 공포심'을 갖고 있는 것도 알고 있었기 때문이다. 디킨스는 단순한 일에서조차 '과도한 엄격함과 음침함'을 멀리하고, 여성들의 옷을 '밝은' 색으로 골랐다. 예를 들면 여름에는 화단을 만들거나, 보다 즐거운 활동을 위한 시간을 갖게 했다. 디킨스에게 그리스도교적 자선이란, 언제나 '실효성 있는 친절함과 밝은 유익함'의 문제였다. 그는 이 무렵 젊은 지인들에게 이런 편지를 썼다. "그러한 방법을 통해서만 신에게 다가갈 수 있고, 희망이나 마음의 평안을 얻을 수 있다고 믿는다. 이 세상은 꿈이 아니라 하나의 현실이다. 우리들은 그 현실의 중심 부분이고, 거기서 뭔가를 해야 한다."

디킨스는 이 시기에 천천히, 그리고 계속 고생해 가며 자신의 인생을 받아들이기 시작했다. 마흔을 눈앞에 두고(1849년 생일을 앞두고 맥크리디에게 이렇게 말한다. "이렇게 나이를 먹었네."), 그는 자신이 끊임없이 과거를 돌이켜 생각하는 것을 알았다. 특히(1841년에 워싱턴 어빙에게 털어놓은 것에서는) '특히 보살핌을 받았다고는 말하기 어려운 어린 시절' 무렵의 일이다. 1847년 봄, 디킨스는 포스터에게 자신이 구두약 공장의 어린 '노동자'였던 굴욕적인 시기에 대해 정직하게 털어놓았다. 그리고 침묵을 깨고 보니, 추억을 얘기하는 것이 즐거웠다. 그 뒤 얼마 동안, 가장 사랑했던 누나 페니(프랜시스 엘리자베스)가 결핵으로 1848년 9월에 죽은 뒤, 디킨스는 자신의 어린 시절 이야기를 계속 썼다. 마치 보통 편지를 쓰듯이, 말이 펜에서 쉽게 흘러나왔다. 한편 그의 마지막 '크리스마스 북'인 1848년 12월 간행 《유령에 시달리는 사나이》에서 디킨스는 '렛

야머스의 뱃집 《데이비드 코퍼필드》 하우스홀드판(1873)에 덧붙여진 프레데릭 버나드의 삽화. 버나드는 디킨스 작품 삽화가들 가운데 가장 성공한 사람으로 꼽힌다.

드로'라는 인물을 통해 기억에 대한 자신의 생각을 파고든다. 고명한 화학자 렛드로는 과거 상처나 슬픔에 너무 집착한 끝에 자신의 인생을 망친다. 디킨스는 자신과 마찬가지로, 렛드로는 좋고 나쁜 것이 '기억 속에서 나누기 어렵게 짜여져' 있어서, '좋은 것만 떠올리는 즐거움'을 선택할 수 없다는 것을 감수하지 않을 수 없다.

'좋은 것을 떠올리기 위해서는 최악의 것도 떠올려야 한다.' 이러한 고찰은, 디킨스의 다음 소설에 나타난다. 그의 모든 작품 가운데, 가장 사적이고 가장 확실하고 자전적인 작품이 《데이비드 코퍼필드》이다. 새해에 야머스[*5]를 방문할 때, 몇 마일이나 황량하고 망막한 습지대를 보고, 영감을 받았다. 그래서 1849년에 쓰기 시작해서, 제목을 결정한 대로 기분 좋게 집필에 몰두했다. 6월 6일에는 '고맙게도, 이 소설은 잘되겠다는 확신이 들었다'고 속마음을 드러낸다. 7월에는 '불붙은 듯이 계속 썼다'고 했다. 그리고 11월에는 '최상의 호'를 '아

[*5] 영국 동부의 항구 도시.

주 멋지게' 집필 중이라는 말도 했다. 1850년에는 여러 일이 있었는데도, 소설 후반 역시 순조로웠다. 2월, 디킨스는 '매력적이고 익살스러운 연애를 조금' 쓰 겠다고 약속한다. 그래서 '도라를 어떻게 할지 결정하기 어렵다는' 시기가 다 소 있었지만, 7월에는 이야기를 마지막까지 '주의 깊게 계획했다.' 마지막 몇 호 는, 휴양지 브로드스테어스에서 바다의 '황량한 음악'을 들으면서 집필했다. 절 정에 이르자 이렇게 썼다. '지금 이틀간, 아주 열정적으로 일하고 있다. 어제는 8시간, 오늘은 6시간 반, 햄과 스티어포스 장이다. 기진맥진해진—정말 내 기 운을 다 썼다!' 10월 21일, 마침내 '마지막 3장으로 끝난다'고 말할 때까지 왔다. "포스터, 오늘 밤 《데이비드 코퍼필드》가 나를 어떤 기분으로 만들지, 그 반이 라도 너에게 전한다면, 너에게조차도 어떤 기묘한 기분에 자신을 드러내 보여 야 하는 건가? 나는 자신의 일부를 그림자 나라에 보내 버린 기분이 든다."

　독자는 이 소설을 좋아했다. 당초 예상했던 것보다는 팔리지 않았지만, 《데 이비드 코퍼필드》는 디킨스 작품 가운데서도 가장 인기를 얻게 되었다. 작자 자신을 얼마만큼 '아주 복잡하게 뒤섞인 사실과 허구' 속에 쏟아부었는지, 이 소설을 '가장 사랑하는 내 아이'라고 불렀다. 여기에는 자기 자신이나 부모님, 자신의 첫사랑이나 결혼, 반생에 대한 디킨스의 깊은 생각을 드러낸 잊기 어려 운 인물이 다수 등장한다. 모두 일인칭으로 쓰인 《데이비드 코퍼필드》는 이따 금 디킨스 작품의 '진수'라 불린다. 그 자신의 기분만이 아니라, 그의 작가로서 의 경력에서도 중심적인 위치를 차지하고 있고, 초기작품의 쾌활한 낙천주의 와 사색적인 후기작품 사이에서 조화를 잘 이룬 것이다.

　《데이비드 코퍼필드》를 다 쓰기 훨씬 전에, 디킨스가 그렇게 바라던 대중 잡지 창간과 편집을 마침내 이뤄낸다. 〈가정의 말〉이라 이름붙인 잡지의 머리 말에, 디킨스는 중요한 사회문제에 대한 의식이나 의론을 활성화한다는 자신 의 목적을 간단하게 말하고, 동시에 '인간의 마음에 있는 상상력이라는 광명 을 소중히 키우자'고 약속하고 있다. 발행처는 브래드버리 앤드 에반스로, 그들 의 몫은 이익의 4분의 1, 디킨스 본인은 2분의 1에 '지휘자'로서 연간 500파운 드의 급료를 받았다. 나머지 4분의 1은 포스터와 윌리엄 헨리 윌즈가 나누어 가졌다. 윌즈는 〈데일리 뉴스〉 출신의 경험이 많은 저널리스트로, 디킨스는 그 를 주급 8파운드로 부편집장 겸 영업부장으로 임용했던 것이다. '상상력 면에 서는 어떤 아이디어도 없다'고 한탄한 적이 있다고 하더라도, 디킨스는 윌즈의

브로드스테어스 디킨스는 1837~51년까지 휴가 때 이곳을 방문했다. 특히 '바닷바람이 시원하게 불어오는' 포트 하우스에서 《데이비드 코퍼필드》의 대부분을 썼고, 《황폐한 집》 집필계획도 세웠다.

에너지와 견실함을 높이 평가하고 있었다. 그리고 20년 동안 사업하면서 윌즈의 우정과 판단력을 믿고 의지하게 된다.

1850년 3월 27일, 〈가정의 말〉 제1호는 2페니에 간행되었다. 겉모양은 새롭지 못하고 삽화도 없었지만, 곧바로 성공을 거두어 발행부수가 거의 4만 부나 되었다. 4개월도 지나지 않아서, 디킨스는 '엄청난 금액의 이익'을 예고하게 된다. 이 낙관주의는 첫해 총액 1715파운드로 입증되고, 그의 연수입은 엄청나게 늘어난다. 디킨스는 편집장으로서의 자신의 책임을 잘 알고 있었다. 기고를 의뢰하고, 편지에 답장을 쓰고, 원고(1852년만 900개 이상)를 읽고, 자료를 비교하고, 게다가 교정이나 인쇄소와의 협상까지 도맡았다. 그는 기사 수정, 압축, 리라이트에 몰두했다. 몇 개의 말을 '미묘하게' 바꾸는 정도의 일도 있었지만, 교정쇄가 '잉크 망'을 생각하게 할 정도로까지 철저하게 손보는 것이 보통이었다. 기고기사에도 서명은 없고, 디킨스의 이름만이 각 페이지 위에 있을 뿐, 이 잡지가 자신의 의견과 문체를 확실하게 반영하도록 디킨스는 모든 노력을 아끼지 않았다.

곧 많은 기고자들이 몰렸다. 윌키 콜린스,*6 개스켈 부인, 해리엇 마티노 등

---

*6 디킨스의 문학상 제자이자 친구. 나중에 잠깐 편집도 맡음.

이 있고, G.A. 사라, 퍼시 피츠제럴드, 에드먼드 예이츠 등, '디킨스의 청년들'로서 알려진 풋내기 저널리스트들도 있었다. 이 기고자들은 우수한 문예작품, 과학에서 전기나 가정에 이르는 여러 주제를 다룬 계몽적 논설, 주택공급이나 공중위생, 교육 등의 중요한 사회문제에 대한 기사를 교대로 매호에 공급했다. 디킨스 자신은 100개 이상의 에세이를 싣고, 그 가운데에는 우라니아 코티지에 대한 것이나 가장 아름다운 에세이 가운데 하나인 〈별 꿈을 꾸는 아이〉가 들어 있다. 게다가 연재도 있지만 단편도 있고, 누군가 함께 쓴 기사도 있었다. 대부분의 토픽은 디킨스 자신의 관심을 반영하고, 나중에 소설에 채택된 주제를 다루는 일도 자주 있었다. 그러나 디킨스는 결코 독자의 존재를 놓치지 않고, 재미에 대한 그들의 욕구를 잊지 않았다. 그는 언젠가 윌즈에게 말했다. "지난 호를 훑어 본 것이지만 지긋지긋한 숫자 이야기가 많아지기 쉬워서, 옛날 산술 교과서같이 지루해. ……〈가정의 말〉에 상상력을 잊지 마라!"

여느 때처럼 이 시기에도, 연극은 디킨스가 자신의 '여분의 증기'라 부른 것에 적당한 판로를 주었다. 그것이 자선 면에서는 더욱더 도움을 주었다. 1847년과 이듬해 2회에 걸쳐, 그는 다시 연극 동료들을 모아 일련의 자선공연을 한다. 그 결과로 1850년에는 '문학예술조합'이 만들어졌다. 성공한 작가 에드워드 불워 리턴이 제안한 야심적인 기획으로, 자선이나 후원자에게 의지해야 할 만큼 가난한 화가나 작가에게 연금과 집을 제공하고자 하는 것이다. 1850년 11월, 리턴의 하트퍼드셔는 넵워스 저택에서 〈10인 10색〉을 다시 상연했다. 그러나 1851년(만국박람회의 해) 조합이 정식적으로 발족했을 때에는, 극단이 런던에서 공연할 희극을 리턴이 새롭게 쓰기로 결정되었다. 수개월 동안 편지 교환('마치 …… 내무성 사무 절차 같아'라고 디킨스는 투덜거렸다)과 열정을 다한 준비 끝에 〈겉보기만큼 나쁘지는 않다〉는 피커딜리에 있는 데본셔 공작의 거대한 저택에서, 빅토리아 여왕과 앨버트 공이 참석한 가운데 5월 16일에 열렸다. 무대 배경은 팩스턴*7이 디자인하고, 출연자 가운데에는 디킨스 자신은 물론, 윌키 콜린스, 삽화가 존 테니얼, 화가 오거스터스 에그도 있고, 출중한 재능이 한 자리에 모인다는 취지였다(극작가 제럴드는 '기대보다 나빴다'고 놀리고 있다). 연극은, 여름에는 런던의 웨스트엔드의 우수한 극장 하노버(Hanover Square

---

*7 만국박람회장 '크리스털팰리스' 설계자.

Rooms)에서 공개되었다. 이어서 열린 지방 순회공연은 만원으로, 그 절정은 1천2백 명 관객의 갈채를 받은 1852년 8월 28일 밤 선덜랜드*8에서의 공연이었다.

이러한 흥분은 이 시기에 꼭 맞았다. 다방면에서 대활약을 했는데도 디킨스의 고민은 끝나지 않았으므로, 그는 1851년 전반적으로 사생활에 영향을 미친 무수한 걱정거리에서 기분전환할 수 있는 것을 기뻐했다. 1850년 8월에 도라를 낳은 뒤, 캐서린의 회복은 더디었다. 몸이 약한 갓난아이를 걱정하느라 기력이 쇠한 그녀는 이듬해 봄에는 심각한 상태에 빠졌다. 심한 두통, 현기증, 그리고 정신착란에 괴로워했다. 주치의와 상담하고 나서, '운동과 바깥 공기와 차가운 물에 의한 규칙적인 생활'을 겪게 하기 위해서, 디킨스는 아내로 하여금 인기 있는 요양지 말번*9에서 전문가의 도움을 받게끔 했다.

캐서린에게 보낸 디킨스의 편지(1851. 4. 15)
캐서린이 보관하고 있던 겉봉에는 그녀의 필적으로 이렇게 씌어 있었다. "사랑스러운 우리 도라가 세상을 떠난 다음날 디킨스가 내게 쓴 편지."

아버지가 중병에 걸렸다는 소식에 충격을 받은 것은 디킨스가 아내를 걱정하면서 말번과 런던의 〈가정의 말〉 사무실을 왔다 갔다 할 때였다. 아버지는 방광 수술(놀랍게도 마취 없이)을 받은 뒤 중태에 빠졌던 것이다. 회복되는가 싶더니 며칠 뒤, 존 디킨스는 '아주 조용히' 세상을 떠났다. 3월 31일의 일이었다. 계속되는 우울한 날들에, 디킨스는 낮이고 밤이고 안절부절못하고 런던 거리를 걸어다녔다. 그는 갑자기 인생의 '전면전쟁'에 압도되고 말았던 것이다. 2

---

*8 영국 북동부 항구 도시.
*9 영국 서부에 있는 광천으로 유명한 도시.

주도 되지 않아서 디킨스가 런던에서 일반연극 기금 모금을 위한 만찬회에 참석했을 때, 어린 도라가 갑자기 죽었다는 소식을 듣는다—단 몇 시간 전에도 같이 있었는데. 디킨스는 밤새 딸의 작은 유해 곁에 있다가, 아침이 되자 포스터에게 전달해 달라고 부탁하며 말번의 캐서린 앞으로 편지를 썼다. 런던에서 돌아왔을 때 맞닥뜨려야 할 슬픈 소식에 마음의 준비를 하도록 했던 것이다. "이 편지는 천천히 그리고 주의 깊게 읽어 주길 바라오. 도라는 조용히 자고 있다고 생각할 거야. 그러나 내가 보기에 병이 위중해. …… 회복하기 힘들 거 같아. 사랑하는 당신이 있다면 정말 좋겠지만."

캐서린은 이 슬픔을 견뎠지만, 침울해지고, 휴식과 환경변화가 절실히 필요한 상태였다. 디킨스는 여름 동안 브로드스테어스에 집을 빌리고, 임차권이 끝나는 9월까지 데본셔의 자택을 남에게 빌려주기로 했다. 한편, 아내의 마음을 달래려고 여러 가지를 시도해 보았다. 작은 요리책을 출판했던 것도 그 때문이었다. 《저녁밥은 뭐?》라는 제목의 요리책은 아마추어 연극에 참가했을 때의 캐서린 예명으로 1851년 10월에 간행되었다. 살 집을 구한다는 구실로, 디킨스는 아내를 되도록 바깥으로 데리고 나가 돌아다닌 끝에 태비스톡 스퀘어에 있는 집으로 정했다. 이것은 두 사람이 함께 산 마지막 집이 되었다.

흐려져 가는 나날들 1852~56년

태비스톡 집은 5층 건물로, 철책을 앞에 두고, 거리에서는 쑥 들어간 곳에 위치하고 있었다. 임대계약을 맺었을 때에는 황폐해질 대로 버려 둔 참담한 모습이어서, 디킨스는 대대적인 공사를 시작해 그해 가을을 바쁘게 보냈다. 예를 들어, 새로운 급배수 설비 설치(하루를 시작하는 데에는 차가운 샤워가 필요하다는 것이 그의 신념이었다)에서 양탄자나 벽지 선정, 그리고 정원 모양을 바꾸기까지, 모든 세부에 신경썼던 것이다. 화가로 삽화도 그린 마커스 스톤에 의하면, 디킨스의 열렬한—거의 미친 듯한—'질서와 바른 정도에 대한 사랑'이 회화에 취미가 있는 장식이나 딸들 방의 깔끔함 정도(두 개의 작은 철제 침대는 귀여운 사라사로 덮여 있다)에서 아이들이 모자나 코트를 걸기 위한 현관홀에 있는 옷걸이의 정렬에 이르기까지 집 안 모든 것에서 느껴졌다. 아이들을 생각해, 디킨스는 2층의 커다란 방을 비웠다. 파티에도 쓸 수 있고, 가족을 위한(특히 '십이야' 행사로서) '세계에서 가장 작은 극장'으로 바꿀 수 있었다.

스트랜드 풍경 디킨스가 런던에 처음 왔을 때 자주 다니던 거리. 채프먼 앤드 홀 출판사도 이곳에 있었다.

디킨스의 넓은 서재는 태비스톡 스퀘어를 내려다볼 수 있었다. 옆 객실 사이의 거울은, 책장에 그럴듯하게 꾸민 미닫이가 되었다. 닫으면 한쪽에 책이 늘어선 벽의 일부가 된다. 이것을 열면 집을 왔다 갔다 하면서 생각에 잠길 수 있다. 마호가니 테두리의 커다란 거울이 벽에 걸려 있고, 디킨스의 책상은 창 아래에 놓여 있다. 책상 위에는 매일 아침, 신선한 꽃을 꽂은 꽃병, 집필용 종이 뭉치, 펜, 그리고 즐겨 쓰는 푸른 잉크가 놓여 있다. 하루 시간 할애가 완전히 정해져 있고, 디킨스는 매일 사무적이고 규칙적으로 이대로 수행했다. 예외는 별로 없었다. 7시 기상, 8시 아침 식사, 그리고 9시 조금 넘어서 서재에 틀어박히면, 점심 식사 때까지 방해받는 일 없이 완벽한 조용함 속에서 보낸다. 오후 2시부터 5시까지는 전원이나 런던 거리를 빨리 걸으며 산책했다. 아직 일로 머리가 가득 차 있고 바로 앞을 바라보고 있지만, 무엇 하나 놓치지는 않았다. 저녁 식사는 6시로, 그 이후에는 가족이나 친구들과 보내고, 한밤중에 잠자리에 든다. 그 무렵 어떤 사람에게 쓴 편지에 의하면, 그의 생활 전체는 '경험에서, 내가 가장 쉽게, 기분 좋게 일할 수 있는 순서에 따라' 맞춰져 있었다.

자신의 집필 활동에 대해 말하는 일은 별로 없었는데, 그의 측근들은 그것이 디킨스의 마음과 상상력을 사로잡고 있는 것을 알고 있었다. 딸 메이미(메리)는 태비스톡 스퀘어에서 지낸 시절의 추억을 글로 엮었다. 그녀는 그때 병이 낫고 있을 때 때때로, 아버지 서재 소파에서 조용히 누워 있는 것을 허락받았다. "갑자기 아버지는 의자에서 벌떡 일어나, 옆에 걸려 있던 거울 앞으로 달려갔다. 묘한 얼굴을 일그러뜨리는 것을 거울을 통해 볼 수 있었다. 곧 책상 앞으로 돌아와 몇 분간 맹렬하게 글을 쓰고, 다시 거울 쪽으로 되돌아갔다." 메이미의 기억에 의하면, 디킨스는 오전 중에는 계속 혼잣말을 중얼거리면서, 자신이 쓰고 있는 장면을 연기했던 것이다. 자신이 어디에 있는지 완전히 잊었을 뿐만 아니라, 자신이 만들고 있는 등장인물이 되는 것이다. 큰아들 찰스의 입장에서 말하는 것을 보면, 디킨스는 두 개의 삶을 사는 듯했다. "우리 가족과 사는 인생과, 허구의 인물들과 보내는 인생. 우리보다도 머릿속(작품속) 아이들이 아버지에게는 더 현실적이었던 때도 있었다고 나는 굳게 믿고 있다." 디킨스 자신은—자신이 읽은 어느 대중소설이 '등장인물들의 내면으로부터가 아니라, 그들의 이웃들에 의해' 만들어졌다고 볼 수 있다는 말을 한 적이 있는데—모든 예술에는 '인간의 정념과 활동이 스며들어야 한다'는 신념이 더욱 강해져 갔다.

태비스톡 집 공사도 거의 끝난 11월, 디킨스는 초가을부터 머릿속에서 '샘솟는' 소설을 시작할 수 있었다. 그리고 1852년을 지나, 그 이듬해 후반까지 이 소설에 전념하게 된다.

런던. 갯개미취(국화과 꽃)가 피고 지고, 대법관은 링컨법조학원 내 대법관 재판소에 있다. 11월의 혹독한 날씨. 거리는 마치 홍수가 지나가고, 지금 막 지구 표면에서 물러난 듯이 진흙투성이로, 이래서는 키가 40피트나 되는 반룡이 거대한 도마뱀처럼 산을 비틀비틀 넘는 것을 봐도 이상하지 않을 것이다…….

어디나 할 것 없이 안개다. 템스 강 상류도 안개로 뒤덮여 작은 섬과 목장 사이를 흐르고 있다. 하류도 안개. 여기서는 즐비하게 늘어선 배 사이나 커다란 (그리고 지저분한) 도시의 불결한 강기슭 주변을 안개가 소용돌이를 이루며 흘러간다. 에식스 주의 늪과 못도 켄트 주 언덕 위도……

《황폐한 집》의 유명한 서두이다. 이것은 디킨스가 개혁이 필요하다는 것을 가장 절실하게 느꼈을 때 쓰고, 동시대 영국 제도에 대한 작

해블롯 K. 브라운
1836~60년까지 디킨스 작품의 대부분의 삽화를 그렸다.

자 최초의 일관된 공격인 이 소설의 무대를 만든다. 이제는 개별적인 악폐를 비판하는 것만으로는 충분하지 않아, 디킨스는 부자와 가난한 자, 강자와 약자를 구분하지 않고, 사회 전체가 파괴와 부패, 그러나 헤어 나올 수 없는 순환과정에 끌어넣는 모습을 그려낸다. 사람을 숨 막히게 하는 런던의 안개는, 이 나라 법률제도의 전망이 불가능한 혼탁함을 상징하고 있다. 그것은 구체적으로는 끊임없이 잔다이스 대 잔다이스의 유산 소송이 이루어지는 대법관재판소에서 드러났다. 아주 조용해진 체스니 월드 별장에 내리는 비는 정치적 지배층의 고립에서 생겨난 무위무책을 암시한다. 둘 다 인생의 모든 국면을 침해하는 절망과 부정에 관련되어 있다. 그 국면은 착각하고 있는 자선가들(멀리 떨어진 아프리카 사람들에게 자신의 인생을 바치는 한편, 자신의 가족이나 주변에 있는 가난한 자들은 돌보지 않는다)부터 비참함을 벗어날 수 있는 방법을 모르는 무지함에 억눌린 하층집단에 이른다. 그리고 왠지 그 모든 것을 연결시키는 것은, 학대받은 가련한 '조', 어린 청소부 소년이다. 이 아이는 끊임없이

'저쪽에 가, 멈추지 마' 하는 소리를 들은 끝에, 자신에게는 '여기에도, 어디에도, 있을 곳은 없다'고 생각하게 되고 만다. 이야기는 마비와 죽음과 치욕 속에 끝나고, 각각의 장면에 모습을 볼 수 있는 것이 영국 픽션에서 최초의 탐정인 버켓 경감이다. 독자를 재미있게 하려는 디킨스가 즐거움에 심혈을 기울이던 초기 작품에서 이만큼 벗어난 것도 없다. 디킨스는 《황폐한 집》 비평가 한 사람에게 이렇게 써 보냈다. "원컨대 …… 내가 단지 재미를 위해서만 쓰고, 목적도 없이 쓴다고 생각하지 않도록 하기 위함이다. 목적을 갖지 않고 쓴다면 나의 일은—그리고 그것이 요구하는 끈기, 인내, 고독, 올바른 규칙, 각고의 노력과 집중도—나에게는 전혀 가치가 없게 된다."

《황폐한 집》은 잘 팔렸다. 그러나 동시에 〈가정의 말〉 편집에 관여하고, 미스 쿠츠의 자선사업을 지원하고, 여느 때처럼 여러 공적이고 사교적 모임에 참가하는 등 여러 방면에서 눈부신 대활약을 하면서, 디킨스는 완전히 지쳐 건강이 나빠졌다. 그 무렵 해마다 참기 어려울 만큼 소란스러워지는 브로드스테어스 대신에, 그는 캐서린과 조지나와 아이들을 데리고 불로뉴에서 1853년 여름을 보냈다. 이처럼 '밝고, 상쾌한 바람에 기분 좋은 마을'을 디킨스는 그 뒤에도 몇 번이나 찾게 된다. 객지에서 머물기에 깔끔한 무리노와 그 소유자로 멋지고 시원스런 성격에 친절한 뮈티엘 덕분에 디킨스는 곧 건강을 되찾았다. 10월이 되자, 스위스와 이탈리아로 장기 여행을 할 계획을 세우기에 바빴다. 윌키 콜린스와 화가 오거스터스 에그가 동행했다. 원래 기운이 넘치고, 가만히 있지 못하는 디킨스는 두 사람을 로잔에서 샤모니와 얼음바다 메르 드 글라스로, 심플론 고개를 넘어 밤새 밀라노로 여기저기 데리고 다녔다. 밀라노에서 예전에 머물었던 제노바로 가고, 잘 아는 곳을 여기저기 빠뜨리지 않고 찾아다닌다. 이어서 초만원인 증기선에 비집고 들어가 나폴리로 가고, 로마, 피렌체, 베네치아 등 이탈리아 관광여행을 다 했다. 세 사람은 호흡이 잘 맞았다. 특히 윌키 콜린스—디킨스보다 열두 살 아래로 개성이 넘치는 자로 철두철미하고 틀에 매이지 않고 살아가는—는 이제는 좋은 친구로 편안한 휴가에는 제격이었다.

12월 런던에 돌아온 디킨스는 이미 약속한 연속낭독회의 준비에 들어갔다. 얼마 전에 설립된 노동자를 위한 교육기관인 버밍엄 앤드 미들랜드 협회를 지원하기 위한 것이었다. 친구들 앞에서 조금 낭독해 보는 것에는 익숙했지만 일반 청중들 앞에서 공개적으로 하는 것은 디킨스에겐 처음 있는 일이었다. 큰 홀에서도 친밀한 분위기를 이끌어 낼 수 있을지 그는 불안했다. 그러나 이것은 쓸데없는 걱정이었다. 시작하자마자 '우리의 마음은 하나가 되었다. ……난롯불을 둘러싸고 함께 있는 것만 같았다'고 그는 보고했다. 12월 30일에 2천5백 명의 노동자들 앞에서(할인요금으로) 열린 〈크리스마스 캐럴〉 낭독은 압도적인 성공을 거두었다. 그들은 무엇 하나 놓치지 않고 들으려 했고, 오해 같은 것도 하지 않았다. 한마디 한마디 주의 깊게 따라오면서 웃고 울고…… 나에게 큰 용기를 주었으므로 다 함께 구름 위에 있는 것 같은 기분이 들었다.'

브라운의 《황폐한 집》 삽화
음울한 분위기에 맞춰 그린 어두운 삽화. 묘지에 이르는 지저분한 골목이 보이는 톰 올 어론스 거리. 그 시대 런던 거리 풍경은 보통 이러했다.

1854년이 되어 곧 새 소설을 시작했을 때, 디킨스의 머릿속에는 이때 인상이 강하게 박혀 있었다. 이렇게 빨리 다음 책을 쓸 생각은 없었지만 가을, 그가 없는 동안 〈가정의 말〉의 판매가 급격히 줄었으므로, 부탁을 받았다. 《어려운 시절Hard Times》의 착상은, 디킨스가 나로 소설을 쓰기를 '거칠게 나를 잡고 놓지 않았다'고 했다. 공업 노동자들의 것은 가끔 생각은 했지만 벌써 4개월째인 프레 로막고 있는 벽에 대 장기 파업이 그의 등을 떠밀었다. 고용자와 한 자신의 깊어가는 우려, 가난한 사람들의 생활에야말로 상상력과 오락이 필요하다는 통감, 이러한 것을 나타내고 싶었던 것이다. 이 주제는 〈가정의 말〉에 딱 들어맞았다. 그러나 이야기를 주간지에 짧게 연재하는 것은 어렵다고 생각이 들어, 늘 쓰고 있던 것을 줄이지 않으면 안 됐으므로 어려움이 많았다. 마지막 몇 장은 불로뉴에서 썼다. 디킨스는 포스터에 《어려운 시절》을 쓰고 내 4분의 3은 발광, 4분의 1은 망령난 상태였다고 말했다. 이것을 다 썼을 무렵 디킨스는 기진맥진해 있었다.

어쨌든 이 소설은 경제적으로는 성공했다. 1854년 4월 1일부터 8월 12일까지 계속된 연재로 〈가정의 말〉 판매부수는 2배 이상 늘었다. 토마스 칼라일에게 헌정된 단행본도 놀라울 만큼 많이 팔렸다. 그러나 비평가들은 당혹하거나 부정적이었다. 그래도 《어려운 시절》은 오랫동안 디킨스의 작품 가운데 가장 평가가 엇갈리는 소설의 하나다. 역사가이자 정치가인 맥컬리가 '기분 나쁜 사회주의'라고 무시한 것은 유명한 얘기지만, 존 러스킨은 1860년에 디킨스 최대의 작품이라고 절찬하면서 사회문제에 관심을 가진 모든 사람이 정독할 만하다고 평가했다. '많은 독자가 이 변화에 실망했지만 처음으로 디킨스의 작품은 읽어볼 만하다고 생각한 이들도 있다'고 그는 썼다. 《어려운 시절》은 독자를 거북하게 하기 위해 쓰인 것이다. 실제로 독자들은 마음이 불편해질 것이다. 그러나 흥미는 일어날지도 모른다. 그리고 이 작품이 앞선 두 작품보다 훨씬 깊은 인상을 독자의 마음에 남길 것만은 확실하다.

적절하게도 단행본에는 '이 시대는 괴로운 시대'라고 제목을 붙인 이 책이 □□는 몇 달 동안 디킨스의 분노와 좌절은 더욱 깊어졌다. 1854년 더운 여름, 런던에서는 콜레라가 들끓고, 크림전쟁을 에워싼 정부의 실책이 잇따라 드러남에 따라 〈가정의 말〉에는 통렬한 비판 기사가 끊임없이 이어졌다. 디킨스는 의원에 이룰 수□□하지 않겠냐는 권유를 가끔 받았지만 그는 글로써 더 많은 선을 정치가들의 신념에서 이를 거절했다. 그는 자기만족에 빠져 있는 이 나라 런던의 주소 인 무능력, 그리고 위선을 기회가 있을 때마다 공격했다. '런우닝 거리*11에 적당한 상점 주인을 6명 정도 골라서 자루에 넣고 다□□며 그들이 훨씬 더 잘했을 텐데'라고 디킨스는 1855

___
*11 런던의 관청가.

년 5월에 쓰고 있다. 이 달에 그는 친구인, 오스틴 헨리 레이어드가 조직한 (그는 단명으로 끝났다) '행정개혁협회'에 참가했다. 실제로 디킨스는 요즘 《어려운 시절》 속에서 '국립 쓰레기 소각장'이라는 낙인을 찍은 하원에 대해 전부터 경멸을 느끼고 있었다. 그러나 이 시기에는 '우리에게 있어서 대의정치 자체가 실패로 돌아갔다'고 느끼기 시작했다. 만일 민중이 평화적으로 항의하기 위해 스스로 들고 일어난다면 개혁을 실현할 수 있을지도 모른다고 그는 슬쩍 내비쳤다. 그러나 실제로는 교육의 결여와 습관적인 종속상태가 민중을 '우리가 빠진 비참한 어리석음에 찬성'하게 만든 것은 아닌지 염려했다.

이러한 절망과 환멸이 넘쳐

디킨스가 옛친구 리 헌트에게 보낸 편지(1855. 1. 31)
디킨스는 편지에서 "휴가철이라 아이들이 모두 집에 돌아와 있었네. 큰아이는 내게서 이런저런 이야기를 듣고 싶어했지······."

흘러 그의 사생활에까지 영향을 미쳤다. 아이들은 점점 자라고, 많은 가족을 향한 사랑은 변함이 없다고 해도 디킨스는 상상력이 탄생시킨 인물에 비해, 자신의 아이들이 더욱 다루기가 힘들고, 더욱 근심스러운 일이 많다는 것을 알게 되었다. ('왜 저 나이의 사내아이는 저렇게 시끄러운 걸까?') 열네 살 된 아들 월터에 대해 질렸다는 듯이 그렇게 말하곤 했다. 아이들이 어렸을 때는 디킨스도 아이들을 즐겁게 할 아이디어가 많았다. 아이들을 위해 재미있는 별명을 지어주고 자랑스럽게 아이들의 활약상을 이야기하며 친구들을 즐겁게 해주었다. 그러나 아이들이 자라면서 디킨스는 그들이 시간 엄수나 정리정돈 같은 것에 대한 아버지의 높은 요구 수준에 응해 주고, 아버지를 닮아 풍부한 에너지와 결단력을 보여 주기를 기대하게 되었다. 당연한 일이지만 이러한 감독은 특히 딸들보다는 아들들에게 더 엄격했다. 아버지 때문에 가장 고생한 것은 큰아들 찰스였다. 상처를 잘 받는 내성적인 소년으로, 미스 쿠츠에게 학자금을 받으며 이튼학교에서 교육받았다. 학문에는 소질이 없어서 15살에 퇴학을 하고 실업계에 들어갈 것을 전제로 독일에 잠시 머물게 되었다. 열일곱 살이 되어 라이프치히에서 돌아왔지만, 무엇을 하고 싶은지 자신도 잘 모르고 있었다. '내 아들이라고는 믿을 수 없을 만큼 뚜렷한 목표도 없고 에너지도 모자란다'고 디킨스는 미스 쿠츠에게 말했다. '자기 자신에 대해서 포부도 상상력도 없어요. 엄마의 착한 성품을 닮긴 했지만 뭐라 표현할 수 없는 무기력, 남자에게는 심각한 그 결점까지 닮았어요. 이것은 평소에 교육을 잘하지 못해서 그런 거라고 생각해요.'

자식들에게 실망하고 화가 난 디킨스는 결혼생활도 이제 행복하다고는 할 수 없다는 것을 깨달았다. 이 시기에는 정신적 안정을 거의 얻을 수가 없었다. 이 불행한 기분은 1855년 초, 지난날의 강렬한 추억을 일깨우는 두 가지 사건에 의해 더 강해져 갔다. 하나는, 갯즈 힐 플레이스가 매물로 나온 것을 알게 된 것이다. 어린 시절 자신의 것으로 만들겠다고 꿈꾸었던 집이었다. 그러한 기억에 떠밀려 그는 문의를 멈출 수가 없었다. 그 며칠 뒤에 이번에는 첫사랑의 여성인 마리아 비드넬*12에게서 편지가 왔다. 완전히 연락이 끊긴 것은 아니었지만 (디킨스는 그녀의 아버지와 가끔 연락하고 있었다), 이렇게 미묘한 시기에 당사자의 필적을 보자 말할 수 없이 강렬한 감정이 솟아올랐다. 디킨스는 지난날의 모든 정열을 떠올려 서둘러 답장을 썼고 이어지는 2, 3주 동안 두 사람은 젊은 시절의 추억을 생각하며 감상적이고 친밀한 편지를 주고받았다. 그러나 실제로 만나보니 추억 속의 매력적인 젊은 아가씨는 뚱뚱하고 미련한 중년 여성이 되어 있었다. 환상이 깨져 버렸다. 그러나 그녀는 그 다음 해에 또다시 등장한다. 《어린 도릿》에서 어리석은 플로라 핀칭이 되어.

포스터가 암시하고 있듯이 '로맨스는 점점 멀어져' 갔는지도 모른다. 그러나 디킨스의 반응은, 이 시기 그의 안정되지 않은 혼란스러운 상태를 또렷하게 보

---

*12 지금은 윈터 부인.

여 준다. '어차피 안절부절못할 것
이라면 가만히 있는 것보다 움직
이는 편이 훨씬 낫다. 휴식이라
는 것은 어떤 남자의 인생에는 없
는 것이기도 하다…… 지나간 과
거여! 그때의 기분을 언젠가 다시
느낄 수 있을까' 그 뒤로 2년 동
안 그는 영국과 프랑스를 부지런
히 오가면서 1855년부터 이듬해
겨울까지는 파리에서 잠시 쉬었
다. 어디를 가도 '고명한 작가'라고
알아봐 주어 매우 기뻤다. 세련되
고 멋진 파리에 비해 런던은 음울
하고 '지저분한 곳'이었고, 그는 자
신이 왜 이런 곳에 살고 있는지
회의가 들기 시작했다. 영국 사람
은 섬나라 특유의 보수적인 속물
이라고 느끼고, 1855년 11월 파리
만국박람회에서 '영국 갤러리'를

《어린 도릿》 도서관용 특별판 속표지(1859)
윌리엄 파월 프리스의 그림

방문해 보니 자기 나라에서는 예술계조차 병들어가고 있다는 확신이 깊어졌
다. 대부분의 영국 회화는 '불쾌할 정도로 도덕적'이라는 것을 알게 되었다. '무
엇에 있어서도 시시콜콜하고 상투적인 규칙이 정해져 있다. 나에게는 기묘하
게도 이것이 현재 영국 그대로의 상태를 보여주고 있다고 생각된다.'

그 무렵 집필 중이던 소설 《어린 도릿》은 그의 이러한 서글픔을 남김없이
반영하고 있다. 처음 제목은 '누구의 잘못도 아니다'였던 작품은 그 시대 사회
의 타락하고 무기력한 상태에 대한 가차없는 풍자로 시작된다. 그러나 등장인
물들에 대한 저자의 관심이 높아지면서 혼란한 세상에서의 무력과 비참함의
온갖 모습을 하나하나 탐구하는 복잡한 시도가 되어 간다. 이 책을 통해서 감
옥이 강력한 상징으로 계속 남아 있다. 등장인물의 다수는 실제로든 심리적으
로든 갇힌 몸이 되는 것이다. 그들을 가두고 있는 것은 거기서 달아나는 것을

단호하게 허락하지 않는다. 20년 남짓 약하고 이기적인 윌리엄 도릿의 집이 된 마샬시 감옥의 높은 담과 같다. 그의 막내딸 에이미(어린 도릿)만이 자유를 찾아낸다. 그리고 이 소설의 음울함이 압도적임에도 최종적으로는 어린 도릿의 깊은 애정과 부드러움이, 절망한 중년 남자인 아서 클레넘에게 개인적인 작은 행복을 가져다 준 것이다.

지금까지 가장 많은 독자를 획득했다고 디킨스는 거만했고, 덕분에 1만 1천 파운드가 넘는 생애 최고액을 받았지만 비평가들은 모두 비난했다. 이 작품은 많은 사람에게 있어서, 디킨스의 창작력은 말라 버렸다고 한 《황폐한 집》이 남긴 인상을 더욱 강화했다. 한편 영국의 제도와 정부에 대해 디킨스가 툭하면 그것을 뒤집어엎기 위해 공격한다며 격분하는 사람들도 있었다. 그리하여 그의 소설 가운데 '틀림없는 최악'이라는 단정이 내려졌다. 어느 비평가는 디킨스의 책이 후세에 남을지 어떨지에 대해서 진지하게 의문을 던졌다.

마샬시 감옥은 1840년대에 폐쇄되어 건물은 다른 용도로 쓰이거나 허물어졌다. 그는 작품을 마치기 사흘 전에 어린 시절부터 또렷하게 기억하고 있는 이 장소에 아직 남아 있는 것을 보러 갔다. 안뜰은 없어지고, 높은 담은 흔적도 없이 사라졌다. 하지만 감옥의 주요 부분은 아직 남아 있어서 '이야기 속에서 내 기억에 생생하게 떠오른 몇 개의 방' 확인할 수 있었다. 자신의 아버지가 먼 옛날 살던 방이었다. '비참했던 긴 세월의 망령들이 우글거리는 그 안에' 디킨스는 아무 말 없이 잠시 서 있었다.

결혼생활의 끝 1857~58년

디킨스는 몹시 숨 가쁘게 인생의 위기를 맞고 있었다. '무언가가 모자란다'는 막연한 생각, 캐서린을 향한 초조함, 타고난 급한 성격과 폐소공포와 같은 것들이 한계에 와 있던 것이다. 1856년 가을에는 이듬해 1월 '십이야' 시즌에 상연 예정인 윌키 콜린스 극 〈얼어붙은 바다〉의 준비에 전념함으로써 자신의 불행한 기분을 억누르려고 했다. 상연을 위해 태비스톡 하우스의 아이들 공부방이 꼼꼼하게 단장되고 메이미, 케이트, 조지나, 그리고 그의 여동생 헬렌 호가스를 포함한 배우들이 몇 주일에 걸쳐 리허설을 했다.

이야기는 1845년 존 프랭클린 경의 비극적인 북극탐험을 둘러싸고 얼마 전에 물의를 일으킨 보도에서 아이디어를 얻은 멜로 드라마였다. 디킨스가 이 작품에서 가장 끌린 것은 리처드 워더라는 인물이었다. 그는 구애를 거절당하자 화가 나서 마음이 복잡해진 남자이다. 디킨스는 자신의 넘치는 에너지를 이 역할에 쏟아부었다. 콜린스의 전형적인 악역을 비극적 영웅의 모습으로 바꿨다. 워더는 더없이 비참한 마지막에 라이벌의 생명을 구하기 위해 자신을 희생한다.

극이 끝나고 조명이 어두워지자 관객들이 훌쩍이는 소리가 들렸다. 디킨스 자신은 기진맥진하여 10분 정도 무대에 누워 있어야 했다. 비평가들은 디킨스를 칭송했고, 그의 연기는 3주 동안 런던에서 화제가 되었다. 그는 이 반응이 몹시 기뻤고, 사람들이 연극을 통해 이렇게 감동하는 것은 처음 보았다고 말했다. 그러나 디킨스의 연기에 담긴 생생한 감정은 친구나 가족에게 충격을 주었다. 그 감정은 그의 상상력 속에서는 연극 자체가 잊혀버린 뒤에도 계속 남아 있었다.

1857년 2월, 디킨스는 드디어 갯즈 힐 소유자가 된다. 이것저것 꾸미고 물이 고이도록 깊고 넓게 땅을 파는 따위의 공사를 마치고, 5월 19일 캐서린의 생일날 정원에서 새 집 기념파티를 열었다. 간소한 '작고 고풍스러운 집'은 그가 친구들에 즐겨 말한 대로 '홀 스탭이 달아난 바로 그 장소'에 있었다. 마음에 들기는 했지만 이렇게 빨리 이 집에 살게 될 줄은 미처 몰랐다. 이번 여름에 방문한 한스 크리스찬 안데르센에게 있어서 그곳은 더할 나위 없이 매력적인 장소였다. 클로버 향기와 덧나무에 활짝 핀 꽃향기로 정원은 마치 숲과 같았다. 그때 안데르센은 그를 맞이한 주인과 아내 사이의 긴장관계를 눈치채지 못했지만, 가끔 캐서린이 눈물을 흘리며 자기 방에서 나가는 모습을 시간이 지난 뒤에도 가끔 떠올렸다.

디킨스는 갯즈 힐이 자신에게 평화와 안정을 줄 수 있을 거라 생각했다. 그러나 그는 안정을 찾지 못하고 가정에서 위안을 얻을 수 없었다.

6월 초쯤 친구인 더글라스 제럴드가 갑자기 세상을 떠났다. 그는 충격을 금치 못했다. 자신의 행동이 유족들에게 불쾌감을 줄지도 모른다는 것은 생각도 못한 채 그는 당장 자선행사를 기획했다. 강연회, 낭독회, 음악회, 그리고 〈얼어붙은 바다〉의 재공연을 포함한 프로그램이었다. 대성공을 거둔 런던 리젠트 스트리트의 갤러리 오브 일러스트레이션 극장에서의 여름 공연(7월 4일 여왕과 초대 손님을 위한 특별 공연으로 막을 열었다)에 이어 맨체스터에 신설된 프리 트레이드 홀에서 이전기념 공연을 했다. 훨씬 넓은 공연장이었으므로 여성 배우는 프로를 썼는데, 그중에 프랜시스 터넌과 그녀의 딸들인 마리아와 엘렌이 있었다. 몸집이 작고 금발에 비교적 예쁜 열여덟 살의 엘렌은 작은 역할을 연기했지만 디킨스는 그녀의 매력과 싱그러운 젊음에 이내 마음을 빼앗겼다. 딸 케이트의 말에 의하면 엘렌 터넌은 디킨스의 공허하고 메마른 삶에 '봄바람'처럼 나타나서 그를 사로잡아 버렸다.

디킨스는 혼란스럽고 비참한 마음으로 맨체스터에서 돌아왔다. 그는 콜린스에게 이렇게 말했다. "내가 느끼는 공허는 상상도 할 수 없을 정도다. 뭐라 표현할 수가 없다. 기분은 바닥, 심장도 희미하게 뛰고 목소리도 기어들어가는 것만 같다."

연극이 끝나자 우울에 빠져 '빈껍데기처럼' 느끼는 일은 전에도 드물지 않았다. 그러나 이번만은 '암울한 터널에서 벗어날' 길이 보이지 않는다고 다른 친구에게 말했다. 포스터에게 디킨스는 지금까지 자신도 되도록 인정하려 하지 않았던 마음을 털어놓는다. "안됐지만 캐서린과 나는 서로 잘 안 맞는 것 같아. 이건 어쩔 수가 없어. 아내가 나를 불쾌하게 하고 불행하게 만들 뿐 아니라 나도 그녀에게 똑같이 하고 있어. 그것도 더 심하게." 나의 안정되지 않은 생활방식이나 까다로운 기질에도 책임이 있다는 건 인정하지만 그것을 바꾸기에는 이미 늦었어. '그것을 바꿀 수 있는 것은 오직 죽음뿐이야.'

'자기 자신으로부터 달아나는' 절망적인 시도로서 디킨스는 콜린스를 호수지방을 둘러보는 도보여행에 초대했다. 〈가정의 말〉 기사에 쓸 자료를 모으는 것이 목적이었다. 그러나 터넌 모녀가 다음 공연에 나오는 동커스터 근처를 지나는 것은 이미 생각해 두었다. 기사에서는 '게으른 두 형제의 한가로운 여행'이라고 쓰여 있는데 실제로는 그런 것이 아니라 디킨스의 수준에 비춰봐도 '엉망진창'이고 어떻게 손 쓸 수도 없는 모험이었다. 게다가 그것으로 자신의 곤경을 견뎌낼 결심이 선 것도 아니었다. 그런 뒤 얼마 안 되어 디킨스는 되돌릴 수 없는 길에 발을 내디뎠다. 태비스톡 하우스에 있는 자신의 탈의실을 침실로 개조해서 캐서린의 방으로 통하는 문을 장식장으로 막기로 한 것이다. 그것을 반대한 포스터의 충고에 대해 디킨스는 이렇게 대답했다.

"서두르지 말라거나 스스로 억제하라고 말하는 건 이미 늦었어. 행동에 옮기는 것만이 나를 평온하게 하니까."

캐서린의 눈물과 비난에 맞
닥뜨려 그는 화를 내면서 꼭
10년 전 제노바에서 그랬듯이
무슈 들라뤼에게 고백했다.

"당신도 알고 있는 불쌍한
여성과의 관계가 요즘 들어
팔라초 페스키에라에서 지낸
무렵처럼 원만하지가 않습니
다. 점점 나빠져만 갑니다. 그
녀는 자기 자신과 타협할 줄
도 모르고 불행 그 자체입
니다."

지금까지 살면서 처음으로
크리스마스에는 아무런 축하
도 하지 않았고, 아들들은 방
학인데도 학교 기숙사에 머물
렀다. 그러나 디킨스는 자기는
동화 속에 나오는 괴물에게
붙잡힌 성 안의 공주를 구하
는 꿈을 꾸고 있다고 말했다.

윌키 콜린스(1824~1889)
그 무렵 37세였던 콜린스와 디킨스는 나이 차이를 극복
하고 친구이자 동료가 되었으며 공동 집필도 했다.

이러한 정신 상태로는 차분
하게 글을 쓸 수도 없었다. 그러나 자작 낭독회를 연다는 전부터의 아이디어
가 대중과의 사이를 가깝게 이어주는 수단이 될 것으로 생각되었다. 1853년
버밍엄에서의 첫 공연 이후 그는 자선을 위해 몇 번의 낭독회를 열어 청중들
을 크게 웃기고 울리며 좋은 반응을 얻었다. 그래서 이번에도 이러한 것을 이
용해 돈을 벌어야겠다고 생각했다. 포스터는 이 생각을 강하게 반대했다. 그것
이 작가로서의 성실한 일로부터 그를 멀리 떼어내어 타락시킬 위험을 감지했
기 때문이었다. 게다가 그를 더욱 흔들고 지치게 만들 것이 틀림없었다. 그러
나 지금까지 디킨스가 배우로 활동하는 것을 늘 반대했던 미스 쿠츠도 이번만
큼은 놀랍게도 반대하지 않았다. '대부분의 사람들은 당신에게 돈이 들어오는

것을 기뻐할 거라고 생각한다'며 찬성한 것이다. 이보다 더 큰 격려는 없었다. '어쨌든 뭔가 하지 않으면 안 된다. 그렇지 않으면 괴로워질지 모른다'고 포스터에게 말했다. 그는 4월 29일에 세인트 마틴스 홀에서 프로로서는 처음으로 낭독회를 열었다. 많은 청중의 떠나갈 듯한 환호 속에서 긴장한 모습으로 강단에 올랐다. 그날 밤, 공연이 끝나자 사람들은 문에서 쫓겨날 때까지 아무도 돌아가려고 하지 않았다. 그래서 처음의 계획대로라면 3회 공연으로 끝나는 것인데 16회까지 늘리기로 했다. 그해 가을에는 지방도시를 돌며 공연하기로 결정되어 디킨스는 그에게 있어서 두 번째 인생여정의 출발점에 서 있었다. 최종적으로는 500회에 가까운 공연을 할 만큼 그의 두 번째 공연은 대성공을 거두었다.

런던에서의 첫 시즌에 디킨스는 '크리스마스 북'에서 골라 낭독했다. 그러나 조화롭고 애정이 넘치는 가정생활의 장면을 청중의 마음에 또렷하게 재현할 수는 있어도, 이제는 참담한 실패로 느끼게 된 자신의 결혼생활은 점점 막다른 길로 치달았다. 프로로서의 첫 낭독회에서 한 달도 지나지 않았을 때 디킨스와 캐서린은 정식으로 별거생활을 하는 데 동의했다. 캐서린이 살 작은 집과 1년에 600파운드를 받는 조건이었다. 찰스는 어머니와 살기로 했지만, 다른 아이들은 아버지 옆에 남았다. 조지나도 디킨스와 살기로 했으므로 호가스 집안사람들은 이것을 비난했다. 디킨스의 가정불화에 대한 소식이 알려지자, 런던 사교계도 매우 놀랐다. 소문에 소문이 이어져 결국 아무렇게나 지어낸 낯뜨거운 얘기들이 여기저기 퍼졌다. 그 가운데에는 장모인 호가스 부인과 그녀의 막내딸 헬렌에 대한 소문도 있었던 것 같다. 디킨스가 여배우와 불륜을 저질렀다거나, 더 악질적 소문으로는 처제와 관계를 맺었다는 것도 있었다. 적어도 가족들 사이에서 캐서린은 1857년 새롭게 개정된 혼인법에 의해 이혼을 요구할 수 있다는 데까지 얘기가 진행되었다. 터넌 모녀를 알고 있던 새커리는 더 나쁜 소문이 나는 것을 어떻게든 막아보려고 노력했지만 성공하지 못했을 뿐만 아니라 오히려 디킨스를 화나게 만들어 평생 화해하지 못했다.

중상적인 가십이 손을 쓸 새도 없이 퍼져나가자 디킨스는 친구들에게 편지를 보내어 자신에게는 죄가 없다고 강하게 항변하고, 캐서린과 별거하는 '유일한 원인'은 요즘에 와서 사이가 좋지 않았던 것이라고 강조했다. 그는 독선적인 분개로 가득 차서 장모와 헬렌에게 자신들이 한 말을 철회하는 성명에 서

명할 것을 강요했다. 그렇게 해
서 더 이상 소문이 나오지 않도
록 하고 언론을 통해 자기 자신
의 성명을 공표할 준비를 했다.
그 속에서 그는 '거짓' 그리고
'극악무도한 소문', '나뿐만이 아
닌 내가 소중하게 여기는 무고
한 사람들까지 끌어들인' 말도
안 되는 소문을 엄숙하게 부정
했다. 친구들이 모조리 반대했
지만 디킨스는 이 성명을 〈가정
의 말〉에 싣고, 더 나아가 여러
전국지와 지방지에까지 발표했
다. 게재를 거절한 곳도 있었는
데 〈펀치〉도 그 하나였다. 마크
레먼이 주필로 있고 브래드버리
앤드 에반스가 펴내는 잡지였다.
오랜 세월을 그들과 친한 친구이
자 동료로 지냈음에도 디킨스는
그것을 개인적인 모욕으로 받아

캐서린 디킨스
1852년 메이올 촬영. 이 해에 그녀는 열 번째이자 막내
인 프론을 낳았다. 이 무렵 메이올은 디킨스 부부의
사진을 여러 장 찍었다.

들였다. 그는 즉각 레먼과 절교하고(레먼은 캐서린 편이었다), 브래드버리 앤드
에반스와도 완전히 인연을 끊기로 결심했다. 그러나 그 결과로 불쾌한 쟁의가
일어나 법정에서 해결을 보지 않으면 안 되게 되었다. 2, 3개월도 되지 않아 디
킨스는 〈가정의 말〉 대신 〈일 년 내내〉라는 새로운 잡지를 만들고 자신의 저
작권을 모두 체프먼 앤드 홀에 돌리는 절차를 밟았다.

이 비정상적인 제기를 간행하는 것으로 만족하지 않고, 디킨스는 초조해
서 더욱 강렬한 성명을 준비했다. 그리고 디킨스가 청렴결백하다는 것을 아직
도 의심하고 있는 사람에게 보여 주기 위해 그것을 낭독회의 매니저인 아더
스미스에게 맡겼다. 당연한 일이겠지만 그것이 결국 신문에 실렸을 때, 디킨스
는 '모독당한 편지'라고 부르게 되었다. 신문에서는, 그의 결혼생활이 깨어진

책임을 모두 캐서린에게 돌렸다. 아내가 정신장애로 괴로워하고 그 때문에 이런 지경에 이른 것이라고 주장했다. 디킨스는 그녀에게 잔인한 거짓말로 비난하고, 아이들을 돌보거나 어머니로서의 책임을 전혀 하고 있지 않다고 말했다. 자신을 희생해서 아이들을 돌본 조지나가 사실상 그들에게 유일한 어머니이며 조지나가 없었다면 결혼생활은 더 빨리 끝나고 말았을 거라고 디킨스는 주장했다.

저널리즘에서는 이것을 납득하지 않았고 동료들도 그랬다. 그는 자신의 가정적 문제에 있어서 반은 미쳐 있었고, 나머지 반 또한 제정신이 아니었다.

그리고 딸 케이트는 이렇게 말했다.

"이 사건은 아버지의 가장 나쁘고 약한 부분을 나타내게 되었다. 아버지는 우리가 어떻게 되건 관심도 없다. 우리의 불행을 막을 수 있는 것은 아무것도 없었다."

처음에는 항의했지만 아내 캐서린은 더 이상 변명하려 하지 않았다. 그 뒤로 20년간 리젠트 파크 옆의 글로스터 클레센트 70번지에서 조용히 살다가 1879년 11월에 세상을 떠났다. 아이들과 늘 연락을 했으며 매클리스·콜린스·미스 쿠츠 등 자신을 동정하는 친구들과 계속해서 사귀었다. 디킨스와는 다시 만나는 일 없었고, 디킨스도 아내를 기억 속에서 지우려고 노력했다. 그러나 캐서린은 언제나 디킨스를 생각했고 새 책이 나올 때마다 그의 책을 읽었다. 《비상용 여행자》는 저널리스트로서의 디킨스 최후의 작품 가운데 하나로 꼽히는데, 캐서린이 가지고 있었던 빛바랜 한 권의 책은 현재 디킨스의 원고와 책을 모아놓은 덱스터 컬렉션이 있는 대영도서관에 소장되어 있다. 1873년에 《돔비와 아들》이 드라마화 되자마자, 그녀는 그것을 보러가서 눈물을 흘렸다. 디킨스로부터 받은 편지를 보물처럼 소중하게 생각했는데, 그녀의 생이 끝나갈 무렵 어느 오후, 딸 케이트에게 그 편지들을 대영국립도서관에 보관하라고 진지하게 지시했다.

"그렇게 하면 세상 사람들도 한때는 디킨스가 아내를 사랑했다는 것을 알게 될 테니까."

케이트는 시간이 흐를수록 '상냥하고 배려심 있는' 어머니에게 별로 힘이 되어 주지 못한 것을 뉘우쳤다. 어머니는 고독한 세월을 고결하게 살아왔다. 그녀가 활약을 했다거나 특별히 머리가 좋다거나 한 것은 아니다. 눈에 띄는 사람도 아니었고, 언제나 빛났던 남편에게는 못 미쳤다. 하지만 작가 헨리 모리가 1851년에 그녀와 만났을 때 쓴 것처럼, '5분이면 알 수 있겠지만 그녀는 남편과 아이들을 사랑했고 빈정거리는 사람 외에 모든 선한 사람들이라면 누구에게나 따뜻한 마음으로 대해 주었다.'

오랜 뒤에, 디킨스는 자신의 결혼을 젊은 날에 저지른 실수라고 말했다. 그러나 부모님의 평생을 돌아보며 케이트는 1906년에 G.K. 체스터턴에게 편지를 썼다. '아버지와 약혼하셨을 때의 어머니는 무척 매력적이고 애정이 많은 분이셨다고 생각합니다. 그리고 두 분의 결혼이 비참한 실패로 끝나

디킨스가 캐서린에게 보낸 마지막 편지
22년에 걸친 디킨스와 캐서린의 결혼생활은 1858년 6월 쓸쓸히 막을 내렸다.

기는 했지만 저는 아버지가 어머니의 영향으로 훨씬 세련되어지셨다는 것을 의심하지 않습니다. 몇 년간은 두 분이 행복하셨다고 생각합니다. 가엾은 아버지가 자신의 실수를 깨닫고, 불쌍한 어머니가 괴로워하기 전에는요. 두 분 다 딱한 분들입니다.'

디킨스의 행동은 말이 아니었다. 이러한 일을 겪고 나서는 집요한 비난을 피해, 집에서 조용히 쉬기를 바란 것도 무리는 아니었다. 하지만 대중들은 그를 믿었다. 무슨 일이 일어나든 변함없이 충실하게 그를 열렬히 지지했다.

1858년에 디킨스는 지금까지보다 더 많은 연설을 했다. 그 가운데에는 그의 가장 유명한 연설도 들어 있었다. 그것은 그레이드 오몬드 스트리트의 소아과 병원을 지원하기 위한 호소였다. 자신의 작품 도서관용 특제판의 간행에도 착

수하였다. 부유한 독자들의 입맛에 맞게 우아하게 디자인되어 있다. 그리고 최초로 시도한 순회 낭독회는 대성공을 거두었다. 오랜만에 만난 친구는 디킨스가 많이 변했다고 생각하였다. 머리는 희어지고 숱도 별로 없었다. 그리고 주름진 얼굴에는 수염이 나 있었다. 예전에는 천진난만했던 표정이 지금은 어둡고 수척해져 있었다. 그러나 옷차림만은 잘 정돈되어 있었고, 낭독회를 할 때는 가슴에 회중시계용 금줄을 단춧구멍에 달고 있었다. 헨리 제임스가 적절하게 논술하고 있듯 '언제나 군인처럼 반듯하게' 걸었고 머리를 높이 들고 많은 표정을 담은 눈은 변함없이 빛나고 있었다.

위대한 작가 1859~65년

엘렌*¹³은 디킨스의 삶을 바꾸어 놓았다. 겉으로 그는 여전히 그 시대 최대의 작가였다. 가난하고 소외된 사람들을 위해 애썼고 언제까지나 가정의 따뜻함과 행복을 놓지 않는 엔터테이너로서 저항할 수 없는 매력을 뽐내었다. 그러나 사생활에서는 점점 사람들과 거리를 두게 되었고 옛 친구들과도 멀어지게 되었다. 그리고 될 수 있는 한 긴 시간을 넬리(디킨스가 좋아한 엘렌의 애칭)와 지냈다. 넬리는 무대를 떠나 태비스톡 하우스에서 걸어서 갈 수 있는 거리의 호튼 플레이스에, 디킨스가 빌린 집에서 어머니와 자매들과 살고 있다. 지금까지도 둘의 관계에 대해서는 조금밖에 모른다. 아내와 헤어졌을 때, 디킨스는 둘의 관계가 순수한 플라토닉(Platonic : 정신적인 연애)이라고 주장했다. 그리고 최근의 전기적 연구에서 죽은 아이에 대한 언급이 여기저기에 알려짐과 동시에, 결국은 두 사람이 사랑하는 사이가 되었다고 강하게 주장하고 있으나 이를 뒷받침하는 근거는 없다. 주고받은 편지는 하나도 남아 있지 않고 그녀를 아는 얼마 안 되는 친구들에게 온 몇 장의 편지 가운데 디킨스가 넬리에 대해 쓴 것은 아주 조금에 불과했다. 그렇다 하더라도 그의 생활이 넬리를 중심으로 돌아가는 것을 알 수 있기에는 충분했다. 그의 마음은 세월이 갈수록 더더욱 고통스러워져 갔다.

《두 도시 이야기》의 히로인, 루시 머넷에 대한 애정이 담긴 묘사는 넬리를 향한 마음이 숨겨져 있다. 《두 도시 이야기》는 디킨스가 1859년 4월에 〈일 년

---

*13 프랜시스 터넌의 둘째딸.

내내〉를 창간하는 데 있어 연
재를 시작한 역사 소설이자
리차드 워터의 역할을 연기한
이래로, 그의 마음을 떠나지
않은 뜨거운 열정을 프랑스
혁명의 공포를 배경으로 강렬
하게 나타낸 것이었다. 이 소
설은 대호평을 거두었다. 1859
년 6월, 디킨스는 〈일 년 내내〉
가 놀라운 성공을 했다고 보
고했다. 통상적 부수가 평균
10만 부, 크리스마스 호는 30
만 부로 〈가정의 말〉을 훨씬
능가했다. 창간된 잡지가 급속
도로 늘어 경쟁이 치열해진
시기에 〈일 년 내내〉는 픽션의

낭독을 시작하려는 디킨스
허버트 왓킨스 촬영(1859).

질이 높은 것으로 이름을 널리 떨쳤다. 《두 도시 이야기》는 나중에 윌키 콜린
스의 《흰옷을 입은 여자》, 게스켈 부인의 《어두운 밤의 일》, 블루워 리튼의 《기
묘한 이야기》에 이어, 결국은 트롤롭 만년의 세 작품, 《포펜조이의 상속 문제》,
《공작의 아이들》, 《스카바라 씨의 가족》도 실리게 된다.

일에 있어서 1859년은 디킨스에게 많은 결실을 거두게 해준 해였다. 그러나
결혼이 깨어진 지금, 그는 가정적 책임을 혼자서 짊어져야 했다. 그는 '자신이
짊어지지 않으면 안 되는 무거운 짐 때문에 몸을 움직일 수도 없을 만큼 압박
당하고 있는 것 같다'고 윌즈에게 털어놓았다. 처음에는 아버지가, 그리고 그
뒤를 이어 형제들이 생활력 면에서 무능력하다는 것을 알게 되었는데, 지금은
혹시 그의 자녀들이 그들과 같으면 어떻게 하나 두려워하고 있었다. 캐서린과
헤어진 직후, 수년간 쓴 그의 편지는 아들들에 대해서 방향성도, 재능도 없어
보이는 데에 대해서 디킨스가 매우 걱정하고 있음을 나타내고 있다. 이 시기에
아들들은 아버지의 기대 때문에 집과 멀리 떨어진 곳으로 떠나 출세의 길을
찾도록 재촉받았다. 큰아들 찰스는 실업가가 되기 위해 노력했고, 디킨스 이전

의 출판자의 딸인 벤시 에반스와 결혼해 아버지를 분개하게 만들었다. 1862년 첫 손자가 태어났을 때, 부자간의 사이가 겨우 회복되었다. 1857년에 큰 희망을 안고 인도 주둔군에 입대한 월터는 거액의 부채가 있었다. 신경질적인 프랑크(프랜시스)는 1860년에 아버지가 본 바로 '칠칠치 못하고 허송세월을 보내고 있는 상태'였다. 〈일 년 내내〉 사무실에서 일하고 있었는데 나중에는 인도로 갔다. 착하고 성실한 아이지만 재능과는 거리가 먼 알프레드는, 되고 싶어했던 육군장교가 되는 데 실패하고 결국 1865년에 호주로 이주했다. 배를 타는 일을 하겠다고 단호하게 결심한 열세 살의 시드니는 사관후보생으로 해군에 들어 갔다. 막내 2명의 아이들 가운데 1860년에 열한 살이었던 헨리는 디킨스 아들들 중에서 유일하게 대학에 진학해 법조계에서 성공했다. 그러나 소극적이고 늘 자신이 없는 프론은 다른 형들처럼 해외에 나가 불안정한 생활을 하는 신세가 되었다.

20대가 된 딸들 역시 디킨스의 근심거리였다. 디킨스는 가정에서의 역할분담에 대해서 즐거운 듯 쓰고 있지만, 딸들은 런던 사교계에서 말 많은 사람

디킨스의 새로운 잡지 〈일 년 내내〉 광고
《두 도시 이야기》가 특필되어 있다. 이 잡지는 대대적인 광고 전략으로 성공을 거두었다.

들에게 냉담한 대우를 받았다. 메이미는 평생 결혼을 하지 않았다. 그녀는 집을 떠나 친구를 방문하면서 대부분의 시간을 보냈다. 특별히 아버지가 예뻐하고 그와 성격적으로 많이 닮은 케이트는, 윌키 콜린스의 동생으로 병약한 찰스 콜린스와의 결혼을 결심했다. 단지 불행한 가정으로부터 도망치기 위한 것이라고 전해지고 있다. 1860년 7월 17일에 올린 결혼식은 불편해 보였다. 초대받은 사람들 대부분은 디킨스가 이 결혼을 강하게 반대했다는 것을 알고 있었으므로 어떻게 행동해야 할지 난감해하고 있었던

엘렌 터넌
디킨스와 만난 지 1~2년쯤 지났을 무렵(1858~59)의 사진.

것이다. 어머니 캐서린이 참석하지 않은 것도 주의를 끌었다.

　가족들이 하나둘 집을 떠나자, 디킨스는 런던의 큰 집이 필요 없게 되었다. 태비스톡 하우스에는 불행한 추억이 너무도 많았으므로, 앞으로의 1년을 갯즈 힐에서 보내기로 하고 겨울 사교 시즌을 위해 런던에 가구가 딸린 주택을 임대하기로 했다. 손님이 올 경우에는 〈일 년 내내〉의 사무실 위층에 작은 공간을 쓰기로 했다. 겨우 9년 전에 디킨스가 정성스럽게 고른 비품이나 가구들은 집과 함께 팔려 나갔다. 한편, 갯즈 힐의 배경인 들판에서 그가 많은 바구니에 들어 있는 편지와 서류를 불태웠는데 헨리와 프론은 그때에 위인들이 숯에 양파를 굽던 것을 시간이 지난 뒤에도 잊지 않고 있었다. 이후, 디킨스는 자기에게 온 사적인 편지를 읽자마자 없애 버렸고 자신이 편지를 쓸 때는 되도록 짧게 쓰려고 노력했다.

　생활 기반을 다시 세워야 하는 힘든 시기를 디킨스는 〈일 년 내내〉에 새로

운 연재를 시도했다. 조용히 사색하는 듯한 수필로 너무 아름다워 잊을 수 없는 것이었다. 《비상용 여행자》의 캐릭터가 된 디킨스는 혼자서 런던 거리를 걸으며, 시골을 여행했을 때, 가 보았던 장소나 만났던 사람들의 인상을 기록한 것이다. 가난한 사람들을 위한 급식 시설, 역의 대합실, 감옥, 도시의 누추한 뒷동네 따위가 묘사되었다. 그는 어쩐지 쓸쓸한 법조학원, 황폐해진 교회, 싸구려 극장 등 젊은 시절 〈스케치〉의 무대를 재현했다. 어린 시절을 지낸 로체스터에도 가서 먼 옛날 자신의 상상력을 북돋아 준 천진난만한 즐거움이나 밤의 공포감을 고통스럽게 기억할 만큼 강렬하게 겪었다. 《두 도시 이야기》의 자비스 롤리처럼 디킨스는 그러한 추억에 위로를 필요로 했다.

《위대한 유산》은 《비상용 여행자》의 수필이라고 그는 포스터에게 말하고 있다. 그것은 매우 멋지고 새로우면서도 괴상한 착상이었으므로 다음 소설에 쓰려고 생각해 두었다. 매우 섬세하게 쓰인 '힙'이라는 인물의 이야기이다. 어리둥절하고 겁 많은 아이였던 힙은 이루 말할 수 없는 재산을 받게 되자, 지위가 낮은 친구들이나 자신의 신분을 부정하지만, 자신을 찾아 떠나는 굴욕적인 여행으로 인해 기대했던 《위대한 유산》을 에워싼 진상을 알게 된다. 《데이비드 코퍼필드》처럼 1인칭으로 쓰인 이 소설은 디킨스 자신의 감춰진 생활을 날카롭게 재검토했고 높은 열망과 야심을 품고 인생을 살아온 사람이라면 누구나 알 수 있는 그런 것이었다. 처음에 쓴 결말에서는 힙과 에스텔라는 결별한다. 그로 인해 힙은 현명해졌지만 고독했다. 그러나 블루워 리튼은 두 사람이 결국 함께 행복해진다는 것을 암시하는 결말로 바꾸라고 디킨스를 설득했다. '전체적으로 볼 때 나도 그 편이 좋다'며 작가도 그것에 동의했다. 《위대한 유산》이 간행되자마자 걸작이라고 칭송받았다. 대서양 양측에서 대성공을 거둔 것이다. 영국에서는 〈일 년 내내〉의 연재가 끝나자마자 3권짜리로 간행되었다. 이것은 디킨스에게 있어서 보기 드문 간행 형태였지만 책을 빌려 주는 곳에서는 평판이 좋았다. 미국에서는 〈하퍼스 위클리〉에 연재된 뒤 여러 버전의 단행본이 출판되었다. 미국의 화가가 책에 들어가는 그림을 그린 것이다.

1860년대에 디킨스의 독자는 국내외를 막론하고 빠르게 늘어갔다. 디킨스와 출판사가 여러 층의 시장에 맞도록 구작의 다양한 신판을 발행했기 때문이다. 〈피플 판〉(기차역의 서적 판매장에 알맞도록 기획된)과 〈찰스 디킨스 판〉(다소 개정되어 저자의 새로운 예문을 덧붙인)은 영국권 전체에서 대대적으로 광고함으로써 판매를 촉진하였다. 유럽 대륙에서 디킨스의 작품은 독일의《타우프니츠 영미작가총서》에 실려 널리 읽히게 되었다. 그것은 번역판으로도 나왔는데 특히 프랑스에서는 디킨스가 자랑스럽게 말한 것처럼, 어느 역에서도 자신이 지은 번역서를 발견할 수 있었다. 현재 미국의 잡지에는 단편 하나에 1000파운드를 요구할 수 있게 되었고, 낭독회의 권유는 먼 호주에서까지 올 정도였다.

그러나 디킨스는 행복감을 느끼지 못했다. 이 시기에 그는 날이면 날마다 프랑스를 방문했다. 이 방문에 대해서 일부러 얼버무리는 일이 다반사였다. 대

갯즈 힐의 포치에서
서 있는 사람은 왼쪽부터 디킨스 친구 헨리 촐리·딸 메이미와 케이티·디킨스. 앉아 있는 사람은 케이티의 남편 찰스 콜린스와 조지나.

체로 불로뉴 남방향으로 6마일 가면 있는 콘데트라는 조용한 마을에서 옛 친구 보크루 뮤츄엘 소유의 소박한 농장에 머물렀다. 넬리도 그곳에 있었다는 증거는 없지만 그녀와 어머니가 가까이에 머물고 있었을 것이라고 생각된다. 그의 편지는 프랑스 방문이 빈번했던 1862년과 63년에 둘의 관계에 위기가 온 것을 암시했다. 그 결과, 그는 무상함과 슬픔, 견디기 힘든 불안에 휩싸이게 되었다. 조지나에 대해서도 걱정이 되었다. 평생 의지가 되었던 조지나가 1862년에는 거의 매일 의기소침해 있었고 심장도 좋지 않았기 때문이다. '우리 모두에게 조지나는 얼마나 큰 존재인지 모른다. 딸들이 인형처럼 작을 때부터 공허

한 마음을 채워 주었고, 희생하는 마음으로 보살펴 준 것을 다른 사람들은 아마 모를 것이다.' 디킨스는 맥크리디에게 말했다. 또 이 시기에는 낭독회의 매니저인 아더 스미스, 친구인 오거스터스 에그, 새커리, 존 리치가 세상을 떠났고, 어머니와 남동생인 알프레드도 저세상으로 갔다. 아들 월터도 스물셋의 젊은 나이로 인도에서 객사했다. '이런 괴로운 인생에서 누가 쓰러지든지 간에 우리는 전진하지 않으면 안 된다고 말하는 것은 간단하다'고 디킨스는 쓰고 있다. '그러나 내 안에 있는 근심 걱정 때문에 내 마음은 가끔씩 힘을 잃고 만다. 확고한 결의가 없었다면 나도 쓰러지고 말았을 것이다.'

이 시기에 그는 몇 번씩이나 새로운 책을 월간 분책하려고 생각했으나 연재의 첫 회를 다 썼다고 연락이 온 것은 1864년 1월이었다. 그 시점에도 《커다란 캔버스》와 《큰 연필》로 돌아와서 망설이고 있는 것을 느꼈다. 1864년 5월부터 다음 해 11월에 걸쳐 간행된 《우리 모두의 친구》는 완성된 작품 가운데에서는 디킨스 최후의 작품이 되었고, 어떤 의미에서는 지금까지의 전 작품 중 정점에 이르렀다고 할 수 있다. 그가 묘사하는 런던은 점점 커지고 있는 도시이고, 아직 완성되지 않은 길이나 더러운 수로, 쓰레기더미와 공기를 오염시키는 강이 만드는 오묘한 카오스였다. 그것은 공허한 세상이었고 탐욕적인 사리추구와 신흥중산계급의 얄팍한 가치관, 심층적으로는 파괴적인 가치관이 지배하고 있었다. 죽음과 기만의 세계이며 사회의 어느 구석에 살아남은 가난한 사람들까지도 돈에 의해 타락해 가는 것이었다. 동정도 없고 기쁨도 없는 세상, 《피크위크 페이퍼스》의 밝고도 분주한 옛 영국과는 달랐다. 이 변화는 디킨스가 브라운이 아닌 새로운 젊은 화가 마커스 스톤에게 그림을 맡겨서 더욱 강조되었다.

스톤의 사실적인 그림은 이 소설을 더욱 현대적인 느낌이 들게 했다.

《우리 모두의 친구》의 집필이 완성에 가까워진 1865년 6월 9일, 디킨스가 넬리와 그녀의 어머니를 함께 프랑스에 데려가 짧은 휴가를 마치고 돌아오는 길에, 세 명이 함께 탄 기차가 켄트 주 스테이플 허스트 가까이서 사고를 당했다. 기차가 탈선해서 10명이 죽고 많은 사람이 다쳤다. 넬리는 크게 충격을 받았다. 디킨스는 두 사람을 안전한 곳으로 대피시키고 사고 현장으로 돌아가 구조 작업에 참가했다. 더운 여름 오후인데도 힘든 내색 하나 하지 않고 부상자나 죽어 가는 사람들을 구하기 위해 자신이 가지고 갔던 물과 술을 나누어 주

《위대한 유산》의 삽화 영국에서 처음 간행되었을 때는 삽화가 실리지 않았다. 존 맥레넌이 그린
이 삽화는 미국판에 실린 삽화이다.

었다. 기차에 놓고 온 자신의 원고가 생각났다. 그때처럼 독자와의 영원한 이
별이 가깝게 느껴진 적은 없었다. 그 이상 가까울 수는 없을 것이다. 앞으로
이 책을 매듭짓는 언어가 내 인생 자체에 그대로 기록될 때까지.

노년 1865~70년

디킨스는 자신이 목격했던 참혹한 철도사고에 극심한 충격을 받아 몸과 마
음의 상처를 입었다. 그는 갈수록 몸의 쇠약과 불편함을 호소했으며, 전체적으
로 '어딘가가 좋지 않다'고 느꼈다. 맥박의 불안정도 의식하게 되었다. 주치의는
그에게 심장이 약해진 것이라 말했다. 예전에 발병했던 통풍(痛風)도 점점 악
화됐다. 그 뒤로도 자주 움직이지 못할 만큼 통증발작에 괴로워하며, 심할 때
에는 슬리퍼 신는 것조차 힘들어했다. 가장 골치 아픈 일은 심리적인 외상후
스트레스 장애로 인해, 철도 여행에 '신경성 공포'가 악화된 것이다. 더 이상 프
랑스로 슬그머니 여행다니는 것이 불가능해졌다. 그리고 가능한 한 급행기차

를 피하게 되었다. 그로 인해 낭독 여행 중 스트레스와 불쾌감이 더 심해져도 어쩔 수 없었다.

디킨스는 점점 갯즈 힐에서 휴식과 위안을 찾게 되었다. 집은 설비를 갖춘 우아한 곳으로 변했다. 디킨스는 새로운 응접실을 만들고, 온실을 늘렸으며, 현관홀과 계단의 무도장을 위해서는 쪽매붙임 세공한 마루를 주문하여 특별하게 디자인하도록 했다. 또한 낡은 마구간을 개조하여 하인들이 쓰도록 깔끔한 방을 만들었다. 정원에는 잘 손질된 잔디가 펼쳐졌고, 디킨스가 좋아하는 새빨간 제라늄을 가꾼 화단도 있었다. 그는 관목을 많이 심고, 그 옆에다 프랑스 배우 샤를 훼슈테가 보내온 샤레*14를 지었다. 여름에는 그곳에 틀어박혀 집필에 전념할 수 있는 최적의 은신처였다. '아담한 컨트리 하우스(지주 주택)'인 갯즈 힐에서 디킨스는 충분히 그 지방 유명인사로 통했다. 이웃 사람들과의 왕래는 별로 없었지만, 가볍게 발걸음을 떼는 개들을 데리고 샛길을 활보하는 모습이나, 집 뒤뜰에서 운동회나 크리켓 시합으로 상을 주는 모습은 익숙한 풍경이 되었다. 시간이 흘러, 그는 넬리를 조지나와 딸들에게 소개하였고, 그녀는 여러 차례 갯즈 힐을 들르게 되었다. 때로는 디킨스의 낭독회에 남몰래 찾아왔다. 하지만 평소 넬리는 세상일을 피해 슬라우나 페크햄에 디킨스가 빌린 집에서 조용히 살고 있었다. 이들 집은 찰스 트링검이라는 이름으로 빌렸는데, 이 가명은 〈일 년 내내〉 사무실 옆 담배가게 이름에서 따온 듯싶다.

1866년 몸 상태가 좋지 않은 상황에서도 디킨스는 흥행주 채플사가 하룻밤 50파운드 사례를 할 테니 낭독 지방순회를 하자는 제안을 받아들인다. 계획은 순조롭게 진행, 디킨스는 3년 만의 무대 복귀를 고대했다. 관객도 예전과 다름없이 따뜻하게 맞아 주었다. 그러자 그는 불현듯 '미국에 가고 싶다'는 생각이 들었다. 이는 필연적이었다. 미국에는 많은 친구들과 입에 침이 마르도록 칭찬을 아끼지 않는 열렬한 독자들도 있었기 때문이다. 하지만 그의 주된 동기는 경제적인 것이었다. 아내에게 수당을 줘야 했고, 자신의 체면을 유지하기 위해서도 돈이 필요했다. 넬리를 돌봐야 했으며, 아들들도 여전히 근심거리였다. 그 일이 아주 힘든 일이 될 것임을 그 또한 잘 알고 있었지만, 월즈에게 설

────────────────

*14 스위스풍 산장.

갯즈 힐 평면도

명한 대로 쉰다섯 살이 되어 손쉽게 큰돈을 벌 기회가 있으면, 그건 무엇보다 '가장 중요한 일이다.' 가장 곤란한 점은 '가장 아끼는 그녀'와의 괴로운 이별이 었다. 중개역을 맡은 윌즈를 통해 자주 편지나 소식을 보냈지만, 디킨스가 자리를 비운 6개월 동안 넬리를 가장 아끼고 사랑한 것은 의심의 여지가 없다.

그가 1867년 11월 19일 보스턴에 도착해 보니, 사람들이 꽁꽁 얼어붙을 것 같은 추위 속에서 낭독회 티켓을 사기 위해 줄을 서고 있었다(오래 기다린 사람은 12시간이나 기다렸다). 첫 4회분은 이미 매진이었다. 예상했던 것과는 반대로, 지난번 그의 방문을 망친 반감이 곧바로 되살아나진 않았다. 또한 환영을 위해 몰려든 사람 중에서도, 1842년처럼 그를 몹시 화나게 한 무례한 행동은 찾아볼 수 없었다. 현재 보스턴은 큰 상업도시이다. 그리고 뉴욕은 못 알아볼 만큼 변하여, 그곳에서는 모든 것이 '매일 새로워지는—낡지 않고—것처럼 보였다.' 곧 그는 생활비가 엄청나게 든다는 사실을 알았지만, 이번엔 최고 호텔에 머무를 여유가 됐다. 호텔 방에서 식사를 할 수 있었으므로 사람들의 눈을 의식하지 않고 편하게 지낼 수 있었다. 그는 공적 행사나 만찬회 출석을 단호히 피하고, 낭독회에 전념하기로 했다. 롱펠로(지금은 머리도 수염도 새하얗게 센)처럼 옛 친구들이나 출판사의 제임스 필즈와의 만남은 설레는 일이었다. 필즈와 그의 매력적인 아내 애니는 디킨스를 자신들의 집에 초대했다.

보스턴·뉴욕·워싱턴·필라델피아에서의 낭독회는 전에 없을 대성황이었다. 그러나 유능한 새 매니저 조지 돌비가 그를 각별히 보살폈는데도, 여행길이 길어짐에 따라 디킨스의 건강과 기력은 빠르게 쇠약해져만 갔다. 감기에 걸리고, 감기는 매서운 겨울 기후 속에서 인플루엔자가 되었다. 목이 잠기고, 밤에는 좀처럼 잠들지 못했다. 크리스마스에는 보스턴에서 뉴욕으로 가는 괴로운 기차 여행으로 시간을 보냈다. 그리고 식사를 하고, 뜨거운 진 펀치를 마시고, '조금씩 숨을 돌린다'고 마미에게 보고했지만, 이튿날 밤에 낭독하는 것도 힘에 부쳤다. 시카고와 서부 방문지를 늘리는 안은 할 수 없이 포기했다. 그렇지만 아직 76회 낭독회라는 빡빡한 스케줄이 남아 있어, 그에 따른 여행과 준비가 있었다. 놀랍게도, 디킨스는 청중에게서 에너지를 끌어내는 것처럼, 2월 자신의 생일날에 저절로 터져 나온 큰 갈채를 받은 것으로 기운을 차렸다. 그러나 너무 피곤에 지쳐서, 낭독을 끝내자마자 탈진상태가 되었다. 미국 방문이 끝날 무렵에, 그는 스스로 정한 양생계획에 따라, 수프·환자용 쇠고기 수프·

셰리·샴페인만으로 살아갔다. 그리고 극심한 통증 때문에, 마지막에 남은 몇 번의 낭독회에서는 등장할 때도 도움이 필요했다. 4월 20일 순회는 끝났다. 수익은 거의 2만 파운드 정도로, 기대를 훨씬 웃돌았지만, 이 강행군은 그의 몸과 마음에 심각한 타격을 주었다.

집으로 돌아올 때에는 배로 여행한 덕분에 놀랄 만큼 회복했지만, 디킨스는 다음에 돌아야 할 100회의 장기 시리즈가 자신의 마지막 낭독회가 될 것을 알고 있었다. 그 뒤 몇 주 동안, 그는 〈일 년 내내〉에 전념한다. 막내아들 프론(에드워드)이 형 알프레드와 합류하기 위해 오스트레일리아로 여행을 떠난 슬픈 이별도 있었다. 그러나 가을 무렵이 되자, 마지막 낭독회 상연목록을 준비하기 시작한다. '아주 강렬하고 드라마틱한 것'을 청중들의 기억에 남기고자 결심한 그는 《올리버 트위스트》의 살인 장면을, 청중들이 전율하게끔 각색하기로 한다. 처음에는 이만큼 강렬한 감정을 공공장소에서 풀어놓는다는 것에 저항감을 느끼기도 했지만, 그는 머지않아 이 작품에 사로잡혀, 끝날 무렵 몸과 마음이 완전히 소진되어도, 다음날 밤에도 그 다음날 밤에도 이 작품을 계속 읽어갔다. 1869년 봄에 그는 자신의 건강이 약해지고 있음을 완강히 거부했다. 그러나 4월 22일 뇌졸중을 일으켜, '현기증이 나고 기분이 안 좋으며, 평정심을 잃고 정신이 아득해지는' 느낌이 들었다. 몸에 전혀 힘이 들어가지 않고, 왼쪽 눈이 안 보인다고 호소하기에 이르자, 의사들의 지시로 순회 낭독회는 어쩔 수 없이 중단되었다.

여름에는 런던과 갯즈 힐에서 조용히 보냈다. 그는 친구들에게 '아주 많이 좋아진' 기분이 든다고 했지만 돌비는 그의 '예전의 활기와 정신의 유연성'이 사라진 것을 슬프게 여겼다. 또한 그 해 후반, 남편과 함께 런던에 있는 디킨스를 방문한 애니 필즈는, 그의 눈빛에 깃든 슬픔을 보았다. 그는 5월에 새로운 유언장을 작성하고, 막대한 재산은 자식들이 공평하게 나눠 갖도록 했다. 그러나 약간의 개별 유증*15분 중에는 '최근까지 호튼 플레이스에 살았던 미스 엘렌 로레스 터넌(넬리)'의 몫인 1천 파운드가 있었다. 이렇게까지 오랫동안 비밀로 간직해 온 관계에 대해 의아할 만큼 떳떳한 언급이다. 그는 승마사고 뒤 은퇴한 월즈를 대신해, 찰스를 〈일 년 내내〉의 편집보좌로 임명하고, 채프

*15 유언으로 자기 재산 일부를 타인에게 주는 행위.

먼 앤드 홀과의 정식 계약서를 준비했다. 《비상용 여행자》의 제3시리즈를 완성하고, 8월에는 4년간의 휴식기간을 거쳐 새로운 소설을 위해 일에 착수했다.

《에드윈 드루드의 비밀》은 통상 20개월이 아닌 12개월 분책으로 간행되도록 예정되었다. 최초 비평가 가운데 한 사람이 지적한 대로, 이 작품은 디킨스의 이전 작품과는 완전히 다르다. 어쩌면 그 시대와 더 조화된다 할지 모른다. 보다 짧고 응축된, 최근 '센세이션' 소설의 유행을 쫓는 부분이 컸다. 특히 윌키 콜린스가 1868년에 발표한 압도적 성공을 거둔 《월장석》과 같은, 취향이 다소 특이한 미스터리 소설이다. 후기 작품의 과격한 사회비판을 대신해, 비밀과 사악한 부패 분위기가 공들여 완성됐다. 그 가운데에서 크로이스터램*16의 한적한 집들 담장이, 최면술, 아편중독, 제어할 수 없는 정열 그리고 살인을 둘러싼 놀라운 무대가 된다. 그러나 디킨스는 늘 뛰어난 이야기 작가 이상의 존재로서, 이 작품에서는 20세기 비평가 F.R. 리비스가 주목했던 것처럼 '위대한 시인'이기도 하다. 그는 가장 서정적인 산문에 열거되는 부분에서, 처음과 마지막 거처가 된 로체스터에서 그 자신의 마지막 가는 길, 죽음을 통해 부활에 이르는 행정을 환기하고 있는 것이다.

이 무렵 여러 차례 디킨스와 만난 돌비는 집필이 그를 너무 '번민하고 고통스럽게 한다'고 했다. 의사의 반대에도 디킨스는 새해에 런던의 세인트 제임스 홀에서 마지막 12번의 낭독회를 열겠다고 우겼다. 현재는 주치의가 늘 곁에서 걱정하며 1분간 124번이나 되는 맥박을 체크하고 있었다. 그러나 1870년 3월 15일 마지막 낭독회의 청중 대부분은, 디킨스가 이제까지 이만큼 훌륭하게 읽은 적이 없다고 느끼고 있었다. 마지막 말의 울림이 사그라지자, 한순간, 주변은 고요해졌다. 계속해서, '보지도 듣지도 못한 엄청난 갈채 폭풍이 일었다'고 디킨스의 큰아들 찰리는 떠올린다. 이것은 디킨스가 런던에서 보낸 마지막 몇 주간이다. 그리고 그때 그는—단 한 번도 상류사회를 동경하지 않고 '우리를 통치하는 사람들'에 대해 자신의 정치적 신뢰 결여를 최근 다시 강조한 것뿐이지만—지체 높으신 분들과의 회견 초대를 연이어 응했다. 여왕에게는 개인적으로 찾아가 뵙고, 버킹엄 궁전에서의 파티도 참가했다. 수상(글래드스턴)과의 조식회에도 출석했다. 스탠호프 경과 식사를 함께하고, 디즈레일리*17와

---

*16 로체스터를 모델로 한 마을.
*17 소설가·정치가, 글래드스턴과 교대로 두 번 수상 역임.

"안녕(Au Revoir)" 자신이 창조한 등장인물들에게 둘러싸인 디킨스가 존 불(영국을 의인화한 인물)에게 작별인사를 하고 미국으로 여행을 떠난다. 1867년 10월 30일 〈주디〉에 게재된 존 프록터의 희화.

대면했다. 호튼 경의 만찬회에서 황태자를 배알했다. 4월 7일에 디킨스는 친구들을 위한 성대한 파티를 열어, 힘든 와중에도 평소와 다름없이 매력적인 주인공으로서의 역할을 다했다. 4월 30일에는 로열 아카데미에서, '문학'을 위한 건배에 대해 감사의 인사를 했는데, 이것은 그가 공공장소에 한 마지막 말이 되었다. 그가 칭호를 받을 것이라는 소문이 돌았는데, 사실무근인 듯싶다. 어차피 그는 단순히 찰스 디킨스인 채로 있고 싶다는 자신의 결의를 숨기지 않았다.

　결국 '뜻밖의 시간에 뜻밖의 장소에서'의 외식에 진절머리가 난 디킨스는 6월 초 갯즈 힐로 돌아온다. 주말에 갯즈 힐을 방문한 케이트는 평소와 다른 아버지의 창백하고 피곤한 모습을 보게 된다. 일요일 밤, 두 사람은 새롭게 마련된 온실에 앉아 밤늦게까지 이야기를 나누었다—무대에 서고 싶은 케이트의 의향에 대해, 그 자신의 인생과 '좀더 자상한 아버지—좋은 남자'가 되어주지 못한 것에 대한 뉘우침에 대해. 디킨스는 넬리에 대해 말하고, 《에드윈 드루드의 비밀》의 계획을 이야기했다. '살아서 그 작품을 끝내는 것이 신의 뜻이라면.' 다음날 아침, 평소와 다름없이 일찍 일어나 월간 분책을 완성하려고 몰두했다. 그러나 이틀 뒤, 밤늦게까지 이어진 과로로, 다시 심각한 뇌졸중을 일으켰다. 그는 의식을 회복하지 못한 채, 이튿날 쉰여덟 살의 나이로 세상을 떠났다. 1870년 6월 9일—스테이플 하우스에서의 불길한 사고로부터 딱 5년 뒤에 일이다. 《에드윈 드루드의 비밀》은 미완으로 남긴다.

디킨스는 장례식에 대한 명확한 지시를 유언장에 남겼다. '돈을 들이지 말고, 허례허식을 삼가고, 엄밀히 내 방식대로의' 장례식이길 바란다, 빅토리아조의 장례식으로 하되, '지극히 불쾌하고 바보 같은 관례'는 일절 사절한다고 했다. 묘지는 로체스터 대성당에 마련해 두었다. 그러나 사후 얼마 동안, 국민들은 디킨스가 웨스트민스터 사원에 묻히길 바랐다고 한다. 6월 14일 이른 아침, 그의 유체는 특별열차로 런던으로 운반되어, 간소한 영구차로 옮겨져, 차링 크로스역에서 웨스트민스터 사원까지 짧은 거리를 이동한다. 수석사제가 진행을 맡은 장례식에는 가족과, 극소수의 지인들만이 참석했다. 당사자의 뜻에 따라 식사(式辭)도 찬송가도 없었고, 간소한 떡갈나무로 된 관이 조용히 땅속으로 내려갈 때에도, 오르간이 잔잔히 연주될 뿐이었다. 하지만 당일 오후가 되자, 조용한 교회에 많은 사람이 몰려들기 시작했다. 그리고 뉴스가 나라 안팎, 세계 전역으로 퍼져감에 따라, 신분과 직업 고하를 막론하고, 수만 명의 사람들이 고인을 애도하기 위해 방문했다. 다음날도, 그 다음날도, 사람들은 줄지어 찾아왔다. 그리고 그 뒤 몇 개월 동안, 디킨스의 묘석에는 늘 싱싱한 꽃으로 가득 덮여 있었다. 포스터의 말에 따르면, 마치 '모두가 자신들의 육친의 죽음에 이별을 고하는 것 같았다'고 한다. 그들의 추도와 자작이라는 유산—이것이 디킨스가 진정 바라던 기념비였다.

디킨스에 대한 평가

당대의 평가

랠프 월도 에머슨은 보스턴에서 열린 디킨스의 낭독회에 참석하여 "온몸이 부서져 나갈 듯이 웃었다"고 말했지만, 뒷날 찰스 디킨스에 대해 논할 때 다음

《에드윈 드루드의 비밀》 마지막 호 삽화
"잠들어 떨쳐버리도다." 루크 파일즈가 그린 삽화.

과 같이 지적했다.

"천재인 그는 너무나 많은 재능을 지닌 것 같다. 그 재능은 그에게 묶여져 있는 무서운 기관차 같아서 그는 거기에서 벗어나 자유로울 수도, 그것을 멈추게 할 수도 없다. 그는 나를 압도한다! 그토록 왕성한 창작력과 다채로운 재능을 지닌 한 예술가에 대해서, 또한 한 인간으로서 그가 가진 복합적인 성격에 대해 제대로 이야기할 방법이 없다."

실질적이고, 대중지향적이며, 웅변에 능하고, 연극적 기질을 가진 디킨스의 재능들이 그의 소설과 어떻게 연관되어 있는지에 대해서는 논쟁의 여지가 남아 있다. 또한 그의 소설에 담긴 온화함과 탁월한 희극적 요소는 작가의 고통, 실패, 자기연민뿐만 아니라 사회악과 인간에 대한 끊임없는 슬픔과 한계감과도 분명히 관련되어 있다. 그의 소설들은 사회·도덕·감정·심리 등 넓은 영역을 다루고 있다. 그러므로 그는 매우 평범한 사람들뿐만 아니라 비정상적인 성향, 이를테면 괴팍함, 도덕적 타락, 광기, 환상, 몽상적인 상태에도 깊은 관심을 기울였다.

디킨스는 위대한 소설가 가운데 가장 상상력이 풍부하면서도 시사적이고 다큐멘터리에 능한 작가였다. 그러나 비평적 측면에서 그의 작품들은 고르지 못하다. 놀랄 만큼 창의적이며 시적인 작가임에도 불구하고 성숙기 소설들에서도 지루할 만큼 느슨하고, 틀에 박힌 형식을 사용하기도 했다.

그의 전기작가들은 20세기 중반 이후에야 그의 성격의 복잡성을 깊이 연구할 만한 자료를 수집할 수 있었다. 그의 작가경력의 시초부터 그의 인기를 보증할 만한 요소들, 곧 명백한 기술과 재미가 있었지만 비평가들은 그의 예술을 논하는 데 늘 어려움을 표시해왔다.

전반적으로 디킨스의 가장 인기 있는 작품들로 계속 인정받아온 것은 초기 작품들인데, 《올리버 트위스트》《크리스마스 캐럴》《데이비드 코퍼필드》가 그것이다. 비평가들은 후기소설에 대해서는 여러 불만을 제기하기 시작했다. 좀 더 자유분방한 희극정신이 상실된 점을 아쉬워했고, 디킨스가 상징적인 예술양식을 사용한 점을 어떻게 받아들여야 할지 당황했다. 또한 개별적인 논쟁점들에 획일적인 개혁주의적 입장을 보이던 그가 사회의 제반 전체와 제도들에 관하여 더욱 과격한 추궁을 하게 된 것을 어색하게 여겼다.

현대의 평가

디킨스에 대한 현대 비평은 1940~41년에 시작되었는데 조지 오웰, 에드먼드 윌슨, 험프리 하우스의 서로 다른 호기심에서 비롯되었다. 1950년대에는 작품에 대한 실질적인 재평가와 재편집이 시작되었다. 또한 이제는 후기소설 《황폐한 집》《어린 도릿》《위대한 유산》에서 가장 탁월한 예술성과 위대한 문학적 깊이가 발견되고 있으며, 다소 이의가 있기는 해도 《어려운 시절》《우리 모두의 친구》도 그런 훌륭한 작품들로 평가받고 있다.

학자들은 디킨스가 전형적인 빅토리아 시대의 인물이면서도 '한 시대가 아니라 모든 시대를 위한' 작가가 될 수 있었던 방법과 그의 창작방식, 대중과의 관계 등을 심도깊게 연구해왔다. 전기적인 면에서도 1952년 에드가 존슨의 전기에 엘렌 터넌에 대한 이야기를 포함시킨 것을 제외하면 포스터가 지은 방대하며 지적인 《전기》(1872~74)의 내용에 별로 덧붙여진 것이 없었다. 그 이후로도 비록 조지프 골드(1972)와 프레드 캐플런(1975)의 전기를 포함하여 몇 편의 전기물이 독특한 단계나 면모를 중심으로 씌었지만 획기적인 새로운 시각이

〈텅 빈 의자, 갯즈 힐—1870년 6월 9일〉 부분
새뮤얼 루크 파일즈는 디킨스가 세상을 떠난 직후 이 수채화를 그렸다.

제시되지는 않았다.

1970년, 그의 죽음을 기리는 100주기 기념일에는 그가 영문학사에서 윌리엄 셰익스피어에 이어 두 번째 위치를 차지한다는 비평적인 의견의 일치가 이루어졌다. 그러나 사실 디킨스는 그가 20대였을 때부터 이미 폭넓은 상상력과 창작력으로 셰익스피어에 비유되곤 했었다. 그와 셰익스피어는 단 한 편의 인기

작으로 기억되는 작가들이 아니다. 영국이 내놓은 가장 독창적인 작가들이다. 그들의 수많은 작품에는 심각함에서 우스꽝스러움에 이르기까지 온갖 상태가 다 그려져 있고, 각양각색의 인물들이 가득하다. 일반적인 독자들에게 셰익스피어와 디킨스는 그들의 작품 속의 성격묘사를 통해 살아 있지만, 그들은 우리에게 더욱 많은 것을 전하고 있다. 셰익스피어는 더욱 깊고 폭넓은 영역을 다루고 있으며 디킨스는 정부와 사회적 책임에 대한 의식이 새롭게 인식되던 산업화된 도시에서 살았으므로 그러한 세계에 대해 쓸 수 있는 이점을 갖고 있었다. 디킨스가 그렸던 세계는 그가 세상을 떠난 지 100년이 넘는 시점에서도 그의 모국뿐만 아니라 모든 국가에서 여전히 지속되는 수많은 문제와 희망을 담고 있다.

《데이비드 코퍼필드》에 대하여

눈물과 웃음의 예술품

《데이비드 코퍼필드》는 자전적 요소가 짙은 찰스 디킨스의 대표작이다. 이 장편소설은 1849~1850년에 걸쳐 매달 분책 형식으로 발표되었다. 주인공 데이비드의 성장이 거의 작가 자신의 어린 시절을 그대로 재현한 것이라 한다. 데이비드는 작가의 분신이며 그를 통해 디킨스 자신의 아픔과 설움을 나타내고자 하였다. 데이비드에 대해 작가는 자신의 소설 속 그 어떤 인물보다도 '특별히 깊이 마음에 드는' 인물이라고 했다.

《데이비드 코퍼필드》는 양적으로 어마어마하게 긴 장편소설이다. 아무리 세계 걸작으로 이름 높은 작품이라도 이 정도로 길면 두세 군데는 이야기가 느슨해지기 때문에, 독자는 지루해도 다음에 올 절정을 기대하며 꾹 참고 책장을 넘기기 마련이다. 그런데 이 작품에는 그러한 곳이 전혀 없다. 어느 부분을 골라 읽어도 독특한 재미가 있고, 계속 읽으면 읽을수록 이야기 속으로 빨려들어가 책을 놓을 수 없게 된다. 이야기에 이끌려가는 게 아니라 뒤쫓아 가는 것이다. 늘어지는 곳 없이 팽팽하게 조여진 소설, 이것이 이 작품이 많은 독자를 사로잡은 까닭이다. 인생의 고뇌와 비통을 날실로 삼고, 오락성과 환희를 씨실로 삼아 작품 전체를 옹골지게 엮어냈기 때문이며, 눈물과 더불어 웃음이 절묘하게 얽혀서 혼연하고 아름다운 예술품을 만들었기 때문이다.

　작가는 초기작《피크위크 페이퍼스》에서 독자의 폭소를 이끌어내어 희극작가로서의 자질을 유감없이 선보이고, 이듬해《올리버 트위스트》를 통해 독자의 눈물샘을 자극하여 비극작가로서의 면모를 발휘했다. 그 뒤로 그의 예술은 더더욱 진보하면서, 희극작가와 비극작가의 특징이 절묘하게 맞물려 그만의 경지를 개척하기에 이른다. 즉,《니콜라스 니클비》와《골동품 상점》,《크리스마스 캐럴》등을 거쳐《데이비드 코퍼필드》에 이르러서 그것이 완성된다. 냉혹한 현실에 꿈처럼 달콤한 사랑 이야기를 덧입혀, 눈물과 웃음이 어우러진 주옥같은 명작을 만들어낸 것이다.

데이비드는 보석 같은 아이

　어느 영국 비평가는 이 작품의 주인공 데이비드를 '보석과 같은 아이'라고 표현했다. 확실히 우리는 이 데이비드에게 단순한 친근감 이상의 감정을 느낀다. 주인공과 자기 모습이 겹쳐지면서, 데이비드와 함께 슬퍼하고 데이비드와 함께 기뻐한다. 그가 유복자로 태어난 것은 그의 앞날이 순탄치 않으리라는 것을 암시한다. 그는 사랑하는 어머니의 불행한 재혼을 계기로, 어머니와 함께 고난의 길을 걷기 시작한다. 결국 세일렘 학교에 보내져서 크리클이라는 교장에게 난폭하고 무자비한 교육을 받는 사이에 어머니가 죽고 만다. 그 뒤 의붓아버지 머드스톤의 손에 이끌려 런던에 있는 머드스톤 앤 그린비 상점에서 일하게 되면서 갖은 고생을 한다. 나이는 어려도 총명한 데이비드는 자신의 앞날을 걱정하며 하루도 마음 편할 날이 없었고, 마침내 그곳을 뛰쳐나와 대고모(고모할머니)를 찾아 도버로 떠난다. 여행 첫날 악독한 마부에게 많지 않은 여비며 옷가지까지 모두 빼앗겨, 데이비드는 어쩔 수 없이 걸어서 길을 나선다. 밤에는 풀밭에서 눈을 붙이고, 낮에는 땀과 먼지 범벅이 되어 길을 걷는다. 후줄근한 옷을 걸치고 천근같이 무거운 발을 끌면서 도버로 길을 서두르다가, 중간에 배고픔을 견디다 못해 빵 한 조각을 사기 위해 입고 있는 외투까지 팔아버린다. 이 대목이 작품 전체에서 가장 눈부시고 생생한 묘사로 가장 유명하다. 이 장면을 보며 독자는 소설인지 현실인지 알 수 없는 야릇한 기분에 휩싸여 데이비드와 함께 눈물을 흘리며 아파하게 될 것이다. 하지만 그는 이러한 고난 속에서도 절대 꺾이지 않는다. 괴로워 죽은 어머니의 모습이 환상처럼 눈앞에 아른거리지만, 동시에 스스로 고비를 이겨내고 있다는 통쾌함도 느낀다. 새카만 그림자와 함께 환한 빛이 있다. 눈물과 웃음이 공존한다. 그 뒤로 데이비드는 대고모와 함께 살면서 학교에도 들어가고 안정된 생활을 누리게 된다. 사랑도 하고, 실연도 하고, 아내도 얻고, 그 아내와 사별한 뒤 새로운 아내를 맞이하며 소설가로서의 명성까지 얻게 된다. 그동안의 묘사에 조그만 빈틈조차 없다. 거기에는 우리의 현실, 눈물과 웃음으로 이어진 복잡한 인생이 고스란히 녹아 있다.

데이비드를 둘러싼 사람들

보석처럼 빛나는 데이비드 주변에는 다양한 성격으로 다른 빛을 발하는 많은 인물이 있다. 그들이 저마다 중대한 역할을 연기하며 하나로 어우러져 호화로운 금자탑을 만들어 내는 것이다. 그 가운데 특히 중요한 사람으로는, 먼저 성실한 유모 페거티가 있다. 그녀는 따뜻한 햇볕이 되어 때로는 시원한 그늘이 되어 데이비드를 늘 감싸준다. 그녀의 오빠 페거티 씨는 사내답고 순박한 어부로, 갈 곳 없는 이들을 데리고 뱃집에서 살고 있다. 그 집에서 자란 에밀리는 순수한 꽃과 같은 처녀로, 데이비드의 첫사랑이다. 역시 그 집에서 함께 살고 있는 거미지 부인은 일찍이 남편을 잃은 불쌍한 부인으로, 언제나 입버릇처럼 기댈 곳 없는 딱한 신세를 한탄하며, 작품에 쓸쓸함을 불어넣는다. 데이비드의 학교 친구 스티어포스는 머리 좋고 우두머리 기질이 있는 사내인데, 신입생 데이비드를 마음에 들어 하여 여러 면에서 돌보아 준다. 데이비드도 그를 둘도 없는 친구로 여기지만, 결국에는 데이비드의 소개로 알게 된 에밀리를 꾀어 함께 달아나 버린다. 그리고 데이비드가 머드스톤 앤 그린비 상점에서 일하던 무렵 하숙하던 집 주인 미코버는 사람은 좋지만 허영심이 많고 허풍이 심하며, 일정한 직업도 없이 언제나 빚에 시달린다. 빚 때문에 죽음까지 각오하는가 싶다가도 다음 순간에는 언제 그랬느냐는 듯이 콧노래를 흥얼거리고 분에 넘치는 술과 음식을 즐기며 흐뭇해하는 태평하고 구김 없는 인물이다. 반면 법률을 공부하는 우라이아 힙은, 겸손한 태도로 자신을 낮추지만 사실 뱃속이 시커먼 사내로, 은밀히 무슨 일을 꾸미고 있으며 음침하고 호감이 가지 않는 인물이다. 미코버와 좋은 대조를 이룬다. 그 밖에도 데이비드의 의붓아버지이자 고난의 원인인 머드스톤, 까다롭지만 정이 깊은 대고모 벳시 등 다양한 성격이 선명하게 나타나 마음껏 활약하며 예사롭지 않은 박력으로 독자를 압박한다.

근대소설의 탁월한 인간탐구

《데이비드 코퍼필드》는 작가가 37, 8세 무렵에 쓴 작품이므로 생애 중간 즈음이며 그의 절정기였다. 따라서 이 작품은 디킨스의 대표작으로 꼽기에 손색이 없으며, 디킨스 문학의 특징이 가장 잘 나타난 작품이라 할 수 있다. 디킨스 자신도 이 작품을 특히 사랑하고 자랑스러워했다.

왜 그렇게 유난히 사랑했을까? 그것은 아마도 작가의 정신적 자전소설이기 때문일 것이다. 엄밀한 의미에서 자서전은 아니지만, 작가의 그림자가 데이비드 안에 가장 많이 살아 있다는 점은 의심할 여지가 없다. 그런 뜻에서 디킨스의 작품 가운데 가장 특별한 의미를 지닌 작품인 것이다. 디킨스가 처음부터 끝까지 1인칭시점을 고수한 것도 그 이유일 것이다.

근대의 사실주의 소설은 18세기 중엽에 영국에서 시작되어 점차 유럽대륙으로 퍼진 문학양식이다. 당시의 시민사회가 낳은 전형적 문학으로서, 황당하고 상상적인 이야기나, 현실과 동떨어진 사랑을 이야기하기보다는, 주변의 평범한 시민들의 희로애락, 심리, 감정 그리고 그들 사회의 풍속과 세상을 있는 그대로 그려내는 것이 특징이다. 디킨스의 문학은 그러한 근대 사실주의 소설의 전통을 이어받아 그것의 완성형을 제시했다. 그러나 이것은, 인간성의 비밀을 해부하는 중요한 도구가 되기도 하고 철학 및 인간론의 대용물이 되기도 하는 19세기 이후 현대 심리소설과는 아주 다른 것임을 유의해야 한다. 디킨스가 살던 시대의 소설은 오로지 재미있는 오락으로서의 읽을거리였던 것이다. 디킨스가 독특한 재미있는 인물상을 다양하게 만들어내고, 독자의 눈길을 사로잡는 뜻밖의 사건을 만드는 데 고심하는 것은, 당시로서는 아주 당연한 일이었다.

이 작품을 쓰면서도 작가가 가장 먼저 관심을 둔 일은 재미있는 읽을거리를 제공하는 것이었다. 그러므로 이 작품처럼 허망할 정도로 모든 일이 순조롭게 끝나거나, 반대로 억지스러운 눈물을 짜내며 비극으로 끝나는 것은, 그 무렵 대중독자의 도덕심과 감상주의로 볼 때 당연한 결과였다. 요컨대 등장인물을 둘러싸고 작가와 독자가 하나가 되어 울고 웃는 것이 디킨스의 문학이다.

두 번째로는 디킨스의 개인적 특징인데, 인물을 있는 그대로가 아니라, 저마다의 기질과 특징 등을 부풀려 이른바 전형적 인물로 만들었다. 나쁜 사람의 전형인 우라이아 힙, 세상물정 모르는 철부지 도라, 이상적인 여인 아그네스. 이들의 성격은 모두 소설 속에서 처음부터 끝까지 전형으로 고정되어 있어서 성장 및 발전을 보이지 않는다. 가장 많이 등장하는 미코버조차 그러하다.

이 소설에서 가장 근대적인 인물은 스티어포스로 볼 수 있다. 그는 머리가 좋고 재주가 뛰어나며 그 때문에 오만하다. 풍족한 환경에서 우쭐거리며 자란 청년이 몰락해가는 모습은, 근대적 소설에서 뛰어난 인간탐구를 이루어냈다고 할 수 있다. 곧 소설인물로서도 선구적 의미를 지니고 있는 것이다. 이와 같은 인물유형 창작기법은 근대소설의 발생 이래 전통기법이며, 디킨스는 그것을 계승하여 크게 성공시킨 것이다.

세계 10대 소설로 선정된 걸작

세 번째로 디킨스는 살아 있을 때나 죽어서도 한동안은 소설가로서 최고의 명성을 누렸지만, 20세기에 들어서면서, 곧 현대 심리소설이나 새로운 수법의 소설이 등장한 뒤에는 오히려 매서운 비판을 받았다. 앞에서 말한 그의 장점이 단점으로 작용한 것이다. 하지만 최근에는 다시 좋은 평가를 얻고 있는데, 그것은 그의 철학이나 성격묘사 때문이 아니라, 비범한 이야기작가로서 그의 뛰어난 수완 덕분이다. 곧 소설이란 궁극적으로 재미있는 이야기라는 본질을 잃지 않았기 때문이다.

소설의 거장 서머싯 몸이 세계 10대 소설에 이 작품을 손꼽은 것도 바로 그런 이유에서이다. 디킨스는 건축물처럼 장편소설을 쌓아올리는 일은 잘하지 못했지만, 누구보다도 뛰어나게 긴 이야기를 능숙하고 박진감 있게, 뜻밖의 설정으로 풀어갔다. 예를 들어 데이비드의 첫 번째 부인 도라의 아버지 스펜로가 까닭없이 목숨을 잃으면서 그의 운명이 크게 바뀌는 대목은 아무나 쓸 수 없는 것이다.

끝으로 이 소설에 나타난 디킨스의 철학에 대해 살펴보고자 한다. 본디 디킨스의 인생관은 아주 통속적이다. 데이비드의(따라서 아마도 디킨스 자신의) 인생철학은 한 마디로 노력성공주의이다. 데이비드는 보호자인 대고모가 파산하자, 어려운 속기술을 배워서 자기 스스로 돈을 벌기로 결심한다. 그리고 간신히 목표에 도달했을 때, 그는 말한다.

"나는 세속적인 일에는 운이 있었다. 많은 사람이 나보다 훨씬 더 열심히 노력했지만 나의 절반도 성공하지 못했다. 그러나 나 역시 시간을 지키고, 질서를 존중하고, 근면한 습관이 없었다면, 온갖 일이 차례차례 일어나더라도, 한 번에 한 문제에 대해서만 정신을 집중하겠다는 결심이 없었다면, 내가 이루어 놓은 것을 절대 이룩하지 못했으리라고 확신한다."

이것이 이른바 데이비드의 황금법칙이다. 디킨스의 생애를 볼 때, 이러한 낙천적인 노력주의는 작가 자신의 철학이라고도 할 수 있다.

그런데 이것은 자본주의시대 시민사회의 전형적인 철학이다. 디킨스가 살던 시대는, 다른 나라보다 한 발 앞서 산업혁명을 이룩한 영국이 순풍에 돛 단 듯 정치·경제적으로도 온 세계를 제패하며 제국으로 뻗어나가던 시기였다. 따라서 이 낙천적인 철학은 디킨스만의 것이 아니라, 그 시대의 세속 철학을 대변하는 것이었다. 그리고 그러한 낙천적 철학이 존재할 수 있었던 것은, 객관적인 사회조건이 시대배경에 깔려 있었기 때문이다. 그러나 아쉽게도 디킨스는 그런 것을 비평하지 않았다. 그는 시대에 안주했던 것이다. 그러니 20세기에 들어서 평가가 뒤바뀐 것도 당연한 결과였다. 다시 말하면, 디킨스는 한 걸음도 앞서거나 뒤서지 않고 시대와 완벽하게 발맞추어 걷고 있었다.

이와 같은 디킨스 소설의 매력은 영원히 잊을 수 없는 생명력을 지녀 그가 죽은 뒤 140여 년에 걸쳐 여러 나라말로 옮겨져 셰익스피어와 함께 영국문학을 대표하는 작가로 평가되고 있다.

찰스 디킨스 연보

1812년   2월 7일 포츠머스에서 출생.

1817년(5세)   가족들 채텀으로 이사. 찰스는 그곳에서 윌리엄 자일스의 학교를
             통학.

1822년(10세) 아버지 존 디킨스의 런던 전근으로 가족은 런던 북부 캠든타운
             의 베이엄 거리 16번지에 거주.

1824년(12세) 워렌 구두약 공장에 억지로 일하러 감. 아버지는 빚 때문에 체포
             되고 3월부터 5월 25일까지 마샬시 감옥에 수감됨.

1825년(13세) 구두약 공장을 그만두고 웰링턴 하우스 아카데미에서 공부 시작.

1827년(15세) 변호사 사무실에서 근무 시작.

1829년(18세) 속기를 독학하고 민법박사회관에서 기록담당이 됨.

1830년(19세) 마리아 비드넬과 사랑에 빠짐. 그러나 사랑을 거절당한 디킨스는
             깊은 마음의 상처를 받음.

1831년(20세) 〈미러 오브 팔러먼트〉 기자가 되어 저널리스트 경력 시작.

1833년(21세) 첫 저술 〈포플러 가로수길에서의 저녁 식사〉가 〈먼슬리 매거진〉
             12월호에 게재됨.

1834년(22세) 〈모닝 크로니클〉 기자가 됨.

1836년(24세) 2월 8일 《보즈의 스케치》(제1집) 출판. 3월 31일 《피크위크 페이퍼
             스》의 월간 분책 제1호가 발행됨. 4월 2일 캐서린 호가스와 결혼.
             12월 집필에 전념하기 위해 〈모닝 크로니클〉 퇴직. 그해 겨울 포
             스터를 알게 됨.

1837년(25세) 디킨스가 편집장이 된 월간지 〈벤틀리 미셀러니〉 창간호가 1월
             11일에 출판됨. 제2호부터 24회에 걸쳐 《올리버 트위스트》 연재. 1
             월 6일 첫 아이 찰스 출생. 4월 세 식구는 다우티 거리 48번지로
             이사. 5월 7일 메리 호가스(디킨스의 처제) 죽음.

1838년(26세) 3월 6일 둘째 아이 메리(메이미) 출생. 3월 끝무렵《니콜라스 니클비》분책 제1호 출판.

1839년(27세) 〈벤틀리 미셀러니〉편집장 사임. 10월《니콜라스 니클비》단행본 출판. 그 바로 뒤 둘째 딸 케이트 출생. 디킨스네 데본셔 테라스 1번지로 이사. 유복한 상류부인 안젤라 버데트 쿠츠를 알게 됨.

1840년(28세) 4월 4일 몸소 주간지 〈마스터 험프리의 시계〉창간. 4월 25일 호부터《골동품 상점》연재.

1841년(29세) 〈마스터 험프리의 시계〉2월 13일호부터 전42회로《바나비 러지》연재. 넷째 아이 월터 출생.

1842년(30세) 1월 캐서린과 6개월 간 미국 여행길에 오름. 10월《미국 기행》출판. 12월《마틴 처즐위트》월간 분책(전20권) 간행 개시.

1843년(31세) 12월 19일 첫 번째 '크리스마스 북'《크리스마스 캐럴》출판.

1844년(32세) 다섯째 아이 프랜시스 출생. 채프먼 앤드 홀사와 결별하고, 모든 출판물을 브래드버리 앤드 에반스에 위임. 7월 처자식과 처제 조지나를 데리고 제노바로 향함. 12월 16일 두 번째 '크리스마스 북'《종소리》출판.

1845년(33세) 가족과 함께 이탈리아를 여행하고 7월 런던으로 돌아옴. 9월 연출가 겸 배우로 희극 〈10인 10색〉을 상연. 10월 여섯째 아이 알프레드 출생. 12월 20일 세 번째 '크리스마스 북'《난롯가의 귀뚜라미》출판.

1846년(34세) 1월부터 2월까지 단기간 〈데일리 뉴스〉편집장 역임.《이탈리아 정경》출판. 다시 유럽 대륙으로. 9월《돔비와 아들》월간 분책(전20권) 간행 개시. 12월 19일 네 번째 '크리스마스 북'《인생의 싸움》출판.

1847년(35세) 파리에서 돌아옴. 일곱째 아이 시드니 출생. 미스 쿠츠가 생각해낸 '집 없는 여자들의 집' 우라니아 코티지의 개설지원에 주력함. 작품들의 보급판 출판 개시.

1848년(36세) 여름 동안, 아마추어 극단을 이끌고 순회공연. 9월 사랑하는 누나 패니 사망. 12월 마지막 '크리스마스 북'이 되는《유령에 시달리는 사나이》출판.

1849년(37세) 여덟째 아이 헨리(해리) 출생. 4월 디킨스가 가장 아낀 자서전 작품 《데이비드 코퍼필드》 분책 간행 시작.

1850년(38세) 3월 27일 주간지 〈가정의 말〉 간행. 아홉째 아이 도라 출생.

1851년(39세) 아버지 존 디킨스와 어린 딸 도라 죽음. 문학예술조합 자금 조달을 위해 연출가 겸 배우로 블루워 리튼의 극 〈겉보기만큼 나쁘지는 않다〉를 상연. 태비스톡 하우스로 이사.

1852년(40세) 2월 《황폐한 집》 월간 분책 간행 개시. 열 번째 아이 에드워드(프론) 출생.

1853년(41세) 디킨스네, 불로뉴에서 여름을 보냄. 버밍엄에서 첫 공개낭독회를 열어, 《크리스마스 캐럴》 낭독.

1854년(42세) 〈가정의 말〉에 《어려운 시절》 연재 시작.

1855년(43세) 마리아 비드넬과 재회. 10월 가족을 데리고 파리로 가서 반년간 체류. 12월 《어린 도릿》 월간 분책 간행 개시.

1857년(45세) 넓은 대지가 딸린 저택 갯즈 힐 플레이스 구입. 콜린스 극 〈얼어붙은 바다〉 연출과 출연을 맡음. 이 극의 맨체스터 공연에 출연한 젊은 배우 엘렌 터넌과 알게 됨.

1858년(46세) 봄에 런던으로 가서 첫 공개낭독회 시리즈를 개최. 5월 캐서린과 별거, 〈가정의 말〉에 그에 대한 성명 게재. 8월부터 11월에 걸쳐 처음으로 지방을 순회하면서 공개낭독을 함.

1859년(47세) 4월 30일 주간지 〈일 년 내내〉 창간하고 《두 도시 이야기》 연재 시작. 가을에 두 번째 지방순회 낭독 공연.

1860년(48세) 〈일 년 내내〉에 에세이 《비상용 여행자》 연재 시작. 12월부터 《위대한 유산》 연재도 시작.

1861년(49세) 《위대한 유산》을 3권 책으로 간행. 10월 세 번째 지방순회 낭독회 개시.

1862년(50세) 이듬해에 걸쳐 자주 프랑스 방문. 9월 어머니 세상 떠나다.

1863년(51세) 12월 아들 월터 사망.

1864년(52세) 5월 《우리 모두의 친구》 월간 분책(전20권) 간행 개시.

1865년(53세) 6월 9일 디킨스와 넬리가 스테이플 하우스에서 여행 중 철도사고를 당함. 11월 《우리 모두의 친구》 2권 책으로 간행됨.

1866년(54세) 런던과 지방에서의 네 번째 지방순회 낭독회 공연.

1867년(55세) 11월 보스턴에 도착 미국에서의 지방순회 낭독회 공연 시작.

1868년(56세) 4월 영국으로 돌아옴. 10월 건강이 악화되었음에도 이별 순회공연을 시작.

1869년(57세) 1월 5일 《사이크스와 낸시》 최초 공개낭독.

1870년(58세) 3월 9일 빅토리아 여왕 배알. 3월 15일 마지막 공개낭독회. 4월 《에드윈 드루드의 비밀》의 제1분책 간행(전12권 예정이 6호까지의 미완으로 끝남). 6월 9일 뇌졸중으로 세상을 떠남.

신상웅(辛相雄)

중앙대 영문학과 동대학원 졸업하고 문학박사 학위를 받았다. 역사의 성찰과 날카로운 현실 인식이 돋보이는 중량감 있는 작품들을 발표 한국현대문학을 대표하는 작가의 한 사람으로 자리잡았다. 장편《심야의 정담(鼎談)》으로 제6회 한국일보문학상을 수상하였다. 중앙대 예술대학원장 명예교수 역임, 주요작품《히포크라테스 흉상》《분노의 일기》《돌아온 우리의 친구》장편으로《배회》《일어서는 빛》《바람난 도시》《신상웅문학전집 전10권》, 옮긴책 셰익스피어《햄릿 오델로 리어 왕 맥베드》《로미오와 줄리엣 베니스의 상인 한여름밤의 꿈》, 프레이저《황금가지》, 디킨스《데이비드 코퍼필드》등이 있다.

세계문학전집019
Charles John Huffam Dickens
DAVID COPPERFIELD
데이비드 코퍼필드 II
찰스 디킨스/신상웅 옮김
동서문화사창업60주년특별출판
1판 1쇄 발행/2016. 9. 9
발행인 고정일
발행처 동서문화사
창업 1956. 12. 12. 등록 16-3799
서울 중구 다산로 12길 6(신당동 4층)
☎ 546-0331~6 Fax. 545-0331
www.dongsuhbook.com

✻

사업자등록번호 211-87-75330
ISBN 978-89-497-1478-3 04800
ISBN 978-89-497-1459-2 (세트)